小山重疊誰不語相思々狂雙飛去

鵲起恨無邊痴人偏病殘

问卿愁底事移寫青燈字

諸子莫多言謝池碧似天

城邦暴力團

張大春・著

（上）

20 ANNIVERSARY SPECIAL EDITION

致謝

感謝一九九八年催生了《城邦暴力團》的應平書女士，因為她的寬容，這部五十五萬字小說在《中華日報》副刊長達三年的支持下誕生。

一九九九年，我接下剛成立的News98電台主持工作，說完平江不肖生的《江湖奇俠傳》，接著說我還一邊正在寫作的《城邦暴力團》，從此開啟了我二十年的說書生涯。時光一晃而過，當年素昧平生的台長孫偉鳴以及製作人林清盛如今都是我的老朋友了。

《城邦暴力團》的首版成書，是在一九九九年十二月底。承當年時報出版總經理莫昭平女士和當年主編鄭麗娥、編輯邱淑鈴費心，加上閒雲野鶴的圖，成全了四冊一套的《城邦暴力團》。

十年後，二〇〇九年，時報出版公司為之改版，除了編排為上下兩冊，封面重新設計，內容上並無更動。

這次，新經典文化的編輯詹修蘋為此書規劃二十周年版，邀請畫家張榕珊為故事繪製人物場景圖，我另外交出小說前傳二萬字收錄書末，以此代為感謝所有為這個離亂時代小人物故事付出心力的朋友們，併向二十年來不斷詢問此書來歷如何、後來如何的老讀者致意。萬老爺子若有一天能開啟《得福家人》的堂奧，點燃《萬家燈火》的餘光，那都是因為各位的緣故。

張大春

目次

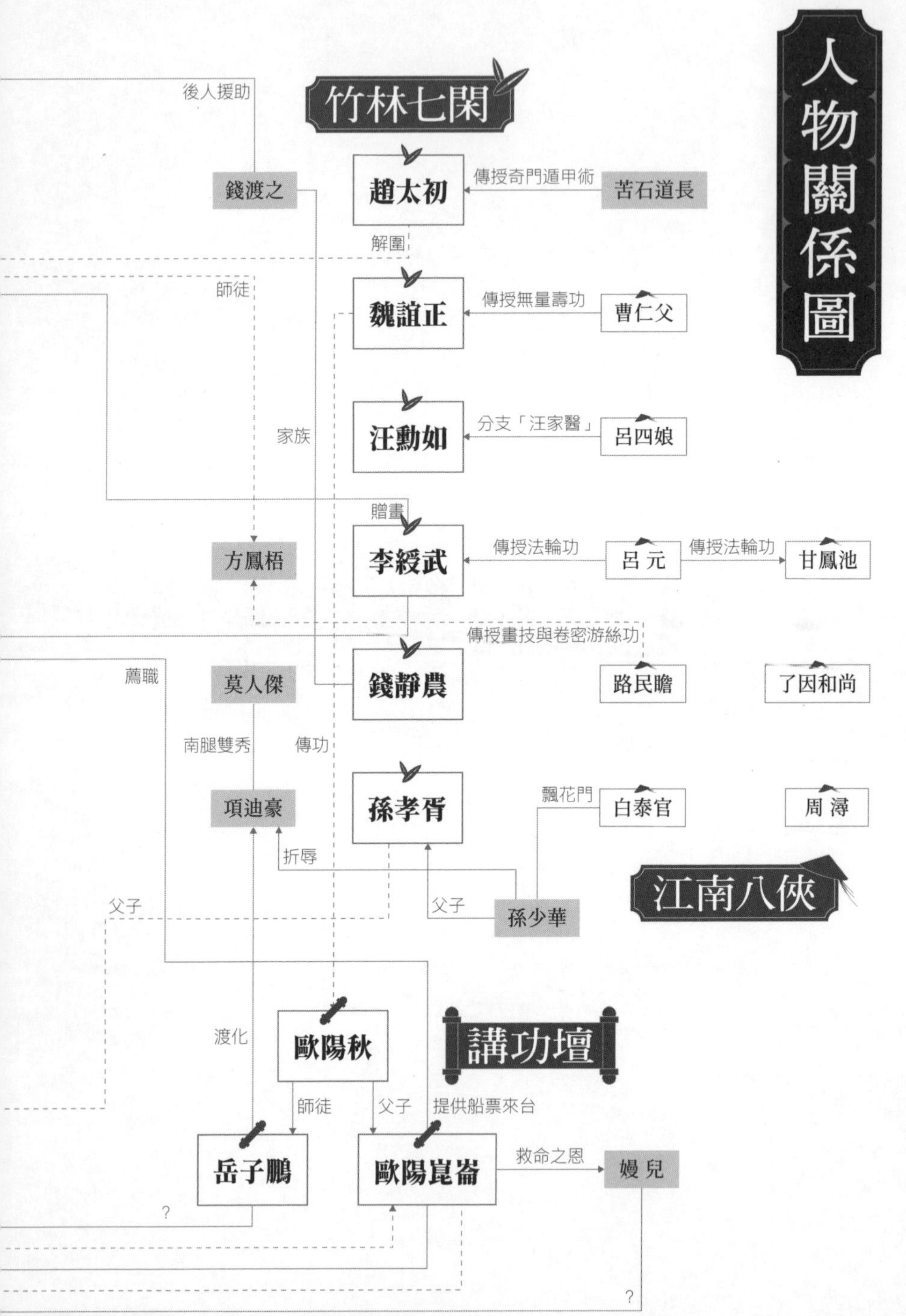
人物關係圖
竹林七閑
江南八俠
講功壇
趙太初
魏誼正
汪勳如
李綬武
錢靜農
孫孝胥
錢渡之
方鳳梧
莫人傑
項迪豪
苦石道長
曹仁父
呂四娘
呂元
甘鳳池
路民瞻
了因和尚
白泰官
周潯
孫少華
歐陽秋
岳子鵬
歐陽崑崙
嫚兒
後人援助
傳授奇門遁甲術
解圍
師徒
傳授無量壽功
家族
分支「汪家醫」
贈畫
傳授法輪功
傳授法輪功
傳授畫技與卷密游絲功
薦職
南腿雙秀
傳功
飄花門
折辱
父子
父子
渡化
師徒
父子
提供船票來台
救命之恩
?
?

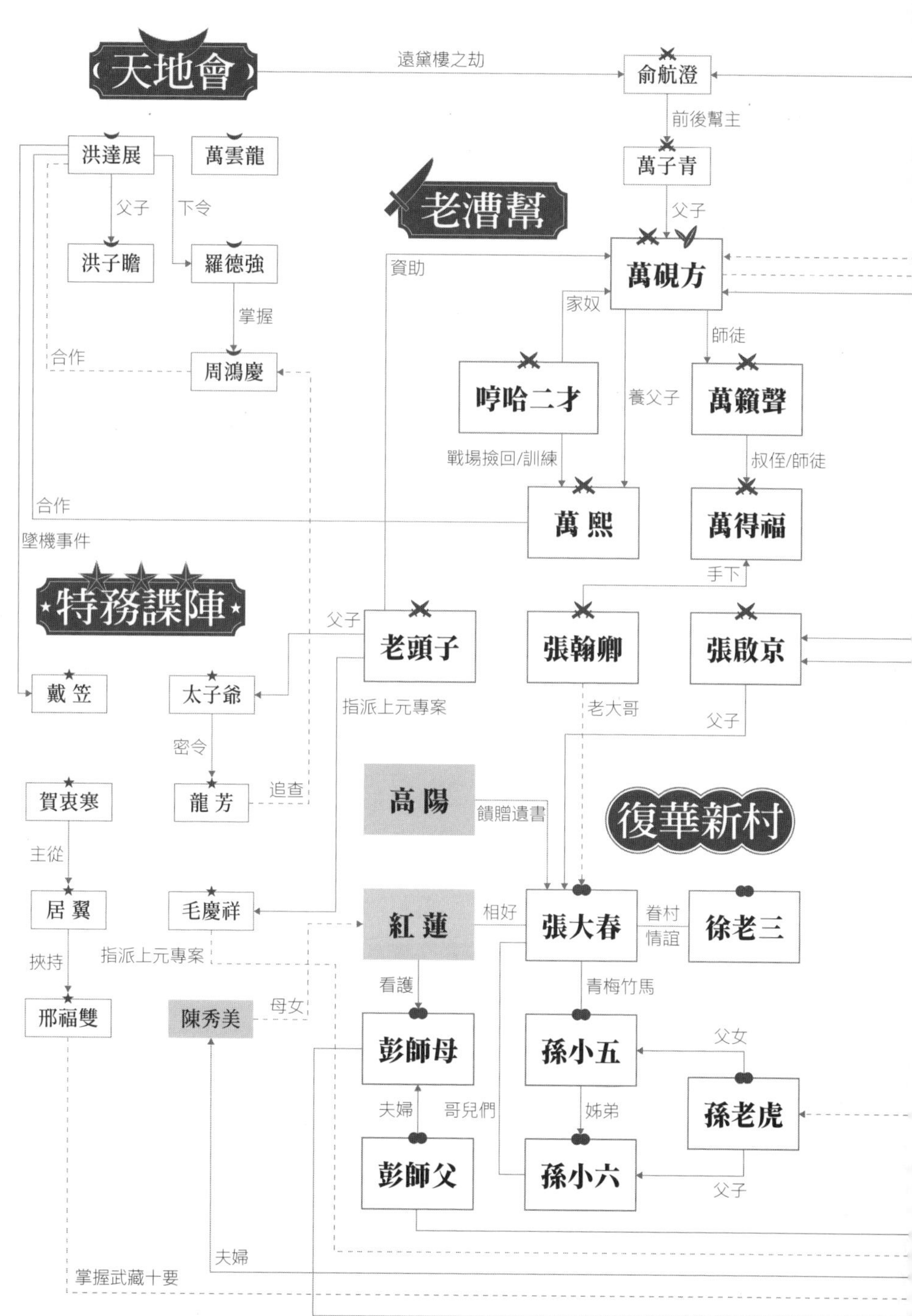

天地會
遠黛樓之劫
俞航澄
前後幫主
萬子青
父子
洪達展
萬雲龍
父子
下令
洪子瞻
羅德強
掌握
合作
周鴻慶
老漕幫
資助
萬硯方
家奴
師徒
哼哈二才
養父子
萬籟聲
戰場撿回/訓練
叔侄/師徒
合作
萬熙
萬得福
墜機事件
手下
特務諜陣
父子
老頭子
張翰卿
張啟京
戴笠
太子爺
指派上元專案
老大哥
父子
密令
追查
賀衷寒
龍芳
高陽
饋贈遺書
復華新村
主從
居翼
毛慶祥
紅蓮
相好
張大春
眷村情誼
徐老三
指派上元專案
挾持
看護
青梅竹馬
邢福雙
陳秀美
母女
彭師母
孫小五
父女
孫老虎
夫婦
哥兒們
姊弟
彭師父
孫小六
父子
夫婦
掌握武藏十要

即使本書作者的名字及身而滅，這個關於隱遁、逃亡、藏匿、流離的故事所題獻的幾位長者卻不應被遺忘。他們是：臺靜農、傅試中、歐陽中石、胡金銓、高陽、賈似曾。他們彼此未必熟識，卻機緣巧合地將種種具有悠遠歷史的教養傳授給無力光而大之的本書作者——另一位名叫張東侯的老先生不肖的兒子。

楔子

或許是出於一種隱祕的逃脫意識，我在唸大學的時代每逢寒暑假都不愛回家，總混在一些有家歸不得的僑生裡面向舍監申請留宿。條件之一當然是要繳交足額的宿舍費，之二是得遷出原先的房間，去和幾個越南或緬甸來的外系同學擠。我對僑生沒意見，可是我一旦搬進去，便形成一種侵犯他們那個小社會的力量。於是其中一個負責夜間門禁管理的緬甸學生後來跟我打商量：如果我答應不搬過去，他可以通融在晚上特別為我住的那間（其實是我們角落裡那四間）寢室打開電源，這麼一來，我甚至可以根本不必提出正式的留宿申請，不必繳交任何費用。我祇消在學期結束前另外打一副鑰匙，便可以於假期間隨時進出宿舍。唯一不方便的地方是我必須在房門上方的氣窗和面向網球場的推窗內側貼一層黑紙，以免室內燈光外洩；而我也祇能在桌角和床板之間架一盞六十瓦的小燈，並儘量在夜間活動——不發出任何聲音地活動。換言之：像隻老鼠一樣地活動。

我正式當上老鼠是在大二上下學期之間的寒假，很覺得之前兩次假期所繳交的留宿錢簡直是虛擲浪費，且當時我並不知道那些僑生們不喜歡我闖入他們生活的真正原因是他們嫌我的腳丫子氣味不佳——關於這一點，其實毋須辯解，因為沒有人會覺得別人的腳丫子氣味如何如何之佳的。總之，過著老鼠一般的生活的那個假期雖然祇有一個月，於我卻有無比深遠的影響。回想起來，它好像不祇一個月、不祇一個嚴寒的深冬；它彷彿總括了我的大學生活、少年終頁、黃金歲月。也是我此生第一次開始進入一種真正的、澈底的、離群索居的日子。比老鼠還老鼠——起碼老鼠還不必在同類出現的時候躲躲藏藏，而像賊一樣住在一所以講究德育馳名的天主教大學裡，我最好是不要和任何人接觸，因為一旦接觸了，勢必會讓我意識到自己的狀態；一個非法的存在。你絕對可以想像那情景：走在清冷的校園裡的某一刻，有人喊著：「張大春，你怎麼會在這裡？沒回家嗎？有什麼事嗎？」或者：「你還住在宿舍裡嗎？」那樣我就必須撒謊。隨便說什麼都是撒謊。

是的，我還住在宿舍裡。每一天，祇在黃昏之際、下午六點鐘到來的那個剎那，緬甸僑生替我打開電源的一瞬間，整個世界和我有一點聯繫。也祇在那一瞬間，我感覺有人還知道並且認同我的存在。除此之外，那樣的生活甚至在描述它的時候都令人乏味；我每天清晨大約六點起床，躡腳走出宿舍，從校園東側的小門出去，走十七分鐘到一家叫滿園春的麵包店買半條吐司麵包、三盒牛奶、一百公克火腿片，回程時一家專門供應附近自助餐廳躉售熟食的小店剛拉開鐵捲門，在那裡可以買到滾燙的滷蛋和高麗菜；老闆娘心情好的話還會舀一勺辣椒小黃瓜擱在塑膠袋裡。這些是我一天的伙食——星期日除外，這一天沒有熟食，因為自助餐廳不開張的緣故。我通常在星期日這天上午搭一個半個小時的客運車回家，吃午飯、拿零用錢和六天份的水果，然後去逛書店，把沒繳出去的宿舍費和省下來的伙食錢全花在那裡。

我的確讀了不少書，這是先前我說過：像老鼠一樣獨居「於我卻有無比深遠的影響」中的一個影響。但是我比誰都清楚：那樣讀書既不是為學業成績有所表現、也不是為追求知識與探索真理，而祇是我提及的那種逃脫意識的延伸。現在回想起來，的確沒有別的動機或目的；純粹祇是逃脫而已。我每天捧著一堆食物，悄悄溜進宿舍，把網球場那邊推窗內側的黑紙揭開，讓天光透進來（因為早上七點過後，緬甸僑生就把電源切斷了），然後我就鑽回被窩，隨手拾起一本散落在床上的書來看。肚子餓了，我可以不必起身，因為食物、以及一大壺夜裡用電燒開的水就擱在反手搆得著的桌面上。除了刷牙和上廁所，我幾乎不離開被窩，我甚至可以一整個月不洗澡。有那麼一個深夜，當我蹲在一間廁所的馬桶上拉屎的時候，聽見緬甸僑生和他一個同鄉一面小便一面說：「那個張大春剛才一定來過。」「你怎麼知道？」「暑假他和我們擠一間，他身上有怪味。」「真的？」「真的。所以他到哪裡我都知道。」於是他們一同笑起來。之後我躲回寢室，把櫃裡的衣服、床上的枕頭，還有高高隆起、已經發硬而大體上仍維持著中空形態的棉被嗅了個遍，除了襪子的氣味不佳之外，其餘並無任何特殊之處。這一點令我頗為沮喪，彷彿悉心呵護的一個什麼骨董珍寶在轉瞬間教人給打碎了。試想：我已經如此盡力地和這個世界保持距離，過著老鼠不如的生活了，居然還留給那緬甸僑生一個氣味的線索、一個生命的痕跡、一個不能完全逃脫的證據。之後我祇好再拾起書本，逃進另外一個世界裡去。那些個書本裡的世界是這種無所遁逃於天地之間的沮喪感唯一的拯治和救贖。

接下來我要說的事情和我讀書的習慣有著莫大的關係。時至今日，我已經無法確定這件事究竟發生在一次留校當老鼠的假期之中、還是平常週末逛書店的某個午後；說得更實在些：我甚至不記得它到底是不是我大學時代的一個經驗。為了敘述方便，我想還是從我當老鼠那時的讀書方式講起好了。

簡單地說：我是那種讀起書來六親不認的人。從打開一本書一直讀到閉上一雙眼。在睡夢和睡夢之間，我唯一真實的存在就是置身於書中。為什麼稱之為「唯一真實的存在」呢？那是因為當我置身於書中的時候，連「我」這個人都顯然忘記了；忘記了自身——也就是讓自身完全逃脫、不被（包括自己在內的）任何知覺所認識，這真是一個完美的狀態。而這個狀態也不會因書種之不同而有所差別。舉個例子來說：有一次我讀到一本名叫《吸菸無害身體》的書，作者是一位澳洲籍的退休醫師懷特（William T. White）。他堅信「抽菸危害健康」的說法是「人類史上最大的騙局之一」。在這本書裡，他如此寫道：「將極少量的鐳元素注射在狗身上，幾乎毫無例外地會導致肺癌。里茲大學的實驗心理學教授巴塞曾經連續五年用老鼠作實驗，將老鼠分成兩組——一組抽菸、一組不抽菸；結果顯示抽菸那一組的老鼠一隻也沒有罹患肺癌。」這是我讀之再三、以至於至今仍能成誦的一段。它不是小說、也沒有故事的情境，然而一如其他數以十萬、百萬計的書中片段，它使我進入了一個世界，一個我從來不曾親歷或想像過的世界——那兒也許是一個實驗室，有許多穿著銀灰色制服的科學家正在忙碌著，其中一個手裡拎著個半透明的塑膠袋，裡頭是條剛獲診斷得了肺癌而施打氰化物致死的混種牧羊犬。拎著袋子這人的身後還有幾個傢伙正透過幾支吹管朝一組關在玻璃箱裡的老鼠噴香菸，這個玻璃箱上貼著英文印刷字的標示：「吸菸組」。旁邊當然就是「非吸菸組」了。後一組的老鼠比前一組毛色白亮許多，但牠們都沒有罹患肺癌。這一幕情景是否曾經在地球的哪個角落裡出現過？我不得而知。但是它的確一直留存在我的腦子裡。此外——更重要的是——我確知有這麼一個角落，而且「我」也不在那個角落裡。當那樣的角落消失之際，我已經睡著了，脫逃到夢境裡去了。

等我醒來，完成了必要的漱洗、採買、飲食之後，另一個全新的世界正在等待著、歡迎著我。在那裡，有一個每天要喝兩次非常濃的湯、一個月裡吃過四回油敷羊肉、兩餐鮭魚的哲學家，有一個床前放置著打獵專用皮靴的物種發現者，有一個堅信自然本有其秩序以致導出自由經濟論的經濟學家，有一個強調童年如「寶貴的帝王般的財富」的詩人（他怎麼會想到用帝王的財富來比擬童年？實在令人覺得詭異），還有一個在西藏乞討到板油、加上一點葡萄乾、紅糖和麵粉，居然做成兩個布丁的女基督徒，還有一個告訴我「冷飲比熱飲多兩倍時間才能消化」的瑞士籍生理學博士兼運動醫學專家，還有一個留下過一份箴言錄的大文豪，他在他的箴言第五百五十七條上這樣說道：「我們不管經歷了些什麼，都留下它的痕跡。每一次接觸事物，都會對我們的性格之形成有所影響——雖然是在不知不覺之間。但是，倘若過分重視這些影響卻相當危險。」

我相信：倘若一發不可收拾地「還有一個」下去，我就一輩子也別想提到在書店裡發生的那件事了。總而言之：與其說我因讀書而知道了這些人，毋寧說這些人原本就在一個個由書本打造起來的世界裡，不意間卻被我發現了。有些時候，不同書本裡不同的人在同一個問題上會爭吵，但是他們各自的時空相去太過遙遠，互相沒能爭吵起來。而我的閱讀一旦介入，卻自然而然能使素昧平生的兩種思想、兩般態度、兩個信念鬧得不可開交起來。另一方面，即使是擁有同一個名字、看來也擁有同一個生命歷程的傢伙一旦出現在不同的書本裡，往往也躍躍欲試著要鬥嘴甚至打架。我曾一度認為笛卡兒和伏爾泰、乃至於尼采和尼采之所以不合，恐怕都是因為我這個人的閱讀行為的介入而導致的。然而這樣想下去會很糟糕，我讀任何一本書都有一種搬進那緬甸僑生和他的同鄉朋友們的寢室一樣的介入感——或者可以稱之為存在的自覺罷？

於是我想到了一個方法——更精確一點說，是有那麼一個方法跑出來撞了我一下：那就是我刻意不在一次的閱讀中讀完任何一本書。這樣做至少可以使我對尚未讀完的書本抱持一種比較保留的態度，進入書中世界的那個「我」也就比較不容易堅執定見，挑起不同書本之間的戰爭。這樣做當然會使每一本書都看來像一個並不完整的世界，可是，我的逃脫行動卻變得非常澈底，它讓我的存在的自覺像體味一樣降至最低，起碼我自己是如比深信著的。

正如我剛才說過的：我完全不記得書店裡那件事究竟在何時發生，不過可以確定的是它發生在我養成了隨手翻開一本書讀過一陣又隨手扔下再讀另一本的習慣之後，那時我讀書的速度也在不知不覺間變快了很多，且還是驚人地快。一個下午，我可以翻看大約四十到六、七十本書左右——當然，每一本的最後一章、最後一節、或者最後一個段落，我是儘可能略過的（有好幾次我不小心讀完了幾部偵探小說，在闔上書本的那一剎那忽然有赤身露體站在人群之中的羞赧之感）。如此一來（也是在不知不覺之間），我開始用一種我稱之為「接駁式閱讀」的方法讀書——每當快要讀完一本書的時刻（托書的手掌可以感覺到接近封底部分的紙頁越來越輕），我會自然而然地蒐尋或回憶這整本書裡的一些於我而言相當疑惑的問題，並試著分心（也就是運用另一個區域的腦細胞）去分析、推測以及判斷：這問題的答案會躲藏在另外的一本什麼書裡面？每到我略過手上這本書的結尾的那一刻，已然胸有成竹，知道該上哪兒去找下一本書了。這個私密的遊戲之所以有趣，乃是因為它可以永遠玩兒不完；且從一本書到另一本書之間不再是散落、斷裂的，它雖然仍有些許隨機即興的意味，卻總比我像老鼠一樣躺在寢室床上隨手抓瞎、逮到什麼是什麼那樣有意思多了。「接駁式閱讀」一旦成為積習，每回我逛書店的目的就不再是為了購買，而是那裡有更廣大、更複雜、更能夠容納我逃脫、躲藏以至於產生消失之感的角落。

現在我可以敘述發生在書店裡的那件事了。那是一個叫「三民書局」的地方，位於台北市重慶南路一段東側的連棟大樓某處。我站在二樓坐北的一整排書架前翻看一本書，書名是《奇門遁甲術概要》。之所以會讀這本書，乃是因為之前我剛讀了另一本名為《七海驚雷》的武俠小說，小說裡提到這種「奇門遁甲術」。

如果不是讀了這本《奇門遁甲術概要》，我祇會從字面上去理解奇門遁甲，以為那是一種旁門左道的武功。翻讀之下，我才發現它其實是一種占卜之術。就像許多古代中國的玄祕圖讖之學，將起源定於什麼河圖洛書、九宮八卦，和我曾經讀過的一些紫微斗數、星門宮神之類的算命書差不多。我隨手翻了一、兩百頁，也不覺有任何新奇之處，甚至還因檢排印刷之粗劣以及出現了好幾個明顯的錯字而哼哼嗤笑了兩聲。我正待將書放回架上，另起爐灶玩接駁式閱讀的遊戲，忽然從身後傳來一陣低沉的語聲：

「且慢！年輕人，你這是什麼態度？」

那是一個上了年紀——而且可以說上了很一大把年紀的老傢伙。頭上戴著頂色如牛屎的毛線帽，兩鬢卻沒留下一點毛髮痕跡，看不出是不是個禿子。可他一雙眉毛卻全都白了，而且是那種微透著銀光的白，彷彿一根一根都分別用刷子刷過。眉心處就隆起了鼻根，直樑下通，垂著一朵微微泛著粉紅光澤，人稱之為懸膽的那種鼻頭。底下兩撮白鬍子，鬍尖向上揚翹，像要迎合上方垂下來的兩綹眉梢。這老人話說得不甚客氣，臉上卻帶著一抹輕輕的笑意。一時之間，我並不覺得他是在跟我說話，可那張老臉上的笑容卻分明是衝著我來的。如今回想起來，一定有那麼短暫的一秒半秒鐘，我會以為他是從隔街新公園裡跑出來釣兔子哥的老變態。總之，我沒搭理他，繼續往書架上胡亂找一本什麼書來讀。

「小弟你讀書讀得很快啊？」老傢伙沒鬆勁兒，接著說下去：「可是讀書不讀末章，能長什麼見識呢？」

我很想頂他一句：「我長不長見識干你老屁股什麼事！」可轉念一想：此人存心搭訕，頂回話去就扯絡不完了。當下一扭身，朝旁邊的柱子後踅去。不料才站定腳跟，老傢伙又出現在我面前，道：「方才那本書後頭附了篇明代通儒劉伯溫的〈奇門遁甲總序〉；你小弟沒讀就嗤之以鼻，是不是略嫌魯莽些個了呢？」

這一下我幾乎已經能夠斷定：老傢伙即使不是變態，也是個瘋子。在這麼一大屋子陌生人中間，教一個老瘋子無緣無故地纏上，你就算有理，又能說給誰聽呢？我正暗自著急，老傢伙忽地又開了口：「這一部《奇門遁甲術概要》之前呢，你讀的是《七海驚雷》。再之前，你讀的是《民初以來祕密社會總譜》。再之前，是《上海小刀會沿革及洪門旁行祕本之研究》。再之前，是《天地會之醫術、醫學與醫道》。再之前，是《神醫妙畫方鳳梧》。再之前，是《食德與畫品》。我說得對是不對？」

如果你要問我當時的感覺，我祇會顫抖著牙巴骨告訴你：「好恐怖！」

太恐怖了。有人早就在神不知鬼不覺的情況之下注意著你、觀察著你，而且還能一步一步地倒推回去，記錄了一個起點，一個至少看來有如出生證明的源頭——倘若硬要我形容這恐怖的感覺，我祇能打個比方：好像老鼠撞見了一隻能夠告訴牠老鼠窩在哪裡的貓一樣。

「奇哉！奇哉！」老傢伙居然這麼說：「你能不費吹灰之力，在片刻之間將我兄弟七人的著述一一寓目，倒真稱得上是奇才異能之士了。祇可惜——唉！祇可惜每一本書都不能終卷，也不知是我兄弟七人的才識學養畢竟不足示人呢？還是小弟你與我們的緣法終究不夠呢？」一面說時，他一面從法蘭絨西裝式的上衣內袋裡掏出一張名片遞給我，然後問了句：「可否冒昧請問小弟你一句：你的生辰是何年何月何日？」

絕對是因為那種恐怖之感過於逼人，我連想都沒想就告訴他：「民國四十六年陰曆五月十——」

我的話也還沒說完，老傢伙已然猛烈地搖起頭來：「罷！罷！罷！」此時我正低頭細讀手上那張印了密密麻麻的頭銜的名片——那些頭銜包括「中國命相協會理事」、「中國命理研究學會副主席」、「亞洲天人學會名譽監事」、「世界星相占卜促進會顧問」……諸如此類不下七、八行，之後才是正款：「知機子」三字。我再一抬頭，見知機子雙手扶了扶頂上的毛線帽，隨即衝我微一抱拳（是我不久前才從那本什麼洪門旁行祕本研究裡讀到的「明」字拳斜行式）道：「咱們後會有期。一定。」這時我忽然想起：剛才那本《奇門遁甲術概要》的作者不正是知機子嗎？當下不由自主地轉身朝先前北側的書架那邊瞥了一眼，再一轉瞬，哪裡還有知機子的身影？

若是將這個奇特、但是不具備一丁點兒重要性的經歷當成一個祕密，那就過於誇張了，然而我的確不曾公開談起過它。和我分享過這段經歷的祇有一個人：歷史小說家高陽。是時，我已經沒來由地步上小說這一行，發表過一些作品、得過幾個獎，還出版過一、兩本書。機緣湊巧地，我頂替一個分身乏術的朋友參加某文學雜誌所舉辦的「作家讀者連袂遊日本」旅行團。我那個朋友是以該雜誌長期訂戶的資格入選，成為能和作家相偕出遊的幸運讀者的。可惜她忙著訂婚，便把名額讓給了我。換言之：我雖然是個作家，但是在旅行團裡，我其實祇是個幸運讀者——甚至祇能算是個幸運讀者的頂替品。這樣很好，很能吻合我老鼠一般低姿態行事的癖性。可是主辦單位卻（可能是出於一種恭維人成性的好意）刻意把我介紹給旅行團中的作家代表高陽——事後我才推測出他們之所以如此做的動機之一是要我負責每天早上叫高陽起床。高陽脾氣大，等閒的雜誌編者或讀者叫他起床說不定要捱白眼。既然我具備一個寫作同行的身分，應該不至於吃他的排頭；且就算吃了，大概也不好聲張。不料在那一次七天六夜的旅行途中，高陽與我竟然訂下了亦師亦友的交情。之所以致此，當然同知機子那件事有關。

簡言之，當時高陽正在替某報寫連載小說，必須在旅次中逐日傳真文稿回台，是以我們幾乎天天有機會（在長程巴士上）討論他當時正在研究、且隨時將之入稿的陰陽五行、風水命理之學。某一日，我忽然提到了知機子這個名字。因為我還記得：在他的書中曾經論及星辰值卯之剋應，並有「天衢值辰，鯉魚上樹，白虎出山，僧成群」之語，這「僧成群」幾不可解，甚或可能是「增成群」之誤植。高陽聞言大驚，道：「不不不！你解錯了。『僧成群』絕非誤植，其實另有典故出處。」可是他並沒有說明那另外的典故出處為何，反而岔開話題問我：「你怎麼會去讀知機子的書？」

我遂將當日的一番際遇如實告知。孰料高陽當即拊掌搥拳、迭聲長歎：「遺憾哪！遺憾！」隨即嘿然不語，我亦不敢多言，祇能陪作黯然神傷之色，頻吃京料理的怪狀壽司了事。

數年之後，高陽因肺疾入院，我前往探視。但見他槁顏枯爪，如活髑髏。但是在病榻之上，他仍強自寬慰，大談命理運勢，直說自己「還有卅載陽壽可供揮霍，一甲子後再言去留」。正談到這裡，高陽的眼眸猛地亮了一下，道：「趙太初你後來見了沒有？」

「誰？」我愣了一下，直覺還以為高陽已經病入膏肓、神昏智迷了。

「他不是說同你一定後會有期的嗎？」

「誰？」我又問了聲。

「無相神卜知機子趙太初哇！你們不是在那個什麼書局見過的嘛？」高陽露出非常明顯的、不耐煩的表情，接著說：「他們結拜弟兄七個身上有一部奇案，我打聽了幾十年，不過知其一二，其中還有許多情由緣故不能分曉。你下回若見著了趙太初，就跟他講：高陽要同他好好談上一談。」

我唯唯而退。是年六月六日，高陽逝世。七月十三日，我從那個主辦日本旅遊團的文學雜誌主編手上接到一個包裹。這位主編告訴我：「高陽說：他出得了院就還他；出不了院就交給你。」

包裹裡是七本書和一疊半影印、半手寫的文稿。面對那七本我曾經「寓目」的書，我竟絲毫不覺訝異，彷彿早在數年前共飲於京都某料亭的那個夜裡，高陽已然向我宣示了他和我的偶遇相知其實同這七本書有著密切的關係。真正令我驚奇的是：每本書的扉頁，乃至幾乎每一頁的空白處都密密麻麻注記著關於書中所述之事的考據細節。於我印象尤深的一則題寫在《七海驚雷》的封底：「惟淺妄之人方能以此書為武俠之作。」對我而言，這簡直當頭霹靂——因為即使在那個時刻，我仍舊將《七海驚雷》當武俠小說來讀。

至於其他各書；比方說《上海小刀會沿革及洪門旁行祕本之研究》的著者「陳秀美」三字上畫了一個大「×」，改以這樣的三句話：「此書實為錢公靜農私學，傾囊而授其徒，果其為學之不私耳。」《民初以來祕密社會總譜》的作者「陶帶文」三字上也畫了一個大「×」，旁邊另注曰：「此李綬武之作也。李代桃僵，放託姓『陶』。前蜀薛昭蘊〈小重山〉詞：『舞衣紅綬帶』可知帶即綬也。易武從文，姑隱其志；可不悲夫！」此外，在《天地會之醫術、醫學與醫道》和《食德與畫品》的封面上各寫了五個大字「此真小說也」。而在《神醫妙畫方鳳梧》的封面上則注有硃筆小字三：「待詳考」。最莫名其妙的是那本《奇門遁甲術概要》的蝴蝶頁上寫著這樣一段話：

> 物無不有表裡，人無不有死生。表者裡之遁，裡者表之遁；死者生之遁，生者死之遁。是書之表，皇皇乎獨發奇門之術，見微知著、發幽啟明；然余疑此書非關死生而另有所遁。恐其裡實為萬氏之徒策應聯絡之暗號曆法也。

這段文字裡的「萬氏」二字立刻引起我的注意——無巧不巧，《神醫妙畫方鳳梧》的作者正姓萬，名硯方，字正玄，別號竹影釣叟。更有趣的是：我立刻聯想起許多我讀過的傳記或軼聞傳說之類的文字之中提到這個名字：一個曾經富可敵國、勢足亂政的黑幫老大。相傳他在數十年前遭到暗殺，無人知其究竟、亦無人膽敢探其究竟。

然而，我從高陽留給我的那七本書上的眉批夾注、以及高達六吋的文稿之中逐漸摸索出一些線索，它是一套迫使一個像我這樣讀書不敢逼近結局的人不得不去面對的蛛絲馬跡，引領著我那份帶有強烈逃脫意識的好奇心進入了一個又一個我從來不知其居然存在於我生活周遭的世界，最令我始料未及的是：這些個神奇的、異能的、充滿暴力的世界——無論我們稱之為江湖、武林或黑社會——之所以不為人知或鮮為人知，居然是因為它們過於真實的緣故。

祇有像我這種老鼠一樣的人才會瞭解：那樣一個世界正是我們失落的自己的倒影。

第一章　看不見的城市

孫小六從五樓窗口一躍而出，一雙腳掌落在紅磚道上；拳抱兩儀、眼環四象、氣吐三分、腰沉七寸，成了個蹲姿。這時節正是初冬破曉，街上悄無人跡，可他總覺得師父那一對漆溜溜的黑眼珠子不定正從哪兒往他這邊兒掃過來；當下打個寒顫，又仔細朝左右前後端詳了一回。

不錯。這裡是中華路、西藏路口，他窩混了三十四年的地頭。可如今他是待不住了。皮夾子裡揣著他老娘褥子底下攢藏了不知多久的一疊鈔票。腰裡纏著他爹傳下來的一捲軟鋼刀。夾克是他哥小四打修車廠庫房裡削出來的，胸前背後各繡了一組ＳＴＰ字樣。棉鞋黑幫子白底，則是他姊小五親手縫製；針線既綿密，漿料又勻實，乍穿不擠腳、穿久了也不鬆塌，於是省了襪子，氣味也就特別薰人。至於其他——對不住，一件破汗衫和一條卡其褲簡直算不上其他；其他就什麼都沒有了。

眼前有的，是四通八達的大馬路。西藏路自東而西，往西上萬華，那裡有新蜘蛃的人馬，去不得。往東上汀州路、三元街，那裡有東南海產小匹婆的眼線，去不得。中華路自北而南，往北不定會撞見他師父出來溜鳥籠子，那是更加去不得的。孫小六轉念及此，祇好一挫牙關，旋身衝左，沿著中華路往南，直奔竹林市去了。

竹林市是一座看不見的城市。所謂一座，也和尋常可見的城市之有周邊地界、自成單位者不同。打個比方來說：你去找一面二十公尺寬、十層樓高的白漆水泥牆，在上頭畫一個非常之大的台灣島。再向徐老三借來他那把雙管霰彈槍、外帶一千八百發子彈，站在十五公尺開外之地，朝台灣島地圖開火。待子彈打完了、你的手指頭也腫了、白漆水泥牆恐怕也垮了。不過這是打比方，所以得假設高牆沒垮，則牆上的巨大台灣島地圖必然滿是密密麻麻，有如星點蜂窩一般的彈孔。這些個彈孔的總合，便是竹林市；其任何之一的彈孔，也是竹林市。竹林市可大可小，大竹林就是所有彈孔的總稱——不過這祇是個概念，沒有哪個白痴真會去算計彈孔的數量如何、面積如何、現居人口如何……等等；即使是竹林中人，也未必願意知道大竹林的一切（那似乎是警察單位和媒體單位所津津樂道的）。至於小竹林，就是地圖上個別的彈孔了。小竹林也自有大小可分——大的許有幾座山、百數十甲的檳榔園、綿延數里的魚池、鹽田、產業道路；小的可以祇是一座神壇、一家餐館、一個貨攤乃至一間馬桶不通的公共廁所。

尋常人對竹林市是毫無知覺的，他們也不會把竹林市三字連成一氣，當作是指稱某一地區的詞彙。我們倒是可以用一個事例來說明尋常人與竹林市之間的關係。此事發生於一九九七年八月二十五日夜間十時許。八位早年曾在美國伊利諾大學深造的物理學、電機學和生物化學博士在一處名曰「大四喜」的酒樓餐敘，席開兩桌，連同家屬在內共計二十二人參加。酒過三巡，一位電機博士提議唱歌助興，眾人均表贊同。於是召來服務人員，將伴唱機、伴唱影帶裝置停當。物理學博士楊某搶先獻技，唱了一首〈恰想也是你一人〉。生化博士林某、許某接著合唱一曲〈舊情綿綿〉。電機博士簡某偕其妻子二人輪唱〈台北的天空〉未畢，忽然有大漢五名衝進包廂，直指眾人說笑談唱之聲太過吵鬧。電機博士何某立刻起身，代表眾人道歉再三，並聲明，在座皆學院中人，不知江湖規矩，冒犯之處，懇請原諒。來人頷首微笑片刻，道：「讀書人？有幾個博士啊？」八位博士紛紛陪笑舉手。卻在此際，問話者猛可拔出手槍一支，依座次近遠，連發十槍，將眾博士全數畢命。並宣言道：「博士安怎？博士就囂掰噢？幹你娘！」這一起兇殺案被稱做「八博士事件」，乃是尋常人誤闖竹林市的典型範例。之所以稱之為「誤闖」，乃是因為沒有任何人能在一宗兇案發生之前指出兇案即將發生之地，換言之：它可能是任何所在。一個絕大的亂數。瞻之在前、忽焉在後，倏而滅、倏而生，看不見的一座城市。非由人誤闖不可。

第二章　竹林七閑

當年萬老爺子尚未歸西，每到滿月之夜都要和幾個平生知己作荷塘之會，地點就在南海路植物園。席間不外是白酒一壺、鱸魚一尾、松花皮蛋二枚、蔥爆牛肉四兩，還有澎湖醃缸花生米半升。與會的老者舉箸不多，感懷卻總不少。就有這麼一回，月過中天，萬老爺子擊掌喚來警衛，低聲吩咐了幾句。但見那警衛立刻靠靴行禮，匆匆離去。約莫半盞茶的辰光，警衛去而復回，在一旁的小石桌上鋪開一層織毯、一層絲綢，再點亮鯨脂燭燈一具，備妥了文房四寶。萬老爺子滿飲一盅、踏步上前，拂袖擎筆，輕輕往硯池裡濡了個毫酣墨飽；當即飛龍走鳳、舞鶴擒蛇，畫下一片竹林。

「端得是淋漓之至！淋漓之至！」外號人稱百里聞香的老饕魏三爺忙道：「看萬老作畫如觀庖丁解牛，官欲行而神欲止，墨未發而氣先至，妙極妙極——」

話沒說完，卻被萬老爺子抬手止住，眾人未及言語，祇見萬老爺子的臉上已然淌下兩行清淚來。

「萬某年少之時習書學畫，有過一段奇緣；受一位鄉前輩方鳳梧公指點過幾年，那已經是光緒年間的事了。鳳梧公告我：『君子寫竹，取其孤寒；小人寫竹，愛其枝蔓。』這話很有幾分道理的。各位試想：一枝孤竹入畫，布局何其之難？倒是一叢亂竹，無論它東倒西歪，前傾後欹，彷彿總有些個掩映、依傍似的。道理也就在這裡了。」話說到此，萬老爺子忽然打住，抬袖口將臉頰上的淚水揩淨，歎了口氣。

「這——」總統府的資政李綬武皺起一雙壽眉，拱了拱手，道：「萬老，好不好請您把這道理再說明白些？」

「是啊是啊，」坐在下首的是直魯豫第一神醫、外號人稱痴扁鵲的黃鬚老者汪勳如，此刻也傾身一揖，道：「屈指算來，咱們這一部『荷風襲月』的小集也行之十有餘年了。雖說國府避秦、世事蜩螗，教人不堪回首；可咱們幾個老朽，月月感時憂國、思鄉遣懷，總還有個大題目。今日萬老忽而起興揮毫，畫了一幅好畫，酒本不曾落腹，淚卻先灑下幾滴，教人好生不明白。」

「是不明白。」坐在汪勳如身邊的國學大師錢靜農取過瓷盞，替萬老爺子斟上，又為眾人各斟了一盞，一面說道：「鳳梧先生的竹堪稱神品是不錯的。我倒聽說過另外一段軼聞；說是有人向鳳梧先生請教：『您老的竹子怎麼生得如此單薄？』鳳梧先生答得妙：『我不過就這麼一園竹子，零著賣還能多續幾載生計，一次出清，你老兄教我怎麼生活？』萬老如今振筆如飛，片刻工夫便出清一園竹子，可謂傾家蕩產了，毋怪乎要落淚的——這麼一想，我好像又明白起來啦！」

錢靜農的一席話還沒說完，眾人已經笑得前仰後合，最後連萬老爺子也闔不攏嘴，竟微微有些喘了。

倒是緊鄰李綬武左右而坐的無相神卜知機子趙太初和飄花掌孫孝胥兩人僅僅抿嘴一笑，還相互使了個眼色。孫孝胥接著說道：「說笑歸說笑，萬老這幅竹林裡的感慨究竟如何？咱們還是請問其詳得好。」說罷推身而起，走近小石桌前，將鯨脂燈移近紙面，卻聽萬老爺子輕輕喚了聲：「且慢。」

此際，那百里聞香魏三爺忽然撮起口唇，發出「呼呼呼」幾聲怪笑。同時伸起一雙筷子朝那尾足有尺半長的七星鱸魚一點。眾人皆知魏三爺的筷子是特製的，兩支牙骨包銀帽、鑲玉尾的筷子其實並非一模一樣——以無名指和虎口抵架的這支稍粗而短，斷面呈圓形，軸中貫以細鋼絲一根。魏三爺稱這支筷子叫「探真」，另一支輕輕夾在拇、食、中三指尖上的叫「揭諦」。「揭諦」質輕而稍長，通體形狀不一，筷尖處極扁，即使裹了銀帽，仍薄如紙葉，反而像一片修圓了的刀刃，筷身較「探真」細些，中圓而末端成了方形。魏三爺嘗言：這「揭諦」是有典故的，它本是佛祖身邊的護法神，因為擅自出手助法海僧擒拿白素貞白娘子手下的青魚怪，給佛祖發落了一個謫譴，從此衹合在老饕手中揭魚皮，卻嚐不到分毫滋味。至於這「探真」更是孟郊詩作裡的句子：「扣寂兼探真，通宵詎能輟？」衹不過——魏三爺說過：「人家孟夫子通宵達旦是鑽研玄理。我可不同，我魏三便衹一個吃字可以抵眠防睏。」卻看這魏三爺右手一翻，去那鱸魚尾上輕輕觸了觸：「探真」一按、「揭諦」順勢一掀，登時揭下一層極薄如膜的魚皮來，衹在這近乎透明的魚皮的下方有一塊黑斑。「這是極品鱸魚，皮上有七層薄膜，一層上出一塊斑。」魏三爺瞽眼瞧了瞧萬老爺子，道：「萬老這幅畫，是不是也要這麼處置啊？」

「知我者，非魏三者何也？」話音未落，萬老爺子一步踏前，左掌倏忽遞出，以手刀輕輕拂過桌上的畫紙，但見他掌緣所到之處便捲起一陣白裡帶黑的煙霧。然而定睛細覷，眾人才知道那不是什麼煙霧，卻是石桌上的那張畫紙、硬生生教他老人家的上乘內力給揭下了一層，其薄亦如膜，可是畫上的竹葉竹枝歷歷俱在，全無毀傷。較之魏三爺筷子上的魚皮，恐怕還要薄上些許。

魏三爺驀地叫了聲「好」，隨即又伸筷子往那七星鱸尾端一觸、一按、一掀，揭下了第二層魚皮。這廂萬老爺子嘴角微一牽動，似笑非笑之間，右掌再往畫紙上一拂——這一次，掌緣懸空一寸有餘，可是照舊揭下了第二層畫紙。如此一來一往，這兩個老人猶如試拳拆招的一般、在頃刻之間揭下來六張魚皮和六張畫紙。魏三爺又「呼呼呼」笑了起來，道：「不成不成！我這魚皮就祇七層，一一分與你們吃了也就罷了。可萬老您這張紙分明是『百葉柬』；當年宋代的張希賢繪牡丹就用的這種紙，他畫個一、兩朵就揭下一層、題上款，齎發人賣了；底下的再添枝補葉，又成一幅。如此再揭再畫，既省事工、又賺銀兩。您老可不能用這種好材料欺負魏三。」

「我原本沒有同你較量的意思，這畫一分為七，咱們兄弟七人各持一幅把玩觀看，豈不方便？」說時，萬老爺子已將搭在臂膀上的六幅墨竹逐一分送至眾人面前。祇見當先拿著畫的飄花掌孫孝胥微微蹙起一雙劍眉，雙眼卻在霎時之間瞪得有如黑水銀丸，頭頂上也薄薄升起一抹蒸汽。孫孝胥身邊的李綬武眼力原本極壞，正從衣袋裡掏出一枚碟子大小的放大鏡，逐寸緩移，他左手邊坐的是知機子趙太初，手上才捧起畫來便顫巍巍站直身子，將紙面對著亮光較足的地方一展，「呀！」地叫了一聲。

與這聲叫喚幾乎同時出聲的是痴扁鵲汪勳如的一聲：「怪哉！」汪勳如一面說著，一面戟畫起左手的食、中二指，摸著自己的頂骨、壽台骨、枕骨、横顯骨，摸過一遍，又摸一遍，猛可露出兩枚碩大潔白的門牙，笑了起來，還用左肘撞了撞身旁錢靜農的右臂。此刻錢靜農正聚精會神望著自己面前的那張畫，嗒然若失，作木雞狀——祇一隻右手掌微握虛拳，呈擎筆之勢，腕骨輕輕上下抖擻，如握無形之筆的三個指尖已經逼出幾粒汗珠，正凌空寫將起來。初時，錢靜農寫字的手指波磔點捺得十分謹慎，可未及片刻，動作大了，力道也強了，竟然舞得虎虎生風、獵獵作響，到後來，他索性一步退出五尺，左手依舊捧著那蟬翼也似的一張畫，右手陡地向四方伸開，竟寫出了一個有丈許方圓的大字。與錢靜農站個正對角的是那警衛，他不看則已，一看嚇走了兩魂六魄——祇那不到一眨眼的工夫之間，他居然果真看見空中出現了一個字，好在此字筆畫簡單，即便反著也一眼認得出來：是個「仙」字。

「這畫的確是妙品！」錢靜農原就生了張紫色面皮，這麼凌空臨書，臉色已然是紫中透紅，猶似重棗，登時把那警衛又嚇了一跳，直以為這老兒寫罷一個仙字便成了關聖帝君了。且說這關王爺錢靜農一口氣寫完一帖，衝萬老爺子一抱拳：「不料萬老這幅畫裡還藏著倪鴻寶的七絕條幅；佩服佩服！」

錢靜農所說的倪鴻寶，名元璐，字云汝。乃是明朝天啟二年的進士，累官至禮部尚書。崇禎末年李闖陷京師，倪氏自縊而死；稱得上是一代忠臣。倪氏也是一位不世出的書法家；清吳德璇《初月樓論書隨筆》曾稱之曰：「明人中學（顏）魯公者，無過倪文公。」錢靜農正是從他手上那幅墨竹裡讀到了倪氏的一首七絕條幅的筆意：「一城春雨萬家煙／處處涼飛太極泉／人在揚州清似鶴／不知是宰是神仙」。適才那警衛並沒有看走眼，小亭夜色之中青光斑斕、如霓似虹的那個「仙」字就是倪氏七絕的末一字。

「不對不對！」汪勳如搶道：「依我看，這畫裡的玄機卻是一部經絡圖呢！這竹株直行而上，凡十有二，是經。竹枝旁行斜出，凡十有五，便是絡了。此處是手之三陰三陽、此處是足之三陰三陽。還有這裡，主脾中另一大絡，合一任一督三者，正是十五之數。將十二經十五絡再合起來看，竹葉紛披，每一葉皆是從這二十七氣中衍出，相隨上下，可不正是李時珍所謂：『如泉之流，如日月之行，不得休息。』再看，後面墨色較淺、掩之映之的八株，卻也就是『內蘊臟腑、外濡腠理』的奇經八脈了。你們且看這八脈之中的陽維脈好了，發自足太陽金門穴，在足外踝下一寸五分，上外踝七寸，與足少陽會於陽交——」

「且住且住。」孫孝胥這時也岔過來道：「倘若痴扁鵲說得不錯，怎麼我又看出別的門道來了呢？各位且從汪兄所謂的這陽維脈看起罷。它看起來的確是在前方這一株竹子的『後面』，這是水墨施諸此紙的一個微妙之處，因為它是較晚畫上去的一筆，卻和濃淡無關。既有早落筆與晚落筆的考究，觀此畫就不得不把個時間看進去。」

「果然是真人不露相；沒想到飄花掌也頗通丹青之道哇。」剛剛落座的萬老爺子拈鬚微笑道：「不錯的，這宣紙之類的畫材的確有這麼個障眼法，先落筆的看似在畫中的前方、後落筆的看似在後方；但不知你所說的『把時間看進去』又作何解？」

孫孝胥聞言微一頷首，隨即撩袍起身，一面說道：「畫是靜的，觀畫卻是個動勢；以動入靜，靜者亦與之俱動，這——說它不明白，我演一套拳便是了。」話說至此，人已騰空而起，身影倏忽拉長，恍若一竿勁竹，卻在半途中一挫腰，如錯節分枝，左掌使個按字訣，居然就讓一副胖大身軀凌空不墜，右掌同時使了個推窗式，一式三形，分作刺、撥、鉤。不待此式用老，人又猱升而上，再一挫，又頓成一竹節。這一回右掌下抄，左掌使了個擋車式，也是一式三形，分作掠、攬、遮。這第二式的三形一出，眾人見出端倪：原來孫孝胥用自家掌法演了一套與那畫中之竹若合符節的拳術，之所以一式三形，端在那畫中竹葉的樣貌——或潤、或澀、或虛、或實、或斜、或欹，俯仰捭闔，皆酷肖筆意。如此拾節而上，正是先前汪勳如所稱的那一路陽維脈——在畫中，便是墨色較淡，位於後方的一竿竹影。顯然，孫孝胥刻意演出這株竹影的緣故無它：因為這一株較矮。倘若演的是它前方那一株老竹，這低簷小亭非讓孫孝胥衝破了頂不可。眾人剛剛回過神來，孫孝胥早已翩然落地，道聲：「獻醜。」隨即復座。笑歎聲中，祇那魏三爺拗道：「不成不成！你們三個全看走眼了。萬老這幅畫畫的分明是一套食單，怎麼成了拳術了呢？」

此言一出，眾人譁然，還以為魏三爺說笑成習，這一刻又在打諢語。不料魏三爺正襟危坐，肅色正容道：「列位看這竹林不外就是竹子，我卻說它無一莖是竹莖、無一葉是竹葉。」

坐在魏三爺對面的資政李綬武當即笑道：「三爺眼中莫要看出一盤筍炒肉來罷？」

魏三爺卻不與眾人同聲謔笑，逕自覷眼觀畫，沉聲說道：「這裡一部分是『雉尾蓴』，一部分是『絲蓴』。方才我一眼看去，還以為是竹，第二眼再看時，又明明是蓴；且越看越有嚼勁兒，彷彿其中還有多少機關。不意孝胥這一套拳掌演下來，倒激出我一個想法：不錯！觀畫者其心不同，可以各出機杼、自成體悟；尤其是將一幅恆定之畫看成是一套能動之勢，別出心裁得很。如此想來，兄弟我卻悟出一套『蓴羹』的食單來。祇不過，這是一道做不出來的菜，可惜可惜，可惜之至！」

坐在魏三爺右首的錢靜農立刻一擊掌，道：「這『蓴羹』是一道名菜；可是合『雉尾蓴』與『絲蓴』一鼎而烹之，的確是不大可能。想這『雉尾蓴』，乃是三、四月間蓴菜初生，莖、葉片尚卷而未舒，尖如雉尾，因而得名。『絲蓴』卻是五、六月之後蓴葉稍開，生出黏液；這黏液欲滴不滴、一線牽掛，故名『絲蓴』。同一株蓴菜，前後相距兩個月才分別有這雉尾與絲的分教。然而任您魏三爺百里聞香，哪裡能把這分別要在前後兩個月頭尾上市的蓴菜煮進一鍋裡去呢？」

「妙處應該就在這不可能上頭了。」魏三爺仍目不轉睛地凝視著畫面，片刻之後才逐漸展眉而笑，道：「是的是的！萬老這畫還得從無墨處看才轉得出另一層體會。」

此言一出，眾人紛紛將手上的畫再瀏覽一遍，不覺同聲驚呼。果然，畫面留白之處竟非無意為之，而是大大小小、數十百個似梭非梭、似錐非錐的圖形。

李綬武搶忙說道：「好像是魚。」

「正是這盤中的鱸魚。」魏三爺看一眼錢靜農，道：「黑的是蓴菜、白的是鱸魚，老兄該知這裡頭的典故。」

「我明白了。」錢靜農也樂了，道：「這是『蓴羹鱸膾』的意思。萬老這幅畫裡果然還藏著這麼一個故事。」

原來這「蓴羹鱸膾」典出《晉書・文苑傳》裡張翰的故事。話說張翰字季鷹，吳郡人，有才善文章，時人號為「江東步兵」，以況阮籍。因緣際會之下，張翰結識了會稽人賀循，竟不辭別家人而隨賀循至洛陽，在齊王冏手下任大司馬之官；其縱任放浪如此。一日見秋風起，張翰忽然想起「吳中菰菜、蓴羹、鱸魚膾」，於是說道：「人生貴得適志，何能羈宦數千里，以要名爵乎？」當下辭官南下回鄉。是以這「蓴羹鱸膾」一語所指的正是一種思鄉與退隱的情懷。

「萬老既不像兄弟我這般，還有個閒差在朝，怎麼忽然興起了蓴鱸之思呢？」李綬武道：「這就教人不明白了。」

「此言差矣！」孫孝胥拍了拍李綬武的肩膀，道：「萬老有幫眾數萬；號令一方、聲動江湖，連『今上』都還是他老人家的再傳弟子——」

「這就不要提了。」萬老爺子抬手止住孫孝胥，可孫孝胥談興來了，哪裡還去理會？回手朝身後那一身勁裝制服的警衛一指，繼續道：「不然哪裡來的這些排場？閣下饒是府裡的資政，就不許人家萬老興歸隱之思麼？呿！該罰一杯。」

李綬武不禁臉一紅，搖頭苦笑道：「該罰該罰！」說時當真滿飲了一杯。

魏三爺也立刻捧起了面前的酒盞，道：「綬武說得其實也不錯；萬老這畫謎的機關就在這裡：既然蓴羹鱸膾一語所指的是辭官歸隱之志，那麼請問：倘若沒有一個可辭之官，你教萬老如何隱去？」

「說得好。」久未言語的趙太初迸出了一句，隨即又悄然覷起畫來。

「所以我說這畫的妙處就在這『不可能』三字上。要把雉尾蓴與絲蓴燉在同一個鍋子裡是戛戛乎難之事；而萬老無官可辭，又萌生歸隱之念，更是戛戛乎難的事。」一面說著，魏三爺猛可將杯中之酒一飲而盡，得意之色浮溢滿面，轉臉衝萬老爺子笑問道：「如何？萬老！我可沒糟踐您這幅『蓴羹鱸膾圖』罷？」

萬老爺子且不答他，自將酒盞舉起，輕啜一口，道：「太初和綬武還不曾說呢。」

「我已經罰過一杯了。」李綬武笑道：「再說怕不要吃醉了呢。還是讓太初說罷。」

「我——」趙太初沉吟半天才道：「不敢說。」

正當眾人感覺詫異而沉吟不已之際，亭外將這方荷塘一分為二的堤廊盡處忽然閃爍起一陣耀眼的白色光芒，一望可知是幾支高瓦數的手電筒。由於這堤廊蜿蜒塘中，作九曲之狀，是以燈光也迤邐漸近，倏滅倏明。但知來勢甚急，腳步聲更是紛亂雜沓，彷彿出了什麼極其要緊的事。孫孝胥微一偏頭，仔細聽辨一回，道：「來了四個人，兩位穿靴，許是萬老的扈從。一位穿著皮鞋，腿腳有些不大靈便。還有一位——是個高人，穿一雙棉底桑鞋，有上乘輕功在身，腰間還纏著九節鋼鞭之類的兵刃。」

萬老爺子聞言豁地起身，面露微慍之色，但是這怒意也祇一閃而逝。不消說：他對手下之人闖入七老這一部「荷風襲月」的小集非常之不悅，但是人畢竟是甘冒大不韙地闖進來了，其中必有緣故，既然不知就裡，此刻又焉能遽然動聲氣？

就在手電筒的光柱漸行漸近之時，趙太初猛可長歎了一聲，道：「果然不妙！」說時迅即將手上的畫再睇視了一遍，接著忽地飄身而起，像張紙鳶似地摶扶搖而斜飛出亭，居然欺身入塘，孤腳站在一枝蓮蓬上。他這一手著實大出旁人意表——想這七老相交已有數十年之久，月行例會亦不祇十餘載春秋，可是沒有一個人知道：這外號人稱無相神卜的趙太初竟有這般精純絕倫的輕功。看他神情凝重，手打亮掌遮住眉緣朝西北方的天際瞭望，似乎露這一起身手並非炫耀，祇是為了避過亭中燈火與閃爍不止的手電筒亮光，想要看清楚蒼穹之中的點點星辰。果不其然，眾人隨那趙太初的目光望去，卻見西北方的夜空之中劃過一顆有如燈泡般大小的流星，這流星通體呈紅色，還拖著一截粉紅色的尾巴。幾乎便在同一剎那之間，緊跟在紅色流星的後面又出現了六顆白色的流星，亦如燈泡般大小，也各自拖著一截白色的尾光。且看那紅流星行過中天的瞬間有如燄火般猛然炸裂，迅即消逝得無影無蹤。卻也在此刻，紅流星消逝之處又出現了一枚泛著青光的小星，幾乎可以看出它是沿著先前那紅流星行進的方向繼續前行，直奔東南方而去。說時遲、那時快；先前的六顆白流星也正以迅雷不及掩耳之勢分朝東北、東南與正東三個方位散飛而去，當下沒了一點著落。衹餘那顆青色小星前行未止，兀自掩入一片柳枝之間。這一切來得疾、去得快，衹是幾眨眼的工夫，便留下一片蒼然夜色，渾似從未發生過什麼的景況。眾人正狐疑著，趙太初早已飄身入亭，又歎了一口氣。

萬老爺子這時轉臉朝堤廊外的人影瞥了一眼，話卻似是對趙太初說的：「知機子從我畫中窺見了一部天機，你說是也不是啊？」

趙太初尚未言語，李綏武卻一面貼臉湊近放大鏡去觀畫，一面揚聲說道：「這張畫居然先一步演成了適才那一幕星象，的確是神乎其境、妙不可言。」

其餘諸老各一轉念，赫然發覺自圖的左上角至右下角一線之上，果然有那麼星星點點的幾筆，分別掩映於竹節之上，其分布之態，恰似方才夜空之中競相逐走起落的群星。

「卻有一點不符。」汪勳如指了指天，又指了指畫，道：「那青色的小星卻不在畫上。」

萬老爺子還來不及應他，百里聞香魏三爺卻忙道：「痴扁鵲此言痴矣！君不見方才我揭魚皮麼？那極品七星艫一層膜皮一個斑，斑斑不在同一點上，萬老這幅畫若是上應天象，也當須會通這個道理。」

「不錯的。」趙太初眉目稍舒，接著說道：「適才作畫的時候，萬老一時感懷，彈下幾滴清淚，在我這手上的這一幅裡，還可以從這一株——」

「那是陰蹻脈，」汪勳如搶道：「是為足少陰之別脈，起於足少陽然谷穴之後，同足少陰循內踝下五分便是照海穴；這畫是再清楚不過了——」

趙太初並不理會汪勳如之言，繼續說道：「這一株第三節右邊，就有這麼一塊萬老的淚跡，這淚落於紙面，將之前竹節的那一筆渲染開來。」

「我這一幅上也有的。」錢靜農也拍案讚道：「它就在倪鴻寶那首詩的『煙』字上！果真奇妙無比。」

「的確的確！」孫孝胥幾與錢靜農同時說道：「我這一幅的淚漬卻在正中央，與諸君偏偏不同，非但沒有渲染到其他的筆墨，反而就像是一滴顏色較淺的芒點。在畫中，有如一顆朝露，閃爍晶瑩，剛從葉梢落下。在我這套竹連掌法裡，它正是一步死裡逃生、敗中求勝的險招。」

趙太初微微點了一下頭，衝萬老爺子苦苦一笑，道：「萬老這幾滴淚灑得玄奧之至，看來當真是天意如此，殆非人力所能及也；你我兄弟七人，難道偏要落個這樣的結局？」說完，眼睟朝萬老爺子身後一瞬，眾人順勢望去，才看見早有四條漢子悄然在亭外堤廊上站定，與七老相去約莫丈許遠。當先一人西裝革履，手提黃色皮箱，他身後立著個濃眉大眼的胖子，這胖子生得奇怪，頰邊長了顆龍眼大小的叢毛痦子不說，繞脖頸一圈青紋，遠看不察，還以為教人拿繩子纏絞著，登時就要斷氣的景況。這胖子旁人且不理會，獨獨衝孫孝胥微一垂首，眼中彷彿透著十分的敬畏之意；也便有這敬意的緣故，胖子的兇惡便大大地減卻了。幾乎沒有誰察覺：他那一雙房柱般粗的腿子踩的是個小內八步——這種步子看似不具臨敵之意，可是練家子踩來，足跟不著地、足尖虛沾塵，兩腿勁道全在一對拇趾丘上，隨時可以提氣衝身，凌空制敵。而這胖子腳下的一雙棉底桑鞋正教當先那人手上的皮箱遮個正著，連孫孝胥都沒看出他小內八步的門道來。

萬老爺子緩緩掉轉身形，對當先那來人道：「怎麼還帶著火樹噴子？」說時目光朝稍遠處一掠，那兩名武裝警衛當下一凜，各自手上的卡賓槍皆在不覺間咔嚓咔嚓撞擊起腰間的銅扣皮帶；不消說：這是兩個全無經驗的新兵。

「可不可以請老爺子借一步說話？」穿西裝那人微一欠身，道：「有急驚風號子。」

「這裡沒有外人，沒什麼不可以說的。」萬老爺子一面吩咐、一面轉回身來，朝六老攤攤手，示意落座。他自己則執壺而立，替大家斟起酒來——這個動作，無異是告知來人：亭中非但沒有外人，亦且皆屬貴客，是故來人的語言舉止上，絕對不可怠慢。

「『老頭子』派了一標槍兵到祖宗家來，說要請老爺子過去坐一坐。」穿西裝的言辭甚是斯文，可是在說到「坐一坐」三字的時候眉峰一揚，透出些許分不清是慍意或是殺氣的神色。

萬老爺子略一揚嘴角，似笑非笑地說道：「這是什麼辰光了？我還去坐一坐？」說罷隨即擎杯示眾，敬了一敬，轉向趙太初道：「對了對了，太初方才解畫吞吞吐吐，欲言不言，實在教人好不悶氣。眼下索性說它一個大明大白，萬某也得個痛快。」

趙太初又沉吟了片刻，止不住朝堤廊上神情甚是詭異的四人又望了一眼，心忖：這劫數一則應在畫中、二則應在天上，看來是無可遁避的了，從而低聲道：「在下號稱無相神卜，知機察微，今夜卻寧可看走了眼、觀錯了象，落一個笑話日後供諸位兄台調侃。可是——唉！咱們還是請溯其源，從萬老這幅畫中去揣摩罷！且先說這幾滴老淚，有幾滴是萬老作畫之時滴落的，入紙即透，一滴沾惹了墨，使之暈開，成了靜農手上那幅畫中的一點倪帖筆意。在我這一層畫上，則是竹節的突斑，它有何意，待會兒我再詳談。另一滴淚，落在留白之處，並未著墨，隨即乾了，便祇在末層上沉積，因此也祇在孝胥手上那一層的正中央略有痕跡，於旁的六張卻並無影響。

「此外，方才萬老以上乘內力『大般若掌』揭層分畫之際，或許觸紙生情，又分別落下幾滴老淚，是時墨瀋未乾，揭去一層，灑下一滴，便是各層畫上分別有一介乎青、墨之間的小斑點的來歷，由於一滴一滴皆各有著落之處，未及下滲，便自成畫中一筆，也就是魏三所比喻的七星鱸魚的斑點，人各分潤，在畫上的位置亦絕不相同。至於片刻之前那一幕群星競逐的異象，與萬老畫裡所透露的玄機亦極其吻合，也是在下猶豫不言的緣故，這——」

「你就說開了罷！」萬老爺子一面說著，一面又在為眾人斟酒。

「也罷！橫豎是個劫數，知與不知、言或不言，皆難回天。我就說得更明白些：今年乙巳，是古來奇門遁甲盤上入陰八局的一年，逢這休、生、傷、杜、景、死、驚、開八門之中的杜門。所謂：杜門陽木、時值夏冬／發生於外、津液已敗／陽氣亢極、一陰將至。簡單地說：大運勢上已是個小凶之象。萬老這畫中之竹居然讓魏三看成『蓴鱸之思』，當年張翰羈宦洛中乃有此思，試問：它可不就是『發生於外』嗎？要將雉尾蓴和絲蓴合為一鼎而烹之，它可不就是『津液已敗』嗎？孝胥從畫裡演成一套『竹連掌法』，每一式皆上揚高舉，如鵬搏鷂唳，試問，難道不是一套『陽氣亢極』的拳術——」

汪勳如這時又插口道：「那我看出的經絡圖又怎麼說？」

「問得好！」趙太初立刻接道：「之前我們不正在說萬老作畫之時掉了兩滴眼淚，一滴沉底，獨在孝胥畫中，另一滴在靜農的畫上成了『煙』字的第一點，在你老兄那一張上呢？」

「唉呀呀呀！」汪勳如聞言諦視，發現那一點正打在手太陰上，太陰主脾，脾上這一大絡便報銷了。汪勳如驚呼之後，口中迸出一個「死」字。

「在《八十一難經卷圖》的第二十四難上，是不是有『手太陰氣絕則皮毛焦』的話？」趙太初追問下去。

「是的是的！」汪勳如那一張老臉皮已變得煞白，幾乎要白得過他那兩顆大門牙去。他抖著聲說道：「經卷圖上還說：『皮毛焦則津液去』，正是你說的『津液已敗』啊！」

錢靜農這時也黯然道：「『煙』字的第一筆是火字的一點，火字若是應在這『陽氣亢極』之語上，正合乎『一陰將至』且『木性至此而力屈』的話；杜門陽木，落得個力屈而死，倪文公當年守節不降，恐怕也有力屈之憾。」

「靜農應該知道那倪元璐另外還有一首重九病癒七律帖，中間少了一個字。」趙太初話鋒一轉，手卻仍指著萬老的那幅畫。

「你說的可是『世事悲歡無過吾』那一帖？」

「正是。」趙太初答道：「此帖第三句上寫漏一個『地』字，倪氏將之補寫在全帖之末。不過，那可不是無心之失。原句是：『老夫自避一頭地』，順詩讀來，成了『老夫自避一頭』。此中大有深意。」

「我明白了。」錢靜農道：「倪元璐藉這手誤，藏了一個『避之無地』的暗語。太初果然獨具法眼，能窺見古人的微言大義——祇不過，這一帖和萬老這幅畫又有什麼關係呢？」

趙太初忽然瞥一眼李綬武，又將目光移回紙面，道：「從奇門遁甲的古謠來看，萬老這畫中之竹，不祇方才說的那一個和淚而出的墨點有解，可以說通盤皆應在杜門的歌謠之上。歌詞是這樣的：『杜門四四星凶惡／木星時方寅卯泊／閉關絕水事封塵／奸熾邪昌未可托／孤身六散隱名姓／遠禍疏人莫言說／官刑威迫無地避／密藏可待己卯約』。這詞是古詞，但是千百年來傳抄之訛、詮解之誤在所難免，是以言雖似古而意實鄙陋。我們觀天知人這一行裡，自凡有點修為，便不至於拘泥於這謠詞的文義。可是萬老的畫中之竹，筆筆枝藏葉掩，無一株不匿於另一株之旁、無一節不避於另一節之側。諸位不要忘了：這奇門遁甲之中，杜門主的就是一個藏字，是以有『除逃災避禍、諸事皆凶』的道理。」

「你的意思是：萬老有大禍將要臨頭，非避不可囉？」汪勳如道。

「就怕是靜農說的：『避之無地』啊！」趙太初又歎了一口氣，道：「此外，原先我讀這杜門的歌詞，總覺得第五句的『孤身六散隱名姓』和第八句『密藏可待己卯約』簡直不可解，其中必有錯訛。待今夜合以天象，卻不能不信：起碼這第五句形容得倒真是準確無匹啊！」

「那麼什麼叫『密藏可待己卯約』呢？」孫孝胥頭一偏，臉色又漲紅起來。

「今年乙巳，己卯是三十四年之後，那是民國八十八年間的事了。咱們兄弟若非作古，也是九旬上下的老朽啦！」魏三爺苦笑著，轉臉又覷了覷萬老爺子，道：「萬老也是一百零八歲的人瑞了。」

這時萬老爺子忽然昂聲大笑起來，道：「歌詞明明說的是『六散』，我恐怕來不及同你們一道等待那『己卯之約』了罷！」

「萬老大知閑閑。不泥於俗，已經是解生脫死、遊於塵垢之外的人物。」趙太初神色悄然，連語聲都有些哽咽了。他勉力挺胸振脊，打起精神，舉杯先朝孫孝胥一示意，道：「先前尚未觀畫之時，孝胥與我相視一笑，我明白其中深意，祇可惜各位老兄弟不知就裡。這一笑，今夜若不言明，咱們七人恐怕要終生抱憾。」

「那是因為乍見萬老畫了一園竹子——」孫孝胥說到一半，凝重的面色之下忽地浮起一抹笑意：「讓我想起今日與太初同車來赴會時，我們聊起近年來有一幫浮浪子弟，組織了一個青痞幫會，號稱『竹聯』，太初便與我說：不過是孩童們械鬥為戲，居然敢聚眾結盟，稱幫道會，乃至糟蹋了竹之為德，有君子之風。不意萬老一出手，果然是一叢風中勁竹，且其中還有如許奧妙的機關——」

趙太初抬手止住孫孝胥，接著說下去：「我要說的是這孩童嬉戲之事，日後恐將釀致極大的恩怨，牽連很廣、情仇亦深，於萬老手創的一番事業、乃至我等兄弟也有頗為尷尬的干係。」

「不過是一班黃口小兒——」魏三爺大惑不解地問道：「與萬老和你我兄弟能有什麼牽涉呢？」

「三爺千萬別忘了。」趙太初起身伸臂，一把抓起酒壺，一一為諸人注滿杯盞，緩聲說道：「回首前塵，你我也曾經是黃口小兒；昔時情景，猶如昨日呢。」說到這裡，趙太初又對萬老爺子一舉杯，道：「至於萬老，是大澤焚而不能熱、河漢沍而不能寒、疾雷破山風振海而不能驚了——」

「你這話的後半截我聽說過，是『若然者，乘雲氣、騎日月，而遊乎四海之外。死生無變於己，而況利害之端乎？』這是《莊子》裡的〈齊物論〉。說得客氣一點，我恰是瞿鵲子所說的『不就利、不違害、不喜求、不緣道』；可是說得坦率些，我可不就是大禍臨頭、死之將至，卻仍麻木不知麼？」萬老爺子一面說著，一面舉酒而飲，再道：「其實太初所說的劫數，的確就近在眼前，我——知之甚詳而不忍為諸君歷述個中究竟。孰料天機人事居然偶攝於圖中，成了畫謎。倘若我就這麼為諸君解說了這謎，怕不又要增添多少是非恩怨了！更何況太初拿〈齊物論〉之語謬獎老夫呢？我看——關乎這劫數之事，就此打住不談了罷。是福不是禍、是禍躲不過。祇可憾那一個杜門的『藏』字訣，說的竟是什麼隱姓埋名、疏人遠禍的門道。如此一來，我個人死生事小，株連諸君六人過不得閑散的日子，倒使桑榆晚景少不了奔波流離，卻是萬某的罪過了。我這裡自罰一盞，先告個罪罷！」

趙太初聞言至此，再也忍禁不住，突然放聲長嘯，一嘯不止。這嘯聲如歌如泣，其音綿密悠長，翺翔而上，有絕雲氣、負青天，以遊浩渺無窮之概；恍若這荷塘波光間竟有人吹著一支似簫非簫、似笛非笛的樂器，又如千萬縷針髮般細的風，或輕或重、忽高忽低地竄入無以數計的竹葉、竹枝之間。眾人側耳傾聽了一陣，剛剛聽出那曲調的來歷，忽然間嘯聲之中又竄入了一陣怪聲，漸逼漸近，似是警笛之鳴。

趙太初的嘯聲被那警笛一擾，非但不肯示弱，反而拔了個高，令眾人如登險峰之後乍見一陣嵐氣，在霎時間蒸騰而起，撲九霄而入雲漢，破虹霓而貫日星。此音一出，遠處那警笛竟嗶嗶剝剝好似裂竹爆仗一般地破了、斷了、再也發不出響聲來了。嘯聲亦隨之漸柔漸止。

「這——是《孤竹咏》！」李綬武失聲叫道：「太初！這嘯曲猶古於《廣陵散》、《蘭台操》、《夷齊引》與《絳雲令》，號稱樂中之隱；你，你是如何得知此曲的？」

趙太初嘯罷，意味深長地凝視著問話的李綬武，道：「不是這一曲《孤竹咏》，我還引不出綬武的高言妙論呢！」說時眼眶一紅，竟撲簌簌落下淚來。好半天，他才深吸了一口氣，止住哽噎，道：「你我兄弟七人之中，除了萬老之外，就以綬武的韜略最高、學養最厚、識見最精，即使是拳腳兵刃上的伎倆，也不在孝胥之下；觀天知人的方術，更教我這擺卦攤的郎中汗顏。今夜我們這一會，想來應該就是永訣了，試問：閣下仍舊大隱不言、大音希聲，連句知心告別的話都沒有麼？」

這一刻，萬籟俱寂，眾人都將目光注於李綬武那張阡陌縱橫、皺紋如織的痲子臉上，連李綬武身後三步開外的警衛、以及亭前丈許遠處的四個不速之客都屏息靜待，彷彿生怕發出些許聲響，驚動了這位外號人稱啞巢父的大老。

李綬武不慌不忙地將放大鏡收入懷中，又仔仔細細將手上那一層極薄的畫紙連著對摺了七次，摺成一塊鈔票大小的紙方，也收進口袋裡，這才向眾人拱手揖了一圈，道：「萬老剛才示意：畫中究竟不必再議，我也祇好謹遵所囑；此謎若要得一懸解，亦恐在十數年、甚至數十年之後。至於太初所說的麼——唉！我非草木，怎麼會不懂你老弟適才屢屢衝我拋眼風兒的意思呢？要我出頭說幾句，也非不可，祇不過我擔心的，卻正是藉你老弟『杜』字門中的兩句詩可以解釋：它在『清秋燕子』與『同學少年』之間啊！」

這一席話夾七纏八，說得外人如丈二金剛摸不著頭腦，可是六位老者一轉念便懂了。

原來趙太初以遁甲盤解畫，看出八門之中的杜門凶兆，而李綬武卻藉了這個「杜」字，用以射「杜詩」，自然也就是杜甫的詩了。杜甫〈秋興八首〉第三是這麼寫的：「千家山郭靜朝暉／日日江樓坐翠微／信宿漁人還泛泛／清秋燕子故飛飛／匡衡抗疏功名薄／劉向傳經心事違／同學少年多不賤／五陵衣馬自輕肥」。是以這「清秋燕子」和「同學少年」之間，所指的便是「匡衡抗疏功名薄／劉向傳經心事違」兩句，這兩句分別說的是漢元帝時匡衡數度上疏陳事遭貶遷、以及漢成帝時劉向上疏搭救房琯而遭斥的典故；然而這祇是老杜原詩用事的意旨。在李綬武言下，抗疏遭謗而不為「上意」所喜祇是表面的意思，其實這話在另外一層上說的是匡衡鑿壁引光的尋常典故。為什麼要引這麼一個通俗的軼聞來道出李綬武不肯表白的擔憂呢？眾人此時已然了悟：那是「隔牆有耳」的意思——換言之：李綬武信不過身後那名警衛，更不消說後來不請自到的四個人物了。

可是，李綬武藉老杜詩句傳遞消息，於六位老者卻能溝通無礙，這正是他用心良苦之所在。於是當即又朗聲說道：「我眼力極壞，幾乎已經是個睜眼瞎子了，若強要我說看出來些什麼——恕我直言：這麼粗枝大葉的一幅畫，倒讓我想起當年要去成都草堂村，在第四節車廂裡遇見嚴老五的情景來。那天嚴老五就捧著一盆竹子，一數就四根。」

說到這裡，李綬武忽然打住，不再說下去了。眾人頓時明白：他這還是在藉杜詩打啞謎。想這李綬武活了大半輩子，從未入川；哪裡去過什麼成都草堂村呢？他說的，分明是老杜〈將赴成都草堂途中有作先寄嚴鄭公五首〉裡的詩句。所謂「嚴老五」更無此人，所指即是唐肅宗寶應二年受封為鄭國公的嚴武。因為這一部詩作共有五首，那麼第四節車廂所暗示的應須是其中的第四首。接下來，盆中種了四根竹子，明白說的是該詩的第四句——非常駭人的一句：「惡竹應須斬萬竿」。萬老爺子心念電轉，情知李綬武說的這「萬竿」之「萬」正是自己的姓氏；質言之：他是在暗示自己：大禍之所以臨頭，必是由於他自己「家門」裡的幫眾出了叛逆，以致變生肘腋，乃有「惡竹」一詞。這時，不僅萬老爺子會了意，其餘五老也揣摩出李綬武話中有話了——看他侃侃而談、狀似閑雅，其實語鋒已直指殺機；而且這殺機可能就在咫尺之內。萬老爺子卻沉得住氣，道：「我也有十五年沒見著嚴老五了，其間神州陸沉、國府易幟，不論那盆景落於何人之手，總希望能栽蒔入土，所謂『但令無翦伐／會見拂雲長』啊！」

萬老爺子末了所引的這兩句居然又是老杜的詩，且同樣是杜甫寫給嚴武的。原題為〈嚴鄭公宅同詠竹得香字〉。寫這兩句詩時的杜甫與寫先前那五首時的杜甫心境大不相同，非但沒有「惡竹應須斬萬竿」那樣的憤懣，反而盡是同情、喜悅與寬慈悲憫，每一句都是對竹之為物的憐賞：「綠竹含半籜／新梢才出牆／色侵書帙晚／陰過酒樽涼／雨洗娟娟淨／風吹細細香／但令無翦伐／會見拂雲長」——如此說來，萬老爺子言下之意，乃是連可能導致殺身巨禍的叛幫罪首也不願施以「翦伐」之責了。

「我懂了！」李綬武沉聲道：「萬老確實是『遊乎四海之外』、『生死無變於己』的懷抱。李綬武言盡於此，已然造了口業。就此告罪別過了罷！」說時長揖及地，不待眾人攔阻，掉轉身軀，便從那警衛旁邊一閃而逝。

此時坐在萬老爺子右首的魏三爺急忙喊道：「綬武！又是你先行離席，欠罰一杯——」話音未落，祇聽得闃黑的夜色之中傳來李綬武的吟詠之聲：「九載一相逢／百年能幾何／復為萬里別／送子山之阿／白鶴久同林／潛魚本同河／未知棲息期／衰老強高歌／歌罷兩悽惻／六龍忽蹉跎……」

這又是一首老杜的〈送唐十五誡因寄禮部賈侍郎〉。然而詩中字句，無不點出了此時此地訣別的處境和心情。眾人聽了，益發悄然起來，獨那趙太初忽一抖擻精神，道：「好個『六龍忽蹉跎』！我又明白了一些。萬老！今夜無論生出什麼事端，都有破解之道了。」說時，他再看一眼手中之畫和頂上之天，笑了：「不過！請恕我不能再多說了。」

接著，錢靜農雙眉乍展，渾似忽有所悟，也道：「不可說！不可說！」一面說，一面將畫紙對摺再對摺，一共摺了七道，同時起身，衝趙太初使個眼色，道：「你既與孝胥同來，是要與他同去呢？還是——」

不待趙太初答話，孫孝胥也照樣將畫摺成紙方，道：「說散便散，哪裡有什麼同來同去之理？」

便在這一剎那間，分坐在錢靜農左右的魏三爺和汪勳如也摺了畫紙，爭先起身，異口同聲道：「散了散了。」

這等情景看在那警衛與亭外四人眼裡，如墜五里霧，簡直不明其然，更不知其所以然。倒是萬老爺子文風不動，順手拾兩粒花生米，放在嘴裡嚼了起來，且前言不搭後語地喃喃自道著：「若有豆腐乾同吃，該當吃出火腿味才是。」

據說：這兩句話典出當年金聖歎罹禍臨刑之時的絕命語。金氏故意作家常語以示無畏不懼、視死如歸的瀟灑。如今萬老爺子這樣說來，六老焉有不悽不惻之理？可是先前啞巢父李綬武授意甚明：萬老身邊必有尷尬人；換言之：即此永訣的一刻，亦須避人耳目，免遭牽連。而且這免遭牽連，更非貪生怕死之圖，卻是隱忍一時，運籌千秋的打算——因為不祇趙太初看出來，其餘各人也在學著李綬武那樣將畫紙對摺七次的時候發現：對摺之後，從紙背面看去，萬老爺子先前揭畫之際在各層紙上所落下的淚斑，正如那六顆自西北而來的彗星，分別印在六處「↑」字形的竹葉前方，恰使淚斑與竹葉呈一流星拖尾的圖形，朝六個不同的方向一閃而逝。也偏在這一霎時，薄薄一層紙膜上的淚漬完全乾涸，渾如方才穹蒼中轉瞬不見的星光。

於是孫孝胥、趙太初、汪勳如、錢靜農與魏三爺依序出了小亭，各自仰頭瞻望一眼之前群星競逐的夜空，再回想起自己手上那畫紙所曾默示的方位，當下掉臂疾行而去，連一聲告別的招呼也沒有。

直到這五人的背影步聲全然隱沒於夜暗之中，萬老爺子才露出一抹愉悅輕鬆的笑容，隨即轉身起立，一步跨向旁邊的小石桌前，似乎是自言自語，又彷彿是對那警衛與亭外四人說道：「不過是張胡亂塗鴉的試紙筆墨，惹來這些白吃白喝的跳樑小丑這許多低三下四的議論，真是可笑之至——」話還沒說完，一掌擊下，那石桌登時有如灰粉鹽粒一般，連聲也不出便給震得坍碎落地，粉粒堆成尺許高的一座小丘，接著，一張半透明的、寫著一叢勁竹的第七層畫紙才冉冉自上方飄落，正覆蓋在那尺高小丘的尖頂上。原來萬老爺子看祇輕輕揚了揚手，不意在掌起掌落之間，已先將石桌上那第七層畫紙吸引上騰，直竄亭頂。這一手是失傳已久的「無極北辰掌」末式，名為「拂檻逍遙」，其動態乃虛擬道教遠祖陳摶陳真人寐起臨窗，拂檻觀星的姿勢。相傳陳摶曾長睡百日，忽然坐起，時值中夜，乍見星如雨落，從此悟出一個生死真相、以及一門獨特武功的玄妙經歷。萬老爺子這一掌便不是尋常出手，其中大有奧義；他是在以陳真人自況，有超然物外之慨，亦有浮生若夢且大夢先覺的解脫。

此刻荷塘風靜，偶有兩、三秋蟲間或低鳴，益發顯得這方圓數里之內悄無任何響動。亭外當先肅立的那人環視了四周一圈，似是不耐久候的模樣，身形微微一顫，問道：「是不是可以請老爺子起程了？」

「方才我們這幾副老骨頭瞎說八道的話你也聽進去幾分，我說——」萬老爺子已然闔上的一雙鳳眼又緩緩開啟，睛露青光，睇視著這個穿西裝的人物，道：「萬熙啊！今晚我要是不去見『老頭子』，你說：會招惹些什麼禍殃呢？」

這萬熙輕喟一聲，先不答話，逕自踱步上前，走進亭來，將黃皮箱往亭中央的圓桌上一擱，隨即輕啟箱蓋，從裡面取出一疊寸許厚的紅框紋十行紙；但見那紙上密匝匝以沾水墨筆寫滿了文字。萬熙將最後一張紙頁抽出，置於表面，復由西裝內袋掏出鋼筆一管，取下筆帽，雙手捧筆，遞至萬老爺子面前，恭恭敬敬地說道：「老爺子是明白人。今晚就算是去了，也見不著『老頭子』，不定反而落一番折騰，我們這些弟子兒孫便大大地不義不孝了。『老頭子』放下話來：請老爺子簽了這份文件，他好依法裁處、秉公發落。這樣的話，祖宗家業也可保長治久安，不至於一網打盡。」說到「老頭子」放下話來之後的這幾句上，萬熙的聲音壓得又輕又低，直如蚊蚋盤旋。可是聽在萬老爺子耳中，卻字字分明。一面聽著、他一面點著頭，似乎極其滿意。然而萬熙話才講完，他立刻笑著問了一句：「要是我不簽這口供呢？」

萬熙忙一欠身，退後兩步，將皮箱蓋上的文件收回箱內——且沒忘了把那末一頁十行紙塞回原處，同時套回筆帽、收筆入袋。這一切祇是一、兩秒鐘之間的事，遠近各人尚不及反應，萬熙已經從皮箱之中抽出掌心雷一把，直指萬老爺子心窩，連扣扳機，射出五發子彈。幾乎也就在這同時，亭外持卡賓槍的一名武裝警衛也將槍口朝旁一歪，噴出一串火苗，將另一名警衛射了個蜂窩透穿，翻身摔下塘去。水花激濺、荷葉掀撲，那人登時沉底，且正因一身披掛少說也有二十公斤的重量，從此陷入泥淖深處，永世不得翻身了。

這祇是一彈指頃間事，亭邊那警衛早已嚇得面如白紙，四肢抖顫，褲襠裡「噗嗒」一聲，拉了個黃金滿溢，隨即和身歪倒。萬熙全無任何表情地眄了他一眼，嘴裡的話卻像是衝亭外那唐裝棉鞋的胖子說的：「岳師父，我這也是奉命行事，身不由己的。」

那岳師父顯然也不曾料到：僅在這電光石火之間，已經變生肘腋，連傷兩條性命；且其中之一竟然是縱橫大江南北一甲子有餘的漕幫遺老總舵主萬老爺子。不過這岳師父本來是個會家子，內力外功一體雙修，氣性涵養到一定的程度，即令臨此奇突詭譎的事故，也看不出有半絲火躁焦急之態，他不慌不忙地朝後望一眼，見那開火的槍兵正顫著手、抖著牙，將槍口指在他後脖頸上。

「萬老弟要岳某來幫閑幹一樁棘手之事，你老弟台已自幹得乾淨俐落。看來我全無用武之地，莫非祇是要順便搭上岳某一條性命的麼？」

聞言之下，這萬熙立時將槍收入皮箱之中，卻祇掩上箱蓋，仍是面無表情地說道：「岳師父這麼說便太見外了。請岳師父出馬，原本倒是為了提防那飄花掌出手助拳，壞了正事。不料這幾個老傢伙祇不過又是一陣妖言怪語，騙我們老爺子一頓吃喝，就這麼縮頭畏尾地閃人了。至於岳師父這邊呢——」說到這裡，萬熙又疾速伸手，朝皮箱中一摸，再抽手出來時，掌心裡捧著黃澄澄、光閃閃，一望即知是千足純金打造的六支條塊，同時冷聲說道：「號稱百兩，其實是九十六兩；岳師父不嫌少，就請笑納了罷。今夜之事，說起來全是為國為民，絕非個人恩怨、私相讎釁。岳師父是顧全大局的人物，當然明白我的意思。」

「這金子燙手，拿不起！」岳師父瞥一眼橫陳在地的萬老爺子，繼續說道：「萬老弟口口聲聲『我們老爺子』，卻依舊突下殺手，卻說什麼『為國為民』，教人太不明白。」

萬熙微一頷首，思忖片刻，道：「我格於階級太低，不能盡實相告。不過，老爺子把我從槍林彈雨裡揀回一條小命、帶進祖宗家門、給了姓字、傳我一身文武活計、還將我一寸一寸地拉拔到大；我萬熙今晚能幹下這等事體，要不是有個為國為民的大道理在，豈不要揹上一樁欺師滅祖的千古大罪嗎？」說著，一掌拂向木桌，勁力到處，將一干杯盤壺盞盡數掃出三丈之外，一一落入塘中，連這臨時架設的木桌都險些兒推出亭去。接著，萬熙手一抖，指尖亂彈，竟將金條如插香般杵進桌面，深可三寸，幾至透穿。另隻手扣緊皮箱蓋，才又說道：「人稱義蓋天龍紋強項岳子鵬明辨是非、通曉利害，萬熙絕無半點非分得罪之念。這金條原本就是要孝敬您老人家的；而且這是『御賜』，上頭雕著庫號，來路絕對是正大光明，請岳師父放心取用——畢竟岳師母那邊還等著用針藥，不是麼？」

說完這話，萬熙倒退兩步，反手揪起地上那軟成一灘泥的警衛，咬牙悶聲道：「你小子與此事無關，我也有好生之德，所以留你一條活口。可是這活口二字的意思你得三思：那就是『要活命、免開口』，你且牢牢記住了。」說時手一鬆，祇聽那人「哐噹」一聲摔倒在地，人又昏死過去。話說地上這人一口氣息還不曾緩轉過來，萬熙早已一個箭步斜裡弓身躍起，好似一根橡皮圈兒那樣彈向右前方十尺開外，一皮箱先打落了岳子鵬身後那警衛的鋼盔帶卡賓槍，另隻手叉起食、中二指直去鎖喉，同時沉聲迸出兩句：「我沒工夫問你為什麼開槍了；袍澤相殘，橫豎是個死罪。」說完，另隻手上的皮箱再兜了個三百六十度的大圓圈子，砸上這警衛的太陽穴，將他從先前那警衛落水之處正對面的白漆石欄杆上打下水去，這一砸勢道尤猛於前，教此人倒栽一跟頭沒頂而下，從頭至膝全埋在泥漿之中。這兩名初出茅廬的警衛死得極其冤枉，此冤少不得也須沉埋個數十年。

這廂萬熙翩然落地，站定在岳子鵬身後，道：「這是咱們的法紀，萬熙非伸張不可，倒在大行家面前獻醜了。我還有公務在身，不能久留，告辭——」說到這裡，忽一頓，又道：「岳師父不趕緊走人，十分鐘之內就有大麻煩了。」

等岳子鵬再回身時，但見九曲堤廊之上空空如也，哪裡還有人跡？他再掉轉身形，踏步走近桌邊，正要拔取木桌上的金條之時，卻忽地聽見一陣低沉沙啞的語聲：「子鵬老弟！別猶豫，給弟妹治病要緊；今夜之事，與你略無半點關涉。」

這話說得字字鏗鏘、聲聲渾厚，但是由不得岳子鵬不且驚且疑地低頭望去——說話的，不正是方才胸口之上捱了五發子彈的萬老爺子麼？

萬老爺子說著，猶如一挺殭屍般直愣愣地橛立起來，抬手指了指昏迷在亭邊的那名警衛，衝岳子鵬說：「你往他後腰上摸摸，是不是有個軍用的綠帆布口袋？要是摔壞了可就費事了。」

岳子鵬依言行事，果然在那人的緊腰束帶上摸著一個尺許長、八寸來寬、三寸厚的口袋，裡頭鼓凸凸塞著一個盒子也似的物事。這一刻岳子鵬才赫然想到：片刻之前萬熙將這人摺倒在地的時候曾發出「哐噹」一記重響，想來便是這帆布口袋裡的物事使然的了。

萬老爺子又比了個手勢，示意岳子鵬將口袋打開，取出其中所有。岳子鵬探指一抓，的確抓出一個長方形的鐵質盒子，上有轆轤轉盤兩枚，和一大把其薄如紙、其寬如麵條、其色如黑土一般糾絞纏繞的繩索。

「不好！」萬老爺子勉力說著，勾勾指頭讓岳子鵬走近前來；又自深吸一口氣，道：「子鵬老弟！你不是我幫中之人，與我又非親非故，我有一事相託，還望你看我老兒薄面，成全則個。」

恁這岳子鵬老於江湖，又身懷不世出的武功，竟然在這麼短暫的時刻之內目睹如此一樁血案，且眼下又同這非人非鬼、亦人亦鬼的老幫會頭子交耳接目，其實已全無主意，祇得先唯唯應了一聲，腳下踩定小內八步。不料那萬老爺子一俟接過盒子，雙手猛可打了個「轉輪斑爛手」。這模樣，初看直似村婦纏毛線一般，兩手互以另隻手的前臂為軸，繞轉不止；然而細究之下則大有學問：「轉輪斑爛手」從兩種不同的武術中融合而來，一是轉輪肘、一是斑爛搥。轉輪肘淵源自「五路查拳」之中的第二段第一式退步沖拳，祇不過變直肘為橫肘。斑爛搥則脫胎自「太極拳」的「搬攔搥」，要旨也是易直搥為橫搥。但是易直為橫，該如何使力呢？這「轉輪斑爛手」的竅門便在它根本不在用力上，而是將左右兩臂相互迅速舞繞，使成環環相扣、連綿不絕之勢。據傳下這一招的漕幫元老「昌」字輩兒上的人物說：「其速疾則其質堅，其質堅則其力勁；力勁質堅則螳臂可以當車。」這一招正是萬老爺子絕學之一的「螳臂十七式」中的第八式。

萬老爺子這一招使出，真有韋陀舞金剛杵成千層銀傘滴水不漏之勢。岳子鵬一時看痴了，不由得叫了聲好。語音未定，萬老爺子早已收勢。其間不過兩眨眼的工夫，他手上的鐵質盒子便砰然墜地，手中那一團黑麵條兒也似的繩索卻端端整整收束於一個塑膠轉盤之中。

「這是錄音帶。」萬老爺子的額角、面頰之上此時已滾下了千百顆綠豆大小的汗珠。

岳子鵬搖了搖頭，一來表示他沒見識過這玩意兒，二來表示他根本不知道錄音帶是種什麼東西。萬老爺子看他神色便情知一二，於是苦笑著隨手扯下一角袍襟，將那塑膠轉盤及錄音帶包了個裡三層外三層，又從馬褂口袋裡取出鍊錶一支，用那鍊子將襟包兒纏了兩圈，想了想，又俯身從那灰粒堆上拾起先前所作的那張畫的底層——不意這一俯身，人卻撐持不住，一個踉蹌仆跌在地，可他半空裡軀體猛地一翻，搶背砸下，口角、鼻孔、眼窩和耳洞之中再也忍禁不住，淌下八道血水來。一隻右手卻伸了個仰直朝天，掌心虛虛握著那襟包兒。岳子鵬這才覷見：不知萬老爺子使了個什麼樣的手法，竟已將那張畫摺成一枚鈔票大小的紙方，給塞在金鍊條和襟包兒之間了。

「煩你子鵬老弟大駕，把這東西交給一個人，不要讓外人知道。此人自會來找你，給你一式五份的信物。」萬老爺子說著，便咳嗆起來，好容易順過一口氣，卻悠悠歎出：「可憾哪可憾！可憾太初去得匆忙，沒說明白他那張畫的竹節上那一點突斑究竟有什麼玄奇的義理。唉！為此活該不能瞑目。」說時雙眼暴地凸起，胸口處沸然噴出一柱又一柱的白色蒸汽。待岳子鵬一步跨前接過那襟包兒之時，才發現萬老爺子胸口豁地顯出五個口子，血水如泉、汩汩流出。他那一雙眼睛果真不曾闔上，直勾勾地盯著亭頂，而鬆勁放落的兩隻手掌則深深嵌入青石打造的地面。

接下來發生的事便與這竹林七閑一點關係都沒有了。岳子鵬拔取桌上的六根金條，順勢將那桌子拂了一掌——這當然是練家子們存心較勁的意思——他見萬熙一掌拂落數十件餐具，又當他的面施展了平生絕技，心裡老大不痛快，隨手這麼一拂，居然把張百餘斤重的實心紅檜圓桌拂到

二、三十丈開外的荷塘心去。這一下可好，一部「荷風襲月」的雅集，到這一夜算是徹頭徹尾地散了：亭中祇餘一具老朽皮囊和一堆灰不灰、白不白的石桌齎粉。

幾分鐘之後，奉命前來清理的警察人員和憲兵警衛旅支援部隊封鎖了現場。又過了一刻鐘之久，警員全數撤去，留下警衛旅支援部隊留守當地十六小時。在這段期間，沒有一個真正的憲兵獲准接近荷塘、堤廊乃至小亭方圓一百公尺之內。在這個範圍裡，祇有四個奉極峰指示前來料理「諸般相關事宜」的國家安全局幹員和一個名喚萬得福的人物——不消說：後者是萬老爺子家下的一個管事，他是來收屍的；至於那四位國安局的官爺，則是來定案的。

第三章 定案

方圓百公尺之內，除了先後到場的五人之外，祇有一個半痴半傻的活口。這人悠悠醒轉了來，已經置身於九曲堤廊的正中央；此處幽暗寂靜，兩頭不靠岸，其實是絕佳的問訊之地。四位官爺之中的一位踹了踹活口的腰眼，道：「怎麼回事？你說罷！」

「我不知道。」活口答道。

「這就對了。」第二位官爺接著說：「今晚萬老獨自一個人兒在此地靜坐練功，不料氣血逆行，就這麼一命歸西了，好像就是這麼回事。你說是麼？」

「靜坐練功、氣血逆行？」活口重複了一遍。

「這就更對了，」第二位官爺轉臉衝第三位官爺道：「沒這活口還真不行，」說著，又對活口說：「你是孤證。今晚此地沒旁人，萬老若不是自己練功練過去了，你就脫不了嫌疑。」

「不是我！是老爺子自己練功練過去的。」

「這就太對了。」第三位官爺點點頭，又壓低聲、嘴唇兒動也不動、猶之乎運用那種腹語術一般地說：「彈頭兒找著了麼？」

第四位官爺輕輕搖了搖腦袋，道：「他媽的，手腳俐落的。」

「人家是幹什麼的？」第一位官爺給自己點上一支菸，又遞給眾官爺一人一支，最後想了想，也給那活口一支，卻沒替他上火，逕自道：「找不著最好，找著了麻煩就大了。」說著，望一眼數丈之外的小亭之中，跪在屍體旁邊的萬得福，也用那種嘴唇兒不動彈的腹語術說：「這些在幫的王八蛋門規矩還真他媽的多。」說時還不忘睨了那活口一眼，嚇得活口劃斷了一根火柴，連菸也不敢抽了，忙躬身道：

「我不是他們幫裡的，我是服役給派到老爺子府裡支援的。」

「府裡？還他媽宮裡呢！」第三位官爺一瞪眼，又拿大皮鞋把活口踹趴下了。

四位官爺這就算定了案了，可是上頭有指示：萬老爺子的家人若要收屍，不可縱容任何虛榮排場，但是要給予一切必要的支援，這話的意思就是：人家愛收多久就收多久，祇不許張揚到這植物園的大門外頭去。於是，四位官爺祇好架著他們的活口這麼遠遠地守著、等著。沒有人曉得萬得福是什麼人、正在做什麼。

第四章　送行之人

萬得福系出當年北京自然六合門名師萬籟聲門下，師徒二人又有叔祖與侄孫的親誼，是以萬得福盡得萬籟聲的真傳——尤其是一套「六合通天拳」。這裡非先表一表萬籟聲不可。此人是北京大學農學系畢業生，身形不過五尺有餘，儀表談吐卻有一份恢閎大度的氣象。他在二十四歲上正逢南京中央國術館舉辦全國第一屆武術考試，實則即是舊時代的擂台。這打大擂台的消息一經公布，全國各地好勇鬥狠之徒與夫武士練家立時如響斯應，報名應試的有四千餘人。萬籟聲亦在其中。時值民國十七年夏、秋之交，萬籟聲輕裝簡從，與萬得福二人雙雙南下，指望著一出手拿下個武魁，不祇光耀門楣，更可以壯大自然六合門的聲望。不意初賽便碰上個身長六尺多的山東大漢。此人複姓歐陽，單名一個秋字，泰安人氏，是北派螳螂拳傳人。因為佔了身形體態的便宜，歐陽秋一上場便使出一個坐盤式，這個式子還有歌訣，曰：「坐式如轉盤／隨機應萬端／前來用手打／後襲用腳彈」——且說這萬籟聲初臨陣，見對方身高體長，便先採個守勢，一看這坐盤式交曲雙腿、左掌如拂虎背、右掌如推浮雲，一時之間，不知其是攻是守。孰料歐陽秋粗中有細，兵不厭詐；明明是正面迎敵，卻引了個「後襲用腳彈」的訣，偌大一個軀架忽地怒轉一圈，將螳螂彈跳的腿姿變成一支橫掃千軍的杵杖，直搠萬籟聲的面門。

可這自然六合門中偏有一路「六合判官筆」的兵刃功夫恰在此時堪用——萬籟聲是個讀書人，平素雅好使判官筆練身步；臨到這間不容髮的一刻，連想都不用想便使出「六合判官筆」的第二十二式「妙寫黃庭」——身形迅即下縮，右腳向前滑出，勢如劈叉，左膝點地、隨即撐身上舉，同時右手原須是握筆之姿的那一拳頭瞬變成搥，右腿順勢隆起如前弓。在判官筆的身法上，這一式是第二十四式「點石成金」，可是應用到拳術上卻成了「通天炮搥」。歐陽秋一腿掃空，偏因平日與他對陣的多是冀魯間人高馬大的傍子，習慣成自然，出招的那一剎那未及壓胯縮膝，就此讓對手輕易躲過，襠底要害卻露了空——雖說武術考試當局嚴禁與賽者打下陰、眼窩、喉頭和太陽穴等處，可練武之人近乎本能地要護衛這些罩門，這便顧得了東隅、管不著桑榆了。歐陽秋猶似觸冰陀螺一般輪空掃過一腿，情知不妙，雙手齊向雞巴前方格擋，孰知萬籟聲這「通天炮搥」乃是險中作勢，全無規矩布局，竟直奔歐陽秋面門而來——須知這也是萬籟聲自己始料所未及的。一拳擊至，正打在對手的下巴上。歐陽秋一個虎背熊腰的大個子登時便有如飄花敗絮的一般，凌空飛出七、八尺遠，同他一齊脫底上天的還有三枚大牙。圍觀的萬千好事者齊聲爆出一記鬨采，都道這文質彬彬的少年是贏定了。

不錯。萬籟聲是勝了這一場，可恁誰也不曾料到：他這一拳沒落在正點上，武行裡稱這叫「詐胡拳」，傷人又傷己。他這一「通天炮搥」若是打在人下巴骨上，可稱達陣。但是兩人使的俱是險招，將錯偏就錯，拳眼落在犬牙尖上，即令隔著張臉皮，仍不免落了個「陷傷」。萬籟聲骨肉未見挫裂，一根嫩筋卻幾幾乎崩斷。即此便不再能賡續賽事，斷送了他揚名立萬的契機。這一年的考較結果，萬籟聲僅得中等獎，與另外八十一人不分名次同列，更在十五名特優與三十七名優等武士之後。以他年少資穎、心高氣傲的秉賦性情而言，臨此重挫，簡直神喪氣沮之極。於是攜徒北返，再也不預聞什麼「發揚傳統中華武技」之類的大活動；從此遠走石家莊外，自耕幾畦菜圃、數畝糧田，開個小小武館，純屬消閑弄趣而已。

至於萬得福，卻也因之而有了不同的際遇。便在民國十八年春某日、也就是武術考試之後八、九個月辰光，萬籟聲見萬得福在場上演那套「六合通天拳」到通天炮搥這一式，忽然思及往事，不勝感慨，歎口氣，道：「我看你畢竟還是一心習武，這叫不知天高地厚、時差運轉。」萬得福不解其意，自然要當面請益。他這叔祖兼師父一陣亂搖頭，道：「武藝再高，高不過天；資質再厚，厚不過地。人力終究敵不過時運消磨。爭什麼？鬥什麼？你若專心致志學習武術，我也不好挫你的銳氣。可我自己已無心於此；留你在身邊，反倒耽誤了你的前程。這麼辦罷——我薦你個去處。」

當天萬籟聲便修書一封，親手交付萬得福；另外賫發他一百大洋錢和冬夏衣物、被蓆、箱籠齊備，以及《自然六合門總拳譜》，著他南下去至上海，投一個宗親為倚靠。這宗親姓萬名硯方，字正玄，別號竹影釣叟，正是日後人稱萬老爺子的便是。

萬得福雖說是萬籟聲的徒弟，又是侄孫，可這是名分、輩分上的關係，實則兩人年齡相去不過六歲，情同手足。經萬籟聲這一薦，迢遞千里，從此參商難逢，不禁悲從中來，當下膝頭一軟，跪倒在地，放聲號啕了。萬籟聲見他這一跪一哭，真情流露；卻也知道這徒兒向武習藝之心別無旁騖，於是攙扶起來，道：「我也是一時頓挫，不意悟了個遁世逃爭的門道，也誤了個鑽研窮究的機心。看你用志不紛，乃凝於神，日後或許能有大成；這樣罷，我且傳你一部身形步法。

這是我從那一趟打擂回來之後琢磨出來的功架，能不能發揚光大，就全在乎你個人修為了。」

這一招也是從「六合判官筆」中衍出，在第二十二式「妙寫黃庭」和第二十四式「點石成金」之間。原先的第二十三式叫「側馬揮毫」，是急攻之勢，仍是將上一式縮滑劈出的右腿弓出，但是比原先的「側馬揮毫」多了個擰腰旋勁的關節——妙的是：這關節正是當初擂台上歐陽秋所運用的螳螂拳坐盤式的變化。換言之：秋去春來這忽忽九個月間，萬籟聲念茲在茲、揮之不去的仍是臨陣打出「詐胡拳」的那一交接之間，竟因此而將對手的一記殺招轉變成自己的一個守式。

「此式尚無名目，而且也不能應用在別處，可我前思後想，總覺著這一擰腰是把上一式『妙寫黃庭』的躲閃之法又深刻了一層，彷彿將『妙寫黃庭』那種縮頭矮身的屈辱之氣轉成了一股睥睨成敗的瀟灑之氣、軒昂之氣。祇不過它祇是一式單薄的身形步法而已，與接下來的『側馬揮毫』、『點石成金』連絡不成一個全招；這是我藝業不精，領悟不到的緣故。或則有一日，你在我硯方大叔那兒能得著什麼體會，也未可知呢！」當下又將式子演練一回，著萬得福也演練了幾趟；再囑咐他見了萬硯方得喊「曾爺爺」才合乎禮節、諸如此類的言語。

閑話不提，且說萬得福投在萬硯方門下，便全然不是先前在自然六合門中的景況了。這萬硯方是前清的遺民，光緒十八年壬辰生人，比萬籟聲大了十二、三歲，腳下還有偌大一爿橫跨產銷兩業的絲綢生意，因為老父萬子青尚稱健在，所以到了快四十歲上，外人猶稱少東。萬得福投這少東去，見面便依著萬籟聲吩咐喊了聲「曾爺爺」，不料萬硯方把臉一板，道：「誰是你家爺爺？」這個硬釘子碰得萬得福灰頭土臉、鼻樑深處一酸，就要落淚。萬硯方將他帶來的投帖再讀了一遍，顏色才緩過來，命下人將他行李安頓了，仍是正容肅色地說：「我這裡不是武術館，我也不是什麼拳客鏢師；你師父讓我『將攜指點』你，我可不懂什麼『將攜指點』。這麼罷：你要是想作生意，便留在上海，我安排你到綢莊上學點貨記帳；你要是想學手藝，我送你到杭州織廠裡拉機器──如今織廠裡都不用木龍頭、用的都是電力機，一點也不辛苦。」

萬得福聞聽此言，猶似冰雪澆頭，再加上旅次勞頓，幾乎暈了過去。祇道千里間關，能在名師指點之下學成一身技擊，打遍天下高手，聲震江湖；哪裡曉得卻要給人來當下作，一時之間祇能順著萬硯方的話尾，結結巴巴地說：「我、我、不怕辛、辛苦。」

說來祇能怪萬得福時運不濟，這少東萬硯方這些日子以來正忙著絲綢生意上的事，無心應付什麼千里姑表萬里姨的告幫親戚。原來辛亥革命以降，滿清一旦覆滅，國府成立，這龍袍、朝服、頂戴等儀制全換了套。紅門局官機停擺，江南絲綢業也起了絕大的變化。浙西太湖之濱，地理天氣皆適宜種桑育蠶，但是杭州四郊農戶多以出口生絲為主。在機織供應方面，沒有了舊式的官服，也就少了絕大部分的生意。可是在民元之初，杭州自一家名叫「大有利」的電廠開始引進了這種新的動力，為絲綢業帶來了極重要的刺激，幾乎也就在同時，原料也不再祇用生絲，而雜用各種纖維交織，非但花色繁多，成本也隨之降低；需求因而擴大，售價自然下滑，市場便得以興旺起來。另一方面，生產工具上也出現了極大的改革：留學日、法的許潛甫、留學美國的王士強等人先後引進了東西洋較為先進的染整、翻絲、捻絲和搖紓等技術，遂使上海和杭州分別成為平民絲綢工業與市場的兩個大據點。萬得福來到上海的時間，正是民國十八年仲春時分，偏逢南京政府發動了北伐，絲綢業在大幅擴充之下忽然又受到戰亂的影響，搞得進退失據。經營者已經投下了血本，卻眼見戎馬擾攘，各省市紛紛備戰，哪裡還有商機可言？倘若收手不幹，必然是認賠收山的下場。於是許多廠家索性在解僱工人之餘，將已經勢成淘汰的手拉機——俗稱「木龍頭」者——奉送工人，有的連花樣本子也附帶送出，抵賠遣散的部分費用。如此一來，人人可以門戶獨立，自產自銷，絲綢價格大亂。萬硯方正要走一趟杭州，看看廠市動靜，一聽這萬得福說「不怕辛苦」，轉念忖道：反正這人是要安置的，自己也要成行，不如將他一道前去，再作道理。當下應聲囑咐道：「你就同我一道上杭州去，也別辜負了令叔祖的一番巴望。」說時心裡還轉過一道念頭：找機會也考較考較你們自然六合門的莊稼把式。

話不絮煩，祇道這非師非徒、不祖不孫的二人成裝上路，倒有幾分一主一僕的況味。萬得福賦性篤厚、緘默少言，且應對進退上極有分寸，頗得萬硯方歡喜。走水路小輪來到杭州這日，已是午後申牌時分。兩人才下船登岸，卻見碼頭上負責接駁運輸的兩個「過塘行」人丁起了爭執、鬨鬧不休。過了大約一刻之久，小輪上的人才弄清楚：原來是這湖墅地區五壩上沈家所經營的過塘行腳伕與項家所經營的過塘行駁丁因互爭水道，起了口角。沈家的人仗著丁口眾多，將項家的伙計打落水中。於是有救人的、有叫罵的、有通風報信的、更有駐足圍觀看熱鬧的。正吵嚷間，但見德勝壩那邊駛來一艘大駁船，船首簇擁著一群殺聲震天的赤膊武士。不消分說：這是項家從本壩上調集了幫手前來討怨的。那邊人等尚未下船，竟「颼」、「颼」、「颼」地先飛出三支大羽箭來，一支落入河心、一支釘上碼頭的纜樁座兒、另一支竟飛得忒遠，一逕向這小輪的側舷飛來。

萬硯方眼見此箭不偏不倚朝自己的面門鑽射，正待側身躲過，心念電閃：我躲過了、身後無辜百姓豈不仍要遭殃？可這一遲疑，箭又竄近了丈許、直逼他眉心而來。

偏在這千鈞一髮之際，萬硯方看似好整以暇，實則已暗中蓄積內力，要使出一記他鑽研已久，卻始終未嘗臨敵實用的「兜扣撲」；它是從猴拳第七十五式的「兜扣爪」而來。在猴拳中，例分北派、南派。南派猴拳創自廣西十萬大山僧人史園登。這和尚原是明末抗清名將史可法的族親，於史可法殉國後削髮出家，在深山古剎中揣摩群猴嬉鬧打鬥之情狀而悟得。園登和尚祇傳了一個名喚廖佛的農家子弟，廖佛隨之學技十餘年，亦不知學成與否。忽一日，和尚把他喚了去，道：「今日與你送行。」言罷一揖及地，把這廖佛嚇傻了，忙道：「師父為什麼要趕我下山呢？」和尚又一揖，急得廖佛慌忙跪下，這才看到他師父袈裟下襬裡的一雙腳踩的是猴拳第九式的「單吊蹄」——奇的不是這步子，而是那一雙光赤溜溜的腳巴丫子，已然長出夾灰夾褐、又濃又密、足有兩寸來長的猴毛。和尚仍不言語，緊接著又一揖，雙腳變了個「左右圈橋」的式子。接著一連十六揖，底下那一雙連足趾都長成猴爪的腳掌可以說是瞬息百變。廖佛且看且想，終於憶起這是一連十八個步姿、招招從他精嫻熟練的拳套中拆出，合起來卻是另一組奧妙無比的縱躍騰閃之法。和尚將全套步法再演了兩回，道：「不拆不成／越拆越成／不散不聚／越散越聚」。說完一扭身，便好似一隻猱猴般地消失了蹤影。

廖佛得此十八步，稱之為「送行步」。是後傳承猴拳者，獨那最受師尊賞識的弟子可以於出師之前一刻習之。江湖上聞知「送行十八步」的人多，真正見識過這一套步法的人卻少之又少。這一套步法之中全無進襲攻伐的殺招，能夠運用它的高手卻知道：倘若配合原先猴拳八十式中的某些拳招，則可反守為攻、以退為進，於敵始料未及之險處一擊制勝。

萬硯方此刻準備施展的「兜扣撲」，便是將「兜扣爪」配上「送行十八步」中的「魁星踢斗」，將那來箭撥落。誰知箭鏃將至未至，橫裡卻忽然竄出一個黑影，如沖天陀螺、如冒地流星、又似一支兒童玩耍的竹蜻蜓斜剪叢花出牆頭、直上層雲望春風，祇在不及一眨眼間便截住了來箭。待這身影一落地，萬硯方才認出此人正是萬得福；萬得福所使的，也是他自己未及思忖、一發而至的無名招式——與萬籟聲臨別之際，萬籟聲所傳他的那「妙寫黃庭」與「點石成金」之間的一擰腰。日後萬硯方給這一擰腰、旋身飛起的式子起了個名稱，叫「奉先斷腸」。呂奉先，即是三國第一勇將呂布，曾以轅門射戟一事聲震天下。這「奉先斷腸」所取的典故自不免有取笑古人之意，卻也吻合這擰腰衝身的形姿。閑話暫且不表，且道這萬得福不意在情急之下活用了萬籟聲創而未發的一個招式。可是他初涉江湖未經世事，畢竟還是捅了個紕漏——原來這麼衝身旋起，一把抓住來箭，解了萬硯方之危也就罷了，然而他少不更事，順手一捻，竟將手中的竹桿雉羽雕翎箭一折為二，應聲扔進河道裡去。萬硯方睹之大驚，連忙抄起萬得福手臂，道聲：「還不快走！」偏在這時，原先水道上相爭不下的兩標人丁當下停手住腳，真個是鴉雀無聲。而對面德勝壩駛來的大駁船首處卻站出一個穿著白綢上衣的青年。

這綢衫青年朝一溜煙竄去的兩條人影凝望良久、直至長街盡處杳無影跡，這才微微點了點頭，立時不知從何處揚起了一聲螺角，這一聲短促而低沉，如擊鼉鼓，嗚出一個「東」字，緊接著正東三、兩里開外又響起了另一聲螺角，其音更低、更沉、更短促，直如樹枝林梢間的昏鴉哀啼，啼出一個「繞」字。如此連綿迤邐，螺聲亦曲折遠遞，彷彿傳交著什麼信息的光景。此時碼頭上陡門壩沈家與德勝壩項家兩爿過塘行的人也不打鬥口角了，反而交頭接耳，議論紛紛起來。

俱說這外地來的兩個尷尬人居然折了項二房大少項迪豪的羽箭，這一下嗚螺傳呼，撒下天羅地網，一時三刻之內必能一舉成擒，屆時再往德勝壩看它一個天大的熱鬧去。

且說萬硯方、萬得福二人腳下哪裡停得住一息半瞬？忙不迭運足力氣撒腿奔出。耳邊又不時聽見螺聲起落，忽覺它就在耳扇旁邊，忽而又閃逝於數百丈開外，真個是風聲鶴唳、鬼哭神號。兩人祇一步不肯鬆緩，延著中山中路衝撞一段，左彎右突一陣，居然迷失方向，在清河坊和太平坊間亂轉。一面奔跑，萬硯方一面趁隙指點萬得福：他那一折、一扔，將項迪豪傲世驚人的獨家祕術「穿心箭」打落河中，於項迪豪本人以及項二房一氏一族都是奇恥大辱。項家一向氣局狹仄、胸襟褊窄，結下了這個樑子，即便僥倖得脫一時，日後必定還是要孳生出大嫌怨來的。

正說著，但聽耳際又是一陣螺角長鳴，回頭一瞥，卻見高銀巷口站定了一高一矮兩條大漢，高的那個身穿一襲黑綢長衫，矮的那個則是一身淺色短裝打扮。這裝束恰與萬氏主僕二人相彷彿，而兩人身外不及一丈之處已然圍聚了數十名赤膊人丁——他們正是從湖墅碼頭上趕來的項家過塘行的水手。這一圍定，當先一個濃眉大眼的水手便手插腰眼，罵將起來：「呔！我說這兩個潑蹄畜生給我住了！膽敢折毀我家少爺的雕翎羽箭，還不跪下領罪受死！」說時兜臂一招呼，四圍人丁撒腿衝身，直向圓心合撲過去——恰成一個蓮捲狂蜂之勢。孰料這個合撲之陣尚未成形，祇聽得一串皮崩肉破之聲，好似豬販子扁刀搥打里肌片的亂響。這數十名水手便在片刻之間東歪西倒，渾似那臘月頭上因風起舞的枯黑菊瓣，一抖落便甩了個遍地埃塵。路當央的二人卻文風不動，穿黑綢長衫的隨即啞著嗓子道：「如今是什麼朝代？什麼歲月了？青天白日、朗朗乾坤，哪裡由得你們這些無聊棍痞當街設法懸禁，定人罪罰生死？渾蛋之極！」言罷袍袖一揮，來了個走石飛沙，將那幾十名水手猶似驅掃落葉似地全捲到街邊店家簷下去了。

「不知北京飄花門無影掌孫少華師父到了杭州，真是得罪！」這話瀰天蓋地，恍如自雲端傳來；發話的人站在高銀巷、惠民街口的一處角樓之上，白衫飄然，正是項迪豪。說時人影嘩地一聲有如鷂鷹探兔、鳳鳥攫珠一般飛身下樓。兩足才一點地便踩成個金雞步，順勢一拱手，說他是行禮問候也可、說他是開門討招也無不可。

這孫少華也不失禮，欠身拱了拱手，袍角翻飛，竟又掀動無數的沙石。

站在孫少華身旁的那個小個子這時也欠身揖手，擺了個一模一樣的架式，隨即一抬頭，旁觀眾人這才看清楚：此人身量之所以矮小一些，乃是因為他不過是個年方十三、四歲的少年。這少年雖然不夠高大，可是一張紫紅面皮襯得眉宇軒昂、豐頰隆準，加之目光如炬，氣度恢閎，儼然已相當成熟，見識過不少大場面、大陣仗的架式。此刻孫少華反倒收了身段，微微一笑，道：「久聞德勝壩為杭州湖墅一帶五壩過塘行中翹楚。這翹楚之中又以項二房家下精銳號稱『江浪鉅子』。不料今日一見，不過是幫青皮痞棍，竟爾攔路作虎，欺壓外鄉過客。誠可哀可歎之至！」說到這兒，回手牽起那少年的手，道：「孝胥，咱們不與這幫人一般見識，走！」一面說著，人已好比冰上推臼似地滑出兩丈開外。

可項迪豪豈甘就此罷休？當即再使了個「落地金錢」的身法——把身一縮，右腳踞地、左腳伸出，將身軀來個大車轉；而伸出那腳便就地掄圈。左腳圈罷、改圈右腳，如此兩腳輪轉不休，也狂掃起一片沙塵石礫。未曉究竟的，祇道項迪豪串演起舞台上的摔打龍套，哪裡知道他這「落地金錢」還分上中下三路——上路如搥炮、直攻人下陰，中路如槍矢、貫穿人膝蓋，至於這下路尤其厲害，又稱「喪門帚」，專掃人小腿脛骨。清末水師提督李準手下的武術教頭康昆——外號人稱「飛腿康半天」的便是——正緣於與另一水師提督李世貴轄下莫家拳名師莫林爭勝，結果一招落敗。那虧就吃在莫林使了莫家拳中這一手「落地金錢」，登時折斷兩條脛骨。項二房祖上與莫林有通家之好，武林史稱：「項、莫莫爭先／莫、項向（即項字同音）無前／人言項、莫雙聯手／天下無敵水無邊」。是以項氏亦深通莫家拳的精髓，號曰：「南腿雙秀」。項迪豪這「落地金錢」掃出，直取孫少華下盤，是個有死無生的殺招。

避身一旁巷弄之中的萬硯方睹此，不覺大驚失色，暗想：這項二房也是江湖旺族，譽滿江南，怎地如此不分青紅皂白，便對外來的路客下了這樣重的殺招？卻是他身邊的萬得福自忖道：京中來的這同鄉孫某人款款從容、落落大方，言談舉止並無失當，怎麼能眼看他被這浮浪人欺壓？正待飛身上前、出手抵拒，忽見那項迪豪就地翻了幾個昂天背地滾，縮身如一烏龜，打起轉來。

原來孫少華那廂手腳全無動靜，祇朝項迪豪吹了一口氣，便令他登時翻了個四仰八叉，卻不得不因應著自己先前用勢之力，團團急轉，陷地足有三分深淺。

「孫少華、孫孝胥父子偶過此地，不意見識了杭湖絕技『轉龜奇功』，果然大開眼界！幸甚幸甚、告辭告辭。」說著，這孫氏父子二人一扭身，朝江干一帶奔馳而去，轉瞬間沒了影子。

這一場熱鬧究竟惹動牽連出多少恩仇？此際無人能夠預知詳述。倒是萬硯方、萬得福主僕二人不由得目瞪口獃、意亂神馳。所幸眼前大禍已弭，斷箭之恥也不消記在他們的帳上。於是潛行匿跡，尋路找著竹齋街商會會館下榻。是夜萬硯方自然心事重重，其中最不稱意的便是：身旁這少年怎地有如此驚人的一副身手？

其實對於萬得福而言，這半日的奔波聞見，可驚可愕者亦不在少。在船舷上打落項迪豪羽箭的那一出手，他自己所知者不比萬硯方多。原來師父臨行所授的無名身法，他自己並不熟悉，是以南來路上日夜思服、輾轉反側，衹求不要生疏放失、乃至錯訛荒廢。豈料這麼用心揣摩記憶，卻對身法的熟練、貫通有著莫大的幫助。臨陣情急之下，不假思索，形隨意至，反而是一派上乘武術家的架式、氣象。武林中人稱這種境界為「出神」。不論南拳北腿、內力外力，是何家數門派，皆知：要「打得出神」非有一、二十年熬練修為不可。衹這萬得福心思精純、用志不紛，也僅能在萬千手眼身法步的搬演操弄之中不期而然地使出一招一式、令之出神而已。

是夜過半，已當丑末寅初時分，這萬硯方與萬得福各自不能成眠，索性起身。萬得福棲寄一樓耳房，出戶即是一方天井，便趁著斜月微星，覓著個稍微寬敞的所在，將師父送行時所授的那身法著意演來。可是演過一遍又一遍，居然沒有一遍能像晝間那樣「打得出神」。他自己心下焦躁煩悶，自不待言；即使是二樓上房門外長廊上的萬硯方也看得一頭霧水。及至微曦初展，萬得福已經渾身濕透，衹覺胸脊之間乍暖還寒，原來是汗水裡滲著露水，水火不濟，炎涼相生，不覺打了個冷顫。誰知經這冷顫一帶，人卻猛可覺得輕了一陣，又騰浮而上，把那一招使了出來。這一使出不得了，便如同竄躍出手、打落飛箭的那一剎那之間，人從天井中旋身而起，渾似個拋空亂轉的飄花零葉。萬硯方這一回看得仔細，間不容髮的一刻迅即伸出一隻長臂，朝空中來勢衹一抓，再順著來勁往裡一提、一掖，便將萬得福的頸項拿住、輕輕往長廊的地板上放了，同時說道：「原來你根本不會嘛！」

萬得福確是不會，登時羞得一臉通紅，不住地流汗喘氣，連話也接不上，祇盼腳底能有偌大一個地洞好鑽進去。孰料萬硯方卻縱聲大笑起來，道：「也罷也罷！我這人好為人師，見不得人痴愚蠢笨；這麼辦：我傳你一個調息運氣的法子，免得你沒事衝身而起，撞花了腦瓜皮不說，撞壞了人屋瓦房樑還得勞我收拾。」

萬得福聞言，喜出望外，當下鬆膝要跪，不意萬硯方彷彿早已提防到此，抬手往他腋下一格，道：「我雖然好為人師，卻不喜收徒。說是傳你調息運氣的法子，也就祇是調息運氣的法子而已。你若學得，是你的資質機緣，與我無關。此外，你還是得依我三樁事體。」說著，深深望了萬得福一眼，看他愣瓜愣腦地點了頭，才繼續說：「人前人後，你我仍是主僕相待；你稱我少爺，我喚你得福，這樣反而自在。此其一。你這身半生不熟的莊稼把式看來無奇，可是其中自有妙道奧理；等你氣息周轉、水到渠成之際，倒是可以傳授給我，屆時我倒要喊你一聲師父，你也不可推辭。此其二。我是生意人，生意人不作興伸拳踢腿，惹是生非；是以你我在武藝上的往來交際，決計不可讓外人與聞。此其三。你依我這三樁事體，我保你這項上的腦瓜皮安好不破洞流湯。你說如何？」

「保你腦瓜皮安好不破洞流湯」的意思再明白不過，說的正是方才萬得福衝身而上、形意不諧、體氣不一的這種窘況。如此說來：名非師徒、實則仍是師徒。也是到了許多年之後，萬得福與聞萬老爺子幫中的諸多事宜規矩，才真正明白他當年不肯收徒的原因是幫中自有一個極其嚴密的師徒傳承的體系，這名分絕非可以私相授受者；而在幫師徒之義又不祇在傳藝授業而已，更有承啟門戶、光大會黨的志業。是以這主僕二人訂交，反而是朋友之義勝過其他。忽忽三十六年轉瞬而逝，其間萬老爺子振興杭滬絲綢生意、輾轉投資運輸實業、拓展大江南北的幫會勢力，乃至於中日戰爭期間交際國際工商鉅子、政經名流，參贊軍務，以一人之身，直通中樞，預聞戎機大政，亦可謂富甲天下、權傾一時了。這萬得福隨侍在側，可謂須臾不離。然而恁誰也料想不到，居然就在這一部行之十多年的「荷風襲月」的例會小集上，一個煊赫近半世紀的人物居然就橫死在這一叢一叢的殘荷之間。

萬得福一入小亭，撲身跪倒，一聲號啕還沒來得及湧出喉頭，三十六年前辭師南下那數日之間的情景已猶似一盞巨大的走馬燈一般，翻轉流映，逕逼眼前。可這萬得福此時也是五十多歲的老者，內力遠非昔比。他這邊才一跪倒，耳旁卻窸窸窣窣傳來堤廊之上那四個官爺與那活口之間你來我往的交代言語，聞言之下，不由得且驚且愕且狐疑，暗自忖道：「這四個人物分明是國家安全局裡一等一的幹員。他們既然封鎖了現地，何以不小心蒐覓偵查，尋它一個水落石出來？卻在那裡你一言、我一語，彷彿在教唆口供一般地同那警衛扯絡；且辭氣閃爍，好似有什麼隱情，卻不容外人知曉。這一轉念，萬得福不由得倒提一口真氣，強忍住胸中悲慟、眼中淚水，刻意大叫了一聲：「老爺子！萬得福來給您送行來啦！」說完低頭細看——

祇見那萬老爺子置身在一片血泊之中，血水恰在他身軀之下匯成一個人體形狀的輪廓，仔細打量，才看得出那輪廓殆非天然，而是萬老爺子和身仆倒之際，用了極強的內力，將貼身地面的石板震出一個比人軀體稍寬一、二分的凹槽。易言之：萬老爺子是把自己的遺體硬生生地嵌在這石板地上了。

再者，他胸前有五枚孔洞，洞口衣縷已被火藥灼得發出陣陣硝味。不言可知：這明明是近距離槍擊所致。卻在此刻，遠處那兩個官爺並不知道自己討論彈頭去向的一番言語已被萬得福一一聽了個清楚。萬得福定一定心神，想道：這子彈若非洞胸而過、落入塘中，怎會就此匿跡不見了呢？可是看這彈著之勢，再揣想萬老爺子不世出的「般若金剛真氣」神功，豈容這五顆子彈像洞穿幾張薄紙一般進出自如呢？一面想著，萬得福一面俯低身子，趴伏在死者胸前那梅花形的傷口之上再看了一眼，祇見血水盈盈、幾已凝固，果然沒有任何異物在其中的模樣。然而，也就在這剎那之間，萬得福猛一轉念：設若萬老爺子當胸遭到槍擊，勢必知道是何人開槍，即便不為尋仇計，也一定會留下些蛛絲馬跡，好讓祖宗家的人明白——那麼，也許是他自己留下了那幾枚彈頭。可是：死人又怎麼保留彈頭而不教他人發現呢？

才想到這裡，萬得福又一閃念：萬老爺子臨終之際倘若施展了那「般若金剛真氣」神功，絕非祇有自後腦至足踵這背向的一面發功，而是自五臟六腑之間充盈起輻射至四面八方的一股真氣，向外射出，那麼——一邊想著，萬得福一邊望了望那五個彈孔；隨即側臉向上，順勢看去，卻祇一瞬而止——不錯！那五枚彈頭應該已在迅雷不及掩耳之間，被萬老爺子體內那一股沛然莫之能禦的真氣給逼出體外，彈射到亭子頂上。萬得福深怕露了形跡，不敢多看，祇將喉嚨胸臆之間的那一股悲鬱之氣登時再作一聲哭出，又喊了兩句：「老爺子！萬得福來給您送行啦！」

第五章　石中書

這是民國五十四年乙巳，古曆七月十五、西曆一九六五年八月十一日之夜。漕幫總舵主萬硯方遭人狙殺於台北市植物園荷塘小亭。此事極為祕密，外間無人能詳其情。次日，僅有一、二新聞紙言及：有無名老人某陳屍植物園中，似無親故家屬，身後至為淒涼云云。可是對於包攬數萬之眾的漕幫——是時人多以清幫稱之——內部來說，這卻是一樁不得不低調處置的大事。其中緣故甚為複雜，且相互轇轕，難以三言兩語明述之。誠欲抽絲剝繭，非一部長卷大書難以歷數究竟。也正因為這一部奇人異事株連廣遠，牽涉深刻，不能不盡瀝涓滴、條陳枝節，方足以洞悉淵源、縷析根柢。在這裡，且先說萬得福給國安局眾官爺傳喚，前來收屍，一睹之下，情知個中原委必定千迴百折、盤根錯節，不能倉促了結；且一旦聲張不得其法，這漕幫數百年基業、幾萬口生靈、千億計財貨，勢必毀於一旦。於是當下轉了個念頭，碎步踉蹌、奔出亭外，跌跌撞撞地往那四個官爺身前撲倒，匍匐在地，大哭數聲，道：「萬老爺子行功不慎、噴血亡身，這是本幫的家務事，好不好請各位官爺成全我們祖宗家的規矩，不須對外界張揚，也免遭不明就裡的人胡亂指點訕笑？」

這四個官爺登時樂了，紛紛道：「當然當然。起來說話，這事本來就該小心處置，不能壞了老爺子聲名。」

「可有一樁，」萬得福一仰臉，兩眼飽含老淚，鼻涕口涎早已潸然而下，道：「老爺子大去之際以神功護體，無量真氣倏忽湧出，竟把個身軀牢牢嵌在地面石板之內。無何我們幫中有這麼個規矩：自凡是分舵舵主以上、橫死於外者，須合船而葬之。今夜老爺子以一幫之主，驟爾仙逝在這塘上小亭之中，無論怎樣觀想，他老人家都像是應了這麼個景況；我一個做下人的，不能不照規矩行事——」

「你要把這亭子當船看，連同你家老爺子一道埋了不成？」第一個官爺虎地瞪起雙眼斥問道：「你們的規矩也太稀罕了罷？」

「不不不！官爺誤會了。」萬得福抬袖抹去涕淚，囁著聲道：「是老爺子遺體底下那一方石板。它已經被老爺子震得落了個嵌陷，倘若任它留在當地，日後也難保沒有什麼蜚短流長的謠諑。不如讓小的挖了去，連同老爺子遺體一道安葬，也少許多不必要的是非。」

「話說得不錯，可你挖了塊石板去，能補得回來麼？補回來又能照原先一模一樣麼？」第二個官爺斜眼厲聲道。

萬得福連忙又「咕咚」、「咕咚」連磕了兩個頭，道：「祇消官爺肯成全幫中規矩，天一亮就可以將石板補回原處，嚴絲合縫、不著半點痕跡。」

這四個官爺沉吟半晌，想來上面既然指示過：要給予收屍之事「一切必要的支援」。人家不過是要挖去一塊石板，又何必多所為難呢？於是當下議訂：萬老爺子遺體由萬得福從速運回。小亭之中卸除、填補石板之事則必須在天亮八點鐘之前處置停當。發喪、安葬等活動須視同機密，絕對不得聲張。

誰知這石板卻走漏了個中玄機。你道這萬得福為什麼要卸走亭中那方石板？一時半刻之間又去哪裡找一塊六尺長、三尺寬的石板來給補上呢？

原來他一眼覷出萬老爺子臨去之際發了這一門神功、將彈頭逼出、射入小亭頂上的樑木之間，情知此中必有用意。再看神功所向之處，居然讓萬老爺子遺體嵌入石板一、二分有餘——尤其是左右雙掌入石幾達半寸，食指屈曲，似有摳抓之痕。萬得福自然不敢造次，索性捏稱幫中古有合船葬主的規矩，才將萬老爺子遺體連同身軀底下的石板一道運回寧波西街老宅，摒去家下人等，祇留一個瘸奶奶在身旁，與他一同勘驗。

那瘸奶奶一邊無聲墮淚、一邊掛起丈八寬的長幅白綾，在宅後香堂中央圍成一座三丈六尺見方的帷幕圍子，四邊架上一樣丈八高的黃銅柱頭。這叫「地方棚子」，原本是幫中元老商議極密要事、以及舉行核心頂禮時所敷設。「地方棚子」上原該有一頂「天圓帳子」，可單憑萬得福與瘸奶奶二人之力，焉能架設如此大的一具帳子？由於勘驗這遺體實屬祕要，也就不得不從權省略了。萬得福且將這石板連同遺體置於棚子中央，使成頭北足南方位，焚過香燭，與瘸奶奶分右前、左後二等位階，行罷三跪九叩之禮，又將「道袍血染淚痕飄」二十八句會詩默誦一遍，才趨前低聲道：「老爺子回祖宗家門，英靈不遠，可以明鑑：家下萬得福、瘸奶奶伺候成服。一切從速從簡，實屬不得而已。」說罷又回頭衝瘸奶奶道：「去把『水龍槽』放滿，再搖個電話給張翰卿，讓他即刻張羅一方六尺長、三尺寬、八分厚的青石板來，逕去植物園荷塘小亭安置；彼處自有警局爺們兒接應。叫他速辦速回，天亮之前必得完事。」

過了三刻鐘之久，瘸奶娘將「水龍槽」推來了。那原來是一座底下安置了四隻輪子的檜木大桶，五尺多長、兩尺多寬、深可三尺有餘，本是幫中行淨浴禮所用。此時萬得福舉起桶中木勺，將清水一勺一勺舀出，朝萬老爺子遺體同那石板一併淋下。立時浸透在萬老爺子袍上的血水便同水勢一道渙出，不多一會兒竟然將堂上光可鑑人的水泥地面漫了個黑深烏透。

瘸奶娘再也忍不住，放聲大哭起來。萬得福仍自面無表情地舀水淋澆，又過了一、二刻辰光，「水龍槽」中的清水澆完，他才緩緩回身，問那瘸奶娘道：「張翰卿那邊的事兒辦了沒有？」

瘸奶娘點著頭、不住地抽搐，道：「說是放下電話就去了；我沒提老爺子的事。」

「很好！一時半會兒的這外三堂人馬都毋須驚動。」說著，萬得福再度撲身跪倒，抖著手將萬老爺子那嵌進石板裡的十隻指頭一一掰開，立時，他與那瘸奶娘皆驚呼出聲——卻祇見石板上留下了幾行極細的字樣；以放大鏡觀之，才勉強看出來那是出自老爺子用指甲尖兒刻下的文字；右手五指底下寫著：「泯恩仇傳香火會六龍知天命」。左手五指底下則寫著：「小山重疊誰不語相思今夜雙飛去鵲起恨無邊痴人偏病殘問卿愁底事移寫青燈字諸子莫多言謝池碧似天」。

想這指尖覆蓋面積，不過方寸，竟能刻寫下較毫芒尤細的文句，可知萬老爺子的內力自是深湛無匹，更遑論這些文句應該就是在彌留之際為掩人耳目而不得不悄然刻出的。祇它的內容卻讓萬得福和瘸奶娘傷透了腦筋。瘸奶娘是早年抗戰期間萬老爺子於淪陷區收進祖宗家門的一個婦道；當時戰事方殷，這婦道不徒丟了丈夫、斷了腿，連自己剛出世的嬰兒都在逃難的時候亡失了。萬老爺子看她無親可依，又正在泌乳，便收了她，也恰可以為一個才剛從戰場上揀回半條小命來的孩兒授乳。這婦道本是窮鄉小戶人家出身，從未進過學，久入萬家，也不過是粗識字而已，自然看不懂石板上刻字的文義。

至於這萬得福自幼追隨萬籟聲、及長又投靠萬老爺子，五十餘年間耳濡目染，倒是稍通文理的。是以萬老爺子右掌之下那「泯恩仇傳香火會六龍知天命」等十二字大致上是明白了。祇這左掌之下的四十四字卻是大麻煩。由於萬老爺子刻寫之際未加點斷，所以他連句讀都不會。持放大鏡反覆唸誦幾回，祇隱約覺得某些字彷彿押了詩一般的韻腳，可怎麼讀都像是走在路上忽然踢著塊石頭那樣給絆了一跤。絆了幾跤之後，萬得福已頗有些心灰意冷的念頭。但是轉念一想：老爺子臨去之時寫下這麼兩段文字，其中應有不可輕易告人，卻又十分重大的意思；不如將之妥善謄錄，或許過幾日遇上老爺子幫外那一部雅集中人，便可請教。畢竟，他們都是有大學問的人物；更何況夜來出事之前，這些故交至友一定也都在老爺子身邊賞月吟風、舞文弄墨。何不等尋著這幾位，再將這兩段文字把去請他們說解說解，便應該能拼湊出一個大約的眉目了。

一面合計著，萬得福一面對瘸奶娘道：「這『會六龍』的意思再明白不過，我還是得請教請教那幾位爺。倒是你在家門裡要特別留神，此時一動不如一靜，免得上下裡外三代九堂亂了方寸。這石板上的文字也不要向任何人提起——」

「那麼小熙子呢？」瘸奶娘含淚問道。

萬得福忖了忖，道：「他是老爺子要『傳香火』的人，怎能瞞他在鼓裡？祇不過老爺子也說了『泯恩仇』的話，祇怕熙爺火性，按捺不住要尋仇，那可就要掀起一場腥風血雨了。這樣罷，熙爺要是回來了，你就往我身上推；我自先去找那幾位高人問個主意，再作道理。」

令萬得福萬萬沒有想到的不祇是萬熙在這一血案中所扮演的角色；此外，他根本找不著那六個向稱萬老爺子知交的老者了——他們就像飄空逝去的肥皂泡，沒了。

第六章　我是怎麼知道的

關於漕幫，我原本所知無幾。祇在年幼時聞聽家父說過：他在抗日戰爭期間曾有過一段背井離鄉的流離歲月；為了保命全身，不得而已地加入過清幫。問他幫中所為何事，竟不肯多言，祇告我：出門在外，若有人問你姓名，便可答以：「在家姓張，出門頭頂潘字。」對方若也是在幫的光棍（不在幫則不能稱光棍，要稱空子），凡事便會退一步、讓三分，自然省不少麻煩，添許多便宜。再問他還有些什麼講究，他卻什麼也不肯說了。

民國五十四年八月間，我剛讀完小學二年級。時值暑假，而且是一個在當時最令人興奮的日子：星期四游泳池裡有國手教練教蝶式游泳和背式跳水。那一天中午我正準備去練游泳，忽然被家父叫住。我正奇怪著：他怎麼不在國防部上班、跑回家來了？家父卻突然比了個噤聲的手勢，悄聲道：「今天不要出門，你老大哥要來。」

我老大哥比家父還長十多歲，可矮在輩分上，是家父大陸老家的侄子，自然也姓張，名喚世芳，號翰卿。在老家的時候，張世芳和家父這一房上下都沒什麼來往。民國三十八年家父攜家母來台，並無其他張氏親故同行。不意忽一日道遇張世芳，反而相互生出些戚誼親情來；於是時相往還。每逢過年，張世芳必定來家給祖宗牌位磕頭，也順便給比他小十多歲、可是長在輩上的家父磕頭。可是那年八月上的那個星期四既非年、又非節，他來做什麼？我沒這麼問，我問的是：「他來干我什麼事？我要去游泳。」話才出口，臉頰上就捱了狠狠一聒子。

接下來發生了什麼我全然不記得了，祇知道：家父把我關進廁所裡之後，家母隔著木門囑咐我：「待會兒老大哥來了之後不許哭、也不許鬧，有什麼委屈晚上再說。」

又過了不知道有多少時候，我聽見老大哥進門喊叔叔、嬸嬸的聲音。聽見家母喊：唉呀呀怎麼弄得這一身。聽見家父叫家母放低聲。還聽見老大哥說：不礙事，看著嚇人，其實就兩個腳丫子破了；又說他蹬了一路板車，淌了一身汗。接著便好一陣沒什麼聲息。忽地家母來拉木門，兩手沾滿了鮮血。她就著水龍頭沖洗乾淨，架子上扯下好幾條毛巾，一陣風似地又出去了。這一回她沒關門，可讓我聽了個大仔大細。先是老大哥說：絕對沒跟人打架；他一把年紀了，怎麼還玩兒那些個。家父似乎是不相信的樣子，老大哥又低聲解釋了老半天，最後終於放聲叫道：「叔叔不信就請出祖先來，我起個咒兒。」

「哪個祖先哪？是張家門兒還是萬家門兒的？」家父也吼了起來，道：「都五十好幾的人了，還混光棍，你要混到死我攔不住你，可成天價混得個頭破血流的，我能拍屁股不管麼？」

「沒有頭破血流嘛，就是兩隻腳丫子——天濛濛亮，誰看見那警車燈碎了一地的玻璃碴子呀？我一下車就扎了七、八十啦個口子——」

「怎麼犯著警車的呢？」家父像是得著了理，又昂了聲。這回是家母叫他別吵了。

「我哪裡曉得呢？植物園門口一停幾十輛紅車，頂燈都是破的，干我什麼事兒？我不過就是送塊石板去就是了。」

接下來他們又吵了好一陣子，聲音越吵越低，大概的意思是家父很不高興老大哥打「江蘇一號」那支電話把他從辦公室裡叫出來。他要老大哥搞清楚：「江蘇一號」是部裡的電話，不是老大哥幫裡的電話。老大哥說他也是不得已，他不能不招呼一聲就跑到家裡來，可我們家裡又沒電話。家父說千錯萬錯、錯就錯在他不該混光棍，替人運什麼破石板。老大哥則表示：千不該，萬不該，不該光著腳丫子蹬板車出門。家父說你好好跟著人家大導演拍戲正正經經做人不怕沒出息，混光棍混得一家老小擔驚受怕——最後還提到了我；家父的意思好像是說：他把我關在家裡怕的就是老大哥在外面招惹了什麼不該招惹的人物。老大哥說幫裡不是這麼回事。家父叫他閉嘴。

可是到了這天傍晚，老大哥畢竟還是和家父有說有笑地話起家常，談的大都是從前山東老家裡的點點滴滴。家母把我從廁所裡放出來，可是我想聽的他們反而一句也不提了。憋了好半天終於忍不住，我抽個縫隙插嘴問道：「那警察車的燈為什麼全都破了？」沒等老大哥答話，家父又把我搉進廁所裡去。

那時我沒有別的想法，祇蹲在潮濕昏暗的廁所裡把這一下午聽到的每句話反覆記憶起來，試著從中想起哪一、兩句給不經意地遺漏了。令人懊惱的是我什麼也不曾遺漏，他們硬是從沒提起過：幾十輛警車頂上那種像蛋糕一樣會嗚嗚亂叫的小紅燈為什麼會碎了一地？但是不期而然地，我反而牢牢記住了（或者可以說憑空想像出）老大哥在植物園門口踩爛一雙臭腳丫子的情景。

一直到幾年以後（我可能已經上了初中），某回過農曆春節，老大哥循例到家來磕頭，正逢家父出門團拜未歸。我趁空問了他那年夏天到底發生了什麼事。老大哥神色一變，一雙灰濁濁的老眼珠裡射出了晶光：「你還記得啊！弟弟。」

然後他把我拉到後院，神祕兮兮地要我指天發誓：無論聽到了什麼，都不許說出去。我當然發誓，發誓是頂容易的事——你要是沒把握守得住誓辭也不打緊，祇消偷偷地在鞋子裡把二拇哥壓在大拇哥上，這誓就算沒發成。準不準不知道，反正我是這麼幹的。

老大哥於是才告訴我：民國五十四年八月十一號夜裡他接到幫裡一個任務，要他在兩、三個時辰之內設法弄到一塊六尺長、三尺寬、八分厚的青石板，並且在天亮之前送到植物園荷花池小亭裡去安裝。

「幫裡輕易不交代什麼事，一旦交代了，你是非幹不可的。」老大哥一面說、一面鬼鬼祟祟地朝前屋方向張望。我告訴他家父沒那麼快回來——因為團拜之後還有摸彩。村子裡祇有將官和高參才摸得到特獎之類的彩頭；家父官卑職小，運氣祇夠摸到六獎香皂、七獎毛巾，摸到這種獎就不好意思抬腿走人，以免失了風度面子。老大哥這便放了心，從頭說起：

「可是你想：這麼塊大石板我上哪兒弄去？」老大哥未語先得意，自顧笑起來，道：「我就是有辦法——那時候正趕上李翰祥離開邵氏公司，到台灣來拍一部大片，叫《西施》。」

由於李翰祥拍戲講究細節，布景道具都要真材實料。那部《西施》又是他自組國聯公司之後與台灣省電影製片場首度合作的大片子，畫面上的一宮一城、一草一木，都力求逼真。老大哥便搶忙打聽出該戲尚未裝運南下的道具倉庫所在，趁夜潛入，偷了一塊青石板子出來——祇可惜尺寸略有不合——那是方六尺長、三尺寬，但是卻有一寸厚的石板。它原本該出現在片中「響躞廊」前的台階上。少了這方石板，據說李翰祥氣得開除了一個劇務。

老大哥忙乎了一夜，到天濛濛亮便順手又偷了輛板車，從北投一路騎到植物園。可是他們在幫的行事光明磊落，哪怕是偷雞摸狗也實出不得已，非給人留個消息不可。於是依照幫中規矩，老大哥脫下一隻膠底黑幫子棉布鞋，留在板車停放之處——鞋頭朝正東，鞋中放四粒小石子兒，成十字形，那意思就是幫中光棍借用，即日便可奉還。這麼一折騰，另隻鞋怎好再穿在腳丫子上呢？老大哥索性打了雙赤腳上路，不意才到地頭兒上便踏了個血流如注。

「那為什麼警察車頂上的燈都破了呢？」我還是那個老問題。

老大哥眨巴眨巴眼，道：「我也不知道。聽兩個站崗的說是教一聲口哨給震的，我說那是胡扯八蛋。」

誰也不知道：老大哥自己有沒有胡扯八蛋？倒是沒過多久之後，我們那個眷村遷到中華路、西藏路口附近，俗稱南機場的便是——此地離植物園很近，我經常前去練拳、寫生、偷看情侶把手伸到對方的衣衫裙褲裡去掏抓摸擠。有一回突然想起老大哥說的往事，便前去荷塘小亭印證一番。果不其然，亭中靠西的一側地上的確有一方石板比其餘的地面高出整整二分來。

那一次我不但相信老大哥沒有唬弄我，也違背了我自己的誓言——我把老大哥混幫的事告訴了孫小六。當然，不祇是「告訴」而已，我還加了不少作料進去。我說：我老大哥在那亭子裡殺過一個人，用的是一種叫「霹靂腳」的功夫。那「霹靂腳」穿鞋使不出來，非光著一雙腳巴丫子不可。光腳使「霹靂腳」，一踢之下，腳底彷彿生出千百根尖針利刺一般的物事，上面貫通內力，有如電流，一擊便足以致命。我說我老大哥一腳踢死個黑道大哥，心想惹了大麻煩，本來準備把那人的屍體扔進荷塘了事，又怕他過兩天浮上來，於是乾脆撬起小亭地上的一塊大石板，把那黑道大哥給埋在下面，多餘的土方就掃進荷塘，再將石板嵌回去，可還是高出來一點點；而那石板就踩在孫小六腳底下。

當時孫小六才八歲，聽完我瞎編的故事低頭瞥了一眼，登時大叫出聲，狂啼不止。我心裡其實是非常非常之爽的。之所以欺負孫小六會令我非常非常之爽，乃是因為他姊小五的緣故。他姊小五和我同年，生得很美，做一手極好的女紅，國中畢業就在家織毛線、鉤桌巾、幹家務活兒。我幾次約她上植物園，想把手伸進她裙子底下去摸兩把，她都不許。可她是願意跟我逛逛、走走，沒勁極了。有一回我摸著她的奶幫子，她反手把我給擒住，當場崩折了我的小拇指，又隨即給接回去，說：「再毛手毛腳我折了你的小鳥。」之後我再也沒約過她，可是卻開始折磨起孫小六來。

當然，那時的我祇有十五、六歲，絕對想不到：膽小愛哭、矮瘦孱弱、跑不遠跳不高、成天價淌著左一串右一串黃綠鼻涕，現成一個窩囊廢的孫小六日後居然練成了神乎其技的上乘武功，還有各種看來旁門左道的奇能異術。我要是早知道有這麼些本事在人生的路上等著他、找上他，我可是決計不敢那樣嚇唬他、作弄他的。

在植物園荷塘小亭裡嚇著他的那一次令我印象深刻。因為就在那一天稍晚些時，我和孫小六都變成「有前科」的人——我們那天各自騎著一輛腳踏車，很想在荷塘堤廊上試一試蜿蜒奔馳的滋味；於是強把腳踏車從旋轉門旁的間隙處塞拖過去。果然在九曲堤廊上左彎右拐，好不過癮。不料忽然間冒出來一個駐守植物園的警察，遠遠把我們招去，厲聲問道：「旋轉門是做什麼用的？」我們搖頭裝不知道。裝不知道沒用，人家逮捕的正是觸犯違警罰法的現行犯——在禁行機踏車處行駛機踏車。我直到今天都不知道：那天我們其實應該被施以什麼樣的處罰。但是我們都在那園警的駐守室裡面壁一小時、寫了悔過書、捺下左右手拇指和食指的紋模。那園警還這樣告訴我們：「你們現在是有前科的人了。」

終於獲得釋放之後，我嚴辭恐嚇孫小六不得將此事告訴家人，否則——「你是知道的：我老大哥在混光棍！」我還記得孫小六當場又哭了起來。

事實上，在我真正認識到老漕幫、還有我老大哥在幫混事的實情之前，我所能做的、所能說的都不過是唬人而已。至於孫小六——套句不客氣的俗話來說——他簡直是被嚇大的；祇不過嚇唬他的人不光我一個而已。但是這一切，我都是到非常非常之後來，才像拼合一塊大圖板那樣東一角、西一角地勾勒出一個輪廓：這個輪廓的背面的確和老漕幫有關，也和三十多年（甚至其中許多線索還可以追溯到七、八十年）以來潛伏在我們這個國家裡不斷衝撞、蔓延、擴大、變質的地下社會有關。而我們卻從來不知道：我們所自以為生存其中的這個現實社會，祇是那地下社會的一個陰暗的角落，祇是它影響、導引、操控、宰制之下的一個悲慘的結果。

我又是怎麼知道這些的呢？這還是得從我老大哥身上說起。在那一張地下社會的大拼圖板上，他也佔有一小塊位置。

第七章　老大哥的道具

為了敘述的方便，我必須先略過萬得福如何在一日一夜尋找那六位老者而不遇的過程中意外發現萬熙涉及血案的經過；而先將我老大哥這一部分的線索交代清楚。

對於民國五十年左右的漕幫大老們來說，無論張世芳或張翰卿這兩個名字祇不過是他們手底下數萬幫眾之一而已。可是對我老大哥來說：在幫這個身分非比尋常——不像家父，祇是在離亂生涯中曾經利用一個光棍的招牌讓自己平凡的人生過得更順利、也就是更平凡一點的意思。

就在家父前去參加本村新春團拜摸彩的那個早上（那也許是在民國五十八或五十九年初罷），老大哥告訴我這個祇有十二、三歲的小弟弟不該知道的許多事情。

老大哥先向我解釋了半天：漕幫不是打家劫舍、殺人放火的壞蛋組織，甚至所有的幫會都不應該是為了打家劫舍、殺人放火而成立的。但是就像任何組織一樣，裡頭總有些壞蛋；壞蛋一多，壞事就做起來了，幫會的名聲就搞臭了。他接著向我解釋：叔叔——也就是家父——成天價勸他退夥出幫，不是沒有道理；一見他來家便鎖門關窗，也不是沒有緣故。說穿了：就是他看過幫會裡不安寧、不平靜的一面，厭倦了、害怕了，或者說為了老婆孩子而不喜歡幫閑涉險了，看著原來的兄弟夥伴也總覺著眉目可恨起來。「這不是誰對誰不對的事，是什麼人有個什麼想法兒的意思。」老大哥說。

然後，他告訴我：在幫的前輩常講些掌故，他也是後來才慢慢知道這漕幫的來歷的。話說在明朝嘉靖年間，有個戶部侍郎，姓羅名清，是甘肅人。這羅侍郎後來辭了官，皈依佛門，供奉一位碧峰禪師為師。碧峰禪師給他起了個法號，叫淨清。從此佛教裡有了羅教、或者稱做清門的一派。流傳到江蘇，就叫大乘教、無為教。流傳到江西，就叫三成教、大成教。總之是佛教的底子，又摻合了些道教的儀式和道理，傳下了四經一卷，分別叫《淨心經》、《苦工經》、《去疑經》、《破邪經》和《泰山孤卷》。信羅教的人有的吃素唸經、有的吃素不唸經、有的唸經不吃素、有的經素兩免。到了前清康熙年間，清江地方的漕運伕役組織了糧米幫。山東、河南、江蘇等地的船伕民丁也起而仿效。他們之中有水手、有舵工、有扛米的苦力、有拉縴的伕子。無非是極為貧窮的家庭出身；既無恆產，亦無慣技，祇能賣賣粗力氣，隨船過著南來北往的流浪生活。這樣的人既組成幫會，便自然而然要替這幫會製造一個神話的來歷，以廣招徠；於是他們看上了羅教這個既佛又道、不僧不俗的宗派。從此，糧米幫兼具了職業工會和宗教組織這兩個性質。

不過，據我老大哥的敘述，他寧可相信這漕幫起源時期的第三個性質才是最重要的。

清代漕糧每年由山東、河南、江蘇、浙江、安徽、江西和湖南、湖北徵收，運往北京通州各倉，供應皇室貴族、文武百官和八旗兵丁的食用和俸祿。每年由八省經漕河運道入京的船數，大約在六、七千艘左右。每艘船由一名衛所軍士領運，他的頭銜叫旗丁，形同船長。旗丁再負責召募所需水手、舵工、縴伕、扛工等。這些人力的總數少則七、八萬，多則十餘萬。每年這為數十多萬的人丁往返道途的時間，約在八、九個月左右。但是除了獲准有限額地攜帶一點免稅土產至沿途各地販售、賺點蠅頭小利之外，每人的「身工銀」——也就是正式薪水——卻少得可憐，不過一、二兩到三、四兩白銀之間。即使在道光年間酌有增加，大部分工人每年的「身工銀」也不過在十兩銀子上下；可謂清貧如洗了。這些流浪在外的人丁之所以很快地結合起來，其實有經濟上的動機——他們可以集眾人之資，從事小規模置產營利的活動。用我老大哥的話說，就是：「像嬸嬸標會一樣。一個人要的是小錢，一百個人要的就是大錢了。糧米幫上一個人是光棍，十萬個人就是大爺了。」

漕糧運京，人丁吃住自然都在船上。可是其餘的三、四個月裡，這些出身各省的貧窮苦力又該如何棲身呢？最初他們大都流落港市街頭，捱不過飢寒而瘐死客地的大有人在。後來出了三個羅教徒，分別是江蘇武進人錢堅、常熟人翁岩和杭州人潘清。這三個人在杭州府北新關外拱宸橋地方聚集了一批羅教信徒，斥資建了一座小庵堂。庵堂裡供奉了佛像和羅祖淨清法師的塑身；除了讓人前來上香膜拜之外，到那漕船回空的三、四個月裡，還提供簡單飯蔬和被蓆，讓漕幫裡的人丁食宿。這個設施給許多舵工水手帶來了啟示：他們也可以如法炮製，在不同的水陸碼頭蓋庵堂、供佛像，平日酌收香火錢，到回空期供幫中人丁膳宿。至於幫中人丁則僅需繳納微薄的供養錢，僱一、兩個長期看管庵堂的人手。那麼，非但漕船回空期間幫眾彼此有個照應；就算是死了，也還能就庵堂附近覓一空地掩埋，不致暴屍曠野，變作荒鬼孤魂。我老大哥接著打了個奇怪的比方：「這就好比說：叔叔嬸嬸離了老家、投了軍，跟著部隊上了台灣來。自己混生活，不如大夥兒一道混生活，這就好比當年漕河糧幫裡的爺們兒一樣，算是入了教了。入了教，教親要彼此幫襯。苦雖然苦一點，可是教親終究是教親；有苦大家一同吃，有難大家一同當。你好比說住罷，住這眷村；你好比說吃罷，吃這眷糧。破瓦泥牆、粗茶淡飯，這和從前咱們幫裡的庵堂沒有什麼兩樣，可大家夥還是一般快活。這麼說你懂麼？」

「過年還要團拜，團拜完還要摸彩。」我接著說。

「對啦！這不是很快活嗎？」老大哥笑了，道：「你明白這個意思就對了。」

「那村長就是老大了嗎？」我一面問，一面想：家父是鄰長，鄰長起碼要算幫裡的老二。

「算不得算不得！那差得十萬八千里，差得太遠了。」老大哥連忙搖手帶搖頭，道：「要這麼比起來，村長不過是個小庵堂的堂主，堂主上頭還有總堂主，總堂主上頭還有旗主，旗主上頭還有總旗主，總旗主上頭還有舵主，舵主上頭還有尊師、護法、正道，再上頭才是總舵主，也就是幫主——不過一般不叫總舵主、幫主，要叫就叫老爺子。」

「那你算不算老爺子？」

「我算個屁。」

「那我爸算什麼？」

「叔叔以前在幫的時節是『理』字輩兒的。『理』字輩兒底下是『大』字輩兒；所以後來叔叔即便不在幫了，給你起名叫大春，這意思還是不忘本。祇不過叔叔不喜歡結幫聚夥這些個事兒；我跟你說的這些，你可別說給叔叔聽。知道嗎？」

「那你是什麼字輩兒的？」

「我麼？我是『悟』字輩兒。我還在叔叔底下的底下的底下的底下呢！」

「那你還在我底下的底下呢！」

「不成這麼敘。」老大哥忽然板起臉來，正色道：「弟弟你沒有上香拜師，算個空子；敘不得光棍！」

然後老大哥告訴我：若非看在教親族親這兩重關係上，他是不會跟我說這些的。即令祇是跟我說，這在前清也是犯了十大戒之第五戒——「戒扒灰」——算是大罪。我那時也才知道：家父對幫中事務一向守口如瓶，大約也就是因為他不肯輕犯這第五戒的緣故。

「可是你自己說我是空子，不算光棍，怎麼又說我是教親呢？」

這時老大哥的神情更加不自在了。他從上衣口袋裡掏出一包新樂園，另隻手平伸兩指，往菸盒口開封處輕輕一拍，盒口跳起來三支菸，他再用那兩根手指將跳起較矮的兩支菸一壓，便剩下一支了——這個動作（我也是到了很多年之後才知道）正是流離在外、奔波四方的光棍相互辨認的手勢之一；老大哥點上菸，深吸幾口，才吞吞吐吐地說道：「咱張家門兒上下五代，祇叔叔和我混了光棍。叔叔好鞋不踩臭狗屎、遠離江湖是非，不問武林恩怨。可我不一樣；我、我、我是老漕幫裡混事的——生是庵清人、死作庵清鬼。祇可惜咱張家門兒裡沒有人明白庵清的底細，那我張世芳要是有一天死了，怎麼還有面目去見列祖列宗呢？所以弟弟！我跟你說這些，等你給祖宗爺爺娘磕頭的時候，就把我講的想上一遍，祖宗爺爺娘就明白了——」

「你自己也磕的，你怎麼自己不磕的時候想一遍？」

「我一跪叔叔就攙我，他一攙我就來不及跟祖宗爺爺娘報告了嘛！」老大哥說著，從口袋裡掏出一個小布包兒，一面斜眉斜眼朝外看家父他們是不是回來了，一面把布包兒口的繫繩鬆開，將裡面的物事倒在手掌心裡；那是一枚戒指、一方印石、一隻手鐲、一枚方孔古錢、一根髮簪、一塊懷錶和一管鋼筆。老大哥撥了撥、數了數，道：「弟弟你要是肯幫老大哥這個忙，每到年節叔叔請出牌位來叫你磕頭的時候，你就替老大哥跟祖宗爺爺娘報告報告，一回說不完說兩回，兩回說不完說三回；好歹有說清楚的一回。這些個玩意兒就合是老大哥謝謝你的小禮物。你說怎麼樣？」

「這些是幹嘛用的？」

「小道具，還都是有來歷的。」老大哥說著，拉我蹲下身，又道：「這手鐲，是我們李行李導演拍《婉君表妹》的時候用的。唐寶雲要嫁給江明的時候就戴的這個；可江明把她讓出去給他弟弟，沒嫁成。這戒指兒，是頭年兒裡拍《新娘與我》的時候甄珍戴的。印石，是宋存壽宋導演拍《破曉時分》縣太老爺案上的擺設。古錢呢——可不得了！這還是真骨董，看見了沒有：乾隆、通、寶、啊！這也是《破曉時分》裡用上的。還有這簪子，也是李行李導演剛拍的《玉觀音》裡的。這懷錶和鋼筆嘛！我想一想……嗯！忘了是不是白景瑞白導演拍《寂寞的十七歲》的時候用的了。」

我看那懷錶也不走、鋼筆又寫不出水來、古錢上長滿銅綠、手鐲還有裂紋，諒都是些破爛。心想：還不如給我把鋼刀或手槍來得好玩。正在不知拿與不拿之際，老大哥彷彿看穿了我的心事，道：「你別看這些小玩意兒不起眼，可都和咱們幫裡的事兒有著大關係呢！」

老大哥先拎起那戒指，說：「甄珍原先不樂意戴這戒指兒，嫌它太大；說是鄉下婆子才戴這麼俗氣的東西。可她非戴不可，因為《新娘與我》頭一天、頭一場上演，有人非看見那戒指兒不可，這是說好了的，這裡頭埋伏著一個拆字法兒。」

原來那時漕幫裡有一筆要從軍中四四兵工廠走私手槍出市的生意要作。買主撂下話來：槍枝以十數為單位，最少二十把，多多益善。可是軍方有把握能交貨的數量遲遲不能定案。是時警備總司令部接獲線報，指有匪諜居中策應，準備破壞兵工廠，搞得風聲鶴唳、草木皆兵。居於這筆軍火買賣的中間人——也是漕幫某大老——祇好出了個主意：為免任何公開通信形式為警總網羅捕陷，索性約定：以《新娘與我》一片首映首場之內容為約，來表明兵工廠方面所能夠供應的槍枝數量。買主依約上中國大戲院看電影，便可以得知最後交槍的數量，也就從而得知匯款入帳的數字。至於那個拆字法兒；老大哥說：外人不明白；可行裡人非但明白、還忘不了。

《新娘與我》的男主角叫王戎。王字一拆便是二十，戎字一拆便是一個十字和一個戈字，二十加上十得三十；三十與戈字相參合即是三十把槍的意思。而那戒指，則取一戒字。戒是二十加戈，也就是二十把槍。如果戒指不出現在銀幕之上，買主便知道：這交易祇合是三十把槍，可是一旦戒指露了相，三十加上二十，這起碼是五十。露一次是五十，露兩次是七十，三次是九十；如此層層相加，手槍生意就算拍板定額，雙方皆不得有異議了。漕幫裡要幹的活兒說難不難，說易亦不易——他們得先弄清楚兵工廠能出幾十枝槍，再經由幫中系統知會導演，讓他在片子裡安排戒指特寫的畫面。那一回卻不意出了個紕漏。兵工廠方面原先說好能出貨七十把，換言之：即是讓戒指在片中出現兩次。不意廠方忽然又向幫中人告曰：「可以再多出八十把。」這是不作白不作的買賣。但是人家導演已將影片剪輯完竣，拷貝亦已印出，已經無法修改。顯然，要同買方通消息，便祇有另覓它途。然而，買方人馬行蹤飄忽，處事詭譎；加以郵電聯絡，皆易跌入警總網罟。最後，幫中大老想出一個變通的法子：遣人到中國大戲院放映間，於戒指出現時勒令放片小弟停機斷片，如是者四——也就是將同一鏡頭多放了四遍，這才圓滿交割，買賣雙方都十分滿意。

還有《婉君表妹》裡的手鐲。那是民國五十三年的電影。那鐲子在銀幕上祇晃了一下，卻等於是給了一個幫中的殺手下達了格殺令。其中的意思，直到我在六、七年以後讀上大學的中文系，唸到《史記・漢高祖本紀》才明白——項羽設下鴻門之宴，約定以擲杯為號，撲殺劉邦。不意項羽有婦人之仁，遲遲不能如約下令。在一旁乾著急的亞父范增祇好屢屢以配玦示警——玦者，決也。這《婉君表妹》裡的那隻鐲子就是指玦——當然也就是處決的意思。我眼前的這隻鐲子上的裂紋並不是裂紋，它當真有一個極細的缺口。

「那李行導演也是你們漕幫的人嗎？」

「不！他是天帝教的。李導的尊翁玉階先生是天帝教上人，和咱們漕幫沒有關係。」

老大哥的意思是：戴那鐲子——也就是玦——的人自是漕幫光棍，經由電影的公開上演、卻在向某個特定的人傳遞殺人的指示。而這個被利用來教唆殺人的演員本人並不知情；但是此人居然是我從小就迷戀著想娶回家當媳婦兒的唐寶雲——事實上，後來若非孫小五長得酷似唐寶雲，難說我會不會有興趣把她帶到植物園摸幾把。

「不會罷！」我驚叫出聲。老大哥一掌捂住我的嘴，四下裡看了看。看什麼呢？小天井裡什麼都沒有，除了幾盆花草和一個廢棄不用的煤球爐子；老大哥硬是拉開爐門，朝裡尋了一遍，道：

「隔牆有耳這話你聽說過沒有？」

然後他低聲告訴我：《婉君表妹》上演首日首場，松山一家戲院二樓包廂裡死了個人，人是怎麼個死法兒呢？散戲之後，清場的女工發現他老兄垂頭坐著，似是睡著了，搖之撼之都醒不過來，再仔細一打量，女工的手上沾滿了滑膩膩黏濕濕的鮮血——座位上那人是教人用一支四寸長的鋼釘從椅背後面洞穿而入、直貫心窩而亡，下手者顯然有上乘的內力，才能於神不知、鬼不覺之間以指掌為釘鎚，鑿釘入椅；想來這一擊也祇是轉瞬間事而已。

老大哥接著告訴我：《破曉時分》裡的印石和古錢便牽涉到更大的恩怨了。這部電影的女主角伍秀芳是從大陸地區逃亡出境至香港、再轉赴台灣發展的女伶。可是有關單位一直懷疑此女身負重大任務，極可能是共產黨文藝宣傳隊的份子——或者至少受這文宣隊的教唆指使，要到台灣電影圈來潛伏，暗中從事分化、破壞的工作，乃至進行滲透、顛覆政府當局的勾當。可這伍秀芳背景單純，人也清秀樸實，並無特殊可怪之處。不過情治人員仍不肯鬆手，時時派員跟監掌控，往來郵電亦有專人過濾處理，攪得電影公司、導演以及伍女本人都惶惶終日，可謂不堪其擾。

此事為漕幫外三堂庵清光棍得知，層層遞報，終於讓內三堂的執事曉得了。這裡便不得不先說一說什麼是外三堂、內三堂、乃至三代九堂。依我老大哥的解釋：堂，就是從庵堂而來。老漕幫人丁住的地方的確是叫庵堂。可發展到後來，這庵字變作安字，庵清成了安清；堂也不再專指住所地方，而成了組織上的一個單位。總而言之：一個小勢力單位，就稱一堂。這堂若發展起來，召募的人丁多了，就可以衍出分堂，自便成為總堂。總堂是不能逕行升格的，要有老爺子的指示——正式的名稱是「旨諭」。老爺子視幫會整體發展需要，可擢升某總堂的地位，謂之「立旗」；一旗之下設多少總堂亦無定數。這個「立旗」的制度是漕幫從天地會那裡搬借過來的，老漕幫裡較保守的人士並不十分贊同。不過，旗主以下皆稱「外三堂」，總旗主以上皆稱「內三堂」。在老爺子和總旗主之間還有維持幫內法制和監察的編制，也就是掌禮儀的尊師堂、掌刑罰的護法堂以及掌思想教育的正道堂。合內、外及尊師、護法、正道，都為九堂。至於三代，則僅是個虛稱，大凡是以光棍為中心，上有師、下有徒，便是三代。

伍秀芳這件事發生之時，萬老爺子已經歸天，否則老漕幫是斷斷乎不至於插手這麼一樁輕若鴻毛的勾當的。

據說當時「內三堂」裡一個總旗主，是作滅火器生意的，姓洪名子瞻，祖上是天地會浙江支流哥老會中首腦。這位首腦已不得姓名而傳，祇知道當年是他帶著一部被稱為「海底」——也就是組織章程——的東西，自福建北上，先聯絡了河南嵩山少林寺僧，又攀識了山東曹州白蓮教徒，定盟「北教南會、同出一氣」之約，並且以現成的「海底」作為相互辨認乃至合作的張本。在民間社會相互串聯的局面來說，這位洪姓首腦可以說是不朽的人物了。於是他在浙江落籍之後，名銜地位已成世襲，子子孫孫凡有意願混事者皆可以是一方領袖。這洪子瞻的母親在渡海來台時已懷胎九月、大腹便便。一日正站立船舷遠眺，忽然破水，隨即於甲板之上產下一子，因此命名子瞻；用「瞻望弗及、泣涕如雨」的詩經典故，取其神遊故國而不至之意。

洪子瞻可以說是含著金匙玉箸出生的一個孩子。他父母一到台灣，便花三十根金條買下了半條成都路上的樓房，一家三口，合是大小寓公。可這子瞻小兒生性怪癖，喜愛玩火。從三、五歲起便經常縱火為樂，動輒燒燬左鄰右舍的廳堂屋宇。一旦見那火勢突起、烈燄撲騰，洪子瞻便忍不住狂笑連聲，俯仰得意，也因此得了個「火霸天」的外號。街坊上的良善百姓知道洪家有哥老會的背景，且是世襲鐵帽子領袖，哪裡還敢聲張？倒是洪子瞻的父親出手闊綽、認賠爽利。有時償資猶倍於燬損，人們也就不甚措意了。日子久些，到洪子瞻十六、七歲上，他自己忽然拿了個主意，說是想作滅火器生意。因為看這台北市首善之區，人人築屋起厝，寸土必爭，非蓋它個櫛比鱗次、合縫嚴絲，不能愜心貴當。這樣的市況，偏宜因風放火，看它有如赤壁鏖兵，焚燒戰船一般，最是解癮。而販售滅火器則更有發不盡的利市、賺不完的錢鈔。這樣右手縱之、左手滅之，一暗一明、左右開弓，非但償願，亦且生財，豈不快哉之極？

且說火霸天洪子瞻到了十九歲上，忽一日在暗巷中引報紙取火之際，不意瞥見了一則登有伍秀芳照片的新聞，登時肺腑如鼓風爐，一股一股的真氣在胸臆間橫衝直撞，頻頻催助慾火，使心為之焦、腸為之折、肝膽為之灼傷、脾胃為之熔融——這才知道世間居然有一事較諸縱火猶為好玩。可是手上的火柴已經將報紙點著了，便那亮光一閃一耀處，教洪子瞻留下了極深的印象。他再欲多看一眼，伍秀芳那幀凝眸巧笑的照片已然是紙灰飛揚、加之朔風野大，可憶卻不可及了。

等到伍秀芳被跟監掌控的消息傳出，洪子瞻剛以哥老會領袖身分與老漕幫敘親定誼，成了漕幫內三堂總旗主之尊的庵清大老。這敘親定誼原本是漕幫在台第二任總舵主萬熙的一個「場面計劃」，目的就是交好各大幫會勢力、廣結大陸來台與台灣本地底層組織善緣，使成一跨身黑白兩道、涉足三教九流的鬆散聯盟。聯盟成員彼此不相干涉，有什麼地盤、利益或恩怨之轇轕，也可以由諸方共同出面合議定奪。此舉當然與扼阻一些少年太保械鬥團體之坐大有關，但是洪子瞻卻不這樣想，他把萬熙設計的假戲局真作起來，執行起庵清總旗主的權力，這，全都為了伍秀芳。

洪子瞻先打聽出監控伍秀芳的名單，之中有那麼一個響噹噹的人物，是他的本家——此人姓洪名波，話劇演員出身，此時已經是家喻戶曉的大明星。由於長相猥瑣、生性佻達，是以在舞台和銀幕上大都串演邪派人物。洪波又染有阿芙蓉癖，每天非燒上幾斗鴉片不能解癮。久而久之，菸境更上層樓，居然也施打起海洛因來。倒是他的演藝技術十分高明，手邊片約不斷，所以混得是錦衣玉食，且癮供上倒也無虞匱乏。但是一般人比較不瞭解的是他另外的兩重身分：其一，他是「通」字輩的庵清光棍。其二，他是情治單位吸收、訓練之後用以控管演藝圈某些指定對象的細胞。當是時，伍秀芳在片廠的行蹤舉止、言談交接，便是由洪波負責「掌握」；而洪波本人在《破曉時分》一劇裡所扮演的正是位貪贓枉法、草菅人命的縣太爺。

洪子瞻得了消息，情知伍秀芳這困境非由洪波身上解決不可。於是這人混進導演宋存壽的劇務組，往縣太爺問案大堂的桌上放了這麼兩樣小陳設：一方印石與一枚乾隆通寶。旁人看不出這兩樣小陳設的門道，可是洪波一眼就瞧明白了。這印石上刻有一句密語，語曰：「瓦上霜」；古錢則平置於印石上方。在片場之中，那洪波遠看印石上放著銅錢，當然覺著礙眼，遂一併移去，卻見桌面上赫然印著「瓦上霜」三字。須知老漕幫人傳信多用密語印石，這一組印石一共是四枚。第一枚是「身先死」，第二枚是「莫躊躇」，第三枚是「門前雪」，第四枚便是這「瓦上霜」了。第一枚用的是杜甫〈蜀相〉詩句「出師未捷身先死」為隱語；睹此印則知本門中有人吃了敗仗。第二枚用的是高適〈送李少府貶峽中、王少府貶長沙〉詩句「暫時分手莫躊躇」為隱語；觀之即曉：須有短別、不須戀棧。第三枚隱的是「各人自掃」四字，意思說的是清理自家門戶。至於第四枚，不消說，所隱的當然是「休管他人」四字，意思也就叫人即刻罷手，不得理會外間或旁門事務。古錢壓在印上，取其「盟定金石」——也就是鐵案如山、不許翻覆之意。洪波明白了這是幫中大老之意，惟有奉命一途；可是情治單位方面的任務卻不得不執行，這便著實兩難了。

結果這部《破曉時分》殺青上映未幾，洪波自中華路陸橋上一躍而出，跌落鐵軌，隨即被一輛北上列車壓了個粉身碎骨。世人皆以為他是不耐毒品消磨、而生厭世自殺的念頭。殊不知其中另有緣故，日後還牽扯出老漕幫兩系人馬分食情治資源大餅、攤贓不均的長期內鬥，害得孫小六和我顛沛流離，無家可歸。這一點，即便在民國五十八、九年時代的我和我老大哥也無法預知。

那天正月初一，我老大哥還沒來得及把剩下的三樣小道具——髮簪、懷錶和鋼筆——背後的故事跟我說明道白，家父便和家母抱著一盒肥皂回家來了。接下來的事我一無記憶；祇知自此而後，每逢過年，還有我爺爺、奶奶生辰祭日，家裡總要上供的日子，我都會儘量拖延跪拜行禮的時間，好把老大哥的心事一遍又一遍地想著，同祖宗爺爺娘說清楚。至於另外那三樣小道具，則在我知道它們究竟是什麼東西之前，都成了轉送給小五的禮物了。

最初我祇是把懷錶和鋼筆拿給孫小四，看他那個正在學修鐘錶的哥哥老三能修不能。日子一久，我便把這事給忘了。小四給送去車廠當學徒、老三的師父又舉家遷往高雄發展，要把老三一併帶去。臨走的時候，老三祇說高雄在台灣的最南邊，比到美國也差不多遠。自此一別，不知何年何月才能再見了。其實老三的兩個哥哥，都在高雄附近的軍校裡，也不見得要等到他媽的何年何月才能見面——他們沒事兒就放假、放假回家就使喚我們這些年紀小的過大爺癮；使喚得不如意還要揍人。老大、老二從小跟他們爹孫老虎學過幾套拳法，打起人來不落傷、不著痕，卻可以教你疼上十天半個月。我還嫌他們動不動就回家來鬧事呢。可老三喜歡擺這個譜兒，兩手一抱拳，道：「自此一別，不知何年何月才能再見了。咱們後會有期。」說著時，帆布口袋一提、一甩，搭背一墜，差點兒跌了個踉蹌，人也就走了。當然沒說那懷錶和鋼筆的下落。後來我上了高中，小五輟了學在家做針線活兒。我約她上植物園逛逛的那天晚上，走在路上便掏出那髮簪來，說：「這個送你。」其實我心裡想的是等會兒到了地頭上可以幹些什麼——比方說把手伸進她裙子裡摸摸、摳摳。小五一見那簪子便笑了，道：「是玉的。」這我才注意到：那簪子通體鮮豔、呈半透明的純綠之色，迎著路燈轉動時還會發出翠鳥身上的毛羽一般油亮晶瑩的光澤。

「這是靠近咱們雲南省的緬甸北方產的。這麼長一根簪子通身都是綠的，那得多麼大一塊玉石？」小五歎口氣（而我則實在想不透：一塊大石頭又有什麼好歎氣的），繼續說道：「你想嘛！一塊桌面大的石頭裡，才能出這麼點晶綠晶綠的翡翠，多難呢！」

「你怎麼知道這是翡翠？我說它是化學的也行、說它是硬塑膠也行。」

「是翡翠，我爺爺教過我的。」小五走在一桿路燈底下，停住腳步，將那髮簪捧在掌心裡輕輕搖了搖——不怪我說：她的手真叫白，手心手背同一個白法兒——搖著她那隻白嫩白嫩的手上碧綠碧綠的髮簪，小五笑笑，說：「我爺爺說外國人叫這種玉『皇家玉』，是珠寶裡的極品。」

「你爺爺死了那麼些年了，哪裡見過這東西？」

「他傳了我這個。」小五用髮簪尖兒指了指自己的眼睛，道：「我不但認得出它是翡翠，還認得出什麼樣的石頭裡有翡翠；也認得出這翡翠是從一塊什麼樣的石頭裡給切出來的。」

我說她吹牛。她說她從來不吹牛。我說她能不能認出這髮簪是從什麼樣的一塊石頭裡蹦出來的。她說那是一塊有張八仙桌那麼大的石頭，外面是一層三到五尺厚的岩皮，裡頭是一整塊橢圓形的乳白色璞石——形狀就像一個大雞蛋、狀態就像一顆大龍眼。祇這璞石的中央有那麼不足一支筷子長的綠翡翠。我說你不能證明。她說你不信就拉倒。她還說其實滿山遍野的石頭裡都藏著寶貝，單看你有沒有眼光隔著岩皮看出它們來。我知道：她爹孫老虎有功夫，那麼就算她爺爺長了雙透視眼也不稀奇。

「相石頭是這麼個道理，相人也一樣的。」小五一面說著，一面走進植物園的旋轉門，裙襬一飄，飄得我一陣頭暈心跳，褲襠裡那話兒登時就硬起來——我看要比那翡翠還硬些。幸好有牛仔褲緊緊綳裹，我才勉強能直身行走。

小五卻對我的生理反應渾然不覺，祇繼續說道：「你看滿世界的人，管他高的矮的胖的瘦的美的醜的，都披了張岩皮。有的厚些、有的薄些；裡頭可以說都是璞。有的是硬玉、有的是軟玉，有的是白鑽、有的是藍鑽。也有橄欖石、也有蛋白石、也有柘榴石、也有尖晶石。有的剖開來像黃水晶，其實是黃石英；石英雖然亮度不如鑽石高，可是色彩卻美極了。有的硬度低些——像丹泉石，是很脆的一種寶石——可是切磨得法，它的亮度卻很動人。就拿瑪瑙來說好了——」說到這裡，小五猛可一彎身，往一株椰子樹根裡撥尋兩下，拾起一塊彈珠也似的小石子兒，道：「這就是一顆瑪瑙。好些年前我爺爺帶我和小六上花蓮山裡採草藥，就見過這種瑪瑙。你現在看它是綠的，到了白天看它就成了藍的了；這是因為普通燈光裡的藍色波少些，可是在陽光底下藍色波多了，它的藍光就反出來了。」說著，小五抓起我的手，把那顆瑪瑙塞在我掌心裡，我五指一攏，發現她把那支髮簪也還給我了。她似是看穿了我的意思，笑道：「這太貴重，留著將來給你媳婦兒當聘禮罷。」

「大丈夫送出手的東西，沒有要回來的道理。」我說，又把她手指掰開，將髮簪塞回去。

這回她好半天不言語，祇轉過身，不讓我瞧見她的臉。可她的小細腰和翹尖尖的屁股蛋子卻正杵在我面前不過一、兩步遠的位置，我真想當下就動手——要是照小本上看來的、一把攫住她的屁股，說不定還不祇是摸上兩把的好處；她要真樂意，就地一滾、翻進旁邊的杜鵑花叢裡，我這就叫「成其美事」了。

可小五又朝前邁步走了起來，同時說道：「所以我說：人也是一樣。有的人呢有這個長處，有的人呢有那個長處。這些個長處、那些個長處都藏在裡頭；旁人看不出來，自己也不知道，大都浪費了、可惜了。要是有那眼光好的，可以看出人裡頭藏著的寶貝，就會知道：人人都是寶石，單看你拿不拿它當寶石罷了。」

「那你看我呢？」我朝前一挺腰、一昂頭，把個充漲飽滿著大雞雞的褲襠迎路燈衝她一招搖。

「你啊！」她上下打量了我一遍，笑了起來：「就一肚子謊話當寶貝。」說著時，她一轉身朝荷塘小亭那邊跑了過去，可我就在那一霎時之間，迎光看見她的臉，她的眼睛裡蓄著盈盈灩灩的兩泡淚水。

那一回我沒摸著她，可奇怪的是：當時我一點兒也不覺得可惜。

第八章　潛龍勿用穴蛇飛

就在小五送我瑪瑙石那天之前的六年，民國五十四年八月十二日凌晨不知幾點幾分，張世芳尚未偷著李翰祥的那塊青石板，軍憲警方還保留了一部分人員在植物園四周封鎖警戒。萬得福則飄然現身——運起萬老爺子當年所傳、得自園登和尚、廖佛一系的「送行十八步」，自廣州街植物園北門，避過上百盞探照燈和手電筒的蒐尋，悄然來到荷塘小亭。

是時小亭內外已無人丁看守。但是萬得福依舊十分謹慎，幾乎可以說是寸步寸陰；至少花了將近半個更次才躡足步入亭中。重睹地上挖回祖宗家去的一方石板凹槽，思及萬老爺子殞身慘狀，不覺又鼻酸了一陣，才覷準亭頂露骨樑處使出那一招「奉先斷腸」的猱升之法，一擰身，好似一支沖天爆仗般地貼伏在樑木支架上。須知這萬得福已非昔日吳下阿蒙，三十六年下來，豈能不把這「奉先斷腸」使得出神入化？比之當年杭州湖墅初試牛刀，打落項迪豪雕翎羽箭之時無意施展之境，更見其爐火純青——可謂風不驚、草不搖，連樑木上的積灰積塵皆不為所動了。

有如壁虎一般倒伏在樑上的萬得福此時可以說是懸身於一片闃黑之中，過了好半晌才就著荷塘水面反射而上的微弱波光，勉可看出樑間確乎有那麼幾個凹痕。他探手一摸，每個凹痕都深可及寸——換言之：凹痕裡究竟有什麼物事？卻根本無法得知。然而萬得福此刻胸有成竹，反而不憂不急，又在樑間匍匐了許久，待那微微有些亮光的晨曦再從水面反射而上，才看出了個端倪——

果不其然，凹痕共有五處，大小的確是子彈頭所造成，衹這凹痕的分布與嵌入樑木的形狀極不尋常。萬得福扭頭曲頸看了足有一刻鐘之久，才想起自己飛身而上，並未與先前萬老爺子頭西腳東陳屍在地的方向一致。當下暗提一口真氣，隨即卸勁又聚勁，一卸一聚之間，人已經轉了整整一百八十度，呈頭西腳東的方位。這時再一看去，便一目了然了。

原來自萬老爺子胸前彈射而上的五顆彈頭的確是深深嵌進了亭頂，可是嵌入之勢卻耐人推敲。倘若以左右分，約略可將五顆彈頭裡作左三右二的兩組。倘若再以個別彈頭的嵌入方式看，則左下角的一顆和右下角的一顆與另外三顆不同——它們是橫著嵌入的。

萬得福初看這彈著情狀，直覺想到的是茶陣。自兩百年前那姓洪的哥老會光棍帶著一部洪門的「海底」與白蓮教、義和拳訂了個「北教南會」的盟約之後，許多地方械鬥團體便發現了一種既可以稱之為擴大組織、也可以稱之為破解機密的路子——那就是大量而急遽地散播這種被稱為「海底」的東西。

所謂「海底」，顧名思義，便是極深、極祕、極不易探得究竟之地；也可以說就是幫會中最根本、最核心的種種規章、法制、信條、誓言、儀禮乃至成員間的辨識手段等等。它未必是在幫會形成之前就出現的——更合理且符實的情形應該是在幫會成立發展之後，為免口說無憑、默想無據，於是由參與者共同議訂，或者由領事者裁示，令專人謄寫抄錄而成。這樣的祕本並不是拿來流傳、散布的。它反而應該有禁止流傳、散布的性質。因為一旦經手寓目者眾，便失去了它作為「海底」的、藏珍保密的本意。

可是珍藏的祕密非經分享卻不易見其珍、不易顯其密——尤其是當這個組織有坐大的企圖之時。是以原本祇供少數成員記錄備忘且奉若聖旨的手抄祕本卻不知從何年何月開始，成了各地方勢力會黨間廣為流傳、散布的物事。廣東省還有人印「海底」發家，成了富豪。

天地會系統出來的「海底」原也祇是幾十頁的小冊子。一經流傳，人人想在這部堪稱聖書的冊子上留下自己的手澤。於是稍通文墨之徒（甚至不通文墨之徒）祇消有那麼一點小小的權柄，便要添寫些詩句、文章以及故事。光是一樁日常的走路過橋，就生出幾十首應答的歪詩劣謠。彷彿走路過橋的光棍若是在應對酬答這些詩謠上不能盡符祕本所載，便要被視作奸細一般。比方說：

問：橋尾誰人在此？答：結萬義兄在此。問：在此何事？答：在此看桃李。問：桃李樹結子有多少？答：桃樹結子三十六，李樹結子七十二，共成一百零八。問：有何為證？答：有詩為證——桃子三六在樹根／李子七二甚超群／兩樣相連成結陣／一百零八定乾坤。續答：尚有對一聯為證——有頭有尾真君子／存始存終大丈夫。問：你在橋上過？橋下過？答：弟子在橋下過。問：為何不在橋上過？答：弟子身有穢，不敢在橋上過。問：橋下水深，焉能過得？答：結萬義兄見我真心義氣，教我手拿三塊石、八字腳；三八廿一步踏過。問：有何為證？答：有詩為證——二板橋頭過萬軍／手拿三石過江濱／義兄問我何方去／一片真心伴帝君。問：到二板橋又到何處？答：又到洪門一座。問：洪門誰人把守？答：萬龍、杜方二位將軍把守。有對一聯為證——地鎮高岡一派溪山千古秀／門朝大海三河峽水萬年流……

如此反覆詰答問辯、喋喋不休，倘若實況果然，則天地會光棍博學強記的資質恐怕不比正途八股出身的秀才、舉人為弱。

而這「海底」祕本之中，倒非不可盡信。茶陣便是其一。茶陣者，於列杯奉茶以待來客之際有固定的布排圖式。無論一個茶杯、兩個茶杯……乃至於十三個茶杯，加上一把茶壺，可以擺出成百的陣式。來客取哪一個杯？飲多少？如何持杯？如何飲？都有細膩的講究和要求。倘若主客雙方本有敵意，而在茶陣的往來應對之中又有什麼差池閃失，便極可能演成劇烈的武鬥。反過來說：茶陣相待得宜，也有可能排難解紛，化干戈為玉帛。

萬得福看那彈頭嵌入之勢，自然先想到這排列與「海底」祕本中的茶陣列杯圖樣略似。在茶陣之中，五杯之茶也稱得上變化多端了。若成四外一內的「梅花郎」，則中間那一杯絕不可飲。若成一直排的「五祖君」，則一杯也不可飲；非飲不可的話，須先注回壺中，重新斟上，這叫「崇禎帝尚在五祖君之上」。上三下二式叫「五虎下西村」，祇上排中間那杯可飲。至於左三右二，在正統茶陣中並無此式——祇於菸茶並舉時才有。面對這一式，飲者須持左三杯中最下方、也就是最靠近自己的那一杯，先移至右二杯的上方，也就是靠近主人的那一邊，然後唸詩一首：反斗窮原蓋舊昔／清人強佔我京畿／復回天下尊師順／明月中興起義時。如此才能再飲。

萬得福在腦中翻來覆去將這五杯茶的各首詩句都想過一遍，發覺沒有一首適用來說明、或暗示萬老爺子垂危之際的心境體會。偏在此刻，晨曦又微微綻得亮了些，波光斜映，將這幾個彈孔的側邊拉出了長短較為分明的陰影。

在這波光掩映之下，亭中樑上的五個長短不一的彈孔居然形成了一個殘缺不全的字。左邊的三個由上而下依序是一圓、一圓、一斜長，形成個三點水的筆畫；右邊的兩個由上而下則是一點一橫，形成個主或高字的最初兩筆。旁人看這殘字或則不明白；萬得福看個仔細，知道它在一般人使用的正經字和幫會人使用的省筆字之間。再循線往下周折思索兩回，忽然像是明白了，忽然又像是胡塗了——但看他兩道刀眉乍展乍蹙，竟在似明白、似不明白之間。

原來從天地會起事伊始，至串聯起大江南北、遠屆關外塞上，可以說凡有井水處，即有會黨幫派角色。有的是馬賊、有的狗盜、有的不過是鼠竊宵小。然而也有豪客之上的人物。即使祇是擁有一股小小勢力者，卻也鼓舞了壯志雄心，想要附會在反清復明、驅虜興華的漢族大義之旗下，是以「清」字隱寫成三點水加一月字，「明」字隱寫成三點水加一日字，「天」字隱寫成左青右氣字樣，「地」字隱寫成左黑右氣字樣，會黨的「會」字則隱寫成上山下乃的怪形狀。也有人不論什麼字都給添上個三點水的偏旁，以示在幫切口。地方官吏拿住人犯，自凡與幫會有關，卻又苦無實證者，常刻意給那人犯的名字上添一個三點水的偏旁，再著令人犯畫押，這就簡直地成了栽誣羅織。可也有聞知這種不平之事的光棍刻意把自己的名字、甚至姓氏的旁邊加上三點水，故作逸興壯飛、豪氣干雲之態。就有這麼一個叫張朝京的上海小刀會門徒，也給自己的姓名加了三點水，成了漲潮涼，一時傳為笑話。

三點水可解為天地會奉明朱洪武正朔、自稱洪英、號為洪門的一個縮寫。自天地會與其他各地會黨逐漸融匯合流之後，連漕幫都受了影響。有一個後來的說法就是：就連漕幫三宗之一的杭州潘庵創建人潘清的本名就不叫潘清，而是潘慶。是以潘庵又稱慶幫。可是三點水畢竟釀成風潮，潘慶便給改成了潘清，慶幫便給改成了清幫。

萬得福看這三點水十分眼熟，可右邊這個「土」就不很尋常了。在汗牛充棟的會黨材料裡面，祇有一則同這個字首有關。它出自「海底」老本子裡的「稟進辭」。稟字頭上戴的正是這個「土」。

話說當年天地會五祖——長房蔡德興、二房方大洪、三房馬超興、四房胡德帝和五房李識開——開木楊大會，大放洪門，廣結天下豪傑。忽有自稱「高溪天祐洪」帶領新丁來投軍吃糧，請門上將軍大人為之通稟上主教師。手本呈上去，上主（也就是五祖之上的萬雲龍大哥）道：「盤古以來至今並無人姓天，因何有姓天之人？還不快把真名真姓說出？若有半句訛言，趕出轅門、定斬不饒！」

這自稱天祐洪的才說：「我非別人，乃係明朝崇禎皇帝駕下之臣姓王名承恩。當年奸賊叛亂，要奪我主江山，把我君臣二人趕出皇城腳下。君臣二人在陣中沖散。先皇走到梅山腳處，見前無去路、後有追兵；料難逃脫，祇得自縊身亡。」稍後這王承恩也來到梅山腳下，見主亡身，料這錦繡江山必為蠻夷所得，是以自將身上羅帶解下，懸在崇禎腳上，也吊死了。

老實說：王承恩一片忠心赤膽，祇欲隨侍崇禎歸西，寸步不離，這才以崇禎的雙腳為樑，懸帶其上；這是殉之地上、扈之地下。隨後，忠魂烈魄跟著來到太廟之中，原祇望尋個護駕之職、安身之處。誰知道崇禎不見他還好，一見他便破口大罵，說他是不忠不義之臣，居然敢以主之身、帝之軀為樑而懸之——這叫「死後加刑」，其罪尤過於毀屍。眾忠良之臣的魂魄聽到這裡，益發惱怒憤懣，把對李闖的狠勁怨氣都發在這王承恩身上了。故此忠魂飄泊在廟外、烈魄迴盪於空中，全無個依傍附著之所。

一日忽然望見雲端來了個紫面綠睛虬髯凸額的老僧，知是達摩祖師出外遊玩，便連忙上前跪拜翻滾，將冤情訴過。達摩老祖憫其遭際，遂將之收入葫蘆之中，賜鐵板草鞋一對，以穩固這魂魄的根足，免得游移飄蕩。又封之姓天，命名祐洪，差其前往洪門木楊大會投効。這便是天祐洪求見五祖和萬雲龍大哥的一段情由，也是「稟進辭」的來歷。日後各地會黨徒眾都要修習這個典故。至於萬老爺子卻曾經同萬得福說過一段話，表示對王承恩這典故的興趣和感慨。萬得福不甚記得其言語字句，祇依稀解其大意，說的是崇禎之昏憒庸懦，死後亦然。而王承恩不過仗著一點奴性侍主，卻不知這奴忠充其量祇是讓愚頑不靈的信徒死不瞑目而已；而愚頑不靈的信徒也祇能拱擁一個益加愚頑不靈的主子。如此循環不息、越演越烈，便要釀出巨災慘禍、雖亡國亦不足惜了。

可是，落在萬老爺子自己臨終之際，這王承恩的典故又該作何解呢？倘使萬老爺子以王承恩自況，則在他之上必然還有一個崇禎。倘使萬老爺子以崇禎自況，則在他之下必然還有一個王承恩。那麼，到底上面那一位會是什麼人？而下面那一位又會是什麼人？

偏是這麼不上不下、忽上忽下地想著，萬得福的腦瓜子裡卻一而再、再而三、再三再四地交替閃爍著兩張臉孔：一個是普天之下僅有的一個位在萬老爺子之上的人，那便是此時國府皆稱「今上」、幫會中人敬呼「老頭子」的領袖。另一個則是老漕幫祖宗家門即刻便要接班上香、繼承大統的小爺萬熙。可這兩個人物怎麼會是殺害萬老爺子的元兇大惡呢？

試想：「老頭子」雖較萬老爺子略長幾歲、論幫中輩分卻在其下。當年「老頭子」官拜天下都招討兵馬大元帥之職的時候，曾經取道上海，特別投帖來見萬老爺子，所執的是弟子之禮。萬老爺子感其念舊尊師之意，卻惟恐他名滿世界、功在家國，難免生出些「臥榻之側豈容酣眠」的雄猜之心；所以開正門、走大路、焚高燭、燃香鳴炮相迎，在談笑間故意將投帖撕毀，擲之於香爐之中。隨即，萬老爺子還讓出上座，請「老頭子」移駕居了首位，自己先撩袍拜倒，行了個頂禮，道：「方才容大元帥執禮叩進，是替祖宗家受大元帥一拜。可如今大元帥不祇是方面上的人物，更是舉國仰賴的尊長；這國自是在家之上，也必然在幫之上。為免日後尊卑易位、高下不分，萬某今日擅自作主，恭送大元帥出祖宗家門。從此大元帥殆與漕幫子弟無涉。這樣的話，大元帥做起大事情來也才不至於掣肘絆腳、前罣後礙的。這個麼——還請大元帥諒察俯允為是。」

這一席話講得可以說是面面俱到了。從表面上看，萬老爺子將「老頭子」免了幫中名分，確有幾分斥逐之意。但是一口一聲大元帥，行的又是君臣大禮，且其用意，正在為對方鬆綁解套，卸去會黨的包袱；可謂放虎歸山、縱獅入林，是個任他龍遊四海、鵬搏九霄的手段。可當時的「老頭子」的確如萬老爺子所料，極具雄猜之心。他不慌不忙地拱手一揖，緩聲應道：「方今抗戰軍興，國家多事；所缺的就是人力。我今日前來拜訪，可不是為了圖一個自身清靜便宜。畢竟為國為民，還有千鈞萬擔的包袱扛在我肩上，老爺子明察，應該懂得我的意思。」

此言一出，香堂上的眾人一時會意不過來，都愣住了。倒是萬老爺子神閑氣定地接道：「大元帥不必憂慮。方今國是除了人力短缺之外，其實還有物力短缺亦不能令大元帥放心愜意。這，我都是知道的。」說到這裡，萬老爺子微一頷首，對面堂下尊師堂一名執事立刻手捧一個包裹紅絨鑲金的尺方木盒，快步趨前，雙手舉盒過頂，右膝下跪，左腿高踞，正欺身在首位之前一步之遙的地方。萬老爺子接著說道：「這裡頭是張銀洋百萬的票子，略為大元帥薄置糧秣。日後倘有所需，儘管傳令下來，小幫敢不應命？千萬不必屈駕蒞臨了。至於這人力方面麼，我已經知會幫中各舵旗堂口，從速調遣精壯幹練的人丁應募；惟大元帥的符節是從。總之驅逐日寇是民族義舉，萬某當然要瀝膽披肝、赴湯蹈火的便是。」

從容數語之間，身為大元帥的「老頭子」總算放下了一百二十個心，隨後閑話些家常，也就告辭回營，不在話下了。

這是「老頭子」和萬老爺子息交又同時訂交的一次盛會。幫中異史氏有詩證之曰：「錦江常碧蔣山青／元戎下馬問道情／揖張義膽隨旗祭／笑剖丹心載酒行／百萬豪銀何快意／八千壯勇豈零丁／孤燈坐看橫塘晚／黯淡功名舉目清」。「老頭子」於萬老爺子升天之後未滿十年而心臟病發，遽爾謝世。死後有國府近侍之臣秦孝儀者為製頌歌，中有「錦水常碧／蔣山常青」之語，疑即自此詩之中奪句而來。這是後話，不煩先說了。

且敘這萬得福從「稟進辭」的故事、揣摩到「老頭子」身上，不是沒有緣由的。因為先前幫中異史氏的詩證末二句所言：「孤燈坐看橫塘晚／黯淡功名舉目清」正是指萬老爺子在台下幕後輸銀募兵、卻絕不肯居功於台上幕前，其實全出於一片無關乎俗世榮華的忠心義膽。可非但那「老頭子」信不過這忠心義膽，且他多年來無時無刻不顧忌著萬老爺子的威望、本事；疑懼著萬老爺子是否容有僭越大位之一日。以此比之於晚明末葉的崇禎之於王承恩竟有「死後加刑」之疑，是有幾分道理的。

可是從另一方面來看：萬老爺子生前愛說笑俚戲，其詼諧嘲謔，常是拿自己尋開心的多，拿旁人鬧玩笑的少。既然他能寫下「泯恩仇」的遺訓，就表示留書、留字所示之意不在緝兇捕惡。

這樣說來，萬老爺子以崇禎自況的可能性也不是沒有。質言之：他的用心似乎是，死便死矣；我這也是自敗江山、自尋短見罷了。一旦作如此解，試問：那王承恩又該是什麼人呢？

萬得福之所以會把這王承恩想成萬熙亦非無緣無故。此事發生於民國二十六年十月上旬中國抗日戰爭期間，史家稱此役為淞滬會戰。

設若簡而要之地勾勒一下當時戰區的攻守之勢，可將上海外圍圈成一顆瓜子兒，尖頭朝西南。國府軍隊之防線即是這瓜子大頭的一面朝西北延伸，最外側是為左翼，由第十五集團軍總司令陳誠提調。陳軍東邊是第十九集團軍薛岳總司令指揮，鎮守施相公廟。自此由西往東，分別有霍揆章、王東原與廖磊三軍長的部隊，於京滬鐵路北駐紮。這三個軍可謂上海西、北兩側門戶的禁衛，勢在封鎖渡江南下的日軍，以免其長驅直入，進而突破京滬線，乃至旁擊截斷上海往南到淞江之間的津浦線鐵路。

另一方面，這一段的津浦鐵路幾乎就是由那瓜子兒右側自東北往西南斜行而下的一條要衝之線。此線之東則是曲折流過、大致亦呈西南／東北走向的黃浦江。在此江環繞上海這顆瓜子兒的外側便是右翼軍了；由第八集團總司令張發奎督師。這一方面的軍隊又分裡外兩層，裡一層就近沿著瓜子兒布防，伺機向西和西北開赴，可以增援廖磊、王東原乃至霍揆章之部；外一層則直下淞江，就地鞏固以防由東南邊杭州灣北岸金山咀襲來的日軍。

這祇不過是會戰初期由兵馬大元帥所構想出來的一個戰術布局。在他看來：上海彈丸之地若守它不住，南京也就很難不淪於敵手。可是他又何嘗不明白：淞滬地區既無天塹、又非險固，且近百年來即是昇平洋場，百姓極端厭戰，地方上早有與敵議和以全民生之計。是以這一役尚未開打之前，大元帥早已拿定主張，要讓戰事進行得極為慘烈。毋論傷亡如何之重、損失如何之鉅，亦須將之延宕至一、二月之久。他甚至在日記中如此寫道：「要不惜毀滅陣地、犧牲全軍，使敵雖進猶退、雖勝猶敗，方足以挫之也。」質言之：在不能不敗的情況下，大元帥祇圖戰事得以膠著。這樣做，可以怯敵幾分？其實未必有把握，不過非如此不能達到兩個更重要的目的：藉大數目的傷亡來提高軍人的榮譽，讓老百姓對大元帥轄下的國府部隊有所謂望風慕義的敬仰欽服之心。其次則是經由國際媒體對如此重大折損的人力物力之關切報導，引起英、美、法、蘇等國當局與民間之注意，終可促起各國共同制裁日本。至於另一個較次要的目的，大元帥也在他的日記上以隱語雜以明語地寫道：「部署備忘：須成背水一戰之勢，不令再歸江東，以免變生肘腋。」這三句話很令日後研究戰術戰略的軍事專家們大惑不解。首先，淞滬會戰自始至終，國軍並無背水一戰的機會與環境。其次，設若第二句所指為日軍，按諸當時處境殊為不通——因為會戰的目的正是要將日軍牽制於黃浦江以東；怎麼會說「不令再歸江東」呢？其三，所謂變生肘腋，乃是指本軍陣中有人倒戈相向，也就是叛亂之意；試問：日軍如何能於我之肘腋處生變呢？

其實後世研究者卻不明白：此處備忘所指的，並非日寇，而是老漕幫萬老爺子麾下各旗舵堂口應募而來的八千壯勇。所謂背水，即隱指「三點水」之水。江東，則是用項羽率八千江東子弟兵轉戰天下的故實；這樣解來，「以免變生肘腋」才有了著落。

在大元帥的算盤上，萬老爺子這八千人當然不能編成一整支部隊，倘若如此，他們決計不會聽任中央軍節度。這樣任其自成一勁旅，非但不足以制敵，恐怕還有節外生枝的顧忌。於是從這三句備忘所衍生出來的作法是：先將這八千人打散，分別隸屬廖、王、霍三個不同的軍。再密令各軍長分別將麾下這二、三千人派屬不同師部隊或者獨立旅。其殊途而同歸者僅一點：他們全數派赴劉家行、高橋以迄於羅店這一條公路上的最前線。

民國二十六年九月三十日，國軍第七十七師正面的萬橋嚴家大宅為日軍第三師團藤田進之部所突破。十月一日，日軍再兵分三路，往東南、正南與西北分別挺襲。其中東南向出擊的一支打下劉家行陣地。僅此兩日之間，老漕幫光棍幾乎全數陣亡。可又如何得知這些光棍幾乎全數陣亡呢？

原來老漕幫八千壯勇雖然拆散，各人早領有萬老爺子旨諭：從戎之後，無論人如何編制部署，仍須有一辨識光棍的認記，以便相互照應。可八千人數量雖說不小，一旦穿上制服、混編在十萬大軍之中，哪裡還能彼此說長道短、盤東問西呢？然而天無絕人之路，偏逢著當時國軍武裝並未齊備的階段；各軍連雨衣都無力置備，是以投軍人丁皆須隨身自備雨傘。老漕幫這些精丁入伍之前，便皆購置了同一傘號的油紙傘。這傘號叫「老順興」，本是幫中的一爿物業。此店所製之傘傘頭特粗，傘皮近外緣處有一圈朱漆。為了表示響應漕幫投軍的義舉，老順興的店東特別趕工製作了八千把朱漆圈特別寬大的紙傘，供應光棍所需，還給打了個二五折；買傘錢則是由萬老爺子私帳給付的。

淞滬會戰自八月九日開打，到十一月九日淞江被陷，其間歷時九十二日，要以劉家行陣地一戰最為慘烈。有那老漕幫日日潛入戰區偵伺軍情的探子事後回報：僅十月一日在劉家行一地所撿回的老順興傘頭便裝足了兩大麻袋，倒出來一數，一共有一千八百九十多個。

可就中有那麼一撥探子，其實是投幫前即已結拜的異姓兄弟。年長的叫施品才，年少的叫康用才。外號人稱「哼哈二才」的便是。這兩人平時即是焦不離孟、孟不離焦；入幫後分別投在兩個不同的本師門下，依舊交好如昔，幾乎到了須臾不可分的地步。由於哼哈二才所練的都是輕身一路的功夫——這一路功夫可以遠溯至清代雍正朝的江南八俠之第七俠白泰官。有踏葦渡江、拂露穿林的身段。是以二人雖然隸屬正道堂，卻一向調派在萬老爺子身邊差遣。上海保衛戰事初起，萬老爺子便命二人隨時往劉羅公路的前線打探軍情。到了十月一日這一天，哼哈二才三更天起程，不到半個時辰已深入劉家行國軍陣地。剛及拂曉，陣地卻告失陷了。二才兄弟謹遵教誨：非打探出個敵我虛實究竟，不可貿然涉險參戰。所以祇神出鬼沒地用暗器打殺了一、二十名日軍作罷。就在暗器行將打完、日軍呼嘯而過、往正南方廖磊行營處集結之際，施品才聽見瓦礫底下幾支橫斜豎倒的木樑深處傳來一陣陣哎哎呼喚之聲，似貓啼、又似猿嘶；遂當下叫過康用才來，齊手移開屏障，才發現一個身揹老順興雨傘的光棍已經殘肢斷首，胸前卻裹著個呱呱啼叫的嬰孩。

這一日近午，哼哈二才一個揹著兩大麻袋的傘頭，一個懷裡揣抱著那嬰孩，施展起看家本領，便猶似一陣風中之煙、霧中之影般地回到上海小東門祖宗家，當下上稟萬老爺子，說是在戰場上拾回光棍弟兄懷中嬰孩一名、謹候發落。

這嬰孩自然不會是那陣亡光棍的骨肉。可是烽火遍地、兵馬倥傯，恁是一個銅澆鐵鑄的漢子、逞勇鬥狠的莽夫，卻也曉得拚死翼護一個小小的嬰孩。無乃是這孩子命大，還能在哼哈二才手中逃過重重火網的封鎖，這就更不可謂不奇了。萬老爺子立刻垂問：「可知那陣亡光棍的名姓？」施品才道：「祇見名牌上有個血肉模糊的『臣』字。」康用才道：「應該是被日軍重彈片削去了頭、腳，所以連隻字片語也不曾討得。」

「看來不是這光棍的孩子，他卻能在臨危之際視如己出、拚死護衛——」萬老爺子慨歎連聲，久久才道：「這孩子便姓萬吧，給他起個名字叫『熙』，以示不忘在戰火之中，曾有個叫什麼『臣』的人救過他的一條小命。」言罷便捧起那孩子仔細端詳，見他天庭飽滿、地閣方圓，雖祇十斤不到的重量、三月未足的生辰，骨架體勢卻極其清健。萬老爺子手下稍一運勁，不意卻在那孩子的後腦勺上摸出了一方奇凸之物，如石之尖稜、如斗之角鐵，登時指尖傳來一陣灼熱之感，卻轉瞬即逝。萬老爺子再仔細一摸，那奇凸處倒又顯得圓滑光潤起來。

「原來是個梆子頭，想必是個聰明伶俐的孩子。倒和大元帥生得有幾分相似。」萬老爺子不由得笑了起來，接著悄聲同身邊的萬得福說了說先前指尖所感應的異象，又道：「我還當是收了個『魏延』呢！」

這魏延、字文長，是三國裡的人物。當年諸葛武侯與司馬懿對陣，兵屯五丈原，夜觀天象，見三台星中客星倍明、主星幽暗，相輔列曜，其光昏冥；自知命在旦夕。於是在八月中秋之夜設祈禳之法——這祈禳之法會須拜禮北斗七日不絕，除以香花陳設為祭之外，另有七七四九盞小燈、七盞大燈、中安孔明本命燈一盞。卻在第七日上，有那大將魏延急步搶入帳中報告軍情，卻不慎撲滅了主燈。當時大將姜維一怒之下，猛可拔出長劍要殺魏延，孔明止之曰：「此吾命當絕，非文長之過也。」之後未幾，孔明便死了。但是他去世之前曾密語馬岱、楊儀諸將：「我死之後，魏延必反。」云云。而在魏延謀反之前曾夜作一夢，夢中頭上生出兩支犄角來。他便找了行軍司馬趙直來問究竟；趙直亂以麒麟、蒼龍等「變化飛騰之象」的言語答之；直到見了尚書費禕才說出此夢實非吉兆：角之字形乃「刀下用」。頭上得角，則刀必用於頭上，自然是個凶象了。

萬老爺子無意中一言既出，聽在萬得福耳朵裡卻誠惶誠恐地布下了陰霾。是後二十八年以來，他每次看見萬熙的梆子頭、抑或是聽說書講「三國」講到武侯兵屯五丈原的段子，便不期而然地會想起當初萬老爺子的那一句戲言；更不期而然地會以萬老爺子為諸葛亮、萬熙為魏延——而自己卻是那拔劍四顧心茫然的姜維了。

念頭才翻到這裡，萬得福忽而又一咬牙、一擰眉，猛可抬手甩了自己一耳聒，忖道：想這萬熙自砲雷彈雨、刀風劍林之中撿得一條性命，在萬老爺子膝前掌上歷經近三十載的調教訓誨。加之奶娘、哼哈二才以及他自己的悉心培植，非但練就一身豪傑本事，於文章武藝可謂無不精通。即使在待人接物上面，也素見沉穩厚重、敦和練達，行事亦不卑不亢、有為有守，堪稱是個爽直而不失細膩、聰慧而不減質樸的人才；怎麼可以因著一則代遠年湮的傳奇以及一句漫不經心的戲言就誣枉他是欺師滅祖的兇手呢？再者，自己如此居心動念，莫非是二十八年以來夙夜積澱於內心深處的一絲妒意；總覺得萬熙祇不過出身於戰火連天之際、顛沛流離了幾個月、之後便平步青雲、扶搖直上，乃至於眼看著便要繼承大統、領有數萬之眾、竟成一幫之主、數十百盟會誓黨之首腦而私心竊恨以致巴不得安他一個天大的罪名呢？

萬得福一旦直捅捅地這麼剖開自己的心思再一琢磨，祇覺得裡面竟是一洞闃暗幽冥，此外則如千百億萬團糾纏絞繞的絲團線網，竟無丁點兒說得明白的主意。也正在這麼懵懂胡塗的剎那之間，幾乎攀身不住、險些墜下地去。他神一定、手一抓，渾身氣息再一凝斂，斜眼瞥見水波所反映的天光在這樑上又將五個彈痕照得明白了些——果不其然讓那三點水和右邊的一點一橫益發清晰了些。萬得福情知再無可以耽擱的時間，登時騰出一隻左手，自右腋之下百寶囊中取出一支小鑷子來，一一朝每個彈痕深處探了。一俟探得那彈頭，便暗下催動指尖真氣——須知這路真氣有個名堂，叫「卷密游絲功」，它的來歷極古，不可不詳為辨說。有一說此功傳自伏羲氏創製八卦之時，以鬚髮點畫岩石，經六十年卦成而聚氣於毛髮末梢的神功亦隨之而成。這個說法過於荒怪附會，且自伏羲氏而後更難詳考其傳衍系譜，故存而不論可也。

另一個來歷據云仍與江南八俠的實事有關。相傳八俠之一為排名第四的路民瞻，與五俠周潯等二人皆精繪事。周潯擅繪龍、路民瞻能畫鷹；二人形跡俱載於《畫徵錄》。《畫徵錄》記路氏事較略，嘗云「民瞻畫鷹，得意之作，輒題『英雄得路』四言。」其實不祇此也。萬老爺子生前遺作有《神醫妙畫方鳳梧》一卷，為清代末葉大畫師方練的傳記兼評述之作。方練，字鳳梧，號甘醴居士，又號驚鴉先生。這位大畫師自己的筆記《驚鴉留鴻錄》載：當年路民瞻寫鷹，故意以同音字「英」諧指路自己為英雄，其實並非夸誕。《驚鴉留鴻錄》還記了這麼一段：「民瞻幼病瞽，偶值一盲僧過其家，語其父：『此子之疾在方寸之間、不在眉睫之下。』其父拜乞僧為治。僧曰：『吾能使此子復見天日，則汝須終身不見此子。』父諾之。僧遂以指畫民瞻額。俄而民瞻於冥中能默視，見一青光如線，直取胸臆而來，循經絡疾行上下，若結蛛網。有頃，民瞻竟嘔血數升，眸遂開，墮淚一捧，漸覺有光，能辨形影。久之，視如常，其血淚則似潑墨焉。」經過這一段奇遇，那瞎眼老僧一語不發，祇衝路民瞻的父親一合雙掌，當下摔住這小兒的衣袖，風馳電掣般地縱躍而去。路民瞻日後的一身武功畫藝即由此僧授得。

話說這路民瞻所學的武功之中最稱絕藝的便是「卷密游絲功」。卷密者，「卷之則退藏於密」也。游絲者，氣浮而流、流而周、周而虯、虯而游，游若絲也。大體而言，這是一門內家的武術，要旨是將一股真氣以極細、卻極剛硬強勁的方式由行功者身軀之上某一非常纖小的孔穴之中射出。因為各人練習此功的用途與身體各部的機能殆非相同，是以取道亦各異。大凡自路民瞻以下，正統出身的代傳弟子皆以指尖為發功渠道，亦多以右手食指指尖為孔穴。一氣噴出，勢如尖針利刺，可取人穴道、瞳人；乘隙導竅，無不毀傷。再入上乘者更可以化剛為柔，以意使氣，促之千迴百折，畫圓圖方。據聞方練其人已臻此境，卻素不喜鬥武傷人，是以常飲墨一壺，再運此「卷密游絲功」作畫——其法是將畫紙懸於壁間，再與紙相距一丈開外而立，以指遙畫、隔空噴墨而繪之。在《神醫妙畫方鳳梧》一書中，萬老爺子如此寫道：「鳳梧公如此奇技輒令觀者戟髮瞠眸、噤口怵心，嘗為之閉息良久而不察焉，幾至暈厥猶未己知也。」萬老爺子自己也是由路民瞻這一路的內功脈脈相承，學畫於方練的同時得其心法相授，是以能於臨終之際刻字留書、力透石板。惟其以意使氣的功力尚未臻於化剛為柔的境界。其可觀處，倒是較諸世間許多學得此藝、卻不得不藉毫芒雕刻之術以售於俗者，要來得純粹也醇正得多了。

至於萬得福在這門武功方面的修為自然又較萬老爺子遜色許多。他這一催動真氣，大約能教那內力畢集於鑷尖，如是探入彈痕深處，再輕輕翻抖指節，一顆彈頭便給撬出來了。如此不多一會兒的工夫，五顆彈頭全數撬出。萬得福將之併那小鑷子一同收入百寶囊中，翻身下樑，卻不敢從原路或是東側南海路正門而出；遂再施展先前那倒伏身形、匍匐貼壁的內功，由九曲堤廊之下爬向荷塘的對岸。幸而這堤廊與水面之間恰有一尺多高的空隙，萬得福屏息凝勁，如壁虎游牆一般，不多時便沒了形跡。晨起來此活動的遊人祇見對岸細草微風、花樹搖曳，卻不知有個高人已倏忽來去了一趟。

可是天明之後直至薄暮時分，幾乎整整一個對時有餘的辰光裡，萬得福卻一無所獲——萬老爺子的遺言所謂的六龍當真是潛而勿用，全然無處可覓。

先是，這六個五旬以上、七旬以下的老者與萬老爺子每月一會之時，往往也是縱意來去、自在逍遙。在最初的幾年裡，幾乎沒有任何人知道他們寄寓何處以及是否有家人妻小等等。祇道每逢月圓之夜，六老必定到植物園把酒臨風，匆匆一晤。直到這一、兩年，萬老爺子間或攜萬得福同行，他才約略知曉：終年戴一頂絨線帽、無分寒暑絕不摘除的是總統府的資政李綬武。此人話極少，外號人稱啞巢父，凡事隱忍謙退，向不在言辭上與人爭鋒，的是一個諱莫如深、且深不可測之士。尤其是他隨身攜一枚放大鏡；無論何等物事，但凡置於面前三尺之內，他必定舉鏡考察，哪怕是點殘羹剩餚，也要詳觀片刻，彷彿其中總有極大的學問。萬得福知他單身一人，早年即將官舍捐出，自於碧潭對岸山區買了幢茅舍獨住，可說是個極其古怪的人物。

萬得福祇去過那茅舍一次，那是近兩年前的十月裡，他奉命親往碧潭對岸後山去接李綬武、並順道至新店接魏三爺入局。是日陽曆為一九六三年、民國五十二年十月二日、星期三，陰曆為八月十五戊寅。萬得福約在午後四時許來到碧潭後山，穿過一片雜木林子和一灣自然天成、似井似池的水窪，果然看見有低簷矮屋三間，上覆棕葉、茅草和幾百方瓦石。小窗薄紗，教四周草葉襯反出一片盈盈綠澤。遠遠望去，當窗果有一人正手持放大鏡、逐字研讀一卷不知什麼書。萬得福見天色尚早、不敢也不須立刻驚擾，便自在這山間幽境徜徉了一陣。初閱目時，萬得福祇喜此地空氣清淨、草樹茂密，間之水氣充溢，沁涼舒爽。可佇立之不足，放腳走過幾步，再回頭時，忽然覺得景物有些奇怪，卻也說不上來是什麼地方奇怪。再向前走幾步，原想是衝西南方小丘行去；一回身，卻發現自己已經置身於茅舍側面的簷下，而李綏武手上的書卷和放大鏡正隱約在他背後不及一尺遠的窗沿上靠著——他甚至還能清清楚楚地看見李綏武長而彎曲的指甲蓋子。這一下萬得福心頭大駭，連忙側身退了三步，一腳卻倏忽踩空，差半寸便跌進那似井似池的水窪之中。所幸他身上帶著功夫，臨危縮腿收勢，另隻踩在實地上的腳再一黏點，「嗖」的聲凌空側捲，使了個他自然六合門本門的身法，是一式「旁敲側擊」和一式「簾捲西風」的合璧。可身形剛才落地，萬得福卻又找不著那水窪了。這時耳邊才傳來李綏武的語聲：「別動！你已入我陣中，一動就有凶險！」萬得福心念乍轉，情知這老頭兒所言不虛；他擺的正是當年諸葛武侯入川時在魚腹浦擺下的八陣圖。此陣按遁甲休、生、傷、杜、景、死、驚、開排成，每日依時辰、方位變化萬端。即令東吳火燒連營七百里的名將陸遜到了魚腹浦也要受困終朝。其凶險時可以飛沙走石、鋪天蓋地，但見奇岩嵯峨，槎枒似劍；橫沙立土，嶔崟如山。兼之濤聲波聲、哭聲吼聲，如鼓如簧、如簫如箏；時而壯闊，時而幽咽——可謂詭譎之至，無可名狀。

「你從驚門入，再折西五步便入傷門，向北三步即入死門，萬一有個閃失，我卻如何向老爺子交代？」說著，李綏武忽然從東南角現身，手中放大鏡看似朝那水窪一招，反光斜射，耀眼明亮。待萬得福再睜眼時，見自己正站立在當央一間茅舍的正門口，一隻腳還搭在門檻上呢。李綏武則仍端坐在原先那窗口，窗紗斜斜向外推出，他的手上果然還是一枚放大鏡、一卷線裝書，指甲蓋子既長且彎。

「這是無相神卜知機子的門道。」李綬武晃了晃手上的書本，笑道：「我初學乍練，還不熟巧，害你老弟吃了一驚，罪過罪過！」

「老爺子差遣我來接資政前去小集。」萬得福驚魂未定，祇能硬著頭皮道出來意，卻忘了底下還要說些什麼。

「這麼些年來都是大家自來自去，今日來接，裡頭一定有機關——你，不會是嚇忘了吧？」

萬得福這才猛然想起：行前萬老爺子確有交代，請李綬武別忘了帶一份名單去。李綬武聞言一皺眉，歎道：「唉！老爺子畢竟還是要插手。」

說是這麼說，李綬武畢竟還是從他那滿壁架上的書卷之中抽出一本，翻開某頁，拿了夾在其中的一張紙方。打從此刻起——依萬得福記憶所及——李綬武整晚竟不發一語，直至夜闌酒散，萬老爺子派萬得福扈從李資政回府，他老先生都拒絕了。

近兩年之後，萬得福於萬老爺子突遭刺殺的第二天清晨一離開植物園便逕奔碧潭後山，才竄出那片雜木林卻見幾十塊削刻平整、陡峭巉巖的巨石當前聳立，哪裡還有什麼花草、水窪和茅舍呢？這一下兩年前那個奇怪的傍晚的記憶竟如潮浪般湧至——是夜舉止言談頗不尋常的還有一個魏三爺。萬得福這時不敢再向前跨出半步，祇得退回雜木林中，找了個平曠乾燥之處坐下歇息，細細回想起當時接了李綬武之後，再赴魏三爺新店寓所的一幕情景。

魏三爺名誼正，字慧叔，亦曾是國府之中響噹噹的人物，但是在上海保衛戰之後一度慷慨陳辭、當廷面折「老頭子」。謂：對日抗戰既已開打，有兩極端之議看似相反，實則皆不可取。其一是第一預備軍及第五戰區司令長官李德鄰「獨立抗戰到底，不求國際奧援」的主張。魏三爺以為這是見樹不見林的一意孤行，無何李德鄰不過是個粗豪跋扈的軍閥出身，意氣干雲而器識淺窄，其議自然不足為訓。可是在另一方面，身為大元帥的老頭子不惜延宕區域性戰役的時程、擴大小規模交鋒的釁鬥，罔顧國軍傷亡之慘重劇烈，試圖聳動國際視聽，藉以將英、美等國兵力引入的作法，亦屬見林而不見樹。他甚至當眾斥責老頭子不該大肆延請路透社等新聞單位派員至上海觀戰，為的祇是讓歐美之「觀察家」、「消息人士」盛讚華軍英勇忠義，代價卻是數以萬計的軍民生靈。經此衝突，「老頭子」遂日漸疏遠魏三爺，非但不再言聽計從，甚且蓄意貶抑逐斥。及至抗戰結束，終於將他澈底摒於核心之外，僅委一國民大會代表身分。魏三爺自茲放浪形骸，日夜爭逐酒食，且不乏絕色佳麗坐侍陪懷，號稱「百里聞香」。嘗自撰一聯以明志，聯曰：「家不家，國不國，豈甘楚宮爭酒肉／道非道，名非名，尤懼燕市作刀俎」。

話說萬得福接了李綬武上車，取道新店魏三爺府。開門的卻是個大約十三、四歲的少女。看她年紀雖猶少艾，出落得卻成熟標致；眉如遠山、眼似幽潭，一張脂粉未施的白嫩面皮上透著兩朵蓮瓣也似的紅暈。少女朱唇輕啟，蔥指微顫，看得個年逾半百的萬得福也不由得心蕩神馳，不覺腔膛一緊、脊骨一熱，聽那少女說了幾句寒暄言語，卻直是右耳進、左耳出，什麼意思也沒往腦子裡放。這時節魏三爺也出來了，順手將一串鑰匙交付那少女，吩咐道：「今夜這個局若是散得晚，你就把鑰匙擱在腳墊底下，自去睡了，不必等門。」少女應個喏，緩緩闔上門，萬得福看她手腕上居然還有個赭紅色的蓮花刺青，著實感覺奇異，可這一瞥倏忽過去，耳邊卻聽魏三爺道：「老爺子可先讓你去接過綬武？」

「接來了的，人在巷口車上——」

「你先把他交給你那份名單給我。」魏三爺說時右手一伸，待萬得福將那紙方遞過去，他側過身子，匆匆一覽，隨即又將名單還了萬得福，並低聲問道：「老爺子還說了些什麼沒有？」

說時，魏三爺一側臉朝屋窗揮了揮手，萬得福才看見：先前那少女正站在窗簾深處向這邊痴痴笑著。他隨即點點頭，道：「老爺子還說平時和三爺交通不易，今夜又祇合是閑情雅集，不該當著各位爺多說什麼。所以特別要我問三爺一聲：『那人在不在名單上？』」

「在的。」魏三爺仍低聲道：「不過在名單上叫『周鴻慶』；框吉周、江鳥鴻、慶祝的慶。不是『莫人傑』。莫人傑用『周鴻慶』這個化名瞞得了旁人，瞞不過魏三。『周鴻慶』是他莫家當年在杭州興辦過塘行時所聘任的一個廚子，手藝極佳。尤其是一道『紅煨清凍鴨』，能煨得鴨骨酥軟，渾似無物，再以寒冰鎮之，吃時入口即化、骨肉流離。所以有人還給這道菜拼了個諧句，叫『冰肌玉骨香無汗，水暖春江鳥不知』。上句改蜀主孟昶的詞，讚這菜色的口感和味道；下句改王安石詩，且嵌入了『江』、『鳥』二字，是要讓名廚隨這美食而傳揚——」

「您說得多了我怕記不住，三爺。」萬得福道。

魏三爺也自笑了，道：「一談起吃來，我就忘了正經，讓老弟見笑了。這麼著，回頭你就趁四下無人，把前半段向老爺子回稟了，鴨子那一節就甭說了。」

向來這荷塘小集，七老從無私言竊行。但凡有什麼事、什麼話，無不可公開。惟獨那一回，讓萬得福覺得好生蹊蹺——直覺以為：萬老爺子不得不藉由李綬武取得一份機密名單，而李綬武又似乎不同意萬老爺子要這名單的動機和作為。至於魏三爺顯然並不反對萬老爺子的作法，甚至還盡其所知地幫了個忙，可是他卻明白指示萬得福：此事不可與其他人語。

在兩年前的那夜裡，萬得福固然依言行事，卻有如丈二金剛、摸不著頭腦。直到數日之後——也就是民國五十二年的十月九日，才有一則驚天動地的大消息遠從日本東京傳來。

那是在十月七日的清晨，一個經由中共當局派赴日本來考察的「油壓機械考察團」團中，有那麼一個叫周鴻慶的工程師想要投誠，於是趁著當時台灣方面尚與日本具備正式邦交、且有大使館駐在的時機，悄悄遁離同行人員監視，僱了一輛出租汽車，逕奔中華民國使館。不料出租車的司機聽錯了周鴻慶夾生不熟的日語，卻把他帶到了附近的蘇聯大使館去。有道是：「天堂有路偏不走／地獄無門自來投」。蘇聯大使館方哪裡肯遂其人所願？自然依國際公法慣例將之交付日本警方。巧的是：這周鴻慶本人預謀投誠的時候，就怕過早出走，反而夜長夢多；是以拖到在日簽證到期，準備返回大陸的一日——也就是簽證到期的當天——才一舉起事。不料日本政府得到此人之時，已經是十月七日午後，而周氏本人的簽證恰恰逾期。日本內閣當局不由分說，將他收押禁見，並且在兩個月又二十天後交付中共原代表團。

這個事件立時引起軒然大波，台灣本地學生不多久便在尚未經由「老頭子」的黨團授意之下發起不學日語、不買日本貨、不看日本電影、不聽日本音樂、不讀日本書刊的反日運動，外交部發表譴責聲明，駐日大使張厲生則奉准辭職。

這一樁國際糾紛餘波盪漾，一直到一九六四年一月九日，周鴻慶終於被遣返中國大陸時仍未止息。「老頭子」授意國府公開抗議，並宣布暫時中止中日貿易。一月底，日本首相池田勇人宣布遵守一個中國——也就是中華民國——的政策，還把親國府的前首相岸信介派來做特使，才稍事改善了兩國當時的外交關係。

起初，萬得福祇能據他所瞭解的隻字片語推敲：萬老爺子早在十月二日——也就是「荷風襲月」的小集當晚——從李綬武的名單和魏三爺的旁證上得知：化名「周鴻慶」的莫人傑投誠未果，卻幾乎釀成中日兩國之間極大的擾攘。可是等民間的五大反日運動炒熱到高潮之時——也就是陽曆十一月上旬的某日——萬老爺子忽然感慨地將當天報紙往地上一扔、同萬得福道：「『老頭子』果然成事不足、僨事有餘！」

萬得福一聽自然知道這話多的是自言自語之慨，且出言抨擊極峰，更非他的身分所可以接腔應答的。孰料萬老爺子接著又道：「當初他要是知道我會插手，必定不至於同意；那可不現成是個引狼入室的局面。如今倒好，這樣把事情鬧大了，反而給小日本一個一不做、二不休的台階。你看著罷！不出十年，小日本非和『對面』的勾搭上不可。這麼看來，倒是我這步棋下錯了呢！」

是後，萬老爺子才幽幽向他吐露：原來那莫人傑一直是杭州湖墅一帶過塘行的一霸，與德勝壩項氏一家素稱莫逆；這交情代代相襲，已不下百有餘年。到了抗日戰爭結束之後，項氏一家轉行投資海運，並且將營業重鎮由杭州遷往上海。當時作成這個決定且主其事的就是民國十八年在太湖之濱與他萬氏主僕二人有過交臂之緣與折箭之辱的項迪豪。至於同一時期的莫氏一家卻因為戰爭焚掠和過塘生意的落伍而凋敗了。傳到莫人傑身上，偌大一份家業卻祇餘朽木慢船五、七條，空頭帳款幾百萬，老宅一幢，還有滿坑滿谷的債務。

莫人傑那年年僅十六，口袋裡除了欠條、當票之外，祇剩一本祖傳的《莫家拳譜》。據聞當時項迪豪即遣人致送書信一封，信中告訴莫人傑：項家願意承擔莫家一切債務，且派人替莫家索回在外所有帳款，另於其海運公司之中為莫人傑安插高階職務，且有乾股可以領拿，這些條件祇求一物回報，就是將那《莫家拳譜》交給項迪豪研讀三日。項迪豪並公然宣稱：十六年前在杭州高銀巷、惠民街口被北京飄花門孫少華父子當眾羞辱之仇不可不報，然而若要報得此仇，恐怕非修習莫家拳不能奏功；武林史稱：「人言項、莫雙聯手／天下無敵水無邊」，則甚望莫家賢弟成全則個云云。

提出這種財大氣粗的要求，即便是再優沃的條件，也不免貽笑武林方家——起碼還會落一句有失厚道的指責。在莫人傑而言，他大可以相應不理；設若果爾因為境遇實在窘困而不得不答應了這筆交易，江湖上也未必招人什麼議論。可此子卻做了樁怪事：他一方面回信答應了項迪豪，且央送信人將《莫家拳譜》的上冊隨信附致，並於信中解釋道：由於祖傳拳譜僅有一套行世，並無附本；而倉促間來不及僱人將下冊抄繪完竣，是以先行奉上前半卷八八六十四式，一俟後半卷抄繪完成，即另請專人送呈，且毋須歸還。

項迪豪收到書信和半部拳譜可謂大喜過望，當下齎發一個財務專員小組，夤夜奔赴杭州，解決莫家一切債務，還在三日之內收討了大部分積欠莫家許久的帳款。不料到了第四日頭上，這財務小組成員中的領事者吳某卻在商會會館的待客小廳中目睹一樁奇案：一個頭戴黑呢帽、身著黑西裝的不速之客忽然舉槍射殺了莫人傑。那人行兇之前還大義凜然地訓誡了莫人傑一番，說什麼莫家出了這樣一個不肖的子孫，居然為了區區幾個小錢就出賣傳家之寶、日後勢必要在江湖上平添無數恩怨是非。且北京飄花門孫氏向來行俠仗義，抗戰期間在淪陷區亦捐輸糧餉物資、支援游擊部隊，於國家社會，皆有殊勳奇功；豈容宵小之輩橫加攖犯？此番老漕幫光棍為著民族大忠、家國大義，出手制裁，也是當仁不讓的行徑——這些話，都是要莫人傑死得瞑目，也顯示光棍明人不做暗事的風範。話才說完，當場掏出一把連發盒子砲，照著莫人傑胸前就放了三響。

奇的是：這個案子祇找著了棄置在現場的兇槍一把，還有刺客遺留的灰色毛料圍巾一條。目擊此案的吳某為了作證的緣故，不得不在杭州逆旅羈棲竟月，還親自參加了莫人傑的喪禮。然而殺人者逃逸無蹤，市井上卻謠諑紛紜。有人說這是老漕幫向與搞海運的不對頭，此中仇連怨結，可謂冰凍三尺、非一日之寒——畢竟當初糧米幫庵清南北輸運糧米的生意正是在光緒末年廢止的；之所以廢漕，也正緣於海運之大興。從這個背景上看：老漕幫出手殺一個在江湖上已無依無傍的莫人傑並非為什麼大忠大義，卻是為了積世累代的嫌隙。

另一個說法，則是北京飄花門孫少華年事已高，自知當年在通衢大路之上所折辱的對頭如今已成富家巨室，既非赤手空拳所可力敵，又沒有豪資恆產得以干拒，索性假借老漕幫光棍的名義阻止莫人傑為虎添翼。

以上這兩個謠言一南、一北，分別在上海和北京兩地傳出。最初祇在下三流市井間口耳交遞，時日一久，竟然登上了新聞紙。老漕幫這邊有萬老爺子沉著坐鎮，消息雖然傳出，餘音卻直似石沉大海，全無一點動靜聲響。可到了北京的孫少華眼下卻不是這麼個光景了。孫氏自負神功蓋世、英名亦震動九州，豈容小報記者信口雌黃，橫加侮衊？消息見報當天便身著本門禮節袍——在一身透青閃綠的玄色長袍上還披著一條名為「飄花令」的雪白絲巾，大步走到那報館門口，厲聲道：「孫某行走江湖，一生無它，憑的便是『正大光明』四字。貴報誤信謠諑，損我清譽，孫某不過是一介匹夫，卻往何處伸冤？——不如就此卸了貴報的招牌，以昭公信！」說完這話，滿街看熱鬧的人祇見他站了個不丁不八的步子，那一身玄色長袍卻好似一顆碩大無朋的氣球一般鼓了起來。他肩上的「飄花令」白巾則無風自舞，霎時間飛入了半空之中。眾人尚來不及詳觀上下，這玄袍已倏忽縮緊，方圓百丈之內的各色人等但覺胸口猛地承受到一股極重且極熱的壓力，祇聽「轟」的一聲巨響，空中原先旋舞飄飛的白巾已碎成千萬片楊花一般大小的白點，紛紛向報館的樓窗射去——偏就是：白蟒沖天吹驟雨／玄龍踞地捲殘雲／豪俠獨掃千夫指／天下何人不識君？

如果說孫少華「出手」了，未免言過其實。因為他自始至終不過就是那樣不丁不八地站著，雙手也一直藏在袖筒之中、倒揹於身後。換言之：「玄龍踞地捲殘雲」之句所形容的便在於此——對這麼一家不經查證便毀人聲名的報館，他老人家根本是不屑「出手」的。

然而若說他並未出手，似也言未盡實。因為這報館偌高一幢三層的樓房便在這轉瞬之間教那碎成千片萬片的白巾給砸了個滿目瘡痍。窗門上的玻璃盡成齎粉不說，連樓頂上的屋瓦也寸寸斑爛、無一塊完好者。正面青石磚砌成的樓牆更是好似蜂窩痲面的一般，累累落落，看上去又如一位大匠以之為幅員，畫了一張布滿雨點皴法的山水——祇不過落筆之處的墨跡是白色的。

一擊之下，不過是一吐息的工夫，眾人卻好似看罷一場生龍活虎的惡鬥。在場千百個男女老少駐足失聲，不覺久暫。也不知到什麼時候，有人驚覺過來，叫了一聲：「好！」這才喚醒大家，紛紛鼓噪、喝采，兼之雜嘴雜舌地議論起來。而孫少華本人似乎對周遭這一切吵嚷喧嘩全然無動於衷，祇瞋瞪著一雙如炬又如電的眼眸，直登登地怒視著那報館的樓宇。如此過了幾有一刻鐘之久，遠處的行人、近處的觀者不知不覺地輻集輳至，將這飄花門的掌門鉅子團團圍在核心，彷彿瞻仰一座石雕銅塑的巨像。又過了半晌，這層層疊疊有如一圈圈潮浪般的環形人牆深處才忽地傳出一聲喊：「孫掌門的氣絕啦！死啦！」

那一年孫少華的獨子孫孝胥年方而立，成為三百年來飄花門歷任掌門人中最年輕的一位。然而，他就任大位之際卻登時宣布：飄花令巾已碎、傳襲信物也無由復得，飄花門就此封門絕派，從此孫氏一族人丁不再涉足江湖，更不過問武林是非。

但是，老掌門人這突如其來且威武壯烈的一死固然羞辱了那報館，卻仍不能說還了公道、辨了清白——孫少華去世之時畢竟是未瞑雙目的。於是這孫孝胥一俟守制三年期滿，便帶著妻子和十五歲的兒子來到上海小東門，找上了萬老爺子，進了門見著面，孫孝胥一家三口「噗通」跪倒。孫孝胥當先泣道：「求萬老爺子成全。」

萬老爺子是何等洞明練達的人物？睹此情狀已知情三、五分，道：「你是為令仙翁的名節聲譽而來的罷？既然是位孝子，我可吃不起你這一拜。來！快起來、都起來罷！」說著，以眼色示意一旁的瘸奶娘將孫孝胥的妻兒作了安置；自己趨前彎身，一把攙起孫孝胥來，看他一雙含著清淚的目光澄澈透明，不似有什麼冤屈憤懣之意，是以又多知了二、三分，遂道：「這趟南來，諒你不是為尋仇。若非尋仇，找我這江湖中人，口口聲聲要我成全，難道是要過問什麼武林是非麼？」

孫孝胥聽他把江湖和武林兩個詞刻意提高了聲調，顯然不無調侃自己宣布封絕飄花門時的言語，當下不覺赧然，一張俊臉頓時紅得黑將起來。萬老爺子也自笑了，一把抓起他的手掌，道：「我雖痴長你二十多歲，咱們還是平輩論交、來得自在；你也不必過分拘禮，才好說話的。」

兩人一字併肩，看過上首兩張座椅——這在老漕幫祖宗家門是極其罕見之事——唯一在旁伺候茶水的萬得福看得出來：此中除了尊仰孫少華一代大俠的風範和救國救民的功績之外，萬老爺子還心存一絲愧負不忍之念。畢竟在民國十八年春，是他主僕二人在杭州湖墅挑起了項氏一家的仇釁，沒來由卻讓孫氏父子承擔下來，冤連仇締，遷延近十八、九年，如今孫少華墓木已拱，孫孝胥也親手斷毀了一個名門正派殷勤創建了三百年的基業。萬得福如此作想，萬老爺子又何嘗不是？不待孫孝胥再開口，他便逕自說道：「莫人傑遇刺一案也懸在那裡三年多了，要想再追查一個水落石出恐怕戛戛乎難、難於上青天。我猜你老弟的意思正是往這條難路上行走，是麼？」

「老爺子明鑑：真兇一日不能成擒落網，則先父的污名一日不能洗刷；為人子者也就一日不能安枕。」孫孝胥說著，不覺抬手理了理頷下那一部蓄了三年的鬍鬚，兩粒晶瑩的淚珠也陡然滑落。

萬老爺子卻微笑道：「案子不能破、必有不能破的道理。要說它破不了，令仙翁就要揹上罵名；試問：我萬硯方難道就因之而遺臭萬年了嗎？三年前這十里洋場之上多少新聞紙、畫報、刊物說萬某老漕幫為了和項家過意不去，派遣棍痞襲殺莫人傑。萬某若是因之而灰心喪志，豈不也要來他個封門絕派了麼？」

孫孝胥聞聽此言，知道萬老爺子雖然言辭溫婉，對他葬送飄花門之舉仍不以為然，這一問也的確問得他啞口無言，祇得低聲應了個諾。

萬老爺子繼續說道：「依我看，找出案子不能破的道理，要比破那案子來得的當，也來得容易。」

依萬得福記憶所及：萬老爺子的想法是「案子之所以不能破乃是因為無案可破」。質言之：莫人傑親手設計了這麼一個詐死之局——若非他自己假意飲彈殞身、即是安排了個替死鬼假戲真作。如此一來：項迪豪非但紓解了莫家的燃眉之急，手中也祇能得到半部殘破不全的拳譜、且再也無處索討其餘。至於更陰刻的一個假設則是：整樁騙局連項迪豪本人也牽涉在內；也就是由項迪豪修書提交易、以還債收帳插戶入股換一部拳譜的勾當都不過是掩人耳目。其目的則在於詆譭孫少華的聲譽，以報當年折辱之仇。這樣看來：北京小報上不實的誣枉指控才是項家真正的目的。以事件發展的結果來看，孫少華拚得一招「漫天花雨」的不世神功，卻在盛怒之下成了極其慘烈而倔強的自裁，則項迪豪可算是完遂其心願的了。祇不過此中尚有一事可疑：莫家或者是莫、項二家何苦要利用謠諑、將老漕幫牽扯進來？換一個問法兒：究竟是什麼人要假借一宗暗殺事件，將老漕幫的名聲作踐成顢頇行事、干預江湖中人私誼的棍痞組織？這個疑問的底蘊是：即使項迪豪本人也參預了這宗騙局，他背後應該還有更「高人一等」的勢力介入。

「說老實話，賢弟！」萬老爺子眉一低、唇一垂，低聲道：「我不一定成全得了你，這裡面還有人不想成全我呢！體會了我這一層意思，便知拳譜事小，甚至——說得不客氣些——連令仙翁的清白也都不算什麼了。」

「老爺子的意思是——」孫孝胥不覺要撐身起立，是以一挺腰、一縮胯，人幾乎成了個高姿站馬。

「有人要一尺一寸、一寸一分地斬盡老漕幫的根柢；要讓這翁、錢、潘三祖以來三百年老漕幫基業勢力日復一日地消磨蝕毀；要讓我轄下數以萬計的庵清光棍流離無依、散漫無著；要一統寰區、包藏宇內，讓這黑白兩道、生殺二端皆定執於一尊、出入於一人之手。」萬老爺子一口氣說到這裡，孫孝胥也洩了勁、一屁股墮回椅子上，口唇微張，發出了「噫」的一歎。

萬老爺子則斜欹背脊，朝檀木交椅深處靠了靠，看似雲淡風輕地說：「這我也是最近才參透的。你且看：十一年前，上海保衛戰開打前一月，行政院下令拆遷上海工廠，由軍政部、財政部、實業部和資源委員部會同組織遷移監督委員會，要把閘北、虹口、楊樹浦一帶的工廠搶拆之後遷至租界。這南市一帶的工廠則集中閔行北新涇和南市。俟後說是由蘇州河起運，再溯江西上，最後要在武昌徐家棚集中，支援後方工業。可是自凡咱老漕幫的工廠，需先至鎮江和渾沌浦拆封清查，以免有非法物事托運到後方。這一拆一封、再拆再封，等機具到了武漢，已然折損過半。一旦集中分配、又折其十之三、四。試問：這不分明是要絕老漕幫轉進實業之路麼？

「再者，拆遷工廠之初，由遷移監督委員會當局發給裝箱、運輸費用。老漕幫經營工廠的那筆錢是在八月十五日入帳的。到了八月十八日早上，財政部又發布訓令：為了維持國內各都市市面資金流通、以安定金融起見，各省市政府、商會和銀錢業公會需與中央、中國、交通和中國農民等四大銀行交涉者，需同這四大銀行的聯合辦事處往來。可是，早在十六日，財政部已然規定了這四大銀行在內的所有行庫：各存戶每星期祇能提取存款總數的百分之五，且不得超過一百五十塊錢。妙的是，它同時還規定：八月十六日以後存入的款子卻又不在此限。這一下可好，我老漕幫空領了幾十萬拆遷費，差一天領用不得，祇好一星期提一百四十九塊錢不知作何使喚。試問：這不分明是要絕老漕幫投入金融單位的資金麼？

「這，還祇是在戰前。虧得我有先見之明，訂出防範的對策，將大部分的機具和資金另找途經保全下來。可到了戰事中期，又險些著了道兒。」萬老爺子說到這裡，竟似笑非笑、似蹙非蹙地搖了搖頭，順勢側臉衝萬得福問道：「那三十二萬公噸桐油的事你還記得不？」

「怎麼不記得？」萬得福道：「那一回祖宗家門幾幾乎扒盡當光。」

「你就說給我這孝胥賢弟聽聽罷！」萬老爺子道：「讓他看看人外之人、天外之天的本事。」

民國二十七年秋，國府委派一財政代表團，由陳光甫率領赴美尋求經濟援華。這個代表團在全美各地奔走遊說，終於在十二月中旬有了成效——美國總統羅斯福批准了一項總額高達兩千五百萬美元的借款協定。這個協定固然由羅斯福本人簽署，可是鈔票卻非自國庫中取得；而是透過美國進出口銀行貸款，在中國銀行的擔保之下打一個雙邊貿易合同。合同中言明：美國方面所出借的這一大筆款子是商業用途，中方署名為復興商業公司，此公司另於紐約市成立一個世界貿易公司。兩千五百萬美元先撥交世界貿易公司，用以採購所謂的美國物資；再由復興商業公司負責運交三十二萬公噸的桐油給美方，言明桐油可分五年到貨。這樣張目，為的祇是美方不希望這筆錢看起來是軍援款項，如此而已。

可無論復興商業也好、世界貿易也好，都是空頭公司。中方的目的是錢鈔落袋，美方的目的則是掩人視聽。一俟合同打定，問題來了：由誰負責一年運六萬多公噸的桐油到美國去呢？

桐油是一種乾性油，自桐樹果實之中壓榨取得，以中國大陸為主要產地，是以又名中國木油。老古人多用之以為燃料——但是它是一種分子結構極不穩定且品質低劣的油。《天工開物・膏液》篇即云：「燃燈則仁內水油為上，芸薹次之，亞麻子次之，棉花子次之，胡麻次之，桐油與桕混油為下。」可是從化學成分上看，桐油中含碘量高，且含極特殊之脂肪酸，髹之於漆上，可如保護膜一般，頗能抗曬耐濕，稱得上是一種物美價廉的塗料。

抗戰軍興，各地百業荒廢。開採桐油又是一門「粗中有細」的產業——非僅採集桐樹籽費工費事，榨油的流程也曠日耗時。且若集於一地而製之，則未必能應付所需之量；散於各地而製之，則舟車集運又徒增繁瑣。如此，這筆國債眼見是還不出來了，可是照「老頭子」熱切交好英、美，試圖拉之下水以擴大戰局的策略居心來看：三十二萬公噸的桐油又是非還不可的。

偏在這個節骨眼兒上，上海哥老會出了個人物，給那財政代表團的陳光甫拿了個主意說：「老漕幫當家的萬硯方是紡織業鉅子，當年又是『老頭子』的前輩師尊，何不找他設法呢？」陳光甫狐疑道：「萬氏向未涉足油脂工業，怎知道他能設法？」那人接道：「陳兄有所不知，我祖上經營這油行已兩百五十餘年，要說伐木取籽、榨油煉脂，放眼這亞洲，不作第二人想。即使以我的能耐，再加以十倍的財力、人力、物力，也休想於五年之內清償美方這筆油債——更遑論這是戰時；美國人早打算清楚了：要以這債務為辟邪劍、護身符，扔下兩千五百萬美元，叫你本上加利、利上積本。別說五年，就是五十年也還不出來。這前債還不出來，還談什麼後債？人家祇消說國庫吃緊，咱們就更毋須提什麼央人出兵、為我東亞戰區作奧援了。如此一來，我且問陳兄一句：咱們就算是今年就還清了三十二萬公噸桐油，又能奈他何？」「那麼以你之見，這又與老漕幫有什麼關係？」那人嘿嘿一笑，道：「我先問陳兄：是不是桐油又有什麼關係？」

給拿主意那人賣了個關子以後，才不疾不徐地道出原委。其實桐油生意非但於中方是幌子，於美方又何嘗不是呢？試想：三十二萬公噸的中國木油一旦交運抵埠，以美國那樣科技先進的大國究竟該作何處置？是拿它來燃燈燭？還是拿它來髹門窗？那人慨然一笑，岔出個玩笑來：「我看他們得先成立一個研究單位，反覆實驗之、分析之，才不定找出能怎麼用這麼些連咱們明朝工匠老祖師爺宋應星都看不上眼的劣油。」

玩笑歸玩笑，可又怎麼扯上老漕幫的呢？陳光甫不由得正襟危坐，擺了個哥老會眾議事之時最常見的手勢——左掌右拳包個日月明字，同時上下直移三寸、繼之前後推移三寸、再左右橫移三寸，意思是：出於你口、入於我耳，事宜機要，不傳外人。

那人才道：「老漕幫的紡織生意裡有近半數是棉，其所有棉田，何止數十萬頃。棉樹也是結籽的，棉籽也是可以榨油的，且就燃油而言：這棉籽油尤在桐油之上。咱們何不攛掇那萬硯方每年報効足數的棉油交差，不足額的麼——據我看也祇在萬噸之數以下，這樣油料的數量毋寧就齊了；以十之七八的棉油，湊上十之二三的桐油，陳兄不就交差了事了麼？」

「畢竟是不同的油——」

「美國人醉翁之意本不在油，加之他們又哪裡知道中國木油是個什麼油呢？」

而陳光甫又哪裡知道：在那個戰亂的年代，連抗日都是一宗各地下社會組織之間相互鬥爭做法、翻天祭印的門道。哥老會那人給出的主意經陳光甫上報，居然批了個大可。這個意味著：不祇哥老會那人有意出老漕幫一個難題，國府當局能欣然接納此議，其內情亦非比尋常了。

至於萬老爺子如何借助於無相神卜知機子趙太初之力轉危為安、化險為夷，則不在此絮煩。且說萬家主僕舉出這幾樁事證來，孫孝胥聽得入理會神，才明白莫人傑一案恐怕牽涉到剷除老漕幫勢力的絕大陰謀。當下一悟，反而有些雲淡風輕之感；倒不如初來時那樣祇想為父親洗雪無妄之譭了。

萬老爺子見孫孝胥眉開色霽，似是轉出另一層識見的模樣，才接著萬得福的話說下去：「那哥老會的人物我也是到日後才知道的。此人交際當局，趨附炎勢，可謂無所不用其極。果然在抗戰八年期間，得到極峰的賞識，於勝利之後幹上了接收大員之職——」

「此人同那項迪豪可有什麼瓜葛？」孫孝胥情不自禁，脫口打斷了萬老爺子的話。在平時，這是十分不禮貌的，奇的是萬老爺子倒不以為忤，微笑道：

「起碼到今天為止還看不出來。這人姓洪，名達展，字翼開，一向作的是油電生意；當年在杭州起造『大有利』電廠的就是這洪達展的父親。這幾年洪達展躍身政壇、春風得意。因他生肖屬蛇，還在外灘舉辦過一次國際商展，以蛇為題，又賣皮包、皮鞋、皮箱、皮帶；又辦各種大小活蛇的毒物展。加之自創『蛇草行書』，兜而售之。弄得有聲有色，好不熱鬧，果真是虬龍匿、虺蛇出——依我看：這是國之大運如此，乃有以致之！」

說完這話，萬老爺子忽然瞑上了雙目，右手微舉，食指和小指朝上一翹，這在幫中舉行筵席、茶聚或閑話集會時是有用意的。萬得福即刻趨前，對孫孝胥一欠身道：「孫掌門遠來疲憊，請先到客舍更衣小憩，稍候片刻。老爺子已經備妥水酒，屆時再請移駕一敘。」

這是民國三十七年十月十四日的一幕，下距民國五十二年十一月上旬因周鴻慶事件而引發的全面反日運動，已是忽忽十五年有餘的前塵舊事；萬老爺子突然提起這一節來，一時之間倒讓萬得福有如墜五里霧中之感，但見萬老爺子苦苦一笑，道：「當日我同孝胥祇說起些皮毛，沒來得及往深處談，到晚飯席上又祇顧著同靜農談詩學，與動如談醫理，就亂了套了。嗣後孝胥不再提，那莫人傑的一段懸案似乎也就沒有誰再追究了。如今想來，倒有幾分遺憾。」

「三十七年十月十四日，古曆九月十二，是老爺子與錢爺、汪爺、趙爺和孫爺義結金蘭的日子。除了未及結識李、魏二位爺，可以說是盛況空前了，怎麼老爺子還覺得遺憾呢？」

萬老爺子先不答他，逕自俯身拾起方才一怒扔下地去的報紙，又吁歎了幾聲，才道：「設若當日我同孝胥多談上個把時辰，再從那洪達展的國際蛇業大展上尋思幾回，說不定已經能琢磨出莫人傑那案子幕後的高人來了。」

萬得福聞言一驚，正待追問下去，卻見窗前的紫藤與葡萄架下有一株迅捷無倫的影子一閃而逝，接著再使了個「燕翎剪水」，居然由兩株緊鄰的植物的主幹之間斜斜片過。這可是一邊用上外家輕身的技法，一邊又用上內家縮骨的方術——眼前除了小爺萬熙之外，哪怕是找遍了寧波西街祖宗家門方圓百里之內，也找不出第二個這樣的練家。萬得福知他平日勤於練功，神出鬼沒慣了，便未多加理會。倒是萬老爺子一分神，皺了皺眉頭，道：「小熙子這一年半載之間怎麼老練些個『樑上橋下』的本事？這能有多大出息？回頭你得同奶娘和二才說一聲。」

「是。」

「方才說到哪兒啦？」

「說到蛇業大展和莫人傑。」

「不錯的。」萬老爺子將手中報紙一捲，往另隻掌上輕輕打了幾下，道：「你記不記得那回洪達展自創什麼『蛇草行書』，寫了一牆歪鉤斜撇的怪字，靜農還說：從那字裡可以看出世運將頹，現成是一幅又一幅的〈喪亂帖〉。」

「想起來了，是有這麼句玩笑話。」

「結果洪某人那四、五十幅字聽說全數高價賣出，《春申畫報》上還刊了一則小小的馬屁消息，說有某大機具工廠的董事長慧眼識貨，一體蒐購了去。那識貨的董事長姓什麼？你還記得不？」

萬得福搖了搖頭，萬老爺子卻哼哼冷笑了兩聲，再將報紙抖開，順手一指彈出，「噗嗒」一響之際，一塊方方正正，好似刀割剪裁的方形紙片當下飛出，落在萬得福右手的食、中二指之間，工工整整印的個明體大標題字：「周」。

「上回荷塘小集，三爺告訴我這姓周的是他莫家早年聘下的一個廚子。」

「那廚子恐怕早在十八年前就死在杭州商會會館小客廳裡了。」萬老爺子望一眼報紙上的那方空洞，道：「莫人傑！你也就休怪我把你送進蘇聯大使館去了。」

萬得福端地大吃一驚，道：「老爺子神通廣大，日本也有咱們祖宗家的人物，我卻向來不知道呢！」

「這也沒什麼好得意的。」萬老爺子歎道：「祖宗家光棍教人逼逃孔急、走投無路，祇好離散飄零，流落異邦；也是情非得已的事。這庵清光棍還是個極幹練的，結果也祇能溷跡東京開出租汽車——得福！你以為咱們有什麼好得意的呢？」

萬得福無之如何，悄然不語，但見那萬老爺子愁容未展，臉頰額面盡是阡陌縱横、渠紋交錯，這才猛地驚覺：眼前昂視樹立的人物已經是七十二高齡老翁了。這老翁溷跡江湖近一甲子，即令文成武就，功高譽滿，號令天下，捭闔無匹，卻終身未娶，自然乏嗣無後；一旦說起離散飄零之類的事，眉眼便益見黯然。孰料這主僕二人畢竟朝夕相伴三十餘載，果然靈犀相通；萬得福正這麼為萬老爺子惋惜之際，萬老爺子卻道：「設使不是這麼兵連禍結、終教大局萎敗不可收拾，你也不致蹉跎歲月，到今天還跟著我間關顛沛，沒個了局——你看，孝胥比你還略少幾歲，都已經抱了四、五個孫子、孫女；唉！是我連累了你。」

萬得福情知萬老爺子一生出這樣感慨、少不得又要唏噓半日，於是連忙兜開話題，道：「方才說的是老爺子沒讓那莫人傑來投誠，這就說遠了。」

萬老爺子一時且不答他，祇邁步朝落地長窗走過去，低眉垂首向紫藤與葡萄樹的深處望一眼，又望了一眼，才緩緩扭回身，道：「他哪裡是來投誠的？他明裡是來『掛號』，暗裡卻是來『鑿底』，而且必定與洪達展那廝脫不了干係。」

這「掛號」、「鑿底」俱是老漕幫在還是糧米幫時代流傳下來的切口；「掛號」是指外地盜賊或棍痞到了某地碼頭時須投帖求見本地差役頭目，自陳來意；「鑿底」則是指混入敵壘、破壞其工事、設施的手段。

「他是、他是共產黨派出來的？」

萬老爺子慘然一笑，道：「可別以為這台灣海峽一衣帶水的兩邊祇有國、共兩黨而已！這莫人傑究竟是何來歷？怕連它共產黨也未必知曉。我也祇是霧裡看花，略能猜測一二而已。要之在於不讓此人就這麼大搖大擺地闖了來，否則怕不又要煽動一場兵燹？這一仗若是打起來，較諸八年浴血抗日，其荼毒為禍或恐尤且過之呢！」說到這裡，萬老爺子再轉回身去，彷彿要穿越院牆，極目遠眺，將北方偌遠偌大一個並不在視野之內的世界觀一個透澈洞明。此時已近薄暮，斜陽餘暉自窗左拂檻滑入，遂將萬老爺子剪成一枚高大而微透著血色的黑影。萬得福接著聽見那如幻似蜃的黑影深處傳來這麼一段話語：「看這國之大局：東一個黨、西一個黨，南一個府、北一個府；口口聲聲都是為國民、為社會，說穿了不過是利害之爭、權勢之爭。卻是咱們老漕幫光棍，原本是個流徙亡命的譜系身世，也就祇合在這幽冥晦暗之地，助人逃過光天化日之劫而已了。」

「在這幽冥晦暗之地，助人逃過光天化日之劫？」萬得福低聲唸了一遍，卻仍不解其意。

萬老爺子長喟一聲，舉掌齊眉打了個遮陰，朝日落方向覷了覷，道：「我先問你，你道我千里傳書，攔下一個莫人傑來，難道祇是為了一報當年的誣謗之仇麼？非也非也！這人身上帶了兩份舟山群島和山東半島的兵力分布圖，要到此間密呈今上。你想：『老頭子』朝思暮想的便是如何大舉興兵、光復故土，這是何等冠冕堂皇的事業？」

「既然如此，怎麼能說那莫人傑是來『鑿底』的呢？」萬得福不由得趨前數步，再問道：「反攻大業不正是這麼些年來咱們舉國上下——」

「以數十萬名草芥之眾深入數百萬里瘡痍之區，你以為這究竟是解救黎民蒼生於倒懸之下呢？還是斬絕國族命脈於旦夕之間呢？」萬老爺子說到這裡，忽然冷冷笑道：「你別忘了：當年祖宗家也有八千子弟被我隻手送上劉羅公路去捨命捐軀。結果呢？不過就是曝屍荒郊，成了劉家行到施相公廟這一路之上的攔路孤魂、沉江野鬼。如今我每日裡看這窗外的紫藤葡萄架，沒有一時片刻敢忘了：架子底下的土方之中還埋著八千個當年二才他們從戰場上拾回來的『老順興』傘頭呢！——得福！你該明白我說這『光天化日之劫』的意思了罷？」

此時的萬得福早已驚出一身冷汗，不由得打個寒顫，其情狀也頗似點頭的了。隨後，萬老爺子又沉聲囑咐了幾句：「記著：廟堂太高、江湖又太遠，兩者原本就該是風馬牛不相及的勾當。日後有誰大言不慚地提起什麼救國救民的事業來，便是身在江湖、心在廟堂的敗類！便是挑起光天化日之劫的災星！便是祖宗家門的大對頭！」

萬老爺子這番訓誨言猶在耳，日月斯邁，忽忽又近兩年。萬得福在這片雜木林中思憶既久，不覺為之神傷膽怯起來。神傷的是：一個年逾七旬的老者能運籌帷幄之中、決勝千里之外，不費彈指吹灰之力便阻止了一場迫在眉睫的戰禍，卻抵敵不住咫尺身側倏爾開火的一把手槍。而令他膽怯的是，自淞滬會戰前夕，上海撤廠伊始，以迄於萬老爺子遇刺殞身，其間除了莫人傑一案藏頭露尾之外，彷彿還有無數江湖人物和廟堂人物關涉其中，皆如雲山霧沼、若隱若現；而且與時推移，變化莫測，好似雜木林外這一方奇門遁甲陣一般——才過了不到半個鐘頭，先前的峻巖巨石已消失不見；這辰光卻飄來一陣一陣輕紗薄綢狀的粉白山嵐，沾衣欲濕，拂面輕寒，倒令萬得福突然覺得昏倦恍惚起來。就在他這麼將睡未睡、說醒不醒的時刻，忽覺那山嵐之中斜裡竄過來一片殷紅色的影子，萬得福未及睜開雙眼，卻先聽到一串嘰嘰咯咯的笑聲，渾若風鈴搖顫、脆爽玲瓏，接著便是一陣琤琮的話語：「三爺說你會到這兒來，你果然來了。真是乖啊！」

萬得福當下身隨念起，回手去腋下摸那百寶囊，一摸卻摸了個空；祇聽那柔中帶俏的語聲又道：「三爺還說你會使暗器，你果然要拿暗器對付我。這就不乖了！」

話音甫落，半空之中猛地傳來一陣異香，兼之飛來一團物事；萬得福豈敢怠慢？就地一斜腔膛，順手扯開上衣將來物一兜，低頭看時，竟然是一個軟綿綿、油滋滋的荷葉包兒。

「三爺還說你一定沒吃東西，請你吃一客『素燒黃雀』。你可得乖乖地吃啊！」

第九章　食亨一脈

這「素燒黃雀」是一道家常菜，可是源遠流長，且其中牽引著無數周折，當須自江南八俠曹仁父說起。

在八俠之中，仁父排名第三，僅次於了因和尚與呂四娘之後，工詩文，尤長於峨嵋槍法；且精烹調之術。據云他這手刀鑊鼎鼐之間的技藝卻非出自峨嵋，亦非人所共知的延平郡王鄭成功門下一系，卻是專門替川中一些寺廟辦治素齋的走方廚客。這一類的廚客居無定所，從來不在某市某集羈留過久。大凡五、七人自成一幫，號曰「燕廚」，取其南來北往，遨遊自在如燕之意；又疑這燕字為雁字的訛寫，那麼意思就是說這樣的廚幫便像大雁一般，行道天涯頗似雁鴨類的候鳥。無論燕廚也好、雁廚也好，他們的確不安居、不落戶、不娶妻生子，倒是往返穿梭，絡繹於途，必定經過相同的所在。曹仁父年幼時看他們每於寺中辦水陸道場時便現身獻藝，一俟法會終了便消蹤匿跡，既覺新奇好玩、又羨慕他們吃喝方便，遂潛行追隨，走了幾百里路，終於被廚幫一個老師父收留為徒，傳了他素齋三席二十七道獨門膳譜。在名目上，這三席素食分別是山珍門、海味門與禽鳥門，可是取材卻全無葷腥——「素燒黃雀」即是禽鳥門九道菜中的第三道。其法乃是用香菇、胡蘿蔔、嫩筍切丁，是為餡料，外面裹覆腐衣，再自兩端向中央摺紮成包袱狀——這包袱需一頭尖、一頭圓，形體恰如黃雀；嗣後下鍋以少量的油煎黃即成。講究些的還會在這黃雀底下襯以紅綠果蔬，使之鮮艷悅目。

且說這曹仁父稟性聰穎、又專志篤學，三席二十七道素食珍膳，讓他在半年多的時間裡便學成了。廚幫中先進諸徒皆知：傳幫信物金刀銀勺銅鍋三寶必將落在他的手中；於是在某寺建醮法會中暗裡下毒，再眾口一聲嫁禍於曹仁父。仁父既怒且屈，終於投拜於峨嵋門下，苦習槍法，日夜將刀勺鍋鏟等廚作物事懸於樹梢，上下縱躍擊刺。武林史稱其：「運雙槍不以對仗呼應為工，反類廚作之推移鍋鏟，進退間或動搖、或揖讓，非徒搏殺亡命而已矣！」不過曹仁父學峨嵋槍的目的卻是報仇。一日趁那幫燕廚又行至某寺做齋飯時，擎槍直入灶下，將當年陷之入罪的一干人等有如狂風捲黃葉般地刺了個尖尖到肉——雖未傷及性命，可這一幫廚子不是斷了腕筋、便是斷了鼻脈，從此再也不能烹食嚐鮮。可那寺中卻有一僧看不下去，隨手抓過兩根長箸，朝曹仁父雙槍祇一夾。說也奇怪：任曹仁父使盡掀牛暴虎之力，居然不能動彈分毫；當下棄槍落跪，道：「曹仁父學庖不成，乃習武，又不成；今日甘拜於高僧座下，任憑發落便是。」此僧不是別人，正是人稱天地會始祖的萬雲龍大哥；是時出家在寺，法號法滿。這法滿和尚本不欲招搖武術，是以輕輕將雙槍夾至曹仁父面前，道：「這幫燕廚不能因你挾怨報復，而就此散逸流離；否則不淪為丐、即淪為盜。不如就由你領幫開業、主持刀鏟，為他們薄置資財，再圖轉業。」結果曹仁父畢竟當上了這一幫的主廚，輾轉於道途間八年之久。等安置了眾人，卻發現法滿早就在等著他了。

相傳法滿交給曹仁父一封書信，薦了他一個去處——至鄭成功的反清部隊中効力。同時也才告訴他：自己號法滿，本有「伐滿」之意。落髮在寺，存的就是個隱姓埋名，結識江湖人物以待時乘勢、謀成大舉之心。可令曹仁父不解的是：既然要謀成大舉、匡復明室，為什麼要讓他率同這幫心術不正的廚子溷跡江湖，長達八年之久？法滿道：「這樣才能免了你一身恩怨，且這八載春秋、風塵道塗，於山川形勢、世故人情，豈不平白增添了許多見聞、歷練。我天地會所要結納的豪傑，正是如此光棍。」於此，萬雲龍這位例稱天地會之祖者說明了「光棍」二字最初的定義。

不過，根據可信的史料來看：鄭成功早在康熙元年即抱憾而死，江南八俠之事又在康熙末葉至乾隆初葉，中間隔了近六十年之久。即令所謂「鄭氏部曲」——也就是鄭經和他所率領的幾十艘船艦——竄入台灣，也是康熙四年間事；易言之：曹仁父是無論如何也來不及投入鄭氏軍中的。不過，依據化名陶帶文的李綬武所著之《民初以來祕密社會總譜》綜輯各家史料所考，則天地會的創會神話原本就是在附會「可信而不可愛」的所謂「正史」，創造「可愛而不可信」的傳奇。這些傳奇之於初期天地會的會眾信徒而言，重要的不是它是否有足夠令人信服的考據基礎，而是生活於底層社會的人如何與盤據於大歷史關鍵與核心的上層人物事件，發生聯繫與交際，甚至造成對後者之影響和變化。《民初以來祕密社會總譜》進而申言：「曹仁父以一介廚作，迭有奇遇，蓋亦天地會徒眾於江南八俠故事中繁衍敷陳所致。夫俠道固已久矣，而俠行之說則漫漶駢歧，常首尾不能兩全。設若呂四娘果如蒲留仙〈女俠〉所記，為斫雍正首者，則曹仁父斷不能見萬雲龍於順治、康熙之間。設若曹仁父果如會本所言、曾投鄭延平營効力，則萬雲龍已百有餘歲、呂四娘亦九旬老嫗，焉能出入禁中、取龍首如探囊摘瓜耶？」

倒是曹仁父精於烹調之術的一節有班班可考的證據。據魏誼正所著《食德與畫品》附錄的一卷家史云：曹仁父與呂四娘、路民瞻、周潯、呂元、白泰官和甘鳳池等七俠因看不慣八俠之首了因和尚淫暴無行，寖失俠道，於是相約合擊之。奈何了因和尚的武功太高，已練成以意為劍、以氣為刃的神技，七俠絕難匹敵，不得不合其中六俠之力，分別引住了因和尚的雙耳、雙目以及兩隻鼻孔所能感應的方位，再由擅長輕功的白泰官以凌空踏虛的身步，從百步以外的高處飛身下擊。饒是如此，也累得白泰官空襲三次，在了因和尚的天靈蓋上鑿了三個六寸深的窟窿，才算格斃此僧。然而，這竟是曹仁父畢生行俠仗義的諸般作為之中唯一殺了人的一回。卻是江南八俠也好、江南七俠也好，毋乃聲名太大，眾人不得不潛逃流竄，曹仁父竟爾改姓魏氏，以人甫為名；這才衍出了魏氏一族。不過，改曹成魏之前，曹仁父原有妻房子嗣，這一支——據魏誼正家史著錄——於仁父初遭捕逃之禍時即已過繼於同宗，且曾得素席三門二十七道菜的嫡傳。到了乾隆年間，還出了個曹秀先，做過不小的官，卒謚文恪。算是給祖上爭了光——也為所謂反清復明的種族傳奇添了諷刺。

曹秀先的素膳曾經乾隆親嚐，還有御筆題詩為贊。乾隆的詩格調不高，可是於此一時的曹家則是無上的榮寵。詩曰：「濃蔭數遍囀雀黃／露井桃邊醉異香／寄語枝頭休喚遠／君家素手試羹湯」。這首詩用了王昌齡〈春宮曲〉和王建〈新嫁娘詞〉裡的語彙，說的卻是曹氏傳家寶膳中的「素燒黃雀」。詩意雖無甚深摯，但是既推崇了這菜色栩栩如生、也調侃了素食逼肖野物的俗習，不失為一首可愛之作。

倒是那曹秀先其實並非俗吏。他的素膳贏得乾隆品題，賜以「食亨」之號，可他自己卻不愛吃素，據《清朝野史大觀．清代述異》卷下載：「文恪肚皮寬鬆，必摺一、二疊；飽則以次放摺。每賜吃肉，准王公大臣各攜一羊腿出，率以遺文恪，轎箱為之滿。文恪取置扶手上，以刀片而食之。至家，則轎箱之肉已盡矣。」這一則表面上說的是曹秀先肉食巨量；殊不知此量乃是曹仁父傳下的一門內功。當乾隆殿下群臣將上賜羊腿轉讓給曹秀先吃的時候，正好給了他練這「無量壽功」的機會。「無量壽功」即是將大量高蛋白食物於短時間內送入胃囊，並立刻轉化成輸通到胸腔各部位穴脈的純陽之氣。曹仁父日後改名換姓，於是連魏氏這一支也代代沿習此功。魏誼正在《食德與畫品》的附錄家史中即如此寫道：「余之高祖君洛公最嫻此技，其身長七尺，腰幾重圍，肚皮作五疊。蓋亦天賦異秉，非困學可逮焉。」這魏君洛在嘉慶年間曾在北京開一素齋餐館，招牌菜便是「素燒黃雀」；且正為了讓這道菜的襯底看來青翠欲滴，魏君洛更開發出一種尚未及為時人所重視的菜蔬——豆苗。另一方面，固然曹家人不知另有魏家這一支，而魏家人則一向瞭解其宗親本旁行於曹，是以對曹家的起伏動靜分外留意，自然也知悉乾隆御製贊詩和「食亨」品題二事。從而開餐館的魏君洛還特別給這豆苗起了個別名，叫「桃邊香」，呼應的正是「露井桃邊醉異香」之句。到了北伐前後，又有魏家的後人另開了一爿「桃香館」，卻已是葷素菜皆備，操其業、營其生的店東也已經不知道這「桃邊香」即是豆苗，更遑論曹、魏二家同源異流的掌故了。

第十章 殺出陣

也正因為「素燒黃雀」與曹家、以及由曹仁父所衍出的魏家有如此盤錯深固的淵源，是以萬得福一見這荷葉裡包的菜色，便知這詭祕其蹤的小丫頭口口聲聲所說的「三爺」果真是魏三爺不假。而這小丫頭——萬得福神思一蕩——忖道：該不會就是兩年前匆匆一晤的那個姑娘罷？不意才轉念到此，那小丫頭又道：「萬老頭，你不吃豈不糟蹋了三爺的一番心意嗎？簡直太不乖、太不乖了。」

萬得福低頭看那包素燒黃雀，置於掌中尚能覺其微溫，想來剛出爐為時未幾。更兼之包在外面的一層腐衣看來還相當酥脆——那麼，顯見廚炊之地離此不算太遠。但是這一片雜木林北去三、五十丈即是碧潭南岸；西去不及一里處即是吊橋南口，為遊人如織的觀光景點；東邊、南邊祇見山嵐遮覆，雲靄四合之下，想來更不外是翠嶂蒼巒、層岩疊峰，哪裡做得這樣精工巧藝的膳食？除非——萬得福猛可一悟——除非連這雜木林和漫山嵐氣也俱在一遁甲陣中了。

千不該、萬不該，偏偏此際萬得福不該錯轉了一個念頭：一旦察覺自己身在遁甲陣中，他忽然動了忿忿不平的一昧肝火——想這遁甲陣原就是利用極其平常之物，按陰陽五行生剋之理，排下兩儀四象八卦之局。舉凡石塊、木片、果實、穀物等，祇須是天地間自然生成的東西，一旦星羅棋布、辰列宿張，便可在一定的時刻點上生出奇突怪異的情狀。道行高的布陣者中非徒能夠呼風喚雨、催馬走牛、移花接木、倒海排山；還可以應入陣者所欲所需，使其眼耳鼻舌身得著一定的色聲香味觸。由是幻中生變、變中藏幻，可轉演成無數虛擬之相。

遙想當年抗戰開打，國府遣陳光甫赴美遊說，請來兩千五百萬美金的援款，卻簽下三十二萬公噸桐油的合同。卻有那天地會首洪達展為了塌老漕幫的台，獻策讓萬老爺子每年籌措六萬公噸棉籽油上繳。想那棉籽油若與桐油混用，勉可較獨用桐油以燃燈來得穩定；然而美方如何需要自中國輸入劣質燃油呢？設使美方所需之桐油乃是用作乾性塗料，則棉籽油又如何能通過美方驗收人員的檢查、以便順利完差呢？此計最惡毒的部分是：一旦萬老爺子交出棉籽油交運，而遭驗檢退回，無論是台上的陳光甫或者幕後的洪達展，誰都不會認這筆帳的。萬老爺子百般無奈，坐困愁城，祇道天亡漕幫，才讓他墮入這萬劫不復的修羅場。

彼時為民國二十八年二月中旬，自一年三個月之前淞滬會戰焦土而退之後，杭州立刻失陷，整個東戰場——包括南京、九江、安慶乃至武漢皆相繼棄守，萬老爺子則早已轉進長沙，將祖宗家自牌位、刁斗、令旗、儀仗乃至數百年累積的帳冊、書信、飭令等上千箱尺牘文件全數移置到長沙市郊一所老庵堂貯放，香堂亦遷徙於此。可是逃得了兵災，逃不了君命——「老頭子」已然在以油還款的大方針上點了頭，又在借助於漕幫實業的細節文案上批了可，剩下的實務都落在萬老爺子身上。

是時正在舊曆年前數日，萬老爺子偕萬得福抱著尚在搖擺學步的萬熙，一同到庵堂後面的老庵清光棍墓園閑步解悶。忽見林下一人背倚枯木而立，雙手環胸，嘴角叼著菸捲兒，腦門往上一片牛山濯濯，現成是個禿子。可這人看來年紀並不大，約在三十二、三。便是那雙眉斜撇成個「八」字，根根眉毛皆似鬃鬣，自額骨處朝前戟射而出。最可怪的是他那鼻子，打從眉心便隆了起來，直橾下通，幾有兩寸八分，下端垂著顆泛紅的懸膽。通盤看上去，此人奇且古，兼而有兩分怪相、三分清氣。既然清奇古怪佔了個全，萬老爺子自然不會輕易放過，當下拱拱手，道：「見過這位壯士。」

不料那人嘿嘿一笑，吟了起來：「聞道隆中臥／還須三顧恩／平陽欺虎落／拱手是何人？」不吟還則罷了，這一吟卻吟出了尷尬來。前兩句——不消說，尋常得很——用的是劉玄德三顧茅廬，延請諸葛孔明出山入世的典故。可第三句卻明明白白套上一句「虎落平陽被犬欺」的俗語。加之第四句再這麼「拱手是何人」的一問，以吟聲聽來，「人」字悠長婉轉，尤其有嘲誚之意——這不明擺著笑罵拱手為禮的萬老爺子是狗不是人麼？

礙著手上抱了個小萬熙，萬得福雖然怒不可遏，卻不能倏然出手教訓。可他回眸一瞥，不由得嚇了個結實——但見那萬老爺子一語不發，長揖及地，且雙膝不打彎顫；這是老漕幫中平輩相待的最高禮儀。尋常時若非同輩中人彼此有了天大的誤會或極深的扞格，無人肯用此禮。萬老爺子非但施了禮，還應聲答道：「某不才；在家姓萬，出門頭頂潘字。坐身在漕，立腳在庵……不過是井中看天地；衝撞了高人雲駕，還請恕罪則個。」

這番話既表明了身分、又謙盡了儀節；一方面不卑不屈顯示其並未試圖以幫主之尊欺壓常人、二方面更不乏請教來意何如的用心。以理度之，已是十二萬分的客套了。孰料那八字眉的禿子居然又清吟起來：「斜眉窺海上／萬里盡烽煙／豈料逢君日／孤燈伴月前。」

萬得福本不是斯文中人，勉強聽出這二十個字來，已經算是絞盡腦漿，仍不覺得有什麼獨到之處。然而萬老爺子那廂卻忽然一個撐身不住、向旁邊的一株樹幹上欹倒，接著喘了口氣，道：「閣下的確是高人！否則斷斷乎不會知道上個月我祖宗家老庵堂為日寇火焚殆盡之事——你，不必考校於我了，有什麼高明之見，但請賜教了罷！」

說也奇怪，那人一聽這話，反而收斂了倨傲之色，連忙挺身上前，一把扶住萬老爺子，道：「果然是老爺子尊駕到了，請受趙太初一拜。」說著「噗通」一聲，雙膝跪倒，正待叩首頂禮，卻被萬老爺子雙手攙扶起來，同時問道：「方才你那詩的四句之中，每句末二字皆有獨到之意。倘若以『捲簾格』的解謎之術看它：從第四句末二字、第三句末二字……這麼依次捲回，正是『前月、日君、煙烽、上海』八字，君軍同音、烽封同音；說的豈非『前月日軍煙封上海』之事？上海失陷雖是一年多之前的事，可本幫祖宗家門卻當真是上個月才遭日寇焚燬的。閣下明察秋毫如此，萬某佩服不已、佩服不已。」

但是，禿子趙太初卻退身一步道：「前一首詩我確是有意開您老的玩笑；可這第二首，根本不是我作的——您老別太認真——那是敝業師苦石老道長教我的；他老人家已經歸真入寂十八年了呢！」

萬老爺子聞言更是一驚，道：「難道苦石道長早在十八年前便能預見你我今日之會？」

趙太初一皺八字眉，道：「他老人家的確說過：『倘或有人給你罵成個狗，還不惱怒，你就將此詩吟給他聽；他若解得，你便敬他如兄，助他如己，叫他老爺子。』」

看來萬老爺子亦不禁為之駭然，即道：「倘或如此，果然天不亡我！苦石道長必然早已安排下你我兄弟之會。」

「敝業師還說：『你這老爺子兄弟有個燃眉之急、枯燈之病，怕非得饒上你半生的火候才能解厄消災，你好自為之罷！』」

「我這災厄正在一個『油盡燈枯』的油字上！」萬老爺子這才將受命備辦棉籽油混充桐油運美還債的過節說了一遍，誰知這趙太初聽罷一眨眼、一聳眉，摸了摸鼻頭懸膽，道：「照說你這批油是該走水路交運不是？」

「上海已經失陷，水路眼看是走不成的。」萬老爺子黯然道。

萬得福心下對這禿子仍不服氣，搶道：「連油該如何尋覓都還沒處設法，你卻說什麼交運不交運的，呿！真是『禿子洗臉』——沒邊沒際的話！」

「這位兄台此言差矣！」趙太初摸了摸自己的光腦殼兒，對萬得福的譏誚似乎渾然不以為意，接道：「正因為你們一心祇想著走水路，這運油的事才無頭無緒。須知水能容油，油卻不能容水。宋儒早有銘言：君子如水，小人似油——你看那一鍋沸油之中，倘或滴入這麼幾滴清水，油便嗶嗶剝剝吵嚷不休，猶似眾小人冷言冷語，欺那君子恢閎方正。換作一鍋沸水，任你傾入多少油脂，那水也祇默然容納的便是。」說到這裡，趙太初語意深長地看了萬得福一眼，彷如這言下之意也暗示自己是君子人、暗諷萬得福作小人語。之後又一回神，對萬老爺子笑了笑，道：「既然要交運的物資是油，就得避水而思之——這，是極其幽渺深邃的一個關口，能從此關設想，我包你交得了差、還未必要費偌大的事真去張羅那麼些油呢。」

這般立論，可謂玄之又玄，連萬老爺子聽來都是一頭霧水。但是萬老爺子畢竟是一方領袖，閱世甚深，暫且不去同他爭執；祇道：「苦石道長道術高明、技業淹通，早在前清同、光年間已聲震江湖、名滿天下。尊駕能在道長雲帷之下受業，一定有非凡的本事。無奈萬某身上揹的是一份國家實業的包袱，不是什麼風生水起、石轉江流的奇術所能應付的。」

「噢？」趙太初齜牙一笑，道：「那麼請看，這林間平曠之地上究竟放著些什麼物事？」

萬老爺子和萬得福隨他手勢望去，赫然大吃一驚：就在那一方空地中央，累累疊疊放置著一堆高可三丈、寬約六丈、深幾九丈的鐵桶。粗看之下，僅其中一個正面便是三百多桶，萬得福正待細數，撲鼻卻嗅到這空氣之中傳來一陣濃似一陣的辛辣之味。耳際則聽那趙太初接著說道：「別數了，這一排是三百二十四桶，前後五十四排，一萬七千四百九十六桶。每桶以公斤算，合兩百五十公斤罷，總數便是多少？……」這時，趙太初伸開右手拇、食、中三指，憑空如撥算盤，迅捷十分，不過一眨眼間便應唸道：「這就是四千三百七十四公噸——老爺子您要的不是、不是——桐油麼？如果嫌它不夠，您再往西北方看看。」

萬老爺子才一回頭，趙太初的語聲又好似當頭霹靂一般地貫到：「還有這西南方！再看這東北方！還有這東南方！喏喏，別忘了正西一面、正北一面、正南一面、正東一面。」每唸到一個方位，彼處便一模一樣堆置著如許之數的鐵桶——倘若果如趙太初所言：這些都是桐油的話，則連同林子中央這九起囤積的油量幾乎就是四萬公噸之數，差差可以上繳交差了。可萬得福仍心有未甘，祇道這禿子道術邪門，於是放聲便喊：「你這奇門遁甲、五鬼搬運之陣，卻去騙那三歲兒童——」

一個「童」字還沒說罷，當頭忽然不知從何處澆下一注既黏稠、又濃濁的黃色液體來——不消說——還是那桐油。奇的是抱在萬得福手肘之間的萬熙居然連一滴也不曾沾上。

看著萬得福如此狼狽，趙太初則吟吟笑道：「你懷中這兒童怕還不足三歲，連他都不吃騙，你老兄怎麼卻如醍醐灌頂、茅塞頓開，相信了我這一套幻術起來？」

萬老爺子見這麼一折騰，簡直不可開交起來。再僵峙下去，恐難了局，登時又一揖，道：「趙兄果然得了苦石道長真傳，萬某佩服得緊；是不是就請趙兄高抬貴手，放我這不知禮數的兄弟一個便宜？」

趙太初聞言微一皺眉，道：「我這陣可是按時辰方位而布；時不移、事不往，要收也收不得。至於這位兄台麼，你且包涵容忍些個；到了巳時初刻，萬般皆如夢幻泡影，無為無住，長寂長滅了。說將起來，唉！老爺子，這世間萬事萬物，又何嘗不是如此呢？你看它風過雲生、水流浪滾，俱於一時一地、一頃一粒之中，方能在、方能立；過了那極暫極微的剎那，便非原相。這樣說來，即使什麼國家災劫、蒼生苦難，也是同一個道理。老爺子何必憂心悄悄、孤詣危危，非得涉足插手，偏要在這幻影世界之中揹上一個什麼『國家實業』的包袱呢？」

「趙兄師承一代真人，視界自然非常談俗見所囿。萬某既不能辟穀導引的方術、又欠缺修真見性的緣法，誠所謂：『十方苦劫無人渡／萬石風雨一肩挑』，也祇好羨慕趙兄逍遙自在了。」

「那你還不如直截了當地罵我禿子：不知國仇家恨，且圖一己快活算了。」趙太初說著，狠狠搔了幾下頭皮，道：「無奈我已答應先師要幫你老爺子這個忙的——也罷！趙太初就同你一道揹這包袱走它一段罷！『十方苦劫無人渡／萬石風雨一肩挑』，嗯！聽起來比我那些歪詩的氣魄要大上一些。」

即是這麼一場遇合，趙太初驟爾成了萬老爺子不在幫的交好之一。此人非徒面貌奇古，脾性也極其怪異；經常率爾而來，率爾而去。即便在戰亂中時常隨祖宗家播遷各地，庵清光棍們也任其食宿居停，他卻祇同萬老爺子一人往還，幾乎不與幫中上下人等交談接目。就算是萬得福，往往也祇頷首為禮，彷彿虛應故事的一般。加以初會時萬得福被他陣中桐油嗆了足有兩刻鐘之久，這個過節頗令萬得福耿耿於懷。是以雖然趙太初日後果真在四川成都機場布下另一桐油遁甲陣，騙過中美雙方驗關人員，讓萬老爺子免墮洪達展等人之構陷，可以說為老漕幫建立了殊勳。但是萬得福始終不喜此人，總覺得他恃功仗寵、驕矜狂妄。

這究竟是誤會與否？當局之人自然說不清楚；可樑子一結二十六年，直到萬老爺子歸西次日，萬得福再入這迷陣，赫然想起當年被一注桐油灌頂之恨。加上趙太初曾明白言之：入陣之人自凡有所欲所需之念，自然也就容易在陣中見其所欲、聞其所需。萬得福由是而益發狐疑：這恐怕又是趙太初在戲弄於我了。一時之間，他也來不及細細分辨：即令趙太初神通廣大，又如何得知他曾對魏三爺家的那個小丫頭有過片刻的漾漾情思？祇道趙太初在這樣一個生死關頭還來作耍，非徒不識大體，恐怕還另有陰謀。試想：李綬武避身陣中、不肯相見；魏三爺又欲現欲隱，甚至以「素燒黃雀」相狎。說起來，萬老爺子左手掌心的遺言所謂「會六龍」，居然有一半看來是不懷好意的。

最稱誤會的是萬得福置於腋下那個百寶囊竟然不翼而飛，裡頭非但有他苦練多年的幾般獨門暗器、開箱啟櫃和穿窬越戶的特殊工具，更要緊的是還有五顆刺殺萬老爺子的彈頭——那可以說是僅有的物證了——一旦丟失，日後如何為萬老爺子伸冤？又如何循線找著行兇的人和行兇的動機呢？這時的萬得福可以說是急怒攻心、氣血亂流，越尋思便越祇能往壞處、惡處設想。甚至還隱隱懷疑這六個鬼鬼祟祟的老頭兒倒極可能是合謀殺害萬老爺子的人——他卻不會去想：魏三爺既然差那小丫頭送了一客他家傳的美食前來，不正是把這道「素燒黃雀」當成了名片一般的物事，既可以供他果腹止飢、又可以讓他辨認身分。

萬得福一念之間，敵友立判；可這後果卻因毫釐之失而差之千里了。他順手將荷葉包兒扔在地上，還伸腳踏了幾下，朝四下裡惡吼一陣：「姓趙的！姓魏的！還有姓李的！別在那裡弄鬼裝神、藏頭縮尾。萬得福縱然本領不濟，也要拚一個肝腦塗地，殺出你這王八陣去。莫要待我找著你們這幾個混帳東西，教你們求生不得、尋死無計。」這番話聽似沒說完，可他每一斷句，幾乎都落在上平聲八齊韻、上聲五尾韻、去聲六御韻和八霽韻，在江湖之中，這才稱得上是高手叫陣。武林史稱：「叫陣亦稱奇術。蓋以斷句收勢之字所隸韻部為法門。要之斷句之字，尚齊口撮唇，如此則吐納收束，不虞氣息散逸。若上平聲四支五微、六魚、八齊，上聲四紙、五尾、六語、八薺，去聲五未、六御、八霽，與夫入聲十二錫、十三職、十四緝各部之字，可以存元固本，不至於竭力嘶聲之際，寖失真氣。它若江陽蕭豪及所通各上去聲部之字，不過市井無賴之徒喉舌洶囂、藉聲壯勢之用，非徒無益於武，亦且有傷於身；壯夫宜乎慎之、戒之。」

萬得福開口三聲「姓趙的」、「姓魏的」、「姓李的」中那「的」字讀如「地」，吼時已連疊三重真氣，將他自然六合門本門的功架拉開，同時又將多年來萬老爺子所親授——傳自江南第四俠路民瞻一脈的「卷密游絲功」十成內力分別自十個手指的指尖逼出。這內力倘若像方鳳梧隔空作畫那樣聚於一指，自有其犀利尖銳、鏤金雕石的力道；分作十指散出，其勁卻不至於減為原來的十分之一，衹是所擊打的距離要比一指為近。饒是如此，萬得福周身五尺之內的雜木林已葉落成雨，殘幹斷枝則好似脫弦的箭矢一樣紛朝四面八方飛去。

須知這遁甲陣之所以能布列成就，原本循那宇宙周流不滅、遊動不息的道理，是依時空遇合而顯現的一宗幻術。布陣者所憑藉的工具往往極其簡易，有的可能衹是九九八十一塊卵石，或者七七四十九枝枯木。入陣者衹要不為顯相所迷，而能細察陣內構工之物，往往可以找著陣腳，移動了陣腳，則其幻自敗。當年趙太初在成都機場所設的桐油遁甲陣其實不過是用八八六十四盞燒著桐油的青銅蒼龍燈，於交運前夜亥時，布列於機場東北角庫房外半里之遙處一口廢棄的枯井井闌之上，此陣是以離卦為基礎。離卦由離上離下合成其內外。離主火，卦象曰：「明兩作離，大人以繼明照於四方。」意思不外是居上位者能創造一種永不止息的光明，照亮世界。

這陣形的始意，說來與中國方面用桐油償還軍事貸款的事並不相關，不能說油能燃燈、便稱得上「明照於四方」了。可是陣一旦布下，那倉庫中竟赫然堆滿了第一批應報繳交運的六萬公噸桐油。次日上午，中、美雙方都派遣了執事人員會同清查、抽驗、盤點、完封、核印。隨後便將首撥三百公噸分別裝上正要起程的一批運輸機，飛赴彼時尚未失陷的欽州，準備在那裡躉集裝船，再俟機運往美國。不料第一架飛機正要升空之際，忽然狂風大作、雲捲石飛、天色瞬變。無可如何之下，眾人衹好扃戶靜坐，等待天氣好轉。殊不知這時那遁甲陣已在趙太初手中變了形制，成一個離下震上的豐卦。豐卦取的是「雷電皆至」，當然風雲作色。其中唯一可憾的是此卦象辭中還有半句：「君子以折獄致刑。」趙太初衹想到為萬老爺子紓危解困，不意卻害苦了旁人——成都機場雲開霧霽之時，已過當日午後，那首架飛機剛出了機棚、即將滑入跑道，駕駛忽然覺得機身輕若蠅羽，不似載有重物，連忙煞車檢查，卻見貨艙之中空空如也，居然連一碗油也不剩了。眾人還以為匆促之中失了手腳，祇好重開倉庫，想要補運足量油桶重新登機；啟視之下，人人都不寒而慄起來——偌大一座倉庫竟然也是空的。這樁奇案同載於中、美雙方二次大戰東亞戰區合作祕檔之中，但是由於其事過於離奇，於理於情全無可解之處，是以祇能處分了雙方負責盤點核印的交接人員了事——中方領責之人原本是一位十分優秀的軍中後勤專家；此人姓氏極罕，複字淳于，單名一個方字；這「君子以折獄致刑」的象辭便應在這淳于方的身上了。他身繫囹圄達六年之久，整個抗戰期間都給關在南川軍獄之中，直到抗戰勝利才獲大赦免刑。可是淳于方前途已毀，後路無著，竟落了個痴妄顛狂的惡疾，於數十年後扼殺趙太初於台灣花蓮榮民之家，這也是天道輪迴、報應不爽的一個實證。

祇那趙太初當年設陣於枯井之時，四周八面早有老漕幫子弟一百零八人站樁護住陣腳，不虞有魏延闖帳、踢倒長明燈，害得孔明星主殞落的禍害。然而萬得福這一雙神掌卻分明是挾著山風海雨、奔雷怒電之勢，要將這雜木林裡林外凡舉目可見之物、都打它一個摧枯拉朽——不如此又焉能破幻除迷、殺出陣去？

這一節殺出陣說來費事耗時，於萬得福則是片刻間事。但見他雙掌翻飛上下，或「右馬揮毫」、或「左馬劈皴」，時而「推窗臨池」、時而「扛鼎投江」，皆是昔年萬籟聲所授的六合判官筆身手。一連十餘招殺出，果然雲開霧散，原先在嵐氣深處隱隱可見的嶙峋巨石也不見了，面前果然出現了一爿蕪原蔓草，而在十丈開外的蔓草叢中，畢竟是兩年前他曾走訪過的那三間茅舍。

實情也果不出萬得福所料：就在那茅舍正廳的門檻外頭，布列了四四一十六枚比雞蛋稍大、比拳頭又稍小的芋頭。其中分佔巽門、兌門的兩枚已被他六合神掌擊得祇剩下一點赭色皮屑，地面之上仍留著深可五寸的凹痕。萬得福搶忙躍入屋中，不覺悄然長吁一聲，自語道：「難道說還不祇他們三個？卻是六個人作成一夥的了。」

茅舍之中所留下的事證十分明顯：不過半支香菸的工夫之前，六個老者都在此地。以土磚紅瓦砌成的灶上鐵鍋微溫，鍋底還剩下一隻黃雀。這顯然是魏三爺的手筆。窗邊淺碟中剛熄滅、猶兀自冒著一縷餘煙的半截新樂園正是嗜抽無濾嘴香菸的趙太初留下來的。就在放置香菸的淺碟旁邊的地下放著一隻鞋，一望可知是李綬武慣穿、請西門町成都路專做女鞋的「小花園鞋莊」老師父給特別訂製的，鞋幫子上端端正正擺著萬得福的百寶囊。萬得福一個縱步上前抓起那囊，卻幾乎在同時發覺兩般可怪之事：地上的鞋裡放著四粒小石子兒，且鞋尖朝正東——萬得福自然一目了然；這是告知熟悉幫中光棍規矩的萬得福：鞋的主人借走了他的一點物事，日內即將奉還；此其一。第二般怪事是那百寶囊——囊中一應物件全都沒了蹤影，卻偏偏留下五顆子彈頭。「李綬武取我暗器則甚？」萬得福不禁大起狐疑：李綬武能不能使袖箭、飛鏢、鐵蓮花等物雖然說不一定，取走暗器起碼是不希望萬得福用上它們。可若說這些鬼鬼祟祟、藏藏躲躲的老者確是涉嫌殺害萬老爺子之人，卻怎麼又將這五顆子彈頭如此重要的物證留給了他呢？而這五顆子彈頭失而復得，萬得福反倒困惑益深了——是自己情急怒躁，冤枉了他們？還是他們老謀深算、故布疑雲呢？正想到這裡，見桌面上留著三樣物事；方才進門一瞥之下他就已然察覺的：錢靜農、孫孝胥和汪勳如也在不久之前與另三人同處此屋之內，且各自留下了認記。

錢靜農留下的是一首用指甲刻畫在桌面上的怪詩，筆觸遒勁、入木深可一寸，一望即知是那脫胎自倪元璐的書法。孫孝胥留下的是一條白綢絲巾——這也是萬得福認得的東西——遙想當年「飄花令」中隨孫少華殞命一擊，碎成千片萬點。孫孝胥封門南下，卻被萬老爺子微言譏諷了幾回；是夜與錢、汪、趙等人同聚結拜，萬老爺子已親命轄下綢莊趕工裁製了一條幾乎可與傳說中的「飄花令」一模一樣的白巾，於席間相贈，並且告訴孫孝胥：「你一息尚存，『飄花門』便猶在世間；江湖也自存於方寸靈台之地。這巾不敢冒充貴門信物，權當我的見面禮，你看它一日，便想我言語一回。久之，便不會再說什麼不過問武林是非這些讓令仙翁在地下亦不免傷心喪氣的話了。」

這條白巾明明白白是繞著錢靜農那首怪詩圍成一道圓圈兒，一頭還插著一支四寸長的金針——這金針正是汪勳如隨身攜帶，經常使用的醫具。總地這麼一看，錢、孫、汪三人甚至頗有些個恐怕他萬得福不知道他們也在現場的意思。萬得福遂將金針和白巾收入囊中，再細讀那詩句：第一句根本就是李商隱那首知名的〈夜雨寄北〉首句：「君問歸期未有期」。萬得福自不陌生，且微知其意；它說的是這六人也說不準何時才會現身。第二句則是用韓偓〈已涼〉詩的末句：「已涼天氣未寒時」。這句究竟是在應答前句的歸期？還是在寫眼前之景？萬得福一時也猜測不出，祇好看第三句：「含情欲說宮中事」。此句借的是朱慶餘〈宮詞〉，也是十分尋常的一個出處，萬得福勉強懂得：這「宮」並非原詩所謂「後宮」；依照諸老平日言談習慣，卻可能是「朝廷」的借稱。可是到了第四句上，他打了個結子——

那是一句他不曾讀過的詩：「但使群鷗莫更疑」。怎奈萬得福腹笥不寬，哪裡知道這也是錢靜農集自唐人詩中之句？此詩作者也是韓偓。韓偓，字致堯，京兆人。唐昭宗龍紀元年進士，曾官至翰林學士兵部侍郎。因事忤逆了當權的朱全忠，貶為濮州司馬，後來便依附閩之王審知；不幸的是王審知身邊也有不信任韓偓的近臣，於是韓偓才引用《列子》一書中的典故，寫下「何堪獨影催終老／但使群鷗莫更疑」。《列子》裡的典故是說：海上有人每日同鷗鳥相嬉遊，鷗鳥隨之者以百數計。一日此人的父親命之捉取幾隻回家，此人一旦存了這捉取的機心，鷗鳥祇於空中盤旋飛舞，卻再也不下來了。原詩是韓偓用以向王審知身邊近臣輸誠，示意自己並無侵權奪勢的機心；但是在錢靜農言，應有奉勸萬得福坦懷釋疑的用意。可惜當時的萬得福祇道這老兒不過是舞文成習、弄墨成癖，登時忍不住忿忿作聲，道：「老爺子寫的我已經看不明白了；你們還來火邊煽風、落井下石，欺我讀書不多麼？」又想：這幾個老鬼物之中有的比他年紀還輕些，仗著都唸了些詩文、長了些知識，平日掉掉書袋、鬥鬥機鋒，且將無聊作有趣。可是眼下這是什麼時刻？怎樣關頭？卻還在那裡作無益之戲！偏偏萬得福又是個耿介忠直的骨性，當然不敢將眼前這蛛絲馬跡、草灰蛇線就如此任意放過。祇好到李綬武書架上取下一本書冊，隨手撕了封底，撿過桌上一枝自來水筆，將錢靜農留詩抄了，也塞進百寶囊中。就這麼一折騰，肝火漸熄，心情略定，轉念想到：這六個老鬼物留下的東西也好、文字也好，都不甚起眼；倘若換了外人，未必能像他這樣立刻辨別得出是些什麼來歷。反而言之：他們也可以什麼痕跡也不遺留，教他到哪裡去尋覓、揣測？如此想來，他們這卻是有意避開旁人耳目，獨向他交代一點若有似無的線索了。萬得福這麼一尋思，心緒又平復幾分，倒有意四下探察起來、看還有什麼隱匿不顯的憑據，足以供他解識端倪。

誠所謂：「無心失柱木／有意見鋒芒」，萬得福不問究竟則已，一旦細細觀察起來，則處處皆別有洞天。

首先是李綬武的書架之上，處處平整齊潔，偏有那麼一本書朝外凸出一寸有餘。萬得福見那書名題的是《齊東野語》，也不知寫的是什麼玩意兒，但是不覺間朝東顧盼了兩眼，彼處正是一扇方窗，窗外平野遼闊，祇那窗台上有個礙眼之物。萬得福趨前再看，竟是趙太初常用的一塊羅盤。想這羅盤也是極其尋常之物，趙太初平日出入什麼所在，總可以從身上掏出大大小小、形形色色的羅盤，有銅盤、有木盤，還有金、鐵、石、瓦乃至針上鑲了兩丸水銀的骨董，林林總總不下十餘個。祇面前這一個有它特別之處——無論萬得福如何轉動，它那指針卻總指向西北方。萬得福撥弄了好半晌，皆復如此。萬得福乍然了悟，隨即向指針所向之處望去，但見那是通往旁側一間另外搭建的小屋。於是信步邁去，才到門口，卻發現屏門的布簾上垂貼著一根紅絲繩，繩端打了個蟾蜍結。萬得福一見這結，不由得失聲驚叫起來。

這個蟾蜍結也有一個綿遠悠長的來歷，不得不溯本而言之；否則不能明汪勳如之傳承。

第十一章　天醫星來也

雍正初年江西有一個夙負盛名的道士張真人，能通天文、察地理，設壇台、招風雨，很有幾分道術。也由於年事尚輕而有偌大能耐，總不把同行放在眼中，於是暗裡得罪了不少方技之士，卻仍不自知。某歲，這張真人順江而下，欲往錢塘觀潮，不料卻被仇家買通船上水手，飼以藥餌，一時腹脹如鼓，疼痛難當。等到人下船登岸，已經開始瀉五色便——由青而赤而赭而黑，人云：待排到白便時人就回天乏術了。幸虧地方上知道真人方術了得、又有求於他的、趕緊請了名醫葉桂來為之診治，一帖藥服下去，腹脹也消了、黑便也止了。張真人正準備厚貺以贈之，那葉桂卻道：「我不缺錢。真人若要報答，祇須於某日某時某刻過萬年橋時稍稍停一停轎子，說：『讓橋下的天醫星先過去。』這就算酬謝了我了。」張真人答應了，屆時也依約作到——話才說完，祇見橋下盪過來一隻小船，端坐在船首的，正是那葉桂。

葉桂，字天士，小字秋圃。自此聲名大噪，終至名動京師。某夜，這天醫星正在院中持酒賞花，忽然自天而降，飄下一個纖細身影。此人身著夜行衣靠，且蒙頭覆面，不辨形貌。當下妻妾人丁驚走慌投，獨葉桂笑道：「天士得配天女，倒是良緣；不自天降而何？」那人愕道：「你怎知我是女子？」葉桂又道：「我非獨知你是女身，還知你身負重傷，肺腑俱受重擊，不出七日必死。」原來此女正是江南八俠之次，呂四娘是也。她數日前剛潛入禁中，割了雍正人頭，卻為雍和宮四個喇嘛所傷，仍奮勇殺出重圍，搶了御馬圈神駒，從此晝伏夜出，一路南馳。沿途打聽之下，呂四娘聞聽人說起天醫星葉桂妙手如仙，有生死人肉白骨之奇，遂逕赴錢塘而來。可刺殺皇帝的事豈能隨口聲張？是以見了葉桂並不吐實，祇道於行路途中遇上翦徑強梁，打傷了筋骨。不料葉桂冷冷哼了聲，道：「出手之人分明是西域番僧、出手之地分明是紫禁城中。既來求診，何不以實相告？」呂四娘聞言又是一愣，道：「先生何以知之？」葉桂道：「你自天而降，落地之時腰腹猛可顫了兩顫，隨後又向前走了幾步。我看你能縱躍如許高的院牆、步履也還穩健，祇那腰腹抖顫殊為可疑，殆非外力傷肺、不能致此；也祇有寅時傷肺，還可容你多活半月，且其間渾若無事，祇道是扭筋挫骨而已。再者，看你吐息自如，可見內功深湛絕倫，不容輕易遭人如此重手。能出手將你傷得如此之重的，恐怕也祇有雍和宮的那批喇嘛——渠等擅使『奔雷掌』、『劈靂掌』、『疾電掌』與『裂霜掌』——皆是夜間戍守禁中的首領。倘或你寅時傷肺，則必在這亥、子、丑、寅中的第四班上遭遇了『裂霜掌』的高人。且方今正是七月，普天之下除禁中之外，並無一地桂花可於七月間盛開。其芳氣襲人，沾之不去，經月不散；號稱『長年桂』，又名『壽桂』。方才你自空而下，還帶著一身壽桂之香，這又是你出入禁中之一證。——請恕我斗膽問一句：大事果真成就否？」這麼一問，呂四娘倒覺得他似友非敵了，況且人已落在這天醫星之手，即便不說實話，又可奈他何？

實則這葉桂也是個存著反清復明之念的人物，堪稱仗義疏財之士，惟獨過於好名，尤喜於眾人之前預言某人將死、某人將發病、某人將臥床至某時，諸如此類，雖言無不中，卻不免遺人口舌，謂其矜伐太過，行事為人欠篤樸。

不過，葉桂同這呂四娘既都有反滿之思，自然也就成了「高才脫略名與利、壯志頡頏雲從龍」的交情。不多時，雍正「暴疾殯天」的喪訊終於傳出，葉桂大喜；非但為呂四娘治好了內傷，還傳了她一套醫術。

然而中原醫道自神農以降，已有數千年的歷史，其淵博精深，可以說不啻八萬四千法門。葉桂要傳呂四娘醫術，一時竟有不知從何傳起之感。遂待她傷勢漸漸痊可了，才問她：「你若有意學上一部醫理，我儘可傾囊相授。不過為學貴專尚精，不在蕪雜；你就擇一而習之罷了。」呂四娘原本不通此道，卻教她從何設想？祇好應聲答道：「我初來求診之日，聽先生說『寅時傷肺』，設若『丑時傷肺』該如何治？『子時傷肝』該如何治？『亥時傷脾』又該如何治？」

「大哉問！」葉桂聞言一樂，遂道：「然則我就傳你一部『少林十二時辰氣血過宮圖』罷！」

自茲而後，葉桂的醫術便衍出了呂氏的一支。由於這一支所傳承的竅門多在十二時辰與人體氣血周流的配置，是以從此支而播之、散之的行醫掌故也多與時間這個概念相關，且雜有預言色彩者亦不在少數——祇不過有許多實際病例和療法皆因呂氏這一支的謙沖自抑，常被述說成葉桂本人的經歷。《天地會之醫術、醫學與醫道》一書中即詳為辨證，使出乎葉氏之手者仍歸功於葉氏；出自呂氏之手者也多能還原於呂氏。

呂四娘終身未婚、無嗣，但是傳了二十八名弟子。其中王鴻志、王心寬並稱「淮泗二王」，汪碩民、汪龍澤並稱「河洛二汪」，這四人所學的便是「少林十二時辰氣血過宮圖」所載的醫術。至於二王、二汪之間，僅為同宗，卻無親族關係，其所以同門揚名，也祇巧合而已。汪碩民為乾隆時河南名醫，他的一則醫事便曾一度給誤記到了葉桂名下。

某歲河道大溢，又逢天雨，汪碩民行醫甫歸，阻於道途間某亭暫避，適巧見同村一婦貿貿然來，汪便令其轎伕上前摟抱之。轎伕原本是一曠男，不意有這等美差，當即出手攫之。正糾纏間，村婦之夫亦至，哪裡能容得這事?立刻跳入亭中，與那轎伕扭打起來。汪碩民等他二人打得筋疲力竭之後才從旁勸之，道：「這婦人的痘疹已經有救了，你們也好住手了。」

三人仍各自不平，好容易才經眾手拉開，聽汪碩民對那村夫沉吟道：「還不快謝過這位壯士?若非他即時出手，將這婦人積聚在肝腎間火氣逼出，今夜戌、亥之間氣必沉於骨，痘疹入髓，便不能救了。」村夫仍不肯驟信，汪碩民接著道：「我看你腦後、腰上亦各有一舊傷，然否?」村夫奇道：「不錯。」汪又道：「快至藥號取當歸、川菊、姜獨、蘇木、赤芍、乳沒、六汗、虎骨各一錢，杜仲、紅花、澤蘭、生地各二錢；以酒服，否則三日上必出人命。」

這村夫祇道碰上了一個登徒子和一個痴心瘋，徒呼倒楣，攜婦而去，自然沒有把汪碩民的診斷和開方當成一回事。三日之後這村夫果然癰發於頂、瘤潰於腰，午時初刻即死於家中。

根據《天地會之醫術、醫學與醫道》緒論所謂：「也就是從汪碩民這一代開始，發軔於葉天士(桂)的『少林十二時辰氣血過宮圖』有了重要的開展。一方面，汪碩民使這一套依照圖譜、口傳心授的醫術有了文字敘述的張本；另一方面，也確立了呂氏這一支的傳承。定其書曰《呂氏銅人簿》，以示對呂四娘的推崇，也說明此支遠祖於少林寺的傳承是有其來歷的。也是從汪碩民開始，這一支分世襲和門徒兩條路徑傳遞下去；一稱汪家醫、一稱呂門醫。名稱雖然有區別，但是內容卻大同小異。惟其演變到道光時代，呂門醫這一分流多與天地會黨人結合，又因基督教的信仰而雜以西方傳入的醫術，這才與汪家醫有所區分而涇渭判然了。祇不過天地會黨人試圖將這一分流的背景推得較遠些，也才有『呂四娘為天地會前輩』的訛傳，這是不符合史實的。」

這本《天地會之醫術、醫學與醫道》的作者正是汪勳如——他也是汪碩民的直系十世孫——在這本書裡便詳細記載了蟾蜍結的淵源。

那是當天地會大興之後，由門徒逐漸散播的呂門醫這個分流多在底層社會活動，與汪家醫之經由達官顯貴、王公巨卿而多為豪門富室之流看診者有了很大的分歧。這種分歧不祇是經濟上的，也顯然有了政治上的意義。由於顯宦貴族的資助，汪家醫有了十分穩固的資財基礎，使之得以有更多的機會和精力遍訪幽山深谷、險峰奇崖，採集珍稀藥材，煉製獨門的丸散膏丹；且往往在許多疑難雜症上累積了較多的研究和思考。至於呂門醫則一向以濟世活人為要務，醫者既來自庶民子弟之穎悟慧黠且宅心仁厚者，自然也就常常捨己錢財、施人針藥；確乎成就了慈悲事業。可是從另一方面來看：這一分流的醫者也大都沒有足夠其窮研醫理妙道的時間和精力；若說診治一些尋常的頭疼腦熱、跌打損傷，當然綽綽有餘，但是真要對付起頑疴痼疾，往往費許多手腳亦非必見實效。也正由於業藝上有這樣的分別，呂門醫常以汪家醫甘為皇室貴族之鷹犬為恥，汪家醫也常以呂門醫不圖本職分內之精進為辱，雙方逐漸就其異流之實而捨其同源之情，甚至成了互不來往的對頭。

話說咸豐八、九年間派赴江寧任事的總督何桂清不意如何得了個怪病——每頓飯可吃斗米，卻日漸消瘦，形如骨立。一般醫者皆診之為「消疾」，也就是糖尿病。這消疾是慢性病，須假以時日，徐而圖之。可何桂清是個急性子，聲言若不在半月內把他治好，便將醫者下獄治罪。這樣一來，江寧以迄蘇杭一帶名醫都扃門閉戶，藏匿不出；誰敢拚一個身陷囹圄的下場、還砸了自己的招牌呢？偏偏這時節從洛陽來了個汪家醫的傳人，單名一個馥字，號荔園先生；他也是自葉桂以來第一個敢以天醫星三字自況的狂士。人已經是五十開外，但是唇紅齒白，若婦人好女，望之不過二十許人。他可是自己登門求見總督來的。

汪馥一見著何桂清的面，二話不說，即自袖筒中取出個鑲金琺瑯瓷製成、有如鼻煙壺似的小瓶兒來，又從腰間衣帶前端扯下一截絲繩，當場打了個結子，前尖後團，兩側下方左右還各有一個鼓凸凸的物事，看起來就好似一隻趴伏著的蟾蜍，祇這蟾蜍的吻尖仍牽著三尺多長的一截絲繩。這麼一出手，祇在幾個吐息之間。何桂清尚不知究竟，卻聽汪馥急聲道：「眼下是巳時三刻，若不在一個時辰之內將這蠢物降住，制軍恐怕還要再受十天半個月的折騰。來，請制軍下座，且摒去閑雜人等。」

何桂清自恃粗豪壯勇，哪裡會在乎一個醫道擺布，心下還頗以關雲長刮骨療毒之際仍能與人對弈這樣的典型風範自許。於是一揮手，將廳堂上的排場都撤了。自對汪馥昂聲訓道：「你手裡捏著拿著的可是本帥、不是旁人；小心伺候了。」說著下座趨前，仍一副威武神氣。汪馥卻請他盤膝坐下，再仰臉朝天，狀極不雅。何桂清無可如何，祇得照做。但看那汪馥一手持起絲繩的一端，一手將小瓶兒裡的粉末撒在蟾蜍結上，同時喊了聲：「請制軍張嘴！」何桂清聞言不疑有它，才把嘴張開寸許，汪馥已將那蟾蜍結投入他嘴中；何桂清祇覺一陣沁涼舒爽，不經心往下吞嚥了一口吐沫，那邊汪馥道聲：「著！」登時掌心順絲繩遞出一股綵綵輭輭的內力，又將蟾蜍結推下尺許有餘。何桂清自患病以來，從未感覺到如此心寬意弛、腑臟輕活，當然為之一樂，正想叫聲好，耳邊卻聽汪馥道：「請制軍閉目凝神，念茲在茲的祇是方才這隻小蟾蜍——無論有什麼動靜，都請制軍不要睜眼。」何桂清口中唔唔稱是，依言觀想起那蟾蜍來。又過了一盞茶的工夫，忽然腹中一陣騷動，如百尺波瀾、峰峰推擠，又似千鼓膨亨，橐橐爭鳴。何桂清腹中那蟾蜍結卻有如活過身來、左閃右跳，在胃囊裡撲縱騰挪得好不歡快。接著，底下的腸子便似教人用極大的勁力自兩端向外一扯，何桂清再也忍它不住，「哇」的聲狂叫出口，同時睜開了不該睜開的眼睛——這一看，看壞了——卻見他嘴裡跳出一個約莫有飯勺般大小的蛇頭來，底下連著條赤不赤、黑不黑、渾然裹著亮油膩血的一條蛇身。何桂清連一聲也沒再哼出，當場暈死過去。

待他悠悠醒轉來時，魂魄還在爪哇國，底下卻拉了一褲子稀屎，而汪馥則氣定神閑地盤膝坐在他的身側，左袖筒外纏著那條蛇——顯見已然死了。

但是於何桂清而言，那一刻的感恩之心卻遠不及羞辱之念來得既強且熾。試想：堂堂一位總督被自己吐出來的一條怪蛇嚇得屎尿齊流，這要是張揚出去，制軍大帥的尊嚴威儀該如何收拾？汪馥卻見不及此，猶沾沾自喜地述說這蛇的來歷：「想來制軍大約是生飲了山泉之水，容這蠢物入腹，幸得敝門這小小的紅絲蟾蜍引蛇出洞；否則吃喝下肚的粒米滴油都耗在牠的身上，制軍縱使神武蓋世，怕也活不過今年中秋的。」

何桂清果然沒讓汪馥活過當年中秋。他設了個局，讓汪馥給一個書吏治病，又暗中鴆殺那書吏，遂給汪馥問了個庸醫殺人之罪，流刑千里。然後，再遣幾名親信將那狂傲不馴的汪馥棒殺於途中。

何桂清本人的下場也不怎麼樣。太平天國坐大，由何氏力保而自湖南布政使升任江蘇巡撫的徐有任勇於任事，但是軍政上卻處處為何氏掣肘，空頂一個巡撫之名，卻幾無用兵執政的實權。未幾，何桂清與太平軍對峙，常州失陷，徐有任力戰殉節；留了一封彈劾何桂清專擅妄為的遺疏；朝廷震怒，果爾將何桂清正法。

可憐的是汪家醫及汪馥之身而幾不能傳，他的幾個兒子都祇從父親那裡學到三、兩分能耐，儘管拼湊參合，始終不能重振汪家醫的聲勢。可是嗣後之傳此術者，為了不忘家道倏忽中落、學術橫遭斬絕的冤屈和仇怨，因此每於懸壺之地，便在門榜之上繫蟾蜍結一枚，以示紀念惕厲。有一個訛傳是這樣的：之所以繫蟾蜍結於門楣，乃取「纏綿病榻者必藥到而病除」的嵌字格，這完全是望文生義之說，並無一點根據。

而蟾蜍結還有另外一個講究：由於汪氏門中的醫者一向喜歡「訪診」；意思是出外旅行，隨緣看診。這個習慣其實可以說從呂四娘、汪碩民伊始，從未中輟。是以上門來求診者常須視此結所放置或懸吊的方位和方式來偵知醫者的下處，以便有急症求告時不致失了聯繫。汪勳如在他的書中曾詳記其法：「蟾蜍結的口吻所向，即是醫者訪診的方位。結上懸繩若干即是里程之數，一里一小結、兩里兩小結，十里一大結。基本上不會超過五十里。」

萬得福追隨萬老爺子恁久，與汪勳如這位堪稱痴扁鵲的神醫相交也幾達二十餘年，自然清楚他祖上這招牌的典故和用意，於是湊近前去衡那蟾蜍結仔細一打量——蟾蜍口吻朝下，懸繩之上卻連一個結也沒有。萬得福不由得心一涼，順著蟾蜍口吻所指，朝自己鞋尖一低頭，卻赫然發現地面的水泥裂縫之中端端正正插著一支他自己百寶囊中的暗器——袖箭——由於箭沒及羽，地面上祇露出有如雞毛雉翎一般的羽芒，可見入地深達四寸。從這一點上看，沒有孫孝胥那等深湛的內力恐怕還很難臻乎此境。可為什麼要將他的袖箭插在如此隱祕的地縫裡呢？萬得福一面想著、一面蹲下身，探出食、中二指，從袖箭插下的所在向外猛力一拔，差一點跌了個踉蹌。當下不覺大疑，暗忖：把我的袖箭埋進地裡，外表分寸不露，若是為了不教外人察知，還則罷了，可是插得這般深，難道是要考較我的內力麼？想到這裡，萬得福不覺生出個一決雌雄的爭勝之念，隨即運上十足指勁，退步跨了個鐵馬沉橋，將兩指牢牢吸住地縫中袖箭的箭身，再拚力一拔；不意隨那箭身一齊給他拔開的卻是一方兩尺見方的水泥板，其下是六、七個土方台階，再遠就闃暗一片，什麼都看不清楚了。不待說：孫孝胥把他這支袖箭當成了隱藏式的門栓，而門開處則不是一處密室、便是一條地道。萬得福還在尋思：該不該下去，若要下去又該如何掌光點火之際，忽然看見第二個土階上正放著自己百寶囊中的打火石和火摺子。萬得福這一下略略恍然了，這六個老鬼物果然不祇是同他作耍，而是一點一滴、一枝一節地出了幾道難題，這幾道難題祇他不會輕易放過，也祇他能發現玄機——換言之，六老既然布設迷津至此，也就不該再繼續難為他了。

不料火摺點亮，四壁通明，萬得福一個「張旭飛簷」竄下土階，才猛地發覺：底下不過是個七尺見方的空洞，上下六邊除了來路的幾層土階之外別無一物。萬得福越想越不是滋味，宏聲罵道：「老毒物！有話直須交代，無事莫弄玄虛——萬得福一總領教便是！」這幾句話不說則已，說來中氣十足，內力勃發，簡直是當年說書人石玉崑講武松打店時「空甏空甕、翁翁有聲」的磅礡之勢，祇聽迴音在牆壁之間忽地如千軍萬馬般奔騰竄走。萬得福自己也完全未曾料到：就這麼一吼，居然吼出個迴音壁的機關來——糟了！這六個老毒物倘若有心加害於我的話，以這迴音壁的機關之力，怕不來個土崩石塌？萬得福不覺一懍：我豈不是要給就地活埋於此了麼？

第十二章 崩卽崩耳

皇帝之死謂「崩」。相傳有個傻秀才作亂，身後跟著一批比他還不識字的農民，人多勢眾，居然成了小小的氣候。傻秀才自立為帝、道寡稱孤，很過了一段時間的癮頭。可是好日子沒過幾天，前來剿伐的官兵迅即掩至，三下五除二弭平亂事，驅捕了從犯、少不得也拿問了主謀。判刑確定，攜赴法場之日，傻秀才之妻牽衣頓足、攔道大哭，傻秀才卻意態從容地回頭對她說：「崩即崩耳！世間豈有千年不易之王朝？」這真是好大氣魄。

在江南八俠之中有個周濤，氣魄也差堪比擬。前文曾經提到：江南諸俠之中工丹青者有二，路民瞻擅畫鷹，其下數傳而有方練、而有萬老爺子。另一個擅長繪事的即是周濤。周濤擅畫龍；《畫徵錄》稱道其龍「為三百年來大手筆」。他的祖上是木匠出身，也不知是天生遺傳，抑或是後出苦修，這一門匠作有個獨特的機巧；那就是能將極為繁瑣、複雜的機械工具乃至宮室宅邸畫在一張素紙或素絹之上。以後世之建築專業視之，這祇是十分簡易的入門功；然而於此門姑可以「圖匠」稱之的專技之人而言：能將業主所需所冀的宮室屋宇繪於紙上，則是極其高明、且不輕易外傳的一個行當。周濤——在他周家門裡的自己人看來——正是個既無才、又無心、不可能承繼此行衣缽的子弟。周濤生性佻達，自幼即不安於業，一心祇想比拳試腳，勉強在父兄的脅迫之下從描圖、寫物到臨摹繪本，學了幾載畫藝，然而始終不像是個能在匠作這一行裡謀個生計的人物。長到十六、七歲上，周濤忽然因細故忤逆族親，被逐出家門，偏偏遇上了個丐幫裡的長老。那長老看他體魄非凡、骨格健碩，傳他一套「穹窿掌」——所謂「穹窿」即是「空洞」之意——蓋行乞之人，衣衫襤褸，身上所著之物多不能蔽體，故名之曰「穹窿」。這套掌法為後世淺妄之人以訛傳訛，美稱之曰「降龍掌法」或「降龍十八掌」，實屬大謬。蓋「穹窿掌」根本與武術無關，它祇是走投無路的乞丐如何藉由一隻手掌向人行乞，而另隻手掌則乘人不備，取其財貨。質言之：不過是行竊之術而已。

那丐幫長老也是個扒手出身，一心祇想養育、調教出一些小扒手日後得以出師入世、供奉這為師的後半生慘淡吃喝而已；豈料周濤手底下的畫工了得，不意間讓這長老知悉，而有了更上層樓的想法。

這長老先在蘇州東山西卯塢紫金庵後找了個角落，搭一木棚，日日叫小周濤往廟中巡看一遍，回頭再至棚中伏案作畫。舉凡廟中神佛菩薩、羅漢觀音乃至柱上雕龍、簷角翔鳳，但揚目所見，無一不可入畫。畫時果然有四方善男信女前來棚中圍觀，人人稱道讚賞；非徒出資將畫像請回家中供奉，且不乏當場齎發賞錢給這小畫師的。之於這長老，就怕無人來此遊、不怕來人擠破頭；人一多、場面一亂，他老人家便更容易下手了。是以周濤在畫工上賺的銀錢、再加上長老「趕白集」行竊所得，很快地就富了。

可是也就在清朝初葉以降、丐幫子弟溷跡江湖、很難再靠乞討維持幫中行政開銷，也才有了不禁個別乞丐幹上扒竊勾當的例規；可是無論行乞抑或行竊，所得財物皆不得私藏的老法統並未動搖。不過，這長老同周濤所合計合作的這部生意的帳又該如何算呢？小小年紀的周濤每日作畫收入幾是長老的數倍，但是長老執意將兩人所得一併上繳丐幫蘇州本堂。日子一久，周濤頗不愜意。加之這長老脾性火爆、動輒施以拳腳。周濤終有隱忍不住的一日。偏有這麼一天薄暮時分，人潮即將散去。長老見時機不再，偷聲催促周濤手筆加緊、多畫兩張，自便趄入人群之中。哪知周濤腹飢口渴、肝火大熾，豈耐他這般催促？登時一翻腕，把筆扔在畫紙上，將一幅即將畫成的觀音像扔了個通紙墨污。出資購畫之人不知道其中另有緣故，當然不肯罷休，當下便吵嚷起來。周濤亦益發光火，手起腳落掀翻了文房四寶，指那長老背影叫嚷起來：「你這趕白集的老渾蟲！小爺打從今日起不伺候了！」說時眾人瞿然一驚，瞧出了奧妙，立時將那長老擒住。小周濤見狀情知不妙，尋個間隙便逃逸無蹤了。可這長老畢竟是方面上的人物，給拿進官去卻也無贓無證、沒罪可問。祇在衙裡混睡一夜，次日一早教書吏隨口問訊幾句，畫個花押便釋放了。他，又豈能善罷甘休呢？於是隨即夥召群丐，傳令散出「隨口風」——命四鄉八鎮各路行乞子弟會同通報信息，務將周濤拿回蘇州本堂受刑、絕不寬貸。

是時周濤不過一個浮浪少年，哪裡知道世途艱險？人還沒跑出三十里地去，便教一群散丐圍住。眾人一眼認出他就是西卯塢紫金庵後畫像的少年，豈容分說，掏出「牽羊繩兒」上前就綁。說來也算周濤命大，卻在這千鈞一髮之際，橫裡飛過來一個黃澄澄、圓溜溜、似碟似盤的物事，猛可將那幾條繩索打斷，又飛了開去——眾人定睛一看，原來是個身著袈裟、手持鐃鈸、頭頂上燒了九個大戒疤的胖和尚。胖和尚隨即惡吼一聲，道：「呔！哪個不要命的臭叫花敢傷我小兄弟的一根汗毛，就同這個一樣——」說時手起鐃飛，眨眼間在空中繞一圈又回到他手裡，可群丐身後丈許遠處一株徑可合圍的柳樹已然應聲倒了下去。有這般身手的高人露相，群丐還有什麼計較？一聲唿哨便散了。

「小兄弟不正是廟後畫佛畫龍的那個畫師麼？」這身長七尺有餘、濃眉大眼，還留著圈兒紫色絡腮鬍鬚的胖和尚道：「來來來！你給了因畫上一張像。畫得像了，就算報答了我救命之恩；畫得不像，就吃我一鈸也不為甚！」

周濤逃過前狼、避不過後虎，正暗自叫苦，卻別無可計，祇得哀告道：「我身上沒有紙筆，怎能作畫？」

了因和尚笑道：「這有什麼難處？」說罷朝先前歪倒的半棵柳樹樹身一欺，祇見他使袈裟袍袖往樹皮上一拂，剎那間煙塵四逸，但見煙塵散處露出一大塊青白無皮的裸幹。那和尚順勢衝左方擊出一掌，掌心如噴烈燄，頃刻間將地上欹倒的另半截樹幹和枝葉焚了個焦黑。

「你便使這炭枝往這樹上畫個佛爺罷！」了因和尚又是一陣喋喋怪笑，同時身形一矮，盤膝趺坐，閉目調息，儼然就同一座羅漢的塑像一般。

在江南八俠的民間傳統之中，這一節「紫金庵周濤陷老丐／焦白柳了因欺畫童」的首尾正是了因初逢周濤的過節。結果周濤的圖畫頗令了因滿意，兩人成了忘年之交，也是八俠之中最早結識的一對盟友。日後七俠合力襲殺淫暴無行的了因，周濤不得不成全大義、捨脫私誼；了因伏誅之後，周濤遂遠走西北，不再同其餘六俠往還。且於此後的風塵行路之上，周濤落得個酗酒沽醉的毛病。呂四娘刺殺雍正得手，朝中偵緝四出，撒下天羅地網追捕諸俠。諸俠皆伏匿，惟獨這周濤在將一身得自了因的武功傳授給一名乞童弟子之後，日日至市面街頭狂言：「我即當今武林第一謀逆周濤是也！」且足跡所過之處，輒當衢於壁上畫龍形，由於畫工極好，圍觀者往往不下十百。畫畢一條龍，便至酒家狂飲。某日在逆旅之中為偵緝虜得，少不了一場大戰；偏因他不勝酒力，即刻成擒，給判了個斬首之刑。死前周濤放聲笑道：「畫龍者，龍也！我乃當世人中之龍，崩即崩耳，有何憾焉？」劊子手手起刀落，祇見那人頭不朝下墮，反而教一股頸中噴湧的鮮血沖入半空，忽隱忽現，果然是顆龍頭。眾人不知，而在武林史中卻揭露了謎底：原來當初了因迫周濤為之繪製肖像之時，周濤斜眼乜視，發現斷柳一旁趺坐在地的哪裡是什麼和尚？卻是一條蜷曲的紫鬚黃鱗龍；迺據以圖之。是後了因一看大喜，道：「能參識和尚本相，亦人中之龍也。」無怪乎江南八俠的民間傳說在敘及七俠襲殺了因一節時所題的回目是「黑松林七俠結盟誓／白泰官三飛屠蛟龍」。而在周濤既死之後，說書人的贊詩卻是這麼寫的：「無為習繪藝／乞飼且圖神／敢效狂龍舞／何愁皂隸巡／行俠須仗義／反目豈報恩／醉向刀頭臥／還酬救命人」。這首小律道盡了周濤一生的顛沛與糾結；尤其是「行俠須仗義／反目豈報恩」兩句詩眼，更道盡江湖中人不斷在公義和私情間盤桓躊躇的矛盾與錯愕。

周濤的事跡在他「崩即崩耳」的豪語漸悄漸遠之後仍有餘波——那就是他死前所授的一名丐童。這丐童並無姓氏，亦不詳其身家；祇知他也是天生一副好手眼，擅繪畫，且有個「左手畫圓、右手畫方」、分神演技的能耐；未遇周濤之前便常在街頭以四肢指趾各握一筆，同時為四人寫像，所繪之人無不畢肖如生。周濤見之如獲至寶，遂將自己一身的畫技和武功盡皆授之。此童長成之後便靠畫工謀生；妙的是他的生計卻是周濤自幼遁逃避走的家業：造屋建宅的圖工。

話說到了乾隆十七年壬申，有秀水人錢載、字籜石者中了進士，此人襟抱豪放、性情疏狂，愛飲酒劇談；嘗與朱竹石、王石臞等名公過從，終夜講論學問經術，常達旦不寐，猶不盡興。壬中這年得中進士的考題又正是二十年前——也就是雍正十年壬子那年——錢籜石參加鄉試時的試題一模一樣。為了紀念這似乎是天意助成的功名巧合，也為了方便他與同儕好友縱談助酒、雄辯佐觴，遂延請匠人至家，起蓋了一幢一樓一底的小閣。樓下是飲宴之所，樓上是書齋，閣名「念平樂」，念字為「廿」的音讀，且籜石名「載」，合念載二字即是二十年之意，自有紀念其二十年苦讀雙捷之意；「平樂」則典出曹植〈名都篇〉：「歸來宴平樂／美酒斗十千」之句。從這「念平樂閣」的完圖、起造到竣工，長達三年之久。凡一磚一木、片石片瓦，皆經錢籜石之手，而為他製圖的正是這小丐童——祇不過此時丐童已經不再是乞食者流，年事亦長，成為一方名匠，人皆以「齊兒」呼之，蓋取諧音「乞兒」，但是齊兒也全然不以為忤。三年閣成，錢籜石早與這齊兒建立起深厚的友誼，遂收之在府，專事研究建築圖製，每有發明，即由錢籜石薦與那些宦囊甚豐的官人，為之建造林園房舍。朱竹石的「釣滄樓」取境杜牧之〈旅宿〉：「滄江好煙月／門繫釣魚船」，以及王石臞的「楚碧樓」取境柳宗元〈溪居〉：「來往不逢人／長歌楚天碧」等，皆出於齊兒之手。錢籜石甚至出貲鳩工，為齊兒印行了一卷《雅閣圖譜》，並親為作序。這圖譜便是以齊兒之名署撰——他於是有了個和錢籜石一樣的姓，名字也改了，叫錢濟，字渡之。之所以加上三點水的偏旁，可能與《雅閣圖譜》序稱其「尤善於水上造閣，波波疊映，蜃影千端，非凡師俗匠可及也。」有關。

錢渡之從此有了出身，也正因為朝夕往還、耳濡目染於錢籜石的書生氣質，是以教養子女必由科途出身。果然不出三代，他這一門便出了四個舉人，其中還有一人會試中了進士，官授翰林苑修撰。此外，不論是否有功名在身，這一支的後生代代傳習下去的一門畫功始終不曾中斷過。

據聞錢渡之本人到了晚年，因為某次替一道觀畫工圖而結識了一個叫吳燕然的老道，老道問了他一句怪話：「大匠起樓造舍凡數十年，可曾拆過一屋否？」錢渡之聞言大驚，從此轉入了另一個境界——但聞他鎮天價枯守在一池中小閣之上，日夕繪圖，動輒數月。待工圖製成，立刻僱工興建，經常亦須費時一年半載。一旦竣工之後，這錢渡之便召來親朋好友，在那新建的樓宇旁圍觀。此時錢渡之便昂聲喊道：「但看他起高樓，但看他宴賓客，但看他樓塌了。」說時遲、那時快，這看來美輪美奐的屋宇應聲便倒，落地便成為碎瓦破磚，並無一材半料可以再資利用了。後世建築工匠切口稱「淺肚子匠起朽木頭樓」，指工匠本事不濟，房屋蓋得不牢靠，其實說的就是錢渡之晚年痴狂，以即建即拆為遊戲的掌故，外行人誤以為錢渡之三字為淺肚子，非其原本也。

但是，古代建築工匠卻明白：錢渡之並非真的痴狂，而是另入一層匠作的化境。

署名「陳秀美」撰寫的《上海小刀會沿革及洪門旁行祕本之研究》大約可稱為近世碩士論文中最為宏偉的巨作，全文連注釋近千頁。此書於一九六七年一月由台灣某知名水泥公司資助出版，出版單位為與該公司同名之文教基金會，僅印行五百套、一千五百冊。此書體製之所以如此龐大乃在它並非徒為上海小刀會之背景來歷作考據、論證，它也旁及於又稱洪門的天地會勢力所及的諸多行業、生意和底層社會生活狀態。不過分地說：此書其實是清代中葉以後華中、華南各地民生實況的一個百科全書式的總記錄。其中即有「建築門」之卷，對當年錢渡之臨老成狂的行徑有非常精闢的析論。著者如此寫道：「錢渡之從道士吳燕然那裡體會到建築物的『非恆性』。

這種體會不祇是融佛道『即生即滅』之理於道家『絕聖棄智』、『忘機去巧』的思考傳統，更牽涉到一種極其複雜的匠作技藝。就技藝來說：這種在構造完成時異常堅實、牢固的建築物可因一個非常輕巧和細微部分之破壞而整體崩毀，它其實對匠作這一行作了雙重的嚴酷挑戰。一方面，建築物的設計者必須從起造整幢建築物的開始便構架出摧毀它的機關，使之一觸而解、有牽一髮而動全身的效力。另一方面，及時摧毀創造者精心設計，甚至親自動手施工的建築物則確實考驗、也顛覆了其人對物、對成品、對藝術成就的心理性投射。」

同樣在這本卷帙浩繁的書中，作者也提到了日後小刀會眾——其實也就是天地會系統的洪門光棍——為了向老漕幫勢力展開致命的打擊而利用這種建築物殘殺敵人的恐怖手段。

此事發生於光緒年間，小刀會為向遍及全中國各地的天地會黨人顯示此一新興勢力的竄起企圖，強行綁架了錢渡之的七世孫，勒令此人以一個月為期建一小樓，一干匠作、技工皆由小刀會方面供應。且答允：小樓築成之後，小刀會非但立即放人，並在這錢氏匠師平素往來的票號戶頭中匯入大筆銀兩，以表感謝。可條件之一是：這小樓其實藏有個「牽一髮而動全身」的機關。

嗣後未幾，小刀會首親自具名撒出一式數十份的請柬，受邀者皆是老漕幫內三堂的首領。給老爺子的請柬上附了封密函，說得十分明白：昔年天地會前人洪氏英雄將本會「海底」獻出，交絡南北各地豪傑人物，其宗旨即在於驅逐滿虜、光復華夏。其間雖有太平天國徒眾藉洋夷教法混入舊章，擴張勢力，終究因為淆亂華夷分際，革鼎不成，純因人謀不臧。如今小刀會聚義萬數，有意重修「海底」、統一號召，結交江湖志士、共圖興漢事業。

老漕幫在各個會黨幫教之中從未公然表示過反滿興漢的野心，這裡面有不同的顧慮。首先，老漕幫的前身糧米幫衹是貧苦流浪的船丁水手組織而成的經濟互助團體，原無政治意圖。其次，老漕幫認知上的一個慣例是「無會不祕，但不可因祕而會」，是以從來不以為天地會提出「海底」祕本，令各個地方械鬥團體分而享之這種行徑是一正確的手段。因為藉由一份原本有其獨特歷史意義的祕本之公開，而任令天下人擁之自重且無所揀擇地擴張、蔓延，並非祖宗家門創立幫會的本意初衷。

也正因為對擴張目的和方式上不同於天地會，相對而言，老漕幫並不曾對「統一號召」各盟會幫派勢力有什麼積極的企圖或作法，這使老漕幫相形之下顯得保守而膽怯，也就對此一邀約有了另一層疑慮——所謂「宴無好宴、會無好會」——換言之：對方可能另有圖謀。

在老漕幫內三堂中也有兩種看法。認為不應該赴會的佔了多數；但是，也有三個舵主和正道堂的領事認為應該赴會。三個舵轄下各有五到九個總旗，每一總旗之下又有七、八個分旗，每一分旗建制之內的總堂和其下分堂又代表了數以百計的個別庵清光棍；仔細推敲：這三個舵主的意見其實正反映了自上海以至於南京兩地之間數萬之眾共同的想法：他們不想和已經逐漸夥結成一股龐大勢力的天地會為敵。至於正道堂領事的看法則另具隻眼：他認為這老漕幫的制度早在過去一百多年之中已與天地會不謀而合——比方說：由老爺子親下「旨諭」將轄下人多勢眾之總堂主擢升為旗主的這個「立旗」制便是從天地會中借來，原本就是擴張人丁勢力的一個必然的手段。想當年不同意修改建制的老前輩大有人在，可是事實證明：自凡要成就較大的事業便不得不如大海之容滙百川，而且還要能具備合乎潮流的作法。這位領事建議：開大香堂，擺下「地方棚子」、「天圓帳子」，將內三堂——也就是總旗主、舵主以上的方面領袖——一應請到，大家作個公議，再由老爺子定奪：究竟是否應邀到宴？倘若最後的決定是不去，則一切照舊，別無長言；倘若是去，其實即是對小刀會請柬附札中的提議有一附和或同意的態度。既然是這樣，也就不能等到赴會之際才商議什麼「重修海底，統一號召」的因應之道。

結果這大香堂一開開了三天三夜。越到後來，同意與小刀會所代表的天地會勢力結盟者越多，原因無它：上海、蘇、杭和常州、無錫、鎮江等地的總旗主——也就是華中地方三舵轄下的在地元老們一個個衣著光鮮、穿戴體面，儼然是仕紳之流的人物——由於看起來生意作得闊綽，言談也鏗鏘有力，頗令他人艷羨不已。至於那正道堂領事更提出了頗為令人心懾的說辭；他表示：在給老爺子的這封密札裡，所謂「結交江湖志士」還祇是老生常談；然而「共圖興漢事業」則不啻是要誅九族的大罪。試想：人家侃侃倡言到這般田地，顯然沒將老漕幫視作敵壘，那麼老漕幫如何還能縮首畏尾，裹足卻步呢？

這一問問得老爺子連連點頭，當下裁示：「人以君子待我，我亦以君子待人——就這麼定了罷。」

這位大哉君子的老爺子姓俞，名航澄，吳縣魚家浦人氏。此公生平負氣尚名，最怕人看不起庵清光棍溷跡下流。聽那正道堂領事此言一出，登時慷慨起來。於是傳令尊師堂領事安排應對儀節，護法堂領事籌畫扈從措置，並且親自點齊赴會人丁。

筵席設在蘇州河北岸、美租界外一處叫黃泥塘的所在。此地在同治元年以前還祇是一片泥沼，到了光緒十三、四年以後，已經有了市肆。如今聽說連美國人都想將租界跨河推拓過來。老漕幫人行事算是縝密的。在筵席設辦之前半月即派遣各堂光棍輪番經由不同路徑前往黃泥塘，沿途警戒勘察就不待細說了；更有專人到設席的館子吃喝，將它每道菜餚都品嚐了個點水不漏，才算放下心。

這館子也是新近開張的，背臨蘇州河，是個二樓一底的構造，屋宇全仿「釣滄樓」款式，樓廳門面不寬，可一進門正中央即有一天井，直通二、三樓。底樓左右是尋常顧客用膳飲酒之處，對過一排軒窗、外有懸廊臨水，廊深且廣，設有朱漆雕欄的包廂式雅座，現成是個演唱彈詞、鼓藝的書場。樓上東南西北四面各有三間廳房，供應全席酒菜，布置得十分雅潔。此樓名曰「遠黛」，亦不知是否出自《飛燕外傳》所述：「（飛燕）為薄眉，號遠山黛。」不過由此憑河遠眺，天晴時遠處倒隱約可見幾抹峰影，確乎是一副淡掃蛾眉的模樣。

各方光棍回報，都對那遠黛樓讚不絕口。老漕幫仍不放心；畢竟這一去是將這幫中大老平白送進天地會的局中，且自小東門祖宗家去至黃泥塘，也有數里之遙，路上還不能過於招搖，以免引起官民側目，自然也就不便大張旗鼓地隨扈保衛。如何化整為零、避人眼耳，又能安然往返、不失體面；著實是個難題。結果還是護法堂領事萬子青想出了個主意：因為開席的時間是申牌末、酉牌初，天色已相當暗了，如此大舉出發，不如早在午後辰光即請各受邀之總旗主、舵主、三堂領事分頭進入老英租界，或訪舊、或遊玩，要之各行其是，彼此也不用問訊，隨後各視辰光，分批過蘇州河，到了準時間眾人再齊聚於遠黛樓門首。回程亦復如是——但凡過得蘇州河來，各自便散入租界去也。

然而任誰也不曾料知：人家天地會壓根兒沒有存心開火的意思。老漕幫內三堂自老爺子俞航澄以下六十四人悉數到了，但見天地會光棍人人著長衫挽袖白撩袍角；這是身上沒有兵刃的意思。且彼等光棍迤邐蜿蜒站成兩列，自底樓大門口排上三樓。每個光棍隻手攤掌橫膀胸前，另隻手平舉伸向下一名光棍的肩膀，同樣是橫掌攤開，渾然是個請進的手勢。

待老漕幫六十四人分別依序坐定，各自才發現他們還佔了人多勢眾的便宜——遠黛樓三樓四方一共是十二個房間。隔間壁板一經拆除，便形成一個「口」字形首尾相銜的十二宮桌陣；每桌至少有五名老漕幫元老，有幾桌還坐上了六個人。且這邊剛入座，先前門口以迄樓頭那一干天地會洪英便立刻朝外撤走，這一來更讓眾人放了心。

也就在那邊撤手、這廂入座的交接之間，有那麼極其短暫的一眨眼的時間，四下悄然無聲，彷彿人人皆置身於一座深可百丈的古井井底。也就在這一眨眼的時間裡，遠處黃浦江邊傳來了火輪入港的汽笛聲——這火輪是十分準時的，每到洋時鐘七點過一刻，便有一個溯行而上的班次行經黃浦江西南大灣。這汽笛起鳴之時眾人嚇了一跳，隨即還相視笑了笑，但是他們隨即笑不出來了——因為笛聲既出，整棟樓宇便好似那鼓上之皮、笙上之簧，又如枯枝臨風、浮萍遇浪，上下四方顛簸搖盪起來。

眾人閃過的第一個念頭是土牛翻身，造成地震，可放眼看去，竟無一個哥老會小刀會等天地會系統的光棍。等大家明白過來，這遠黛樓已經石飛瓦碎、磚倒木傾。在陣陣由蘇州河南岸向北吹來的輕風拂吻之下，煙塵漸散，原地哪裡還有什麼樓宇，卻祇剩一大片從四面中空的牆壁之中撒出的薄沙掩覆，經河水一沖，還了它黃泥塘的本來面目。

要是這六十四人倏忽就此遭到活埋，則日後也就不會再有什麼老漕幫了。是以樓宇塌陷、夷為平地之後的一節，還得暫且交代幾句那地底的動靜。

倘若錢家那後生果爾依小刀會的謀略行事，任由火輪汽笛催動樓身的迴音壁機關，則黃浦江上朝夕晨昏各有火輪出入，它怎麼早不崩、晚不崩，偏偏就在彼時彼刻崩了呢？這機關在前面已經提到的《上海小刀會沿革及洪門旁行祕本之研究》一書中「建築門」之部亦有說明：「錢渡之的機巧分成兩個步驟，也就是由兩個各自無關的機械裝置先後催動。通常第二個裝置殆由音波振動而開啟。它的關鍵常是古代建築工匠稱之為『雀舌』的一種薄紙片，這薄紙片一旦破裂，就會連帶地讓沙漏、彈弓、機弩和一些勁力遒健的裝置如推倒骨牌般連續扣發，最後以地心的重力為最大的力源，摧陷且掩埋一切。不過，在『雀舌』破裂之前，還須要設計另一個平時既能保護這『雀舌』，用時又能立刻將它摧毀的裝置。古代建築工匠稱之為『螳臂』；取『螳臂當車』之意。但是『螳臂』的設計和製造均屬家傳之祕，向不對外流布，是以從無旁人知曉。錢渡之這位工匠純因好奇慕巧，獨力研發出他自己的『螳臂』，並有六六三十六種變化，圖式功用俱書之於卷。但是他惟恐不肖之徒用於不正之道，是以在《螳臂三十六榫圖》這一卷小冊中有目無文、有圖無解，傳之子孫也是口耳相授，不著一字。」

遭小刀會綁架施工這人情知蓋成這樓之後必定會釀成一場巨禍，可是若不從其囑又恐怕馬上就要身首異處了。於是他想了個法子：在遠黛樓地基下方另外鑿了個曲折欹斜的通道，並於第一道「螳臂」之上另外加裝了一枚「雀舌」。當小刀會黨人悉數撤離樓底之後，最末一人即返身抽出門首的門檻，催動第一道「螳臂」——但是他們並未料到：即在同一刻，那拔去的一條五尺長、一尺寬的門檻非徒啟動機栝、打破第一張「雀舌」，也因造成一個小小的天平失衡，而彈破了另一張「雀舌」。這第二張「雀舌」則正是老漕幫眾人的活命符了。

且說眾人連摔帶滾，隨瓦片、磚石、樓板和桌椅碗筷一併跌下之後，原本便該遭活埋的眾人衹道身形忽地一緊，不意自橫裡捲過來一張又一張的大網，網網相銜，由土壁內舒騰而出，又因兜住了人體的重量，而在空中往復懸盪不已。此際眾人驚魂初定，才發現除了有幾位總旗主和兩位舵主傷了手腿之外，並無大礙。再一定神，卻發現頂上最後一張大網已經承住大量的土石木柱等物——可是看光景，它未必撐得了片刻辰光。卻在這個時候，護法堂領事萬子青道：「這分明是有人加意營救，否則斷不至於如此巧妙！」

眾人不約而同地朝上下四方環視一遭，果然發現了萬子青所稱的巧妙之處。要說這六十四人入甕踏機，給人活埋於地底，可這地底竟仍有偌大一個可供迴身旋踵的空間，皆用樑木撐架而起，且微微有光，足供視辨，此其一。地底接著人的這幾張網子正因眾人掙扎用力而漸漸收束，人數落得最多的收得稍緊，其狀如海碗；人數落得少的收得稍鬆，其狀如箕籮。總地說來，吃重較多的網子也垂得低些。要之若非這些網子，眾人自將隨破裂崩解的土石材料一同砸底，跌個腦破腸流亦未可知，此其二。更妙的是在眾人的頭頂之上約莫一丈高的所在更有一張瀰天覆地的大網，可是網眼極細，衹有銅錢般大小，全然不像兜拖住眾人的這些網眼約有尺寬，結繩處的網扣也有拳頭大小——正是上面這張大網將最後墜落下來的物事承住了大半，否則當頭一擊，傷亡亦不堪設想，此其三。可如今麻煩來了：看頂上那細眼大網也不住地震動，且持續有流沙瀉下，竟不知它能撐到幾時？

忽然間，眾人聽那老爺子俞航澄道聲：「妙哉！」同時萬子青亦道：「我們身子底下這些網子和那大網是同一個機栝；祇消我們墜在此處，片刻之內那網還不致崩落。」

接著，萬子青又仔細朝那微微透來亮光的地方張望了半晌，彷彿才明白過來，即道：「底下這八張網子吃重不均，還請眾家兄弟勻上一勻。人多的往人少的網上將移，那肥胖壯大的和那輕盈瘦小的也請相互調理；務使各網所承之力相去無幾。」好在這些都是老漕幫中的方面領袖，非但武藝了得，遇事也頗能沉著鎮靜。萬子青此言一出，遂互以手勢示意，各自施展騰挪攀爬的絕技。不過幾眨眼的工夫，便將八張網上所承之重量調至一般——說也奇怪，這時八張網子的兜口又緊了一緊，並一字排開朝下猛地墮了三尺。眾人這才又看得清楚了些：原先那微微發出亮光的地方正在這更低三尺的所在，壁間四面各有一凹槽，內嵌數十盞點著的油燈——看那油面燈芯長短，不過半釐左右，換言之：恐怕就是在樓塌之際才由某個機關點燃的。也由於燈火熠燿，眾人這才看清四壁之中的一壁之上題了首詩，詩曰：「奮命孤懸入網羅／擊星破月掃洪魔／詩才不若機栝巧／壁裡乾坤似更多」。

不消說：洪魔指的是天地會，而留詩之人正是設計這危樓陷阱之人。明白了這兩層意思，也就明白了設計整座機關的這位工匠似乎並無意加害於老漕幫幫眾。衹是此人如何避過天地會人而留下這首自白之詩，卻能不為「洪魔」察知，則是極其隱晦的奧祕；此刻眾人也無暇細究。便有位總旗主十分不耐地喊道：「說得倒體面，什麼『掃洪魔』、『乾坤多』，總之教他困在這網中——」

這人話還沒說完，卻聽俞航澄驚聲說道：「不！這詩還得往橫裡看，正是『奮擊詩壁』四字。」

這「奮擊詩壁」四字正是絕句句首的四字，可是眾人俱在網中，既無立足之地，且皆欹側歪斜，哪能同心協力朝同一個方位施力出擊？卻在此時，萬子青笑了起來。

「老爺子！人家這是有意考較咱們是不是能同心齊力破這機關——依我看：不在武功高低、力道強弱，祇消能夠眾志一專，朝這詩壁撞去，自然可有出路。」

於是網中之人遂各自抓緊繩扣，蓄足內力，打了個老漕幫中常使的知會口訣：「三光日月星」，五字脫口呼出，呼至「星」字時眾人一同出力發勁，朝那題詩之壁上奮力撞去，端的是一個「擊星破月」的口采。日後幫中異史氏有詩贊之曰：「英雄連袂赴鴻門／信步登樓傲至尊／舉箸當胸撥玉瓦／橫刀絕皆碎金樽／沉沙豈便埋麟鳳／斷箭還須射鯨鯤／睥睨洪英皆鼠目／敢窺我祖坐崑崙」。

且說眾庵清元老雖然陷身網罟，卻能齊心戮力朝那題詩之壁擺盪摧撞過去，但見八個分別兜住了七至九人不等的巨網活脫脫好似八個巨大的鎚頭一般，猛可是個流星趕月的勢子，將那詩壁一擊便擊出個橫寬丈許、直闊五尺有餘的窟窿。妙的是這一擊之力過大，正好崩斷了繫網的機栝，此際眾人原先頭頂上那張更大不知凡幾的細眼巨網便再也撐托不住，登時也崩了下來。

這廂隨網滾出的老漕幫眾人則沿著個滾筒也似的斜坡滑出三五丈開外，好似下餃子一般噗嚨叭嗵地全滾進了蘇州河。所幸河水清淺，河面亦不甚寬，眾人且泅且走，蹣跚而回。此後俞航澄如何引咎稱退、扶保萬子青登總舵主之位的一節，乃至老漕幫如何韜光養晦、伺機報復的詳情，俱載於《七海驚雷》一書之中，此處暫且不表。倒是那姓錢的工匠從此算是給庵清光棍送了個絕大的恩情，他自己也早知道：示惠於彼則終必得罪於此。於是索性自票號領出銀錢、攜妻挈子，棄家北赴安徽，從此閉門課子，深居簡出。即建即拆、旋生旋滅的這一門極富遊戲興味的建築工技從此僅成家學，除了在《上海小刀會沿革及洪門旁行祕本之研究》一書中有詳盡的記載之外，另僅於《舊菴筆記》、《奧略樓清話》以及《廣天工開物雜鈔》中亦曾述及。《舊菴筆記》且云：「間有自日本來者語余曰：『錢氏祕術已東渡扶桑，近聞伊賀忍士或有習之者。』未知確否。蓋禮失而求諸野，何必曰楚？此正崩即崩耳之精義奧旨也。」

第十三章　最是倉皇辭廟日

閑話休提，且說這萬得福在密室之中忍不住吼了幾句，觸動迴音壁機關，倒沒想起他這吼聲祇是震破了這機關的第二道「雀舌」；至於第一道「螳臂」，卻早在他出手拔起腳下那方插著他獨門袖箭的水泥板子之際已經開啟。這一時片刻間來了個泥崩土落——祇萬得福身子底下並沒有什麼網子可以兜承；他一個倒掀燕子彈身躲避不及，竟然教不知幾千斤重、幾百斗量的沙石當身壓來，他一口氣閉住，雙眼發黑，才倏忽想起六老之中的錢靜農正是當年被迫設陷、卻也拯救了老漕幫諸元老的那工匠的嫡胤子孫；更想起了從魏三爺給他一包「素燒黃雀」，到這以「螳臂」、「雀舌」為關鍵的機栝，在在說的豈不俱是「螳螂捕蟬，黃雀在後」的警語。可憾他竟沒有參透：究竟誰是螳螂？誰是蟬？誰又是黃雀？若說這形跡飄忽詭異的六老以蟬自喻，將萬得福比成螳螂，則什麼該當是那黃雀？

倘若六老自已便是螳螂，則萬得福既可以是蟬，也可以是黃雀了——因為他傾力追蹤六老至此，眼見就要撥雲見日，不意卻掉進了陷坑，非但前功盡棄，眼見李綬武的茅舍毀於一旦不說，自已恐怕也將要埋身荒郊，難有生還之望了。

就這麼又是螳螂又是蟬、又是蟬又是黃雀地轉了個七葷八素，萬得福腦子還沒明白，身子卻停止了仆跌；但聽「嘩啦」一聲，整個身軀隨著不知多少茅草、沙石、瓦礫和一本又一本的書籍全數給拋進了碧潭之中。萬得福打個小小的寒顫，心頭卻一陣溫熱：這一下沒能死成！那六個老毒物也就不是存心害我了。念頭方才轉定，兩腿不覺碰著了一片又軟又涼的東西；卻是潭邊淺水處的污泥。萬得福回身仰視，發現先前墮身下潭的洞口已掩在一大叢亂生雜長的芒花葦葉之間，十分隱密，且洞口下距潭面不過五、六尺高，顯見六老確乎並無傷他體膚的用意。偏在這麼回首一望之下，不意正瞥見他身後一株小樹幹上牢牢綁著他的第二支袖箭。箭頭之前，以及箭羽後方的樹皮各給削去了一片，殘白處刻著個「伏」、「馬」二字。萬得福見之更無它疑，這是老漕幫再平常不過的認記：是讓看見這物事的人向一定的方向走出一定的距離。

這卻難不倒萬得福。當年老漕幫還在糧米幫階段，船上水手便學會了一個觀風望遠的門道。其法是將手臂平伸向前，曲掌向側方，狀若以掌隔空遮面；其實是藉掌指上的手紋間隔與遠方實物的大小比例換算出遠方實物與自己立身處所之間的距離，精幹的水手可憑經驗推算距離達十數里之遙，其誤差常不到數寸。

此外，由於糧米幫南來北往所運皆屬一般民生食物，便從這種交易的「陸陳」行裡轉借而來常用的切口。比方說：小麥不叫小麥、叫「剖肚」，大麥不叫大麥、叫「槍兒」，芝麻叫「屑子」，糯米叫「佳人」，一二三四五六七八九十則叫「常落幾時麥重春伏求西」，東南西北則叫「龍雀虎馬」，諸如此類，不一而足。那麼一「馬」、一「伏」，正是正北之處、八里之遙。

果不其然，這渾身污泥、滿臉破傷、四肢盡皆教那崩落土石砸得淤青腫紅的萬得福，一路蹣跚朝北行了八里，到得景美地界，就在路邊一根烏木電桿上看見了他的第三支袖箭，與先前那第二支一般，這袖箭一頭、一尾之處亦刻著小小的「伏」、「馬」字樣，不消分說，他還得朝前再走一程。

待揀得他的第五支袖箭之時，萬得福不由得心一緊、膽一張——此時已是黃昏時分，他卻走回祖宗家的寧波西街口上來了，祇那「馬」字改成了「虎」字，「伏」字換成了「常」字；易言之：這是朝西再走一里地的意思。萬得福不由得倒抽一口冷氣，忖道：這不是叫我回祖宗家門麼？一面忖著，一面更不敢怠慢；萬得福覷了個四下無人，一提真氣，使個「佛祖過江」的身法，縱起離地八尺有餘，凌虛御風、空中剪步，但聽「刷」、「刷」、「刷」的幾聲獵響，又躍高了丈許，人已經輕輕落在電線之上。接著便是另一套「躡萍碎月」，順著電線朝西彈跳，一步總有五、七丈遠，轉眼間便回到了祖宗家大宅。

可才將身靠在大宅門前的電線桿頭，萬得福又想起一宗老規矩來：自從光緒年間老漕幫在遠黛樓吃天地會洪英一個大悶虧，眾長老灰頭土臉而回到小東門祖宗家舊堂，俞航澄自慚守業失責，統御無方，當即辭去老爺子大位。是時八八六十四名幫內領袖剛從蘇州河裡鎩羽而歸，攪弄得渾身污穢、腥臭難聞，根本來不及清洗。這可是老漕幫創幫以來最不堪的奇恥大辱。俞航澄當下避過正廳、自舊堂角門而入、率領眾人到後進廂房中注滿「水龍槽」，再夥同眾人一齊沐浴淨身。浴時無人不忍聲墮淚、自慚失計。於是日後繼承老爺子之職領幫的萬子青頒下一道旨諭：凡我庵清光棍待入祖宗家門者，必須衣裳潔淨，不得蓬首垢面、沾灰帶泥；即令是有緊急公務入祖宗家門，不得已而撲染行道風塵者，亦應自側旁角門出入。是以爾後無論祖宗家播遷至長沙、重慶乃至台北諸地，總須在正廳之側另設一角門，號之曰「洗辱門」；一則以正裝肅容，二則示不忘舊恥。這道門一向設於祖宗家大宅正門西側的牆邊，與正門成九十度角，平時內外兩側皆封上重鎖，外客出入亦不由此。此門之內另用磚石砌成一夾牆，與外面南北向的圍牆之間形成一三尺寬的通道，直入三進西廂浴室。有時浴室前方還增設一玄關，供人休憩之用。而這條窄小的通道也有一個名堂，叫「思過廊」，此廊左右皆是高可兩丈的牆垣，經年幽暗陰濕，行經之人總會感覺到幾絲沁涼寂寞之意，無不低頭疾趨；頗能吻合「洗辱思過」的祖訓。

萬得福沾了滿身污垢，當真三分不像人、七分甚似鬼，自不便逕由正門趨入；祇好再沿著電線朝西縱過兩縱，一個鷂子翻身，直接躍進那「思過廊」中。不意兩腳才一點地，卻見他那百寶囊裡剩下的七支袖箭一字排開，倒插在廊底玄關小屋的横樑底下；其中六支插得較深，一支插得較淺。這在幫中光棍眼下是個非常明白的插香式——通常無論大小香堂，遇有疑難事體，既不能勞動居大位者仲裁，底下人丁又不便擅自作主的時候，常有以多數決而定之的程序，和近代民主議事的投票行為十分類似。其步驟是在香堂中另設一藍瓷或青瓷小香爐，約定以插香示意；凡有相同意見者或插成梅花形、或插成七星形、乃至八仙星、九寶蓮燈形等不一，要之以一成形之體勢為尚。若不能成形——也就是插香之人中有不能同意者——即將其手中之香插得淺些，或插得遠些。設若所有的人都插過了香，眾人再圍聚研讀，看它體勢成形與否，並以此定奪是否能作成合議。

六老留在門樑上的七支袖箭一字排開，擺不成圖陣。這表示他們自知非老漕幫光棍，所以不便逾越分寸，去擺出祇許光棍才能擺設的圖形。可是這樣插箭，並非沒有用意——它似是在告知萬得福：六老已然齊心一志，同進同退，且希望萬得福也能和他們亦步亦趨，不分內外；是以最左邊的一支袖箭同其他各支皆呈等距插入木中，祇是插得略微淺了一、二分。萬得福細心體會，微微又揣摩了一些意思：莫不是這六老特為引我至此，且將我視作無長無少、不尊不卑、「一字排開」的同仁，祇我所識所知，猶淺了一、二分——誠若如此，然則又該如何深入參悟呢？

一邊想著，萬得福一邊踏進玄關，脫去外衣、長褲併鞋襪。一扭頭，瞥見玄關小室和那浴室之間的紙門拉開了約莫一個掌幅寬的間隙，裡面薰薰蒸蒸冒出來一縷又一縷煞白的煙霧。萬得福心下自然好奇，暗道：這瘸奶娘如此神通，如何省得我教那六老整得個泥腥土素，臭穢難當；居然便注滿了「水龍槽」，等我回來洗澡？想到這裡，順手將紙拉門輕輕一撥，果然見「水龍槽」已經注了七分滿，其內熱氣騰升。一旁胰皂、毛巾俱備，還放置著一雙簇新的黑幫棉鞋。不遠處的條凳中央更齊齊整整疊著一落看來也是嶄新的玄色衣褲。最令萬得福料想不到的是這「水龍槽」——

先前說過：「水龍槽」是老漕幫特有之物，製作上本有定制，它必須以上好檜木為料，五尺四寸長、兩尺七寸寬、三尺六寸深，但凡幫中有那必須齋戒淨身之禮，總用得上此物。槽下安置了四隻滾輪，一樣也須紅檜斲刨做成；講究的木輪還需出自同一株上下通直且徑亦一般粗細的檜樹，取其「同根連理／通行無礙／一脈相承／四方無阻」之意。之所以洗澡桶下著木輪，有一個考證是說早年糧米幫祖法羅教，屬佛教的支流，故四輪實指「法輪」。但是這個來歷過於迂曲，不如第二個說法務實。這第二個說法仍舊與老漕幫早年在各地設立庵堂的情景有關。當時庵堂窮簡寙陋，光棍自炊自食，根本請不起傭役僕作。在一般生活上，的確也就是一群自了漢各行起居、相互幫襯。獨獨打水洗澡這事既費事、又耗神。可眾人同寢一堂，冬天還稱得上暖和，到了夏日，則各人身上的汗酸皮臭便十分難忍。有個機伶的光棍遂發明了一個小裝置：在一大木桶下加裝木輪四枚，用時可將整個木桶推至井邊盛水，然後就地鑽入桶中洗浴，事畢拔起桶底軟塞，排去污水，可謂十分方便。這個可以活動自如的大水桶於是有了個名稱，叫「水龍槽」；取意正在推槽往返，靈活來去，猶如戲水之龍。後世庵清光棍無論如何文明生活，總要以木桶洗浴。桶下即使不設滾輪，也常要在原本裝置木輪的地方或刻、或繪四個輪形圖樣，以仿「水龍槽」舊制，這都是不忘本的命意。

可這萬得福才翻身入槽，槽下滾輪猛地一鬆，竟然像是裝上了引擎一般朝前行去——這原也不足為奇，這浴室為排水便捷，地面打就的一層水泥底其實本有高低傾斜的角度，是以「水龍槽」輪下平時應該卡著一片三角木，以防滑動。也不知是夜來瘸奶娘傷心失神，忘了將三角木插回原處，或是怎地。總之這「水龍槽」一時竟好似脫韁之馬，倏忽朝浴室的盡頭滑去，眼見就要撞上石壁，猛可卻又煞住了，萬得福探身朝下一覷，見輪前平白又多出兩塊根本不該出現在此處的黑瓦片來。

這一刻萬得福拍了兩下腦袋，自忖：那六老能攛掇我回得祖宗家門，難道就不能在這浴室裡布置機關嗎？好！你們整了我大半日的冤枉，如今伺候我洗個澡也要煞費周章；我且尋摸尋摸：你們究竟還有什麼把戲可耍？轉念及此，萬得福順勢朝前一傾身，想要看出點名堂——究竟這「水龍槽」為什麼會停在這裡？偏在此刻，他聽見了一陣鬨然大笑之聲。

原來這「水龍槽」煞住的位置，正對著一堵石牆。這牆的另一面是老宅第三進西廂和南面側房之間的一個犄角；格局方正，本是南面那側房的裡間。按老漕幫舊制，這四四方方的一個犄角既無窗、又無門，祇以一道屏風與南側房的外間屋相隔，平素極是幽暗。即便是白晝辰光也得掌燈才能辨物。萬老爺子厭其壅閉，且空氣混濁，鮮少至此；所以大都祇用來貯放一些儀仗、宗卷之類的物事。除非有那不足為外人與聞、也同祖宗家門大事無甚關涉的事，才會繞過屏風，到此交代。通常情形，不外是瘸奶娘、哼哈二才和萬熙等人在灑掃應對進退上有什麼不得體、不合宜的地方，萬老爺子總會將人叫到老宅西南角上這裡間屋來訓斥教誨一番。據萬老爺子說：這西南角原來在祖宗家舊制就是個刑殺之地，老漕幫中有人犯了嚴重的規矩，不得不以家法處置之時，便常在此地執行。

可萬得福沒想到：就在他雙目所及之處的牆上竟然鑿穿了一個約莫有黃豆大小的孔洞。奇的是：這孔洞是新鑿的，洞口尚有石粉殘餘，隨著一脈水流沿牆向下滴淌。此外，孔洞也不是橫平通直鑿出，而是有一稍稍向右上方傾斜的角度。萬得福自然湊上臉去，貼牆細窺——端端嚴嚴看見小爺萬熙坐在平時萬老爺子教訓家人的那張椅子上，俊秀的臉上不時閃爍著不知是燭苗還是燈燄的暈黃光影。祇他臉色倒十分凝重，笑聲顯然來自另外一人。祇這孔洞不會轉彎，是以看不出是什麼人來。倒是那人笑過之後，又說了話：「連我也想不到這孩子年方十七，卻有如此膽力、氣魄。來！瞻兒，你就把你最拿手的那段兒〈火燒戰船〉給小熙叔叔唱上幾句。」

立時，平空爆出了一聲吼——是另一個罡氣淋漓、嘹亮渾厚的嗓子——叫了個板，果然唱起《赤壁鏖兵》裡黃蓋放火的一節。這戲當年袁世海和裘盛戎合作過一盤錄音——由袁飾曹操，拿手唱段自然是〈橫槊賦詩〉的片段；而裘氏工銅錘花臉，別開「文淨」一路生面，唱工細膩溫厚，帶有濃重的鼻腔，俗人常以「傷風花臉」稱謔之。但是在《赤壁鏖兵》裡，曹操是當然主角，所以在設計這第二淨角搭配時佐之以斯文見長的裘氏，雙方各自的特色便相得益彰，不致衝撞。可是此際隔壁屋裡扯開嗓子唱〈火燒戰船〉這個段子的人用的卻非裘派唱腔，而是聲震屋瓦的袁氏唱腔，黃鐘大呂、響遏行雲，竟有直追金少山的氣勢──

「大丈夫能把乾坤變──／東風出送第一船／大江待我添熾炭／赤壁待我染醉顏／萬里長流當匹練／信手舒卷履平川／東風起／燒戰船／應笑我白髮蒼蒼著先鞭／烈火更助英雄膽／管教它八十三萬灰飛煙滅火逐天／收拾起風雷供──調──遣──」

這人才唱罷，先前那人又是一陣哈哈大笑，道：「熙爺！這，可不祇是唱唱而已哦！小犬若是生在三國時代，非但黃蓋的頭陣要教他給搶下了，就連那火燒連營七百里怕也沒有陸遜的事了呢！」

萬熙微微一抿嘴，勉強陪個苦笑，道：「達公自是一世英雄，誠所謂『虎父無犬子』；令郎日後的成就想來也非同小可才是。」

「熙爺您過獎過獎了！倒是熙爺如今繼承大統，領有數萬之眾，局面才非同小可了呢！」那人說著，又打了幾聲哈哈，接著道：「所以呢，我還是先前那幾句老話，前人早有明訓：『青葉紅花白蓮藕／鼎立江湖不分家』。當年貴庵清和濉洪英，再加上直魯豫北五省裡的白蓮教，倘若能眾志成城，不分彼此，早就一統天下了。舍下先祖獻出『海底』，想要廣結江湖豪傑，為的也是成就一番震古鑠今、驚天動地的大事業。要是老前輩們通情識理，也不至於在日後生出那麼些不必要的誤會──這些，唉！萬老爺子在時我不知說過多少遍，信也不知寫過幾十百封，可他老人家偏不肯聽。眼前熙爺就要當家，何不將小老兒的話往懷裡放一放、三思三思──」

底下的話，那人說得窸窸窣窣，萬得福沒能聽得真切——可此際也毋須聽得如何真切了——他已經十拿九穩知道對方正是早年哥老會的世襲領袖洪達展，字翼開，他的父親早年在杭州蓋電廠發跡。抗戰軍興，洪達展以油電業富賈出身，輸鉅資、籌糧餉，很替時任天下都招討兵馬大元帥的「老頭子」賣過幾分力氣。旋於抗戰末季躍身從政；以發展實業、振興商務為號召，尤其在處理外債上表現得可以稱得上是長袖善舞，極盡借東挪西、朝三暮四的能事。此人生平最得意的卻是他自創一格的「蛇草行書」，甚至以之而名家，政壇商場上捧場爭購者所在多有。祇萬老爺子始終不以此人為正派；且早有諜報指出：當年以棉籽油代桐油，藉桐油還援款的一樁公案正是此人出的主意。不料萬老爺子屍骨未寒，這人卻堂而皇之地登堂入室——聽光景，還把他自己的兒子也帶來了。萬得福心下一凜，連忙輕聲搓洗了一回，躡腳爬出「水龍槽」，拾起條凳上的衣褲和那雙棉鞋穿上，再踅回牆邊聽下去。此刻卻是萬熙在那裡說話了：

「……再說呢！老爺子猝爾仙逝，這祖宗家門裡裡外外還有千頭萬緒容待料理。而兩幫合作是樁大事；不開大香堂問過各旗舵長老的意思不能定奪。算來也是明年開春以後的事了。達公的好意萬熙當然要感激領受，祇不過此時要我一定給個口諾，是不是也操之過急了呢？畢竟我還得先把老爺子的後事給辦了。」

「我『操之過急』也是怕萬老爺子的身後大事有個什麼不體面的三長兩短呢！」洪達展說著，忽然換了個溫而柔之的聲調，道：「瞻兒！你把你聽見的源源本本跟小熙叔叔說一遍。」

這叫做「瞻兒」的驀地清了清嗓子，赫然如同他唱花臉的聲勢一般，也是個黃鐘大呂、正宮亢調：「我從前學校裡的同學今早給我搖了個電話，說報上說萬硯方那老傢伙掛了——」

「混蛋！你這是怎麼說話？一點分寸禮數都不懂。」洪達展似乎是輕聲拍了他兒子一巴掌，或者一腦袋。

捱揍的少年聲音更響亮了：「你不是教我源源本本說一遍的麼？我這不是源源本本說一遍的麼？你他媽怎麼打人呢？」

洪達展又斥了兩句，倒是萬熙在一旁攔阻了，道：「不打緊，子瞻世兄就照實說罷。」

「我同學說萬硯方那老傢伙掛了，他幫裡的大哥說這是個大好的機會——」

「慢著慢著！你同學又是從哪裡冒出一個幫來？又是從哪裡冒出一個大哥來？」萬熙眉頭又一緊，眼眸深處激出兩道銳利的青芒。

「這個是混竹聯的。」洪子瞻應聲答道。

「是個小鬼頭辦家家酒的幫派，已經搞了八、九年了。」搭腔的是洪達展，說話時湊近萬熙，右臉正偏進孔洞所及的範圍，那臉頰上長了偌大一顆黑痦子，痦子上還生著數十百莖又濃又長的壽毛。他接著道：「原本祇是個小孩子打架鬧事的玩笑組織，叫『竹林聯盟』。這幾年越搞越大，已經作起地盤生意來了。」

萬熙點點頭，且對洪子瞻問道：「子瞻世兄那位同學還說了什麼沒有？」

「他還說他大哥要他們趕快調集人手，要在萬老頭發喪那天給老漕幫光棍搞一下——」

「等等！什麼叫搞一下？」

「搞一下就是搞一下！拉管馬子打一槽叫搞一下，套個麻袋嗑一頓爛飯也叫搞一下，看哪幢房子不戛意、劃根洋火燒它個一乾二淨我也說這是『搞它一下』；總之意思多了。」

「那麼是要鬧個事囉？」萬熙說著，輕輕點了點頭，忽而笑了，撇回臉對洪達展道：「人家是要『揚名立萬』來了。」

「熙爺可不能等閑視之。我之所以帶了小犬來攀熙爺你一個交情，不祇是有『託教』之意，也是讓熙爺親耳聽聽他們這一輩兒的孩巴芽子家有什麼勢道——總地說罷：咱們老幫老會的再不拿出點兒尺寸來，恐怕就要教這些辦家家酒的孩子們給請進祠堂裡去了。」

萬熙聞言也不答話，又轉臉朝那洪子瞻道：「那麼子瞻世兄可也是『竹林聯盟』的英雄麼？」

「我爹是哥老會當家，我將來也是哥老會光棍，怎麼能去混那個！祇不過——祇不過大家都是在外面混的，『竹聯』找上了我，我——」

萬熙又微微一笑，道：「所以我們老爺子發喪出殯之日，你也要來『搞一下』嘍？」

「他敢！」洪達展在一旁厲聲惡吼，卻被萬熙揚手止住，萬熙一面繼續笑著，接道：「世兄的意思呢？」

「外頭人說老漕幫裡能人輩出，個兒頂個兒都有真功夫。如果傳言不假，小熙叔叔也不必擔什麼心；如果傳言不實，多我一個、少我一個又有什麼分別？」

「說得太好了！小熙叔叔交你這個朋友！」萬熙說著時身形一矮，隨即又坐回原姿，其間約可三、五秒鐘光景。因孔洞實在太小，萬得福看在眼中，祇道萬熙是從椅子底下翻揀了什麼東西。下一刻，連萬熙的臉都給一塊黃澄澄的物事遮了個嚴實，萬得福自然而然深深吸了一口真氣，但嗅得一股牛皮子味兒，隨後那黃澄澄的物事也霎時不見，萬熙的一張笑臉又露了出來。一聲「咔噠」，彷彿金屬鉸鍊扣闔，萬得福才猜得五、七分：那黃澄澄的物事原來是個皮箱。萬熙已經繼之而說下去：「這算是我的見面禮兒，小玩具，小玩具。」

「恐怕是個真的罷？」洪達展道：「應該是德國造。」

「達公好眼力。」萬熙道：「令郎年少英雄；這小玩具且聊表我一點敬重的心意。貨是新到的，非常之稱手，我祇試打了五發，準頭是極好的——子瞻世兄！你要是不嫌棄，哪天和你那幫子『竹林聯盟』的兄弟到我祖宗家門來『搞一下』的時候，說不定還派得上用場。」說到此處，居然放聲大笑起來。

可浴室裡的萬得福卻聽得毛骨悚然了——不消說：萬熙口口聲聲的「小玩具」，應該是一把德國造的手槍，而且是一把新槍。可怕的是：為什麼這把槍已經打過「五發」？「五發」之數不正與萬老爺子胸口的彈孔以及荷塘小亭樑上的五顆彈頭之數完全吻合嗎？此外，萬熙為什麼又要將這把槍送給聽來是初次見面的洪子瞻？倘若洪子瞻果然與那個新起的組織「竹林聯盟」裡的混世少年有什麼牽扯，則贈槍之舉究竟是為了籠絡交好？還是示威挑釁呢？就另一方面說：似乎那洪達展言之諄諄者仍是讓庵清與洪英——也就是老漕幫和天地會——結誓締盟，而動機卻是在聯合兩股老勢力以防堵或壓制新興幫派之竄起；但是萬熙的態度卻似乎在無可無不可之間。要是萬熙果然有悖於萬老爺子的初衷本意，而欲與天地會黨人結盟，甚至因之犯下了私通外家、欺師滅祖的勾當，則萬得福哪裡能夠干休？他這廂祇消奮起十成真氣，催動畢生神掌之功，當下破壁而出，定可將這忤逆之徒立斃於頃刻之間。然而，事情似乎又並不這麼簡單——起碼在應對言談之間，萬熙還維持了身為庵清光棍的禮貌和尊嚴。儘管洪達展加意示惠，且降尊紆貴地稱這個比自己年輕不祇二十歲的人物一聲「熙爺」;然而在交接之間，萬熙總透露著些許冷淡，彷彿並不十分看得起這位哥老會的當家大老，也並不急於要和對方共議「一統江湖」的大計。然而，掉回頭來還是原先那個老問題：設若萬熙並無私通外家之意，為什麼要送那孩子一把不尷不尬的手槍呢?甚至——為什麼能在萬老爺子身故不及一日之內便將這一對不尷不尬的父子迎進家門內室，居然還讓那孩子扯嗓子唱起戲來了呢?這樣大失禮數，甚至可以說大失體統的事，即令他洪氏父子幹得出來，身為老漕幫即將承繼龍頭大位的萬熙又豈能平白容受呢?才想到這裡，那萬熙又開了腔:「好了!我先答允達公您『託教』的付託。這小玩具就算是個見面禮兒。至於兩幫締盟之事，容我那椿大事辦過再議。倒是那個什麼『竹林聯盟』的，我卻沒興趣同他們一般見識。來!二才，替我送達公和子瞻世兄回駕罷!」

萬得福聞言不由得又是一驚——哼哈二才居然也隨侍在側!這樣說來：萬老爺子身邊最親近的幾個人物竟似都與聞了一些他絲毫參悟不透的玄機。而其中更足啟人疑竇的是：若說萬熙所謂「大事」是萬老爺子的喪事，他在說到這事之時的話語卻是「我那椿大事」，聽來已有蹊蹺;可是伺候在旁，始終不聞動靜的哼哈二才更似早已十分瞭然，他們甚至對萬熙答允洪達展「託教」洪子瞻的行徑全無半點異議——這，冰凍三尺，當非一日之寒——其中必然有個轇轕紛紜的解釋，祇是此刻他全然不知該向什麼人去打聽詢問。看來除了萬老爺子遺留下來那首四十四字的怪詩，一個由五顆彈頭布成的奇字，還有六個老人的疑陣迷蹤，他萬得福祇合是個一事不知的傻子了。

祖宗家老宅向例有建築上的定制，也有居處上的規矩。老爺子當然是以祖宗家為自己的家，老爺子身邊服侍其起居行止、飲食穿戴的多不過五、七人，少也僅需一、二人；這一類的人——像萬得福和瘸奶娘等——在幫中並無地位。但是由於同老爺子個人往來密切，關係非比尋常，是以仍然可以受到幫中老小光棍獨特的尊重，甚至禮敬。不過，為了嚴格內外分際，歷任老爺子對這一類的貼身近侍常有更周密、更細膩的防範。像萬老爺子在日，哼哈二才通常祇能在一、二進的正房、廂房間出入，若非召喚，是不得擅入三進房室的；若有召喚，大多都有訓斥。

在待客方面，一般也祇到二進為止。這是因為三進正廳是祖宗祠堂，裡面供奉著老漕幫自碧峰禪師、羅祖、翁、錢、潘三祖以至於歷任老爺子的牌位。如非每月初一、十五和年節的例行參拜，祇有關係著幫中生殺大計之事，才需到祖宗牌位前焚香頂禮；平素也祇是瘸奶娘或萬得福才能前來灑掃供奉。換言之：小爺萬熙今晚這樣率意到三進角落小室來待客接談，是十分不尋常的勾當。若非他另有情由主張，則也可以是觸犯祖宗家規的忤犯之舉。

萬得福到此再不能忍禁，當下正待竄出浴室，翻過思過廊牆垣，繞回隔壁去問個究竟時，忽聽隔壁萬熙猛地揚聲喊了聲：「噢！還有——」

那廂二才並未答話，倒是洪達展應了句：「熙爺還有什麼吩咐麼？」

「不敢！」萬熙接著起身離座，孔洞一空，萬得福什麼也看不見了。祇聽那萬熙接道：「我們老爺子生前有個貼身的光棍，叫萬得福，當年出自北京六合自然門門下。」

「是萬籟聲的徒弟？」

「所以身手是極好的。」萬熙道：「此人自老爺子歸天之後便銷聲匿跡，不知道遁往何處去也。但不知老爺子忽然就這麼氣血逆行、一命歸天，究竟同萬得福這人又有什麼關涉？好不好也請達公和子瞻世兄外頭的朋友給留個意。」

「熙爺要死的還是要活的？」

「按規矩，若是本幫光棍要拿他，自然不能擅動私刑，是非得解回祖宗家門審問不可的。不過達公是江湖同道，不在庵清的籍，自然毋須替我們押送費事——祇此人功夫極硬，還請達公留神……」

底下的話，萬得福聽不清，也不忍再聽下去了。但見他兩手握拳，指入掌丘，竟爾摳出八個口子來，登時鮮血如注，滴在那「水龍槽」中，將一槽污水更染得有如烏墨一般黑濃稠膩。臉上的兩行老淚也噴湧而出，可稱是涕泗滂沱了。可即令有這天大的冤枉、恩怨、悲慟和疑慮糾纏，萬得福的靈台方寸之地，還有纖毫的清明神智，當即思忖：六老把我引向祖宗家來，想必有教我探詳究細的用意。如今我不能一心祇想著申訴冤屈，而忘了自己身上的物證和線索。要是貿貿然現身，豈不反而落一個「螳螂捕蟬，黃雀在後」？想到這八個字，萬得福非但又明白了一層六老的心思，也明白了先前門樑上倒插著七支袖箭的用意——六老是在邀約他一同逃匿遁藏，才有活路生機，也才能查明真相呢？

然而，此時的萬得福若是一個將忍不住，就這麼莽莽撞撞、胡里胡塗地衝身而出，與小爺萬熙申訴公道、辯解冤情，非但當時未必得以保全名節性命，這老漕幫與天地會之間、與國民政府之間，乃至與日後數十百年台灣社會發展變遷之間的許多關係、糾結便永無釐清昭著的一日。萬老爺子因何不得不死？遺言留字中有何不得不隱的玄機？六老為什麼不得不潛遁逃匿？老漕幫又為什麼不得不進一步將其勢力蔓延深絞進一部國家機器的樞紐之中？這些非但便要永世成謎，甚且無人知之、無人識之，亦無人記之憶之。相較於輕舟揚波、飛鴻踏雪之猶有餘痕留跡者更加杳然了。

好在這萬得福千般壯懷、萬種怒緒，抵不過一絲一點不明就裡的不甘心——當下覷個方位，朝東南方撲身落跪，東南方隔著兩堵石牆，一個房間之外，正是祖宗家的幾十個牌位。萬得福雙目一瞑，將他日日撣掃拂拭的牌位細細觀想了一回，匍匐磕了四個頭，默道：「老漕幫列祖列宗在上，家下小人萬得福頂禮叩告：萬老爺子教人行刺殞身，無人能知就裡。小人身負遺命，可又揹著欺師滅祖的冤屈——天可憐見，列祖列宗庇蔭；容小人僥倖賴活一條賤命，總要將此事首尾查它一個水落石出、天明地白。萬得福一日不死，便一日幹著這事；一分一秒還有氣息，便一分一秒想著這事。將來完了這事，萬得福自來列祖列宗靈前請死謝罪的便了。」

磕罷了頭，也默祝畢了，萬得福「嗖」的聲立身而起，渾身的玄衣玄褲，卻教那地上的污水和眼中的清淚給浸了個透濕，貼皮沁膚，竟有幾許涼薄之意。可祇萬得福自己明白得透澈：果如今正祇他這孤影寒身是一條頂天立地的好漢。這好漢此刻已經五十五歲了，臨去匆匆，抵不住在洗辱門內、思過廊間打了老大一個噴嚏——倏忽驚走幾隻猶在高牆上下覓食的野麻雀。從此，萬得福竟爾走上一條再也不能回頭的道路。

第十四章　另一種生活

我姑且可以把自己的人生畫分成兩個部分——前一個部分是還沒有遇見萬得福的時期，後一個部分是遇上萬得福之後的時期。就一個平凡人的日常生活而言，這兩個部分並沒有太大的差別；日常生活不就是那種早起刷牙洗臉，用黑人牙膏或固齡玉牙膏、美琪藥皂或美答您洗面乳……之類有差異卻沒意義的瑣碎事物的累積嗎？

我在考上大學中文系以前的生活比這種狀況還要差一級，因為我是沒養成刷牙洗臉的習慣的那種人，連牙膏和肥皂都沒法算進日常生活裡去。可老天爺賞面子，給了我一副又白又齊的牙齒和一張膚質細嫩的臉皮，無論我怎麼髒、怎麼邋遢，旁人都看不出來。萬得福第一眼看見我的時候就曾經這麼說：「呔！這位白面書生往哪裡去？要不要買一副春聯回家張貼張貼？」

那時我已經是個中文系的大學生，自然看不起在菜市場裡推部洋鐵皮車叫賣春聯的小商販——他們的一筆書法字簡直同廣告看板上那些不顏不柳的鬼符沒什麼兩樣。我哼了一鼻子，根本沒理他。

倒是走在我身後一步之遙的小五「噗哧」笑了，道：「人家喊你呢，『白面書生』！」

我祇道給他倆吃了豆腐，當然不痛快，一面加緊腳步朝菜市口走著，一面低聲罵道：「再屁一句你就一個人找去罷！他媽的。」

小五是個識趣的馬子。其實她恐怕是我所認識的馬子裡唯一識趣的了。她知道那天不能得罪我——得罪了我她就找不著彭師父，找不著彭師父就找不著孫小六，找不著孫小六她回家就要給孫老虎罵一個臭頭——總之，得罪了我她沒半點好處。我回頭睨她一眼，她登時抿住嘴，祇一雙眼睛的眼梢還殘著笑。卻是那萬得福遠遠扔過來一句：「你老大哥沒教你不能這麼跟小姑娘說話麼？」

我老大哥？我老大哥怎麼認識這麼個賣春聯的糟老頭子？正狐疑著，小五搶上幾步一手腕挎住我的肘子，道：「老瘋子！不理他了。」

那一天我連萬得福的長相都沒看清楚，便給小五連拖帶拽地衝出了雙和市場。

彭師父那天根本不在他的武館裡。他老婆——鄰居街坊都喊彭師母的——正在武館院子裡摘韭菜。她說正月蔥、二月韭是人間極品，眼前是臘月，將就著吃也是好的；反正到了台灣來怎麼樣都是將就，怎麼將就也就怎麼都好了。我們聽她說完了每回見面都得照例說一遍的言語，才抽個冷子問了聲：「小六來過了麼？」

「三、五天沒見人了。」彭師母道：「說是年前不會再來，開了年也不一定來得了。」

「糟糕！又來這一套。」小五喃喃唸了聲，兩道眉毛皺連成一道，歎了口大氣。

「台灣就這麼巴掌大個地方，他能上哪兒去？」彭師母隨手遞給我一把韭菜，接著道：「回家給你娘包餃子——我說小五：別瞎操心了，過幾天還不就回來了？」

我扭頭望了望小五，見她正覷瞇著一對眸子打量院子裡的各種手植青菜，登時那眸子便滴得出盈盈滿滿的蒼翠之色來。那是一個讓我永世難忘的神情——她就那麼水靈靈瞪著半園極為尋常的青菜葉子，照說應該為孫小六的失蹤而操著心。可是不，不是那種操心；你甚至不覺得她腦子裡正在想著她弟弟。我看得出那神情——我已經二十歲了，她也二十歲了，二十歲的男生看二十歲的女生一眼能看出很多東西——她那神情裡有很多東西，就沒有操心。我當時說不上來，日後見識的女人多了——比方說有一個叫紅蓮的——就知道她們在用那種水靈靈的瞳光似乎十分專注地看著什麼，還外帶歎一口大氣的時刻，其實滿心祇有一個念頭：說得文氣縐縐一些，那念頭就叫嚮往；說得簡單平白一些，就是想著另一種生活，羨慕著自己永遠也不可能成為的一個狀態。

自從四、五年前小五在植物園裡卸下我的小拇指關節，又馬上給接回去的那一次之後，她這是第一次找上我、央求我，雖說我還是想摸摸她那一對奶幫子什麼的，可畢竟我已經是個大學生了、是個體面人物了，答應要幫她一個小忙，便不該存什麼壞心思了。眼前明明是要幫她找孫小六，祇看她這模樣，我卻又有了別樣的想法。

可以稱之為一種皮下給通上電流的那感覺，我的小肚子到胸膛之間豁地發起燒來，立時想起剛讀過的《詩經》裡有那麼兩句：「有女懷春／吉士誘之」。彷彿被小五那神情漾了一下，連帶地漾出來下面這一連串的感覺：也許她本來就不急著找她弟弟的——反正打從孫小六出娘胎以來，每過幾年就會忽然間沒來由地消失一陣，過個一年半載人又忽然間沒由來地回來了。這事原本嚇得他一家人全都六神無主了；孫媽媽還鬧過一回自殺，孫老虎報過兩回派出所，結果孫小六就有辦法兒傻不愣登地回家叫門，一打照面誰也不認識這孩子了。他居然在外頭還長大了。第一次那年我上小學四年級，孫小六兩歲，等我上五年級的時候孫小六突然就回來了。第二次則是我和他被植物園駐警抓去按指模、錄前科之後不久——當時我還真以為他給關進去了——那年孫小六不過七、八歲，我則大約是剛唸上高中的光景。我還記得：就因為小五不讓我摸，我也祇能拿欺負孫小六這種小把戲來洩憤。結果孫小六又沒頭沒腦失蹤了大半年，回來的那天晚上他忽然跟我說：「張哥我以後說讓你找不著就讓你找不著，絕不蓋你。」「蓋」是那些年裡小鬼頭流行的詞兒，意思就是欺騙、唬弄、吹噓。孫小六確實沒蓋我。日後我——其實不祇我，咱們全村的大孩子，甚至我相信這世上自凡是見過像他這麼孬蛋的人——祇要是動起手腳準備欺負他，他就有辦法在一眨眼之間腳底抹油，溜它個不知去向。

有了第二次，孫家顯然準備了還有第三次；卻總不成把孫小六用鍊子鎖上、籠子關上，於是這看管保護之責便落在了小五的肩上。孫老虎警告小五：萬一孫小六又沒了，他就把她的屁股打成兩半兒。小五把話同我說了，我說人的屁股原先就分成兩半兒，不信你摸摸我的。小五說你嘴賤。

我嘴是賤，可情思卻是熾烈、真實又純潔的。已經是二十歲的人了，我還沒親過女孩子的嘴，也還沒抱過女孩子的腰；現在我成天想著這個。不管街頭巷尾哪個女孩子多看我一眼，我就想他媽這是「有女懷春」，我總不好意思不給她「吉士誘之」一下子——一般說來，這祇在空談瞎想白作夢的程度。可眼前的小五那神情大是不同——我怎麼看、怎麼覺得她不像是替孫小六或者她那眼見要捱揍的屁股擔心；我怎麼看、怎麼覺得她像是等著我上前摟住她，說：「我帶你一起走了算了。你爸找不著我們，誰也找不著我們；我們就去過另一種生活。」

我想「有女懷春／吉士誘之」不過就是這麼個意思。不過我是大學生了，大學生在我們那個年代偏就有那麼一點自我高貴感，該說什麼、不該說什麼都捨不得說；祇要不說，就顯得這自我比旁的什麼都高貴了起來。所以我便直愣愣盯著小五，屁話沒說，鼻血卻差一點兒流出來。彭師母倒似乎瞄了個仔細，一面遞了另一把韭菜給小五，一面道：「說什麼找小六來？我看你們倆魂不守舍、魄不附體地，有什麼大不好說的體己話兒，還不趁著旁人不在便說了罷！待歇兒人一多，嘴一雜，可不就要懊悔了？」

「是他說——」小五斜稜稜瞅我一記，嘴唇兒一噘，嘟囔道：「是他說找著彭師父就找到小六了。」說時臉一紅，扭身朝外走，邊走邊跟自己的腳尖說：「彭師父不在我就回去了。師母再見。」

我想跟出去，又覺得這麼做很不夠體面，一時之間上下半身好像分了家——兩條腿杵著、兩隻胳臂卻不自由主地擺了起來。就在這一刻，彭師母衝我擠了擠眼子，說了段讓我好一陣忘不了的話：「腳巴丫子長在人家腿上，要找彭師父人家不會自己來？要由你帶著才來得了麼？不明白人家心裡想什麼，就由你帶著走到天邊兒，你能帶人家找著什麼來？」

我記得：乍聽之下祇覺那又是彭師母經常使用的一種繞口令式的語法，街坊鄰居都說彭師母把什麼話都能講得像繞口令似的，其實是一種毛病——她年輕的時候得過肺結核，長過一身骨刺，教煤球給燻壞了一部分的腦子，後來還中過三次風，有好幾年記不住任何人和事，最糟糕的是到了四十歲那年開始越活越回去——所謂越活越回去就是和現實的世界漸漸失去聯繫，經常退回她三十九歲以前的生活之中。據說從我進了大學那年開始，彭師母祇合是個十八、九歲的小姑娘了。情況好的時候還能稍稍應付一下簡單生活的應對進退，情況壞的時候便祇彭師父知道她說什麼的時候想著的是幾十年前的什麼事；因為祇有彭師父知道那時候發生過什麼事。

可是彭師母那幾句話似乎隱隱透露出一些讓人越想越有意思的意思——不明白人家心裡想什麼，就由你帶著走到天邊兒，你能帶人家找著什麼來？

也許這是彭師母自己忽然又回到她當姑娘家的時候迸出來的言語，也許是她操之過急地想要把小五和我當成一對花前月下的小兒女來看待。無論如何，卻把我給嚇了一跳：我哪裡想過真要把小五帶到什麼地方去呢？我又哪裡知道過小五想到什麼地方去呢？說得下三濫一點：純粹祇是我有那麼飽飽滿滿的兩丸子管油，想找個馬子給它放一傢伙，非常之肉體的。可是經彭師母這麼一顛倒，猶之乎我這是要往小五家下聘的陣仗——這可不成。我大學還沒唸完呢。

當時是一九七七年，民國六十六年。第三度失蹤的孫小六祇有十二歲。等他再度現身的時候人已經長高了半個頭，下巴和脖梗之間生了喉結，嘴唇上方稀稀疏疏長著幾莖鼠鬚——我看見他的第一個念頭是猜想他底下一定也長出毛來，恐怕也有了管油了。他則眉開眼笑地說：「聽說張哥要娶我姊啊？」

「娶你媽個頭！」我沒好聲氣地說道，同時橫眉斜眼又打量了他一陣：「這回你又多久沒回家了？」

「一年多了。」他抬手抓抓後腦勺，彷彿他後腦勺上有個開關，不抓一抓說不出話來。

「幹嘛去了？」老實說，這是順嘴一問，我根本不關心他去了哪裡、幹了什麼：「你走的那天警察在抓鴨蛋教，都以為你也給抓進去了。」

孫小六苦苦一笑，又抓抓後腦勺，還搖了搖頭。意思似乎是說：沒得說。

在我們所居住的西藏路、中華路這一帶，當時總共有三大塊老舊的國民住宅，六個日式建築平房的公教宿舍、四個改建成四層樓公寓的眷村。幾乎每個以里、村為銜的區域都時而會有三、五個或七、八個少年郎失蹤一個時期的情形。所謂失蹤，那是對外人而言；家人卻非常清楚：少年郎是給關進觀護所裡去了。情況嚴重些的還不祇觀護所——一般人稱那種情況叫「交付管訓」。對街坊鄰居交代起來，家人通常會說：孩子到南部親戚家讀書去了。沒有誰相信，也沒有誰拆穿；因為誰家不會出那麼點兒事呢？

可孫老虎算是揹了黑鍋。他課子甚嚴，從不假辭色。他的大兒子學名就叫大一，二兒子叫大二，往下大不起來，一路小三小四小五小六下來。五男一女，除了大一、大二練過幾套拳法，早早就送到南部讀幼校、官校去了——他們還真是「去南部讀書」的——之外別說沒有人混太保，連拳也沒學上。據說都是因為小六在兩歲那年突然失蹤，孫媽媽鬧自殺，好容易救回一條命來，人卻變得有些痴痴獃獃。之後孫老虎絕口不提拳術之事，祇日日早出晚歸開他的計程車。有一回到了下半夜碰上三個劫車的惡客，孫老虎真人不露相，硬是讓人家搶走了兩千多塊錢不說，連肋條骨都給打斷了一根。即令如此低頭做人、哈腰處世，無奈孫老虎長相兇惡，認得的人又總說他會武功，就連繫褲子的皮帶裡都說藏著軟鋼刀。是以孫小六七歲那年失蹤之後不久，村子裡就謠傳他當了小扒手，失風被捕，送進一個什麼教養機構裡去了。

這一回孫媽媽沒鬧自殺，逢人就解釋：孫小六是教拍花賊給拍了去，恐怕凶多吉少了。村人皆以為孫媽媽此舉無異是做賊的喊捉賊——試想：哪兒有一個孩子兩歲時給人拍了去，過一年又無緣無故給人拍回來了？再者，就算發生了這樣的事，怎麼還會發生第二次呢？

大約也就在那段時間裡，孫大一和孫大二給送進了軍校，小三、小四則接連被扔進修車廠和鐘錶店當學徒。孫老虎對外人沒說半句解釋的話，祇在那年我考高中放榜的當天，他把計程車開到我家大門口，說是在收音機裡聽見報了我的名字。他執意要免費載我們一家三口去貼榜的某大學門口看個榜，榮耀榮耀。在路上，他對家父、家母說：「我父親十八歲生我，一丁單傳，他老人家催著我早早成家、養兒育女；我十六歲結婚，一口氣生養了六口，卻沒一個成才的。還是張大哥、張大嫂福德深厚，培育出這麼個好兒子。」

家父、家母聞言謙遜了幾句，且特意表白他們的兒子考上的也不是第一志願，論出息還早得很；我心想我得罪誰了？可孫老虎接下來卻說了番怪話：「一個家裡沒個讀書人不成。我老大、老二現成是投了軍，小三、小四做了匠，小六合著是半個傻子。祇小五聰明伶俐，可惜是個女的——如今我祇能巴望她嫁一個讀書人，改換改換咱們孫家的家風。」

「小五手又巧，人又標致，」家母接著稱道：「一定許得了好人家。」

孫老虎樂了，扭頭朝我大腿拍了一巴掌：「那敢情好。」

他那一掌拍下來，我的腿疼了一個星期，從此誰說孫老虎是孬蛋我都不信。

等孫小六第三次失蹤回家，我才又見識到孫老虎的功夫——不祇是他的功夫，還有孫小六的功夫；也不祇是他們父子的功夫，還有小五，小五身上有的不祇是功夫，還有比功夫更恐怖千萬倍的力量——一般人稱那種力量叫愛情。

這事要從我和孫小六在村子外的小理髮店門口不期而遇說起。他生出了喉結、鬍鬚（以及我猜想一定已經發出芽來的陰毛），身高竄到了一百六十左右，嘻皮笑臉地問我是不是要娶他姊，卻不肯說那一年多他去了什麼地方。

「你爸知道你上哪兒去了嗎？」我繞個彎問他。

「我還沒回家咧。」

「等他看見你會把你屁股打成四半兒。」我說。

那是個天氣剛剛放晴的星期六，我回來祇是討一筆下禮拜的生活費，就準備溜回學校宿舍去的，不料給家母硬逼著去理髮，說是留髮不給錢，要錢不留髮。我祇好照辦。洗頭的時候我還在想：不知道孫老虎會不會出手教訓孫小六？越想我越覺得不可錯過；於是打定主意：回學校的事可以緩一緩，孫老虎揍人的場面卻決計不可錯過。

偏偏這天孫老虎回家特別晚。到了夜裡一點多，他那輛跟蒸汽火車頭差不多響的老裕隆才吞吞吐吐停進村子口。我聽見他甩上車門，往隔壁的隔壁郭家門口的大葉黃金葛上淋淋落落撒了泡尿、開鎖進公寓大門。這我才翻身下床，悄悄從後門蹺出去，翻過劉家和郭家之間用破門板圍成的園子牆。孫家在郭家二樓，可是從郭家加蓋出來的廚房平頂上可以蹲著覷見孫家客廳裡的一切動靜。我才蹲穩身，便聽孫老虎端地發出一聲惡吼——人家果然名叫老虎！

「你小子又犯了毛病！居然還真敢回來！」說時孫老虎將上衣襯衫朝兩邊一扒，扣子玎玎璫璫全給崩飛了，有一枚打上電視機，那螢光屏應聲給擊了個粉碎。孫老虎襯衫裡沒穿汗衫，胸前兩塊既不像奶子、也不像槌頭的硬丘非但像氣球般鼓了起來，上頭還閃爍著一層油光——坦白說：除了缺兩撇小鬍子，簡直就和一個叫陳星的香港打仔一模一樣——不，比陳星看起來還要醜惡幾分。我嚇得眨了幾下眼，沒覷清楚孫小六是怎麼個反應，卻見孫老虎左腳向前遞了個墊步、右腳後發先至、跨足一個長弓，右掌同時朝前由外向裡劈出。可奇怪的是，他劈的是空氣——這也就是說：孫小六在他老子一掌劈出的剎那之間便蒸發掉了。

孫老虎看來比我還要吃驚。他虎瞪著兩顆栗子大的眼珠，嘴巴也咧得塞得下自己的拳頭，怔了半晌，像是對自己劈出去的掌子說了話：「小六！你打哪兒練的這個？」說罷一側身，我才看見他那偌大的一個身軀後頭瑟瑟縮縮站著個又瘦又小的影子。

「爸——我、我沒練什麼。爸——」

「放你娘的狗臭屁！」孫老虎說著身形一低，衝左又橫劈一掌——這一掌和先前那一掌正相反，是個掌心向下，自內而外的勢道。可同樣的，掌到處孫小六又不見了。

在我視角之外的右邊，孫媽媽和小五齊聲喊了個「爸」字。孫媽媽緊接著哭了一嗓子，站前兩步，剛夠讓我瞧見她平伸雙手，像我們小時候玩老鷹抓小雞那母雞的姿勢，攔住孫老虎——不消說：孫小六已經藏到她、或者小五身後去了。

可這時孫老虎似乎不像先前那麼惱怒了，一雙圓鼓鼓的大眼珠子也顯得長了些、扁了些，祇嘴裡還止不住呼吐著氣息，像是跟孫媽媽或者他自己說道：「不對！全不對！老彭身上沒有這一路的功夫，他哪裡學的？什麼不好學學這些喪門敗家的東西？」

「我沒學什麼功夫，爸——」

「他沒學什麼功夫，你聽見了，爸——」孫媽媽一向跟著孩子喊孫老虎：「爸」，我那還不懂事的時候老以為孫媽媽也是孫老虎的女兒。

「剛才他躲過我兩掌，用的是同一套身法，源出咱們老北京自然六合門下——漫說我不會，就算他爺爺在世的時節也不一定會；這小子明明在外頭混了事，死鴨子嘴硬還說沒學什麼功夫。你知道他認識了什麼荒唐人？幹下了什麼胡塗事？這一去一年三個月又十天，國軍他媽反攻大陸都打到蘭州了。」一口氣說到這裡，孫老虎不進反退，一屁股倒回一張墊了個小五給繡的大花椅墊的破籐椅上，又歎口氣，話似乎是對孫小六說的，眼睛卻盯著自己的褲襠：「頭兩回我們祇當你小，玩兒野了，走丟了，祇怪做父母的上輩子欠人情，報在今世。這回你小子他媽不回來則已，回來了要是沒個交代——」說著又一記飛身上前，硬教孫媽媽挺胸脯給撞個正著，夫妻倆成角牴之勢，杵在地上頂成一個大大的「人」字。說時遲、那時快，小五一手牽起孫小六，另隻手兜空畫個圈兒，雙腿已經凌空飄起——正是一種「飄起」的姿勢——起得快、飛得慢，在空中猶似在水裡一樣絞著腿，但是空出來的一隻手卻以極驚人的速度猛可拉開窗扇，一霎時間姊弟倆早就越過我的頭頂，端端落在郭家加蓋出來的廚房頂上。孫小六一見我就笑，小五則一副氣急敗壞的模樣，偷眼睇了睇屋裡，繼之一搖頭，俯身抄住我腋下，使勁往上一提，我便雙腳離地，像一片輕盈的花瓣兒那樣盤盤旋旋跟著她飛出七、八公尺遠——在此之前，我從未能這樣親近小五的身體，也從來不知道她身上搽了和明星花露水有些相像、卻又很不一樣的什麼牌子的香水。可偏在這非常短暫的一、兩秒鐘裡，我沒來得及想到該摸她一把。當時我嚇得就差沒尿濕褲子，滿腦子彷彿祇剩下一個小小的念頭，在我自己的耳鼓深處大喊：「完蛋！我要摔死了。」

可我沒摔死。小五兀自落地站定之後，我和孫小六才軟綿綿地踉蹌幾步。小五隨即低低喊了聲：「再跑！」我們似也沒什麼別的主意，祇好跟著她往村子旁邊的莒光新城建築工地裡跑。那是十二幢各有十二層高樓所組成的新式大廈型公寓。當時建築體已告完工，祇等著泥漿乾透，便要拆板模，整內壁了。也正因為工程到了中、後期，滿地都是各種工匠白天收工之後懶得帶走的工具、器械和看起來不知是等著要使用、還是已經廢棄了的材料。小五直如生了雙夜眼似地一逕帶我們通過這些，直上迷宮的深處。

那是在緊挨著我們村子旁邊的第四幢大廈的頂樓，周圍還沒砌上短牆，一步踏空就有直通陰曹地府的危險。可是站在那上頭——套句小學生的話說——感覺很快樂。

風是從四面八方不定哪兒兜著圈子朝人身上吹的，有時吹上右臉，有時吹上左臉，不一忽兒從胯下吹上來，轉眼間又打後背心搡人一把。不是我說：要是小五沒帶我們上來，我從來不會知道高處的風有那麼熱鬧。教那風一吹，有大半天我們誰也沒說話。本來我還想問孫小六的什麼也猛地就忘了。

他姊弟倆想什麼我不知道，可我記得我想的是離家出走這件事。這麼站在離家直距不超過八十公尺的十二樓頂上，穿過灰藍色的夜空看自己的家，很讓人平白添加一點惆悵的、甚至憐憫的感覺。我幾乎可以從我家的窗戶裡透出來的一丁點微光知道這房子裡正發生著什麼——在一扇透著黃光的窗戶裡家母已經睡熟了；她是那種落枕就著、離枕就醒、中間一個夢不作、作了也記不起來的人。隔壁透白光的房間裡一定還正襟危坐寫他的戰爭史的則是家父。他在國防部史編局搞中國歷代戰爭史搞了二十多年，白天上班就寫字、晚上下班就畫圖——畫起戰爭地圖來的時候他比家母還不容易叫醒。

我從幾十公尺外的高樓上望著這兩扇窗戶，驀地感到一陣非常沒有頭緒、沒有來歷的酸楚。彷彿生來二十一年之間，我第一次看見自己的生活，也第一次朦朦朧朧地發現自己不想待在那改建過的四層樓公寓房子裡的原因——我根本不應該屬於那一黃、一白兩扇窗戶裡面的世界——我想過的是另一種其實我還不曾接觸、也無從想像的生活。

眷村拆遷改建之前，我們一家、還有孫老虎以及另外一百多戶國防部文武職官的人家都住在這城市的另一頭。孫小六第一次失蹤那年，孫老虎以少校軍階離職——好像原因就是孫媽媽鬧自殺；可部裡還許他保有眷舍，另外給了他一個在家靜修的閑差，聽說這是總統府裡有孫小六他爺爺以前結下的老關係在的緣故。總之，當時我們這些孩子一聽說全村都要搬到四層樓的公寓裡去住，簡直覺得做人也升了一等。我和小五經常搭十二路公車到南機場，再沿著日後鋪成西藏路的大水溝邊走一程，來到新村舍的工地。在處處有迴音繚繞的空屋子裡大聲喊著：「這是我家，這是我——們——家。」「我們家！」「我——們——家——」

過了十年、十一年，我站在另一幢高樓頂上看著低矮而且在夜暗中益形老舊的自己的家，想起從前那樣興奮的、幼稚的、充滿尖銳童音的呼喊，竟然覺得十分十分之羞赧。我深深知道：之所以羞赧，並不是因為四樓公寓老舊了多少，而是我們村子裡這些老老小小從來也永遠不可能因為換了幢房子而真正改變我們的生活；我們從來也永遠不可能擁有另一種生活。孫老虎還是當街撒尿，孫媽媽遇事就拿腦袋頂人，家父每天帶著古人的部隊在白紙上行軍布陣，家母從不記得她作過什麼夢。而小五，除了鉤帽子織毛衣縫布鞋之外，還是縫布鞋織毛衣鉤帽子。我則暗暗禱告上天下地各路神明佛祖：讓我的大學一輩子讀不完，讓我一輩子住在宿舍裡——哪怕像隻老鼠。

就在那個時刻，小五悄悄從身後走過來，往我脖子上圍了圈毛茸茸的物事。我怔了一下，才低頭看清楚：那是先前圍在她自己脖子上的一條毛線圍巾。「都五月了，還是涼。」小五在我背後低聲嘀咕：「本來就是給你打的，你老待在學校裡不回家，回家又一溜煙不見人；一拖拖到現在，看你也圍不上幾天了。」

我沒搭腔，卻想著這女人幾分鐘之前還高來高去像個飛賊似的，這一會兒給我來這一套，簡直消受不起。她卻逕自幽幽地說了下去：

「要上家來不會早一點？不會按門鈴？幹嘛鬼鬼祟祟跟小偷一樣？」

這下可好，誤會大了；她還以為我是找她去的。連忙我扭回身，扯下脖子上的圍巾，道：「是我的模型飛機掉在郭家廚房頂上了，我去找——」

「一肚子謊話。」小五瞪我一眼，卻忽然咧嘴笑了，道：「不跟你計較。來，聽小六說他遇見個神仙的事。——小六！跟你張哥說。」

「什麼神仙哪？誰說是神仙啦？」孫小六蝦腰蹲在地上，腦袋埋在兩個膝頭之間，正在玩兒著地上的半截鋼筋——也許不是鋼筋，是一條有指頭般粗細、彎成一圈一圈的電纜之類的東西。一邊玩兒著，他一邊抬起頭，衝小五恨恨地說道：「叫你不要講你偏要講，講什麼講啊？不講會死啊！」

姊弟倆接著鬥上好半天的嘴，我聽得十分無趣——那種鬥嘴的話就是你成天價從村頭聽到村尾，從東家聽到西家，老哥老弟老姊老妹嘰哩哇啦吱吱喳喳二十四小時停不下來的，經不起思考，經不起研究，甚至經不起在耳朵裡多迴盪一秒鐘的廢話。說廢話的人樂之不疲，我可再也不是聽得下廢話的那種人。我已經見識了你們孫家的絕世神功，可以了；不必再見識這些廢話了。於是——像隻老鼠那樣——我悄悄向旁邊躡了幾步，準備找個空兒溜下樓去。可偏在這個時候，孫小六告了饒，一陣「好啦好啦」之後，半是無奈、又半是興奮地說：「『面具爺爺』叫我五月六號回家，說五月六號是陰曆三月三十，這天下午我到離家東南三百三十步會碰見個小白臉；還說這小白臉應該娶我姊才對。結果我就碰見你啦！」

「見鬼了你！」我說：「這『面具爺爺』又是什麼人？」

我話才出口，旁邊的小五陡地竄到我面前，手起一掌抬得老高，卻停下了，沒往我臉上甩過來。她就那麼揚著掌子，一雙圓轂轆兒的大眼珠子瞪得比孫老虎不小。盯我盯了半晌，才放下手臂，趁勢一把搶過那條圍巾去，道：「下回再到我們家後窗來我把你當小偷踹下去！」說完，她把圍巾扔在地上，用腳踩了幾下，再抬腳尖一撩——那圍巾就像是條穿了虹彩裝的小龍或小蛇一般沖天飛起幾丈之高，又扭著身子在那麼高、那麼黑、那麼清清冷冷的夜空裡跳起圓圈舞來。風很強，風吹在那麼一條飄來盪去的圍巾上尤其顯得強，那圍巾在風裡彷彿就是不肯輕易墜下，忽一下子又朝上彈開，忽一下子又往旁邊閃浮。不知過了多久，我才看著它掉落街心——那兒正有一群做夜工的傢伙——而我身後的小五姊弟倆已經不見了。

我四下踅了幾步，沒看見人，卻險些兒給什麼絆倒。彎腰一打量，才發現那正是剛才孫小六在手上玩弄的東西——它果然還是鋼筋，而不是什麼電纜——使我感到渾身豎起汗毛、長出一大片又一大片雞皮疙瘩的是：那些鋼筋原來不過是白天工地裡的建築工用剩的廢料，一截一截，從兩、三寸到尺把長的都有，每一根都應該是直的；祇有孫小六玩過的那一堆，總數在七、八個左右，分別給彎成了一圈一圈有如馬蹄鐵的形狀。這還不算，孫小六還把那七、八根鋼筋像種蘿蔔一般，硬生生給種進頂樓地面的水泥裡，一字排開，寬足一尺，每一截露出地面約一寸左右；

種進水泥裡的怕還不少過一寸。而孫小六在玩著這無聊的遊戲的時候，居然像往蛋糕上插蠟燭那樣，未曾發出什麼聲響。

我哪裡還敢待在原處？搶忙鎮定精神，睜大瞳孔，朝黑不溜秋的四下裡尋著樓梯，連跳帶跌下了樓——這十二層樓上去得輕便，下來得沉重，有一片刻我甚至猜想死後下地獄的鬼物們大約都經歷過這麼一段。事後我每次回想起這天夜裡，總覺得下樓梯時的恐怖摻合了別樣的、複雜的、當時我並不敢承認的成分；那是一種自知辜負了小五，便怕她當即如鬼魅一般自闃暗之中纏祟過來的心情。我以一句掉以輕心的話迴避了、也抹煞了我並不願意擁有、也不甘心承擔、更不打算付出的情感。

我緩緩跨越莒光新城和村子之間尚未鋪蓋柏油的土石路面，經過那群正在將電話線路埋進地下的工人——他們所圍成的一個小圓圈的中心有一盞發出慘白亮光的電燈，那光明使我稍稍放鬆了一點，好像我這個人在經歷過一場詭異的、鬼魅的儀式之後突然又回到了人世一樣。我心裡則一直唸著：愛情不應該是這樣的；不應該這樣莽撞、這樣草率、這樣讓人招架不住……偏在這一刻，一隻手又猛地拍上了我的肩頭。

「先生！這是不是你的？」

是那群埋設電話線的工人裡的一個，他的手上捧著剛才給小五踢下樓來的那條圍巾。沒等我答話——或者是看我一副答不出話來的模樣——那人一歪嘴笑了：「我看你從那上面下來。」

我接過圍巾，聞到那上面還殘留著的香味，有一種被冤枉了想哭的感覺——但是當時我太年輕，不知道那感覺其實並不是什麼被冤枉不被冤枉，而是我完全欠缺被人愛上的信心。如果還要往裡挖深一點，我更該承認：二十一歲時候身為大學生的我，打從心底不想要被一個不知道從哪裡混來一身功夫、卻連高中都沒唸過的女人愛上。那時我祇想追求另一種生活，也相信每個人都不該陷溺於已然如此的生活，於是我過於傲慢。

第十五章　一闋艷詞

但是，關於小五臉上乍然浮現的那種嚮往別種生活的神情並不是我以己度人而憑空捏造出來的。等到孫小六十七歲那年第四次失蹤時，她十分慎重而帶著些許怯意地告訴我：「其實有時候我也會羨慕我弟，就那樣一走了之了。」

說著這話的那一天，她穿了身自己剪裁縫製的湖水綠薄衫子，底下是條墨綠色的及膝短裙。我之所以記得這麼清楚，是因為一打照面兒我就開了她一個玩笑，說她像一棵萬年青。她沒接腔，祇說孫小六又不見了，要來家借個電話。

我們家恐怕是全村最晚裝電話的一家，孫家則恐怕是全世界唯一不裝電話的一家。孫老虎不裝電話是因為孫媽媽人有些痴獃之後聽不得電話鈴，說電話鈴一響準有不好的事——也許小六在外邊怎麼了，也許小三、小四在外邊怎麼了，也許連軍中的大一、大二都不一定怎麼了。總之，電話是催魂鈴。於是催魂鈴便裝進我家的客廳了。無論打進來或者打出去，通常催的是家母的魂。我反正外邊沒朋友，家父的朋友也多半是古戰場上的死人，我們對電話鈴一向不作任何反應。我甚至有一種它從來沒響過的錯覺。家母之所以要裝電話自然不是為了方便孫家——在她看來，電話是方便我從學校宿舍向家人報平安的必要工具。我卻幾乎沒打過，因為我從來記不得號碼。

那天我剛通過研究所裡的最後一次資格考，才進門就看見那棵萬年青一面翻著小本子、一面抖著手撥號碼。我靠在對面的一個書架旁邊，仔仔細細端詳著這個熟得恰恰好的女人。

小五和她十六歲或二十歲的時候的模樣一般無二。不過二十五歲的她的腳趾頭特別耐看——它們從拖鞋幫子前端伸出來，一根一根透著粉鮮粉鮮的紅光，和彭師母親手種的一種白蒜蒜瓣兒像極了；那蒜瓣兒也是個白裡透紅的色澤，一口咬下去滋得出盈盈一嘴甜汁兒。我實在想像不出，像這樣一雙柔嫩的腳哪兒能練得出什麼驚人的武功？

可人家畢竟是練出來了。就在我那麼想一口咬一粒蒜瓣兒地盯著她的腳趾頭的時候，她翻手撕下一張小本子裡頭的白紙，順勢一揚，那紙片登時筆直筆直地衝我飛過來，我臉一歪，左頰捱了一記，像是讓一本精裝的大書搧了個正著。

「別瞎看！你可是讀書人。」小五淡淡地斥著，彷彿不是正經惱火。

接下來，她又撥了幾通電話；不外是央請人家留意，要是有她弟的消息，務必打電話到張媽媽家的這個號碼來。說完了，她闔上小本子，整整衣裳裙子，低眉低眼地拍拍椅子上沾的灰塵、線頭兒什麼的，似乎沒有走人的意思。我剛這麼想著，她卻神閑氣定地說：「張媽媽洗頭去了，她說我可以在這兒等電話。」

「當然。」我說，把那張打了我一耳光的紙片順手塞進一本書裡。

「這簪子顏色變深了。」小五忽然從她後腦勺上拔下一根晶綠晶綠的簪子。

「噢。」我漫不經心地應付了一聲，繼續往架上找我要帶回學校的書。

「你忘了呵？」小五說。

「忘了什麼？」

「這根簪子。那年你送給我的。」小五咬仕簪子，重新盤梳起一頭烏亮烏亮的頭髮。

近乎是一種本能的，我立刻把那年植物園裡發生的情景想了一回、又匆匆抹去，岔開話題，道：「你弟也真是，怎麼又不見了；還真準得很，五年犯一次不是？」

小五吁了口長氣，把頭髮攏齊了、簪上，道：「這一回，他也別想再回來了。我爸把裡裡外外的門鎖都換了——你知道麼？其實有時候我也會羨慕我弟，就那樣一走了之了。原先我們還會傷心、會擔心。到這一次上，連我媽媽都說他是野鬼投胎，托生到我們家來磨人的。」

「《聊齋》上是有很多這樣的故事。有一個說一老頭兒，年紀很大了還沒兒子，便去請教一個高僧，高僧說：『你不欠人的，人也不欠你的，怎麼會有兒子？』」我揀好了一袋子書，拎一拎，嫌不夠重，又回頭往架上抓了幾本，道：「這樣說起來：小六上輩子還是你們家債主呢。」

「書上怎麼這麼教人呢？總不能為了怕欠債就不成家，不養兒育女了對不對？」小五站起來，帶些挑釁意味地瞅著我。

我知道：她這是個陷阱。我祇消再回一句，她就又會祭起村子裡姑姨婆媽的那一大套，數落我——而且是聽起來十分之客觀公正、不帶一點私人情感地數落我——是張家的孤丁單傳，怎麼可以抱獨身主義？不孝有三、無後為大之類……話題繞來繞去，就會甜甜地笑著繞到我在學校裡有沒有交女朋友這種雞巴事上去。我不上她的當，一沉肩扛起那盛書的袋子，道：「走了。回學校去了。」

「好像我是主人了似的。」她低著頭，一說話身上就散發出那圍巾上的氣味。我沒再說什麼，搶步朝屋門跨，祇聽見身後的小五忽然又說了兩句：「『你不欠人的、人也不欠你的』——世上真有這麼痛快的事麼？」

我停下腳步，腦子裡猛一下轉出來千言萬語——我很可以馬上扭回頭告訴她：是的。沒錯。當年我還不過是一隻小公雞的時候很想上你一下。是的。沒錯。我們一起逛過幾回植物園，就跟一對小情侶差不多。是的。沒錯。我們還真稱得上青梅竹馬、兩小無猜——你要說他媽郎才女貌我也不反對。是的是的！我到現在都還忍不住要把手伸進你裙子裡去。可是又怎麼樣呢？我們去公證結婚嗎？去擺桌請酒、大宴賓客嗎？去陪著笑臉聽劉伯伯郭媽媽祝福我們早生貴子然後繼續待在這個村子裡生養一堆野鬼投胎的小孩看著他們長大成人逛植物園以為自己談了戀愛嗎？可是又怎麼樣呢？我為什麼要因為你長得美就愛上你呢？我為什麼要因為你手藝巧就愛上你呢？我為什麼要因為你愛上我就愛上你呢？我為什麼要因為你爸認為我卵蛋裡埋伏著讀書人的種就愛上你呢？

是的，不錯。這些都是我的肺腑之言。可我知道：祇消我一回頭，這些話就連個屁也不如地放不出來了。偏偏就在此刻——感謝家母的德政——電話鈴響了。小五就近、也自然得像個女主人那樣抓起話筒「喂」了過去，接著仍然像個女主人那樣「請問您是哪位」了一下。然後，她皺起眉頭，極其不敢置信地把話筒朝我一遞：「怎麼是找你的？說他是什麼『老大哥』。」

張翰卿。我老大哥。人在榮民總醫院，入院的原因——該怎麼說？醫院的說法是「後腦蜘蛛膜破裂大量出血」。電影公司道具組助理的說法是「給片場的燈砸的」。老大哥自己的說法是

「他們到底是來了」。

我揹著不祇十公斤重的一個大書袋，轉了三趟車，又在七彎八拐的醫院通道裡轉了半個多鐘頭，直想著：別等我一到，老大哥已經死了，那可不值。好在老大哥非但沒死，精神還暢旺得很，一見我的面，像背脊底下鬆了根彈簧，登時板著腰，直挺挺地坐起來。

「你沒告訴叔叔、嬸嬸罷？」老大哥順手摸了摸包在頭頂上的一張好似魚網般的罩巾。

我搖搖頭，放下書袋，道：「他們正好都不在，我媽洗頭去了，我爸大概又是去看曬圖；沒別人知道。」

「那好。」老大哥伸手示意我把分隔病床的帘子拉上，掀開薄被單，將醫院給換上的那條長褲褪下一半，露出裡面一條滿漬著汗斑污垢的棉布內褲。眼見他又要脫掉內褲的模樣，我趕忙擺手制止：

「你要上廁所我扶你去，幹嘛的這是？」

老大哥理也不理，十指撥翻撥翻，從內褲裡側掏出一截布捲子來，猛地一抖。我趕緊閉住氣息，已經來不及了——兜頭撲臉拂過來一陣薰鼻的酸臭味兒。老大哥居然還把那有如半條手帕的布捲子特意往我面前一遞，低聲道：「你是博士了，一定解得了這個；你給老大哥說說：這上頭寫的是個什麼意思？」

「我連碩士還沒拿到呢，什麼博士！」我退開一步，見那布捲子一旦展開，上頭果然密密匝匝用毛筆寫滿了一堆字。

老大哥許是看出我嫌厭那布條骯髒的表情，於是生起氣來：「嫌什麼？弟弟！好好香臭咱都是一個家門兒裡出來的——你爺爺也是我爺爺，我老子還是你大爺；你嫌我髒，我還嫌你淨呢！這布條子可是事關重大；老大哥已經走投無路，找不著託付的人了。弟弟你再不幫忙，就是成心要老大哥的命啦！」說著，右手忽地一運勁，往天靈蓋輕輕按了兩按，隨即拉開一尺，繼續說道：「我這一掌拍下去，天靈蓋就碎了。弟弟你看著辦罷！」

我當然不能看他玩兒這個，當下從他左掌之中扯過布條，細細讀了兩遍。越讀我越不知道該笑還是該氣，連忙把布條扔還了他，道：「這一定不是你寫的。」

「當然不是我寫的，我寫得出來就去當博士了。」老大哥小心翼翼將布條再攤攤平，鋪在他大腿上，道：「你給說說，這是個什麼意思？」

我正待說，帘子給掀開了，一個膚色黝黑、髮色焦黃、瘦骨嶙峋的年輕小伙子探進個腦袋來，道：「師父！您有個朋友來——」

「叫他外頭等著。」老大哥吼了聲，年輕人立刻閃身出去，老大哥有些不耐煩地朝那晃動不已的帘子擺了擺手，道：「我道具組的助理，沒禮貌——現在的年輕人都沒禮貌。」

我可顧不得什麼禮貌不禮貌的，扭頭掀帘子朝外奔，搶到病房門口攔住那助理，問道：「老大哥這腦袋是怎麼回事？」

「給片場的燈砸的。」助理低頭囁聲答道：「也不是我們的錯啊！燈明明鎖好的啊，它就是掉下來了啊！」

「醫生怎麼說？」我追問了一句。

「說什麼豬頭皮破裂，大量出血啊。」

就在我把「豬頭皮」翻譯成「後腦蜘蛛膜」的那一瞬間，兩條人影從那助理的身後一掠而逝——那種快法難以形容，祇能如此描述：當你發覺有兩條人影倏忽不見了，才想起先前的確有那麼兩條人影出現過。那助理也在此際東張西望了老半天，自己跟自己聳聳肩、撇撇嘴。露出二十世紀八〇年代年輕人應有的表情。這表情的第一要義是：又不是我的錯。我得在這裡補充幾句：這表情的確沒什麼錯——當時是一九八二年，人人臉上掛著這表情。又不是我的錯。我不鳥你、我不理你、我不在乎你。又不是我的錯。祇不過在我老大哥或家父家母那年紀的人看來，通稱這表情叫「年輕人都沒禮貌」。

在接下來的十分鐘裡，老大哥盯著我數落了他手底下五、六個沒禮貌的年輕人，還不時地感慨：年頭兒變了，從上到下、從裡到外都沒規矩了。我怎麼聽、怎麼覺得他是指著和尚罵賊禿——其實是在修理我。不得而已，我祇好岔開話，問道：「你怎麼教燈給砸了呢？」

「燈吊在頂上，腦袋長在我脖子上，人家不要砸你，怎麼砸得著呢？——」老大哥道：「人家待要砸你，你能躲得掉麼？唉！不是我說，自凡找上了門，我逃得了今天，逃不了明天；就是這麼回事。他們——到底是來了。」

「誰來了？」我給老大哥這麼雲山霧沼地說暈了頭，不由得打了個冷顫。

老大哥皺起了一張抹布臉，將眼梢、鼻翅和嘴角的數百條紋路齊聚一堂，露出一個祇有老混蛋們才肯示人的頑皮的表情：「你告訴我，我就告訴你。」然後，他指了指攤在大腿上的那張破布。

「那不過是一闋〈菩薩蠻〉罷了。」我說。

「你說一缺什麼菩薩來著？」

好了。我的週末就是這樣了。我從「闋」，音「闕」，一首詞的單位叫「一闋」說起。〈菩薩蠻〉跟任何一位菩薩都沒關係，蠻也跟南蠻、北蠻、野蠻……沒關係，一闋〈菩薩蠻〉就是一闋〈菩薩蠻〉；一首唐、宋以後的流行歌曲。這曲式紅了，大家一窩蜂跟著把新製的歌詞填進那曲式裡，成為一首新的歌，但是題目仍然叫〈菩薩蠻〉。

「你說這是宋朝的我不信，」老大哥猛搖頭打斷我的話：「這怎麼會是宋朝人寫的呢？」

「也許不是，」我儘量簡單地解釋道：「也許是後來的人，或者今天的人，祇要懂得〈菩薩蠻〉詞牌，就可以按它原來的聲律、平仄，填成一首詞了。」

「那它是個什麼意思呢？」老大哥歪頭望著那塊布，道：「你給說上一說。」

我反覆又把那詞給讀了兩遍，其中一遍還唸出聲來，好讓老大哥聽明白：布上那四十四個字是有一定的句讀韻叶的——可是我卻實在說不出「它是個什麼意思」。坦白說：誰能把一首古詩或古詞的「意思」用現代人的白話文說明白呢？它就是一闋講述愛情的艷詞；講的是、講的是——一段說不出口、又放不下心的愛情。

那闋〈菩薩蠻〉是這麼寫的：「小山重疊誰不語／相思今夜雙飛去／鵲起恨無邊／痴人偏殘／問卿愁底事／移寫青燈字／諸子莫多言／謝池碧似天」。

寫這闋詞的人用了不少古詩詞作品的典故，是以堆砌出相當吻合艷詞格調的穠麗氣氛——比方說：第一句用上了溫庭筠〈菩薩蠻〉「小山重疊金明滅」的前半句。第二句用上了張先〈南鄉子〉「今夜相思應看月／露冷依前獨掩門」的意境；且在第二、第三句巧妙地使了個倒裝的手法，先寫「雙飛去」、繼寫「鵲起」，讓讀者在讀到「相思今夜雙飛去」時，猶以為那「雙飛去」所指的是溫庭筠原詞中的「雙雙金鷓鴣」。及至讀到「鵲起恨無邊」，才發現「雙飛去」的是此詞作者安排的一對鵲鳥。從這一點看來：填這闋詞的人似乎有意祇寫給精通詞史或熟悉填詞——尤其艷詞這一傳統——的行內人翫賞而已，是以此詞所欲傾訴的戀愛對象恐怕也非白丁，而必是一頗通詞學的高手。此外「痴人偏病殘」所說的，可能是指作者自身有某方面的殘疾，也正因苦於殘疾之身，便不敢放膽向意中人表達愛意。這一句少不了「日日花前常病酒」、「不辭鏡裡朱顏瘦」的因襲氣味，但是畢竟下了番脫胎換骨的功夫。接下來的「問卿愁底事」更是從李煜〈虞美人〉「問卿能有幾多愁／恰似一江春水向東流」和南唐中主李璟嘲笑詞家馮延巳〈謁金門〉詞的話：「『吹皺一池春水』，干卿底事？」這兩個典故融合而來。至於「移寫青燈字」的意思恐怕是作詞者萬念俱灰，對塵世俗情已生厭棄之思，想要遁入空門。但是句子的來歷，隱約還保留了元曲中「剔銀燈欲將心事寫」的悵惘情緒。其後，「諸子莫多言」彷彿是寄語非關這份情愛的旁觀者毋須再進勸解說服之語，因為白雲蒼狗、物換星移，世事已非人力所能挽回——末句的「謝池碧似天」正是此詞之眼，用上了晉代謝靈運的名句：「池塘生春草／園柳變鳴禽」的典故，說的是連乾涸的池塘底所長出的草都茂密繁盛、碧綠如織，其時移情逝便更不待言了。

我花了起碼一、兩個鐘頭的時間把這闋艷詞的每個字、每個句子裡每一層的典故、技法都反覆跟老大哥解說了好幾遍。祇見他越聽越不耐煩，眼皮不時地耷拉下來，鼻息也逐漸濃重。說到「池塘生春草／園柳變鳴禽」的時候，他索性翻身臥倒，歎道：「不對！不對！簡直地不對！哪來這麼些胡扯八蛋的情啊、愛啊的？我看你小子是談了戀愛了——不！談了亂愛了——才來唬弄你老大哥的！」

我繞到床的另一側，也就是老大哥埋著頭臉的那一邊，一指頭戳上他的前腦門，道：「咱們哥兒倆可是說好的——我告訴你、你就告訴我——現在我把我知道的都說了；該你了！說罷：什麼叫『他們到底是來了』？」

大半張臉埋在被單裡的老大哥的一隻眼珠子朝外轉了轉，又伸出一隻手指頭往嘴唇中間比了個噤聲的姿勢，隨即壓低聲，道：「你把這塊什麼菩薩帶回去好好兒研究研究，研究出個講得明白的道理再同我說。我頭本來還不疼的，教你這麼一扯絡，現在疼起來啦！你先回去罷——記著！什麼也別跟叔叔嬸嬸說。」

教我三緘其口很容易——我本來就和家父家母說不上幾句話；可是要指責我的分析和解釋是咱家鄉話裡的「胡扯八蛋」就未免太傷人了。畢竟我當天上午才通過了資格考，祇等提出論文，碩士學位就到手了，怎麼嚥得下你大老粗這口惡氣？於是登時翻臉，道：「你不把話說清楚，我就告你一狀——說你上七十的人了還跟人打架——看我爸不修理你——」話還沒說完，老大哥突然翻個身又坐了起來，瞪起一雙死魚眼想發作，可神情又在瞬間為之一變，好似見了神仙佛祖那樣哀憐著笑了起來。也就在這一刻，我的肩膀給一隻從背後伸過來的大掌按了一按，按我的那人同時說道：

「你讓他說清楚，他怎麼說得清楚呢？」

那人穿一身醫師的白色長外套、胸前掛著聽診器、袋裡插著三色筆、手上還捧著個夾紙牌，笑瞇瞇摸了摸從頂門朝後梳成包頭的銀色髮絲，對我點點頭，補上一句：「你說是罷？白面書生！」

我聽他說這話，又仔細瞅了他兩眼，總覺得此人面生得很，可笑貌語氣卻又遙遙迢迢地不知在什麼地方見過、聽過。這時我老大哥精神抖擻起來，「嘿嘿嘿」放聲笑了，道：「你老怎麼大駕光臨了？」

這銀髮醫生且不答他，逕自往他大腿上拿過那塊破布，扭臉衝我說道：「你老大哥教你回去研究研究，你就回去研究研究。寫這〈菩薩蠻〉的人決計不是個寫『艷詞』的用心。你要是研究出來了，你老大哥準有大紅包看賞。」說完傾身探頭，跟我老大哥沉聲囑咐道：「怎麼讓人給送進這裡來了呢？你不知道這兒是『他們』的地盤嗎？二才剛還到門口來晃了一下，你不知道麼？」

一連三問，我老大哥屁話也沒接上半句，下嘴唇卻打了陣哆嗦，手底下倒沒閑著——一斜身，從床邊的斗櫃裡摸出兩團縐巴巴的衣褲，當下穿將起來，口中喃喃說道：「橫豎我不是個住院的命——咱們說走就走了，萬爺！」

這銀髮醫生正是萬得福。他什麼話也沒再說，低頭把我那個大書袋輕輕往床尾的褥子底下一塞，跟我老大哥比了個要他躺回床上去的手勢，再起身時已經往我懷裡塞了包白煞煞的東西——抖開來才知道：那是另一件醫師穿的外袍，裡頭還裹著聽診器和夾紙牌。

我在絲毫作不得主的情形之下，於民國七十一年四月十七日傍晚夥同萬得福、張翰卿將一張病床偷出榮總病房，並且隨即駛走一輛救護車，還一路鳴笛示警，最後將救護車棄置在新莊盲人重建院後門口。之所以把車棄置在那裡，乃是因為盲人重建院就在我就讀的學校隔壁。之所以連人帶車一道偷出榮總大門，乃是因為不如此不能避人耳目。

我忍不住在路上問開車的萬得福道：「你們要避誰的耳目？」

「誰的都要避。」萬得福道：「我要不是勘察了你小子五年，連你也得避呢！」說到這裡，他扭頭朝車後廂病床上的老大哥叫道：「你出這趟禍殃運氣不好，剛趕上另一個外三堂逃家的光棍捅了個大漏子；現下鋒頭正緊，到處有人在捉拿他——萬一拿你去頂數銷案，你說冤是不冤？」

老大哥沒言語，我卻忍不住問道：「銷什麼案？怎麼會拿我老大哥去銷案呢？你們到底在搞什麼東西？」

如果我沒那麼好奇，沒那麼愛發問，沒那麼想介入一種原來不屬於我的生活，也許連這一程便車都不必搭——或者該說：也許便不至於成為夥同劫車的共犯之一了。總而言之、言而總之：我的生命走上另一條道路的這個結果，不能全怪我老大哥被一盞兩千瓦的燈砸上腦袋這一件事而已。

萬得福在將救護車開上百齡橋的時候告訴我：他叫萬得福，是老漕幫祖宗家門逐出來的弟子。我老大哥張翰卿同他差不多，祇不過「離家出走」得稍晚，至於另一個外三堂的光棍原先姓李，名師科，入幫之後又隨輩分字譜改名叫李悟科，直到前幾年上——也同我老大哥一樣——看不慣幫中諸領事、執事等首腦人物的行徑，於是憤而自請除籍，從名中褫去了那「悟」字輩譜，仍還他一個本來姓字；也成了一個逃家光棍。

這光棍逃家一節，若是在前清、民初時代，常有因為旗、舵規章不同而設的處置；輕者斷指、薙髮，重者還可以到截肢、黥面以及所謂「三刀六眼」之刑。萬老爺子在日曾頒下總舵令，放任幫中弟子棄幫籍、投戎馬；時在抗戰初起，淞滬保衛戰開打之前。為了使老漕幫光棍能一心為國難赴義，是以開了個「離家出走」的規矩，不再對逃家光棍用刑以收嚇阻之效。孰料萬老爺子升天之後，逐漸釀出個「清洪合流」的態勢，許多老漕幫光棍自幼受前人教誨，對這「不清不洪」的局面——也就是老漕幫竟然同天地會交好分潤的局面——非常不滿。我老大哥張翰卿就是從這一波逃家的。然而，他則萬萬不曾料到：這樣棄籍出幫固然沒有遭到任何刑罰處分，禍殃卻接二連三地來了。在片場裡，他已經被崩倒的景片壓了兩次、漏電的器材灼了四次、就連頭頂上鎖緊了的燈頭也已經在他腦袋瓜上砸開第三條口子了。萬得福說他這還算運氣好的——要是碰上治安單位裡有現成的需要，說不定哪天他就讓人抓進去頂數銷案了。我說我不相信治安單位要抓誰就抓誰，抓不到正主還能隨便抓一個光棍去頂罪的——倘使真相果然如此，治安當局豈不都教幫會給控制了？

萬得福也不同我爭辯，順手從擋風玻璃底下摸了份報紙扔給我，我低頭一看，是前一天星期五的早報，上頭端端正正印著兩行黑體和楷體字：「土銀古亭分行搶案初露曙光／警方偵騎四出搜捕萬姓男子」。

「老朽不才，正是這萬姓男子！」萬得福呵呵笑了起來，隨即又道：「任你白面書生相信不相信：過得幾日，他們抓不著我，也抓不著老李的話；不定又抓著了咱老漕幫裡哪一個逃家光棍呢！」

我並不怎麼有禮貌地頂了他一句：「胡扯八蛋。」

萬得福似乎沒著惱，祇等來到盲人重建院後門放我下車的時候衝我一齜銀牙，道：「後會有期了，白面書生！你把那〈菩薩蠻〉好生考據考據，萬得福等著解惑釋疑，已經十又七年了；雖說不急，也未必等得了太久哇！」說完，黑暗中傳來一陣有如梟啼猿泣的怪笑之聲。

第十六章　捲入

作為一個中文系的研究生，我過的日子已經算是夠簡單樸素的了。我的課程早已修完，每天祇在研究室、圖書館和宿舍之間往返。不過，我的老師們仍舊認為我的「外務」太多。什麼叫「外務」呢？就是寫小說。他們通常保持著和顏悅色的神情提醒我「應該多花一點精神在論文上」。這話的意思就是「我又看見你在某報某刊上發表小說了」。要不，他們會這麼說：「最近你知名度還蠻高的嘛。」翻譯成我所熟悉的語言，這話其實說的是：「我相當懷疑你的學問到底作得如何。」

我一點也不想抱怨我的老師們。他們的憂慮不是沒有道理的。那是我唸研究所的第三年尾，我祇剩下一年又兩個月不到的時間寫出我的畢業論文——一部當初我在研究計劃裡決定以三十萬字篇幅完成的《西漢文學環境》——而到一九八二年四月間為止，我祇完成了第一章第一節的九千字。在那之前，我大部分的時間像個植物人一樣把自己種在床上讀各種非關乎論文題旨的雜學書籍，小部分的時間寫稿賺生活費。在沒有應召入伍服役之前，我一直不自覺地以為人生就是那樣的。

然而那一闋小小的〈菩薩蠻〉改變了這一切。我因之而捲入了一波未平、一波又起的紛擾、陰謀、鬥爭甚至殺戮；也因之而發現原本生活在我周遭的人都和我一樣（且有的還比我早幾年、甚而幾十年）給捲入了一個我們無力反抗、更無處求援的環境——他們也因此有了全然不同於往昔我所認識的面目和身分。在這整個的「捲入」過程中，我還認識了一些別的人——比方說我曾經提到的紅蓮——這些人原本祇該是和我錯肩而過的路人、同車而行的旅客，乃至連擦身相逢的緣分都不會有。然而，他們畢竟進駐到我的生命裡來，使我忙於付出一些可以稱之為好奇加上眷戀再加上恐懼或憎恨或鄙夷或愛慕的情感。也就因為這裡面有了種種情感，使這「捲入」反而成為日後我再也拂拭不掉的一份記憶。也正因為擁有這記憶，先前我從未真正認識，卻一直渴望著的「另一種生活」變成比什麼都真實的東西。關於這個部分，我有一個總括性的評斷，那就是：當人一旦進入了、擁有了真實的生活，便可以失去一切。在「捲入」的那段歲月裡，我甚至連小說都不寫了。

民國七十一年、西元一九八二年四月十七日晚上，我回到自己的宿舍，開了門鎖，扭亮壁燈，發現屋裡坐著、站著四個穿著灰色青年裝的傢伙。從外表上看，他們少說也有五十多歲了——可青年裝是那種官僚機構裡設計出來讓穿者看來較為年輕的服飾。它的上衣其實就是件不用塞進褲子裡的襯衫，上下左右四個口袋，採西裝式領口，但是開得高些。這青年裝的下身必須是同色的西裝褲——總地看起來就是副鐵灰鐵灰的模樣兒。設計這款服裝的人（據說是當時的總統蔣經國先生）似乎有意藉由它輕便的外觀來重新塑造官僚機構裡公務人員那種正兒八經的形象；使之看起來清爽、俐落。當然，名之曰青年裝自有它泯除公職人員因年齡分際而顯示資歷分際的用意。換言之：我該把這四個鐵灰鐵灰的人物想像得再年輕一點。

第一個五十多歲的青年問我：「你是張大春？」第二個五十多歲的青年問我：「你父親叫張逵，在國防部史政編譯局幹編審。你母親劉蘭英，沒有任何職業。你家住西藏路一百一十五巷四弄八號。你是天主教私立光仁小學畢業、私立大華中學畢業、市立成功高中畢業、天主教私立輔仁大學中文系畢業。現在是中文研究所第三年的研究生，對不對？」第三個五十多歲的青年問我：「你發表過三十二個短篇小說，六十篇散文。在大學裡參加過合唱團，唱男高音。此外，你還是救國團外圍單位中國青年服務社訓練出來的『嚕啦啦』服務員，對不對？」第四個五十多歲的青年問我：「張翰卿交給你的一塊破布在哪裡？」

衝著前三個問題，我祇有點頭的份兒。關於第四個，我遲疑了一下，正想答以：「什麼破布？」的時候，緊靠著我身邊站著的第一個五十多歲的青年微微抬了抬腿，盯著他的大皮鞋道：「上面好像不許踹人了現在，嗯？」第二個五十多歲的青年坐在我的床沿上直了直身子道：「別嚇著人家孩子。」話才說完，第三個五十多歲的青年豁地從椅子裡竄起來，重重地把一本《史記會注考證》砸在桌面上，道：「你不是咱們黨員嗎？」我剛點了點頭，腦子裡閃過一個「當年加入國民黨總算沾上關係，佔到了便宜」的念頭，那第四個五十多歲的青年已然接腔說道：「黨員有他媽屁用，黨員更他媽該老實點兒。」

在那一瞬間，我猛可有一種被侵犯的感覺——你可以說這感覺來得遲了些；因為早在我扭亮壁燈的時刻就該感覺自己被侵犯了。而事實上早在那之前不知許久他們已經進入了我的宿舍，侵犯了我老鼠窩一般零亂的、污穢的、臭不可聞的生活空間。你也可以說這被侵犯的感覺之所以如此強烈，其中還含有老鼠自覺其不堪的惱羞之怒在內。他們四個並沒有指責我，他們甚至既不在意，也不意外於我過得像一隻老鼠——惟其如此，一隻像我這樣過純正老鼠生活的人反而非常不舒服——好像你把一切攤在人的眼前，無所遁形；人卻視而不見。當人對你的一切瞭若指掌又視若無物的時候，你就更卑微了一點。

在那個極度卑微的瞬間，我有生以來第一次體會到寫小說的樂趣——它不再是我為了賺稿費而幹的活兒，卻登時成為我真實生活的一部分。我應聲對那四個穿青年裝的傢伙答道：「那塊破布是一封血書。」

四個傢伙驀地你看我、我看他、他看你了起來。一種姑且可以稱之為面面相覷的情況。我立刻知道：他們給誑進我的小說裡來了。血書太離奇、太詭異、太不真實、太令人意外。正因為這樣，他們既失去了對一切瞭若指掌的控制，又無法對我的敘述抱持原先那視若無物的態度。在這個面面相覷的剎那之間，四張嘴巴不約而同地動了動，重複了「血書」二字。接下來——一個重要的技巧——用最不離奇、最不詭異、最寫實的、也最吻合經驗或邏輯法則的細節描述來贏取讀者進一步的信任：

「乍看那字跡是黑色的，但是絕對不是墨水寫的，是血——因為年代久了，所以看起來發暗、發黑而已。還有，那其實也不是什麼破布，是一塊有點像府綢料子的手帕，祇不過很舊了。」

接著，我把那塊虛構出來的手帕講得十分詳細——包括它的精絲滾邊，一角上繡了個「潘」字（字體是帶有魏碑式稜角的正楷）等等細節——之所以如此乃是由於我還不知道一封血書該有什麼樣的內容；我需要一點時間。那四個五十多歲的青年之中的兩個居然還從口袋裡掏出小記事本子來寫著了。一面寫，一個傢伙看似漫不經心地問了句：「那麼東西呢？不是交給你了嗎？」「又被那個開救護車的萬老頭拿回去了。」我儘可能讓自己的臉看來比清白無辜還要再清白無辜一點：「他說東西本來就是他的——你們知不知道我老大哥從前是混老漕幫的？」最後一句我故意放低了聲，帶點克制不住的興奮。結果沒人理我。

祇那原本想拿大皮鞋踹我的逕自問道：「手帕上寫了些什麼？」

「沒寫幾個字。寫得很潦草，是那種比行書還難認的草書——所以我老大哥才找我去認的，他以為讀中文系的什麼字都認得。」我皺著眉，看似想得很吃力，其實也的確想得很吃力地把我記憶之中和老漕幫有關的一點知識拼成下面的話：「坦白講：第一個字我認不出來，第二個字是個『物』字，動物植物的物。接下去是『在大通悟學之上』。下面又有兩個認不出來的字。然後是『密取』。然後又有四個認不出來的字。最後是『戒所得』。就是這樣了。」

「什麼物在大通悟學之上什麼什麼密取什麼什麼什麼什麼戒所得。」捧我的《史記會注考證》的傢伙把他所記的句子唸了一遍，像是在向我求證似地深深望我一眼。

我點點頭。其實這段話可以說根本沒有意義。我在一個字、一個字唸著的時候首先想到的是家父。因為他也是在春、夏、秋三季裡穿著青年裝去部裡上班的那種標準公務員。我老大哥曾經告訴過我：家父從前在幫字輩是「理」，所以我腦子裡胡亂轉出來的第一個字是個「理」字，由此我又乾脆用了個和「理」同音的「禮」字編出「禮物」這個詞。可是有誰會在一封血書中赫然提到什麼「禮物」呢？於是「禮」字必須說成是一個我認不出來的字。

有了第一個詞，接下來的句子就方便了。我暗自想著的句子是：「禮物在大通悟學之上宜速密取勿為豬八戒所得」。大通悟學是「理」字輩底下的四個字輩，底下的「宜速」以及「勿為豬八」根本就是我隨便想到，也隨口說成是我認不出來的字——如果這整句話有任何意思，也不過就是在罵這四個人是得不到禮物的豬八戒而已。

這四個豬八戒相互使了個眼色，似乎並不滿意，卻不得不滿意的模樣。我隨即表現出想多幫一點忙的樣子說道：「我聽說大通悟學是老漕幫論字排輩的四個字譜。是什麼意思我就不懂了。」

「你最好別懂。」第一個豬八戒說。

「你忘了更好。」第二個豬八戒說。

「我們根本沒來過，這樣你明白嗎？」第三個豬八戒說。

「能明白就再好不過了。」第四個豬八戒說。

第十七章　解謎

如果要我把下午看見那個真字謎和晚上我瞎編出來的假字謎說出一個什麼道理來的話，我祇能這樣講：這個世界上的一切——包括文字、符號、圖象、陳述以及非語言性的行為、活動、現象、狀態等等——都可以被看成謎。就拿那四個穿青年裝的豬八戒來說罷：他們也許是調查局的，也許是情報局的，也許是安全局的。後來我知道：他們連警備總部都待過。但是他們平常一定有另一個身分。我們不能說他們的另一個身分是假的，祇能說那另一個身分是謎面；而不管是什麼局的身分也不能說就一定是真的，祇能說那什麼局的身分是謎底。反過來也一樣。就像我老大哥在山東老家的身分是張世芳，到了台灣來幹電影道具叫張翰卿，可是在老漕幫裡他該叫張悟卿的，卻沒有人叫他張悟卿。不論他是光棍還是逃家光棍的時日裡，張悟卿這個名字都沒人叫過。然而這個名字一旦擺上了台面，混過老漕幫的人都能夠知道他上下三代的關係和地位。那麼，張悟卿這三個字既不能像張翰卿三個字那樣代表他本人，又比張翰卿三個字所能代表的多一些。對於多知道一些老漕幫掌故的人來說：張悟卿要比張翰卿包涵了較多的內容。換言之：張悟卿是一個謎面，而此人上投「通」字輩光棍為師、下開「學」字輩光棍為徒的事實就是謎底。至於張翰卿這三個字的謎面所能形成的謎底不過就是「長年跟在大導演李行身邊幹道具的那個糟老頭子」。

我在我那間給豬八戒們翻搗之後變得整潔多了的宿舍裡點了支菸，得到了這個關於謎面和謎底之間的結論；猜想豬八戒們一定會在我的假字謎上花下不少的精神氣力，卻永遠得不著一個答案。誰知道呢？也許他們會發明出一個答案來。謎底不就是這麼一回事麼？當你覺得某個文字符號圖象陳述行為活動現象狀態的背後可能容有某種意義的時候，死活你都找得出那意義來才對。比方說，當小五問我：「『你不欠人的，人也不欠你的』——世上真有這麼痛快的事麼？」她這問話祇不過是一個謎面，謎底是「你欠我的多了，你別想那麼痛快。」謎底也可以是：「我們是一路長大的，你還送過我一個簪子，我也給了你一條圍巾；你要不要娶我？」謎底更可以是：「你不可以不愛我。」真是越想越恐怖的謎底——它。謎底。似乎注定存在；且先於謎面而存在。

當我抽到不知第幾支菸的時候，已經隨手把宿舍整理得差不多像豬八戒們造訪之前那樣亂，甚至更亂些了。我的情緒稍稍平復了些，想隨便抓本什麼書來看看；順手一翻，從一本書裡掉出一張巴掌大的紙片來。雪白的一張方形紙片，飄著一陣陣淡淡的、好似明星花露水的香味——是那張給小五打了我一耳光的玩意兒。我當下揉了、扔了。抽過一支菸，又去把它拾起來，放在書桌上抹抹平，再聞聞它的香氣。之後——可以稱之為鬼使神差地——我抓起一支筆，把那闋艷詞默寫在這張紙片上：「小山重疊誰不語／相思今夜雙飛去／鵲起恨無邊／痴人偏病殘／問卿愁底事／移寫青燈字／諸子莫多言／謝池碧似天」。絕非我自作多情，我直覺以為這闋詞合該是小五心境的寫照，一個我其實也在暗夜深處畏懼著、也期待著的謎底——居然有人真會愛上我。

這煩亂離奇的一天過去之後不知多久——也許一、兩天，也許個把禮拜，報紙登出了土銀古亭分行嫌犯王迎先畏罪自殺的消息。第二天，新聞變成「王迎先羞憤自殺」。又過了沒幾日，李師科落網。在這段期間，所裡轉來一封未署投遞住址的來信，信封是那種中間打個粗紅格，比一般標準信封大了一號，很有幾分復古趣味的直式信封，裡頭一張柬紙，寥寥數語曰：「王迎先亦為本幫『學』字輩弟子，逃幫十年，業計程車司機。此棍平素與人無爭、與世無忤；暴搆大凶，豈有它故？白面書生知之、思之。」底下也沒有具名。

不言可喻：這是萬得福的手筆。字跡與我記憶中那塊破布上的〈菩薩蠻〉並無二致。也正因為這封來信，才讓我又想起那闋〈菩薩蠻〉，我把手抄的那份從桌上不知什麼書底下翻找出來，隨便看了一眼。於是奇蹟發生了。我並未逐字逐句讀它，而是漫無焦點地那麼瞄了瞄，是以瞄見的句子是紙上寫得較擠的幾個字「誰不語相思今夜」。這是原詞第一句的末三字和第二句的前四字。由於抄寫的時候，那張比巴掌大不了一點點的紙片已經被我揉過，紙面有些粗糙的摺痕，所以在寫完第一句的「小山重疊」之後為了避過一條較粗的摺痕，我便刻意提行另寫，使「誰不語」寫在第二行上半。又因為意識到紙張不大，恐抄不完這四十四個字，是以在第二行下半的位置索性把原詞第二句的前四字補上。可這麼打破了原詞的句讀來看，我腦中突然之間反射式地迸出兩個字來——一個是「子」字，一個是「月」字。「誰不語」如果是獨立的一個問句：「誰不語？」我們中文系的十之八九會逕答以：「子不語。」子者，孔子也。子不語者，怪力、亂神也。想到這裡，我在「誰不語」三字上畫了個大圈，旁注一個「子」字。接下來的「相思今夜」既然典出張先「今夜相思應看月」，則不是正好捲出來一個應將「相思今夜」看成「月」字的意思嗎？然後，我把「相思今夜」又圈起來，旁注一個「月」字。順文而下，第三行是「雙飛去鵲起恨無邊」。設若「雙飛去」應該連第二句，則雙飛者可能仍是指「月」；我姑且在「月」字旁又加了一個「月」字。「鵲起恨無邊」這一句以鵲為主詞，是以「恨無邊」不應就詞意而看做「恨」字無邊，而是「恨鵲之無邊」。「鵲」字無邊不是「昔」字就是「鳥」字。比合上文的雙月視之：如果雙月為「朋」字，衹在加一「鳥」字合成「鵬」字，或者形成「朋鳥」二字的詞——也就是指「鳳鳥」——才具備可解之義。

就這麼換一雙拆字、併字的眼睛讀這闋〈菩薩蠻〉，我反而出了神、入了迷，繼續往下一眼看出「痴人偏病殘」所指的不是什麼殘疾人為病所苦，而是一個「知」字——也就是將「痴」字那個偏旁「疒」挖去之後所殘餘者。「問卿愁底事」的「底」亦不須看做「什麼」來解，它就是指「愁」字底下的那個「心」字。「心」字一「移」，成了豎心偏旁，「移寫青燈字」不正是個「情」字嗎？「諸子莫多言」也因此便可以視之為將「諸」字之「言」旁省略而得的「者」字。「謝池碧似天」，池塘生春草，表示池中無水，若「池」中無水，即剩下另半邊的「也」字了。

最後，我再回頭看第一行，也就是原詞第一句的前半「小山重疊」。「小山」打一「丘」字，倘若重而疊之，不成了「丘丘」？在當時，「丘丘」好像是個流行音樂合唱團的名字，此團已經沉寂了一陣，不似初起時那樣透紅兇猛。然而，「丘丘」二字終究不能組成一個完整的字。我一面想著，一面在紙面上寫下了「丘」，又打個大問號。小山，山之小者謂之丘，小山？小丘？丘山山丘？最後紙面上忽然出現了一個「丘」和底下的一個小小的「山」，看來又像個「岳」字了。我從而將這張手抄了〈菩薩蠻〉的紙片拿遠了些，順著打上圈兒的旁注字一讀，讀到了下面這個句子：「岳子鵬知情者也」。

當時我還不知道「岳子鵬」是何許人，甚至它究竟是不是一個人的名字。我也不知道所謂「岳子鵬」知情的又是什麼事。祇不過這樣一個拆之又併之的句子使艷詞原先的款款深情一下子煙消雲散。所謂古典之美、婉約之致、纖穠之蘊藉、靡麗之神采……反而像可以隨時拆裝組合的積木玩具了。這一回我非但把那紙片揉成一團，還隔著六尺遠扔進了字紙簍裡，混入一堆裝過吐司麵包印著滿園春店名的塑膠袋、牛奶盒以及吃剩了已經發霉的高麗菜、擤過鼻涕的衛生紙、連末二字也對不中的過期發票……總之就當它是垃圾。

我當然也不知道那就是謎底。愛情怎麼可能有那樣無趣的謎底？愛情如果是謎面，它的謎底應該是我二十五歲人生所即將面對的種種浪漫的可能，應該是迷霧般神祕的未來所透入的幾許黃金色澤的曙光，應該是令人嚮往、沉醉、痴迷的溫柔思念，應該是我還猜不透、摸不著、看不清也想像不出的姣美容顏，應該是愉悅且充滿智慧的交談，應該是非常非常之〈菩薩蠻〉的一種情調。

第十八章　遇見百分之百的紅蓮

第一眼看見紅蓮的時候，我想到的就是愛情這兩個字。而且，我直覺地以為：任何人在第一眼看見紅蓮的時候所能想到的也都該是這兩個字。

當時的紅蓮是小酒館裡的調酒師。之前，據她自己說——她還幹過餐廳侍應生、百貨公司化妝品專櫃小姐、美食餐廳二廚、特技表演團助理、醫院特別看護、臨時保母、小學和補習班教師、廣告明星和電影演員、畫室和攝影學會的模特兒、計程車司機和推銷員；她推銷過發酵奶、百科全書、房子、保險、窗帘、嬰兒用品、全套健身器材、衛浴設備、進口健康食品、電腦、文具、寵物飼料和水墨書法等藝術品。在擔任調酒師之前，她開過一家園藝中心。以上所說的這些都是我後來才慢慢知道的；初見她的那一晚，我祇道我遇見了愛情。紅蓮是第一個讓我心目中所無法捕捉的這個詞彙有了形象和內容的人。

當時——也是一九八二年、我研究所的第三年尾、夏天——為了答謝管宿舍的緬甸僑生多年來每逢寒暑假讓我免費住校的恩情，而我又偶然得知他們那一票僑生都是模型飛機痴，卻苦於沒有閑錢可以添購零件。於是我傾盡所有，將從小蒐集的十幾架模型飛機，連同幾十本和戰鬥機、偵察機、轟炸機等相關的書籍裝了二、三十個箱子，全數送給那緬甸僑生了。

根據我冷眼旁觀，僑生是那種很奇特的人類——有如易受驚嚇且永遠過度防衛的野生動物——他們會因為你不意間翻了個白眼而認定你驕妄自大；也會因為你不意間點了個頭而認定你善良又正直。面對那幾十箱我的廢物，他們商量了整整一個禮拜，最後決定帶我到這家叫做「My Place」的小酒館，名目是慶賀我通過研究所的資格考。但是由於平素鮮少往來的緣故，我們之間沒有一點共通的話題，場面極為尷尬。大家一字排開列坐在吧台前面，我居中，從左至右分別是越南、泰國、緬甸和馬來西亞。當我右手邊的緬甸要和我左手邊的泰國交談，或者是外左側的越南要和外右側的馬來西亞聊兩句的時候，我如果沒有及時將啤酒杯口掩住，就會覺得那啤酒怎麼也喝不完。最後我想了個主意：為什麼大家不按照地圖上各個國家的位置就座呢？於是我換坐到最右邊，一眼看見正對面站在吧台裡的完美的紅蓮。她衝我一笑，道：「恭喜啊！」

「什麼？」

「不是說你剛通過什麼考試嗎？」她繼續微笑著說：「我請你喝一杯。你要什麼？」

我知道要什麼才怪；腦子裡胡亂地想著的是這女孩子大概剛滿二十，應該是個趁暑期出來打工的大學生，從外國電影或影集裡學會了這種洋派作風的社交服務身段——不消說：學得很道地——「我請你喝一杯。」結果我全猜錯了。這是她第一次請人喝酒。之所以招待一杯，更不是為了拉攏我這個窮顧客。她也不是什麼打工的學生。還有，她已經是三十三歲的老女人了。尤其是年齡這一項，我知道的時候是已經很後來很後來了。套句爛小說上常用的話：「我已經陷得很深了。」

從換過座位之後，我和那幾個僑生都自在起來。越南首先喝個爛醉，我從斷斷續續聽到的一點談話內容裡得知：越南的一個弟弟和一個妹妹前不久在洛杉磯出意外死了，他們分別祇有六歲和七歲。這場飛來橫禍肇因於美國華納公司在拍一部叫《拂曉地區》的電影。越南的弟妹是片中的臨時演員。意外發生時兩個小姊弟被男主角演員維克．莫洛抱在臂彎裡，結果一架飛在他們頭頂上的直升機被一枚莫名其妙的炸彈擊中，當空墜下地來，一片還在高速旋轉的螺旋槳猛可將維克．莫洛和兩個孩子砸得腦漿迸溢。維克．莫洛曾經是我們村子裡一起看電視的孩子們心目中的大英雄——影集《勇士們》裡的桑德斯班長。越南哭著說他們越南人活該要被美國人搞死——無論是在家鄉還是在外地。說完他就趴在吧台上睡著了。剩下的三個彷彿這才得到解脫，開始大談模型飛機和剛結束的福克蘭群島戰役的話題。完美的女子這時朝越南呶了呶嘴，低聲說：「他弟妹還真多。有一次他說西貢淪陷的時候一個光著身子跑在馬路上的小女孩——就是登上《時代》雜誌封面那張照片裡的小女孩啊——是他妹妹。現在又冒出一個來。」說著的時候她目不轉睛望著嘴角順出酒汁口涎來、開始打鼾的越南；彷彿並沒有太多嘲笑的意思。她的睫毛輕緩地眨了兩下，十分之捨不得將視線移開越南的樣子，才又說：「如果他真有妹妹，做他妹妹一定很幸福。」

「你怎麼知道他沒有妹妹？」我問。

「天上的事我知道一半兒，地下的事我全知道。」她說，同時在我面前用力搖起一個銀亮銀亮的小壺。這時候我已經把越南和他的什麼妹妹拋到九重天外，專注地看著、想著面前這個完美的女子。她的左手腕橈骨內側，有個模模糊糊的紅印子，在昏黃閃爍的燈光下看它不清——也許是個胎記罷？如果是個十分明顯的胎記，那算不算破壞了完美呢？應該不算。我在肚子裡跟自己說，隨即打了個酒嗝兒。這是我第一次打酒嗝兒，我的感覺是希望時間就在這一刻永遠靜止。在我過往的二十五年生命裡，從來沒有一刻如此接近完美。因為就在這一刻，紅蓮把她的左手伸過來，往我的右手背上磨了一下，我看得更清楚了些：那像胎記般的圖案是一朵赭紅色的蓮花。

「我叫紅蓮。」紅蓮說：「很高興認識你，張大春。」

對於紅蓮是如何知道我這個人的，我並不特別好奇。也許那幾個僑生先已告訴了她，也許她讀過一些我為了賺生活費而寫的小說或散文。總之，我並沒有懷疑她該不該認識我這件事。

接下來的一切都顯得十分自然。紅蓮一杯接一杯地為客人們調著酒，再把酒杯底下托上一張張由廠商所提供的、印著各種啤酒商標的杯墊，順手抹淨了台面，便踅回我面前來，有一搭、沒一搭地和我說著閑話。我從來沒和人說過那麼多話，事後卻連一個話題也不記得。祇知道她總是這麼開始的：「對了，從前我在做二廚的時候……」，或者是：「以前我在開計程車的時候……」，或者是：「我在買賣房屋的時候……」

我的老天爺，她好像什麼事都做過。她的聲音並不特別低，卻總能在震耳欲聾的重金屬音樂和顧客喧嘩聲中遞進我耳鼓的深處。她說話的時候也全然無意以她那豐富的工作歷練向我炫耀什麼，或訓示什麼；反而像是在和我一道打開一扇又一扇朝向世界的窗口。每一扇窗口外面都有一個讓我們同樣感到驚奇、詭異、燦爛、美好或滑稽的人生景致。坦白說：我從來無法想像的「另一種生活」忽然就在這個夜晚洶湧澎湃地朝我沖襲而來。前所未有地，我終於知道「社會」這兩個字強勁飽滿的意義。有那麼幾個瞬間——在我喝到不知第幾杯「螺絲起子」、「血腥瑪麗」或「龍舌蘭日出」之後——我想起了小五，隨即在同一剎那自骨髓深處湧出一種莫名的愧疚或嫌怨之感。好像我在替小五自慚形穢一樣。和紅蓮比起來，小五的嫻靜溫柔乃至美麗都變得那樣平庸、俚俗、小家子氣起來。（小五此刻一定在她家客廳裡那架祇能映出紅藍紫三色的彩色電視機前面織織鉤鉤著什麼東西罷？）這種替小五自慚形穢的感覺不多時便會浮現一下，且越來越強烈、越來越令人煩噁、越來越讓我恐懼不安起來。我不時地抗拒著這感覺，但是抗拒祇會使它更延滯、更清晰——最後我不得不痛苦地發現：它其實和小五一點關係也沒有！此刻儘管小五的確在家裡打著毛線、看著電視、跟著庸俗低劣的電子影像哭哭笑笑，然而我在紅蓮面前所意識到的愧窘祇不過是我對自己的不滿、卻把它轉移到小五身上而已。

明白了這一點並不能改變什麼；相反地，這祇能使我在酒精浸透了的意識裡更加嫌厭小五和囚禁小五的那個監獄古井一般的村子，以及更加嫌厭我自己。然後，我狂暴地嘔吐著了。

第十九章　鐵頭崑崙

然後，我毋須進入一些瑣碎的細節——諸如僑生們在My Place與人發生一場口角和廝打的衝突、我如何仗著中學時代隨彭師父學到的一些其實不堪一擊的三腳貓功夫加入戰圈，乃至被人用啤酒瓶敲昏了腦袋的過程。這中間的過程太快也太複雜，我祇記得打了一個穿黑西裝的傢伙兩拳，一拳打上他的太陽穴、一拳打上他的胸口，那人文風不動，我的指關節卻彷彿一一鬆脫了。當我再度醒來時已經躺在馬來西亞的懷裡，他的鼻血不時地滴在我的臉上，坐在馬來西亞右邊的泰國輕輕拍著我的腿，叫著我的名字。馬來西亞左邊的越南似乎是醒了，怔眼望著似乎是窗外飛快移動的街景，嘴裡不停地叨唸：「他們是故意的。他們是故意的。他們是故意的。」接著我才發現：我們的確窩在一輛奔馳如電的車上。緬甸在前座一語不發，開車的是完美的紅蓮。

事隔多日之後，我再次遇見那幾個僑生時，他們都帶著一種詭譎曖昧的笑容看我；有的還像是忍禁不住地爆笑出聲，然後——一點也不嫌棄我身上的氣味地——走到離我近得不能再近的距離，問我：「爽到了罷？」還有人重重地往我肩頭擂了兩拳。

他們說的是紅蓮。

然而在我的記憶裡面，什麼爽事都沒發生。我腦子裡殘存的幾個場景——有些連順序都未必正確——不外是緬甸打開宿舍大門，放我們所有的人進去。我當時像一麻袋大便那樣給越南、馬來西亞和泰國抬在臂彎裡。接下來的一幕是紅蓮說了句：「他的頭還真硬。」以及眾人大笑著散去，關上房門的一節——他們關門的勁道大得像要把我的頭骨給撬開一樣。再接下來是紅蓮掃地、擦桌子、整理書架——要不就是她先把我外衣外褲脫了，拿不知哪裡搞來的一條濕毛巾替我擦了個澡，之後才掃了地、擦了桌子和整理了書架。或者，她是先說了一個鐵腦袋瓜兒的故事，才替我擦澡和掃地、擦桌子、整理書架的？老實說：我根本弄不清楚那一夜是如何過去的。我祇知道她一面罵著：「怎麼可能有人過得像老鼠一樣？」一面把我和我的房間變成我完全不認得的模樣——我一直想阻止她做下去，可是我連話都說不出來——此外，我唯一記得的是那個鐵腦袋瓜兒的故事。紅蓮說我的腦袋瓜兒硬得讓她想起那個故事。不過不同的是：人家的鐵腦袋瓜兒是熬練出來的，我的卻是死書讀出來的。

鐵腦袋瓜兒叫歐陽崑崙，是山東泰安人氏。歐陽崑崙原先還祇是個兩歲大的孩子，腦袋非但不鐵、連囟門都還是軟的。民國十七年，歐陽崑崙的父親歐陽秋帶著一妻一子從山東南下，千里迢迢奔赴南京參加一場名為全國武術考試的擂台大賽；實指望憑他一身北派螳螂拳的正宗武藝能打下個「全國第一武士」的頭銜，從此便鯉魚躍龍門、身價不凡了。

根據《第一屆全國武術考試對陣寶錄》所載，歐陽秋是賽前極為各地慧眼方家看好的一名武士。其所習螳螂拳絕技更是源遠流長的一門武術。最早的祖師羽化真人首創的拳法，其名並非螳螂，而是一套叫「登仙步」的身法。羽化真人授徒姓王名朗，藝成之後王朗自行前往少林寺搦戰，不料教一個看山門的小僧給一巴掌打出寺外。王朗既羞且忿，祇道天地之大、卻再也無處可以容身，便終日在少室山前徘徊，好似瘋痴了一般。忽有一日，王朗在一柳樹下發獃，見一螳螂捕蟬，用盡各種彈跳進退的巧姿妙式。王朗遂悟出一套綜合了十二種基本招式的拳法，分別名之曰擻、採、掛、叼、進、崩、打、黏、輾、貼、靠、勾。再由這十二招相互的貫連分合，創出一門可以連綿不斷的攻守身步。從此王朗便在少室山前結廬而居，一住三年，其間晨昏勤研、朝夕苦練，終於得一大成。當他再闖山門之際，一路從山門打過碑林、天王殿，再沿著緊那羅殿、香積廚打進東禪堂，眼見就要從法堂東側打入方丈室了。而王朗祇用了騎馬式、蹬山式、坐虎式、坐盤式、虛蹈式、虎頭式、搧機式和寒雞式等八個身法。日後這襲破少林的八式便另成獨特的一支，謂之「八步螳螂拳」。自北魏孝文帝太和二十年少林建寺之後，這一千一百年來，王朗是第一個赤手空拳打進法堂之後的人物。倘若當時王朗再展絕學，方丈室之後便祇立雪亭、佛祖殿以及由左右地藏殿和白衣殿所翼護的毗盧閣了。這些地方原本沒有武僧守衛，因為在事實上也沒有守衛的必要。但是王朗行過法堂和方丈室之間的院落之時，不知怎地，忽然打個踉蹌，當下心頭一緊，忖道：凡事滿招損、盈為患，這少林禪寺畢竟是名山古剎，豈可於旦夕之間盡污其令譽？是以掉臂旋身，從容而去。這是明朝末年間事。之後王朗傳徒於丁宇宙、升霄道人，二徒又分別傳藝於李二狗、李三剪。這李二狗和李三剪都是山東棲霞縣、萊陽縣在地的農家子弟。丁宇宙和升霄道人之所以將螳螂拳精義妙法盡授此二人，不外是因為這兩個農民天賦異稟，生就一雙極為修長且粗壯的腿子，最是修習螳螂拳的上好材料。但是，也正因這樣顧慮，遂使螳螂拳有了兩個限制；其一是這套拳法多祇在魯東農鄉一帶傳衍，成為一種地域性和階層性十分明顯的武學。其二是身形不夠高大，或者身形雖然高大，但是雙腿不夠修長粗壯者便無緣修習。如此，便不像太極、八卦、六合、形意乃至少林等武術那樣普遍受到世人矚目。

李二狗這一支又在魯東傳了十四代，得「近五尊」而大興。「近五尊」分別是馮環義、姜化龍、梁文超、王榮生和范旭東。其中馮環義功夫最稱扎實，卻懶得在江湖上行走，中年之後竟在嶗山修真，當起道士來。這馮老道平生最得意的徒弟也有兩個，一個叫衛笑堂，原籍山東棲霞縣荊山鄉東杏村，二十三歲投軍任武術教習，二十六歲已名滿天下，應山東旅滬同鄉會之聘至上海法租界開館授徒。其間又從精武體育會的吳鑑泉學太極拳，內外兼修之下，拳術已臻爐火純青之境。一九五〇年，衛笑堂取道韓國到台灣，在台北植物園空地教螳螂拳，弟子有千人之數，稱一代大宗師。

至於馮老道的另一個徒弟——其實比衛笑堂還要早入門的——便是歐陽秋了。這歐陽秋原本想要在那全國武術考試上露一頭角，不意卻在初賽首戰時對上了北京自然六合門名師萬籟聲。歐陽秋一記掃腿教萬籟聲轉身躲過，下襠門戶大開，忙要護住下陰，臉上卻捱了萬籟聲一「通天炮搥」。此事前文已經表過；正所謂：高手過招，點到為止。歐陽秋給一拳打出七、八尺遠，脫落三枚大牙——便從那一刻起，多少武林中人再也不復記得歐陽秋的名號了。

不過，常言道得好：天無絕人之路。這歐陽秋才上擂台不到一分鐘便鎩羽落敗，其下場卻比第二場因手傷而見負的萬籟聲要奇得多——如果就習武求進的角度來看，歐陽秋也幸運得多。

話說歐陽秋敗陣下來，含著一嘴不斷湧起又吐出、吐出又湧起的鮮血，一步一步踅回下榻的小客店。正發愁該如何面對妻兒的當口，但聽身後傳來嘿嘿幾聲冷笑。歐陽秋一回頭，睇見一個二十有餘、三十不足的長身大漢。這大漢非但身量高，胸腔腰腹也十分之肥碩，比之六尺有餘的歐陽秋猶高出了半個頭。這還不足為奇，奇的是這大漢手上還挾著一雙銀鑄的筷子，一面朝歐陽秋稍稍欠了欠身，臉上掛著自來笑，一面把那兩支筷子夾打得鏗鏘作響，彷彿要同歐陽秋說些什麼，卻又像在等著他先開口。歐陽秋原本為那打擂敗戰之事氣惱、肝火不擇毛孔朝外冒；看這大漢一臉譏誚的神情，於是更按捺不住了。偏他口中又湧出一陣污血，索性暗運真氣，猛可衝那人一口噴去；但見血出如箭，逕奔其面門。那大漢似乎早知歐陽秋有這突如其來的一招，卻不慌不忙地一側身形，讓過血箭，其間幾不容毫髮。大漢一邊讓著、一邊還笑吟吟地說道：「八步螳螂裡有『含血噴人』這一招，我怎麼不知道？早知道有這一招，你剛才在擂台上怎地使不出來呢？」

歐陽秋聞言益發怒了，祇道這大漢有意雪上加霜、落井下石，欺他辱他。隨即一猱身，雙手拉個平拳，一招「蹬山式」向前壓去。這一招樸而不華、勢道渾厚，且兩拳前後沾黏，一採、一掛，裡外包合、滴水不漏，直取那大漢的左頰和右脅而來。那大漢亦不敢怠慢；登時左側身形一矮，使的居然是先前在擂台之上萬籟聲所用的一式「六合判官筆」二十二式的「妙寫黃庭」——不消說：人家是有意比著葫蘆畫瓢，再以同樣的一招來化解歐陽秋這威猛無匹的「蹬山式」。歐陽秋雙拳連環遞出，用的是十分氣力，原以為對方避得了左拳便躲不過右拳，顧得上右拳便閃不脫左拳。孰料人家後發先至，竟在雙拳之中鑽過來一記「妙寫黃庭」，且同那萬籟聲一模一樣地，「妙寫黃庭」尚未使老，立刻又變拳成搥，換作「點石成金」的一式。歐陽秋大驚之下，雙拳勁力疾收，身形朝後一欹，順勢轉成八步中的第五「虛蹈式」——可已經來不及了——下巴頦上果爾又捱了一搥。然而妙的是：這一搥居然一點力道都沒有。否則，歐陽秋勢必非要給那大漢再打脫兩、三枚牙齒不可。此際對拳的兩人已自然而然收起功架。那大漢仍自微微笑著，道：「幸虧我不會打，否則傷了兄台，便太過意不去了。」

看這大漢模樣明明比自己要大上幾歲，卻以「兄台」相稱，且拳腳上當真不帶一分半點的實勁，可見並無藝業在身。那麼，此人乍地出現，究竟是敵是友？意欲如何？歐陽秋還沒來得及想下去，大漢又笑盈盈地開了腔：

「在下魏誼正，是個浪跡江湖的走方食客。這幾日閑慌悶壞，到南京地面上來遊玩，不料卻撞上了好大一場熱鬧。看兄台教自然六合門那少年這麼收拾一頓，心頭大大地不平，是以特意追隨這地上的血跡，一路尋了來。其實沒有什麼歹意，倒有幾句好言好語相勸。希望兄台暫熄怒火——畢竟打我這祇能比劃兩三下花拳繡腿的外行，也沒什麼光采，不是麼？」

歐陽秋聽他話中有話——既帶著三分激將、也摻著三分惋惜和三分愛重——便強抑惱火，深深一吐息，道：「你我素昧平生，沒什麼好說的；不過既承你一路跟我回來了，我就聽你幾句，也不妨的。」

魏誼正點點頭，隨即舉起手上那雙銀筷子，輕輕朝另隻袖筒深處一探，不知使了個什麼手法，再一抖、一甩，左臂極其瀟灑地倒揹於身後，右手那兩支筷子的尖端卻挾出一本約莫有幾十張紙厚薄的小冊子來。接著那筷子尖又向前一提、一鬆，那小冊子便脫手飛出，朝歐陽秋胸前飛過來。歐陽秋眼明手快，接著正著，仔細一打量，但見封面上貼著硃筆題簽，上書「無量壽功」四個大字。耳邊卻聽魏誼正繼續說下去：「恕在下斗膽評斷一聲，兄台的拳腳是不惡的。打個比方說：就像是塞上極品的羊羔腿子，肥則肥矣、嫩則嫩矣，一彈指可以殺出五滴油脂，祇可憾火工用錯了——大火焦燒，不過將那毛皮烤成了炭碴子，裡面筋絡還嫌太韌、骨肉也不曾脫離、髓血更是生硬僵冷。這等烹調，是端不上台面的；也祇合在那蒼蒼莽莽的草原之上、烈烈熊熊的篝火之旁，粗口大嚼，圖個止飢餬口的痛快而已。當真要登堂入室，還請斟酌這內家的火候。」

歐陽秋的螳螂拳鐵馬硬橋，走的是陽剛一派的路子。縱使他久聞內家拳術的沉潛高明，可畢竟守著個「道不同，不相為謀」的分際。更何況這魏誼正拳頭上看來沒有五、七斤力氣，不過是仗著身步矯捷而佔了一招上風，居然就賣弄起什麼內家火候來——甚至還打了個燒烤羊腿的比喻，簡直是有意戲侮於他了。歐陽秋正待發作，卻聽那魏誼正又搶白道：「兄台方才那一陣輸得不枉，人家萬籟聲手上恐怕也帶了傷，倘若在下沒看走眼，他下一場即便僥倖能贏，最終還是要落敗的。可兄台你卻討了便宜——」

「我第一場就給打下擂來，還能討著什麼便宜？」歐陽秋猛地頂了回去。

「不然，不然。」魏誼正像個說鐵板書的那樣拿筷子打著板眼、神閑氣定地說：「萬籟聲應該是這場武術考試裡數一數二的角色；不意教你給傷了，登時落於下乘。日後世人論道起來，總會說：是山東泰安那個鄉下大老粗歐陽秋壞了事。你豈不一敗而成就了名譽？較之一勝而拖垮了聲威，豈不討了個大便宜？兄台你再頂著個『與自然六合門名師對陣』的招牌，回山東豈不更是光大了螳螂拳的門戶？」

歐陽秋越聽越覺得這個尷尬人似是有意前來譏誚諷刺他的，遂正容道：「本派自王朗祖師開立門戶，奉羽化真人為正宗以來，已經三百多年了。雖然一向不在大江湖上與人爭鋒，卻也樹大招風，時時引一些不知好歹的狐狗之輩前來挑鬥；把他們掏走了，又來一批。因此螳螂拳雖說是莊稼把式，倒也積了不少嫌隙、結下不少怨仇。歐陽秋今日臨陣慘敗，可說是羞辱了師門，怎麼還能討這種喪門欺師的便宜？魏兄若也是曾與螳螂門有過節，如今前來說是非、添笑罵的話，請恕我不能奉陪了。這個——」說時將那冊《無量壽功》齊眉捧起，道：「就請拿回去罷！」

這話的前一半無一句不是罵人，可罵得含蓄內斂，已經全不見火氣；後一半說得不卑不亢，大大方方磊落，更見名門方家氣派。那魏誼正聞言之下也不得不大為欽服，遂拱手一揖：「在下失言、在下失言；兄台不要誤會。這《無量壽功》確是魏氏家學，決非玩笑。是在下見兄台虎背熊腰、體魄魁梧，端的是修習此功的上駟之才。可是在擂台上總不免有個失神錯手；倘若因此而灰心喪氣，豈不遺憾百年？倘若兄台不嫌棄，就收下這部《無量壽功》罷！日後要是能練出些心得體會，那自然六合門未必堪當對手，螳螂拳也未必就祇合是莊稼把式了。這麼著總比在下成天價在袖筒裡揣著它要有用處多了。我說這叫寶劍贈烈士、佳餚勸老饕——實惠而已！」

「這——」歐陽秋聽他言辭變得懇切，亦不免略有所感而猶豫起來，當下問道：「既然是尊府家學，魏兄何不——」

「在下行三，兄台呼我魏三就可以了。」魏誼正說著，又挾弄起手上那副銀筷子，笑道：「魏三是個敗家之子，除了吃喝玩樂，什麼也練不來。現成是個既無家、又無學的浪蕩人，要什麼『家學』？倒是早些年還是個蒙童的時節，為了好玩作耍，偷看過這《無量壽功》裡的幾個章節，把個肚皮給練大了，在貪吃好飲之輩而言，這已經是上乘的功法。」說到這裡，魏誼正一拍肚皮，祇見那衣衫底下的肚腹登時鼓了起來，一寸、兩寸、三寸……轉瞬之間肚尖朝前挺出了七、八寸還不止，兩側的腰身也同時向外浮凸——換言之：在歐陽秋還沒來得及想明白的當兒，這魏誼正的肚腹已經比先前腫脹了兩、三尺寬。又不多時，但聽他驀地一聲低吼，口中嘶聲噴出一縷氤氳之氣，逕衝小客店門前石階射去。那白氣勁射之處，居然鑿出了三寸來深的一個孔穴。歐陽秋一個將忍不住，暴喝了一聲：「好！」隨即一步上前，長揖過膝，道：「魏兄好內力！」

「我說過我不會打。」魏誼正一氣噴出，體態也恢復了先前模樣，接著說道：「兄台要是看這《無量壽功》有點用處，就不必謙辭客氣了。可有一樣兒：童子之練此功者不應從肚腹練起，要練得從頭頂囟門處練，不然撐破了肚皮，誰也賠不起。魏三別無餘事，這就告辭啦！」說著，扭身便走。

「魏兄往哪裡去？日後——」歐陽秋追出兩步，卻聽魏誼正頭也不回地說道：

「天下之大，到處可以萍水相逢。這裡是京師、是首府、是龍蟠虎踞之地，咱們改日到關外、到塞上、到蠻荒僻壤之鄉再會，有何不可呢？」

想這武林之中，江湖之上，多的是擁祕自重、懷奇自珍的人。尤其是對於傳家之學，即使原非什麼孤本祕笈，也要當作孤本祕笈來看待，豈容他人分潤？倒是這魏誼正，說話瘋瘋癲癲，行事也痴痴騃騃；居然把這麼一部上乘內功的修習之法隨手送給個陌生人了。歐陽秋捧著這本小冊子一面朝客店裡走、一面隨意翻看，還不時地回想方才這一幕奇遇。一時半晌之間，當然還不能盡釋前疑。可從這店門口經過食堂小廳，忽覺腹中飢餓，便任意揀張座兒坐了，喚堂倌打半斤米飯、一斤牛肉、一碗菜湯、一碗蔬食，又差那堂倌去至房中將妻兒叫下來一同用飯；自己則好整以暇地讀起那冊《無量壽功》來。

這一節得另從歐陽秋的妻子顧氏和他們的兒子歐陽崑崙這一頭往下說。當時顧氏懷抱著年甫週歲的歐陽崑崙哄睡，聞聽堂倌來喚用飯，還以為丈夫打擂台告捷，即刻回來同她母子一道慶功呢；饒是喜孜孜、笑盈盈地打扮了一番。片刻之後，顧氏抱著孩子下樓，趸到前進食堂口，見一高頭大馬的身影憑窗倚坐，面前遮著本小書，手上一把一把抓著盤中牛肉，想是丈夫了，這便迎上前去，喊了一聲。那看書的自然不是別人，可遮著面龐的小書才一移下，卻把那顧氏嚇了個血脈僨張、魂魄飄搖，隨風飛出窗外，逕往雨花台去了——原來祇這半刻工夫，歐陽秋的一張臉上已經浮起一顆又一顆棗大的氣泡。那氣泡此起彼落，把張歐陽秋的大臉盤腫成個滾著牛眼泡的麵茶鍋一般，他自己卻渾然不覺。倒是桌上落了一疊尺把高的白瓷盤子——原先盛的都是一斤一盤、一盤一斤的牛肉；歐陽秋吃一盤、點一盤，僅這片刻辰光，已經吃下二十多斤了。

顧氏這一驚，登時暈了過去；手上的歐陽崑崙眼見就要摔個蛋打湯飛，那廂歐陽秋豈肯怠慢？一隻大手陡然伸出，比尋常還要長出一尺多來，當下將孩子給撈住，順勢一抖手腕，把孩子拋到另隻臂彎之中，原先這隻手再往下一沉，將顧氏的身子也兜住。這一切皆是剎那間事，看得一旁的堂倌差一點尿濕了褲子。歐陽秋猶自驚急未定，且扶妻子坐穩了，喊上幾聲。顧氏的一縷游魂好容易尋聲而回，睜眼一打量：她丈夫還是平常模樣，臉上的氣泡也不見了，祇一邊下巴頦兒稍稍有點兒腫，其餘並無異狀。此際多虧了一旁兩個堂倌多事；一個隨顧氏下樓來的說：「這位爺的臉不礙事罷？」另一個手上捧著兩盤牛肉的卻道：「這位爺的肚子不礙事罷？」歐陽秋回神再一尋思，又低頭望一眼還緊緊捏在他指間的《無量壽功》小冊子，恍恍惚惚地明白過來——

僅僅片刻之前，他已經且參、且習地打入了這「無量壽功」的第三層心法。這一層的名目是「川流乜坎」。由於是隨手翻讀，歐陽秋並未存心修練，但是目接神會，不知不覺走魂，將一股真氣從百會、太陽、天眼、人中、牙腮等五穴朝下徐徐注入，經過了空閒、天井、肩井、玄機、氣門，又分作兩股；一股由將台往後脊逼入鳳眼，一股由七坎下行至章門再入丹田。這十五個穴原本都是點穴家最擅最熟的穴位，倘以犀銳無匹的外力擊之，勢必非死即傷。

然而，當年由曹仁父一人分傳曹、魏兩支的「無量壽功」卻令修習者以意使氣，可由冥坐觀想中將這十五個要害大穴變成充盈內力的氣門——就好比從人的軀體內部向外開出十五個單向的活塞——始於百會、終於丹田——每個穴位都自成一小宇宙。功入第三層者尤能體會其「廣開方便門／大展包容量」、廣袤虛空卻堅實飽滿之感。可這歐陽秋並未從「無量壽功」的第一層「念起三焦」和第二層「氣迴五行」逐步修習，得以控制內力出入穴門的虛實強弱；他甚至根本不知道自己正在隨意瀏覽之間將他畢生勤習外家拳法的一縷陽剛之勁悉量傾出，這勁力在這十五個穴門上失了導引，自然忽衝忽突、進退失據，是以在頭臉之上明顯可見的百會、太陽、天眼、人中、牙腮等五穴之處便冒出了棗粒大小的氣泡。實則其餘十穴亦復如此，所謂「真氣跌宕、肌膚暴突」，即俗稱之走火入魔的一種皮相。幸而那兩個堂倌閑閑問了兩句，歐陽秋方才一悟，連忙掩卷調息——可是為時已晚：此際他骨乏筋困、皮鬆肉弛，數十年鐵馬硬橋所練成的功夫竟然在那伸手救起自己妻兒的頃刻之間、猶如經歷一場拚死鬥活的大戰而殺脫了力一般幾至廢盡。此刻的歐陽秋竟連臂彎間的孩兒也差一點抱不住了。

顧氏偏在這時悠悠復甦，漫聲問道：「打贏了嗎？」

這一問、問得歐陽秋哭笑不得，心頭忽地一愀、又忽地一暖，暗自轉念道：果然是造化弄人，教我歐陽秋在這半個時辰之內盡棄所有、寖失一切，卻不意保全了一雙全心全意依我、靠我、愛我、敬我的妻兒。此中難道正是天意天數、不可違拗？行念於此，歐陽秋不覺熱淚盈眶，輕聲答道：「贏了、贏了、比贏了還要好呢！」他心裡醒悟的卻是：如今我一無所有，才悟出這一無所有的暢快；回頭再看不過半個時辰之前在武術考試的擂台上盼勝爭強、逞勇鬥狠的那一刻，自己耳目所接、意念所觸者，哪裡有過身邊這兩個如此親近、如此憐懷的人兒？

即此一悟，歐陽秋和他一妻一子的命途便踏上了另一條道路。他變賣所有、齎發了小客店裡的一應用度。隨即將妻挈子，北返泰安。祇這沿途舟車飲食、仍需一大筆盤纏，卻往何處張羅呢？武林史有交代：「民國十七年，有異人複姓歐陽者創『說拳』之藝；每至逆旅輒設『講功壇』於室，懸一小招、榜於門楣。凡迎客少則一、二人、多則三、五人，口授導引之法、身步之姿，十日可見小成。聞道爭趨者常數十百，然歐陽氏詳觀慎擇，非售術圖利者也。蓋有清以來光大武學、弘揚武道者，以歐陽子一人最稱有功。其人肥大壯碩，然常端坐說法，向未演術示人。有欲搦戰以試其力者，歐陽子即俯首謝之，謙辭不敵。而自奉束脩以上，得聞其藝者則無不勇猛精進；斯亦奇哉。」質言之：歐陽秋自此成為一個介乎說書人和賣藝人之間的角色；全憑口舌宣講武術，從不與人拳腳相向。可想而知：由他「詳觀慎擇」而得聆教誨的、介乎聽眾和徒弟之間的說拳對象，也多非暴虎憑河之輩。至於「講功壇」的內容，應該就是熔螳螂拳與「無量壽功」於一爐而冶之的一種藝業。如此過了一年，歐陽秋才回到老家，他的獨子歐陽崑崙也快兩週歲了。

由於在南京小客店中那一場走火入魔的虛驚，使歐陽秋絕意武術，然而困於生計艱難、又不得不開立說拳講功的行當，原非得已。至於歐陽崑崙這個獨子，歐陽秋自然不希望他步上自己的後塵、成為一名練家或武士。是以每當在旅途之中講功授藝之際，歐陽秋總是教顧氏攜子暫避，以免這孩子無意間聽了些枝節去、卻像他一樣落得個終身殘疾。

某日，歐陽秋剛在老家附近泮河之上的通西橋畔覓個所在、開壇宣講，便令顧氏帶著歐陽崑崙出門遊玩。這原本是極其尋常的一日，不意卻又逢上了異事。

這通西橋是座近兩百年的古橋，原建於雍正十三年，橋身由石砌成，共十七孔，全長近兩百五十尺，橋面皆以泰山石板鋪成，每塊板總有尺把厚，形制十分壯觀閎偉。這顧氏帶著歐陽崑崙邁步才至通西橋拱頂之處四下張望，忽聽橋下孔中有人聲傳來，是山西口音，道：「這麼分不成，我幫裡上上下下出動了四十幾口人丁，才分這麼二十四個，一口人還分不到半個。你老動動嘴、差使幾百塊錢，就一氣兒分上七十二個，這簡直說不過去——」

此人話還沒說完，另一個尖聲細嗓的本地侉子急忙岔道：「不中不中！先前說下的：到手之後貴幫人丁四裡得一，如今正是九十六個，拿二十四個正是四裡得一，怎麼還嫌多怨少？」

「原先大夥都當是四十八個，二十四個就是二裡得一，怎麼卻有四裡得一的話？你老多賺了四十八個，卻跟咱們這些賣力氣討營生的化子們計較，豈不太失身分了？」山西人說著，一面還朝泮河裡連吐兩口濃痰。橋上的顧氏隨丈夫在外奔波行走，見廣識多。一聽這人口啐痰出的架式，便知是丐幫中人。至於那細嗓子的本地人卻也非好相與的，登時口拈一訣，露出了白蓮教徒眾的身分，道：

「『無極老母九霄坐／太上老君駕下雲／各路英雄抬望眼／舉頭三尺有神明』——咱們教裡有戒規；向來不與道上光棍相欺瞞，犯了禁是要五雷轟頂的。說好是四裡得一、就是四裡得一，不容反悔。貴幫眼下這樣耍潑撒賴，教我如何向教親大哥們交代？」

就這麼你三言、我兩語，山西丐幫和山東白蓮教的兩個棍痞不多時便扭打起來。再不過半晌，祇聽「噗通」、「噗通」兩聲，他倆雙雙落了河，還不住地相互叫罵踢打著。鬧到這般田地，橋上行人紛紛看起熱鬧來，自然而然隨之而湧下橋頭，沿著泮河矮堤順水勢看他倆逐波惡鬥。這顧氏被人潮推擠、又得顧全孩子，祇得踉踉蹌蹌搶步下橋。可她既無意看熱鬧，當然不便跟著大夥兒往下流走，可一個手無縛雞之力的婦道，又怎能抵敵得過來勢洶洶的數百之眾？祇好背脊蹭著石牆，寸步往無人處移挪。不到幾吐息的工夫，這母子二人反而匿身於先前那兩人藏躲的橋孔之中——顧氏緊緊抱住歐陽崑崙、不教眾人沖散，未料居然在廁身暫避之處瞥見一堆奇形怪狀的物事：看來像是一個又一個大如芭斗的圓球，累累落落，幾乎將這橋孔全都塞滿，顧氏再一打量——可了不得！居然是十二個巨大的石塑頭像；且不是人頭，而是佛祖的頭。

顧氏乍見佛頭堆聚不免一驚，小崑崙更覺這些慈眉善目的塑像十分有趣，當即掙身下地，逕往一顆又一顆的佛頭上爬去。顧氏哪裡阻攔得住？祇得瞑目合十，乞求神明莫要降罪罷了。

這母子二人並不知曉，面前這一十二顆大小不一的佛頭塑像俱是來自山西大同雲岡石窟的古物，少則一千四百多年、多則一千五百年；非徒是價值連城的骨董、更是中華歷史上至珍至貴的宗教文物。至於為什麼會淪落到身首異處、為人盜運至此，不容不分說一二。

原來就在這一年——也就是民國十八年三月上旬，江蘇徐州轄下的宿遷縣爆發小刀會事件，肇因不過是中國國民黨宿遷縣黨部徵收了一座東嶽廟、改做演講廳。孰料這東嶽廟向屬另一佛門叢林極樂庵的廟產，極樂庵又是小刀會眾捐資興建、已經有近百年的歷史，在地方上也極具威望。縣黨部一聲令下，徵了東嶽廟地，不祇讓地方人士錯愕、更使小刀會眾覺得顏面無光。一時謠諑紛紜，爭說這背後必定是老漕幫領袖為報當年在遠黛樓險遭活埋之仇，特意請時任國民政府主席、其實也是個庵清弟子的「老頭子」透過黨務機關給小刀會「小鞋」穿。這個謠言尚未澄清，地方上的小刀會徒眾已經群情沸揚、不可抑遏了。遂於三月三日藉故與縣公安隊發生衝突、在兩天一夜之內打下縣政府。縣長童錫坤見情勢危殆、居然棄職逃跑、不知去向。小刀會隨即鼓舞群眾，選了個暗裡實有洪門光棍身分的地方士紳壬仰周當縣長，還提出「實行陰曆」、「恢復迎神」、「重蓋佛堂」、「賠償損失」、「禁設黨部、學校」等五大條件。此次暴動至三月十五日小刀會眾撤圍為止，歷時十三天，雖然看來祇是地方事件，暗中卻有更大的波潮在鼓湧推助著。

由於徐州是南北要衝、津浦咽喉，宿遷更是兵家必爭之地，以及洪門各分會往來串聯、進行各式活動的門戶。這些會黨——其實多不過是假借共有之「海底」祕本而相互聲援、支助的地方械鬥團體——一旦舉行活動，必假宗教慶典而為之。從表面說來，像迎神、賽會、建醮等活動參與者眾，且官民夾雜、良莠相間，是極好的掩護。另一方面，由寺廟出面主事，可藉風土民俗人倫教化之名大肆行其聚斂貲財、活絡經濟之實。像洪門這種原本是各擁山頭、猶似散沙的組織自然方便在其間從事許多不見天日的交易。

宿遷極樂庵原訂於這年佛誕日進行的一場大交易始終是個謎。外人紛說：這交易價值鉅萬，與中土正宗佛門代代相傳的十部武功有關。這十部武功分別是成實宗的「訶梨拔摩偏空掌」、淨土宗的「普賢一百二十三手極樂拳」、三論宗的「文殊無過瑜伽」、律宗的「曇無德顛倒氣血論」、禪宗的「達摩易筋經」、法相宗的「三藏神行咒」、華嚴宗的「龍樹迷蹤散手」、密宗的

「善無畏金剛杵法」、天台宗的「隨智涅槃玄義」以及俱舍宗的「阿毘達摩人空法有功」。這十部武功多以該宗初祖或光大者私修之獨門奇功為主，除了法相、俱舍同為玄奘法師一人所創之外，可以說賅備中原佛門各主要派系間歧義甚大的武術，江湖人盡以「武藏十要」稱之。

據云：但凡練就這「武藏十要」中的任何一部，便能立足江湖、百年不敗，倘若十部兼收並蓄，則非徒能成金剛不壞之身，且凌虛御風、鑽天入地，不費吹灰之力。然而此話說來簡單，常人非但沒有機緣一睹這「武藏十要」的面貌，即便有人能坐擁之、詳觀之、學而時習之，饒是佛門武術博大精深，又豈容那肉骨凡胎之人便因此而成就了前無古人、後無來者、登峰造極、曠世絕代的神功呢？

可是北五省裡偏有這麼一個叫白蓮教的組織，平素廣招信徒、收攬愚眾，表演些上刀山、踏火炭的江湖奇術不說，還四出宣傳：其教主已經練就了刀槍不入、毒蠱不侵的蓋世神功；因為「武藏十要」就掌握在白蓮教主手裡。歷代以來，這白蓮教主從未現身示眾；無論教親也好、外人也罷，沒有誰見識過他的本來面目。義和拳亂之後，白蓮教一度銷聲匿跡。到了民國成立、洋務大興，一般稍具中人之資的社會大眾聞聽白蓮教三字，亦莫不因拳亂所引致的八國聯軍而以之為禍國殃民的匪寇。可是在下層社會和偏遠鄉野之間，白蓮教又早已假稱教主升天「一世」之後即將返駕人間——這「一世」的三十年可自八國聯軍的光緒己亥年算到民國十九年——換言之：白蓮教主馬上就要從天界回鑾塵世了，自然又要大肆興革、丕展偉業，少不得又得幹一番改朝換代、驚天動地的勾當。訛言四起，首尾未必一至，不過大同小異的是：教主這一次說動了上天神佛，要將「武藏十要」公諸於世、分潤黎民蒼生，使人人有機會、有緣法、有福報得以修成神功正果。祇是說不準在來年的何月何日、何時何刻而已。

另一方面，白蓮教又聞知山西大同的雲岡石窟藏有大批向未披露的佛教經典；教中執事首腦眼見教主「駕返人間」的「一世升天」之說限期將屆，卻到哪裡去找那「武藏十要」來應急？於是共謀會商、研議出一個法子來：既然雲岡石窟中藏有佛典，何不找到大同地面上的白蓮教教親幫忙蒐尋？如有所獲，給添加些教中平日熬練打點的江湖奇術，即可兜而售之，藉流傳「武藏十要」之名，大事收聚些愚夫愚婦的錢財？

於是直魯豫地面上的白蓮教首腦下了通令，要山西方面的教親幫襯此事，言明事成之後所得利益可由山西和直魯豫兩面「二一添作五」，各取其半。山西教親至此得以和直魯豫方面平起平坐、分庭抗禮，自然卯足全力，要往雲岡石窟搜刮密寶——但是他們沒弄明白一個關節：這是白蓮教教內的一項祕密任務，豈容他人與聞？大同當地教親非但未能保密，還因為貪圖行動方便而僱用了當地丐幫弟子充任運伕，準備儘速將這批沒人見過的祕寶東運至泰安，交由當地主事的山東白蓮教執事，再轉運到徐州宿遷，好趁佛誕日作成一筆曠古絕今的大交易。

此外，山西教親在與丐幫弟子作成轉包生意的同時還犯了一個極大的錯誤。那就是白蓮教和丐幫原本各有不同的切口，雙方各言其事、各行其道，本無任何差池。但是一旦交際起來，卻造成了絕大的誤會。一向在白蓮教中稱珍稀寶貴之物皆呼「佛頭」，稱拳招為「小緣法」、稱金鐘罩為「大緣種」、至於數字則與尋常百姓的講法一般無二。

可是丐幫既不禮佛，哪裡知道「佛頭」的用意？然而群丐在數字方面卻別有一套切口，「一二三四五六七八九十」的切口是「無微細小加中多發大圓」。

山西教親在和丐幫人談僱傭生意之時，不意間說起「佛頭」、「小緣法」、「大緣種」，那是順口提及祕寶可練成拳招和金鐘罩之類的功法。丐幫中人卻誤以為對方說的是真正的佛頭，祇是搞不清楚白蓮教方面所要的數量究竟是「四十八」（「小圓發」）還是九十六（「大圓中」）。此外，當丐幫弟子提出分紅比例時問的是：「事成之後，本幫究竟是微裡得無、細裡得無、還是小裡得無？」意思自然是說：「本幫究竟是二裡得一、三裡得一、還是四裡得一？」白蓮教親雖然聽不懂丐幫自家的切口，卻勉知其意，便隨口答道：「事成之後，本地教親和直魯豫教親怎麼拆帳、便與貴幫怎麼拆帳。總之不外是二一添作五。」於是，丐幫弟子也誤會成他們可以得著一半的好處。嗣後群丐再自行商量，總覺得白蓮教方面所提的數字並不肯切，索性逕自定了個「韓信點兵、多多益善」的主張，朝「大圓中」這個數目上全力以赴。結果，由丐幫大同本堂堂主邢某親率手下精幹弟子，於半月之內，將雲岡石窟各洞中的佛頭一共斫下九十六顆，其中大的徑可盈丈、小的也如西瓜，多數賽似芭斗。到九月間國府古物保管委員會派幹事常惠前往調查，發現石鼓、寒泉、靈巖各洞，以及無名稱但有編號的第四、第十六和第十八洞損失最鉅，每洞少則失落六顆、多則失落二十二顆，總數正是「大圓中」九十六。

至於哪些佛頭該砍？哪些佛頭該留？常惠既不知其所以然，祇得清點上報了事。其內情惟獨那姓邢的堂主明白——可是姓邢的在五月上旬經縣府拘提下獄，沒過幾天，就給放了。縣府公布的釋放理由是「查無實據」。

原來徐州宿遷極樂庵的小刀會在三月裡一場暴動，四下傳聞不斷，除了認定國府強拆東嶽廟，改建演講廳是「老頭子」下令要整肅洪門老巢之外，到五月間又有白蓮教親揚言教主要親臨宿遷，發放「武藏十要」、助人練成絕世神功。此事當然難為當局所容，是以藉辭彈壓地方暴動，其實是要阻撓白蓮教主的義舉。這番流言不消說是白蓮教自己放出來的——可想而知的原因是那教主根本拿不出什麼「武藏十要」來。這樣陰謀立論，無非是藉故拖遁而已。但是流言既起，便無從追本溯源、盤故查實，反而讓那「武藏十要」益顯神奇奧妙了。加之以丐幫弟子不甘落居人後，自要表示本幫曾「參贊盛事」，從而也爭著出面宣稱：「武藏十要」確有其物，原為山西大同丐幫所持所有，祇不過為白蓮教徒眾劫得，而後下落不明了。

丐幫這一方面的說法祇有極小的一部分略近真實，那就是：在山東泰安泮河之上、通西橋下的橋孔之中的確有那麼一十二顆佛頭堆置著，然而白蓮教並未真正「劫得」這批樣本，祇那負責驗收的教親和先遣送貨的叫化子吵鬧扭打之後、雙雙跌入泮河、一齊溺死了。從此非但這十二顆佛頭沉埋湮沒，另外八十四顆也沒了著落。

然而國民政府古物保管委員會中有一名小小的科員卻不肯死心。此人祖上也是世代相傳的練家，一門撲刀趕棒的武藝可以上溯自江南八俠排名第六的呂元。其譜系如何，後文中另有交代。而這科員也不是別人，正是《民初以來祕密社會總譜》的作者李綬武。

自民國十八年九月，古物保管委員會的幹事常惠提報了一份「雲岡石佛失竊清單」之後，李綬武便輾轉反側、日夜思服；總覺得這份清單雖然堪稱完備，但是從頭到尾欠缺一個最基本、也最簡單的懷疑：為什麼是這九十六顆佛頭，而非其餘？李綬武之所以如此作疑，也不無受了那江湖上關於「武藏十要」的傳聞的影響。是以在同年十一月便變賣了所有的家產，辭去古物保管委員會的差事，到處打聽山西大同丐幫邢堂主的下落。忽忽兩年多的歲月過去，才於民國二十年底，由一個改行經營河道木材運輸生意的前丐幫弟子那裡查探出來：邢堂主去了南昌。李綬武所知極為有限，不外是邢堂主的名字叫福雙，離開大同之前曾折斷青竹竿、摔碎破陶碗、扯爛布口袋並且以敲門磚自擊天靈蓋直至磚石化為齏粉為止。毀棄這四般物事是自請其罪、逐出幫外，從此不許乞討度日的例行儀式。表面上邢福雙這樣做是由於搞砸了和白蓮教之間那筆交易，以示負責的緣故；另一方面也有人懷疑他是不是的確在石窟中得著什麼祕寶，索性演一場苦肉計，然後挾寶遠遁去了。是以向李綬武透露消息的那木材運工意味深長地多說了幾句：「不祇你老弟要找他，咱們大夥兒這不都『砸了飯碗』，四出尋他來了麼？」

李綬武至此益發堅信不疑：邢福雙手中必定握有一些和「武藏十要」有關的祕辛，甚至就是部分、或全部「武藏十要」的內容。然而在民國二十年底、二十一年初的那個冬天，李綬武費盡千辛萬苦，餐風宿露地追到南昌之際，祇聽說邢福雙加入了另外一個叫「藍衣社」的組織，卻沒有誰再見過他。以李綬武的家學淵源，對江湖中人、武林間事，可謂無所不知、無所不曉了，連那「武藏十要」的名目、傳承，都是《民初以來祕密社會總譜》一書率先拈出的。但是他卻從未聽人說起過什麼「藍衣社」、「紅衣社」之類的組織，這一下好奇之心大發，逢人又查問起「藍衣社」的情實，差一點送掉了性命。

也就在李綬武在南昌被「藍衣社」份子逮捕、密囚、加刑又釋放而加入這個組織的同時，歐陽崑崙已近五足歲了。這孩子與通西橋下那堆佛頭算是有緣——他日日晨間醒來便吵著要去同佛祖玩耍，其間竟有三年之久。歐陽秋、顧氏萬般無奈，祇得順著這孩子的脾性；每當歐陽秋在家開壇說武，顧氏便帶著小崑崙去至橋下嬉戲。孰料這一十二顆佛頭上確實藏著幾部機關，本不該落在這孩子身上；這，卻又要向邢福雙那頭說去。

當初邢福雙奉命潛至雲岡石窟，晝間扮做遊人香客，隨前來觀賞參拜的旅客四處走看，可怎麼也看不出白蓮教要九十六顆佛頭的門道。於是到了夜晚，他又私下潛入各個石窟，爬到各佛像的身上、頭頂仔細勘驗。一連數夜下來，忽然在一顆佛頭上看出了蹊蹺。

這位於大同市西郊二十五公里，沿武周河北岸開鑿的石窟佔地不過一公里見方，但是中、大型的石窟就有五十三個，小型者更不計其數，早在北魏文成帝和平初年——也就是西元四六〇年——已經開始鑿建，諸佛造像幾乎都是挺鼻、垂耳、圓臉、聳肩、肥胸，乃受印度西北方犍陀羅風格之影響；釋迦像最多，多寶佛、定光佛、彌勒佛次之。無論站立、半跏、倚坐、交腳等身姿皆有。

邢福雙最早發現異狀的兩尊佛像是在接引佛洞之中——兩佛對坐，狀如文殊與摩詰之對話。邢福雙爬上東首的一尊背後，踩抵佛肩，隻手按住佛頭，另隻手持火炬一照，發現那佛頂之上居然鑿著四四一十六個孔洞——這佛祖又不是和尚，頭上燒如許戒疤是何道理？邢福雙一面凝想著、一面將就著搖曳的炬光摸摸佛頭上的孔洞，又摸摸自己的頭頂，摸過幾回，忽然覺得四肢百骸頓時間舒爽輕盈起來。於是打起精神再仔細摸了兩回，又發現了另一個門道——原來這四四一十六個孔洞鑿得有大有小，正與常人較有力的四根手指頭徑圍相合。於是可以看出：那其實是四組分別以四指壓按頭頂穴道的圖式。這一次邢福雙再將炬火移交左手，換了慣用的右手四指朝其中一組穴圖比了個準，往下再一按，祇覺四指仿如插進了一堆又柔又軟，且深不達底的冰水之中。

邢福雙登時嚇傻，抽手懸空，而人也沒什麼異狀，祇覺耳聰目明，可以在夜暗之中看見且聽見數十百丈以外的纖毫之物、草芥之聲。這一來邢福雙知道自己得了寶貝，隨手在佛身上打滅炬火，瞠起好一雙亮昭昭的夜眼，再插第二式。四指落穴，好似插進一團溫熱卻並不炙燙的火苗裡，亦復深不可測。待他再抽起手來，渾身上下的經絡卻自行衝撞周流個不停了。至於那第三式，四指甫下，如迎空飄絮，骨肉筋皮全給不知何處旋起的一陣疾風吹得七零八落。可待邢福雙搶忙收指的霎時之間，他一個沒站穩，卻從大佛肩上跌了下來——實則這也不是跌，而是像一根全無重量的羽毛那麼晃盪著落了地。直到那第四式上，邢福雙才遭了道兒：四指按處，但覺指尖觸著了比針還尖、比刀還利的鋒銳之物——他不知這叫觸電——而這尊佛頭上的四組穴位的法式正是「文殊無過瑜伽」中教人以指按頂門，體會、修練那水、火、風、雷四種人體所能達到的最高境界——所謂清澈靈明、溫煦柔暖、輕盈飄搖和暴烈焦躁的「四至四自在」，這「四至四自在」也祇是「文殊無過瑜伽」中的一小部分而已。

邢福雙在頃刻之間開發了自己身體上的四種特異功能，一時還以為已經可以獨步武林了，趕忙縱身要到對面另一尊佛像頭頂瞧個仔細，不料他從第三組指法的穴式中剛僥倖成就的一個「輕盈飄搖」之境已然可以使他翩飛無礙，他這一縱身，用力過猛，居然直衝窟頂，當下撞塌了一角石壁不說，頭骨也給撞裂了，鮮血和著腦漿汩汩溢出，人也昏死過去。

不消多想：這邢福雙是賤人歹命，甫練就的一點「文殊無過瑜伽」皮毛又還給了諸天佛祖。可他夜深獨自悠然醒轉之際卻依稀記得些許：佛頭上有穴位圖，應非等閒之奇貨。至於剩下來的那段奇遇，也直要到他遇見「藍衣社」的一個白無常，給打了一針，才又想起來的。

且說邢福雙折騰了大半夜，好容易捱到天明時分，真是一番地轉天旋、頭昏腦鈍。再爬上這接引佛洞裡的另一尊大佛之際，所憑仗的祇是些許本能的、直覺的意識。他見這佛頭頂上也有四四一十六個孔洞，但覺眼熟，卻怎麼也想不起先前的奇妙經歷。當下忖道：佛頭鑿洞，頗不尋常，其中必有緣由，何不多找些幫中弟子來數看數看，究竟哪些是打了洞的？哪些又是未曾打上洞的？

也不知是那一跤摔的成分大些，或是教先前那佛頭上所顯示的第四組穴式給殛的成分大些？總之在接下來的幾天裡，邢福雙不停地鬧著個同樣的「撂爪就忘」的毛病。這「撂爪就忘」是北五省裡共通的土話——這些地方的鄉野人相傳：十二生肖中排第一位的老鼠有預卜先知的能耐。常見老鼠靜坐一隅、抬起前腳，湊近口吻，鄉人便說那是老鼠在「掐指一算」了。可老鼠雖然會算，卻有個要不得的缺陷，那就是牠們的忘性太大，祇消前爪往地下一撂放，就把算出來的一切都給忘了。於是鄉人便稱這健忘之人為「鼠哥」——可憐邢福雙夜探佛窟，平白落了個健忘之症，還到處惹人在背後笑罵一聲：「鼠哥！」著實十分冤枉。

閑話休提，雖說邢福雙傷了頭腦，畢竟人不是個笨蛋，身邊又常有本堂弟子提醒，是以終於在五月間數出了雲岡石窟中打了洞的佛頭數目：果真是九十六個。然而也因為這不大不小的毛病，延誤了三月間交貨的程期，害得白蓮教親既沒有「武藏十要」得以示眾，也沒有石窟祕寶的「小緣法」、「大緣種」得以招搖，祇好附和小刀會的陰謀立論，嫁禍給老漕幫和國民政府，造出一番扯不清的訛謠是非。

這番延誤在白蓮教損失不小，可在丐幫卻更是元氣大傷。他們花了上百之眾的人力，斫下佛頭、運出山西，還一路載到山東地頭上，先遣交貨的叫化子一入泰安便浮屍泮河，後首顧看剩餘八十四顆佛頭的四十多口子乞丐聞聲便嚇破了膽，要問邢福雙拿主意，誰知邢福雙又犯了毛病，應聲答道：「拿什麼主意？」

「還有發圓小（八十四）個佛頭，該如何處置？」一個乞丐斗膽追問道。

「發願小的佛陀濟什麼事？發願大了那佛陀才靈光啊！」邢福雙兩句答非所問的話一出口，眾丐情知這堂主也擔不起事了，當下一鬨而散。有的就地找堂口掛號投門，有的回山西丐幫太原總堂報信，有的就跟個溜出褲筒的屁一樣——沒了影了。邢福雙回過神來，再欲鳩合眾人，身邊祇剩下七、八個要回太原總堂的乞丐。這一下懊悔不及，索性隨他們上太原總堂自請罪責，折竿摔碗、撕袋擊磚——妙的是，這敲門磚往他天靈蓋上三擊而粉碎，把他這健忘之症給打好了一多半兒——除了那一回夜探佛頂的情景沒能及時想起來之外，前塵後事忽忽皆到眼前，思路也猛地活絡了。他心念電轉：我這敲門磚三擊之下，打卻了丐幫堂主的身分，反而落得自在。但看這太原總堂堂口之中多的是虎視眈眈、彷彿信我不過的化子，萬一我沉不住氣，說不定還落個侵吞佛頭的罪名。不如就此裝瘋賣傻，遠走異地，再作打算。主意既定，當下叩頭出堂。人問有什麼去處？他祇隨口說了個江西——話出口又後了悔——以丐幫分布之廣，覆蓋之大，偵伺之密，通信之捷，他一旦說了個去處能不去嗎？

硬著頭皮，邢福雙祇好千不情、萬不願地上了路。可他在接引佛洞裡的那一段奇遇，卻恰恰應在了歐陽崑崙身上。

原來歐陽崑崙從滿兩歲上起，幾乎每日都到通西橋下孔洞之中摩挲著一顆一顆的佛頭玩耍。

須知孩童作耍、全憑十分專注、更無半點機心；也不管什麼功過成敗、進退得失，是以不喜、不懼、不憂、不怨，似無意間有所為、為而勿有，且不計較。這樣行事，即便是修身、齊家、治國、平天下也作得了，更何況一部武功呢？歐陽崑崙日日爬那一十二顆佛頭，久而久之，也發現了佛頭上布列著大大小小的凹洞。初時他不過以指尖摳摳抓抓，也就愜心滿意了。繼而不知怎地摸起自己的一顆小光頭來，其實腦中早已將佛頭上的凹洞位置記得一個滾瓜爛熟，摸著自己的頭、便好似摸著佛祖的頭；摸起佛祖的頭、又好似摸起自己的頭。忽而有那麼一天，他往自己的頭上使勁按了一下，但覺五指齊根沒於顱內，竟然沁心透脾湧起一陣歡喜清涼之感。在一旁照看小崑崙的顧氏也沒覺出什麼異狀，祇道兒子摸著自己的頭顱光圓柔滑、甚是好玩。歐陽崑崙年紀幼小，哪裡說得出如許複雜微妙的膚觸體會？心中想起的卻是夏日裡吃甜瓜的美妙滋味，順嘴便說了聲：「甜瓜。」顧氏更不疑有它、也樂得在一旁逗笑：「小崑崙的腦袋像甜瓜。」

殊不知此際的歐陽崑崙那五隻小小的指尖所點者，正是俱舍宗「阿毘達摩人空法有功」中的一部「金頂佛光」。在梵語中，「阿毘」為「大」、「正」、「無比」之意；「達摩」為「法」之意。譯成中文，通稱「對法」，是智慧的別稱。「謂以正智，妙盡法源；簡擇法相，分明指掌——如對面見，故云對法。」俱舍宗本乎梵名婆藪槃豆的天竺法師所著之《阿毘達摩俱舍論》，這天竺法師在中原佛教中可是大大有名，號曰世親，其著作便是經玄奘法師親譯之、發揚之、而後成立了俱舍宗。「人空法有功」的來歷究竟是出自世親之手、抑或玄奘之手，已不可考；惟知此功亦本於「俱舍」之奧義。「俱舍」的梵語為「Kośa」，有「藏」、「鞘」、「繭」等譯字，意指包含攝持。《大日經疏》十四曰：「法界藏者，梵音俱舍，是鞘義也。猶如世間之刀在鞘中。」

顧名思義：這「人空法有功」的精髓即在一個「藏」字上。無論是世親或玄奘悟得人頭顱果然是一部「無盡藏」，乃通過五指摩挲、打通穴脈、再附之以綿綿不斷的觀想，方得由這「人空」遁入「法有」的境界。這部「人空法有功」中的「金頂佛光」是個樞紐，從這個樞紐分攝而出，另有十七部功法，非可於一時之間歷數。但是「金頂佛光」與邢福雙先前在接引佛洞中親即點試的「文殊無過瑜伽」裡那「四至四自在」不約而同、無獨有偶地也成為一種「對法」，因此當年鑿刻石窟者才在這相對而坐的兩尊佛像頭上刻下了這兩門功法，所謂「如對面見」也。邢福雙有意而無緣、歐陽崑崙無心而有緣，但是日後的福禍悲歡，又豈能因一部武學而定奪？設若歐陽崑崙沒有從這「金頂佛光」入手，莫名其妙練成一副鐵頭功，將來即便庸碌一生，倒也未必落一個冤屈負辱、遺恨殞身的了局。

可這人世百態既不能以一時遭際的臧否而定奪，便也不能就其了局境遇的哀樂來論斷。歐陽崑崙無心插柳，開出一路一千四、五百年來無人能識、無人能習、亦無人能想像的奇詭功夫，卻不僅是武林中的怪談軼事而已——它還澈底影響、推動了後人所熟知的某些現實和歷史。

原來這通西橋下的一十二顆佛頭並不祇是吻合於日後的「阿毘達摩人空法有功」而已。因那大同丐幫弟子之於高深武學，不過是一批睜眼瞎子，當然不會知道某一顆佛頭上的凹洞所指示的是某一門功法。從而先遣交驗的這十二顆自然也包羅蕪雜——其中有三顆正好是日後「曇無德顛倒氣血論」裡的「正天庭譜」、「反天庭譜」和「合天庭譜」的發軔。有兩顆顯然啟迪出「隨智涅槃玄義」中參看前生和來世經歷的「靈機圖」和「幽樞圖」（此二圖和日後大興其道的催眠術關係較近，與武學的牽涉較淺）。有四顆看來極可能是後世華嚴宗那「龍樹迷蹤散手」之中「外百會手」、「裡百會手」、「連百會手」和「迷百會手」等四部的原始規模。另外這三顆才是貨真價實的「阿毘達摩人空法有功」——除了「金頂佛光」之外，另外二譜是「如來天眼」和「三寶明珠」。

僅就這一十二顆佛頭言之，已經稱得上是後世傳聞中「武藏十要」的一部分基礎、根據或雛形了。可以推想得知：設若邢福雙盜斫下來的九十六顆佛頭皆能一舉尋獲，則一千四、五百年之前流布到中土來的佛門武學勢必能有更令人歎為觀止的發現——至少，嗜研武術源流者對於腦袋瓜子這麼一個向來不被看成武器的部位非得刮目相看不可了。

歐陽崑崙日日前去摩挲佛頭，祇當是個遊戲，並無修習功法之念，自然也沒有按部就班、由淺入深的規矩範式。是以他東鱗西爪、隨緣觸法；既無急功躁進之病，也無淹滯困頓之憂。反而在反覆體會「我頭即是佛頭、佛頭即是我頭」的天真喜樂之中，自然將不同源流、不同考究、不同修為乃至不同用途的四門武學融為一爐，越過唐以後「武藏十要」那分門別類、畫地自限的各個家數，直追北魏以前佛門武學的遠祖；正是元氣淋漓、渾然天成的一個境界。三年下來——也就是到歐陽崑崙大約五足歲上，這孩子已經能「端而虛，勉而一」、「不聽之以耳而聽之以心、不躡之以足而躡之以意、不觀之以目而觀之以念、不動之以形而動之以氣」。

也就差不多在李綬武與藍衣社社員周旋於南昌期間——也就是邢福雙擺脫丐幫監控，加入藍衣社之後未幾——歐陽崑崙以一「五尺應門之童」在運河九丈溝大展其「不求而得」的蓋世神功，奠定了「鐵頭崑崙」二十餘年的美譽。

第二十章　大歷史的角落

關於「鐵頭崑崙」的出身來歷，紅蓮其實並沒有說這麼多。她祇告訴我：從前有一個很小很小的小孩子，每天跟著母親到一座橋底下玩兒，有那麼一回，母子倆忽然發現緊挨著河水的橋孔裡有一十二顆佛頭，這小小孩兒便依那佛頭上鑿成的大小凹洞的排列，練成了一種奇怪的功夫，還在五歲那年無意間出手，從幾個拍花賊的挾持之下救出一個小女娃兒。

據紅蓮所知，這外號人稱「鐵頭崑崙」的小小孩兒的鐵腦袋瓜兒，後來還成就過不少豐功偉業，祇可惜就因為他長大之後，「腦袋一天比一天鐵」、「硬得轉不彎來」，終於為奸人陷害，死的時候腦袋和身體分了家。之所以告訴我這些，據紅蓮自己說祇不過是因為看我讀書讀多了，把腦袋讀硬了，應該引以為戒。

我聽她那樣說的時候宿醉未醒，且一如《一千零一夜》故事中的國王，滿心巴望著她能永永遠遠地坐在我床邊，隨便說什麼都好地一直地說下去、再說下去。為了拖延她停留的時間，我會不時地插嘴追問她一些無關緊要的細節——比方說：「那些佛頭是哪裡來的？」「一個五歲的小孩再厲害，怎麼可能打敗好幾個拍花賊？」「那『鐵頭崑崙』後來成就了什麼豐功偉業？」……諸如此類。紅蓮也許答了、也許什麼也沒答。總之我所能記得的不過是一個三言兩語、有如電影院門廳裡發放的那種本事一樣的情節摘要，以及——最重要的——紅蓮曾經伸出她那隻白淨、柔軟、粉嫩光滑的右手，在我被酒瓶重擊的傷處撫摸了好一陣。說也奇怪，她的掌心——也就是醫書上稱之為勞宮穴的位置——竟然傳來一陣又一陣猶波似浪的推擠之力，其溫熱如漿、其輕軟如綿。然後——不知道是不是出於我的幻覺——我聽見她說了聲：「改天再陪你睡，嗯？」

應該就是在那一刻之後不久，紅蓮一聲不響地消失了；更正確地說：是我睡著了。而我當時不可能知道：紅蓮如何在之前或之後替我收拾房間的過程中從字紙簍裡取走了我解出的那一張〈菩薩蠻〉的字謎。

然而一覺醒來，銘印在我腦海裡揮之不去的卻是那一小則殘破不全的、有關「鐵頭崑崙」的故事的印象。而且這印象還隱隱約約和我曾經在圖書館、重慶南路的一些書店——比方說我提到過的三民書局——以及我自己的書架上的一些書裡讀到過的小資料可以相互印證。

在那個時節，我應該專注於我的碩士論文寫作的，可是——套句我們村子混過血旗幫的軍火大王徐老三的話說：我是「祇聽二哥、不聽大哥的」。徐老三這話的意思是：男人經常因為荷爾蒙分泌過盛的緣故而喪失了理智思考的能力。用在當時我的處境上，「祇聽二哥、不聽大哥的」這話真是再恰當無比了。我一心祇想著百分之百的紅蓮，以及她所說的一切——其中最令我好奇不捨，念之再三的幾句話是她在撫摸著我的「鐵腦袋瓜」的時候說的。當時我好像是隨口問了這麼一聲：「你是從哪裡讀到這個『鐵頭崑崙』的故事的？」紅蓮笑了笑，道：「我這人是不讀書的。這故事也用不著讀；它是我爸爸的故事。」

無論與荷爾蒙分泌量有多麼密切的關係，從那一天起，我知道了一個關於愛情的定義——至少到今天為止，我依然信之不疑——那就是：一旦愛情發生，它便會激發你對所愛者的無窮好奇。在這樣的好奇心驅策之下，我幾乎忘記碩士論文的事，卻跑了幾十趟圖書館和重慶南路，終於在汗牛充棟的紙堆之中找到了幾本和紅蓮的身世有關的書，其中當然包括一本署名「陶帶文」——其實就是李綬武——所寫的《民初以來祕密社會總譜》，和一本署名「飄花令主」所寫的武俠小說《七海驚雷》。

這兩本書在不久之後被緬甸或者越南借走，恐怕早就已經流落到南洋某國的華文舊書市場上去了。若非歷史小說家高陽過世前遺贈我的七本書裡也包括了這兩本——坦白說：我是根本沒有能力去滿足我對紅蓮那狂熱痴迷的好奇的。當然，如果我沒能從紅蓮的身世中無意間拼湊出幾十年前的幾個石沉大海的小案子，也就不至於陷入那幾個鬼魅也似的老傢伙的網罟之中，脫身不得——這個處境居然和我一向看不起的孫小六如此相似，又如此轇轕不清。

時至今日，歷經許多我根本無從逆料的世事——包括突如其來的初戀、翻雲覆雨的性愛、真槍實彈的格鬥殺伐、撲朔迷離的逃亡、追逐、偷盜、恐嚇、綁架以及毀損國家資產……等等，我已經不能清楚地記得：當初我是在一個什麼樣的機緣之下得到這兩本書的。也許——我祇能說也許——是因為之前我在三民書局隨手翻看書籍，巧遇趙太初的那一回，看到這《民初以來祕密社會總譜》和《七海驚雷》裡敘述了一些和「鐵頭崑崙」的故事十分相似的情節，於是當紅蓮跟我說過「鐵頭崑崙」之後，我便去蒐購了來。另一個可能是紅蓮告訴我「鐵頭崑崙」的故事之後，我或買、或借而暫時擁有了這兩本書，之後書被僑生們幹走，我才遇到趙太初的。無論是哪一個情況，總之在我為了瞭解紅蓮的身世而仔細推敲這兩本書的那段時間裡，從來沒有把紅蓮和趙太初想在一起；換言之：我有很長的一段時間並不知道紅蓮涉及了一個和大歷史緊密互動的陰謀，也不知道紅蓮之所以同我如此親近竟是這陰謀的一部分。當然，我更無從想像：在大歷史的角落裡，無數個和我一般有如老鼠的小人物居然用我們如此卑微的生命、如此猥瑣的生活，在牽動著那歷史行進的軌跡。

第二十一章 法輪功

讓我先把這兩本書中部分的記載和敘述整理出一個較簡明賅要的脈絡，使原先以文言文寫訂的《民初以來祕密社會總譜》不致那樣詰屈聱牙，而《七海驚雷》也得以剝落其光怪陸離的武俠聲色，回到幾個基本的事實。

《民初以來祕密社會總譜》的書後有一篇署名「留都龍隱」者所寫的代跋，隻字不提此書所敘的內容；通篇說的卻是江南八俠中呂元及其一系弟子的事。「留都龍隱」以為：八俠中以呂四娘、白泰官、甘鳳池等事跡最著，乃是近世人讀小說的多，大受其影響的緣故。甚至由呂四娘刺殺雍正輾轉附會，居然還造出了「雍正與江南八俠原來是義結金蘭的異姓兄弟」之流荒誕不經的謠諑。事實上連「江南」都大為可疑；因為八俠之中有一半是出身江北之人，所以統稱「江南八俠」其實是江南人過於自尊自重的略稱。若要正名，應稱「江南北八俠」。接著，「留都龍隱」指出：八俠中除了了因和尚淫惡暴虐、不堪俠名之外，曹仁父內功雖然了得，可是更名易姓，藏頭縮尾，子孫還在滿夷的朝廷當上大官，不可謂不諷刺。路民瞻失之於傲睨、周潯失之於頹唐、白泰官收徒過濫以致後學良莠不齊、甘鳳池在逃捕落魄之際居然幹過一陣強盜。祇有呂四娘以一女流而能誅殛天下至尊，可稱豪傑；此外，就是呂元堪稱大俠了。

嚴格說來：呂元甚至稱得上是甘鳳池的師父。原來甘鳳池曾隨俠丐張長公習藝，以拳勇聞名金陵，然而不過是「走方售藥者流」的程度；及至中年以後於道途間結識呂元，才學得了真本事。

呂元，安徽鳳陽府人氏。自幼隨前明宗室朝元和尚讀書練氣。這朝元和尚俗家姓朱，明室覆亡之後隱居於鳳陽府壽州的靈雲寺，課徒四人，其最幼而最聰慧穎悟者即是孤兒呂元。

朝元和尚授徒的要求極怪：讀書而不可應試、練氣而不可習武。結果十年下來，四個徒弟裡跑了三個——兩個去應童子試，之後比年連捷，都成就了舉業，另一個改投鳳陽府一名退職的老捕頭門下習槍舞棒，隨即在公門中任職，也有了不錯的出身。惟獨這呂元，到了十八歲上，仍日日隨朝元和尚讀書誦經、挑水種菜、打坐參禪，似乎就要這麼終老一生了。

一日朝元和尚將呂元喚來，劈頭就問：「你不求將來有什麼出息麼？」呂元道：「再有出息，不過是當皇帝。當了皇帝都還免不了教人打出宮來，死也就尋常百姓一樣死了；不死的還是當了和尚。」朝元和尚聽罷哈哈大笑，又問：「人生在世既然無可為者，你何不即刻便死去？」呂元仍舊神色閑定地答道：「世間事自有人做得，你既要死了，何必還煩惱菜園裡的活計呢？」呂元毫不遲疑地應道：「也沒什麼不可以，祇今日後園的菜還沒澆水呢。」朝元和尚又是一笑，道：「師父能煩惱弟子將來的出息，弟子便還是要煩惱菜園裡的活計。」這一下，朝元和尚笑不出來了——非但笑不出來，反而放聲號啕、涕泗交縱。哭罷才道：「你這平常心與慈悲心竟連為師的也不能及。我倆師徒一場，緣盡於此。你可以去了。」一面說著，一面揮了揮手。呂元深知師父脾性，既然掏他出走，便再無淹留的餘地，於是撲身下拜，磕了三個頭。祇這頭一磕下去，不意偌大一方雲石地磚應聲碎裂。呂元再一回神才猛可驚覺：朝元和尚方才一揮手，袖風拂處，正是他丹田處的法輪。這法輪既非經絡，亦非穴位，卻是練氣之人都聽說過、也時刻觀想的一個小宇宙。朝元和尚平素教徒弟們練氣，不外就是靜坐調息，施之於活筋補氣、益血養神，如此而已。可是袖風一拂之下，催動法輪，卻是極其高明的另一層功夫。打個譬喻來說：常人練氣、用氣，猶之於今世之人建築水壩，在河川近上游處挖一個既深又廣的大池，平日積貯容蓄天雨，待乾旱時再伺機開閘，以施灌溉——這是一般人練氣的功果。然而法輪的妙用卻大大不同；這法輪好比是在水壩的下方增設的一部巨大的發電機，藉由宣瀉而下的洪濤奔流又將水勢引回上游，遂使這傾注潰決的流水注入淵源所從來之處，如此周而復始、循環不息，乃可生發未已——法語謂此曰「活潑」。

更妙的是：法輪未經啟動，不論練的是外家功夫、內家功夫，都有竭盡耗弱的時刻。然而一經啟動，這體血精氣便形成一個自供自應、自給自足的機栝，再也無虞匱乏。除非行功之人在七情六慾上伐斲過甚，是永無渙散虛脫之慮的。換言之：朝元和尚就那麼輕輕一拂，偏就點化了呂元，使之晉身到「活潑」的境界。

八俠之中，以呂四娘、白泰官、甘鳳池聲名最盛，然而卻以呂元武功最高。但是呂元行事沉潛，武林史向以隱俠稱之，並獨排眾說，稱呂元內功精純，尚在了因和尚之上。會當七俠合誅了因之際，呂元亦未嘗畢用其技，僅為另六俠摒蔽門戶，使了因無從施展毒手而已。倒是後世說書人如石玉崑者傳下了一部《三俠五義》的故事，寫宋代名臣包拯斷案，兼及江湖俠士鋤強濟弱，誅暴安良的形跡；後來經由晚清大學者俞樾改寫換題，成為傳世的名著《七俠五義》。而這七俠之中的「隱俠沈仲元」其實正是呂元的影射之身。「沈仲元」在《七俠五義》裡固不及「南俠展昭」、「小俠艾虎」和「錦毛鼠白玉堂」等人俠名昭著，這當然也是因為「隱」之一字使然。即使在清人述異筆記之中，有關呂元的著墨亦甚少。世人所知者，大凡是「法輪功」由呂元一人而傳，嫡出四支，一支傳蘭州張氏、一支傳湖北沈氏，另兩支分傳山東二李。其中一李於光緒初年移墾關外，是為後世東三省「真善忍無極法輪功」的由來。這一門功夫已逐漸遁離武學範疇，而以修心養性、健身固體為尚，經末代掌門李洪志之發揚流布，蹤跡可謂遍及寰宇，信徒逾數千萬之多。另一李則是山東濟寧州之李，也就是李綬武的祖上。這一支既不同於蘭州張氏之鑽研氣血穴脈，亦不同於湖北沈氏之精習韜略治術，更不同東北李氏之致力修身道法——濟寧李氏所側重的反而有些類似對各家內功功法的蒐集、編纂、考證、窮究，世系相沿，有如武學的收藏家、武術的考古家。從這一點上看，濟寧李氏之切近武學、武術，則並未違悖當年朝元和尚所開示的「讀書而不可應試／練氣而不可習武」的祖訓。這裡頭還有千絲萬縷的小因緣。

話說昔年呂元得了「法輪功」，辭別朝元和尚，開始了一段浪跡天涯的行道生活。他日間替人打些短工，混個溫飽；夜間就尋些破廟敗庵，圖個棲息。總之是孤家寡人，無求無欲，倒也逍遙自在。一日來到南京地面上，找著個給糧行馱米卸船的差使，與包工的頭家言明：替一標由鎮江運至的船隊下米，為期三日，如果能將上萬斤的白米全數卸空，除了食宿著落之外，短工們還可以掙幾文銀子，這種銀子叫「小花邊」。呂元暗自運起「法輪功」，一肩可以扛四百斤白米，兩肩就是八百斤；腳下運步如飛，卻仍臉不紅、氣不喘。不到兩個時辰，碼頭上便圍聚過來百十口子人丁爭睹這大力兒郎的本事。活該有事，眾人之中就有這麼個額角長了個大肉瘤的甘鳳池。

甘鳳池原是俠丐張長公獨傳弟子，能使繩鏢、飛錢、袖箭、鐵蒺藜等一十八種暗器不說，刀槍棍棒無不熟練精通；在南京地面上可稱得上是響噹噹的人物。加之以此人素性剛烈，嫉惡如仇，好管不平之事；里巷間每遇什麼糾紛，祇消有人喊一聲：「去請『甘瘤子』來平直！」那理屈的一方便往往主動息事寧人了。

這一日甘鳳池路過碼頭，在人群之中見呂元好生氣力，心下十分景慕，思忖他必有異能奇術在身，可他自己另有旁務，無暇結識，是以次日又來碼頭邊尋訪。不意包工的頭家卻告以：大力兒郎連夜卸完糧米，一大清早便領了「小花邊」上路走人了。

甘鳳池聞言哼哼一聲冷笑，道：「我看那人一身好大氣力，可抵你十個扛工不祇。昨日在碼頭之上，他一人來回忙碌，倒省了你們這些蟲豸的活計。怎麼？到頭來你也祇開銷人家點把『小花邊』麼？」

那包工頭家見此人來意忽地不善起來，哪裡饒得？登時一聲囉唣，道：「我吃你管我的閑事？來啊！」四下陡然間竄出七、八條精壯漢子——有人認出對手的這傢伙額角的大肉瘤，還沒來得及抽身，早被甘鳳池翻飛拳掌，打了個牙崩骨折。甘鳳池打了人還不肯罷休，去那包工頭家褡褳裡摸出一錠兩許重的銀子，道：「甘瘤子為人最恨不仁不義之事，我且替你作個公道的便是了。」一言罷一縱身，飛出十丈開外，再三、兩個彈躍，人已不見了。

閑話休提，且說這呂元領取了些碎銀角子，倒不覺得有什麼委屈，逕去早市裡買幾枚燒餅，一面吃著，一面信步遊逛，一派逍遙。也正因為他漫無目的，正是「觸目皆佳景／隨心任自然」；走到近晌午時分，但覺口渴，便就近覓個茶亭歇腳。許是夜來馱米勞累，才解了渴，睏意倒湧上來，索性就著亭邊土階，歪頭睡倒。待他一覺醒來，賣茶的老者早就一擔挑著火爐茶桶收市回家，倒是亭外樹蔭底下蹲著個滿臉橫肉，長相兇惡，額角還生了個大瘤子的壯漢。那壯漢自然就是甘鳳池了，見呂元醒來，連忙起身上前，拱手長揖為禮，自報姓名之後，「噗通」跪倒，道：「昨日在碼頭上見尊駕神力無匹，非尋常練家身手。不才特地趕來，還請尊駕不吝指點一二。」

呂元揉了揉睡眼，伸了個懶腰，道：「我叫呂元，既不尊、也無駕，現成是個自了漢；你千萬別折煞了我。我確乎有幾斤力氣——你要我點撥你，我也沒什麼不好點撥你的——可你要那麼些氣力做什麼？難道你也要給人馱米麼？」

甘鳳池聽他說話，似乎並無峻拒之意，當下大喜，洋洋自得地說：「大丈夫生在世間所快意者莫過於行俠仗義、鋤暴安良。甘鳳池曾受俠丐張長公調教，學了幾分藝業。可這行走江湖，干犯是非，總得在技擊之術上多琢磨、多淬煉，方能為人上之人，是以——」

「說了半天不就是要跟人打架麼？」呂元道：「打架我是不成的，你老兄要學打架就跪旁人去罷！」

甘鳳池哪裡肯這樣罷休？立時膝行而前，道：「行俠仗義總免不了出手教訓些不仁不義之輩，情非得已，勢所難免。誠若懲治了幾個兇頑殘暴的棍痞，搭救了幾個柔弱良善的百姓，豈非也算功德呢？」

呂元聽著便笑了，道：「你懲治了什麼棍痞？又搭救了什麼良民？且說來聽聽。」

甘鳳池這一下精神更抖擻了，隨即把平日裡替人伸冤雪恨的經歷大致講了一通。最後還從懷裡摸出那一小錠銀子，捧到呂元面前，先把他在碼頭上主持公道的事說過一通，才道：「這些水陸碼頭上的包工頭家個個兒都是吃人吸血吮骨頭的蟲豸，打他一回，他老實很久。」

「這銀錢在他身上也是花用，在我身上也是花用——有什麼分別？」

甘鳳池聞言之下不禁一怔，暗道：自我行走江湖以來，也不知幹過多少劫富濟貧的勾當，但凡是吃我管它一樁不平之事者，無不千恩萬謝，視我如神佛現世。倒是這人非但不領情，還頗有幾分鄙夷我幫閑儹事的神色，莫不是個痴子？正想到這裡，呂元又道：

「你今日為我主持公道，劫了人錢財；安知他日不會為你自個兒主持公道，劫人錢財呢？當年蘇學士與章惇同遊過橋的故事，你老兄可曾聽說過沒有？」

甘鳳池是個白丁，自然沒聽說過。呂元即應聲說道：「當年蘇學士與章惇同窗，一日兩人同遊，遇見一座將斷未斷的險橋，那章惇仗著輕健矯捷，幾步竄過橋去，又躍回橋來，還嗤笑蘇學士膽小。學士卻道：『你日後一定是要放手殺人的。』章惇不解，問他緣故，學士道：『連自己的性命都不顧惜，你怎麼會顧惜旁人的生命？』日後章惇誅殺舊黨，釀成巨禍，那身首異處者，也不盡是可殺之輩。由此可知世事自有不由人意而越演越烈者。所以我說你今天可以為我劫財，日後未必不會為己劫財，就是這個道理。」

「那章惇濫殺好人，呂兄何不將他的下處告訴甘某，我這就去鋤了這禍害。」甘鳳池昂首一拍胸脯，義形於色地說道：「這才是大丈夫行俠仗義的本色。」

呂元看此人連蘇學士、章惇是哪朝哪代的人物都不知道，不免自悔失言。然而又見他嶔崎磊落，豪邁質樸，不失為忠義之士，倒可以點化點化。於是灑然一笑，道：「甘兄方才要我指點一二，我倒想同甘兄訂個約——倘或有那麼一日，甘兄動了個殺人劫財的念頭，卻又不是為了替他人主持公道，到時可否請甘兄自廢武功，永永不再做什麼行俠仗義的事？」

「這有何難？」甘鳳池說著伸開五爪，自往額角上那瘤子一抓，道：「我聽一個醫道說：我頭上這瘤子是個命門；瘤在命在，瘤去人亡。今日我且在呂兄面前賭個咒兒——他日甘鳳池要是為了一己之私動了貪人錢財的歹念，便一抓摘了這顆瘤子，不勞呂兄費心動手！」

這一節便是呂、甘二人訂交授受的前情。插敘此節，正足以見「法輪功」在呂元這一宗手創之下原本沒有什麼行俠仗義、鋤暴安良的使命。呂元當日指點了甘鳳池一套功法，目的衹是要點化甘鳳池一個「世事不可盡出於己意」的道理。直陳其意言之，乃是呂元早就看出一個勢態：那些稱俠道義、愛打抱不平者之流，往往越是得意，便越是容易失了分寸；原本似是為了助人，一旦慣扮英雄，便難免不會把這當英雄的利害放在前面。而呂、甘二人的這個約訂，嗣後果然應驗。

根據許多零散而簡略的史料——包括江南八俠的民間傳說在內——呂元在九十八歲上無疾而終，死於山東濟寧。死前曾告訴他的關門弟子李某：他生平最引以為憾的有三件事；其一是為了不讓甘鳳池稱他為師父，而與之義結金蘭，約做異姓兄弟。也因為這樣，呂元便莫名其妙地成為甘鳳池另外一群江湖同道的兄弟之一，躋身八俠之列。其二是既然緣著甘鳳池情面結識了了因和尚，卻未能及時渡化這淫僧，到頭來還不得不助六俠以暴止暴。至於其三——

呂元極其感慨地對李某說：「想當年我受先師朝元和尚開示啟迪，念茲在茲的應須是一個『隱』字上的功夫。先師是亡國的貴冑，其遁跡方外，為的是參出一個苟全性命的道理。我追隨先師才不過十年，還在懵懵懂懂之間，說了幾句聽在先師耳中頗有機趣的話，先師便點撥了我，成就了功法。我若就這麼溷世等死，過幾十年飢來吃飯、渴來飲水的日子，即便是像螻蟻蜉蝣一般渾渾噩噩，倒也不失是『身隱之極』——所謂無為無慮，亦無罣礙。可早年打禪語、鬥機鋒，語至而意不至的那些道理卻無時無刻不縈繞在懷。時至今日，我已是近百之人，竟然越來越不知曉：這苟全性命究竟所為何來？歲月淹逝，我畢竟還是造了無數大孽！」

那李某是個憨厚人，聽師父說了這麼一大番重話，一時間手足失措，應聲跪倒，連磕幾個響頭，道：「師父既不曾作姦犯科，又不曾惹是生非，行走江湖七、八十年，不過是收了我們幾個門徒、傳了幾套功法。您要是看弟子不中意，弟子這就自斷經脈，了此殘生，決計不玷辱了師父。」

呂元聞言一笑，道：「你若如此，為師的豈不又平添一樁憾事麼？你且聽我把話說完。」

原來這呂元侃侃自剖，並沒有怨悔自己隨緣傳功、涉足江湖，乃至不能像螻蟻蜉蝣一般臻乎「身隱之極」的境界。他這第三個遺憾所言者，其實是個十分深刻的思理。作為一個不能像螻蟻蜉蝣般活命的人，即使竭盡所能地遁世遠人，似亦不免要在造化的播弄之下與人交接、遭遇。一旦交接遭遇，自然而然對人、對事、對物、對情便造成了哪怕祇是纖芥之微的影響。如此一來，則又何隱之有呢？如此一來，力求隱遁又有什麼意義呢？反過來說：倘若這隱遁的妙道奧義並非離群索居、避世脫俗，則又有什麼究竟可探、可求呢？呂元說到這裡，不覺歎了一口氣。那李某是個直腸直肚的人，睹此情狀，亦隨之慘然，咽聲道：「師父如此作想，那麼自凡是個人，活一日豈不就隱不成一日？」

呂元一聽這話，嗒然「噫」了一聲，道：「好孩子，說得對極了；既然活一日就隱不成一日，我何不便去死了？」說著，順手朝前一指，登時逆催法輪，倒轉吐納，一笑而逝。

那李某見師父死了，不消說是一陣撕肝裂膽的號啕。可呂元臨終前的一指又是什麼意思呢？李某順勢望去，但見屋外土地平曠，遠方青峰廓約，其間並無一物。

畢竟這憨拙之人自有他憨拙的倔性。李某一面哭，一面默誌下師父手指的方位。待將呂元安葬之後，他便一步一數、一數一步，還頻頻回首量估那方位，祇恐有個什麼閃失偏差。在他想來：師父既然抱憾將死，忽又若有所悟地那麼一指，則此去必有機關緣故。這卻果然是將誤就誤，反倒成就了因緣——在呂元而言：李某一句無心之言，卻成全了他一個「行年九八，惟欠一死」之念。質言之：祇有死，才是澈澈底底地從「求隱不得」這一執念中得著解脫。至於那李某一路順指走去，忽一日居然來到了安徽鳳陽地界。他心想：師父莫不是要我到他出身之地來麼？

因為「留都龍隱」為《民初以來祕密社會總譜》所寫的代跋在李某到鳳陽府的這一節上行文甚是簡略，近乎語焉不詳，無從知其首尾。倒是在那本《七海驚雷》（署「飄花令主」所撰）裡有一個小故事，說的是一個叫李甲三的年輕乞丐如何徒步千里，由濟寧至鳳陽歸葬師尊的過程，與呂元之徒李某的經歷極其相似。祇是在《七海驚雷》中，多了負棺歸葬的細節。且說這李甲三到了地頭上正準備下棺入土，卻覺得棺材豁地一輕，渾似無物的一般。這李甲三甚是驚怪，找來地保作了見證，開棺啟視，才發現屍體當真不見了。棺中祇留有手寫黃卷一本，上題「法輪長隱／萬象皆幻」八字，李甲三才捧起書卷，封題字跡便湮滅了。待他再翻開首頁，逐字逐行讀去，竟是一部控制法輪運行的操典——即後之所謂操作手冊者。奇的是，這操典也不知是用什麼筆墨寫成，一俟李甲三讀過，字跡便一如封面上的八字題簽那樣即時隱去、不可復見。所幸字句疏簡寥落，李甲三又本是研習此功甚久的勤勉弟子，一讀之下，知是師父手跡，自然字字銘懷，同時一步一步按那操典所記者演練起來。也由於這是一部以心念駕御氣血周行；內鑄腑臟、外攝筋骨的奇術，旁人不覺如何，李甲三且讀且練，頃刻間已經成就了一身渾厚堅實的神功。待他翻讀終卷，黃卷上一字不著，可李甲三對其師畢生之學，竟已瞭若指掌。這便是濟寧李氏所傳的「法輪功」始末。祇不過《七海驚雷》以小說之筆寫此奇突之事，語涉荒怪，聊備一格爾耳。這段傳聞卻旁證了一點：在呂元親炙四支之中，惟濟寧李氏一支從未以「法輪功」之名號召門徒——它甚至沒有任何可茲記誦傳揚的名號，因為這一支自李某（或李甲三）之身始，便翫味出逐字滅跡的微言大義了；何名何不名？正在「隱」這個境界上。

第二十二章 入社

撮其要，探其源，可知李綬武所承襲自濟寧李氏這一支的功法大致上不免沾染了一種遁世的色彩；以飽覽雜學博聞深思而不致用為務。這一支的傳人究竟身懷何等絕技？何等神功？始終成謎。後人祇知道化名「陶帶文」的李綬武極有可能也化名為「留都龍隱」為自己的著作《民初以來祕密社會總譜》寫了一篇所謂「代跋」文字，其實這正是另一種隱匿的表現。而李綬武本人恐怕還算是這一支中的異數，因為他是十數代以來唯一以文字記錄披露了十九世紀末直至二十世紀初，中國各地祕密社會之間複雜轇轕的李氏子弟。作為一個以「隱」為尚、以「遁」為高的傳人，李綬武和他的老祖師爺走的是相反相成的兩條道路。在呂元那裡，最終的體悟是用肉身之死解脫「我之為我」必將對世界有影響、對世人有損益的執念困境——在《七海驚雷》裡甚至還用「屍解」的場面和「字句湮滅」的細節來象徵此一解脫；雖不失誇張，卻切合義理。可是李綬武卻不同，「留都龍隱」的代跋強調：隨緣隨遇、不忮不求，祇是一種立身處世時「為而不有、成而不居」精神的內化，這內化的功夫絕不可以鑽角營深，反而陷入迷障。「隱」應該不是不立文字、不立功業、不立形跡，反而應該是一種滾遍風塵、蹚透泥水、激濁揚清、知黑守白的智慧。謂之智慧，又豈是一人一生等閑可以企及的呢？這畢竟還須累積多少世代的傳衍承啟，日以浸之、月以潤之；萬一遇上個資質頑愚駭劣的子孫，也就前功盡棄了。所幸濟寧州李氏家風淳篤，這李某日後落籍安徽，娶妻生子，也能持保著一脈淡泊寧靜的習氣，歷世以耕讀維繫生計教養，從無一人致仕覓官。十四代單傳下來到李綬武的祖父，已經是個於書無所不讀、於學無所不窺的地步。鳳陽府在地自令尹以迄庶人，皆敬重李氏一家陶然向學，不慕榮利的風華氣度，逕以「素儒李氏師尊」呼之。日後李綬武之所以能寫成《民初以來祕密社會總譜》，其所根據者，不乏自乃祖獨力修撰而成的古本武林史資料而來。而這部古本武林史資料並未成書，僅以散稿存世，其中有相當大的篇幅即是在考校建於北魏時代山西大同雲岡、龍門等石窟的佛像與盛唐「武藏十要」之間的關係。這，正是李綬武不辭千辛萬苦前往國民政府古物保管委員會中幹一名小科員的來歷。

話說民國十八年五月，提調丐幫人丁盜斫九十六顆雲岡石佛頭像的大同分堂堂主邢福雙自逐出幫，隨口說了個江西的去處，再懊悔也來不及了——他是非得流落江西不可的了。實情也果如邢福雙所料：丐幫太原總堂上一聲令下，自山西以至江西沿途省縣諸丐幫堂口弟子無不嚴陣以待，緊迫跟監；看他邢福雙是不是真地上江西投親，從此不再過問江湖中事。如若不然而另生尷尬，便一定跟那失落了的佛頭、甚至「武藏十要」的傳聞有什麼瓜葛。這邢福雙雖說一度神智昏失，掉了記性，不意卻讓那敲門磚三打天靈蓋給打回了神；一回了神，也添了煩惱——試想：他要是尋思不出一條脫身之計，豈不要教普天之下、率土之濱的丐幫弟子監視掌控一輩子？

且說邢福雙行腳年餘，好容易來到了南昌，正愁苦日夜教人盯梢放水、動彈不得，還不得不假意四處打探：當地有沒有一個姓邢的堂叔？其實他自己肚中明白得很；別說南昌一地，就是走遍了江西，他恐怕也找不著這位壓根兒不存在的堂叔。眼見身上的盤纏就要花完，而邢福雙既已自逐出幫，當然不能回頭再幹行乞的勾當，這可就要山窮水盡了。忽值一日，大馬路上迎面走來一個穿西式服裝、頭戴呢帽、足登革鞋的中年男子，兜頭按住他兩肩膀，大喊一聲：「福雙！」邢福雙還沒意會過來是怎麼一回事，那人暗中使勁，居然將他按得雙膝落地，成一高跪之姿，邢福雙還來不及答話，但聽那人又叫道：「你找得我好苦哇！快起來快起來，讓叔叔好生看一眼。」說著倒也奇怪，那人雙手掌心似有千鈞萬擔的磁石之力一般，又將邢福雙給吸拽了起來。偏在這一瞬間，邢福雙耳鼓上傳來一句細微的話語：「還不快認堂叔？」

邢福雙一聽這話，還以為他慌急告天，老天爺又可憐他走投無路，當真賞他一個堂叔解圍濟困來了。且看這堂叔儀貌堂堂，穿戴光鮮，即使不是富貴中人，家道必定也在豐實之上，自然喜出望外，不知不覺掉下幾顆真情至性的淚珠。他一面啼哭、一面也隨之喊叫起來：「叔叔、叔叔！侄兒也找得您好苦哇！您老可終於還在啊！」這話不消說，自然是喊給左近的叫化子聽的。

這位天上掉下來的堂叔隨即搶住邢福雙臂膀，不知道用哪一隻手指頭扣住他曲尺穴；邢福雙自忖也是練家，此時此刻卻渾如一灘爛泥，通體上下沒了一點氣力，任那堂叔半扯半架地拉過了街。偏在這一瞬間，旁側迎過來一輛人力車，車伕稍一停腳，俟兩人登座，便撒開勁朝前飛奔——顯然，這車是早就在一邊伺候多時的了。

坐在車上，那堂叔臉上也沒了笑、也沒了哭，一張煞白板硬的馬臉更長了幾分，看在邢福雙眼裡，倒有幾分白無常的鬼樣。好在路程不遠，車伕箭步如飛，不多會兒便到了地頭。邢福雙教那白無常一抖手，居然便摔下車來，幾乎跌個大踉蹌；昂首斜窺，但見面前是一幢臨街的樓宇，門楣右邊掛著個亮漆木牌，上頭用黑漆寫了六個大字，他祇認得前二字是「南昌」，第四字是個「匪」。這一下可恍惚死人了——邢福雙暗道：這要是個什麼土匪窩，我豈不是逃了前狼、躲不過後虎？可普天之下，哪裡有什麼土匪窩敢在通衢大街之上掛起這麼大招牌現世呢？正琢磨得半天霾、一頭霧，但聽身後的白無常朝裡大門裡喊了聲：「來啊！押到諜報科去。」

「叔叔！」邢福雙回頭陪個諂笑，道：「這是——」

「誰他媽是你叔叔？」白無常說著，飛起一腳，正踹在邢福雙脅下。邢福雙但覺身形一輕，朝大門裡一個小小的院落中飛去。許是白無常用力精準，邢福雙恰給這一腳踹上二門的台階，就讓兩名身著土色制服的衛士給攙進樓裡去了。

邢福雙起初還想掙扎兩下，猛一用勁，才發覺臂膀自腋胑以下血路已經閉鎖，腰際見骨以下也漸漸麻痺——他的四肢可以抵擋者不過是一個「廢」字。那兩名衛士將他拖行到樓上一個陰暗森涼的廳房之中，逕自離去。邢福雙但聞這房裡還有絮絮聒聒的人聲，卻不見半個人影。至於那人聲，可謂南腔北調俱全，說得是又急又亂——似有爭執，又似有極大的惶惑；啾啾嘈嘈，更像鬼狐作語。過了大約有一盞茶的辰光，邢福雙才漸漸聽出其中有四川人、有兩湖人，也有廣東和河北人。一個湖南人說：「大元帥說這樣的重話，不是教親者痛、仇者快嗎？」接著一個浙江人立刻斥道：「大元帥要你我這就去死你我能不去死麼？說兩句重話又有什麼要緊？」那湖南人囁聲再吭了兩句，另一個河北人卻道：「我也認為這話說重了，什麼『我的好學生都戰死了，儘留下來你們這些不中用的。』好像我們也該去死一場——」「不能這麼想！不能這麼想！不可以！」另一個四川口音的厲聲道：「大元帥說得對：現在日本帝國主義者壓迫我們，共產黨又搗亂；我們黨的精神完全沒有了，弄得各省市黨部又給包圍、又給打砸；這樣革命當然要失敗。大元帥是痛心這失敗，才罵我們的。我們想不出個保住大元帥的主意，怎麼連罵都捱不起了呢？」此言一出，眾人忽然安靜了片刻。邢福雙這也才稍稍習慣了在幽暗之中辨東識西，發現自己置身所在的廳堂中空無一物，連桌椅也不見一張；至於那七嘴八舌的人聲，卻彷彿是打從前方的牆壁裡面傳出來的。

正由於四肢動彈不得，邢福雙祇能就地亂滾，想要碰撞些個尖稜之物，先解開一邊腋胑處的穴道，使有一隻可用之手，便可解其餘。不巧的是：放眼望去，這方圓幾丈之內祇有一平似鏡的地面，四邊不知用什麼材料阻隔的牆板，以及一方連吊燈也無半盞的房頂——看光景，那白無常就是要他像個肉球般地囚在此地了。

不多時，牆後又有了人聲，那聲色俱厲的四川人沉聲說道：「如今大元帥眼見就要復起，我們也還祇能一天到晚窮開會，也拿不出具體做事的法子，甚至連幹什麼事也不知道——」「康兄這就責備太過了。」一個河北口音的此時插口道：「現在是把組織訂個範圍、訂個規章的階段。你好比說軍務方面我們要不要管？能不能管？你再好比說財政上頭我們要不要拿主意？拿幾分主意？大元帥已經嫌我們不中用了，那好——我們是該多盡心思多出力、多管些事呢？還是少攬權責少費事、少說些話呢？這中間很有些分寸關節，我們得揣摩得十分仔細才行。」話才說到這裡，頓時響起一片掌聲。先前那抱怨「親者痛、仇者快」的湖南人應聲搶道：「是嘛！要保大元帥的局殆無疑義，可我們這些『不中用的』進如何？退如何？抓幾分？放幾分？自然要好生商量，不是說做就做的——弄得不好，過猶不及，大元帥還是要怪我們的。」

這湖南人的話剛說到這裡，外面忽地一連三聲叩響，接著好似有人推門而入，眾人則是一片鬨叫。而那剛進門的人一開口，竟是白無常的聲音：「看我挖回來什麼寶貝！」話音甫落，邢福雙但聞皮鞋之聲「格登格登」發自壁中，隨即雙眼乍然一亮，面前的牆壁忽然開了個門形的大洞，洞中立時出現了高矮胖瘦，各具體態的十多口子人影。那白無常接著笑了起來：「不是說這行當叫『特務』嗎？不才兄弟就特別給物色了這麼個東西回來。」

「他是什麼人？」四川人雙手一叉搭腰眼，道：「你什麼時候帶回來的？」

「剛在路上撿的。」白無常又是嘿嘿一陣冷笑：「是個叫化子。」說時瞬一眼四川人，刻意放低了聲：「不礙事。」後頭這句話用意至顯，指的是無論邢福雙聽見了什麼不該聽的，都毋須擔心。

卻原來這閻羅殿也似的所在還有隱情。此處不是別處，正是「老頭子」的一幫親信在南昌所設的一個專屬「老頭子」私轄的單位：南昌剿匪總部——日後改稱南昌行營的便是。

這是民國二十年秋的時節。先前在九月裡，日本軍閥對華發動「九一八事變」，「老頭子」以國民政府主席兼天下都招討兵馬大元帥之職，宣示了一個「攘外必先安內，安內必先剿匪」的主張。可是各地的工、農、學生都掀起了一場極其熱烈的抗日運動熱潮，包圍了許多地方黨政機關，請願的請願、示威的示威，大凡皆以發起抗戰為標的。且不說這些群眾裡頭自有錢靜農、汪動如等人。此處先述「老頭子」這一方面——到了十二月初，為了反對「老頭子」的「不抵抗主義」，舉國譁然，竟諍諍然有逼「老頭子」下台之勢。「老頭子」祇得約了他黃埔軍校早期的十幾個門生聚會，商量「如何挽革命於功敗垂成之夕」。

然而當真如「老頭子」所言：他黃埔的「好學生」都在北伐戰事中殉身，活著的都是些「不中用的東西」。這群人在南京聚了三次會，另外還到一爿「浣花菜館」大擺了兩桌酒筵，卻總商量不出一套救亡圖存的辦法。結果還是「老頭子」下帖至上海小東路請來了老漕幫老爺子萬硯方，兩人促膝密談，一談談了三天三夜。萬硯方縱論時局、盱衡世態，給定下個八字真言的方略；所謂「以退為進，再造中樞」。「老頭子」在第四日一大清早即宣布下野，辭去國府主席；然而這祇是八字真言中的一個「退」字而已。

至於如何於退中求「進」，則繫乎「再造中樞」的建言了。在萬硯方看來，「老頭子」固然統有軍權，夙負威望，且領導北伐軍打過幾場風光的勝仗，使驕鎮悍將一時蒲服。但是神州赤縣是個幅員遼闊、人口眾多的國度，想要在三年五載之間仿效秦皇漢武那樣一統天下、包攬寰區，其實是不可能的。「老頭子」倘若想要重整旗鼓，號令諸侯，便不得不暫且容忍中國保持一個強藩林立、分而治之的局面——這正是當年漢高祖大封群臣為王為侯的一個策略——所謂「犬牙相制、磐石之固也」。能保持這樣一個局面，起碼是讓各地表面上已然臣服的軍閥維持其內張外弛、彼此牽制的形勢。在「老頭子」的布局方面，萬硯方建議他暫且同汪精衛合作，促汪氏出掌閣揆；而國府主席則委邀黨國大老林森出任。「老頭子」本人則保留其天下都招討兵馬大元帥之職。如此一來，對日本之戰和問題、對共產之容剿問題，不論急圖緩議，國人自不便將一切責任盡付之於「老頭子」一人之身。

這些建議，「老頭子」困於千夫所指、情勢危迫，也都採納了。但是萬硯方在「再造中樞」四字上卻出了一個大難題。他是「世系江湖」出身——其父萬子青繼前任老漕幫總舵主俞航澄之後成了「老爺子」；而萬子青又可以說是老漕幫在備受天地會黨人脅迫陷害之下的中興之主，自然極受推崇愛戴。對於萬硯方繼承幫務，統領數十百萬庵清光棍，萬子青的遺訓是：「廣結方正、肅遠小人」。這是兩句堂皇的勗勉，自然不外仍是鼓勵兒子多結善緣，但是不要因為交際結絡而親近了不肖的小人——這裡的小人所指的恐怕也就是天地會。然而萬硯方應邀赴南京與「老頭子」密商之際，也沒有忘了將「廣結方正」的道理作成一番「老頭子」聞所未聞的言論。當「老頭子」問萬硯方：要如何「再造中樞」的時候，萬硯方搬出來的卻是他慣熟無比的江湖經。他說：

「大元帥作的是革命事業；在革命事業上，把同幫光棍叫做『同志』。原先不過三、五人，有志一同，便結通聲氣。之後三、五人再去結識三、五人，這便是十多人了，如能同聲相應、同氣相求，幾層遞轉，就有千百之眾。這正是先父遺訓所謂『廣結方正』的道理。大元帥要重整旗鼓，匡復社稷，如果不能尋賢訪能，求才問德，號召一批向所未見、向所未聞的新知，怎麼能一新江山，再締大業呢？以庵清規矩來說：資歷勛績是一回事，想要另開局面，再拓宏圖，豈能不從晚生後進裡拔擢根苗呢？」

此時的「老頭子」尚在老漕幫幫籍，自然要服膺儀節，是以拱明字拳作一長揖，道：「還請老爺子賜教誨。」

「眼前海內初平、群雄分立，許多地方各成勢力範圍；中央政府軍命令鞭長莫及。大元帥若要在各個營壘之間重建威信，非借助於地方上的人力不可。設若不能公開徵辟人才，便祇好潛祕其事，以一特別機關指導，在各地發展組織，收攬人才，要之以青年為主。大元帥莫要忘了：二十年前貴黨孫總理起義成功，不也仗恃著些二十幾歲的少年兒郎麼？方今貴黨分崩離析，難道不是因為這些個少年兒郎一朝顯達起來，皆作功臣元老之態，哪裡還能革人之命呢？」萬硯方一發不可收拾地譏論下去，終於沒遮攔說了兩句不該說的話：「誠若革起命來，老漕幫數十百萬之眾直如一人耳——這些光棍任憑大元帥調遣倒還便宜些個呢。」話才出口，「老頭子」眉峰乍地一蹙，緊緊抿著的雙唇不禁顫了顫，眸光如電似炬地掃了萬硯方一下，萬硯方也才驚覺：不妙！一時興起得意，說出這樣言語，豈不激得對方以為我誇口老漕幫才是真正的革命勢力？

儘管兩人腹中各有猜疑，畢竟「老頭子」還是接受了萬硯方的建議；祇不過這「再造中樞」四字的實務，卻走上了發展祕密組織的路子——因為「老頭子」滿心期待的仍舊是由他一人所出之令、所謀之事、所持之見，必須貫徹四方，而非緩不濟急地到地方上和敵壘內部去發展會黨。於是日後才拼湊兩塊藍圖，成立了一個叫「中央組織部調查科」的機關。這的確是一個如萬硯方所稱：「潛祕其事」的「特別機關」，祇不過它主要的工作並非收攬青年革命人才，而是祕密偵伺、調查、控制乃至暗殺敵人的機構。至於「南昌剿匪總部」就是這機構的前身。

邢福雙先前聽到那抱怨「老頭子」罵人的湖南人叫賀衷寒、那浙江人叫蔣堅忍、四川人叫康澤、河北人叫余洒度。最麻煩的是把邢福雙賺來的這白無常，他姓居名翼，字伯屏，山西人氏。是南昌剿匪總部諜報科的大科員；也祇有他能從萬硯方那種江湖人的角度看這「再造中樞」的工程——祇不過他走得更偏。居翼相信：倘或成立一個特務機關，那麼這機關裡的人便應該像古代宮廷禁軍中的龍武軍——也就是大內高手一般——可以有以一當十、以一當百的武藝，能夠施展「流血五步，決勝千里」的本事。他在這群日後組成「復興社」——諢號「藍衣社」的人們之中最稱陰險狠辣；也最缺乏搞革命、耍權謀、玩政治的野心。此人志之所在便是習武殺人。正當諸謀士反覆磋商，如何形成組織、力保「老頭子」東山再起之際，他一人整天價裝束齊潔，以剿匪總部諜報科幹員的身分四出打探：前兩年在江蘇宿遷一帶地面上流傳出來的那個有關白蓮教「武藏十要」的謠言究竟真偽如何？首尾如何？在他個人而言，當然是寧可信其有的。也說得上是皇天不負苦心人，果然在一年多的明查暗訪之後，居翼從一個山西老鄉的口中打聽出從邢福雙盜斫佛頭到自逐出幫的一節內情。偏偏這邢福雙福無雙至、禍不單行，一頭便栽進南昌府地界，直入網羅了。

居翼自然不便當著眾人鞫問邢福雙那些佛頭的下落，但是在一幫個個兒自詡為「老頭子」貼身死士的牛鬼蛇神面前，他總要拿出個說法來——一則好教人瞧得起，再則將一個尷尬人就這麼拘進諜報科密議重地也非得有個緣由不可——於是他好整以暇地點上一支菸，朝邢福雙噴了一口，道：「這小子今日直著入了社，恐怕就很難不橫著出去了。諸位的會要是還開著，就請繼續。稍頃我要借間壁這密室一用；有意思留下來的也十分歡迎，居某要從這小子身上挖下一部機關來。」

眾人一聽，反而面面相覷起來。會是可以開下去，也可以就此打住，改期再開的。祇不過眾人皆知居翼訊問人犯的手段極其狠辣，誰也不當真願作壁上觀。先是余洒度拱手一揖，道：「今天也吵累了，自凡是發展青年組織這個方向定下了，咱們明後兩日都還在南昌，我看就再會了罷。」說完，賀衷寒和蔣堅忍也撫掌齊道：「我們還要待幾日的。」康澤不置可否地支吾了一陣，卻扭頭衝居翼道：「這叫化子——」

居翼自然明白康澤是不放心這邢福雙究竟底細如何——可是他自己對於能問出什麼口供來也並無十足把握，是以耍槍花兒賣了個關子，沒把話說死，祇道：「此人在敵友之間。我若審得清、問得明，他身上那機關的價值不亞於十萬雄師。萬一他不能成為『同志』，康公是知我手段的。」

康澤這才點了點頭，隨眾人朝門外走，同時扔下幾句話：「大元帥是求才若渴的；祇要是『同志』，就留著罷。」

聽得眾人腳步聲漸遠，居翼才緩緩轉回身來，兩手之間忽然多出一支玻璃管子，內盛淡黃色液體少許，管梢有尖刺長約兩寸，管底另有托柄半截，抵在他的大拇指上。居翼陰鬱慘白的一張臉上乍然浮起了笑意，道：「叫化子！今兒『叔叔』一不楔你、二不夾你，祇給你打上一針。你乖乖聽話，嗯？」

邢福雙渾身動彈不得，哪裡還能反抗？祇見居翼俯身蹲下，將那玻璃管上的尖刺朝他脖根處一扎，拇指壓住托柄使勁兒一擠，一注冰涼似霜雪的物事便滲進他的頸子和胸臆。邢福雙心口一麻、兩眼一花，連哼也來不及哼一聲便暈死過去。

居翼這一針裡裝的正是江湖中人稱之為「通仙漿」的蔓陀羅汁。古人知其用不知其理、明其術不明其道，多以此汁為誘人吐實之刑訊利器。其實蔓陀羅是一種茄科植物，含有阿托品和莨菪鹼兩種毒素。這莨菪鹼若把來當藥用，既可以明目，也可以放鬆內臟平滑肌，達到緩鎮胃痛的療效。然而毒即是藥、藥即是毒；凡物有一治，必有一亂。蔓陀羅的毒亦可以起破壞人腦的作用。服之不當者，計算能力會衰退、語言表達會有障礙、產生幻覺、辨識和判斷力喪失等不一而足。

可是相對言之：遇到意志堅強、性情悍烈之輩，這蔓陀羅反其道而摧之，常常令頑抗者心蕩神弛、意亂智昏，在不期而然的錯亂之間吐露其原本不願說、不肯說的祕密。

居翼這一針扎下去——連他自己都沒想到——竟然扎出邢福雙失落了十八個月的記憶。邢福雙闖蕩江湖多年，稱得上是機關玲瓏、城府幽深。他自己當然也沒料到：一針毒藥注入，偏教他把在雲岡石窟接引佛洞中摩挲佛頭而得的一部「四至四自在」的武藝給喚了回來，朦朧間轉了個心思，暗想：我若趁此刻一舉出手，運用那神功之力，將這白無常給劈了，可說是易如反掌。但是看這什麼社的所在確乎是偌大一個江湖堂口；論氣派、講格局，那丐幫簡直不堪較量。且方才聽他們一群人你一言、我一語，說的都是什麼「老頭子」、「大元帥」等廟堂之上的大人物，看來這倒是一個可以棲身圖謀的幫派。我何不將錯就錯，跟這白無常結納結納？倘或也能躋身於彼等之列，豈不比流落街頭、餐風宿露，還得到處受丐幫子弟監看的下場要強它個千倍萬倍？這個主意才打定，居翼已忙不迭地朝他臉頰上輕輕摑了兩巴掌，道：「叫化子，聽見你居爺問話了沒有？」

邢福雙假作乖巧地點了點頭，隨著喊了聲「居爺」。

「你老兄當年是山西大同丐幫的堂主不是？」

「是的、是的。」

「嘿！」居翼一樂，不覺低聲道了句：「這『通仙漿』果然有效！」也偏就是這一句露了底——邢福雙轉念一忖，更明白了些：原來這白無常給我下了「通仙漿」，怪不得一針扎得我神昏智鈍；好在藥力胡亂衝撞之下，反倒讓我想起那佛洞中的奇怪武功——我這廂且不動聲色，隨他訊問，我便依他語氣神情答去，看他究竟意欲何為再說。

「十八年春天，你替白蓮教勾當了一批石佛頭，據說有九十六顆，有這回事沒有？」

「有的有的。九十六顆一顆不多、一顆不少。」

「這批佛頭呢？現在何處？」

「有一十二顆教先行兄弟攜入泰安境內，給白蓮教的混蛋劫了去，不知下落——」

「可還有八十四顆呢？」

邢福雙自然提防到他會有如此一問，當下心念電閃，將前塵往事想了一通：當時情急無著、進退維谷，且自己又犯了個「撂爪就忘」的失憶之症。他祇記得眾丐幫子弟一見砸了差使，領頭堂主又成了「鼠哥」，隨即一鬨而散。他自己顯見不能照管馱運這八十四顆佛頭，於是索性背著眾人，趁夜暗將運佛頭的「材船」鑿沉，算是銷贓滅跡。孰料天明之後，忘性發作，連沉船之地究在何處都不記得了。可是日後回太原總堂自逐出幫，教那敲門磚一打砸，他又忽忽想起來——祇不過當時並不覺得那些個失落的佛頭有什麼大了不得的用處。直到這「通仙漿」毒性激逼，反倒提醒了他：倘或接引佛洞中祇那兩顆佛頭上的穴圖便能讓他有了恁的能耐，要是能練成其餘，豈不真地要震古鑠今，獨步江湖了嗎？可眼前這一關卻是個難處——萬一他推說不知，難保這白無常不突下殺手，教他死無葬身之地。萬一他據實以告，則眼見就要到口的一塊大肥肉豈不又奉送他人了？便在這時節，居翼哼哼一聲冷笑，道：「我看這一針是不敷裕，居爺再給你補上一針，如何？」

邢福雙聞言雙目一瞑、兩腿一伸，口中吐出一標又濃又腥的白沫，咳了個滿天雪花，漲紅著一張面皮，喘道：「我、我把它們給沉了河了。」

「聽說那些佛頭之中藏著一部『武藏十要』的機關，你怎麼捨得呢？」居翼厲聲逼問，連臉色都益發地白如束紙了。可他這麼一說，反而直似攤了底牌，承認他正是為這傳聞中的武功祕笈而來，這樣正好給了邢福雙一個投其所欲的機會——他知道：掌握了這個機會，非但可以揀回一條性命，說不定還可以反手將這三分不像人、七分渾似鬼的白無常扣在手中，當得過一張護身寶符。若要如此行事，則非得給對方一點甜頭不可。於是，邢福雙連忙作狀，一副忽然想起了什麼緊要之事的模樣：

「居爺說得是、說得是！我又想起來了：原先白蓮教託咱們砍佛頭，其實未曾交代什麼情由；倒是我砍了佛頭之後，尚未起程交運之前，教大同縣政府的太爺給逮起來，關了五天。我聽那縣太爺說：『這臭要飯的不能就這麼問罪發監，求刑結案。』」

「哦？」這突如其來的節外生枝，果然讓居翼遲疑了一下，顯然也迸生了格外的興趣。

邢福雙一見謊言得售，便順理成章地編下去：「縣太爺說：『這九十六顆佛頭切切關乎北五省裡幾個黑道幫會之間的異動。把他關起來，不過是以損毀國家寶物加罪，那麼，白蓮教也罷、丐幫也罷，還有什麼這會那會的棍痞究竟要搞些什麼名堂，怕不就無從查察了？』底下還說了些什麼，太爺沒讓我聽見。總之，幾天之後他們爺們兒就把我給放了。」

「那麼後來呢？」居翼皺著眉，點著頭，顯然是吃了邢福雙這一套：「你把那八十四顆佛頭給沉到哪條河裡去了？」

「就在泰安城外，我們僱的是條運木料的『材船』，離城不過幾里之遙。前頭進城的兄弟沒回來，我心想莫不是白蓮教那幫狗彘不如的東西謀了貨、害了人，那我這幹堂主的怎麼還能由著他們戲耍？乾脆——我是一不做、二不休——把那八十四顆佛頭連『材船』通通沉了河。」

「泰安城外——那是泮河囉？」居翼又追問了一句。

邢福雙的確將那八十四顆佛頭沉了河——不過不是泮河，而是一條叫九丈溝的運河支流——這一點，他當然不能吐實，於是附和著說：「興許是罷！一、兩年前的事了，哪記得這許多？當時我祇想著趕緊把這批扎手的佛頭給扔了，免得回頭又給那縣太爺逮一傢伙。」

居翼聽到這裡，面上第一度綻露了開心的微笑，道：「如今叫縣長了，不叫太爺了——那麼我再問你：佛頭之上到底有什麼好處？」

這一問正問到邢福雙的心坎兒裡；這也正是他準備給居翼的一點甜頭。四下小心張望一陣，他刻意壓低了聲，道：「有，好像有一部行功圖。」接著，他把當年在接引佛洞之中的遭遇說了一部分——祇是非常小的一部分——他讓居翼知道的不過是「四至四自在」中的四分之一，且立刻把穴位指示得仔仔細細。居翼按照他的傳授一試之下，瞿然大愕，道聲：「妙極了！」

邢福雙初學乍練的不過是雲岡石窟所藏武學的滄海之一粟、九牛之一毛。前文說過，傳到唐代，佛門之嗜武者才將各窟佛頂上的門道演化，集成為所謂的「武藏十要」。而邢福雙偶遇巧得者，正是那十要中載入「文殊無過瑜伽」的一小部分——這叫化子為了苟全性命而教給居翼的則是「四至四自在」裡的第三式：「若風之輕盈飄搖」。此外三式，「如水之清澈靈明」、「似火之溫煦柔暖」以及「猶雷之暴烈焦燥」則隻語不提。他肚裡明白：一旦傾囊相授，他恐怕當下就有死無葬身之地的危險。

居翼按那穴位行動，將右手拇、食、中、無名四指朝頂門一按，其膚觸感應一如邢福雙在接引佛洞中的體會一般。而居翼又是個比邢福雙不知高明凡幾的練家；登時身輕似羽，雙腿祇稍稍用了些許力道便猱身竄入半空，撲剪翻騰，旋飛遊舞，一邊樂道：「好叫化子！不枉居爺饒你一條性命。」

「就讓小的跟了居爺，咱們主僕二人何不便上山東尋那批沉河的佛頭呢？」邢福雙一張算盤打得飛快。在他看來，祇要居翼和這幫南腔北調的怪人肯把他當「同志」留用，他不但毋須再畏懼丐幫乃至白蓮教的棍痞逼害，日後說不定還有飛黃騰達之一日。

居翼聞言笑了，猛可吼了一聲，撲身落地，笑道：「那有什麼難處？你這一條賤命既然揀回來了，將來保不準還有大好的榮華富貴可享呢！」

第二十三章　越活越回去

邢福雙入社之後的確幹了幾件可以換取富貴的勾當。《民初以來祕密社會總譜》提到了另一個事件。早在民國十八年中——其實也就是邢福雙還在砍佛頭、運佛頭期間，河南開封出現了一個暴力組織，稱「三民主義大俠團」。為首一人姓戴名笠，字雨農，浙江江山人。這個組織中的重要成員還有田載龍、王天木、胡抱一和居翼，此四人各取其姓名之一字合刻了一個活字印，是為「龍王一翼」——人們可以把「龍王」想像成戴笠，而此四人為其輔佐；當然，這幾個成員也可以把「龍王」解釋成「老頭子」，則「老頭子」歡喜重用這個大俠團的程度也就不言可喻了。

民國二十一年秋，「老頭子」已經復行視事了幾個月，權力益形穩固。是時馮玉祥正準備和中國共產黨合作，要組織一個抗日聯盟軍或同盟軍，由馮氏自任總司令。但是馮玉祥總擔心日後「老頭子」會基於他「攘外必先安內」、「抗日必先剿共」的主張而利用其大元帥之職横加掣肘。於是馮玉祥買了十多個敘利亞籍的兇手，化妝成印度阿三，潛入南京，準備向「老頭子」下手行刺。不料此事早為「三民主義大俠團」的外圍份子所偵知，立即馳電南昌；再由居翼親率邢福雙往南京，兩人聯手，在火車站截下這一批乘津浦火車南來的殺手。這件功勞，居翼並沒有獨佔——他是另有圖謀而然的——因為護駕有功，他得以親隨戴笠面覲「老頭子」。「老頭子」溫言相謝，稱許他是「民族英雄」；自然也問了他對前途有些什麼想法。居翼表示他想請調山東，到北方去替「藍衣社」、「大俠團」開疆闢土。這一點正暗合了「老頭子」從萬硯方處聽來的想法。

但是「老頭子」沒想到的是居翼要上山東不為別的，祇為了邢福雙說過的八十四顆沉河的佛頭。這，也才引出了歐陽崑崙從拍花賊手上救出個小女孩兒的真人實事。關於此事，得從我那彭師母身上說起。但是我非先繞回頭說紅蓮和孫小六的事不可。

約莫就在紅蓮開始變成我「唯一的女朋友」之後，我的生活有了重大的改變——讀書、寫研究論文、發表些小說……諸如此類原本塞滿在我生命中的事變得一點兒也不重要起來。與紅蓮豐盈、飽滿、汁液欲滴的肉體相較，我曾經浸潤其間，不肯自拔的世界——也就是那個祇有白紙黑字、黑字白紙的文學天地變得很不真實、很不具體，甚至可以說非常虛假且非常可笑。我永遠不會忘記，當紅蓮再一次出現在我宿舍門口的時候，我整個人（嚴格地說就是從顱腔以迄於腹腔的這一大塊）彷彿猛然間被一隻挖沙石的怪手給掏空了一下。可是在肉體的感覺上，那一下掏空之處卻有如同時給填入了比五臟六腑還要沉重又堅硬的一綑炸藥——它在剎那間引爆，幾乎炸銷了我所有的神智、理性或思考能力。她穿一襲領口開得有點低的艷紅色連身短裙，露出兩截白胳膊、兩條白腿，底下赤著雙腳，同樣是艷紅色的高跟鞋拎在手裡，手是搭在肩膀上的。她笑著，同時直伶伶勾視著我的眼睛，忽而左眼、忽而右眼，好半天才說：「不是說好了要再來陪你睡覺的麼？」

坦白說：我忘了當時是上午還是下午。我也不記得她離去的時候是白天還是晚上。至於中間這一段，可能是三天三夜，也可能是七天七夜，總之我們既沒有出門，也好像沒有下床。我們連飯都不吃——祇在喘息的空檔隨手往我的書桌上抓一片吐司麵包或者一瓶礦泉水吞幾口。等到我們幹得筋疲力盡，連呼吸都覺勞頓不堪的時候，大概就會沉沉睡去。不論誰睡了，另一個也撐不過太久。等其中一人醒來，就搖起另一個來繼續幹下去。我們幾乎沒有說過話。我不想說什麼，紅蓮似乎也一樣。換言之：我們祇是在用呼吸、呻吟、笑、喊叫以及我們能夠發出的任何聲音——任何沒有意義的聲音——彼此探詢以及回答。

毋庸諱言：那是我的第一次。它一點兒也不像小本書刊或《O孃的故事》錄影帶上所敘述、表演的那樣。完全不是那麼回事。我猜想這跟我全無經驗有關——因為沒有經驗，所以幹那樁事就祇能模仿書上或螢幕上看來的動作。可是我剛才說過：從紅蓮一進門開始，我整個人都給掏空了，什麼也想不起，記不得了。我祇知道通體上下有一股非常非常巨大、腫脹、爆裂出來的力氣，那力氣從毛髮、肌膚乃至血液和臟器的深處湧出，源源不絕、滔滔不止；從數之不盡、視之不清的每一個孔穴中噴出，然後和紅蓮的力氣交會。它們交會之後凝聚成更強、更猛、更緊密的力氣。而且，這凝聚起來的力氣並不會因動作的停頓而消失——它在我們沉睡的片刻間打造一個又一個充滿耗竭意象的夢境。我不住地夢見自己在深海底下朝上泅泳，可是總也浮不出水面。就在我即將溺死或窒息而死之際，紅蓮已然重新騎在我身上，或者用雙腿纏絞住我的腰身，讓我重新開始。

事後回想起來，在那夜以繼日，乃至無日無夜的幾天之中，我祇有幾個很短暫的剎那分了心，於闃暗無光的室內錯把紅蓮看成小五。除此之外，我什麼也不能想、什麼也想不起來——可以將之比擬成一種比獸類行為還要純粹、專注又生猛的衝刺活動。我猜想紅蓮也一樣。彷彿我們是比器官還要簡單的兩塊礦石，彼此一而再、再而三地撞擊著，直到粉碎為止——不，粉碎之後仍不止息——每一粒塵埃屑片仍在繼續尋找著彼此，繼續衝刺、繼續撞擊……於是我們變得越來越粉碎、越來越塵埃、越來越渺小。最後，我們雙雙消失——從內而外，自靈魂而軀殼，由精神而肉體，消失得乾乾淨淨。一切歸於寂滅。

某日的某一時刻，紅蓮從我的身上翻滾下床，將我驚醒。她隨手抓起桌上一瓶礦泉水，往頭頂淋了，像洗澡那樣，一面搓揉著肢體上已經泛起鹽白的汗斑——可是她站不住，最後索性坐到磨石磚的地面上，一面笑、一面沖洗，然後對我說了進門之後的第一句話：

「乾淨了。」

她的聲音像是從宇宙的另一個邊緣處傳來。我隨即闔上剛剛睜開的眼睛，聽那三個字綿綿遠遠的迴音將之前歸於寂滅的、消失的、化為塵埃屑片的、粉碎的我再一點一點拾掇起來。我敢說她的「乾淨了」所指的不是、或至少不祇是用礦泉水沖洗的身體。對我來說，好像還有把此身所有的一切全部拋棄、扔掉，一丁一點兒全不顧念、全不眷戀、全不珍惜的意思。這是我的第一次，不要嗤笑我對它作了許多附會和想像——其實我並沒有為那切膚入骨的真實感受增添任何夸飾性的形容。當紅蓮說：「乾淨了。」之後片刻，我相信我懂得了她的意思——因為那也正是我的意思：我們兩個恐怕都是一無所有的人——在耗盡了最後一滴精力之後，赤條條面對整個和我們遙遙相對的世界，我們什麼都沒給自己和對方留下，乾乾淨淨，連愛情都沒有。

然後紅蓮將剩下的半瓶礦泉水朝我扔過來，我將就著原先仰臥的姿勢，讓那來自也許幾千年前、幾萬里外某座名為阿爾卑斯的山頭融下的雪泉水把自己狠狠淋了個濕涼冰透。

「有件事忘了跟你說，」紅蓮看我把瓶中最後幾滴水努力地朝身上、床上灑著，便笑了起來，一面說：「上一次我從你的垃圾桶裡揀走一張紙條。」

「噢。」我漫不經心地應了聲。

「是一首詞，上面還圈寫了一句話：『岳子鵬知情者也』。」紅蓮俯身下來，手指捲我的髮角，說：「那是什麼東西？」

「你偷我的垃圾？」我猛地坐起身。

「反正是垃圾。」她聳聳肩。

她顯然不明白一個過著老鼠般生活的人其實可以非常非常重視他的垃圾的。我跳下床，忿忿地把空水瓶順手扔向某一面牆壁，罵了聲：「幹！」

接著，她告訴我一件我簡直不敢相信的事──那就是她比我還要「老鼠」；她也是一個在暗中窺伺著他人生命的傢伙，和我唯一的差別祇不過是她不會把那些窺伺來的材料寫成小說，拿去發表。

坦白說：我並沒有生她的氣──如果你是一隻被別的老鼠盯上的老鼠，你是不會生另外那隻老鼠的氣的，你祇會惋歎自己老鼠得不夠純粹而已；更何況你們還翻雲覆雨痛快了那麼一陣。我拾起那個空水瓶、又朝牆上扔了一記──事後我覺得那是非常可笑的一個動作──可是，你還能做什麼？一個完美的女人告訴你：她已經注意你、跟蹤你、查探你好幾年了，你的祖先籍隸、親故戚友、生辰八字乃至於平常過日子的一些個雞零狗碎全都瞭若指掌。你除了摔兩下其實摔不破的保特瓶，你還能做什麼？

她知道家父是在國防部史政編譯局寫《中國歷代戰爭史》的文職軍官。她知道家母已經做了二十幾年針線活兒，替外銷中國童裝的成衣商縫製小人兒小馬小圖樣賺取一點可以補貼我上私立小學、中學乃至大學的費用。她知道我差一點追上一個貌似天仙的同村女孩兒叫孫小五的——祇可惜不知道為了什麼緣故我對孫小五忽冷忽熱、沒正沒經，搞得兩人連見面都有些尷尬起來。她也知道孫小五有四個哥哥、一個弟弟，這個叫孫小六的弟弟每隔五年就會失蹤一陣，不定上哪兒去混了什麼得意不得意的勾當，但是誰也不知道發生過什麼。她還知道我有個老大哥叫張世芳，號翰卿，跟著大導演李行幹道具；以及他其實原先是老漕幫的庵清，後來脫籍出幫，成了逃家光棍。她甚至還知道：曾經有四個誰也摸不清哪個情治單位的豬八戒曾經找上我，但是被我唬弄一陣便再也沒出現過。我插嘴說你比那四個豬八戒還厲害。她說當然，她又不是豬八戒。

「為什麼會找上我呢？你們。」我這樣說著的時候，的確閃過一個念頭：她和那四個豬八戒是一路的，不然她不會幹過那麼多奇奇怪怪的行業，有過那麼多奇奇怪怪的經歷，而且似乎無所不知、無所不能。他們應該就是那種永遠活在人背後的傢伙，祇不過他們不寫小說，他們搞恐怖活動。

「我跟那幾個豬八戒可不一『們』。他『們』是他『們』，我『們』是我『們』——我們原先也沒找上你，我們要找的是萬得福。結果有一回萬得福在雙和市場賣起春聯來了。萬得福賣春聯，就好比和尚賣肉一樣，簡直太不對勁。後來我們才知道：他是衝你去的——」

「為什麼？我他媽礙著你們哪一個了？」

「他為什麼找你我們並不清楚。也許是因為你老大哥的緣故——你老大哥逢人就說他有個叔伯弟弟學問多麼多麼地好。說不定就是這樣萬得福才想盡辦法認識你的。」紅蓮說著又粲然一笑，爬身起來摟住我的背，道：「我們找上你，算是意外罷？」

我輕輕把她推遠了些，看著她脖梗、肩窩上晶晶瑩瑩的小水珠子一顆一顆地朝下滑落，有些滑不到肚臍就乾掉了、有些索性停在奶子上，彷彿知道即使是跑也跑不遠，總也逃不過馬上要乾掉的模樣。這情景差一點兒讓我分了心——不過起碼我的語氣應該是溫和多了：「外面街上那麼多人，再意外也輪不到我罷？」

「那麼多人，也不都能認識萬得福，又同時是那彭師父的徒弟啊？」

「彭師父？彭師父根本不是混事的，」我幾乎要爆笑起來：「彭師父連教拳法都是混假的，『你們』那麼厲害會不知道嗎？他祇會一套練步拳，從大陸逃出來的時候帶了幾十兩金子，花光了沒轍，當掉師母的金戒指、金耳環、金手鐲，買了一把大關刀插在門口，說是開武館、教拳術、治跌打損傷，其實祇有一味藥，不論治什麼內傷外傷，都祇有那一味藥——」

「高粱酒泡樟腦丸，」紅蓮搶忙說道：「樟腦丸泡高粱酒。對不對？這倒是遠近馳名。可是為什麼祇有搓他泡的樟腦丸可以止血去淤、舒筋活骨呢？為什麼祇有喝他泡的高粱酒可以治傷風咳嗽、頭疼腦熱、甚至還管治拉痢帶便祕呢？」

她說得沒錯。我們村子裡大大小小三百口人有病沒病會先穿過市場口去找彭師父，這是慣例。大夥兒願意跟著他學那套踢狗狗不咬、打貓貓不叫的爛拳法，其實也都是家裡大人的意思——因為據說凡是叫他一聲師父的看病拿藥打八折，排得上入室弟子的打對折。此外，彭師父的武館後門是個淋浴間，隨便什麼人隨時可以進去沖個涼再出來，一概免費。他還有個教大人們放心的規矩：自凡是跟他練過一天拳法的，出門就不許跟人打架過招，違犯了這個規矩要頂板凳跪碎磚場子。我們孩子家背後都說：這是因為彭師父的拳太爛，爛到誰也打不過，祇好不許人試手，因為一旦試出了高低，他彭師父的兩手三腳貓的功夫就無論你打幾折也沒人肯領教了。可是話說回來：村子裡的大人要靠彭師父的藥酒長命百歲，你又有什麼辦法？

紅蓮這樣說起來，聽著不祇像是對我一個人的種種過往熟極而流，就連對我們那一整個破爛眷村的生活環境都能如數家珍、歷歷如繪。我於是一聳肩、一攤手，認栽了；翻身倒回床上去，有氣無力地對著天花板歎了口氣，道：「要幹嘛你就直說好了，我反正爛命一條，沒什麼好賠的。」

「我又不是那幫豬八戒，幹嘛這樣講話？」紅蓮頓了頓，嚥口唾沫，彷彿狠狠吞下一口多麼大的不愉快，才勉強微笑著說：「其實，我們也不知道該不該麻煩你。可是有件事實在很要緊，跟這件事有點關係的人又都跟你有些來往，有些瓜葛。所以──」

「所以你就跑來跟我打炮？」

紅蓮猛地掃我一眼，瞳人正中央迸出兩顆如星芒電火般耀眼的閃光，一瞥而逝，似有無限委屈，可又無從辯白──或者是她認為我根本無從理解──總之，她就那麼看了我一眼，好半晌才繼續說：「我跟你打炮祇是因為我想跟你打炮；就像你跟我打炮祇是因為你想跟我打炮一樣。反正打炮就是打炮，不是嗎？」

「這一點很對。」我近乎有些負氣地用力說道。我心裡也許不是這樣想的，可是每當我所想的跟所講的不一致的時候，我講話就會特別大聲，而且會重複：「你這一點說得很對。」

但是紅蓮似乎無意在打炮這個辭，或者這件事上繞什麼無聊的圈子，她的語調溫柔、語氣平和，用字非常謹慎，像是背出來的講稿一樣：「我們有一段時間誤會你接近孫家那女孩兒是別有用心的，可是後來我們發現你根本是局外人，你什麼都不知道。」

「那我是不是可以知道：你『們』又是哪一『們』呢？」我打了個冷顫，隨即順手抓了個枕頭，緊緊抱住。

紅蓮沒有立刻答我，臉上反而露出了一種令我覺得既陌生、又熟悉的表情——陌生的是這表情第一次出現在她的臉上，熟悉的是它讓我馬上想起那年在彭師母的菜畦旁邊看上去心神蕩漾的小五；一個在想著另一種生活、羨慕著自己永遠也不可能成為的一個狀態的那種神情。

接著，紅蓮不知道多麼輕又多麼重地咬了兩下下嘴唇，咬得泛了白又潮了紅、潮了紅又泛了白，才說：「以後你會知道：我們、我們是黑道。是暴力團。是地下社會的成員。是恐怖份子。我們世世代代都是這樣的人而且永遠翻不了身。」

「有那麼厲害幹嘛偷我的垃圾？」我哼了她一鼻子，把那句「你以為我他媽是給嚇大的？」和了口唾沫嚥下肚去。因為我忽然從她的眼眶裡瞥見盈盈汪汪的兩點淚光——那當然不是什麼悲傷、哀痛的淚光，而是一種好容易說了什麼實話，可是人家篤定不會相信你，而激出來的淚光。我太知道這種東西了——我每回跟所裡那幾個看我寫小說不爽的教授討論什麼學術問題的時候，他們總皺著鼻頭、眉眼微微勾掛著一抹笑意地聽著，我才說完，他們就樂了：「張大春！你又在寫小說了？」那一刻，我的眼角裡就藏著這種東西。

但是紅蓮畢竟沒讓淚水落下來，她還是淺淺一笑，道：「真要是偷你的就不讓你知道了。我現在祇問你三件事：你認識岳子鵬嗎？」

我搖搖頭。

「萬得福見過那張紙條沒有？」

我又搖搖頭，但是忍不住多說了幾句：「可是那闋詞本來就是他和我老大哥拿給我看的，他說他看了十七年看不懂，要我看看。」

紅蓮點了點頭，走到床邊，把那隻腕子上刺了朵紅蓮花的手往我臉上磨蹭了半天，像是有些兒依依不捨的意思，然後才緩緩地說：「第三件事：可不可以答應我不要跟任何人提起那張紙條上的『岳子鵬知情者也』？」

「那可不成！」我更猛烈地搖起頭來：「受人之託，忠人之事。不管是萬得福還是我老大哥，祇要他們再來找上我，我是非說不可的。」

「如果我告訴你：這樣會害死他們呢？」紅蓮冰涼冰涼的手停下來，想了想，又說：「你總不希望你老大哥哪一天又被什麼燈架子砸一下罷？」

一聽這話，我倒有一種腦袋被燈架子狠狠敲了一記的感覺——她是什麼意思呢？這是出自善意的警告？還是惡意的威脅呢？會是她，或者她「們」下的毒手把我老大哥打得頭破血流嗎？還是這後面真有什麼見不得人的黑道、暴力團、地下社會和恐怖份子呢？我這個轟然作響的腦子忽地靈光乍閃，從她先前的話裡找著一條縫隙鑽了進去：「萬得福也好、我老大哥也好，他們混黑道的也就算了，我沒話說。可是你剛才還說盯上我也因為我是彭師父的徒弟。難道彭師父也是黑道暴力團地下社會恐怖份子嗎？也有人要打破他的頭害死他嗎？」

「你彭師父——」紅蓮沉吟了半晌，才道：「就是岳子鵬。」

彭師父，一個每天提著個空鳥籠子四處蹓躂。成天價垂著頭、哈著腰、佝僂著脊梁骨，天氣再熱也圍著條毛線圍脖兒的糟老頭子。我們這些奉節儉持家的父母大人之命，不得而已，拜之為師的小孩子、小伙子們背地裡給他取過一個外號，叫「越活越回去大俠」。這外號的源起是他老婆彭師母得的一種怪病，每當她發病的時候，整個人的意識就退回到記憶裡去，而與現實的一切失去了聯繫。據說她這樣倒退著活並非漫無邊際，而是有條不紊地、好整以暇地從四十歲上往回一點一滴地過，衹不過節奏有時快些，一年倒退好幾年；有時慢些，好幾年退不了幾個月。不發病的時候過一天算一天，比什麼人都實在。彭師父常在她不發病的時候和她口角，罵她：「越活越回去。」彭師母並不知道自己真地會發這種越活越回去的怪病，自然不以為忤，於是也經常反口罵彭師父：「你才越活越回去！」這，就是「越活越回去大俠」的典故。在全村百來個小輩的眼中，「越活越回去大俠」是個笑話。我猜想：除開長了一身孬皮懦骨的孫小六之外，沒有誰尊他敬他如當面口中所喊的那一聲「師父」。當然，恐怕也衹有孫小六打心眼兒裡認這筆師徒帳。對於我們這些為了看病打折而拜師的徒弟們來說：彭師父要比彭師母還可笑一點。

可是，當紅蓮那樣說的時候，我忽而有一種笑不出來的感覺——雖然彼時我並不知道岳子鵬是個什麼東西。紅蓮的結論簡單、明確、斬釘截鐵：岳子鵬這個名字已經在江湖上消失了十七年，可是彭師父在雙和街菜市口過他那種近乎窩囊廢的拳師生涯已經不祇二、三十年；換言之：不能說是在十七年前發生了一件什麼事，使得岳子鵬改名換姓或者改頭換面，而是早在二十甚至三十年前，岳子鵬這個人就已經在過一種兩面的生活；直到十七年前，發生了一件什麼事，使得以岳子鵬之名而行的那一面的生活中斷了、消失了、不復為人所知所憶了。問題是：什麼人才需要過一種兩面的生活？又是什麼事使其中之一面永遠不能復見天日？

「不把岳子鵬——或者你彭師父——的底細搞清楚，『岳子鵬知情者也』就會是太危險的一句話。」紅蓮的第一個結論是這樣的。

「對誰危險？」

「對萬得福、你老大哥、我們、還有你——當然，對你彭師父來說也一樣。對任何人都危險。」這是紅蓮的第二個結論。

她的第三個結論似曾相識：「改天再陪你睡，嗯？」

第二十四章　記得當時年紀小

等我老了以後——我是說要等我老到都已經不知道雞巴硬起來是個什麼感覺以後——如果還有人問我初嚐禁果的滋味如何，我可能要花很長很長的一段時間去解釋，但是我一開始會這樣說：「那滋味就好比你知道了一個不能說的祕密之後就老想著用個什麼方法撩撥著讓人知道它一樣。」一種近乎皮下癢的間歇騷動，一直以神祕、顫抖的方式刺激著你的中樞神經，卻不讓你辨識出它真正的位置的一種癢；鼓舞著你、慫恿著你、挑逗著你重溫一個祕密——你太想再確認一次、再確認一次它是不是真正值得的祕密。

我清楚地記得，那是民國七十一年底的事，我二十五歲，還可以在研究所混半年——這半年寫不出論文來，非但得入伍當大頭兵，連拖磨了四年的碩士學位也算泡湯完蛋。可是我真正關心且祇願意關心的事是紅蓮什麼時候會再度出現。我想念她。

那是一種從來不曾從我體內浮湧而出、抵擋不住的情感——我開始想念一個人。也許我該說得更坦率一點：我想念她的身體。這種想念裡絕對摻雜了一種關於遺忘的懊悔在內；我覺得非常地不舒服——猶如忘記了一個極其重要的祕密那樣——一開始的時候，我總是躺在床上，閉起眼睛，幻想著紅蓮再度匍匐近前，壓伏在我身上的模樣。然而很快地，也許祇有幾秒鐘的時間，我已經不能記得她的長相。一切似乎都是非常模糊而不確定的。她的長髮、她的皮膚、她的軀體的每一個看來新鮮又飽滿的部位，那些影像不時地會溶化成完全不同於原貌的東西。有些時候，紅蓮的臉會變成小五的臉，有些時候又變成自助餐店送我辣椒小黃瓜的老闆娘的臉、彭師母的臉、我研究所乃至大學同班同學的臉；還有一次是家母的臉，那一次嚇得我猛地坐起來，拉傷了腹肌。

可以名之為一種驚恐的，我不停地問自己：難道要直到紅蓮下回再突然出現為止，我都無法再想起她真正的模樣兒了麼？難道我的記憶力就是如此之薄弱，以致轉眼便不再能看得清自己曾經那樣親近、那樣狎暱的對象了麼？難道我在和紅蓮擁抱、撕咬、糾纏、撫觸的那每一個片刻就這麼輕而易舉地消失、隱遁，再也回不來了麼？難道——最令我難受的是——難道我一定要這般牽掛著另一個人麼？

整整一個禮拜過去，我祇能做兩件事：昏昏睡去之後不知何時醒來，醒後拎著個礦泉水的空瓶子到飲水機的龍頭底下接水，再拎回房間裡喝一半，剩下的一半像那天紅蓮所做的一樣，從頭頂往下澆淋，直到渾身濕滑冰冷。

最後不知道是緬甸還是越南發現了我。總之他們幾個合力把我架到新莊省立醫院裡去吊了幾瓶點滴。我還記得泰國認為我讀書過於用功，以致神經耗弱，造成心因性的厭食——其實就是潛意識地想自殺，以逃避繳交論文的大限。醫生告訴他：應該不會有這麼複雜，我祇不過是營養不良而已。馬來西亞則偷偷對我說：他認為那醫生什麼都不懂，然後他對我眨巴眨巴右眼，道：「你談戀愛了，對不對？」我說放你媽的狗臭屁。

我在省立醫院住了兩天，打了十六瓶也許是糖水、也許是鹽水之類的玩意兒。那個什麼都不懂的醫生以非常嚴峻的語氣告訴僑生們：不可以再讓我一個人住在宿舍裡了，得把我送回家去，讓家人照料調理一陣。

就像從酒館裡打完架回學校的那一次一樣，我躺在馬來西亞的懷裡，坐在馬來西亞右邊的泰國一路上輕輕拍著我的腿，叫著我的名字，祇不過這一回越南坐在右前座，開車的是緬甸而非紅蓮。他們不讓我自己坐的原因很簡單，他們怕我撐不住。我身體下面墊著條大褥子，活像個嬰兒——載著這個嬰兒般的我，他們開了一個小時的慢車才把我送回西藏路——我不知有多久沒有回過的家。

沒錯，我的家，西藏路一百二十五巷臨街第四棟四樓公寓的底樓，隔著一百二十五巷——這巷子可以會車錯駛，比一般較窄小的街道還寬綽——對面就是莒光新城了。莒光新城不知道已經蓋好多久，住戶似乎都已遷入，窗光鱗次，透著白、透著黃，有人家怕熱不怕冷，大冬天還開著吊扇，將室內的燈光閃得忽明忽滅，打賭那一家子日後都要得散光眼。我緩緩下車、踩踩穩，掃視一圈這個看來我是無論如何也不能澈底逃脫的環境，竟然有一種想要掉淚的感覺。馬來西亞很不識相地摟摟我的肩膀，說：「還是回家好，對不對？」他說的也許是他自己的心情，我應了他一句：對你媽個頭。他笑了，很以為看穿我的心事是件值得會心得意的事。緬甸喊了聲保重，然後，四隻分別來自四個國家的手從四扇車窗裡朝外伸著、搖著，不一會兒轉出了巷口，我依稀還聽得見他們全無半點憂愁煩惱的笑鬧聲。

我站在紅磚道上，抬手摸一下透著白光的那扇窗戶外的鐵柵欄——裡頭燈影之下坐著的當然是家父。向前走五步，我又摸了一下透著黃光的那扇窗戶外頭的鐵柵欄——家母也仍在房裡，應該已經睡熟了。我忽然遲疑起來，打從每一根骨頭的深處（甚至可以說是骨髓的深處），冒上來一股異常濃重、強烈的羞赧之情來。

是的。我居然如此如此地害起羞來了；像是做了一件絕對見不得人的、天大的壞事，且為世人所知，而我不得不面對。套句村子裡最兇悍的徐老三當年的名言：「就好像正在卯管卯到爽歪歪的時候門窗大開，被一馬路的人都把到了的那種糗蛋法兒。」徐老三教我們這種黑話的時候他還祇是個高中生，還沒混成個大軍火販子；我們也都還在唸小學，根本不知道「卯管」就是手淫、「把」就是看、「糗蛋」就是尷尬到極點的意思。可是我們都跟著笑，覺得長大到徐老三那個樣子剛好，剛好天不怕、地不怕了。

可是我已經二十五歲了，剛有過平生第一次的肉體之歡，卻絲毫沒來由地、像個孩子一般地感到羞赧。彷彿咱們張家門兒祖宗八代的顏面都被我丟光了一樣。我掏出鑰匙，正要往鎖孔裡插，猛然間又像在公廁裡撒完了尿那樣抖擻兩下又趕忙把它收回來；一串鑰匙被我抓在口袋裡晃郎晃郎響了不知有多久。等我再逛回一百二十五巷的窗邊，發現連家父房裡的日光燈也熄了。在那樣前所未有的、令人羞赧不安的夜裡，我忽地想到兩個字：寂寞。也就在那一刻，四周無際無涯的靜謐與幽暗之中傳來輕輕的一聲呼喊：「張哥！」

聲音是從巷子對面莒光新城樓下的一個門廊深處傳來的，正當我不知道該不該應聲的剎那，那人又喊了聲：「張哥，是我——小六。」

孫小六，十七歲的青年——比當年的徐老三還要大上一點——從門廊裡忽一閃身，猶如一頭拉拉山裡出沒的黑熊。也許是我的錯覺，其實他並沒有變得太高或太壯；也許他真地長大了許多，祇是我在驚愕之餘不免誇張了那一瞬間的感受。總之，我愣了幾秒鐘，還沒想到要不要走過去的時候他已經欺身過來，站在我的面前，夜色中齜著口白牙對我傻笑。

他的身量顯然要比我大上一號，可是稚氣未脫，笑起來十足還像個小學生。上身罩著件祇有快要老死的人才會穿的藏青色盤扣夾襖——顯然是從不知道哪個爺爺輩兒的親戚那兒接收來的，反而應了流行。那兩年吹中國風，巴黎倫敦米蘭紐約都看得見無肩線、前開衩兒、緄邊帶盤扣的唐裝零碎。不過我敢打個一百萬新台幣的賭，孫小六根本不知道這些——看他的下半身就清楚了：那是條地攤上九十塊錢一條買來的所謂牛仔褲，和真品一樣下水縮三寸，但是晾乾之後再也挺硬不起來，村子裡的小夥子喊道這種褲子叫鳥崽褲，取其爛鳥不硬之義。再往下看，嫌短的褲腳在踝上半尺就打住了，該有襪子的部位沒有襪子，光板踩著雙棉布鞋。我上下打量了他兩回，想不起該同他說什麼，祇好指指他腳巴丫子，道：「還是小五給你縫的鞋？」

孫小六似是有些兒得意地點點頭，道：「我姊也給張哥縫了幾雙，還老問說張哥什麼時候回家，她要我給送過來。」

我也點點頭，接著便想不出什麼可以和他搭訕的話了。可這麼繼續聊下去對我很要緊，因為比起掏鑰匙開門回家來，我情願在這寒風刺臉的街道邊多站一會兒。妙的是孫小六似乎也沒要走的意思，而他大約比我更不會找話閑扯，支支吾吾了好半晌，我不知哪根筋不對了，忽然衝口冒了句：「你現在還像以前那樣動不動就——」我用大拇指和中指打了個榧子，接著說：「好一陣不見人麼？」

孫小六把臉垂得不能再低，看他的鼻翅和臉頰似乎是笑著——那種小孩子家害臊而不得不應付場面的笑——一隻手使勁兒往後腦勺上反覆抓撓，最後實在不得已的樣子，才迸出一句：「真地沒辦法啊！」

「什麼東西沒辦法？」

「我也不想離開家，在家多舒服？可是沒辦法；我要是不去才要倒大楣呢！」

「你是給人綁了票？」我越聽越覺得奇怪，一半也因為這可以是個話題——反正他不說，我就窮問；一問下去，就想起一大串往事來。想起了什麼，我就再問下去，總然不急著進門。

他不答我，拿棉鞋往紅磚上磨蹭，順著磚面上的古錢印子打轉，轉了一圈又一圈。

「那一年我們在這邊頂樓，你還記不記得？」我用下巴朝身後的莒光新城昂了昂：「你玩人家樓板上的鋼筋，結果弄彎了好幾條，還把那些鋼筋胡亂插在暗處，有沒有？」一面說著，我已經想起一個可以誆騙他一記的好主意——

「我不記得了。」孫小六順勢回身望一眼那樓頂，眨巴眨巴眼，狐疑地說：「是我爸揍我的那天晚上嗎？我不記得有什麼鋼筋啊！」

「你當然不會記得，可後來你知道出了什麼事嗎？」我強忍住笑，一本正經地瞎編下去：「你祇不過是手癢，隨便撿幾根鋼筋來彎一彎、杵一杵，可是誰知道呢？人家在頂樓施工的泥水匠怎麼會想到有人那麼手賤，在暗處設了機關，結果第二天晚上就有一個倒楣鬼給絆了一跤，從電梯洞裡摔下來。」

「死人了嗎？」孫小六這一下慌了，兩隻眼睛瞪得鈴鐺大。

「從十二樓上摔下去，你認為還活得了嗎？」接著，我告訴他有四個五十多歲，穿青年裝的老青年來查這件事，發現頂樓地上的鋼筋環並不是原先的設計，他們非常仔細地找出幾枚「十分可疑的指紋」，發現那指紋竟然是一個小孩子的。說到這裡，我刻意作出一副輕鬆自在的模樣，抬手拍拍他的肩膀，道：「反正已經過了五年了，你也已經不是小孩子了；他們那時候沒找上你，現在當然也沒理由再找你，對罷？」

可是——一如我所預期的——孫小六益發地緊張起來，兩隻垂在身側的手掌不停地在鳥崽褲的邊縫上搓著。最後，彷彿下了個極大的決心似地開口問我：「那我還是有罪嗎？」

「過失殺人，當然有罪。不過那時你還小，應該不會判你刑的；頂多你爸要進去蹲幾天，管束不周嘛——不過還是要看他們抓得著、抓不著你就是。」

「我不能再給我爸找麻煩了，他會掐死我！」孫小六一面說、一面急急回身，跑到對面大樓門廊前的石階上反身坐下、起立、又坐下，用雙手掩住臉，十隻手指頭儘往髮根深處插搭。我繼續朝我設定的計謀走上前，說下去：

「奇怪了！你以前不是告訴過我：你可以讓人『找不著』你，人找不著你你擔什麼心？」

「我是無所謂。」孫小六依舊愁著一張臉，環臂抱膝，遮去鼻口，聲音倒像是從褲襠裡發出來的：「可是不能再給我爸媽找麻煩了，我已經太糟糕了，太糟糕了。」

「你是說你動不動就要離家出走，一去就跟死了一樣？」我鎖住他的話，同時往他身邊的石階上一屁股坐下，把聲量放低：「真的沒有任何人知道你去了哪裡？」

孫小六卻不再言語了，把個腦袋又埋進臂彎裡，就像我們小時候常幹的那件事——使勁兒聞自己放出來的屁味那樣。我又追問了一句，臨時還想出了一套拐他吐實的說辭：「你要是肯跟張哥說，張哥也許還有辦法救你；你要是一個勁兒裝啞吧，那幾個穿青年裝的哪天又想起你來，我可是一點忙都幫不上的我告訴你。」

「張哥要我說什麼？」孫小六依舊埋著頭臉，跟他自己的雞巴說。

「第一，你在外面瞎混，有沒有讓任何人知道？」

「可以說有，也可以說沒有。」孫小六說：「家裡是不知道的，外面的話——張哥，你也清楚：不管混什麼，總不能一個人混嘛！」

「那你是混哪裡的？『血盟』？『血旗』？『飛鷹』？還是『竹聯』？」

「不不不！張哥，我沒有混那種；我是學手藝；我師父不准我混那種的，張哥你搞錯了。」

「好。我再問你第二，如果是學手藝，為什麼五年才學一次？一次要學那麼久，還都不同家裡聯絡？你已經搞了幾次了，三次總有了罷？」

「四次了。」孫小六囁嚅著說：「這一次我才剛到家，還沒進門呢。」

接下來我再問他學了些什麼手藝？跟什麼人學？在什麼地方學？學到個什麼程度？……他通通不答，彷彿趴在臂圈裡睡著了一樣。我祇好使出撒手鐧：「我忘了告訴你，那四個傢伙還去找過你師父。」

一聽彭師父，他果然發了怵——脖梗兒挺起來、雙眼直出去，傻了。反正是耗著不回家，我索性一發不可收拾地編下去：「他老人家找我去，要我好歹打聽打聽你這些年到底都在誰的門下混。今天你不告訴我，明天他還是要這麼問你的；你不如跟我說了，我還可以幫你拿個主意。」

這一招看來似乎起了一點作用。孫小六歎了口氣，眨巴幾下眼皮，道：「我很為難的張哥你不知道，所以才隔這麼幾條街，我卻已經好幾年沒去看師父了。」

說到這裡，他又打住，過了也許好幾分鐘，他再眨兩下眼，居然眨落了幾滴眼淚，起初祇是幾滴，在遙遠的一盞水銀路燈映照之下盈盈閃著亮光。接下來可了不得，龍頭開了閘口，淚水串成行，沿臉淌下，收拾不住的態勢。

坦白說：我沒想到一個像孫小六這樣愚蠢又怯懦的孬蛋還能有這麼大的委屈。在我看來，哭泣——哪怕是嬰兒或畜生的哭泣——都應該具有莊嚴的意義；也就是會使人停止思考、停止觀看、停止一切智性活動，而毫不保留地前去撫慰，以便能使之迅速脫離的一種情境。當人因為他者的哭泣而哪怕祇是暫時放棄了智性活動，也就超越了智性，這是我認為哭泣的莊嚴意義。可是孫小六在那樣哭泣的時候，我有一種近乎被嚇了一跳的感覺，好像目睹長出白髮的奇石或者生了四隻腳的怪雞，純粹出於一種突兀的、難以接受的、對物性的不理解。在那剎那之間，我才發覺我根本不認識孫小六。

「我不像張哥你書讀得那麼好，又懂很多事情。我一點辦法都沒有，祇好隨他們的便；他們要我幹嘛我就幹嘛。你知道的張哥，我就是這種人，誰要幹嘛我就祇好幹嘛。我什麼都不行、什麼都可以……」

就在我要問他：「他們」是誰？而「他們」又要他「幹了什麼」的那一刻，從青年公園方向疾駛過來一輛開著遠光燈的轎車，轎車在即將駛過我們面前的時候猛裡煞住，車身打橫，擋住了整條大巷南來北往的通路。幾乎同在下一瞬間，前後左右四門大開，從車上竄出來四個五十多歲，穿青年裝的人物。不錯，就是上我宿舍去鬧譙的那幫豬八戒——真他媽說曹操、曹操到——一時之間，我根本沒想起前些日子編派了一段奇文瞎整他們一場冤枉的事，反而——十分奇詭地——我掉進了自己剛剛才編織的謊言裡；也就是當這四個豬八戒下車站定之際，我還以為他們其實是衝孫小六來的。於是，可以名之為「不知哀」的我居然還拿肘子撞了孫小六的腰眼一下，低聲道：「我肏！說鬼鬼到；他們真地來找你了。」

可是開車的那個豬八戒卻衝我招了招手——掌心向下、手背朝上，五指併攏，在空氣中划兩下，叫狗一樣地道：「過來！」

「叫我嗎？」我瞄一眼正擦著淚水的孫小六，想起自己扯的謊，登時心一涼，嘴裡還硬扯：「搞錯了罷？」

他們當然沒搞錯——他們是那種就算搞錯了也能把錯誤說對、改對的人——車身右後方那個繞過車尾的時候用一種類似戲台上的伶工捏鼻子拖長腔地喊一聲我的名字：「張——大——春——」

同時右前座下來的那個則「豁浪」一下從後腰或是上衣後襯裡掏出一副明晃晃、亮森森，看來是不鏽鋼材質製成的手銬，那手銬也像要先恫嚇誰似地發出冰冷的撞擊之聲。

接著，距離我們這邊最近的第四個豬八戒環手抱胸，慢條斯理地說：「什麼什麼在『大通悟學』之下？又是什麼什麼『密取』？還來個什麼什麼什麼什麼『戒所得』？你小子究竟耍的什麼鳥把戲？今天不弄明白，咱們幾個就他媽是豬、八、戒！」

如果不是那副手銬看起來逼真嚇人，我本來可以登時回一句：「你們早就是豬八戒了！」可是換了任何人，在當時那個處境；我猜頂多祇能像我一樣——故作平靜、無辜、且幼稚地一攤手：「你們是這樣欺負老百姓的嗎？」

偏在這個當兒，我身旁早已站起身來的孫小六拍了拍鳥崽褲屁股後面沾的灰，步下台階，一面應聲說道：「這——其實不關張哥的事，都是我一個人幹的。」說到這裡，他停下腳，回頭望我一眼，道：「張哥！一人做事一人當，我既然害到人家，就該認這個帳；不然就算逃到天涯海角心裡也不踏實。拜託你跟我爸媽還有我姊說一聲，就說大不了進去蹲一陣——蹲一陣也好，省得那些人又來找我麻煩。」後頭這兩句話的聲音忽然低了許多，像是跟他自己在嘀咕。可我一聽就明白了：他以為這幾個豬八戒是衝他來的——在我順口胡編的故事裡，孫小六十二歲那年玩鋼筋失手害一個泥水匠摔下十二樓去——而此刻的孫小六正像個大義凜然的俠客一樣昂然走進那虛構的故事裡去。

我還沒來得及分辯，開車的豬八戒卻搶先一抬手，阻住孫小六的去路，同時朝我一瞪眼，道：「這是怎麼回事？這小屄秧是哪裡冒出來的——」沒待話說完，他下巴頦兒歪了歪，似乎是示意拿手銬的那人對我下手。也就在拿手銬的和他擦身之際，孫小六左手倏忽向旁伸出，右手打個反扣，將開車的豬八戒阻擋他的那隻胳臂繞成了麻花兒，人臉卻「碰」的聲撞上車窗玻璃。拿手銬的祇差一寸之遠便逮住了我的膀子，可他沒逮住，身形卻好似被腳下一灘滑油扯倒——腳在前、頭在後，身軀平平直直騰在空中，胸口橫著孫小六一隻頎長的左臂，這左臂猶似那些特技團要盤子的傢伙們手裡的竿子，一繞之下，那人兜空就旋了個大車輪。

這一切祇是彈指間事，孫小六在同一時刻中叫了聲：「別動我張哥！」兩個豬八戒便不省人事了——祇那轎車的左前窗上落下巴掌大的一灘鮮血，車頭邊地上扔了副手銬，兩個豬八戒哼也沒哼一聲，幾乎像是商量好了似地並排躺在地上。

另兩個這時也已經腳前腳後闖到我和孫小六的右側，先前像個唱戲的似地喊我名字的那個反手從屁股後面不知什麼地方掏出一支黑漆溜溜的玩意兒——等我看清楚那是一把手槍的時候手槍已經飛到三樓高的半空之中，旋著輪狀的花影兒掉下來，掏槍的豬八戒這一回惡吼了一聲。我隨即發現：他的手掌彷彿和腕骨失了聯繫；全靠一層薄皮垂掛著。

剩下一個剛才還同我說「什麼什麼」繞口令的豬八戒趕忙倒退幾步，站到巷子對面的紅磚道上去——說得更精確些：就是站在家父寢睡的房間外面。他兩手反仆在牆上，被自己的車燈一照，眼睛擠成了鬥雞，鼻子嘴也扭著、歪著，過了大約有五秒鐘左右，身子向下一滑，整個人跌坐在地上，動也不動一下了。給踢斷手掌的這個連忙對我們說：「不成！他有羊癲瘋，得趕快撬開他牙巴骨；不然他連舌頭都給嚼碎了。你們得幫我一個忙——」說時，人已經跑上前去，伸出沒斷的左手探進那癲癇發作的傢伙嘴裡，不料卻給「喀叱」一聲狠狠咬住，這一下全亂了。我可管不了那麼多，彎身拾起地上那副手銬，盡力往遠處扔了，再踅到丈許開外的排水柵旁撿起那把手槍。等我把槍塞進柵孔裡，孫小六早已手起一扯，把咬人的病患的下巴頦兒給卸下來，算是救下斷掌豬八戒的左手。不待任何人開口，他又回頭走，把巷當央打橫了的車身祇輕輕一推，那車就靠了邊——不過豬八戒們原來就是自南而北開過來，這一下朝西停靠，佔了對面車道。孫小六顯然管不了那麼多，吁口長氣，對那斷掌豬八戒說：「告訴你不關張哥的事，你們不聽；現在可好，也不關我的事了。」說完掉頭往雙和街、青年公園方向疾行而去。我自然不能留下來，祇好搶步上前，勉強和他並肩走著，同時低聲問：「上哪兒去？我們。」

「到了青年公園就安了。」孫小六的腳步越走越快，快到我幾乎看不清他的左右腿——奇妙的是我並沒有落後；甚至可以說：我走得和他一樣快。然而我是不可能走得這麼快的——就在我狐疑越深之際，才赫然發覺我的兩條腿根本未曾沾地；之所以能夠且行且進，還走得我迎風獵獵面如刀割，完全是因為孫小六的一隻右手掌一直撫按在我的脊梁骨上。換言之：是他一路用掌心吸著我向南疾走。從西藏路復華新村第四棟破公寓弄口，走到青年公園的小側門，在我的感覺中祇花了二十秒鐘。我還來不及跟他說出我當時極端複雜的感受——比方說：驚訝、恐怖、亢奮、緊張、敬畏……以及其他；孫小六忽然閃身鑽進那扇經常有閑人和野狗前來撒尿的水泥短牆，在牆的另一邊悶聲說道：「張哥！你還記不記得以前我們小時候——不不不，我是說我年紀還很小的時候？」

「怎麼樣？」我也學他右一閃、左一閃，閃進第二面水泥牆的時候碰了一鼻子洋灰，登時涕淚噴湧。

「我小時候青年公園還是高爾夫球場，我們進不來，要逛就得去逛植物園，走好長一段路。有一次我們騎車去，還給警衛抓起來蓋手印；那警衛還說：從此以後我們都是有前科的了。」

「嗯。」我捏著鼻子，點點頭，道：「去他媽什麼狗屁前科，全是唬人的。」

「我一直記得小時候的事。」孫小六這一下放緩步子，但是他似乎知道自己要到什麼地方去、要做些什麼，是以他忽而向右走十步，又忽而向前進八步，再折向左走五步，腳尖不時朝土質地面戳上一戳，隨即又繼續大步邁前，嘴裡沒忘了繼續說：「如果能夠的話，我真希望自己一天也不要長大。」

接著，他問我記不記得曾經在植物園的涼亭裡告訴他亭子的石板地底下埋了個黑道大哥，我說記得。他又問我記不記得曾經送過他姊一支翡翠簪子，我猶豫了一下也說記得。他再問我記不記得他、小五和我在更小更小的時節玩兒辦家家酒；我扮爸爸、小五扮媽媽，他卻是我們的小孩。這，我無論如何是不會說記得的，於是狠狠地搖了幾下腦袋。

「我反而記得那些，反而記得很清楚。我爸說我腦子裡淨記一些比垃圾還沒用的東西。可是——」一面說著，孫小六一面蹲下身，把一根兒童遊樂場上的水泥椿子連根拔了起來——是那種碗口粗細、上半截刻意漆成樹幹色，假作砍去上半段，祇剩下半段的樹樁墩子。聽說這種墩子是專門設計了來訓練小孩子平衡感的公園設施，可是多少年來我從沒見過任何一個腦筋正常的小孩子肯到那墩子上去站過一回或者走上半步。孫小六拔起一根來，另隻手朝那地洞裡探了幾把，隨即扔在地上。我定睛一看，才發覺是一大堆松果。孫小六沒住手，再拔起另一根，自然又挖出一大堆松果，口中繼續說道：「可是我總覺得小時候什麼都好，什麼都有意思。我沒讀書；張哥，所以不會說。可我的意思張哥一定懂的。小時候就是無什麼無？無——」

「無牽無掛？無憂無慮？」

「對，無憂無慮。」一邊說著，孫小六已經把拔開的六根水泥樹椿全給種回原先的坑裡，一邊數著散落一地的松果。我終於忍不過，問道：「這是什麼？松果嗎？我們要在這公園裡過冬嗎？」

「差不多。」孫小六連看也沒看我一眼，鳥崽褲口袋裡摸出一個懷錶般大的金屬盤子，覷一眼，又仰臉衡天，手遮亮掌睇了睇，口中喃喃唸了串乾坤震巽之類的咒語，站起來，朝左前方小小心心走了七步，下手放了一枚松果。接著，他的動作逐漸加快；分別從他立身所在的位置向不同方位又各走出五趟，再走回原點。每趟各走九到十八步不等，每隔幾步便再放下一枚松果。這時我注意到：他每回一次原點再出發，都會轉四十五度角或九十度角；且每一枚松果都是尖朝下、柄朝上，看似輕輕一放，其實無論著地之處是柏油路面、或土坡草叢、或紅磚馬賽克，那松果就好似扎進了一塊豆腐或果凍裡一樣，再也搖晃不得。等我數到第二十六還是二十七枚松果的時候便再也跟不上，他簡直就像個電影裡運用快速鏡頭拍下來的鬼影子一樣乍東乍西、忽南忽北，兜前轉後，搞得我暈頭轉向，幾乎要一口吐出前兩天醫院裡那幫人用點滴針打到我體內的糖水鹽水——

孫小六忽然停下來，直挺挺地站在我面前，抬手擦拭一下額頭的汗水，苦笑道：「這個陣複雜一點，時辰過了就不靈了；所以非快一點擺不可。」

「陣？」我愣了一下，彷彿就要想起些什麼人或什麼事情來，可是他話裡的一切太詭異、太離奇，我什麼也沒想起，祇道聽錯了——陣？我看不出青年公園裡的一花一草、一石一木有任何不同。半枯的樹依舊迎風抖動著葉子，因為接觸不良而閃青熾白的水銀燈也仍舊十分科技地亮著。哪裡來的什麼陣？

孫小六這時蹲在一根水泥樹樁上，蜷縮如台灣獼猴作畏寒狀，滴溜溜轉著兩丸瞳人，四面八方掃視了幾圈，才說：「現在誰也找不著我們了。不信張哥你往外退十步，看看我在哪兒？」

我根本聽不懂他說些什麼，可是依言我退了十步——其實不到十步——退到第五、六步上，我兩眼一花，祇覺原先面前的一切都走了樣；漫說那些高高低低的水泥樹樁不見了，連一旁供孩子們攀爬的繩梯、圍欄、樹屋狀的瞭望台、稍遠處的鞦韆架和蹺蹺板、旋轉椅和公共廁所……也全都不見了，代之而出現的是一排三層樓高，修剪整齊的松樹——而且是近二十年前，青年公園尚未開發建設之時，繞圈種植在高爾夫球場四周的那種松樹。我揉了揉眼皮，繼續朝後退足到第十步——也許還多退了幾尺，情景依舊如是：方圓近百公尺以內盡是綠草青松，祇不過在夜色之中呈現一片片深淺不同的黝黑之色。至於百公尺之外，模模糊糊可以看見些許水銀燈泛白的光澤，棒球練習場邊高大的鐵絲網，兩座涼亭和一張仿歐式風格的白漆長條椅。我禁不住「噫」了一聲，喊道：「小六？你在哪裡？」

孫小六應了聲：「這裡。」——他顯然還在原處，也許是我正前方二十尺遠的一根水泥樹樁上。依照殘留在我眼簾上的視象，他應該仍像先前那樣維持著有如台灣獼猴的蹲姿，可是我看不見他。但聽他接著說了句：「照原路走回來。」

「不成，有樹擋著，我過不去。」的確，一排密匝匝的松樹明明橫陳在六到八尺之外，枝幹嶙峋、針葉茂密，不是松樹是什麼？然而孫小六毫不猶豫地從一株樹幹的「裡面」叫了聲：「張哥快過來啊！」

就在那一瞬間，我眼前的樹叢上打橫掃過一束白光，光源是從我身後發出的，一扭頭我看見兩條人影和一支射出刺眼亮光的手電筒直直向我逼近。連想也沒敢想，我猛地撒腿向前衝出，就在幾乎要撞上一株松樹的霎時間本能地閉上眼睛——可是我什麼也沒撞上——孫小六、水泥樹樁、繩梯、圍欄、瞭望台……一切消失了片刻的實景實物又原封不動地出現了。孫小六這時伸出一隻食指豎在嘴唇上；我當然也不敢作聲，任那光束從我身上掃去移來。奇怪的是：那兩個人越走越近，卻似乎完全沒能發現我們。然後我看清楚，拿手電筒那個是青年公園巡夜的駐警，他身邊那個是斷了掌骨的豬八戒。

「明明有個人影的，長官。」駐警說。

「廢話！」豬八戒說。

「而且還有人講話的，長官。」

「我沒聽見嗎？廢話！」

「跑到哪裡去了呢？」

「你問我我還問你呢。」

他們一面說著，一面朝棒球場的方向尋去。我轉頭看一眼孫小六，他輕輕晃著身體，是那種應和著某種旋律柔和、又節奏明快的音樂而搖晃的架式；一、二、一、二。有如吉特巴舞曲——〈在老橡樹上綁一條黃絲帶〉——是的，碰、恰、碰、恰……我跟著晃起來，悄悄哼起我所熟悉的歌曲。越哼越大聲、越哼越嘹亮，最後我索性放開喉嚨唱了起來。

在我開始意識到這天夜裡的經歷有多麼神奇——以及一九八二年台灣流行的文學術語：「魔幻」——之前，我是如此如此地享受著有生以來第一次真正體驗到的自由，一種前所未有的逃脫、前所未有的解放、百分之百的躲藏。試想：一個力圖逮捕你的豬八戒近在咫尺之內，對你居然視而不見；整個世界居然對你視而不見，愛你的人恨你的人知道你的人漠視你的人想念你的人討厭你的人總之對你視而不見。這是多麼美妙的一個境界！

我一遍又一遍地環視公園裡這個被大家名之以兒童遊樂區的地方，最後禁不住像個小孩子那樣興奮地原地繞起圈子來，一圈又一圈、一圈又一圈，終於——可能是由於雙腿痠軟無力或耳輪深處那套司平衡的半規管失去了作用——我仆跌在地，喘息著，口鼻因吸入大量的泥沙而嗆咳不止。但是聽在外人的耳中，那嗆咳的聲音，應該是非常非常快樂的笑聲。孫小六也和我一樣，快樂地笑了起來。

第二十五章　最想念的人

我和孫小六見著彭師母、聽她說往事是好些天以後了。在那幾天裡，孫小六教我辨認遁甲陣的方法，而我們就躲在八八六十四枚松果所形成的遁甲陣裡。每隔兩個鐘頭——也就是所謂的一個時辰——他會移動一到七枚數量不等的松果，說是祇有這樣才能維持這陣的外觀；也就是讓陣外的人一眼看來祇道這方圓一百公尺之內全然是一片松樹林子。關於這陣，孫小六的解說我祇能記一個大概，因為聽不明白，所以饒他反覆講了幾回，我也祇好揀我聽得出來的字記一記：

「我們這個陣是九遁變化裡的第一陣，叫『天遁』。八門之中的開門、休門、生門都可以設這個陣，不過一定要合『天盤在丙奇、地盤在丁奇』之數，以得月精所蔽。如果昨天不是乙卯日，時辰上又走不到兌宮，不能逢太陰，則未必能合『天遁』，也就作不到遁跡隱形。但即使作到了，『時移事往，周流不居』，就必須在一定的時辰的交接點上作一點調整。如果是範圍比較大，內容比較複雜的陣——也就是一陣之中還有二陣、二陣之中還有三陣，陣陣連環，彼此應合的，就要手忙腳亂，不停搬運了。要緊的是『起陣』的材料、方位和時辰，不能有一點差錯。『起陣』起得不好，就會留破綻——就好比，」孫小六又搔了搔後腦勺，想了半天，才道：「就好比你穿了條舊褲子，也不知道襠線炸了，露出個屁股給人看，還逛大街，就是這麼個意思。」

其實——若是按我心裡真正的想法——這種天遁地遁七嶓八嶓的鬼陣儘管再神奇，總不外是仗著外人過於蠢笨才行得通的。好比說天亮以後，打從我們所藏身的陣外經過的人不知凡幾——有來晨跑的、有來散步的、有來跳土風舞、下棋、遛狗、走鳥籠的——老少男女，人人一副精神抖擻，手腳俐落的模樣。可是他們之中絕大部分的人根本不曾注意到周圍這個（也許他們每天都會經過的）小小環境已經起了小小的變化。他們視而不見，一點兒也不覺得兒童遊樂區變成一排黑松林有什麼值得大驚小怪。他們百分之千、千分之萬地忽視著除了他們自己正在幹的蠢事之外的一切又一切。

在一整個上午的五、六個小時之中，祇有一個小孩兒和三條狗盯著我們看了一陣，也祇一條狗對我們吠了幾聲。此外，我們並不存在。我也會這麼想：哪怕沒有擺上這個陣，我和孫小六便祇像兩隻瑟瑟縮縮、盤踞著一根水泥樹樁的台灣獼猴，以那種蹲不蹲、坐不坐的姿勢注視著人來人往的公園一整天、兩整天，甚至三天、五天，也不會有什麼人肯停下來和我們對望一眼。

我大概是在那天接近中午的時候把這個想法告訴了孫小六，當時他正在替我們那個「天遁陣」作「巳午」之交的調整——調整的方法是將對應於九星之中的天芮、天禽和天任三星的松果向南移動三個他所謂的「刻度」。在我看來，就是在八、九公分之外的所在另鑿一孔埋果而已。我一邊看他量著、做著，一邊這麼說道：「你不覺得擺這個陣很像躲貓貓嗎？可是躲了個半天，貓又不來，不是很沒趣嗎？」

孫小六立刻停下手，從來沒見他如此嚴肅地板著臉衝我說：「絕對不是這樣！絕對不是！張哥你不會明白：你怎麼藏、怎麼躲，都可能是沒有一點用處的；到頭來你就是躲不掉、藏不住。

貓要來，牠是一定會來的。你永遠搞不清楚牠什麼時候來、到什麼地方來、怎麼來找到你的。相信我張哥！」

我哼了他一聲，道：「你說昨天晚上那四個豬八戒嗎？」

「不祇他們。」孫小六恢復了原先手上的動作，一面沉聲說道：「還有很多很多很多人，他們隨時隨地都會跑出來；很恐怖！很恐怖！」

在這個話題上，我們不曾繼續談論下去。不久之後，孫小六開始教我一些出入陣的身法和步法——最重要的是一種叫「眼法」的門道。所謂「眼法」，其實就是觀察一個環境之中有沒有出現什麼不太尋常的東西的一種能力。比方說：在一般的柏油路面上莫名其妙地生出一株蘑菇，在水泥建築物的外牆上赫然冒出一片柳葉、一朵雛菊或者一個地瓜，在晶光水亮的瓷磚地板縫裡杵著一根毛髮或一粒花生仁兒、瓜子仁兒——這些原本不該生長在某個人工環境裡的自然物一旦出現了，就有可能是一個陣的零件。練「眼法」為的就是能一眼看出這些陣的零件，再找到其他零件的分布位置；掌握出那零件的數量——無論多少，同類的自然物總以平方數的量（二二得四、三三見九、四四一十六、五五二十五……）出現——再勘察其方位、推算其時刻，便大致可以明白這陣的用途、規模以及存在的久暫。經驗累積得多了，還能看出擺陣之人的目的和師承家法。

「練『眼法』是第一步。」孫小六拍了兩下我的肩膀，道：「我們會擺陣，怎麼知道旁人不會擺陣呢？我們擺陣是為了逃命，怎麼知道旁人擺陣不是為了害人呢？」然後他告訴我：曾經在一個市立游泳池裡看見一個人游泳，來回游了十圈、二十圈、一百圈、兩百圈，最後活活累死在池子裡，大家都以為他是溺水，卻不知道池底四角各有一束他自己的頭髮給人種在馬賽克的縫裡；他其實是入了人的陣，怎麼游也游不出來。

「水裡也能擺陣？」我說我不信。

「水裡火裡風裡雨裡哪裡都可以的。而且我跟你講張哥——」孫小六瞪起一雙大眼，道：「我還在一個陣裡住過好幾個月呢！當時什麼都不知道，到後來我學會擺陣了，才一點一點想起來：我真地在一個陣裡待過，祇是外人看不見我、看不見我們罷了。」

坦白說：一直到他說這些，我祇能在驚愕讚歎之餘搖著頭，告訴自己：我不相信；我不相信超自然事物能在自然中顯現或存在，且逃脫自然律的控制。是的。我看見了，也聽見了，甚至還因視聽感官之過於逼真而微微產生了觸摸得到一些什麼的幻覺。但是很抱歉——我在大腦的某一深度皮層裡跟孫小六這樣說：很抱歉，我不相信這些；我認為你就是從小被什麼拍花賊給拍出去流浪，把腦子燒壞了。但是，有另外兩個原因阻止我把這些說出口來。第一，我跟這小子耗了大半夜加一個早上，不就是弄假成真地想要問出些關於他離家出走，下落不明的往事嗎？第二，現在我自己不是當真也陷在一個外人不可察知，也無從置信的松果陣裡嗎？

在接下來的十幾分鐘裡，孫小六告訴我他所「住過」的那個陣，讓我不得不澈底推翻了所有的疑慮——因為當時的孫小六才不到一足歲，叫兩歲；那是剛過了陽曆新年的緣故。中華民國五十五年一月十九日，農曆乙巳年臘月二十八日。這一天清晨，才幾個月大的嬰兒孫小六還給抱在他姊小五的懷裡，剛從花蓮坐夜車回到台北。帶著小五姊弟倆上花蓮去玩的是他姊弟倆的爺爺，我依稀在年紀很小的時候見過也許一次、兩次，但是可謂沒有什麼印象；一定要說有，那印象恐怕也是後來小五說起她爺爺長、她爺爺短的來，我就像聽故事的人想像出故事裡的人那樣，為孫家的那個爺爺製造出一點印象來：孫家爺爺應該長了一部長長的鬍鬚，和孫小六他爸爸孫老虎一般左右兩道戟張的劍眉，也許沒那麼醜、也許還醜些；不過這不大要緊，總之在我腦子裡有那麼個面目模糊的人物就是。

小五曾經跟我說過：孫小六出生沒多久，他爺爺忽然神祕兮兮地跑回家來一趟，說要問一問他的小孫子出生了沒有？生在哪一天？什麼時辰？孫媽媽告訴他之後，他臉上一陣青、一陣白，一部長鬍子一根根炸開，哭了幾聲，又大笑一回，折騰了老半天，突然趁孫媽媽轉身餵孫小六，沒注意的時刻悄悄對小五說：「晚上我再來，帶你們姊弟倆到山裡玩兒玩兒去——可有一樣，別跟你爸媽說。」這天過了天黑不久，貓狗人鬼早早都睡下了，小五那怪爺爺果然又到我們原先住的那個老眷村去。他大概是從遼寧街方面的小弄子鑽進來，由廚房和臥房之間的天井鑽進屋子，把小五和她弟弟抱在兩個臂彎裡。依照小五的形容，不過就是「嗖」的一聲出了天井，連蹦帶跳走屋脊、跨小巷，沒兩下就上了南京東路，順手招了輛三輪車，直奔一個燈火通明的車站，坐上一輛不知什麼號的公路局，搖搖晃晃、顛顛簸簸；中間還換了三、四趟車，終於在正午時分說是到了。小五下車一打量，四周俱是插天高的石山，花樹稀少，人煙全無。她那怪爺爺說：「咱們給這小子好好兒洗個澡。」

小五心裡覺得奇怪，可當時她還祇是個八、九歲的孩子，想不出什麼違逆或者抗拒大人意思的話語，祇好一路跟著她那怪爺爺到山裡採草藥；一採採得兩大麻布袋，左一肩、右一肩，怪爺爺還騰得出兩隻手來抱孩子，剩下的就祇是一張嘴了。這張嘴負責發號施令，教小五辨認山裡的各種植物：可以吃的、不可以吃的、吃了補什麼的、傷什麼的、自己吃決計不行、可是不妨給壞蛋吃上少許的。這叫「神農功」，是世間一等一的練家子必備的基本功。還有的草藥性奇特，未經熬煮生吃著是菜，一經熬煮便成了藥；另有的生吃著是藥，熬煮之後便成了毒。更有的生熟皆不好吃，但是塗抹在皮肉上卻能引起沁涼灼熱之類不同的感應，那也有療效，可以治些病。

採集了足量的草藥，怪爺爺便抱著孫小六，領著小五，來到一個僅容一人出入的峽道。據日後小五的形容，那峽道看來不過是一整塊半山高的大岩石，從上至下裂開條細細長長的縫；這縫蜿蜒下行，到兩層樓高之處才稍稍寬了些，以下漸低漸寬，至離地三、四尺的所在剛夠一個大人彎腰側身而過，擠行十幾步便得摸黑，再往裡挪移幾十步才稍可見光。斜身爬一小段，洞口豁然出現，外面——也可以說是裡面——竟然有兩條淙淙細流，一流清、一流濁。濁水極冰涼、清水則冒著熱蒸汽，兩流相會處是一個五尺方圓的池子，旁邊的空地僅能容怪爺爺和小五一蹲、一站，勉強扶壁挨靠、不致落水。

怪爺爺不由分說先將兩麻袋裡千奇百怪的草藥倒進池裡，不多時那池水便染出了碧綠碧綠的顏色。那個綠，小五形容得就像彭師母園子裡的正月蔥、二月韭，「看久了人眼珠子都泛草香。」小五說：「別處沒見過的，說它是『綠』色都嫌糟蹋，『綠』字太重了。」怪爺爺說那綠叫「蘿碧」，非得綠得近乎透明，才當得起這個詞兒。一面說，一面居然就把孫小六給扔進池子裡去了。小五教他這一扔，嚇得差點兒沒哭出聲來，可她怪爺爺卻笑了：「你讓他泡著罷。小孩巴芽子家生來就有水性，不愁！」

那廂孫小六「噗通」一聲掉進池子，「咕嘟咕嘟」喝了幾口，先往下一沉，隨即撲手打腳掙上水面，回臉朝他爺爺和小五嘿嘿一笑，露出才長出來的四顆門牙。小五放了心，可仍忍不住問道：「為什麼跑到這麼遠的地方來洗澡？」

「這孩子將來命途險惡，一輩子要受人欺負；打熬不過，說不定就得夭折，要不也落個死於非命。」

「死於非命」是小五生平所學會的第一個成語，怪爺爺解釋給她聽的時候是這麼說的：「活到老頭子我這把年紀還不死，就是命；活不到我這把年紀就死了，也算是命。可是不論活得多麼老、多麼小，自己還不想死卻偏偏死了，依我說就是『死於非命』。」

為了不讓倒楣鬼孫小六在不想死的時候就死掉，這怪爺爺想出了洗澡這一招。小五後來回憶這段往事給我聽，我起初不太相信；哪能把一個出生才幾個月的嬰兒扔進草藥池裡一泡三天？當時孫小六沒有死於非命才真地見鬼了呢。

也許是泡法不一樣罷？照說把個活人往那樣忽冷忽熱，又泡著百把斤草藥的水裡浸上一段時間，人就跟一把泡菜沒兩樣了。可是——小五說——比較奇怪的是那池子水。孫小六在池水裡盡情嬉耍玩樂，一轉眼便嫻習了水性；不出一、兩個小時，其實已經玩兒得筋疲力竭，卻還不肯罷休，一翻兩滾三打抖，靠著岸邊便浮在水面上睡著了。怪爺爺當下露出安心得意的表情，對小五說：「成！一、半個時辰他還醒不過來，咱們再去採些草藥來。」

小五所說的一池子怪水就這麼托著、捧著孫小六肥肥胖胖、結結實實的軀體，勢如托棋、形若襁褓。等怪爺爺和小五祖孫倆出洞上山，採足兩麻袋草藥回來，原先一冷、一熱的兩股活流沖湧之下，池水已逐漸恢復了說不上清、也說不上濁——然而越近透明無色——也就是浸泡草藥之前的那種色度。顯然，它的浮力也同草藥有關，因為孫小六的身子已經明顯地下沉了些許，不如方才初入睡時那樣高高浮出。直到怪爺爺再將兩麻袋草藥傾進池中，「蘿碧」染開，孫小六也醒了，大口吞喝著池水，就彷彿汲飲奶水米湯的一般。之後精神一抖擻，便又踢蹬拍打，戲耍起來。

在那三天之中絕大部分的時光，祖孫三人就是這樣度過的。怪爺爺和小五餓了就另外摘些野菜、熟果吃，渴了就捧池子水喝幾口，睏了便在石穴或池邊窩窩、躺躺。總而言之：孫小六當了三天魚，怪爺爺和小五當了三天蟲子。告訴我這些的時候，小五並不知道那三天澡洗下來，孫小六便如何不致死於非命了，可是她自己卻練就了一身在我看來簡直不可思議的本事——她能辨識五百到八百種用之為食料、藥材以及毒餌的野生植物，這一點對四體不勤、五穀不分的我來說原本可以祇是雕蟲小技，可是很久很久之後，在我根本不可能料想到的某個時空裡，小五靠這本事救了我一條性命——不祇是我，還有孫小六。除此之外，怪爺爺摘採草藥的空閑還教給小五另外一門技術：辨認深深陷藏在普通山石裡的珠寶。

是的。小五曾經跟我說過這麼一段話：「所以我說：人也是一樣，有的人呢有這個長處、有的人呢有那個長處；這些個長處那些個長處都藏在裡頭，旁人看不出來，自己也不知道，大都浪費了、可惜了。要是有那眼光好的，可以看得出人裡頭藏著的寶貝，就會知道：人人都是寶石，單看你拿不拿它當寶石罷了。」

這些，就是怪爺爺告訴小五的。我猜小五很從這段話裡琢磨出一些她認為完全吻合於人生在世的什麼什麼情境的意思。聽這話時她還是個沒發育的小女娃，轉告給我的時候已經是兩乳尖尖、豐臀翹翹的少女。等到聽孫小六說起擺陣這一套來，我已經二十五歲，小五當然也二十五了，我有好一陣沒認真聽孫小六說些什麼，祇覺得當年沒好好把上小五，似乎是錯失了一顆碩大的寶石。然而，即令你知道那是寶石，在錯失它多年以後，彷彿也祇能在假意不在乎什麼寶石不寶石的偽裝之下直把她當成一塊平凡無奇的山岩而已——這樣作想之際，其實我自己已然是頑石一方，上覆污沙爛泥，包裹著內在不堪一擊的尊嚴。一片朽敗，從裡到外。

也就在這麼恍恍惚惚，可以名之為一種出神狀態、思念狀態之下，我遺漏了孫小六說的某一段話，可是它一點兒也不重要，因為那一段正是小五告訴我：祖孫三人到花蓮採草藥、洗泉水、找寶石的過程。那是孫小六還沒長記性的年月，他自己十成九也是聽他姊後來告訴他的；換言之：正當我想念著小五的那片刻之間，孫小六正在非常非常認真地向我訴說一個我已經知道的故事。

可是我所知道的祇有一半。我所知道的祇到民國五十五年一月十九號中午為止。怪爺爺帶著小五和洗得渾身發出綠光的孫小六從台北車站的不知東站還是西站某處下車，再轉搭一輛三輪車回南京東路。可那三輪車伕說：方圓幾里之內交通管制，往南往西都不能去。怪爺爺說我們往東北。車伕說東北他也不去，他要上西南邊看熱鬧去。不是管制了嗎？怪爺爺說。車伕說他走路；這熱鬧非看不可，一輩子看不見一次，豈能錯過？怪爺爺說什麼熱鬧一輩子看不見一次。車伕說發大火了；西門町中華路新生戲院燒起來了。「新生戲院？糟了。」怪爺爺想了想，低頭跟小五說：「這火要是真能燒那麼厲害，其中必有緣故；爺爺又不能閃下你們姊弟倆。這麼辦——爺爺帶你們去看一眼，萬一是尋常火警，咱們另外想法子繞到小南門那一頭回家；萬一有什麼不對勁兒，我也知道個底，到時再作打算。」小五哪裡能有答應不答應的分寸？總之是跟著爺爺。

說時遲、那時快，怪爺爺先將孫小六包裹停當，紮綑入懷。見那車伕逕自去遠，回頭撬開人家三輪車座椅底下木箱，從箱裡扯出一床被單撕成長條，兜胸綑綁三道，成一環狀褡背，把小五放在其中，反手揹在背上，覷一眼四下無人，找了根灰不溜秋的水泥電線桿，猱身攀上，再沿著上頭的電線疾行向西，越過北門城樓、小公園，不多時來到中華商場的第一棟「忠」字棟——這就更省事了，怪爺爺深提一口長氣，鼓手如翼、蹋腿如輪，小五祇聽耳邊傳來「叭噠叭噠」幾聲抽打，瞇眼成縫，卻從縫中看見這地上的人車都朝橫裡歪過去了；原來她怪爺爺自電線上一躍而至商場側牆，也不變化身姿，就這麼橫著一步又一步沿牆直上，不多時便登了頂。祇這中華商場以忠、孝、仁、愛、信、義、和、平為名，自北而南，一字排開；而新生戲院則隔著中華路與商場的第五棟，也就是「信」字棟相對。如果以橫向來看，每棟商場之間都有馬路相隔——無論是開封街、漢口街、武昌街——俱是十分寬闊，可是它似乎也難不倒小五姊弟倆的怪爺爺。怪爺爺不時會沉聲吼一句：「小心了！閉眼。」小五便依言做去。再睜眼時，怪爺爺已經兩足踏實落地——卻是到了下一棟商場的頂上。如此奔跑一陣、飛跳一回，不過幾眨眼的工夫，祖孫三人已經來到了「信」字棟的北端。但見對街近圓環處有如巨山大牆一般烏黑濃密的煙陣自南而北，撲面拂身而來。所幸他們置身所在之處隔了條四線道的中華路，濃煙斜近前來，已經失去力道，祇南風陣陣不減前勢，似乎有故意助燃、不肯稍緩的意思。怪爺爺看了幾眼，道：「不妙不妙簡直太不妙了！這分明是衝著我們來的。唉！」歎完了氣，怪爺爺竟然狠狠一跺腳，跺裂了商場樓頂一方水泥不說，還從眼中跺出兩行淚水來。

接下來的事——也就是懂事以後的孫小六從他姊小五那裡聽來的片段——發生得太快，恐怕連小五自己的印象都不完整，也不清晰了。她大約祇能記得：樓頂上出現了另一個老頭兒，也蓄了一部灰不灰、白不白的鬍鬚，看起來比她那怪爺爺年紀還要大上一些；可能是怪爺爺的朋友。

他穿了一身從上到下被火燒了不知幾百個破洞的袍子。這破袍老頭兒說了一句話：「他們都還在裡頭！」怪爺爺搶忙擦乾臉上的淚水，解下小五，順手掏出胸前衣襟裡的孫小六，交付破袍老頭兒懷中，說：「我非跑一趟不可了。」說完又低頭囑咐小五道：「跟著這位爺爺回家去。你爸媽問起來，就說爺爺水裡來、火裡去，玩兒慣了，不會有什麼事兒；就算有事兒，也不必放在心上。」話音甫落，下腰抄起地上幾塊才被他給踩碎了的水泥板和破磚，抓穩了其中一塊，朝空中一扔，隨即人影朝前一竄，單腳踏上那水泥板，同時扔出第二塊，另隻腳跟著跳踏上去，如此借力再踏、三踏……手裡的水泥板和破磚扔完，一片片都給怪爺爺踏入中華路的路心，他自己則蜻蜓點水似地凌空跑到對街正冒著黑煙赤燄的火場裡去。

那場大火在我們那一個世代的大夥子和小孩子心目之中可謂記憶深刻。幾乎沒有人不會在聽到「新生戲院大火」這幾個字之後立刻失聲尖叫：對了對了，我當然記得；後來還鬧了好久的鬼。

據說那是台灣光復以後規模最大的一場火災——當然，後來也有比那一回嚴重的、死傷更多的。但是無論我們那一代的人活到幾歲上，也無論之後還能見識一個多麼驚心動魄的火場，我相信大家還是會以新生戲院大火為有史以來第一大火的。

新生戲院有六層高樓，一至三樓是戲院、四樓是萬國舞廳、五樓是個川菜館子，再上去是些零零碎碎的商用辦公室。大火是從四樓的舞廳裡延燒開來的。我已經忘了：第二天、第三天乃至更後來的報紙新聞是怎麼描寫那火勢的，祇知道這六層高樓是一種當時創流行的新式建築——大樓外牆沒有窗戶，牆外卻有大幅巨帙的廣告看板。那看板和沒有窗的水泥牆完全阻絕了消防隊的水龍，所以儘管有上百輛次的消防車從四處輻輳而來，不停灌救，卻正猶如用幾杯冷開水澆灑一個悶燒的熱爐一般，根本起不了什麼作用。有個叫曾光榮的消防分隊隊長還被情急跳樓的一個傢伙從雲梯上撞落地面，當場成了救難冤魂。結果這場大火燒掉了價值新台幣一億以上的財產，造成三十條人命的損失，僅僅是受輕重傷的就有二十一個人。

對於我們那一代的人而言，大火撲滅之後災難才真正開始──或者該這樣說──大火撲滅之後還有更恐怖的事情發生，而且是接二連三、接三連四地發生。

先是整棟建築物在進行清理、拆除和改建工作之中，前後有八名工人因不明原因的撞擊而導致程度不同的輕重傷──有人從鷹架上摔下來，跌破了腦袋、崩斷了手腳，卻沒法子描述他的經歷，成了傻子。也有的無端受到電擊、鋸傷以及被突然傾倒的建材掩埋，等救援的人趕到，傷者已經成了死者。

對於一般的市民而言，這些原祇是遙遠的身外之事，它「應該」祇出現在報紙的某一個小小的角落裡，讓人看了之後感歎一聲「好可憐。」或者「真倒楣。」──大部分的時候連這輕輕的感歎也未必喚起。記性好些的倒是有話可說：「又是新生戲院。」

新生戲院遂爾成了惡魔墳場。當整棟大樓重建工程一再因意外事件而延宕到不知何年何月，才忽然宣告完成、戲院可以重新開張營業的時候，人們忘記了所有曾經發生過的不愉快的事。他們手持票券，談笑自若，買爆米花和醃芭樂進場，正準備將身體陷進一張柔軟的沙發和比沙發更柔軟的電影情節裡去，有人從背後向他們吹一口森冷酷寒的氣息，味道腥臭如爬蟲分泌的黏液──他們回過頭，赫然看見自己的正後方坐著個沒有頭的人。

也有的人正後方坐著個有頭卻沒有臉的人，也有人正後方坐著個有頭有臉卻沒有五官的人。

還有的怪東西不出現在正後方，而是正前方。本村的徐老三就碰上一個——當時的電影院尚無明令禁止吸菸，大都在請勿吸菸範圍之內，那意思就是說：像徐老三這種人可以盡情吸菸。徐老三吸了兩根之後，前座的人回頭說：「先生，借個火罷？」徐老三很帥氣地掏出一支美軍顧問團——我們稱ＰＸ，當時沒人知道ＰＸ就是Post Exchange之意，還以為是美國貨的簡稱——的銀質打火機，磨輪「叱」的聲打著，出現在徐老三面前的卻不是一支菸，而是一紮冥紙。坐在他前方的那傢伙就是一大綑冥紙。嚇得徐老三當場變成一個好人，從此不耍流氓、混太保，改行作軍火生意。

時日稍久，血口獠牙披頭散髮吊舌無鼻開膛破肚……什麼樣的鬼都出籠了。沒有任何一鬼留下過照片之類的目擊物證，可是全台北有一半以上的人說見過或者是聽人見過新生戲院鬧鬼。最後連警備總部都成立了一個專案小組——代號「鍾馗」——隨時派便衣人員入戲院蒐證。孫小六的兩個哥哥大一和大二，都曾經冒充過「鍾馗小組」人員進場看了幾齣白戲。我們那一整世代的人都知道：「鍾馗小組」真正要抓的不是鬼，而是據說比鬼更可怕的，想要在我們這個社會裡製造騷動不安的匪諜。

既然鬼抓不著，匪諜當然也抓不著了。比較驚人一點的逮捕事件祇不過是真「鍾馗」抓到了假「鍾馗」，孫大一和孫大二給揪進警備總部裡，喝了幾天辣椒水。

但是民間對新生戲院鬧鬼這種事的疑慮並沒有澄清——不抓鬼的人可以冒充抓鬼的人，不是鬼的人又為什麼不可以冒充鬼呢？在謠言指向最初火災起點——也就是萬國舞廳——燒死了多少舞女，而她們才是冤情撲朔的厲鬼之際，戲院的女用化妝間也傳出了妝扮入時，穿著袒胸露背的妖嬈女子，祇是這些女子要不是生了張無眉無目、光滑如蛋殼的臉，就是一身「血色羅裙翻酒污」，好似剛從一缸果醬裡爬出來的模樣。她們之中居然還有人會下手搶那些給嚇痴了的女觀眾的皮包。

這些，都是我們那一整世代的人的共通記憶——它祇要被人擁有，就注定有幾分誇張的神采。但是我所記得的這一點簡略的印象居然是個天大的誤會——用孫小六的話說：「是個比天還大的誤會。」

「一開始，那些鬼是鬧假的，可是並不是為了搶錢。」孫小六一本正經地告訴我，那語氣聽來彷彿當年鬧鬼的那段時間，我還祇是個襁褓中的嬰孩，而他反倒已經是個略知世事的小學生了。換言之：是他在跟我說那個故事：「後來搶錢的就是比假鬼還要假的鬼；可是假鬼裝鬼的目的也不是為了嚇人，他們是逼不得已才出來的。」

我聽他跟我繞了半天口令才弄明白：之所以說新生戲院鬧鬼是個「比天還大的誤會」，道理其實很簡單，孫小六堅持這個世界上沒有鬼，之所以出現了鬼，純粹是由於有人裝鬼。在新生戲院裡裝鬼的至少有兩種人：一種是他所謂的假鬼，一種是比假鬼還假的鬼。後者也就是會趁人被嚇昏過去以後洗劫財物的宵小——可是，前者又怎麼說呢？

「他們是比鬼還恐怖的人。」孫小六說著，連肩帶背打個驚天動地的大哆嗦，有如教人從身後拿大冰塊杵了一下脊梁骨那樣。

襁褓中的孫小六在民國五十五年一月十九日中午所經歷的事，當然不會立刻烙印在他的記憶之中，可是他姊小五告訴過他那天所發生的一切，包括他們姊弟倆的爺爺如何像空中飛人一般躍過中華路四線道寬的馬路，鑽進一陣濃密的黑煙，從此在這個世界上消失，沒有留下一丁點遺跡。他留在小五腦海裡最清晰的幾句話是：「他們都還在裡頭！」、「我非跑一趟不可了。」以及「跟著這位爺爺回家去。你爸媽問起來，就說爺爺水裡來、火裡去，玩兒慣了，不會有什麼事兒；就算有事兒，也不必放在心上。」

另外那位爺爺把小五姊弟送回我們那村子，在巷口村幹事開的小雜貨鋪裡，買了兩盒白雪公主泡泡糖和兩罐當零嘴吃的魚酥罐頭，交給小五，說了句：「沒事的。」扭頭就走了。

新生戲院重新開張之後沒幾天開始鬧鬼，孫小六接著便給人拍走了，那是這小子第一次失蹤，為期一年，等回到家來的時候，連孫老虎和孫媽媽都不認識了，祇當是老天爺先接走了他們家的怪爺爺，那爺爺在天上想孫子，於是差小鬼給抱去玩兒了一年，後來覺得不妥——畢竟孫子還有他在陽世的生活要過，才又差小鬼給送了回來。這是孫媽媽說的，她說不這麼想，整件事就沒個說法兒。孫媽媽當然把這神神鬼鬼的經歷完全怪罪給孫小六的爺爺，說他活著時候瘋瘋魔魔，死了以後也顛顛倒倒；總之是死活不讓人安寧就是。倒是孫老虎什麼氣也沒吭。據小五形容，他祇一個人坐在四蓆半大的客廳裡一張破籐椅上，兩手使勁地搓來搓去，搓出一地的黑泥，兩眼幾乎連眨也不眨地盯著這個失而復得的么兒，過了足有個把小時，才啞著嗓子問孫媽媽：「那——這孩子今兒算幾歲了？」

誰也沒料到，就在孫小六叫七歲那年，他又給拍走了一次，這一次祇去了大半年，回來的那天晚上我們在遷建之後的新村大門口不期而遇，他止不住興奮得意和任何一種你可以名之為囂張的情緒，跟我這樣說：「張哥我以後說讓你找不著就讓你找不著，絕不蓋你。」那是一九七二、也許一九七三年，他是在那一次失蹤期間學會了奇門遁甲，也就是在那一回，他重新回到幾年前「住」過的一個什麼陣之中，就在新生戲院裡。

原來，還沒失火之前的新生戲院是一個類似我們小孩子家玩追蹤旅行之類遊戲的「基地」或「總部」那樣的地方——所不同的是：把那裡當「基地」或「總部」的不是小孩子，而是幾個老頭子。

在一開始的時候，孫小六從來沒弄清楚過：他們一共是幾個人。有時一個，有時兩個，多的時候五、六個。把這些老頭子們交談的內容拼湊起來，孫小六所得到的結論大致上是這樣的：他們曾經被人誤會，做了一件其實他們並沒有做的事——而且是件壞事。真正做了那件壞事的傢伙一直逍遙法外，從來沒有現過身、露過面。誤會他們做了那件壞事的人則一直不停地在追捕這幾個老頭子。他們祇好東藏一天、西躲一天，最後終於發現：新生戲院的確是個還不錯的地方——它位在繁華熱鬧的西門町圓環，交通便利、人潮匯集，販售著各種山珍海味的小館子和許多電影製作公司、試映室、道具和服飾店到處林立；這幾種行業似乎對這幾個老頭子來說非常重要。他們平常日子一大早就各自溷跡在人群之中，不論你說他們像遊魂也好、野鬼也好，總之就那樣混一整天，也沒有什麼人會注意到他們。到黃昏時刻，有時會有一、兩個人回到新生戲院，有時多些。他們有的會帶不祇一人份的食物，有的還會準備各種各樣、大瓶小瓶的酒。他們可以一起吃喝，也可以不一起吃喝。吃喝完了就在銀幕後面或者存放看板、布幔、油漆和電影膠捲的貯藏室裡睡個大頭覺。不論放什麼片子，他們都不看；也不論電影裡的聲音多吵鬧、投射光多刺眼，也都影響不了他們。在發生那場大火之前，他們可能已經在裡面住了好幾個月，卻沒有任何一個電影觀眾或者經營、管理戲院的人，察覺他們已經像住旅館似地成了這座新生戲院的「房客」或「屋主」。據孫小六好些年以後的瞭解：這是因為那幾個老頭子之中的一個在戲院裡裡外外擺了七重遁甲陣的緣故。

但是，不知道是當初幹下那些壞事的人、還是撒下天羅地網、一定要追捕到這些老頭子的人，反正是有人「眼法」高明，看出了這個陣的陣腳，但是由於陣擺得太複雜又太牢固，使那想要破解這七重迷陣的人有心無力，最後索性請來一個專門會使火攻的幫派老大來勘察。那老大仔細研究之後認為，從四樓的萬國舞廳廚房放火最理想；既不致打草驚蛇，也能燒得比較乾淨、俐落。也由於人家是縱火專家，有他專業上非如何如何不可的講究，於是僱請他來破陣的人祇好答應他：一定在某月某日某時放火，那就是民國五十五年一月十九日中午，因為當時持續吹起一陣風力達於二級的南風——縱火專家說：那個方向、那個等級的風力對火場來說是完美的幫助。可是，對於想要藉破陣而逮住或幹掉這幾個老頭子的僱主來說，陣破了並沒有太大的幫助，因為那時間沒有一個老頭子在火場裡面。

然而——用孫小六的話來說是這樣的——「不知道該怪老頭子們太笨還是太勇敢。」大火一延燒開來，這些老頭子們反而一個又一個地出現了，撲通撲通都衝進了火場；最後一個進去的就是孫小六的爺爺。

據日後告訴孫小六的一個老頭子說：也正因孫小六的爺爺施展了一種家傳的武術，才從火場裡面鼓氣撇風，暫時阻斷火勢，救出了一干老頭——當然，這些老頭子們當時已經被燒得皮焦肉爛，面目全非了。

「沒有人被燒死嗎？」我突然對那些生活形跡也十分像老鼠的老頭子們起了一點興趣——坦白說：他們那種看似逃亡的生活的確十分令人嚮往。或許也就因為這嚮往，我竟然會為他們的遭遇而擔起心來。

「當時我祇幾個月大，什麼也不知道。」孫小六根本不怎麼關心我的問題，他自己永遠有他慢條斯理的節奏，所以他沒有立刻說：「有」或「沒有」，祇是照他自己原本想說的繼續說下去——世界上的確就是有這種人存在的——：「後來戲院重新開張，我被拐來的時候也才學會說話，能記什麼事？祇知道有一個長了兩顆很長很大的門牙的老傢伙一天到晚用手指頭戳戳我這裡、戳戳我那裡。要不然就是把我的手骨、腳骨卸下來又裝回去。我就記得他總是喊：『小六——兒！抓——穴——嘍——』『小六——兒！錯——骨——啦——』『小六——兒！分——筋兒——哩——』。這幾句話一說出口，我就知道他要修理我了。」

長了兩顆又長又大的門牙的老傢伙和孫小六其實一直住在重新開張的新生戲院裡——不用說：僥倖逃過一劫的老傢伙們又擺了一個比先前更為複雜和隱祕的陣。此後，又過了相當長的一段時日——至少孫小六已經能靈活自如地拆裝他自己身上的任何一塊骨頭，也學會了以意念控制一種可以名之為「氣」的東西在各個穴道之間周遊行走，還會背一套他不知其意，卻能琅琅上口的「少林十二時辰氣血過宮圖」。

「我不信，你那時才多麼一點大？」我擺擺手。不過就這麼一眨眼間，孫小六說了聲：「抱歉了張哥！」我同時感到渾身上下一陣酥麻，祇見孫小六像一抹在我眼前不停游移出沒的影子，而我自己腿上的跗骨、脛骨、腓骨、膝蓋骨，還有上半身的井臆骨、肩帶骨、鎖骨，上手臂的骨、下手臂的尺骨和橈骨，以及每一節指骨和掌骨，都「叱叱喀喀」忽然崩鬆脫落，又在轉瞬之間接合了回去。這還不算，他嘴裡還一氣不止，一字不停地唸著：「子時氣血歸發膽宮血行在腳底透背後十骨足少陽／丑時氣血歸發肝宮血行在腰骨七支透九骨穴處下三支骨足厥陰／寅時氣血歸發肺宮血行在眼透十三支骨血右行三骨歸中遇左右平直行手太陰……亥時氣血歸發三焦血行兩手位缺盆下三寸乳上三肋背十三骨下右寸半手少陽。」唸完之後扭頭衝我微微一笑，道：「感覺怎麼樣？張哥！」

我伸了個懶腰，又站起來抖擻兩下手腳；但覺神清氣爽，且筋肉骨血之間似有十分強健的一股力氣，直要朝外撐皮破膚，爆發出來。

「如果你兩歲的時候就會了這個——」我本來想說的是「那為什麼還會受我那麼些欺負？」可是話到口邊，說不出來，當然是怕提醒了這個真有兩把刷子的愣頭。

「那時候祇當口訣是兒歌那樣背了、唱了，其實什麼也不會。」孫小六說：「這是我學的第一門手藝，直到最近這一年我才會用一點。比起後來的幾次，那算是最輕鬆的了。」

「這是一種——武功嗎？」我比手劃腳了幾下，無意間一掌打在一支水泥樹樁上，手不疼，那墩子倒撲散開一陣塵沙，還搖晃了兩下。彷彿經孫小六那麼一折騰，我連氣力也長了幾分。

「可以說不是，也可以說是。」孫小六一面說，一面翻身跳上那個繩梯架子，躺平了，對著藍天白雲深呼吸了幾下，道：「反正後來我那些師父都說：大牙爺爺把他一身的功夫都傳給我了；可惜我再也沒見過他。唉——如果有人問我：我最想念的人是誰？我就會說是他，那個大牙爺爺。可是真糟糕，那時我實在太小太小，祇記得他的兩顆大門牙。」

第二十六章　第三本書

《天地會之醫術、醫學與醫道》是在此之前不知多久我曾經翻過的一本書，翻閱它的時候，我大約就像一條河床上的一顆小卵石，任弱水三千淙淙流過，在閱讀的當下（或許）有一種愉悅、豐饒的幸福之感。但是誠如我曾經說過的：我並沒有像那些愛讀書、擅讀書的人一樣，從頭至尾，細細品味，以致留有深刻的印象，或者得著寶貴的教訓。我不是那樣的人。多年來我讀書幾乎從未終卷，總是在讀到差不多的地方為了不要對這本書得著什麼樣的「結論」而下意識地匆匆逃開——也就是從這本書裡隨便揀拾一個疑惑、一個難題，然後逃到另一本可能藏有解答的書裡去。《天地會之醫術、醫學與醫道》便是在這種情形之下經我翻讀寓目的。那是某個午後，在台北市重慶南路的一爿書店「三民書局」之中，我用這種接駁式閱讀法所讀到的第三本書。

直到很久很久以後——其間我終於勉強寫完那篇碩士論文《西漢文學環境》，當了兵，幹了兩年專業作家，還給某家因解嚴而得以開辦的晚報做了一任副刊主編，同時回到母校輔仁大學任教一、兩門有關現代小說和散文的課程，將近十年混下來，開始有不少讀者透過我寫的作品知道了我這個人，也有些媒體刊物因為缺少填充版面的材料而報導了我的生活、我的工作乃至我不知節制隨口跟人閑扯瞎說的一些對社會也好、對政治也好、對隨便什麼狗屁公共領域的什麼狗屁意見。於是認識我的人逐漸增加了，我能夠像老鼠一樣過著那種隨處躲藏、隨時逃脫的日子也就變少了——我甚至不在乎越來越多的陌生人會在大馬路上、餃子館裡或者公共廁所的尿斗之間喊我的名字。這是災難；有一個自稱是我的忠實讀者的傢伙在青年公園的公廁之中認出我來，大叫一聲：「張大春！」同時轉過身，可是卻沒有停止撒尿——可想而知，被滋了一泡尿的所謂名流其實是非常頹喪失志而幾乎要崩潰了的。

那是在民國八十一年六月，歷史小說家高陽過世之後數日的一個傍晚，我剛拆開他所遺贈的書籍和文稿來漫不經心地瀏覽著，忽然發現了在《天地會之醫術、醫學與醫道》這本書的封面上寫了五個大字：「此真小說也。」那明明不是一本我們所慣見的小說，而是一部考掘自明清之際流傳的名醫葉桂及其門下分布、演變的醫道史，為什麼高陽會說它是一部「真小說」呢？就在彼時，此書作者的名字映入眼簾——令我想起當年在青年公園聽孫小六說起過的那個長著又長又大的門牙的老人：汪勳如。

幾乎是以一種憑弔的心情重返青年公園的那個下午，天空中飄落著牛毛細雨，我不知道自己確實想憑弔的是什麼？同高陽亦師徒亦朋友般的交情？是的。與孫小六在此溷跡數晝夜而不為人所知，最後還在彭師父那兒鬧了半天的荒唐往事？也是的。然而——就在我被那個混蛋冒失鬼忠實讀者尿濕褲子的同時——我忽然覺得：最值得憑弔的應該是那些看來一去不回的、像老鼠一般藏閃躲逃的生活，那是真正令人嚮往難捨的部分。

這樣說有些傷感或濫情。我想我還是把整個經過用白描的方式講出較好——它們看起來也許祇是簡單樸素的事實，但是這樣一來我就不至於有所遺漏；且惟其如此，我才能知道為什麼日後的我之所以變得容易傷感且流於濫情的真正原因。

被那冒失鬼忠實讀者尿濕了的不祇是我褲子的右側，還有捲在我右手之中的《天地會之醫術、醫學與醫道》一書——作者是汪勳如——自葉桂、呂四娘以下所傳授於「河洛二汪」的醫學流衍記錄。

也許要歸咎於我那個讀任何書都不肯終卷完篇的壞習慣，當初在三民書局我初次瀏覽此書時並沒有注意到：在全書末章，有這麼一則記載，說的是汪勳如自己在民國五十三到五十五年間的一段經歷。我先把這則記載抄錄在下面：

「稍微注意近代歷史及其周邊材料的人都知道：昔年曾任兩江總督，後來因徐有任殉節前的一道劾疏而問罪丟官的何桂清在正法之後，其子孫曾懷恨加入天地會，誓死與滿清韃虜周旋。這種看似頂戴著漢民族大義冠冕的行動其實是說不通的——因為它可能祇是一個虛假的藉口；如果這樣的藉口能夠成立的話，試問：那曾經救過何桂清一命，卻被何桂清構陷致死的汪馥的家人及後世子孫是不是也應該加入一個什麼反天地會的組織，『誓死與何氏一族周旋』呢？

「事實上，何桂清的一子三孫日後加入天地會另有原委；那是應天地會千金之賞的召募——應該說是買通——來查察汪家醫這一支所傳的《呂氏銅人簿》的去向。天地會之所以有此一募，筆者曾在本書緒論中有所交代：自筆者的十世祖碩民公始，《呂氏銅人簿》分世襲與門徒兩條路而傳；一稱汪家醫、一稱呂門醫。之所以標榜『呂』門，乃碩民公表示不能忘記由呂四娘承繼而來的本源之故。然而，呂門醫一系至道光年間多與天地會黨人結合，固然常布施針藥、濟貧扶困，卻也因之而荒於研精究細，以致在術、道、學這三個層次上欠缺進一步的發現與發明。倘若祇是由於此一緣故，呂門醫和汪家醫分流異途，互無攖犯，也就各行其是，原本無所謂高下優劣的競爭。然而，試圖借助於幫會勢力劫取汪家醫所傳《呂氏銅人簿》的行動一旦展開之後便從未稍戢；筆者不幸而成為此一惡毒行徑的犧牲和見證。以下所述便是筆者親身遭遇的一些迫害情事：

「筆者於民國五十三年六月間曾訂購當月二十日自台中飛台北之民用航空公司一〇六號班機機票，因臨時訪診而未能及時登機，但是該機在起飛五分鐘後突然爆炸墜毀，機上乘客四十八人、機員九人全數罹難，無一生還。」

抄錄到這裡，我必須先暫停一下，作一點補充——即使是在青年公園的一座涼亭裡避雨的那天下午，當讀到汪勳如所寫的這個段落時，我也曾掩卷長思，驚歎良久。

因為我清楚地記得：那是一次非常嚴重的空難。空難發生當時，我才唸小學一年級，正在興奮地期待暑假，我老大哥忽然到家來，問家母知不知道出了什麼大事，家母以為共產黨包圍打台灣了，嚇得趕緊要收拾東西。老大哥又問：「叔叔呢？」家母早已飛快地往懷裡揣上兩個小便當包兒那麼大的首飾盒子，匆匆答他：「還在部裡，打起仗他就回不來了。」我老大哥這才說沒打仗，是有架飛機從天上掉下來了。接著他說了幾個名字，我一個也不認得，直到當天晚上，第二、第三……以至不知道第多少天，收音機裡隨時都在播報那從天上掉下來的飛機裡坐著一大堆剛參加過亞洲影展的重要人物——他們之中特別重要的一位叫陸運濤，是個「電影界的鉅子」。當時的我並不理解：為什麼鋸子會有名字，也不知道陸運濤有多麼了不起。而我老大哥所關心的則是一個叫龍芳的人，據說龍芳是我老大哥任職的電影公司的老闆——如果後來我老大哥跟家父咬耳朵所說的沒錯（或者該說是我沒聽錯）的話，那龍芳也是老漕幫的大光棍。家父答覆他的話很簡單：「管你自己分內的事罷，少說廢話！」然後他們倆喝了一夜的五加皮。

過了很多年，有報章雜誌重新翻炒過這個老案子，說這架飛機之所以忽然爆炸，其實別有隱情——那是中共方面為了懲治像陸運濤這樣一個堅決反共的電影界大亨而幹下的勾當。這種猜測最後是否證實？我已經不復記憶，但是我一直記得我老大哥漲紅了一張醉臉，賭天咒地地說：「這種事，除了天地會那些王八蛋，誰做得出來？」

窩在涼亭裡忍受著不時隱隱然傳來的尿騷味，我心頭出現了這樣幾個疑惑：倘若那一架隸屬於「民用航空公司」的一〇六號班機並非出於機械故障而爆炸失事，而確有人為引爆的嫌疑，則何以一直未見真相公布？如果的確是中共間諜所為，那麼公布出來，不正是提醒大家注意防範「匪諜」的最佳實例嗎？假設我老大哥的判斷為真，則「天地會那些王八蛋」為什麼要對一堆電影公司的大老闆們下手呢？再者，假設下手的對象僅應及於龍芳這老漕幫的光棍一人，而其餘皆冤枉陪葬，為什麼汪勳如會在他的著作的末章提到這件案子呢？顯然，他在那則記載中暗示：他才是引爆那架班機的人原本想要置諸死地的目標。於是，我連忙展卷、繼續讀下去——

「這一次空難是一個舉國矚目的事件，也是一個真相湮滅不明、隱情覆沒不彰的事件；因為在一般社會大眾的心目之中，它是孤立的、偶發的，沒有人會將之和其他曾經發生過的，以及未來將要發生的事件併合觀察；不這樣觀察，便更難追討出單一事件的原因。

「筆者之所以於本書一而再、再而三地指出：天地會在其發展過程中對汪家醫從事迫害，且不斷經由挑唆呂門醫對汪家醫進行鬥爭；其目的正是在揭發天地會黨人不徒為損毀一部醫道而製造了諸多毀滅性的災難，同時更藉由社會大眾對於個別災難的健忘而消匿其元兇大惡的本來面目。

「這些災難都是歷歷可數、班班可考的。例言之：民國五十二年十一月七日，筆者於台北市館前路所開設之『河洛漢方針灸醫院』忽然闖入強徒數名，翻箱倒篋，將院中一應設施悉數搗毀，但並未取走錢財分文。為首者是一姓名為『羅德強』之男子，該男子於離去之前留下了一句恐嚇言語：『洪英光棍容不得汪家醫在此生存！』然而在出言恐嚇之後，此人不慎失落其任職於日本駐我國大使館警衛之職員證一枚。筆者立即報警處理。當日下午六時許，『羅德強』又返回醫院，意圖奪回失落證件而與正在勘察現場之刑事警員發生衝突，力不能勝，躲入醫院對面一幢十一層高的大廈之頂，與警方對峙十小時，最後在十一月八日清晨五時許刻意避開消防安全網而墜樓殞命。

「原擬深入追究此事首尾的檢警人員於三日之後至醫院告筆者曰：『羅德強』既然已經自殺殞命，這宗毀損的案子便應宣告撤銷。筆者堅辭不允，檢警人員卻告以：『如果羅某背後並無主使人，則此案沒什麼好再追究的；若有主使人，也是你我追究不起的。』

「這個以『精神異常男子跳樓自殺』結案的事件之後五日，國民黨『九全大會』在台北近郊三軍大學中正堂召開，首日選出張道藩、谷正綱、周至柔、張其昀等十九人為主席團主席，天地會來台第一支流哥老會的總瓢把子洪達展亦名列第一後備副主席；這洪達展由此而得以運用其在政界之影響力，促請國之大老陳公立夫成立國醫研究中心，以結合中西醫學為名目，發揚漢方針藥為冠冕，蒐羅家傳祕術為手段；其最重要的目的卻是迫令筆者交出《呂氏銅人簿》，並退出此道，令汪家醫永絕於江湖。

「民國五十三年六月的民航一〇六班機空難則是另一個殘酷血腥的事證。前一日，筆者恰巧在台中第一市場為一抗日老將軍診療腦溢血宿疾，適有台灣電影製片廠廠長龍芳打電話至該老將軍府中致問候之意，並告以渠正陪同亞太影展貴賓往中南部參觀訪問，回程將由台中飛北。老將軍告渠：『痴扁鵲汪勳如現亦在此，何不遽來舍下一敘？』龍芳聞聽筆者亦在，即令接聽，並告筆者：那『羅德強』案已有眉目，非但同洪某有關，恐亦與日本方面若干政治行動亦有關；這是祖宗家門光棍効力打聽出來的；惜不便在電話中長談，又不能辭貴賓而別去，索性約定次日同班飛機返台北，可於程途之中具實相告云云。筆者在電話中許諾了那個約會，並請龍芳代訂機票乙張。但是當夜老將軍病發轉篤，筆者不得不爽約未行，殊不知一〇六號班機便這麼爆炸墜毀了。

「設若災難僅止於此，筆者或許仍未警惕醒悟，然而民國五十四年八月荷塘之會的那個夜裡，萬老爺子硯方無故殞命，世人皆諱莫如深，真相亦雲山霧沼，我等亡命天涯老兒，各自尋繹多方，可憾亦復可恨的是：耄耋之人，筋衰骨弱，智竭力窮；是不是能夠在大限之前，覓得一個水落石出的究竟？是不是能夠以風中殘蠟的餘光，照亮幾許幽深黑暗的角落？這確確是筆者殷殷切盼的。汪家醫是不是能夠避禍脫險、得一妙手而傳、而興、而淑世救人，則更是筆者殘朽的、破敗的一個夢了。」

汪勳如的這本書就終結在這樣一段充滿懊惱、怨恨和無奈意緒的文字上。闔上書本的那個剎那，我不自覺地歎了一口氣，胸腔之間壅塞著一大塊不知道什麼樣的東西——像是團吸飽了濃汁稠液的海綿罷？這是不知多少年來我真正讀完的第一本書。我已經太久太久沒有嘗到這種滋味了，是以必須坦白地說：讀完一本書——也就是一點兒也不躲藏逃避地理解了某一個世界、一個完完整整的世界，於我而言的確是感觸良深的。打個比方來說：它似乎使我看清楚自己的兩隻腳丫子所站住的一個位置，而這個位置是如此清晰、確定。我由是毫不遲疑地相信了一點什麼。

在我深深地歎了一口大氣的那時刻，胸口的海綿飽滿充漲，但是我必須這樣說：我是十分十分之感動，而且可謂前所未有地感動著了。汪勳如讓我進入一個非常簡單的世界；那裡善惡分明、是非判然，猶如我在還是個孩子的時候所讀到的一些童話——王子殺掉巫婆、拯救公主，騎士屠戮惡龍、保全國王和王后……在《天地會之醫術、醫學與醫道》裡，天地會就是巫婆或惡龍，汪家醫和汪家醫的祕笈《呂氏銅人簿》就是國王、王后或公主，至於王子、騎士，大約就是那個「筆者」了。他並沒有說清楚：究竟對巫婆、惡龍所展開的鬥爭結果如何？但是，恐怕正因為沒有結果，才使我胸口鬱結起那麼沉重的一塊東西罷？換言之：汪勳如以「筆者」尚未完成的一個旅程，向我展示了某種帶有悲涼況味的追尋罷？可以這麼說的。日後我再回想起重返青年公園，讀完多少年來第一次讀完的一本書的時刻，常會覺得諷刺：我一直在逃避著讀完任何一本書，以免對那書作了結論，有了定見——一如老鼠被捕鼠器夾住了尾巴——然而我不知不覺而終卷完篇的這本書卻是一個沒有說完的故事。它擁有一個開放的結局：讀者定然會問：「筆者」後來怎樣了？他找到合適的傳人了嗎？他逃脫天地會黨人的迫害了嗎？他揭發了那些利用人們健忘的特質而分別製造看似毫不相關的災難以達成其摧毀某一世界的目的之陰謀者了嗎？帶著這些疑問，我將書捲起，收進口袋，走出涼亭，步入漸漸下大的雨陣之中，開始想念起汪勳如這個我從來不曾認識的陌生生命。

第二十七章　拼圖板上的一些問號

汪勳如是在什麼時候寫成這本書的？一個基本的疑問。我翻閱這書的封底版權頁，上面注記著幾行資料——出版者：革心出版社／發行者：汪勳如／社址：台北永和秀朗路一〇八——二號／辦事處：台北市和平東路陸裝二村三四號／內政部登記證內警台業字第三〇四號／中華民國五十五年一月台初版。

一九九二年，民國八十一年六月六日，高陽謝世。七月十三日，我讀完了汪勳如的著作。我猜想是高陽那種考古工匠式的瑣碎好奇心在我身上醱酵作祟著了；我對汪著的出版日期有著骨鯁在喉一般的不安和狐疑。

質言之：以汪勳如例舉實事為證，試圖揭露天地會暗中破壞社會秩序、製造大眾驚擾的動機而言，他為什麼祇寫了一宗疑似跳樓自殺案、一宗墜機案、和一宗未及其詳的暗殺案；而未及新生戲院的那場大火？

再者，「我等亡命天涯老兒」這話說得似乎同孫小六幼時印象所及的類似，也就是「有時一、兩個」、「有時五、六個」的數目，似與「我等」（而非「我」）暗合。孫小六出生於民國五十四年八月中，到了第二年一月十九號那天新生戲院便失火了。假設孫小六分別在兩歲和七歲上兩度「住」在新生戲院裡的經歷亦屬事實，而汪勳如又曾經趁他還是個幼兒之際傳授了他一套《呂氏銅人簿》的醫道口訣，則必須是民國五十六、七年間的事。此後孫小六再也沒見過汪勳如了。從這些散碎零落的事實上看，最合理的一個推測是：民國五十四年八月，發生「萬老爺子硯方無故殞命」事件之後，汪勳如寫下了這部《天地會之醫術、醫學與醫道》。至少這本書（於民國五十五年一月）脫稿出版之前，汪勳如尚未遭逢、亦不可能預見新生戲院會發生一場大火，是以像火災這麼明顯的人為災難，並未見諸是書文字。反過來說：或許正因為汪勳如寫成這部書，公然販售於市，致使有心人在讀過之後，無論是從內容或編校印刷——也就是出版和行銷這條管道——循線發現了汪勳如及其他老人在西門町新生戲院落腳藏匿的蹤跡，而後僱請縱火專家，出手處置；這是有其可能性的。

高陽曾經不祇一次地告訴我：一本不管它是什麼樣的書、裝幀成什麼德行、寫了些什麼內容、提倡了些什麼想法，祇有「一個鬼東西」是完全不能改變的，那就是它的出版日期。一本書印出來的那個日期，就宣示了此書「再無其他可能」；換言之：出版日期是一本書最篤定也唯一篤定的內容。除此之外，一本書裡的任何內容都「見仁見智，言人人殊」。而出版日期則可以告訴我們很多很多我們誤以為沒有意義，卻也因之而料想不到的事。

抱持著這個想法，我冒雨徐行，回到家中，再把另外那六本書從先前撕破了的包裹裡一一取出，細細翻看。我赫然發現：除了《神醫妙畫方鳳梧》書末全無出版單位、日期，而僅止印以「著者自刊」和「總經銷：人文書店／地址：台中市自由路一之十九號」的字樣之外，另外五本書都是在民國五十四年十一月以後陸續出版的，一直到民國六十六年為止。其中《食德與畫品》

出版於民國五十四年十一月，《上海小刀會沿革及洪門旁行祕本之研究》出版於民國五十六年一月，《民初以來祕密社會總譜》出版於民國六十一年一月，《七海驚雷》和《奇門遁甲術概要》分別出版於民國六十六年一月和七月。這裡面有幾個小小的、引人想像的關節：第一，《神醫妙畫方鳳梧》應該是民國五十四年八月以前寫成的——因為著者萬硯方死於是年是月。但是高陽所給我的這個本子的封底上另外有油墨打印的一行小字：「五十四年十二月人文自售」。這行小字的意思非常明白：起碼這個本子的《神醫妙畫方鳳梧》一書是在作者死後三到四個月才由人文書店自售問市的。這樣一行小字所標示者非徒此也——試想：總經銷的單位自售其書於門市，而非經由中盤商、書店，層層輾轉的系統，則表示此書應該不是一本舊書——或稱「回頭書」、「風漬書」——這標示乃是總經銷為區別於經由正常發行管道而販售者，它可能比較便宜，但不意味著品質不好；之所以打印言明自售，也是為了明確限制這樣的書不該出現在一般書店之中。

倘若這個推測成立，則這七本書上市的先後次序不意卻正是多年前我在三民書局之中瀏覽它們的順序，這一點有什麼意義我還不敢說。然而就在翻看這七本書出版日期的時候，我發現了另一個值得注意的線索，這七本書的總經銷都是同一家：人文書店。

此外——不知是否出於我主觀的附會——由於民國五十六、六十一和六十六年這三年之間各相隔五年之久，我便不停地在想：什麼事情是每隔五年發生一次的？以及什麼狀況之下會使得這七本書中的後四本要每隔五年才能出版其一？這是一個毫不起眼的小問題，可是，它也像我經常打的一個可以名之為「皮下癢」的譬喻那樣，暗暗搔動著我：五年。每隔五年發生一次。五年一本書……

我於是乾脆把這七本書的書名、作者、出版年月依次列了一張表，抄寫在書卡上：

《食德與畫品》魏誼正　54、11

《神醫妙畫方鳳梧》萬硯方　54、12（上市時作者已歿）

《天地會之醫術、醫學與醫道》汪勳如　55、1

《上海小刀會沿革及洪門旁行祕本之研究》陳秀美（疑為錢靜農化名）　56、1

《民初以來祕密社會總譜》陶帶文（即李綬武之化名）　61、1

《七海驚雷》飄花令主　66、1

《奇門遁甲術概要》趙太初　66、7

之後，我又在書卡上端寫了斗大的「人文書店」四字，並附上了這書店的地址：「台中市自由路一之十九號」。

反覆讀著這張卡片，我的思緒非但不曾變得清晰，卻越來越胡塗了。窗外的雨勢傾江倒海似地澆注下來，天色在不知不覺間益發昏暗——而我，或許是由於一直在緩緩沉入陰暗的過程之中，是以並沒有感到任何不適——直到「咔」的一聲，室內燈光乍亮，我才猶似驚夢乍醒一般打了個哆嗦，發現午睡剛醒的家父站在臥房和客廳之間的過道口上，他捧了杯顯然已經祇剩茶葉渣子的茶水，問道：「看書怎麼不開燈？」

我說沒有看書，在看卡片。他說有什麼分別？然後邁步去給茶葉沖水。這我才忽地想到：這老人已經從國防部退下來好幾年了，他每天的生活就是早起看報、剪貼（如果有的話）我發表在副刊上的文章，裝幀成冊，然後等郵差來收掛號信（如果有的話），跑郵局、存匯票，接下來的大事就是吃午飯了。飯後他會趁晴天去打個網球，趁雨天睡個午覺，陰天就抱個球拍猶豫著該打球還是睡覺？生命中已經沒什麼太大不了的決定——他已經完全從古人的戰場上撤退下來了。

家父在沖他那杯已經沖不出多少顏色來的茶水的時刻，我隨手將先前抄出的那張卡片扔在几子上，被一個念頭如此打攪：我怎麼還是離不開這裡。而家父則十分困擾地坐下來，一面問道：「怎麼有股子尿騷味兒？」

也就差不多在他抽動著鼻翅到處嗅聞的時刻，不意間瞥見了小几上的那張書卡，他第一眼沒仔細看，想想似乎不對勁兒，又看了一眼，口中發出我們山東人最常使用的一個語氣詞——帶有驚詫、疑問甚或不滿的諸般況味——：「咦——欸？」這語氣詞的讀音應該像「爺？」。

便在這一聲突然發出之際，他手中的茶杯也落了地，砸了個碎屍萬段，連家母都從後院裡急急喊了聲：「怎麼啦？」家父誰也不理，祇垂手拾起那張書卡，看了個仔細，然後深呼吸一口，轉臉對我說：「這是你的字嘛！」

家母這時已經進了屋，一邊擦著髮梢的雨珠子，一邊抱怨杯子打了也沒個長眼睛的會掃一掃，說著，又去找笤帚去了。

「好好兒地你怎麼會去看這些書呢？」家父抖了抖書卡，作勢要還給我的樣子——忽然又後悔了似地縮回去，又端詳了一陣。

「高陽給我的，這是他的遺物。」我一向不騙他，所以淨揀些不重要也不傷實的部分跟他說。

家父點點頭，道：「跟你老大哥沒關係罷？」

「我多少年沒見到他了？」我說，當下心念電轉，不知怎地居然立刻想到了紅蓮——倘若牽絲攀藤、探其緣故——應該說是我先從老大哥和萬得福在將近十年前給我看過那一首艷詞想起，其間可不是好多年沒再見過他們了？想到那艷詞，自然想起這十年來時不時與我同修肉體歡愉的那女人。就在這中間，家父又問了我一句什麼，我沒聽見。他著急起來，咬牙切齒地喝道：「你說啊！」

「說什麼？」我從紅蓮豐聳挺立的乳房和修長白皙的美腿之間掙出來，渾身一片燥熱。

「你去過這個『人文書店』了麼？」他指了一下我抄在書卡空白處的四個大字。

「我去那裡幹嘛？」我一面故作輕鬆地反問著，一面猛裡抽身而起，覷準他顫顫巍巍的手，一把搶回那書卡來。心想：你這樣緊張兮兮，我不去走一趟人文書店才怪呢！

家父這時似乎也看出了我的心意，抬手扶了扶眼鏡，抹一把臉，又搔了搔後腦勺，好半天才放低聲跟我說：「這些人千萬可別招惹，一個弄不好，什麼樣的臭事都會跟你一輩子！」

他的話、紅蓮的話、孫小六的話，用語不同，可是意思卻顯然是一模一樣的。彷彿寫這幾本書的老傢伙真是那種魑魅魍魎一樣揮之不去、驅之不走的鬼東西。然而越是這樣恐怖其說，反而越是挑起了我無限的興趣。祇不過此刻的我已經是個三十多歲的人了，已經很能夠巧妙應付，甚至操控我自己的父親了。我於是儼然像個和他一般年紀的成熟男子那樣攤掌向椅子一比劃：「坐，爸。」

他——可以形容為「乖乖地」一屁股陷進椅墊裡，感慨萬千地說：「你——唉！不能再讓我們操心了。」

家母聽見這話，連一秒鐘都不肯停，立刻接著道：「你跟他說這話就好比放屁一樣，老大不小了還是孤魂野鬼一個——人家小五等去等來等來等去要等到哪一年、哪一月？不讓人操心？見鬼了他！」

碰上這種責備，我的慣常反應是抱著一疊書本衝回房間，並視情況嚴重與否而決定要不要反鎖房門，或者索性逃出家去，隨便找個什麼清靜的所在讀它幾個小時。然而這一天，沒等我作出任何反應，家父卻豁地回了頭，以我從來不曾見識過的兇狠態度對家母說：「你給我閉上你的碎嘴！」

家母活了七十多年，照說是從未接應過這個陣仗才對。她那雙黑白分明的眼珠子越瞪越圓，圓到差不多接近彭師父常在手裡把玩的三顆銀丸子那樣。我猜她並非氣忿，主要還是驚訝——漫說她無法相信有朝一日家父竟然會如此講話，且對象居然是她。連我都吃了一驚——家母就那樣瞪眼看著他，過了大約有十秒鐘，才像是回過心神，手上的笤帚和簸箕齊齊撒脫落地，人已經朝屋後的小院子裡走去。

家父當時心裡如何作想？我是不得而知的，可是他在下一瞬間似乎就忘了他和家母之間突然發生過一次史上空前的嚴重齟齬，但見他伸出右手食指，隔空朝我點了點，道：「我告訴你：不管這些書是高陽還是矮陽的，也不管它是遺物還是國寶；總之你是不許再讀了！全放下。我也敞著跟你說：我會把它燒得一乾二淨的。」說著，手一翻，掌心朝上，意思再明白不過：交出來。

我當然不肯，卻假意點點頭，抬腳勾起地上一個書袋，一氣兒把所有的書裝進去——還順手將高陽自己寫的一大疊文稿塞在最底下——一面問說：「是你燒呢還是我燒？是連著包兒燒呢？還是不連著包兒燒？」

家父也許是沒料到我會答應得如此爽快，反而遲疑了，他「嗯哼」了半天，才道：「都行，總之是燒了。」

「我總得知道為什麼罷？」我偷眼覷了覷自己和房門之間的距離，分心想著：該先移退到長茶几的另一側，才好一步跳過去，開鎖出門。

「可以告訴你的。」家父低聲應了一句——這是十二萬分令我意外的答覆，一時之間，我竟然忘了要逃走的那個打算。但是，他祇停了一秒鐘，又接著說：「可你得先告訴我，你是怎麼惹上這檔子人物和差事的？」家父猛抬頭，扶了扶眼鏡——這是表示他認真起來的一個下意識的動作——隨即冒出一句像是隱忍許久，終於按捺不住的話：「你招惹上警備總部的那幾個牛鬼蛇神的事不要以為我不知道！」

我的確想了好半天，才模模糊糊有了一丁點印象——他說的會是十年前闖到我宿舍裡去翻箱倒櫃，後來又被孫小六給打了個七葷八素的四個豬八戒嗎？

「沒錯兒！」家父歎了一口氣，道：「人家教你夥著不知道什麼來歷的一個流氓給打了一頓——傷了兩個、殘了一個；你以為事情過去了就算了？你以為這是村子裡小太保鬧意氣，打破頭拉個手就過去了？你以為滿世界都是像你似地一班小孩巴芽子家鬧俚戲？你以為讀了兩本書、寫幾篇文章，就成了他媽的英雄人物了？你以為你在外頭瞎闖胡蕩的和家裡人沾不上一丁點兒關係？你以為人家放過了你，難道就順絲兒成理也放過了我，放過了你媽麼？」

他從來不曾用這樣的語氣跟我（或者任何人）說過話，我感覺非常地不習慣，這種不習慣的感覺要比挨罵本身還窩囊；坦白一點說：是這個剎那，我忽然不認識陷在椅子裡這憔悴但堅決的老人了。我已經不知有多少年沒被他訓斥或責備過，簡直忘了他還有訓斥和責備人的能力——以及地位了。這也恐怕是多少年來的第一次，我重新體會到畏恐父親的滋味。於是我結結巴巴地把老大哥受傷入院，萬得福和老大哥向我請教〈菩薩蠻〉藏字謎語，四個豬八戒找到宿舍來，以及孫小六出手助拳的幾個片段都說了；惟獨沒提紅蓮，我認為那可以是無關緊要的——起碼在我自己尚未摸索清楚的拼圖板上，紅蓮祇是一個我過去十年來從未想要進一步擁有，或者退一步捨棄的性伴侶。我們這種見了面脫衣服，辦完事道再會的關係是一種家父就算再活一千年也無法理解或諒解的關係；我當然說不出口，也當然不認為有什麼值得說的。所以我省略了這個部分，並以為這個部分之於家父，就該像是無窮無限的宇宙奧祕之於凡夫俗子一般，絕對是可以錯身而過的一個問號。

可是我錯了。家父聽完之後，緩緩睜開了眼皮，一雙或許是因為長年罹患糖尿病而略顯向外脫眶、看起來不能聚焦凝視的眼珠子在千把度的近視鏡片後頭迅速眨了幾下，沉沉問了句：「那麼歐陽崑崙的女兒又是怎麼一回事？」

第二十八章 大迷藏

我曾經在快要說起歐陽崑崙的那段往事的時候稍事盤桓，轉頭述說著紅蓮同我之間倏忽燃燒起來的一切。我還記得當時我是如此寫的：「『老頭子』沒想到的是居翼要上山東不為別的，祇為了邢福雙說過的八十四顆沉河的佛頭。這，也才引出了歐陽崑崙從拍花賊手上救出個小女孩兒的真人真事。關於此事，得從我那彭師母身上說起。但是我非先繞回頭說紅蓮和孫小六的事不可。」

那是因為紅蓮乃至彭師母所得知的關於歐陽崑崙的一切都過於簡略——她們從來沒有像一個專門研究中國歷代戰爭史的史政編譯局公務員那樣認識過歐陽崑崙。而身為國防部史編局裡一個官卑職小的研究者，家父從未見過歐陽崑崙——或者應該這麼說：家父一直懷疑他見過歐陽崑崙，但是苦無實證——顯然，要弄清楚這疑惑成為一個佔據他思索、情緒乃至影響了他的人生目標和態度的重大任務。我甚至可以如此斷言：恐怕正是為了弄清楚他是否同歐陽崑崙有過一面之緣，他才在民國四十二年經人介紹，進入國防部任事的時候，自願到史編局幹一個介乎抄寫手和工友之間的臨時僱員。又在爾後歷經無數次公務人員任用及升等考試，從「禾頭委」經「草頭薦」而「竹頭簡」，一步一步、一級一級爬上他退休之前的「簡任一級編審」的職務。也正是這個近在咫尺、生養我三十多年的、大半生耗在故紙堆裡率領古人上戰場行軍布陣的老人，讓我發現了我一直以為祇有在離家千萬里以外才有可能挖掘到的動人故事——那些散落在人世間充滿悲歡離合的祕密。

這個發現的起點，可以從孫小六在青年公園擺下「天遁陣」的那幾天重新說下去——我和孫小六在那個陣裡待了幾天，祇在吃飯和上廁所的時候踩著一定的步伐，沿著一定的路線和方位進出一回——如果到了時辰交接的當口，就要約略作些改變。我祇知依著孫小六的吩咐切實做去，既不知道那樣歪頭踮腳地走路有什麼道理，也不知道如果不那麼做的話會出什麼紕漏。然而，我是一個對「故事」極其認真的人——雖然那時的我小說寫得極做作、極庸俗，但是不可否認：我非常容易被任何人的任何言語所打動；祇要那人肯給我一個故事。

孫小六在那幾天裡給了我幾個可以用「說不完」稱之的故事。第一個故事裡有個大牙爺爺——讓我假設他就是汪勳如。第二和第三、第四個故事裡也都少不了那些蹤跡飄忽，行事神祕的老頭子；祇不過他們的出現分別在孫小六七歲、十二歲和十七歲上——換言之：孫小六已經稍知人事，甚至很懂點兒事了，是以後來這三個老頭子便益發鬼祟，非但在孫小六面前不肯彼此直呼對方的名字，他們甚至不願意出示本來面目，臉上總罩著一層棉、麻之類材質的面紗，或者是菜市場裡地攤上常見的妖怪面具。民國七十一年的第四個老頭子自始至終以一種新上市的套頭皮膜子面目出現，那皮膜子的臉和當時的美國總統雷根一模一樣。孫小六向我縷述這三個人如何將他誘騙、拐架之後授以奇門絕技的時候，所用的稱謂都是：「第二個爺爺」或「紗布爺爺」、「第三個爺爺」或「面具爺爺」，以及「第四個爺爺」或「雷根爺爺」。「紗布爺爺」一樣是把孫小六囚在重建之後的新生戲院裡——而且這一次「紗布爺爺」自己放了一把火，沒傷著人，火勢也迅速控制住，不到一個小時就撲滅了。可是戲院又不能開張，而「紗布爺爺」則可以安心在裡面傳了孫小六一大套「奇門遁甲術」。

在初聽這個故事的時候，我不時地會插嘴打斷他，告訴他「我所知道的奇門遁甲」祇不過是一種和算命、占卜或星相之學相似的東西，哪裡會有什麼神通。孫小六則不時地這樣答我：「我有時也不相信，我現在也不願意相信，可是我們隨時都可能陷在一個陣裡，祇是自己不知道罷了。我們如果不知道自己陷在哪個陣裡，又怎麼可能不相信到底有沒有那個陣呢？」

關於「紗布爺爺」、「面具爺爺」和「雷根爺爺」與孫小六之間的那三個故事，我必須留待說到我和孫小六大逃亡的時候再作交代。現在我得跳過它們，直接說彭師母的部分。

不知在陣裡待到第幾天——反正是連「雷根爺爺」如何調教孫小六拳掌腰腳功夫的一段也說完了的那天清晨罷？我們幾乎整夜不曾闔眼，已經非常之睏倦了，忽然，孫小六瞪起一雙滿布血絲的眼睛朝東南邊一條泥步道上一指，然後用極輕極低的一種近乎氣音的發聲方式跟我說：「那邊、那邊，樹底下，那、那是不是師、師、師父？」

我順勢看去，見樹下果然有那麼三、四個人，背對我們兩個人站個不丁不八的步子，兩腳跟不時還踮一踮、又踮一踮的老頭兒果然像是彭師父，祇不過他比彭師父胖大許多。棉布無領白線衫和外罩的毛背心也不是彭師父平時穿著的衣物。最不像的是那人的脖子上似乎綁了一圈半黑不黑、半藍不藍，有如刺青般的紋繩——彭師父身上沒這痕記。但是，他手裡的一個空鳥籠卻正是彭師父的。

「他在陣外，我們在陣裡，」我說，還擂了他肩膀一拳頭：「就算是彭師父，不是也看不見我們嗎？而且他比彭師父胖那麼多，大那麼多。你怕什麼你？」

孫小六聳聳肩，道：「沒辦法，怕慣了，怎麼都怕的。尤其是那鳥籠子，我一看見那鳥籠子牙巴骨就打架。」

他說的的確是實話——大胖子和那些人說什麼我聽不見，而孫小六的兩排牙齒格格叱叱胡亂打哆嗦我可是聽得一清二楚。然而不到一秒鐘，我也打起哆嗦來。那是因為原先站在大胖子對面的一個人閃閃身，向一旁挪了半步，露出一張臉來——一張我見過兩次，再也忘不了的臉——是那四個豬八戒裡的一個，幾天之前的那個夜裡唯一沒被孫小六打倒的那一個。

偏就在這一刻，孫小六低低叫了聲：「完蛋！時辰到了，來不及了。」說罷，拉住我的衣袖就地一滾，我們便雙雙匍匐在一排矮墩墩的水泥樹樁後面，撲鼻罩面而來的是他身上（或者也有我自己身上）的汗酸垢臭，我才想起：從住院那天起算，我已經有一個多禮拜沒洗澡不說，連手臉都沒沾過水了。孫小六自然也一樣，可他沒忘了噴出一口又一口的臭氣低聲告訴我：此刻正是七點。卯末辰初，是時辰交接點，不立刻調整幾顆松果的位置，陣就漸漸破了——不消說：樹底下那些人不多時就會發覺：在他們眼前這一片又高又密的黑松原來祇是幻覺，裡頭竟然是個兒童遊樂場，還有兩個骯髒、狼狽的逃犯。正因為沒有足夠的時間修補這陣，我們祇好儘可能地蜷縮身子，利用那些完全是設計給小孩子身材玩耍的地形地物，躲一尺、藏一寸、挪東移西，好容易半爬半滾地溜到滑梯柱子底下，才鬆了口氣——或者該說：才逃出彼此渾身孔穴之中所蒸出來的惡劣氣味。

「你想師父看見我了沒有張哥？」孫小六依舊顫抖著：「他看見我了嗎？」

我想了想，腦子裡蹦出來另一番念頭——如果紅蓮所說的沒錯：彭師父就是我解出來的字謎裡的那個「知情」的「岳子鵬」，而和他正說著話的豬八戒這樣死纏爛打地盯著我，所圖的也和那字謎有關，那麼彭師父恐怕才是個藏頭露尾的關鍵人物，我有什麼好害怕的呢？再者：從背後影兒望去，那提鳥籠子的大胖子少說有彭師父兩個寬，孫小六之所以直把他認作彭師父，不過是因為長期過度的恐懼，和一個也許看來有幾分相像的破鳥籠子。如此說來，倘若我沒有辦法克服孫小六的恐懼，就祇能像個縮頭龜一樣窩巴在這又矮又小的滑梯底下，憋著尿、忍著異味，且不知要磨耗多久。但是，如果能使孫小六鎮靜下來，勇敢起來，憑那個豬八戒，和他身邊那兩個老得像癆病鬼似的瘦子，外帶這提鳥籠的大胖子，應該都不是孫小六的對手。於是我假意探了探頭，仔細朝那樹底下覷了一眼，道：「那不過就是個死胖子，根本不是彭師父。」

「不可能——師父的鳥籠我認得，他也從來不離手的。你再看清楚張哥。」

這一回我祇好微微側出一隻眼睛寬的臉，忽然想到個詭主意，於是一邊看去、一邊狠聲吼了句：「岳子鵬！」

在吼那一嗓子之前，我並未縝密地盤算過，那樣吼了之後會有什麼後果？一個簡單的假設是：彭師父並不是像紅蓮所說的：「就是岳子鵬」，而樹下那胖子也不是彭師父。那麼，對眼前那幾個人來說，那一聲吼祇如大街上傳來的小販叫賣吆喝，或者一陣即令尖銳刺耳卻距離遙遠的緊急煞車，入耳可以毫無意義。再者，如果樹下那胖子就是彭師父，而彭師父不是岳子鵬，則照說也不該引起什麼反應。甚至可以這麼說：我吼那麼一聲，原本並未期待對方會如何。然而，奇怪的事發生了——

樹下所有的人都微微變動了一下原來的姿勢，且停止了先前的對話；但是也祇兩、三秒鐘（甚至還不到）之久。大胖子並沒有回頭，倒是豬八戒和另外兩個已經老得不像話的瘦皮猴看來力持鎮定地輕輕移轉視線——可以看得出他們之間有著非常熟巧的默契；他們的視線雖祇一掃瞥過，但是方圓三百六十度覆蓋無遺。祇不過我側身角度太低，吼得又突然而急促，沒有暴露出確切的位置。就在那麼掃視一遍之後，他們居然一語不發地朝豬八戒身後的方向開步走去。換言之：大胖子邁步逕往前行、兩個瘦皮猴分別朝左右轉去、豬八戒則扭頭疾走，四個人始終沒有回過頭來。

孫小六這時伏耳貼地，猛地一怔，笑了笑，道：「怎麼走了？張哥，你會唸咒？你剛唸什麼？」

我一把把他推開幾尺，道：「不祇你會些邪門外道的玩意兒，你張哥也不是省油的燈我告訴你！走。」

「去哪裡？」

「去哪裡？」我站起身，拍拍灰土塵埃，道：「去洗乾淨你這一身酸皮臭肉。」

我們離家並不遠，可是我不認為回家是安全的——起碼還有一個把我的生辰八字都弄得一清二楚的豬八戒就在附近——至於這個「天遁陣」就算還頂用，我也不想再待在裡面發霉了。此外，我私心還有一個絕大的疑惑懸而未解：樹下那胖子和彭師父，乃至於岳子鵬，究竟有什麼牽扯？不明白這一點，比一個星期沒洗澡還要教人不舒服。於是我扯起孫小六的袖子，以一種近乎威脅的語氣，咬牙切齒地對他說：「你不跟我來，萬一在外頭東晃西晃，真碰到彭師父的話少不得要挨一頓臭打。還不如隨我走一遭呢。」

「張哥你要去哪裡？」孫小六有些猶豫，肘子往後扯了兩扯。

「最危險的地方就是最安全的地方。」我說。

我們在那個已經破相的天遁陣裡又磨蹭了不知多久，直到孫小六終於鼓足勇氣，才瞻前顧後地離開青年公園，來到彭師父和彭師母的家，也是我們全村小孩子總會來受一陣子訓、挨一陣子打，可什麼也學不成，最後祇能蹲個馬步的武術館。從後門溜進去，就是洗澡間。平時附近人家的男孩兒們經常不打招呼，自行從紗門外把扣鉤撬開，拉上帘子，開了水龍頭就能洗澡。彭師父、彭師母向例不聞問，因為自來水不值什麼錢，耐得住用冷水來洗澡的多半也不怕誰窺看；是以這洗澡間成年價人滿為患。練拳的洗澡是正理、不練拳的也常冒進來攪和——據說是為了給自己家裡省幾文水費。總之，你要是在路上遇見什麼人脖子上掛了條毛巾，就準是武術館蹭澡洗的渾蛋，錯不了。

所以這個佔地很有幾坪大的洗澡間成為我成長歲月中不可或缺的一個記憶場景——長年濕滑而倒影著慘白日光燈管如蠶蛆蠕動的水泥地面、時刻揮之不去滲人心脾的美琪牌藥皂氣味從排水口蒸騰而上直達沒有天花板的屋頂托架、向西向南開了兩扇小小方形氣窗透進來的天光之中飛舞著無以數計的浮塵，以至於縱橫盤走於牆沿和樑柱之間到處殷出水漬鐵鏽的自來水明管，它們屬於我的十三歲到十八歲之間、當時看來了無生氣且窒人欲死的抑鬱青春，算是在家和學校之間勉強可以供人短暫盤桓的避難所，意味著其實令人無所遁逃於天地之間的巨大命運覆蓋之下一個小小的喘息角落。我的幾十個師兄和幾十個師弟都在這裡學會抽菸、說髒話、褪下包皮、討論如何在初夜時避免被女人那兩片陰唇夾傷或夾斷的技巧。

在這個洗澡間裡進出的不下數十百人，倘若以人次計算可能不下幾萬次，大夥兒共同用掉的水可以注滿好幾座游泳池，洗掉的污泥爛垢應該種得活彭師母前院的好幾畦菜蔬。可是一旦過了某個年齡、或者說過了某個階段，所謂的師兄弟們在街頭巷尾或者更遠的外地不期而遇之際，沒有誰會提起這個地方——即使我們偶爾還想到「越活越回去大俠」和他越活越回去的老伴兒，話題也總是在彭師父不許人露功夫上打個轉悠，停止在「其實他什麼也沒教給咱們」的老詞兒上。在和孫小六分別站在那兩管灰鐵皮蓮蓬頭底下沖著冷水的時候，二十五歲的我第一次覺得：我們大概全都遺忘了這個地方。在匆忙逃離青青期而不暇回顧的時刻，我們仍像一群玩著捉迷藏的孩子，在短暫到不及一瞬之間背棄了那曾經蔽匿了我們不止片刻的小小角落。

「多久沒回來了？」我感慨地跟自己這麼說，又打了一遍美琪藥皂：「有七、八年不止了罷？」

「我還好。」孫小六冒出這麼一句來。

「什麼？」我瞥了他一眼——這小子的的確確可以說已經長得很大了。令人驚訝得有些陌生。

「我常回來洗澡的，其實。」孫小六閉著眼沖水，準準地把一塊藥皂隔空一尺撂回那個老式的塑膠網碟裡去，微笑著繼續說道：「張哥你剛說過：最危險的地方就是最安全的地方——這道理我太清楚了；師父從不到這裡來，我知道的。」

「你是說就連你『不見了』的時候其實也常回來洗澡？」

「當然。」孫小六勉強從水簾裡睜開一隻眼，彷彿非常迷惑地盯著我，道：「不然教我去哪裡洗？那些把我搞去學手藝的爺爺都上上海澡堂，我不成——澡堂多臭你知道嗎張哥？你一進去就好像泡在臭豆腐缸裡，埋在一百萬隻香港腳底下。還是回來洗好，回來洗如果趕巧了師父不在家，還有故事可以聽。」

「故事？」我也從水簾裡朝他瞇著眼望去。

「對啊！」孫小六關了他的水龍頭，渾身的肌肉看似不經意地朝四面八方一隆挺，登時百千億萬個毛孔裡噴湧出一片白霧也似的蒸汽，蒸汽散處，他身上的水也乾了。他一面穿衣服、套褲子、一面十分狐疑地問道：「你沒聽過師母說故事麼張哥？我奇！之棒的！」

第二十九章　嫚兒的奇遇

很久很久以前，有一戶住在山東泰安泮河邊兒上的人家。這戶人家有一對叫爺爺的兄弟、一個叫爹的父親、一個叫娘的母親，和一個叫嫚兒的小女孩兒。嫚兒不是小女孩兒的名字，祇是那個地方的人呼喊小孩兒的一個通稱；得把嫚兒二字連成一個字讀，使前一個字的母音被後一個字給遮住、捂住，讀起來像「母兒」或者一聲牛叫，「ㄇㄦˊ——」。這樣呼喊，乃是因為小女孩兒還太小，不必有名字的緣故；所以我們知道：她的名字、以及呼喊她的稱謂之中都欠缺了一部分，那一部分總之就是被什麼東西給遮住、捂住了。

一戶人家的三個男人都還是有氣力工作的人。兩個爺爺是親兄弟，從小感情極好。做哥哥的結了婚、生了子，做弟弟的還不肯成家。一蹉跎，過了年歲，祇便光桿打到底。等哥哥的兒子也成了家、養了女兒，做弟弟的就成了二爺爺。這大爺爺、二爺爺和那個爹自祖上就在泮河和運河裡撐船。前清尚未廢漕運的歲月裡，從泮河裡撐船上溯，不須幾篙子就能夠到一條叫九丈溝的小支流，從這小支流再行兩日，就是運河了。祇後來驛道拓寬，泰安府往西到東昌府、平陰的一段全成了以旱路為主的往來，九丈溝以上的河道便不太有航船交通了。可大爺爺一艘船、二爺爺一艘船，手下僱用的人丁雖漸漸改行散去，倒還有幾口水手長年幫襯，運送些米粟穀麥和什貨等物，生計算是維持著了。待那兒子長大成人，更多了個幫手，祇盼他媳婦多生幾口壯丁，再把這兩船靠水碼頭的家當接手光大了來。可這盼頭沒成，嫚兒才出生，大爺爺的妻子便染病亡故，再過不及一年，大爺爺、二爺爺二人又遭了變故。

那一日天氣晴和，兩位爺爺將一船滿載著布疋的大船託付嫚兒的爹，帶領人丁押往東昌府交卸。兄弟倆自將船泊在九丈溝，人卻商議著踅進城裡、逛一逛市集、喝幾盅水酒。千不該、萬不該，二位爺爺不該挑了爿臨著泮河的酒樓，且又憑窗眺望著遠近河景，趕巧碰見了事端。

且說二位爺爺正咂著酒漿、絮叨些閑話，忽聽樓下人聲如炸油果子般地嘈嚷起來，兄弟倆順著人眼指所向一看——乖乖嚨地咚！原本平靜的泮河裡端的是一陣波翻濤滾，涌激泡碎；河當央忽而竄起尺把高的浪頭、忽而又盪開丈許寬的漣漪——如此過了片刻，看熱鬧的人才稍稍覷清楚了：河底一無蛟龍、二無鼉怪，卻是兩個看似身著勁裝的漢子正扭拉撕扯，你摑我一掌、我揮你一拳，打得好不熱鬧。可二位爺爺祇看了一眼便齊聲對彼此道：「要糟！他倆俱不識水性！」

二位爺爺往來這泮河與九丈溝之間何祇千回？非但精通泅泳之術，也知曉這表面上一平如鏡、水波不興的泮河底下有一種陷人的機關。出通西橋下不過二里，有一處河床極淺，個頭兒稍微長大些的成人五指向天觸露水面，則腳丫子剛可夠著探底——可這底是個決計不可探的底，自凡有那稍具重量之物由此處沉河，是再也浮不上來的。熟練的船家稱此地叫「流沙灘」，猶如《西遊記》中的流沙河；祇不知是現地以書中之文而命名，還是著書之人從這真情實況的惡地理上得出來個說故事的靈感罷了。

總而言之：流沙灘極險，非常人所能應付。二位爺爺轉念至此，豈敢怠慢？祇恐救人不及，要眼睜睜看他送掉兩條性命。於是雙雙躍下樓窗，直奔流沙灘前而去，想要趁著那打架的兩人尚未涉險之際便搭救上岸。誰知那兩人，一個是白蓮教親、一個是丐幫子弟，各有一身武功氣力。二位爺爺恁是泅技高人一等，卻怎麼也支使不動他倆。就這麼一夾纏，四個人在轉眼之間全滅了頂，連屍首都找不著了。

此後瑣碎不提，祇說那嫚兒的爹娘忍悲負痛，依舊混著河上生計。如此過了將近兩年，好容易日子平靜下來，卻又出了事。這一天嫚兒的爹剛交卸了一船大豆，回到家中，祇見正屋上首端坐著兩個陌生人。一個面皮白如棉紙，臉長似驢，配一張櫻桃小嘴和兩隻深深凹陷的眼珠子，活脫脫是傳說之中的白無常。這白無常身穿西服、手上把玩著圓邊方頂呢帽，說不上來還帶著幾分洋紳氣息。另一個就大大不同了，一張紫黑面皮上賊不溜秋轉弄著兩隻小眼睛，也正由於那眼睛實在太小，若不是四下裡不停地轉著、動著，便幾乎要同臉皮上無數顆說麻子不是麻子、說雀斑不是雀斑的凹點分不清了。此人雖也穿了身洋服，可怎麼看都有一副要向人伸手討飯的乞丐樣兒。嫚兒的爹畢竟是個憨實篤厚之人，看來者有如兇神惡煞，仍當那是風塵辛苦的緣故；當下堆起笑臉，蝦了蝦腰，又朝內屋喊聲：「嫚兒的娘！」

「不用喚了。」白無常抬了抬手上的帽子，道：「你老婆孩子領著我們的人上九丈溝看船去了——聽說你小子手底下有閑船一隻，我們哥兒倆正需要一隻船。」說著，指了指身邊茶几上的一個青布包袱。麻臉之人立刻把那包袱打開，裡頭露出個黑木盒子來，麻臉再一開盒蓋兒，赫然現眼的是十排龍銀大洋錢。白無常自將盒蓋兒「啪」的聲闔了，繼續說道：「錢，不愁沒有；但看你能賺取多少罷了。差使幹得完妥停當，這一盒子銀洋你儘地拿去。倘若出船不使力，也成，我這租船的價錢是一日夜五塊錢——」

「太多了、太多了，使不了——」嫚兒的爹忙道；可三句話沒說完，白無常又昂聲截住他，道：

「我們是在『三民主義大俠團』戴雨農戴先生旗下行走的，戴先生也好、『大俠團』也好，講究的就是愛民如子、嫉惡如仇。這點銀錢，祇不過是分潤老百姓的一點意思罷了。生意作得成，你就收下，是你該拿的。祇不過別忘了戴先生和三民主義的好處就是。」

嫚兒的爹連忙又蝦了蝦腰，道：「大人怎麼說都是。」

「不能叫大人。孫先生手創民國都已經二十多年了，哪裡還有大人？」白無常陰慘慘一笑，道：「我姓居，你就叫我居先生；這位姓邢，喊他邢先生也就是了。」

這廂三人閑話了一陣，那居先生問訊得極是殷切仔細，比方說這泰安府的風土如何？民情如何？地方官吏治績如何？乃至兵鎮一方的軍帥首長政聲如何？問來問去最後問到了白蓮教徒眾的活動情形。居先生忽然橫裡插了句：「你們聽說過一個叫『共產黨』的詞兒沒有？」

嫚兒的爹搖了搖頭。居先生接著給他上了一大課，大意不外是說：如今國難當頭，日寇連年犯境，那「共產黨」竟然在前一年裡還成立了臨時政府，其禍國殃民，簡直就比前清以來的白蓮教還要可恨可惡。正因其可恨可惡，就得發動全國百姓同心協力討之伐之、剿之滅之。這一課上到天色將晚，嫚兒他爹打了幾個瞌睡，以致連連點頭，狀似十分同意那居先生的見解。

不錯，居先生、邢先生正是假意為吸收齊魯一帶志士、探聽軍閥共黨消息、請命北上——其實卻是為了打撈那些失落的佛頭而來的居翼和邢福雙。

這一年稍早，一部分出身自當年那南昌剿匪總部的幹部，再加上些黃埔出身、可是未及在北伐諸役之中力戰殉身的二流軍將，以及「三民主義大俠團」這一系的領袖當真在南京成立了一個叫「三民主義力行社」的組織，由賀衷寒、康澤、滕傑、劉健群、鄧文儀、桂永清、酆悌、胡宗南這些人、這般的坐次為核心小組。戴笠因祇在黃埔六期讀過一陣騎兵科，根本沒畢業，是以排名尚在酆悌之下。當然，無論如何議定坐次，那「老頭子」——也就是天下都招討兵馬大元帥——仍居首腦。依照他的意思，黃埔一系既然在北伐之中精銳盡失，何不在吸收這一系出身的同志之時條件稍稍放寬一些？一俟加入之後，執行的紀律便要嚴一些。相對地：如果在吸收其他學校的青年志士方面，由於出身隔閡、底細未能洞見，則在加入之際的要求便需嚴一些，而在成為組織的一份子之後，執行的紀律則放寬一些。如此才不容易流失人才。這就是「三民主義力行社」成立之後所發展的第一個收攬各方人才的機構，叫「復興社」，算是「力行社」的下層單位。那不遠千里而來，一意追查邢福雙下落的李綬武吃盡苦頭，大約也就在居、邢二人來到山東泰安的時節成了「復興社」的一份子——這些枝節，暫且按下不表。

倒是在「三民主義力行社」之下還有兩個外圍組織，一個叫「革命軍人同志會」、一個叫「革命青年同志會」，算是承上啟下的決策執行機構。這麼一來，組織發展突然龐大起來，非但黃埔嫡系、「老頭子」的親兵成為骨幹，其餘如北洋時代在北京成立的陸軍小學、陸軍中學以及保定軍校的畢業生，有許多失業賦閑、無所事事的也來登記加入；僅一個多月之內，報名加入成為同志者竟然有七、八百人。「老頭子」龍心大悅，遂批准開辦了一個「特別研究班」，施以三個月的訓練，期滿之後，便派到「復興社」下屬各級的單位裡去，有的成了報社幹部，有的成了名為「消費合作社」、實為「老頭子」轄下的會計和貿易機構的財務技師，也有的給分派到地方上去發展再次一級的單位，還有的成為戴笠原先那個「大俠團」特務機關的新血。

正因這是個草創時期，被稱為「新血」的青年同志倏忽湧入，人人祇要口稱擁戴「老頭子」、報効「一個黨、一個領袖、一個主義」者，便很容易竄身出頭——即使絕大部分的「同志」實祇因為不事生產、百無聊賴，想來混口飯吃；未料一旦加入之後，穿上深藍色中山裝上衣，土黃色卡其長褲，看上去居然十分齊潔整秩，頓時人模人樣起來，頗有幾分可以救國救民的自我高貴感，竟衍出個「藍衣社」的諢名兒來。

在這些號稱「鐵血救國」的同志之間，就發生過一樁奇事。那負責訓練特務的戴笠自己生性狡獪狐疑、行蹤詭祕無端，僅僅是化名就有七、八百個，可謂三日一更、五日一易，為的就是教人捉摸不清，眾人在背後也多以「老闆」二字稱之；「老闆」知道了也非常得意。也正由於「老闆」不喜暴露本來身分面目，底下的特務們也有樣學樣，時而改姓易名，引以為樂。有那麼一回，一個叫陳意敏的青年填報了一份差旅表，隨手失神，簽上了他那幾日在外查察市井瑣事軼聞的假名「周煥」。可這整一個特務機關之中並無「周煥」其人，核發差旅費的人轉念一想：莫不是「老闆」突然又更改了名字，卻未及以密碼告示？如此一來，便不敢造次，遂額外貼補了一大筆錢鈔，另以黃封紙包裹、上呈戴笠簽收。恰巧戴笠前腳出門，陳意敏後腳來送諜報，攤開宗卷一見「周煥」之名赫然在黃封上，登時嚇傻，還以為另有某同僚檢點了自己在外招搖的祕聞上報，遂匆匆竊去黃封，溜之大吉。嗣後這陳意敏發現封裡竟然是一大筆款子，更懷疑這是「老闆」有心試探他的操守作為，便益發不敢回頭歸建，索性又改了個名字，遠走高飛了。

這些個冒亂無緒、詭譎多疑的事體可謂層出不窮，卻與居、邢二人各懷鬼胎的泰安之行有著草灰蛇線的關係。

且回頭說這居翼派出兩個精幹的手下同嫚兒的娘母女四人前往九丈溝看船，邢福雙心裡便犯起了嘀咕：這一下豈不要破皮露餡兒了？——當年他把那八十四顆佛頭沉河掩藏的所在正是九丈溝，可是教居翼給打了一針「通仙漿」之後，他胡亂應付的「吐實」之辭卻是泰安的泮河。在當時，邢福雙祇求苟延性命，以待來茲；孰料居翼果然為他露的那一手「四至四自在」的武功而傾倒不已，竟爾當真將他收納為股肱。如今來到泰安地頭上，原祇盤算著在泮河裡假意打撈打撈，自然不會有什麼收穫，屆時便推說河水沖流，也許還能拖磨一陣，甚或在費了偌大心力之後、如此勞而無功，居翼也就心灰意冷，不再逼索了。可是人算不如天算，他們這一行四人一到泰安、便打聽出這一戶船家湊巧多了一條閑船，還偏就泊在九丈溝。

正在這廂做賊心虛，不知還能想出什麼應對之計的時刻，邢福雙忽聽得門外極遠之處有人發出一聲慘號。此際居翼正口沫橫飛地向嫚兒的爹講論那三民主義如何精微、如何奧妙，比之擬之如一部極其高深精湛的武學之中最為玄奇的「提攝心法」，如此一打比方，那嫚兒的爹才勉強有了些精神——可這二人卻未暇聽見那聲號叫。邢福雙聽了個真切，自然便加意側耳聆之；果不其然遠處是有動靜：一陣清脆敞亮如出谷鶯啼的吆喝緊接著傳了來，聽著竟像是有個三、五歲大的孩童正在叫嚷嬉鬧。

又過了約有三、五吐息的片刻辰光，號叫之聲又起，兼雜著慌亂急碎的腳步——這一下連居翼也聽見，登時一皺雙眉，道：「出了什麼事？」說時衝身而起，一躍飛出丈許開外，順勢拉開屋門。便在此際，邢福雙也猛可想起來：號叫之聲聽來甚是耳熟、不正出自那兩個隨同居翼前來的青年特務之口嗎？

門開處，居翼、邢福雙還有嫚兒的爹俱被這眼前景象驚詫得目瞪口歎，連雞皮疙瘩都浮鼓而出、不能稍息。

嫚兒這一戶人家臨河而居，門口有那麼一塊土地平曠的場子，以河床巨石鋪成，場子方圓總有八、九十丈，呈一斜坡之勢、傾入河中。這般堆疊，一來自是為了讓居處所在的屋宇更高一些，以免暴雨洪流一來，水漲屋漫，成了災殃。此外由於這巨石鋪成的斜坡比較光滑，僅需兩人四臂之力，便可以將一條貨船自河中縴拉上岸，再墊以防滑的「襯枕」，便可以修繕、髹漆，是十分便利的一種設計。北五省裡靠河的船家稱這種有石岸可靠的地理為「鏡面碼頭」，是航伕生意的洞天福地——這種「鏡面碼頭」若是傾斜角度較大，尋常人丁還很難從河畔攀爬而上。擁有這種「鏡面」的人家往往夜不閉戶，因為那些偷雞摸狗的宵小要費很大的氣力才能爬上坡來、而不致失足；這樣的「鏡面」非熟手練家不易出入，是以又叫「高人碼頭」。

但看嫚兒家門口正是這麼一款「高人碼頭」。旁邊原有條石階小道，平日便供嫚兒的娘母女行走。今日這四個外鄉人來到河邊，說要賃閑船一艘，娘兒倆便領那兩個青年沿河去九丈溝驗看，另指點居、邢二人自一旁小路拾級登坡；換言之：那兩青年並不知道旁邊還有石階可以通行——這可就應了那四句老詞兒：「善惡終有報／天道本輪迴／不信抬頭看／蒼天饒過誰」。

驗看船隻便驗看船隻，孰料那兩青年眼見嫚兒的娘頗具幾分姿色，九丈溝又四下無人，登時起了歹念淫心。先是假意尿急，臨河便掏出那話兒撒了，一面用言語勾挑。嫚兒的娘是個烈性婦人，哪裡容得下耳目中有這樣污穢？本想仗著母女皆水性嫻熟、泅術精到，就一躍下河、游回家去也就是了。可她轉念一想：家裡那兩個人物雖然穿著體面，恐怕也是些牛鬼蛇神，且河水教這兩人尿得骯髒，更不忍下水。於是抱起嫚兒，扭身便往回走。可那兩人慾火燎身，已成熊熊之勢，哪裡肯就此放過？遂一前一後、時左時右，或兜或攔、忽攫忽擋，隨即更亮出了匕首來。嫚兒的娘顧得了東、顧不了西，不多時左支右絀，衣裳便給劃破了幾處口子，皮開肉綻，鮮血也隨汗淌流了不少，一個失神，竟脫手將嫚兒摔開。其中一個強徒搶步欺前，探手撈住嫚兒，也不管她放聲號哭，逕往密林深處疾行而去。這一廂嫚兒的娘教另一個強徒困住，祇道今日興許就要畢命於此，心頭悲怒羞急，俱散成萬千股惡氣自毛孔中湧出，當下一頭原本烏光晶亮的柔髮便有如猬刺般豎了起來——不意這萬千散髮戟張林立之勢卻將面前那強徒嚇得恍了神；嫚兒的娘覷準時機抽冷子朝他勢上狠狠踹了腳、閃身便循著嫚兒的哭聲奔了過去。

這一奔，瞬間便是二、三十丈之遠，待眼前乍地出現了人影，卻多出一個來。嫚兒的娘定睛再一打量，卻在密林深處、小徑當央，站著個光著頂腦袋瓜子的小男孩兒，約莫五、六歲年紀，手持一柄丫叉兒彈弓，朝那抱著嫚兒的強徒笑道：「你的娃兒哭得恁是難過，你也不哄哄她，奇怪！」

手抱嫚兒這強徒哪裡會把這孩子放在眼中？一面大步朝前邁去，一面口中發出「呿！呿！」的驅趕之聲，行近那孩子面前忽而抬起一腿、猛裡朝他心窩踏去。

嫚兒的娘忙不迭要衝身上前阻攔，已經來不及了。可說也奇怪，那人一腳狠命踏出，腳掌到處，竟成一空；一個收勢不住，上半身向前傾撲，眼見嫚兒就要讓他給壓倒在胸脯底下——便在這個當兒，一條短小的黑影直似鷹隼的一般自空而降、斜斜掠過那人的腋下胸前，再將身形一歪，片翦踅過，居然停停當當站在嫚兒的娘面前，手中捧抱的正是嫚兒。這時的嫚兒也不哭叫啼鬧了，卻把雙烏溜溜的黑水銀瞳人兒直愣愣瞅著那光頭孩兒。光頭孩兒上下打量了嫚兒的娘一遭，又回臉瞟一瞟那踉蹌撲倒的強徒，眉宇間陡然騰起一陣殺氣，扯起了童子音，喝道：「呔！我明白了：你是個拍花的蟊賊，對也不對？」

那強徒也不甘示弱，左滾右翻胡亂爬起來，手上也多出一柄匕首。他一言不發，和身縱躍近前，一匕首由頂貫下，竟往那光頭孩兒的面門扎落——光頭孩兒卻也不肯示弱，一邊騰出左手、將嫚兒朝後一讓、送入嫚兒的娘懷中，另隻右手當下揮了個七形八影，每一形影各有鶴喙、猴撓、虎爪、豹掌、鷹鉤、象鼻、馬蹄之勢——另外還多了一記飄搖不定的神仙指的幻影；也正是這神仙指抓了個毫釐不差的分寸，待那匕尖扎到，便往上輕輕彈出，但聽他食中二指的骨節「喀叱」兩聲，指尖剛巧迎住來勢，居然把支精鋼鑄煉的匕首應聲彈斷。那強徒自然大為駭怖，想要收束身形、可四面八方卻教那光頭孩兒一隻右手所布下的七形掌恢恢然罩了個嚴絲合縫，祇在這一霎時間，諸般指爪紛紛並下，在他頭上、臉上打砸了七個結結實實的著落。也活該這人原來就不曾在江湖中行走歷練，哪裡窺得出這一招正是華嚴宗所傳自北魏佛門舊學「龍樹迷蹤散手」之中的「迷百會手」？倒是光頭孩兒人小力弱，一記「迷百會手」使出，就算拚盡了吃奶的勁道，也不到摧骨破腑的程度。是以七記指掌打得固然結實、將他臉皮也摳破了幾處，卻未見如何殘傷。這強徒仍不免吃了一驚，連忙發喊，叫另一個伴當——那卵囊幾幾乎教嫚兒的娘踹破的強徒——忍住疼痛、飛奔而至的時節，這廂密林之中的陣勢已經站定了：嫚兒的娘母女閃身向河岸處且藏且走，那光頭孩兒則東遮一下、西擋一下地翼護著她們母女。後首緊步盯迫的強徒手裡早不知從哪裡拾起了一根丈許長、碗口粗的枯木，有如撥草尋蛇一般往前探杵。這趕來幫手的強徒不知輕重，祇道那光頭孩兒年幼可欺，遂爾暴吼了一聲，使出個惡虎撲羊的招式、凌空跳了一丈來高——看那居高臨下的勢頭，是想越過中間這一逐一退的兩人，直搶嫚兒的娘後背心。可這強徒卻沒料到：光頭孩兒是何等身手？偏偏就在他跳入半空之中，上不著天、下不著地的當口，光頭孩兒突起一腳，將對面探來的一桿枯木踢它一個仰竿立天，正頂住半空中這人的肚腹。手持枯木這人但覺臂膀一緊掌一沉，情急之下更不知該不該撒手，竟索性狠命向前捅去；如此一來倒省事，半空之中這人不意借著力，也就抓著木梢朝裡一收，兩強徒猶似一桿子上的兩枚水桶，噗通通栽下河去。

倘若尋常的江湖棍痞，遇上這般情狀，二話不說、祇有一個走字。可這兩特務青年不同，他們是「三民主義力行社」所召募的「革命青年同志會」行動份子，完全沒見識過草莽人草莽事，更不明白「識時務者為俊傑」的道理；一旦落河成了湯雞，益發惱羞成怒——不知道是老天爺有心捉弄抑或成全——偏偏在他倆入水之處的河水比平常淺了幾尺，自然是教那八十四顆沉底的佛頭給墊高了所致，於是一掙身、便坐了起來，再一撐腿、又站直了，連忙一陣怒喝暴吼，再衝上岸邊林下，阻住三人去路。另一個手裡還握著匕首的那人先使了幾個虛招，胡亂揮扎幾下，再猛裡耍個刀花兒、掉轉匕尖，直朝光頭孩兒的囟門扎了。好個孩兒不逃、不避、不抵、不拒，反倒一踮腳尖一打挺，把個光溜溜、圓滾滾的腦殼兒硬往匕尖上迎。但聽「叮」的一聲脆響，那強徒不覺駭然失聲、大叫起來——一柄精鋼鑄造的匕首居然讓那孩兒的光頭頂成了麻花兒果子。

如此還有誰敢再戀戰？二強徒當下撒腿朝回疾奔，來到嫚兒的家門口，卻不知還有條小路可以上坡，衹好運足勁氣、夾緊筋肌，有如狗熊上樹一般攀爬著那「高人碼頭」的「鏡面」。未料光頭孩兒玩出了興致，哪裡肯就此罷休？別看他年紀幼小、體格瘦弱，可登爬這斜坡卻如履平夷、後發先至，三、兩個搏撲跳躍便站上了坡頂，待那二人先後爬到，衹將手指頭去他倆額前輕輕一捻，二人便連翻帶滾地落了底，不得不狂呼大喊：「居先生救我！邢先生救我！」

居翼、邢福雙和嫚兒的爹搶出門首，卻見面前數丈之遙開外蹲著個光頭孩兒，正在那廂嘻笑作耍，不時朝坡下笑道：「上來啊！你們上來啊！」

居翼自是個沉穩世故的練家子，聽這孩兒言語之間音聲嘹亮，內蘊真氣更是飽滿渾成，不覺十分駭異，轉念忖道：江湖棍痞最忌撞上僧、丐、婦、孺，蓋因這四般人物不能通曉武術則罷，一旦通曉了，必有獨傳祕技。想這孩童如此幼小，卻將我兩個精幹人丁擺布得這樣難堪，我倒要留神應付了。一面想著、一面露出兩排銀牙，向那孩兒吟吟笑著，道：「小孩兒！你同他倆作什麼耍子呀！」

誰知坡下摔砸得鼻青臉腫的兩人慌急無度、竟齊聲喊道：「居先生、居先生！這孩子身上有鬼！您千萬不要大意了。」

光頭孩兒扭頭瞧瞧居翼，又低臉睨睨那二人，隨即一擰眉、一瞪眼，道：「我明白了！你們卻都是同一夥兒的拍花賊！那好，小爺爺一發收拾便了——」話似尚未說完，身軀未動，右手忽地向居翼探過來——想他二人之間果爾有數丈之遙，這孩兒的手臂不過二尺有餘、三尺不足，焉能探得？可看在居翼眼中自有一番不同：但見上下左右徑足八尺之內滿天俱是掌花拳影，數之不盡、應之不暇，進無可抗、退無可藏，登時頭、臉、頸、胸和肚腹之間已挨了二、三十下——所幸那孩兒力氣不大，不致傷及居翼的性命。可居翼卻不比受了重傷好過；他心念電轉，祇道這孩兒的手法向所未見、甚是奇古，倒有幾分像是傳聞中俱舍宗佛傳武道裡一部「阿毘達摩人空法有功」裡的「金頂佛光」。

前文說過：「金頂佛光」為俱舍宗「人空法有功」的十八分之一，與三論宗裡的「文殊無過瑜伽」中那「四至四自在」無獨有偶地成一個「對法」。居翼吃這孩兒在霎時間打了幾十巴掌，皮肉雖疼、不及心頭驚懼。暗想：邢福雙自言佛頭沉在泰安府，會不會教這小兒發現，給練就了一身功法？不然！看這小兒約莫祇有五、六歲模樣，豈能自習自練、修成武學正果——莫不另有高人指教，授之助之，則我今日來此，豈不要任人宰割，然則還奢望什麼坐擁「武藏十要」、雄霸武林呢？想到這裡，不免斜斜飄身向外，打了個鷂子翻，越過掌花拳影的披覆，落向那鏡面斜坡的上沿，拉開架子，使出先前得自邢福雙傳授的「四至四自在」裡的第三式：「若風之輕盈飄搖」。這一式其實是一門輕功，並無足以殺傷敵手之力，是以施展開來便直似一支在空中旋舞飛的風箏那般——此功的奧妙也盡在於此——一旦對陣的另一方搶攻進襲；無論是兵仗也罷、拳腳也罷，祇消勁氣逼近，這空中的風箏便應勢而退，彷彿冥冥中自有一馭控上下的線索，總能令行動之人避一鋒銳而免受殘斲。

且說那光頭孩兒之所以出手，原先自然是由於惻隱不忍，要抵擋那兩個拍花強徒。可孩兒畢竟是孩兒，這麼打殺起來，卻成了遊戲，哪裡知道什麼凶險？他見居翼飛前飄後，似蜂若蛾，簡直和自己所修習的「金頂佛光」之中的某些功法「如對面見」；心下登時湧起無限興致，於是也唱個喏、將渾身孔穴盡皆閉了，內蓄八萬四千真氣，收起三千六百拳掌；也騰躍空中，與那居翼招搖以對，你進一尺、我退一尺，我逼一分、你讓一分，誠所謂「燕燕于飛／頡之頏之」，有如兩枚同極的磁石、比翼的蛺蝶，這便沒有廝打毆鬥的態勢了。

然而居翼豈甘如此罷休？他老於江湖、深具城府，見這孩兒起了玩心，便暗裡覷出個門道來，假意冉冉落下身形，引得光頭孩兒在自己的頂門上空盤之旋之——實則居翼已悄然腳踏實地，漸沉其腰、穩坐其胯，將渾身力量凝束於脅腹之間。顯然，在這個當兒，他祇消趁著對方也隨他收勢之際、奮出雙掌，則光頭孩兒勢必要骨斷腰折，立時畢命於這鏡面之上。

可偏在此時，橫裡殺出個程咬金來——居翼全然不明就裡，祇覺自己的後腰腎囊所在之處不知如何逼入兩股好似尖錐利刺般的物事，其力道之強，可如泰山壓頂；其聚積之細，則祇在針頭方圓。此擊非但一舉而摧陷了他即將擊出的掌勁、也一推六二五地把他下腹腔中的一干臟腑給搗了個稀爛，正是柔腸寸斷、不可收拾。可憐他這白無常費盡心機要佔盡一部「武藏十要」的失傳絕學，卻沒料想到自己竟栽在這絕學之中最稱泛泛的「四至四自在」的第四式「猶雷之暴烈焦燥」上。突如其來、偷以這奔雷之手殺之的不是別人、正是在一旁坐山觀鬥的邢福雙。

在邢福雙而言，他之所以倏忽出手、哪裡是為了救那光頭孩兒？倒不如說簡直是為了逃脫這白無常鬼的糾纏與鎮壓罷了。試想：萬一居翼收拾了這光頭孩兒，豈不立刻就要追討那八十四顆沉河佛頭的下落；那麼他邢福雙是索性吐實得好？還是另有什麼推託遷延的遁辭呢？

此外，邢福雙出手十分小心——他站在居翼的正背後，非但遠處坡下那兩青年特務不知究竟，連甫自半空之中翩然落下的光頭孩兒也沒看清楚，祇在轉瞬間瞥見對打這人猛然間身形一挺，翻起個大觔斗，從自己的頂門上繞一記轉輪，而後便直愣愣摔下坡去。落地之前居翼已然筋脈斷絕於丹田之處、眼前一片寂黑，半腔再也不會流動的死血盡從七竅淌出，魂魄則直奔枉死城掛號去也。

邢福雙卻搶作慌聲喊道：「哪裡來的孩童竟爾傷了我家居爺性命？哪裡來的孩童忒大狗膽，殺害我『三民主義大俠團』第四大護法居先生！」一面喊、一面謹謹慎慎彎身坐下，雙腿朝前，猶似小兒溜滑梯似地從那高人碼頭的鏡面上沿兒一溜煙滑下坡去，直滑到兩名殘兵敗卒的身旁，才悄聲問道：「二位久在公門伺候，比我可淵博得多了，借問一聲：眼下該怎麼辦？」

這二人登時也傻了眼，一個支支吾吾想著不知該如何向上面交代這筆爛帳，另一個大約還不曾從嫚兒的娘那姣好的姿色之中回過神來，竟前言不搭後語，直勾勾凝睛望向坡旁的林間小徑，道：「那婦道上、上、上去了。」

「我問你二位該如何向上頭回稟——居爺這光景是祇有出的氣兒、沒有進的氣兒了。咱仨人——便怎麼個覆命罷？」邢福雙一面說著，一面又暗蓄內勁——他打的算盤非比尋常；萬一這兩人方才覷出半點尷尬，他祇有再以奔雷手結果之——不料話才出口，坡頂上那光頭孩兒卻亢聲發了話：

「拍花的狗東西上來！再同小爺爺打一架！」

他這麼一喊，聽在邢福雙耳朵裡卻別有一番體會，當下再將內力蘊至八、九成上，故意沉聲切齒問道：「人家口口聲聲『拍花』、『拍花』，可是你倆對那小女兒家動了什麼手腳？」

兩個特務青年做賊心虛，對這一問卻獨獨有了反應，遂你望望我、我瞅瞅你，一時間生怕落後吃虧、一起伸指向對方比劃過去：「是他——」

邢福雙心眼玲瓏、念頭閃熾，當下窺出底細，便故作憂急地說道：「二位如此行事，惹來這麼個小煞星，教我該怎麼——」祇在這一猶豫間，兩掌分別向外震出，不偏不倚，分別打中二人的心窩，這兩掌仍舊是那一個老招，也仍緣於近在咫尺之內、教人猝不及防，掌身陷進兩人胸骨三寸有餘，將心、肺拍成碎粉，兩具殘軀應聲向後飛出丈許、墮入河心去了。邢福雙更不怠慢，一轉身朝已經自石階拾級上坡的嫚兒母女抱拳一揖，假意溫聲道：「這位大嫂受驚了！咱們『三民主義大俠團』此番北上公幹，不意卻撥動了兩個畜生；方才若有什麼擾犯、還請饒恕則個。」

嫚兒的娘驚魂未定，半個字也答說不出。單看那三條性命俱在頃刻間無端了帳，已經是尋常小老百姓人家平生不遇的奇事，一旦臨頭入眼，除了疑幻疑真、恍惚如夢之外，連自己是生是死都不敢揣想。此際卻祇嫚兒的爹一人尚不知九丈溝所滋生的事端，然而他也是一通透天胡塗，可謂丈二金剛——摸不著頭腦；因為祇他從旁窺見了另一個機關：這邢先生明明同那居先生是一夥的，怎麼卻暗下殺手對付掉那居先生呢？

「邢、邢、邢先生，」嫚兒的爹期期艾艾地迸出一聲，人卻雙膝落地、朝坡下跪了，一顆腦袋瓜磕叩如搗蒜，仍不住抖抖顫顫地說：「小家小戶祇在這河上作些往來生意，不敢冒犯什麼『大俠團』，更不敢交際什麼教、什麼黨——您若要用船，自管用去。九丈溝泊著那船便是您老人家的了，小的也不要租錢。您差使了了，歡喜把船還給小的，便去九丈溝原處停靠；不歡喜還呢、就管搖了去，小的但求邢先生高抬貴手，放過咱一家三口。」

他不說則已、一說反而激起邢福雙疑心。暗忖：方才我盜襲居翼之時，這老小子便在我身後屋門邊兒上，是否睇見那一雙掌影則是誰也說它不準的。萬一傳揚開來，以戴雨農那般天羅地網的勢力，豈不要追拿緝捕他一個上窮碧落下黃泉？如果一不做、二不休，索性滅口完事，就得把眼前這大大小小四人打殺一個乾淨，這——他又老實幹不出來；且那光頭孩兒看似非但也會使幾手佛頭功、且招式變化精熟、猶在自己之上，誠然動起武來，未必討得了便宜。

就在邢福雙這麼猶豫未決之際，光頭孩兒卻先開了口：「呔！你這人到底是拍花賊一夥的不是？」畢竟是小孩子家直心眼兒，沒料到這一問反而給了邢福雙一個下台階；卻見他登時一提真氣、飛身上得坡來，展顏逐笑，衝嫚兒的爹拱手一揖，道：「其實我跟他們不一夥兒的，我——」

第二句話沒說完，這坡旁密林之中忽地傳出一陣咳嗽，緊接著閃過一條身影，上半截著藏青色明袋烏扣緊身高領勁裝，下半截一條土黃長褲——正是那「藍衣社」的標準裝扮。這人鼻樑上還掛著一副有如酒杯底一般厚的圓框眼鏡，鼻青臉腫、彷彿挨人痛揍過幾回的模樣。他一面朝嫚兒的娘母女走去，一面斯文地笑著說：「閣下同他們不一夥兒，方才卻怎麼指這孩子說：『哪裡來的孩童殺害我「三民主義大俠團」第四大護法居先生』？又怎麼說：『咱們「三民主義大俠團」此番北上公幹，不意卻撇動了兩個畜生』——這兩句話，分明是自家同夥之言，怎麼你又改了口呢？」

邢福雙不意半路之上殺出這麼個程咬金來，心頭不免既慚且駭，渾身喪氣盡數化作冷汗流了，搶忙硬作狠態，惡聲道：「你是什麼人？膽敢穿著這身衣靠招搖過市——你不知道這衣靠的來歷麼？」

那人聞言又一笑，抬手扶了扶眼鏡，接道：「究竟什麼來歷能穿這個我卻不大明白，我祇知道丐幫山西大同分堂堂主是穿它不得的；那教丐幫逐出來的脫籍弟子、或者自擊敲門磚出幫的光棍也是穿它不得的。你說呢？」

邢福雙聞聽此言，又是一驚——看此人面皮白皙、身形瘦弱，全然不似江湖中人。且自己混世十年有餘，也從未交遊過如此斯文體面的角色；然而這個人竟而對他的過往經歷如數家珍，言語間似挑釁、似譏諷，彷彿有意逼他出手處置——這，不能上他的當！邢福雙連忙扭身一揖，學那居翼作一冷峻陰鬱的表情，沉聲道：「兄台究竟是哪一山、哪一路、哪一碼頭上的朋友？還請賜告。」

「我問你的你還沒告訴我呢！」那人仍舊慢條斯理地說。

邢福雙此際情知再無狡賴的餘地，眼下給這文士揭露了底牌倒還不打緊，麻煩的是不知道人家看見他暗下殺手，謀害了居翼的那兩掌沒有。正犯著嘀咕，這文士又神閑氣定地說了話：「眼前已經是三條人命歸了陰曹地府，你老兄殺孽也忒重了——難道還不肯罷休，非得再饒上五個，你才安心愜意麼？如此行事，難道是你丐幫中人的仁行義風麼？是『三民主義大俠團』的淑世救國之道麼？」

幾句話說來似意猶未盡，一旁的光頭孩兒卻橫裡插嘴對這文士道：「這位大叔！剛才那兩個是拍花賊，在河邊兒欺負那位大娘。」

一聽這話，嫚兒的爹可急了，才約略明白過來方才這一陣廝殺的緣故；遂也顧不得誰是誰非，慌不迭衝上前護住妻女，卻見那幼小的嫚兒早把一雙水汪汪、機靈靈，黑丸似鐵白睛似雪的大眼珠子瞅著光頭孩兒——此刻她臉上非但沒有一絲驚嚇恐懼之色，反而是無限歡喜愛慕之情，與她母親那倉皇錯愕的神態大異其趣。

倒是那文士卻微微笑了，把雙眼睛緊緊盯住邢福雙，口氣則舒徐悠緩，所說的話聽來卻既像是在答覆光頭孩兒、又像是在教訓他面前這個隨時可能作困獸之鬥的殺胚：「這位不是拍花賊，他祇是一時迷了心性兒，行事不計後果；滿以為隨機應變，誆言謊語就能鑽天入地、行遍江湖。卻不知無論他投靠了哪一幫、哪一團、哪一會黨門戶，都逃不過人家的羅網牢籠。到時候又當如何呢？改名換姓再另投一幫、另入一團、另依附一個會黨門戶？」說到這裡，這文士摘下眼鏡，拿衣角擦了擦，語氣忽即一變，道：「邢福雙！你要是還執迷不悟、一意孤行，任你衝州撞府、躲到海角天涯，也不過就是這個下場——」說時早已從那人稱中山裝的藏青色外衣下襬的大口袋裡掏出一疊照片來遞了過去。

邢福雙愣眼翻看，祇見每張照片的右下角都寫著名字和看似記時的數字，畫面則是一顆和脖頸分了家的人頭，有瞑目伸舌的、有瞠眼齜牙的，個個兒都是副受極委屈的神色。邢福雙一邊看、一邊打起哆嗦來，看到最後一張上，連他的肩膀都抽搐了一下；他認識那顆人頭。

「他——」

「他叫陳意敏。和你前後腳進的『南昌行營』，後來改名叫『周煥』，又改名叫『楊中森』、『李之和』、『賀雄』，最後成了一顆腦袋。」這文士把眼鏡架回鼻梁，繼續說：「他可連條狗都不曾打殺，祇不過是錯拿了該給戴先生的一筆差旅費，等發現袋中裝的是錢鈔的時候，已經回不了頭了。如今你老兄殺了『龍王一翼』四大護法的老么，又做掉兩個青年革命同志，倘若再連這兩個老百姓、兩個小孩兒也不放過，那就非殺了我不可。如此一來，別說你當年那些叫化子哥們兒還在找你，連你們那團裡的『志士』也都成了你的對頭——合計合計；你划得來不？」

此際的邢福雙非但渾身上下瑟瑟縮縮如正月裡的刺蝟，連齒牙筋骨都抖了個震天價響，身形一軟，匍匐落地，昂頭再打量了對方的穿著一回，哀聲問道：「您、您、您老也是『力行社』的爺麼？小的知過悔罪，求爺放小的一條生路。」

「放一條生路不難，可你別糟蹋了『知過悔罪』四個字。貪生怕死就是貪生怕死，你也配『知過悔罪』麼？」這文士說著嘿嘿笑出聲來，接著又道：「不錯，我也是入了社的。祇不過我不叫『爺』，我叫李綬武。」

「多謝李先生不殺之恩，多謝李先生饒命之恩。」邢福雙二話不說，就地連連磕了幾個響頭。

「我既殺不了你、也饒不了你。邢福雙！你不必求我，我倒還有事想求你呢！」李綬武俯腰伸手，從邢福雙手中取回那些照片，再將他攙扶起來，道：「頭兩年你給貴幫押運了一批物事到泰安來，嗣後卻沒了下文。江湖上爭相傳說：是你乾沒了那批物事，還挾之投靠了國民政府——」

「沒有這回事、沒有這回事的，李先生、李爺！您是明白人，小的真冤枉。」

「你要是真冤枉，怎麼巧不巧的你又攛掇著居翼這倒楣鬼回到泰安來了呢？」李綬武說時伸手解開胸前一粒鈕扣，朝裡探進手去，那情狀讓邢福雙不作它想，顯然就是要就地「處決」自己了——他見識過居翼如此行事——還以為李綬武要從懷中掏出一把盒子炮、掌心雷之類的火器，禁不住一聲慘嗥，將頭臉一捂、伏地哭了起來，一面發聲哀喊：「東西都沉在九丈溝，小的不要了、小的不敢要了、小的一體兒奉送給李爺您了。李爺您大人大量、放小的一條生路罷！」

也就在這麼低頭垂臉、俯身蝦腰的時刻，邢福雙早已覷準棄置在自己胸前地上的一柄匕首——匕尖雖說教那光頭孩兒給頂成螺旋形的麻花兒果子，可依舊能當成一支螺紋鑿子使喚。是以他一面仍假聲哭求、一面則暗地攢住匕首柄兒，準備伺機衝身上前，給李綏武來一記結實的著落。

在李綏武這邊卻根本不意對方有此一圖。他解開中山裝的鈕扣，內袋裡摸出一個紙封兒，道：「事已至此，恐怕祇有一個人救得了你。你要是有心行正走直，就拿著這封文書到上海小東路去投他，或許在他的庇蔭之下，戴雨農這幫人一時半會兒的也奈何不了你。可你要是還心存僥倖，想倚仗著什麼『大俠團』之流的勢力逞勇鬥狠、濫殺無辜，學那『龍王一翼』的榜樣，日後恐怕連一顆脫了梗兒的腦袋也留不下來了。」

邢福雙這才偷眼斜窺，見那紙封上寫著兩行字，正款上祇一個「萬」和一個「方」字他認得，其餘諸字半筆不曉。可是無論如何，猜想這姓李的沒帶著槍，聽他說什麼「上海小東路」，那不是老漕幫祖宗家門的總堂口麼？這樣說起來，姓李的口稱「祇有一個人」可以救他的豈不就是老漕幫的總瓢把子萬硯方麼？轉念之間，邢福雙仍趴在地上探問道：「小的不知李爺您和萬老爺子是朋友，真是有眼不識泰山、有眼不識泰——」

「不不不！」李綏武不疑有它，逕自答道：「我同萬老爺子素昧平生，祇是有些消息想要奉達。既然今日撞上了你，權且託付了。你給送了這封書信，也就省得我跑一趟。不過萬老爺子是不世出的高明人物——你若是不能洗心革面，人家也未必肯安頓你。至於你說什麼九丈溝裡的物事，我可要不起；非徒要不起，我還有心把它給毀了，以免留在世上，便宜了雞鳴狗盜之輩，反而貽禍無窮。」

邢福雙偷一轉賊稜稜的眼珠子，暗道：原來這小子也是為了那一堆佛頭來的，還說什麼要毀了它——如此大佳武術、你捨得麼？分明是要獨步搶佔、據為己有，還說得如此落落大方。再者，這小子既然與那老漕幫的總舵主素昧平生，又怎麼會有書信往還？這一點不探清楚，平白給當一回信差還算不了什麼；萬一遭他構陷，反而被萬硯方處置了，豈不冤枉？想到這兒，他故意口吐哀音，似哭似歎地說道：「李爺！您要是嫌厭小的貪生怕死，不能知過悔罪，何不就出手給小的一個痛快，怎麼還把小的往老虎嘴裡扔呢？」

李綬武一聽就明白過來、嗤鼻子哼了聲，道：「李某行事做人，一向光明磊落，沒有坑誰害誰的本領。承你見告那一部武藏十要的下落，於我的武學研究工作是極有幫助的，我怎麼還會害你？那信託付了你，就是君子胸襟、而非小人塊壘——你想嘛，我若在信上有些不利於你的言語，難道不怕你會在路上拆開看了？唉！小人就是小人，難矣哉！難矣哉！」說著又嗤了一鼻，搖起頭來。此時的李綬武年方弱冠、少更不事，哪裡曉得邢福雙一不識字、二有殺心、三來尤其在丐幫裡低微卑賤日久，又忽然成了「大俠團」中一名爪牙，其意氣風發，自然凌人得厲害，如今連連教這李綬武以鼻嗤之，更兼懊惱。於是緊了緊手中匕首，問道：「李爺果真無意打殺小的？」

李綬武此際已然轉身衝嫚兒父女夫妻三人走去，一面道：「不要害怕，這些江湖中人也罷、官場中人也罷，祇知拿殺人見血來嚇唬老百姓，不需理會它。我看這天氣，少時就有大雨，沖刷一陣，到雨過天青之際，這三具屍首早已漂到數十百里之外了，你們擔不著什麼干係。倒是那閑船，我有意租賃數日，去至九丈溝找一批研究材料——」

他的話還沒說完，身後的邢福雙卻接著他自己的話茬兒暴喝了一聲：「那就讓小的伺候您李爺唄！」話到人到，一條身影似那搏兔之鷹、逐鹿之豹；在不及一眨眼間已欺近李綬武的後腰，雙拳一正一反、相互扣攢著的那柄匕首已然衝後心窩之處扎了去，祇在這電光石火之間——說也奇怪，這小人卻忽而像個洩盡了氣的破皮囊般在半空之中一萎、一窩巴，「叭噠」一聲俯面摔倒。李綬武扭臉詳觀，才發現這邢福雙後腦之上多出一隻黑洞洞的眼睛來；逆勢朝前望，但見先前那光頭孩兒手裡還搖轉著他那支彈弓，道：「錯不了他也是拍花賊一夥兒的，趁大叔你沒留神就要動刀子。」說著，迎身走上坡來，一逕走到嫚兒的娘面前，踮起腳尖，伸臂往上探，一探便抓住了嫚兒腳丫子，才溫聲哄道：「不怕不怕！拍花賊都死絕了，誰也不敢欺負你了。」說完，低頭踹翻了邢福雙的屍身，自他懷中抽出原先那封書信，反手遞給了李綬武，道：「大叔！這信您還是自己送罷——他，是送不成的了。」

李綬武接過信來，止不住滿頭滿腦的猶豫迷惑，暗想：這孩兒不過五、六歲年紀，卻有如此聰敏的資賦，高超的武功，難道也同九丈溝所藏者有些牽連？這麼一疑想，隨口便問道：「承你這孩子救了咱大夥兒的性命，敢問你是——」

「我是光頭大俠歐陽崑崙。」

嫚兒看著這個光著頂腦袋，以大俠自稱的孩兒，也聽見身邊三個大人愉悅、歡快，帶點兒激賞也帶點兒調侃意味的笑聲；卻沒有人知道：她已經著實震撼著了。或者該這麼說：她恐怕比那光頭孩兒還要認真相信那句話裡的形容詞：「光頭大俠」。

對一個祇有三、四歲的小女娃兒來說，這半日來的奇險遭遇已經太多太多，而且多過於太多太多平凡的人。我們永遠也無法得知：日後她拋家棄親、跟一個從北京來的神祕拳師出走，從此再也沒見過故鄉和父母一眼的決絕行徑是不是同這一段奇遇有關？我們也永遠不會明白：等到中年之後的某個人生點上，她忽然開始不定時地發起一種罔顧現實、重返既往的精神性疾病的這件事又是否源於在這奇遇中受到了驚嚇？

我們祇知道她的確會說故事——據她說：這些故事都是她親身經歷過的。每當她說起故事來的時候，我們也就知道：她正在發作著那奇怪的病症了。在那些故事裡面，祇有一個人物（或角色）是有名有姓的，那就是歐陽崑崙。至於她自己，則是音義皆殘掩不全的「ㄇㄦˊ——」；嫚兒，我們的彭師母。

第三十章　聆聽之資格

不論是居翼也好、邢福雙也好、李綬武也好，但凡是在彭師母的故事裡出現了有名字的人物，那些個名字都是我從其他的歷史資料、新聞資料，或者不同領域的學術專著和我自己的生活旅途中或抽絲剝繭、或比對辨識而來。坦白說：他們都不是憑空杜撰出來的；因為他們都一如彭師母所敘述的一樣，過於真實而令原本以寫小說為能事的我幾乎束手無策，祇能照實墾掘、發現，並完成那複雜而龐大的拼圖顯像。

民國七十一年冬的那一日，我和孫小六洗了一個痛快的澡，聽來了嫚兒的這個故事。彭師母在說它的時候全然不像是在說自己的過往。她講究聲腔、語調、敘事首尾和穿插的技巧，更精謹地避免讓一樁祇發生在大半天之內，兩、三個場景之間的事件過於單調乾澀，而添加了許多生動而不失真的形容詞——令我印象最深刻的莫過於那支被歐陽崑崙用光腦殼兒頂扭成「麻花兒果子」的匕首。

可孫小六卻很是不同。他並不認真聽這個故事——雖然他是那種會大聲稱道：「哇塞！彭師母的故事真屌！」或者「沒聽過比彭師母還會說故事的了。」這種馬屁對彭師母並無作用，但是孫小六不隔一會兒說上這麼兩句，他就彷彿要渾身不對勁。

事實上他已經渾身不對勁了。我認為他完全沒有進入故事——所以往往當彭師母還沒說到如何精采之處的時候，他就嘩然讚歎著了；要不，就是當彭師母正說到重要關頭，而氣氛十分凝滯緊張的當兒，他竟然會抬頭望一眼壁上的掛鐘、或者溜眼睇一下屋門外的動靜——我自然看得出來：他是怕彭師父忽地闖回家——以孫小六怕他的程度而言，嚇出一泡尿也不是不可能的。可是這樣聆聽一個好聽如此的故事，實在是豬八戒吃人蔘果——糟蹋神品。但是，孫小六越怕就越是會發生的事終於發生了——對我來說，卻正是巴之不得、求之不許的：彭師父畢竟回家來了。

精瘦枯削的一襲形影、佝僂彎屈的一副骨架，我們的「越活越回去大俠」彭師父從來就是這副模樣兒。我每回在路上看見他都會冒出一個念頭：這老小子大概一出生就是如此長相了。可是這一天我有了另外一個想法——可以說帶著些許恐怖意味的——他不祇是我已經見慣不怪的這一種長相而已。原因很簡單：沒幾個鐘頭之前，在青年公園的天遁陣陣口樹下站著個又胖又大的傢伙，我喊了那傢伙一聲「岳子鵬」；而「岳子鵬」——依照紅蓮的說法——就是我閉上眼都認得出來的彭師父。另一個教人不寒而慄的證據正拎在彭師父的手裡：他那拎進拎出了幾十年的鳥籠，以黃楊木和孟宗竹籤精雕製成，上頭還（據說是用狼毫毛筆）塗敷了七層棗紅色的泥漆。籠頂掛鉤成蟠龍戲珠之姿，龍頭即是鉤頭，龍尾還藏著機栝——一壓尾尖，那龍珠就沿著下頷底滾入龍口，而底下的籠子門也就應聲開啟了。祇不過沒人見過那籠子門如何開啟、闔閉；因為它始終覆蓋在一塊可以用「完全合身」四字來形容的藍色籠布套之中——幾十年來，我連那籠中究竟藏著隻什麼樣的鳥兒都沒見過，連有沒有鳥兒都沒把握。村子裡的大小夥子說的是：「彭師父遛鳥籠子」，而不是「彭師父遛鳥」。我們還說：真正的鳥應該藏在彭師父的褲襠裡，而且一定是隻沒精打采的死鳥——這一點可以彭師父、彭師母夫婦沒兒沒女為證明。

彭師父進了二門，茶几面兒上放下鳥籠子，乜眼瞅見孫小六，精神忽地抖擻起來，兩隻眼珠子陡然間放大一倍，清了清嗓子，立時罵道：「好你個小王八蛋！又大半年沒回家了不是？你姊成天到晚大街小巷地踅磨，又怕你不回來、死在那些流氓太保的手裡，又怕你回來了、死在你爹的手裡——如今晚兒你回來，好！師父先收拾起你半條性命來，日後你再跑了，我還有這半條向小五交代！」

他連珠砲一轂轆兒說著時，孫小六已經嚇軟了，雙膝朝前猛地打個硬彎兒，「咚」的聲跪倒在地，渾身上下的骨頭關節便像放機關槍似地喀喀喀愣響了一陣。

彭師父看著這光景，居然拳不鬆、掌不軟，一個箭步上前劈頭罩臉、左右開弓，逕往孫小六打砸下去。坦白說：我數到第五、或者第六巴掌的時候就有頭暈目眩、簡直要恍惚昏倒的感覺——試想：祇要是其中任何一下子招呼到我的頭上臉上，我可是非大哭大喊起來不可的。然而孫小六十分奇怪，他就那樣緊瞑雙目、文風不動地承受著這一陣惡打。原先極其害怕而抽搐、顫抖著的臉頰和肩膀也逐漸舒緩了、平靜了——在彭師父的拳、肘、掌、膝、脛、腳的亂影交加之間，他非但不再緊張恐懼，反而越來越像是陷入一種極為舒適的沉睡之中，作著什麼樣甜蜜的夢；偶爾——如果我未曾看錯的話——還會微微揚一揚嘴角，竟像是在笑著呢。

彭師父這邊也好像越打越入神，彷彿不再因為懊惱、憤怒的緣故而出手，而是非如此不可地從事著一項必須耗費極大精神氣力的工作，且非得那麼專心致志不能成就。我這時偷眼斜窺一下彭師母——她更出乎我意料之外：居然不知在哪一時哪一刻上早就睡著了，還打著呼呼嚕嚕的鼾息呢。

又打了不知多久，彭師父和孫小六已經各自通臉赤紅、汗流浹背，直打得連那皮肉肌骨的撞擊之聲也不大一樣了——逐漸逐漸地，我聽出那聲音不再清脆刺耳，反而越來越像是用一支又一支包裹了厚棉布的鼓槌梆子擊打在一面又大、又肥的皮鼓上。在這段時間裡，彭師父沒住嘴地罵著：「你個野孩子！我替你爹打、我替你娘打、我替你哥打、我替你姊打、我替你爺爺打。」一說完這一套再換一套，從孫小六的大哥大一、二哥大二、三哥小三……這麼一路數將下來，再打完一通。之後是師門裡的大師哥、二師哥、三師哥……等等；也不管是孫小六那邊的骨肉至親，還是彭師父這邊的新朋舊友，總之都由彭師父代為教訓過了——說也奇怪，孫小六也還真挺得住，非但不曾皮開肉綻，連一絲半縷的青淤黑腫都沒落下。一個人經這麼百兒八十下狠手打過，反而紅光滿面，有如剛跳完兩節有氧舞蹈的珍芳達；頭頂上冒著熱蒸汽，和一顆新出籠的饅頭差不多。

倒是我沒見過這樣的陣仗，心中很有幾分不平，一個捺不住，迸出一句：「你可以了罷，彭師父！」

彭師父先是愣了愣，轉身回頭之際卻讓我瞥見了十分怪異的一個小小的變化——他的脖子。就在他脖頸根兒處浮現了一條隱隱然泛著青光的繩紋。乍看之下我還以為一時走了眼，可是待彭師父一轉身，那圈繩紋赫然也出現在喉結底下；換言之：繞脖頸一大圈——你說它是胎記也罷，是刺青也無不可，總之正是當天下午青年公園的一棵樹底下站著的那個胖子脖頸上的痕記。這一下該我發愣了，嘴裡忍不住迸出三個字：「岳——子——鵬——？」

坦白說：我全然不知道這三個字是怎樣跑出來撞了我腦袋一下而脫口掉出來的。可是換了任何一個哪怕完全不相信「某個人其實是另一個人」的傢伙，倘若處在我當時那個情境，看見一個自己認識了二、三十年的人脖子上居然出現了一圈前所未見的刺青繩紋，恐怕也會同我一樣地喊出那三個字來。

彭師父似乎並不覺意外，他雙手往腰眼兒上一叉，沉聲道：「下午在公園裡胡喊亂喊的——也是你？」

我沒搭理他，卻注意到他的肩膊正以一種不仔細看看不出來的速度膨脹著了——而且還不祇是肩膊，連臂膀、脅下、胸腹、腰身也都有如吹氣球的一般緩緩鼓凸起來。

「前些天在莒光新城鬧事傷人的——也是你？」

就在這個時刻，孫小六已經悄悄站起身，在彭師父背後朝我擠眉弄眼帶比劃手勢，意思似乎是說：我不要再惹彭師父了，而他自己現在就要溜了。

誰知彭師父連頭也不回、眼也不瞬，反手一提拎便撈住了孫小六的衣領，順勢往前一帶，竟然把他過肩摔到面前，正杵在我身邊。還沒等我想到該怎麼反應，彭師父的另隻手也朝後一揮——這一下倒真把我嚇住了——隔空五尺，一隻掌影居然便將屋門拉動九十度，結結實實發出「碰」一聲的關上。縮在籐椅裡的彭師母打了個寒顫，繼續睡著，然而屋子裡的氣氛卻大不相同——彷佛就要殺人見血了。

此刻的彭師父瞪著雙血紅暴絲的眼睛、雙掌齊齊朝外一推，分別面向院子和巷道的兩扇一北、一西的窗戶也應聲平空滑出，關了個死緊；說得明白些：我和孫小六已經給封在這三坪大小的客廳裡；所面對的，卻是一個身形、體態甚至連面貌、脾性也完全不同的彭師父。他伸出個碗大的拳頭，食指彈出，幾乎要戳上我的鼻尖，道：「那麼——這些年時不時到家來翻箱倒櫃的——恐怕也是你嘍？」

「這就不對了。」我心底下應該害怕的，可也許是仗著孫小六神通廣大，我反而微微有些想要觸怒這老小子的意思；於是也學他把兩手叉在腰眼上，應聲答道：「你彭師父自己偷偷摸摸，兩面做人也就罷了；怎麼做賊的喊捉賊，還賴上我呢？我他媽喊你一聲『彭師父』全是看我媽的面子，你以為你那兩瓶高粱酒泡樟腦丸的把戲真值我把你當師父喊麼？別搞錯了罷——」

其實我的話還沒說完——後頭我本來還有一句「去你媽的越活越回去大俠，跩個屄呀！」這是本村的標準村罵，出喉脫口就令說的人有一種難以言喻的舒爽感。可我沒來得及說，整張嘴就被孫小六的一隻大巴掌給捂住了，孫小六一面把我捂得向後要倒——人卻牢牢實實彷彿被那巴掌給吸住了；一面結結巴巴開口衝彭師父道：「師師師父、師父、張哥張哥不不不是這意思，也不是這意意意思。」

「你讓他說。」彭師父雙臂環胸，頭臉稍稍垂了垂：「不打緊，讓他說。」

孫小六才怯生生地縮回手，我便索性把一肚皮身為一個高級知識份子不敢出口的髒話成串地全罵了出來，然後才喘了口氣，想起紅蓮所說的那一套，於是狠狠地道：「不要以為我不曉得，你們是他媽的黑道、是暴力團、是地下社會的恐怖份子，世世代代都是這樣而且永遠翻不了身。」

「還有呢？」彭師父撇了撇嘴，眉頭微微蹙了蹙，道：「你儘管說好了。」

「我老大哥給燈架子砸破了腦袋——就是你們幹的！還他媽賴我到你家翻箱倒櫃呢！我肏！」坦白說，這時連我都聽出自己惡聲惡氣裡唬爛的成分，也就是所謂「威風凜凜地顫抖」的成分。

彭師父聽到這裡居然笑了起來，隨即道：「你小子其實什麼也不知道！唉！」最後這一聲喟歎聽來既有幾分輕鄙、又帶著幾分輕鬆，然而無論輕的是什麼，總讓我有給人啐了一頭一臉，或者至少是白了一眼的感覺。我當然不甘示弱，抗聲道：

「起碼我知道你是岳子鵬！」

「全天下的人都知道我是岳子鵬——可沒有人會這麼喳呼。」彭師父身上虯結隆起的皮肉疙瘩一塊一塊地消失了——他的肩削了下去、臂膀短了一截、也縮了一圈、胸背肚腹上鼓浮腫脹的部分也凹陷了一大片，可這都不像他所說的話那般令我錯愕；他低聲在我耳邊說：

「就像你老大哥從前叫張世芳，後來叫張翰卿；令尊原先叫張啟京，現在叫張逵；我可以叫岳子鵬，也可以叫彭子越；咱們這一輩兒的人物，誰沒有幾個串東串西的名字呢？儘知道些名字，又有什麼用處呢？難道你在學校裡讀了那麼些年的書、得了那麼高的學位，就祇記了幾個名字嗎？」

接著，他的脖子朝前一弓，連臉頰和下巴上的肌肉也消失了，整個人垮回平常時日裡我見過無數次的那老頭子的模樣——當然，隔空開闔門窗的一手功夫也收拾到不知哪個角落裡——他緩緩地回身，看來有些吃力地開了屋門，拉開朝院子的窗戶，像是突然想起彭師母還在一旁睡覺而不忍害她受了風，遂又馬上把窗縫闔小了些，然後才一如平素喝斥我們那樣說道：「滾了滾了！往後洗澡從後門進、後門出，不許上前屋來。」

在經過他身邊的時候，我刻意往他肩頭一擠，他居然硬生生往後蹌了半步，彷彿既無意提防、也沒能力抵擋，白白教我給抗了一膀子；我索性停下腳步，也學他先前拿食指指著我的神態說道：「總有一天我要把你的底細給弄清楚。」

彭師父笑了起來，全然不理會我的威武之態，逕自衝孫小六道：「你那陽維脈同足少陽交會之處還有些壅塞窒礙，還得多用功。知道嗎？」

孫小六點點頭、一面扯扯我的袖子，可我還沒過足癮頭，一根食指老大不願意收回來，便又往前戳了戳，道：「等我找著我老大哥還有他的朋友，你就他媽要倒大楣了。」

彭師父仍不答我，笑容也依舊掛在臉上，對孫小六繼續說：「回家跟小五說：你張哥書讀多了，腦子也燒壞了，將來不會有什麼大出息，要她留神，別枉費一番心思。」說到這裡，才轉過眼珠子來睇我一睇，瞳人深處有電光一閃，道：「無論你讀到什麼學士碩士博士黑松沙士，依我看也不過同你們村裡那些個痞子沒什麼兩樣兒。別說誰的底細——你連自己的底細還弄不清楚呢！」說完便扭開屋門銅把，踅了進去，關門時一點兒聲響也沒出。

我算白折騰一場，既沒弄清楚彭師父和岳子鵬這兩個名字一個人的轇轕，顯然也沒能把這老傢伙唬住，反而十分荒唐地教這人人瞧不上眼的越活越回去大俠給羞辱了一頓。我和孫小六並肩走出小巷口，轉到雙和街菜市口上的時刻，孫小六忽然開口說道：「我不會跟我姊那樣說的，張哥。」

「哪樣說？」一時我還沒意會過來，滿腦子像找不著頭緒的毛線疙瘩；忽一下是那幾個豬八戒的盤問、忽一下是紅蓮的警告、忽一下是彭師父的斥責、忽一下又是我老大哥和萬得福神祕兮兮的嘴臉——這裡頭難道真有什麼一通百通的脈絡可以讓我去發現、去探究的嗎？如果真有些什麼確實存在著，而表面上又看不出來，我是不是應該繼續追查下去呢？追查出一個什麼結果來是不是又同我自己的人生有什麼關係呢？難道——難道我真有什麼「連自己也弄不清楚的底細」嗎？

「我是說、我是說我不會跟我姊講什麼張哥腦子燒壞掉的話。」孫小六低著頭嘟囔，彷彿告饒似地。

老實說：他不這麼告饒我還不惱火，越是這樣，我越是忿忿不平；登時停住腳步，把沒戳上彭師父腦門的食指戳在他的腦門上：「你說什麼我也不鳥！可是我他媽求求你：你可不可以不要這麼孬蛋？憑什麼一見面不分青紅皂白就給他打得個胡說八道？你不是很有兩下子嗎？憑什麼教他這樣欺負？」

孫小六沒有立刻答覆我，祇把排上牙咬住下嘴唇，咬一下、再咬兩下，停一停又重新來過。這個動作（或者說表情）我已經久違十多年了。昔日在植物園荷花塘或任何其他所在，祇要是被我嚇著或逼急、快要哭出聲來之前，孫小六都會這麼咬一下、咬兩下，重複幾回，彷彿連要不要哭一傢伙都得費上半天思考。正當我想起這些來的時候，一個十七歲的青年在我面前再度落下淚來，左一行、右一行，一行追上一行，最後才抽抽搭搭地說：「師父不是打我——面具爺爺和雷根爺爺都跟我講過：師父打我的時候不許逃、也不許擋、更不能回手。他擂一拳我得挨一拳、踢一腳我得挨一腳——」

「這是什麼狗屁道理？」我哼了他那些狗屁不通的爺爺一鼻子，接著道：「下那麼重的手，他們自己怎麼不來試試？」

「他們說我挺得住，因為我爺爺給我洗過『天蠶澡』，不會害疼；怎麼打都無所謂的。」說著，他的眼淚流得更急，也更多了，一袖子擦不歇，連鼻涕也抹出來，於是再擦一下，整張臉全糊成一片晶光斑斕的模樣，這才斷斷續續地說下去：「爺爺、爺爺們說、說、誰要欺負你就欺負回去、回去；祇你師父打你不許吭、吭聲，他無論、無論如何是為你好。」

「你不疼麼？」我仔細打量了一下他的臉；也不知是為了想覷出他是不是在吹牛，還是那張臉上有什麼不會害疼的證據。這時一輛野狼機車在紅綠燈桿底下急急煞住，輪胎發出十分刺耳的一聲銳響。

孫小六搖了搖頭，緩過兩口氣來才道：「祇要我不想疼，就不會疼。可是儘管不疼，挨起打來還是很不舒服的──尤其是不知道疼，就特別覺得自己很賤，賤得、賤得不得了，跟個跟個什麼東西一樣。」

我懵懵想著他的話，很覺得其中有一點道理，可是「祇要不想疼就不會疼」這境界實在太奇妙、也太誘人了；對於這境界的羨慕之情干擾了我進一步去思索「因為失去疼痛感而自覺很賤」的這個命題。另一方面，突如其來的狀況也使我沒法子再想下去──雙和街和青年路口的四盞紅綠燈底下這時猛地聚攏了二、三十輛分別從中華路、西藏路、萬大路和克難街四個方向飆過來的機車，每輛車上各跨坐著兩個人物，後座的手上緊緊握著兩支用報紙捲裹的棍狀物事──連想都不用想──那報紙裡藏著的不是什麼娛樂新聞或文學副刊，而是一把一把的木劍、西瓜刀和二尺四的小武士。先前那輛野狼騎士刻意催了催油門，其餘各車也跟著催了催油門，真他媽聲震寰宇！我還沒意會到他們這四路人馬是東西一路、南北一路的，或者是東南一路、西北一路的，乃至還有什麼個分法；總之應該就是有這麼兩幫人馬準備對陣的樣子，孫小六已經快手抬袖，抹乾了縱橫一臉的涕泗，站到街當央去，四面環顧一遭，道：「今天我心情不大好，沒有陪你們玩的意思，都散了罷！」

野狼車後座端地跳下來一個穿拖鞋的，近前打量我一眼，扭頭衝身旁一輛本田一二五後座的光頭說：「這一個也是嗎？」

「廢話你他媽不會看哪我侖瞎子啊！」光頭嘴巴上還叼著菸，眼像是給熏得睜不開，可是別有一股睥睨萬教的糗霸王氣勢。

孫小六這時踏著大步過來，邊走邊昂聲喊道：「跟你說今天不玩，散了罷，我講的是法國話嗎？」

穿拖鞋的應聲退了幾步。光頭倒顯得沉著得多；一面仍瞄著我，一面倒像是答覆著孫小六的話：「今天我們也沒工夫玩——倒巧了；我們要辦的貨在你手上。」說時一拍前座的肩膀，那騎車的兜手一提，抬起車把手，將前輪朝我臉上一挺，我跳兩步退開，膝蓋彎卻杵在另一輛機車的輪蓋上。光頭這時吐掉半截菸頭，衝我一抬下巴：「你叫張大春是罷？」

「怎麼樣？」我啞嗓子硬硬還了一句，腿已經打起抖來。

「怎麼樣？我他媽還叫張大千呢！侖你媽怎麼樣？」說時左臂往下一揮，把報紙套子甩落，當下露出一把二尺四；右手再一拔，青光出鞘，人也跳下車來，同時刀尖朝孫小六一指：「抱歉！是本堂的任務。你小子心情不好就更不必管這檔子閑事。」

偏在這一刻，從西藏路那頭竄過來一條黑影——更準確一點地說，是從兩輛擋在青年路中央的機車之間竄過來一條黑影，直奔我跟前，一直到它停下來坐定了，我才看清楚：是一隻名叫水塔的洛威拿。牠之所以叫水塔乃是因為牠的主人徐老三不會唸英文，卻給起了個英文名字叫Sweet Heart。水塔坐在我和光頭之間滴口水的那一刻，兩輛機車「哐哐啷啷」向兩邊倒去，穿一襲黑風衣的徐老三出現了。他也穿著拖鞋，時不時還從敞開的風衣下襬裡露出藍白條子的棉質睡褲。顯然，他是出來遛狗的。

「吵什麼啊？小朋友！都幾點幾分啦？家裡沒大人了嗎？」徐老三一路走、一路朝左右張望，先看見孫小六時頓了頓，道：「我肏你小子又回家啦？」再看見我，則皺了皺眉：「好學生怎麼也跑出來跟他們摺狗鍊哪？」最後，他的視線停在光頭臉上，看了足有十秒鐘，才沉沉問道：「哪裡的？」

「竹聯孝堂，」光頭手裡的二尺四晃了晃，垂下地去，繼續說：「有點事情在處理。你——」

一個「你」字才出口，徐老三的一隻巴掌已經反摔在光頭的腦殼上，這一下風衣大開，裡面的藍白條睡衣居然和底下的睡褲是成套的——可是他右手臂連肘端著的東西卻嚇得我膀胱猛地一緊；這算生平僅見：是一柄雙管霰彈槍。槍口正杵上那光頭的嘴巴。徐老三仍舊不疾不徐地說道：「什麼你呀我呀的？」接著槍管撩個小圈兒、往那腦殼兒上非常非常之輕地點了三下：「記住！徐、三、哥。叫你們回家去了。孝堂？還他媽哭堂呢！」

光頭無可奈何收刀入鞘，恨恨地看了我一眼，轉臉又想跟徐老三說些什麼，不料徐老三居然一挺右臂，朝紅綠燈開了一槍，那槍聲不像電影裡常聽到的那樣響，可是音波撼動，果然盪胸震腑，幾乎就在槍響的同時，水塔沒命似地狂吠起來——事後很久我才想到：這絕對是經過訓練所致；徐老三一舉槍，水塔就吠，吠聲掩過槍聲，不在場的誰也不知道徐老三幹了什麼恐怖的勾當。「你還有話說？」徐老三把紅燈、綠燈、黃燈罩子轟了個漫天花雨之際，跟那光頭所說的最後兩句話是：「去跟你們老大說：他連聽我說話的資格都沒有呢！」

等這幫什麼竹聯孝堂的癟三們點火催油、呼嘯離去之後，徐老三把槍插回風衣內側一個縫在夾帛上的長皮套子裡，又一顆一顆、動作非常緩慢地扣上扣子，低著頭像是在解釋什麼似地跟我們說：「沒法子，我已經太久不混了，現在什麼鳥雞巴都跑出來了。你們沒事罷？怎麼會惹上人家的？」

我看看孫小六，孫小六看看我——事實顯然是無法解釋清楚的：孫小六認識他們，而且「陪他們玩」過；不過他們卻是指名來找我的，而我卻從來沒見過他們。結果我和孫小六異口同聲說：「不知道。」我還加了句：「他們說我是他們要辦的貨。」

「如果真是孝堂，那你漏子就捅大了。」徐老三說著咬嘴打了個唿哨，朝西藏路方向一指；水塔耀武揚威地撒腿往回衝。徐老三則繼續說下去：「他們今天堵不到你，明天還會來；在村子裡堵不到你，就會在路上等。你要不就別出門，要不就閃遠一點。」

老實說：在這一刻，我還想不到「可不可以不出門」或者「閃到哪裡去」之類的問題。我第一個想到的是紅蓮——也許紅蓮是他媽那個什麼竹聯木聯的某個老大或老二的女人，被我不小心攪和上了；人家不爽，就吆喝了這樣一票牛鬼蛇神來砍我一條腳筋。我能想到的祇不過如此而已。

「你沒有去搞政治罷？比方說黨外那些屄養的東西，或者之類的——」徐老三抬眼瞄了我一下——他的眼眶呈三角形，剛要揚起來的上眼皮不知怎麼給往下削了，所以表情總透著些不得伸展的憂惱。有人說見過鬼的人的眼睛就會逐漸長成如此形狀。這我不太確定——因為我從來沒正眼瞧過他；但是當他這樣瞄著我的時候，我卻從那雙三角眼裡看見一些比見鬼還要不安的東西——一時說不上來，總之是很惶惑、很焦慮的一種情緒；這讓我突然感到有些溫暖。他接著問道：「還有，我想你也不會去搞這個罷？」說著，他用大小拇指靠嘴邊比了個吸菸斗的姿勢。我知道，電視劇裡出現了這個手勢就是有人在吸毒的意思。

我搖了搖頭。

「出動這麼一大批人馬，找上你這麼個書獃子，的確有點奇怪；不不，的確很奇怪。」徐老三說，隨即扭頭望一眼孫小六：「跟你一點關係也沒有？」

「前兩個月我和他們裡面的幾個幹過一架，可是好像沒什麼——他們今天就是來找張哥的；」孫小六搔搔頭皮，道：「而且還說是什麼本堂的任務。」

「我肏！那累了。」徐老三從風衣口袋裡摸出一個皺巴巴的菸盒，掏一支叼在嘴裡，用那支老式的銀質磨輪打火機打著，吸兩口，噴出一條可謂「直衝牛斗」的白煙，才慢條斯理地說：「書獃子最好還是逃命去罷。」

第三十一章　啓蒙的夜

坦白說我並不知道這一次逃命之旅終於何時何地——因為截至我目睹孫小六從五樓窗口一躍而出、奔往竹林市去，同我正式分道揚鑣的這一刻為止，我都不能確信：一切已經過去了、安全了，從此以後我的生活就恢復平靜了。事實並非如此。但是我必須這樣假設，才敢於繼續回憶下去：從民國七十一年冬天的那個夜晚開始。

和我可以說沒有半點交情的徐老三在這天晚上給我上了一課。他先教孫小六溜回家去，想辦法把他姊叫出來，再同我們到村辦公室集合。孫小六臨去之時我是頗不以為然的，嘟囔了一聲：「叫她幹嘛？礙手礙腳的。」徐老三瞪了我兩記極尖極大的三角，道：「沒有小五，你活不到一個禮拜。」

小五姊弟大約是午夜前後才到的，在此之前的兩、三個小時裡，徐老三摧毀了我在整整二十年間透過學校教育而認識的一整個世界。原先的那個世界相形之下則變得脆弱、虛假且令人不堪置信起來。

徐老三先打了那個關於霰彈槍的譬喻——我記得曾經描述過的：如果你能找到一面二十公尺寬、十層樓高的白漆水泥牆，在上頭畫一個非常之大的台灣島，再用徐老三的雙管噴子在十五公尺之外朝那地圖開火一千八百發——等子彈打完了（而牆還沒給轟垮的話）則牆上必然滿是密密麻麻、大大小小的彈孔。這些彈孔的總和便是竹林市、其中任何一孔也是竹林市。無論你說這竹林市是黑道也好、地下社會也好、幫派勢力也好，總之它隨時在你身邊。你看不見，但是它確實存在。

徐老三接著從白天村幹事趴著睡覺的那張褐漆辦公桌抽屜裡摸出一疊「復華新村用箋」來，翻到背面，用手掌抹抹平，風衣口袋裡抽取了一枝派克二十一型鋼筆，畫了個小人——大腦袋瓜兒、細線條身形手腳——然後告訴我：「這就是你。」接著他在那個我的周圍畫了一個不太圓的圓圈，說：「這是我們村子。」再接下來的圓圈就越來越複雜了。村子圓圈的外圈被一個虛線圈略略圍過，這虛線圈表示國防部，因為復華新村裡的戶長們都在這個單位裡當差——起碼也當過幾年以上的差。虛線圈外面有個更大的實線圈，那就是國民黨和它的政府——這個圈畫得很大，幾乎佔去了一半的紙面；徐老三在這個圈的邊線上畫了一堆和原先那個我差不多大的小人，並且告訴我：這些小人是「老頭子」和他從大陸帶到台灣來的黨政官員、部隊將領，然後在中央象徵「老頭子」的小人兒身上畫了個「×」——因為「老頭子」已經死了。「可能已經變成鬼了，不過因為我們沒看見，所以不確定。」徐老三特別強調。

可是在「老頭子」身邊那些小人兒的周圍，徐老三又飛快地畫起了大大小小的圓圈；有些是實線、有些是虛線。然而無論虛實，那些圓圈的邊框線條都和原來的同心圓有一部分像是數學課本裡所謂的交集圖形那樣重疊起來。徐老三把這些圓圈的邊框線條加粗了些，才告訴我：「這些圈圈我們稱之為情治單位。你看：它們有的並不屬於政府，有的雖然屬於政府裡別的部門，卻可以管過來、管到國防部；還有的屬於國防部，可是不管我們村子，卻跑去管別的人、別的機關、別的單位。」

徐老三隨即在所有的圓圈之外畫了一個更大的圓圈，以十分低沉而堅定的語調說：「這裡還有一個大的單位，比他媽整個中華民國政府還他媽大，你知道這是什麼嗎？」

我一向對和數學有關的圖形感到頭痛，更隱約察覺徐老三說話夾纏得厲害，便隨口答了聲：「亞洲。」不料登時後腦勺上就吃了徐老三一記芭樂。

其實我不該亂開玩笑的。這是一個嚴肅的認識世界的方法，至少徐老三沒有一絲一毫開玩笑的意思。他瞪了我好一陣，似乎那樣瞪著我的時候已經在認真考慮我的生死問題了。我原以為他會罵我一頓，或者掏我出去。然而他祇是把視線投回桌面的紙上，繼續說下去：

「這個圓圈是一個妖魔鬼怪的世界。」

接下來，徐老三又往紙的角落裡畫了一個小人兒，在上面打了一個和「老頭子」身上一樣的「×」，告訴我：從前有這麼一號人物，已經死了，可是在他死之前和死以後，他手下的人早已經「像蟑螂一樣」、「像癌細胞一樣」、「像滾雪球一樣」發展起十分龐大的組織來。徐老三其實相當努力地想要把這幅圖向我解釋清楚。直到他後來發出一聲歎息為止，中間的一個小時（也許更久）裡他都在紙上畫小人兒。從第二個打「×」的小人兒身邊畫起，一個又一個、一個又一個、一個又一個，彷彿他可以就這麼一直畫下去，畫到天荒地老、海枯石爛。其間他偶爾會停下來，再找一處空白較大的紙面、抹抹平、另從一個新的小人兒畫起，一畫又是成堆成串；矇矇看去，就像一串殘梗兒多過果實的葡萄。徐老三指著第一串葡萄和第二串葡萄之間祇有不到一公分的空隙說：「這中間原先應該有一條界線的，可是後來沒有了。」他在那空隙處補上一個小人兒，使它看起來像是一手拉著一大串比自己身體大上幾十倍的葡萄。

然而徐老三並不是胡亂塗鴉。顯然這幅圖早已經烙在他的腦子裡，且印象十分深刻，所以他才能毫不猶豫地把第二串、第三串、第四串……一直到第十四串葡萄的相關位置、大小以及葡萄串同原先畫面上的圓圈兒有什麼樣比例的交集一一交代清楚，且各串葡萄旁邊還有條不紊地標上號碼。

如果我記得不錯的話，竹聯是第九串葡萄，小小一串，在靠近紙中央的位置，和國防部的圓圈兒距離很近，但是並沒有重疊。徐老三告訴我：我得罪的是這個單位。我辯說我根本不認識竹聯的任何一根雞巴毛。他說讀書人講話怎麼這麼粗野。然後他想了片刻，在第九串葡萄和第二串葡萄交接處圈出兩個小人兒來，說：「這兩個是資格極老的人物，他們原來是這裡（他指了指第一串葡萄）的，後來不知道怎麼搞的、就跑到後來這裡來了。江湖上都說這是他（指一下第一和第二串之間那個小人兒）的一個大整合計劃，所以故意派這兩位老資格到竹聯當顧問。而且，這兩個老資格還兼著一些跟國家安全有關係的工作。」

我垂眼再仔細一看，給他圈起來的兩個小人兒的上半身果然恰巧落在警備總部之類情治單位圓圈兒的邊線上。「這兩個人一個姓施、叫施品才；一個姓康、叫康用才。外面的人都叫他們『哼哈二爺』。你認識他們嗎？」徐老三說：「他們是專門搞偵防的；偵防是個老二單位——什麼叫老二單位你知道罷？就是『平時很小，可是一旦要搞起來，它就變大了』的意思。所以我會問你有沒有去碰政治、搞黨外。如果是那樣的話，大羅金仙也救不了你了。」我說我不碰政治，徐老三說那你不錯、我也不碰政治。他祇碰軍火——因為到頭來軍火可以解決政治裡搞不定的一切問題。

「那我的問題怎麼辦？這一狗票人渣無緣無故找上我，我招誰惹誰了？」也就在這麼說著的時候，我的腦海之中再度迅速閃過紅蓮美好的軀體——可是這一次我的思緒並未在她的乳房或屁股蛋子上逗留，而是轉到了她從我宿舍的字紙簍裡偷去了一張字謎的那件事上——甚至早在她偷走那張紙片之前，已經有四個不知道什麼單位的豬八戒找上我了；我不該忘記這些的：「等一下！我想起來了。我老大哥給過我一張寫了闋〈菩薩蠻〉的詞，那詞裡藏著個字謎。」

徐老三繼續在紙上畫著小人兒，此刻所畫者乃是替標號第六、七、八、九四串葡萄增加新的成員，同時漫不經心地說：「我聽不懂什麼詩啊詞啊菩薩的；你老大哥又是什麼人？」

「他替李行李導演幹道具，幹了很多年；也是老漕幫『悟』字輩兒的光棍。」

原本正在埋頭畫小人兒的徐老三忽地坐直了，兩眼暴睜平視，愣了幾秒鐘，又低下頭看了看那紙面，再瞅了瞅我，派克二十一的筆尖朝第一串葡萄上輕輕點了不知十幾下，才一個字、一個字地迸出嘴來：「這、就、是、老、漕、幫、啊。」這時，他歎出那口氣來，將鋼筆插回筆套之中。

第一串葡萄是老漕幫，它的發展到民國五十四年秋天突然中止，傳言說這是因為老漕幫的總舵主——人稱老爺子的萬硯方——在練功的時候走火入魔、氣血逆行而死。萬老爺子就是徐老三圖中第二個身上打「×」的小人兒。此後老漕幫由萬老爺子的養子萬熙管事，作了相當大膽、劇烈、也相當受人爭議的改革。萬熙就是徐老三圖中一手抓著一大串葡萄的傢伙。

萬熙初掌老漕幫的前兩年，徐老三還不曾被一大紮冥紙嚇得生了場怪病、一連大半年不敢出門，結果被血旗幫開香堂除名，還給逼得薙了個大光頭，從此不再打打殺殺。血旗幫不太重要，連排名第十四號的小葡萄串都算不上，所以圖中沒有——徐老三自然也沒把自己畫上去。可是在民國五十四年到民國五十六年之間，徐老三已經注意到：台灣的整個幫派生態有了本質上的變化。

首先，萬熙為萬硯方保留了「老爺子」這個尊稱——也就是說：從萬熙本人開始，老漕幫祇有總舵主，而不稱「老爺子」。這在一整部老漕幫的發展史上可謂創舉，對於萬硯方來說，也是前所未有的榮譽。但是——徐老三認為：這裡面其實包藏著幾個收攬人心的動機，不祇是尊敬死去的長者而已。從最表面的一個層次來看，萬熙當時才二十八、九歲，如何能在眾光棍毫無心理準備的情況下自居「老」、「爺」二字？其次，照萬熙日後的改革行徑來看，當時他已經有聯合大陸來台的天地會分支哥老會、結成同盟的打算，但是老漕幫中許多人對天地會這個系統——也就是俗稱為「洪門」的系統——懷有極深的敵意；其中有不少堅持「清洪分流」的光棍風聞萬熙有意與世仇結盟，竟憤而請出當年萬老爺子為鼓勵光棍從戎抗日而立下的一個「離家出走」的老規矩，成了逃家光棍。為了緩和這種眾叛親離的緊張關係，萬熙保留「老爺子」尊稱而不用，當然不無故意謙退作態，以免謗議的居心。然而真正的麻煩並沒有減輕——萬熙還是要搞「清洪合流」，因為他眼中還有更大的敵人。

依照徐老三在血旗幫最後那兩年裡聽到的風聞來看，萬熙當時不惜任令數以百計的老漕幫光棍「離家出走」，乃是為了拉攏那哥老會的世襲首領洪達展、洪子瞻父子；拉攏這一對父子，又是為了防堵那第三到第十串葡萄逐漸坐大的勢力。這些葡萄串在圖上看起來並不怎麼大，卻各有響亮的名號。它們分別是飛鷹、血盟、成功、南京、萬國一家、四四、竹聯和南機場等八個幫派，散處於台北縣、市各地。

從民國四十年代開始，幾乎像是一種時髦的風潮，以各地眷村為範圍的外省軍公子弟紛紛成立了各種名曰幫、會、聯盟的青少年械鬥組織。有的還舉行歃血儀式，出入組織所在的地區時需盤查口令、勘驗信物，儼然有雄霸一方之勢。這種類似小孩子辦家家酒的遊戲很快便有了成長和發展——不衹在數量上時見增加擴大，本質上也有了重大的改變——隨著參與成員年齡的增長，原先打架滋事、發洩精力的活動，變成有系統、有目的、更有種種策略手段的火併行為。幫派與幫派之間因為彼此看不順眼而導致的意氣之爭，也逐漸演變成染有圖利色彩的地盤糾紛；據說始作俑者是一爿開設在衡陽路的綢緞莊。民國四十二年，血盟和萬國一家兩路人馬相約在北門公園談判——名為談判，實則就是找一、兩句不得體的言語為口實打打群架而已。這一架從北門公園打到台北郵局，再沿著博愛路自北而南一路灑血。有幾個傷重不支或體力不繼的教中山堂附近的憲警人員給扣下了，剩下些壯碩兇猛的繼續賈勇前進。據說，撐到衡陽路口之際祇剩下三個血盟幫的大哥和兩個萬國一家的護法——其中某一護法還是個架雙拐、穿鐵鞋的小兒麻痺症患者。這五人的殊死之戰已經殺到血沸眼紅的地步，哪裡還管得著身外之物？眼見已然砸毀了一個香菸攤、一個算命攤，正待打入那綢緞莊時，戰圈之中忽然竄入一名赤手空拳的中年漢子，就地轉了個輪影，再一挺身；祇見他面皮煞赤、衣袍膨鼓，好似吹起了一顆偌大的氣球，一時之間將紛紛劈下的木劍、武士刀、鐵拐等兵刃彈了個七零八落，斷的斷、折的折，無一完好者。如此僅不過一、兩秒鐘的工夫，五個狠鬥少年也給一口氣彈進了綢緞莊，撞翻了不知多少個貨架，綾羅布疋纏覆絞裹，可謂狼狽之極。那中年漢子出手之後朝騎樓地上啐了一口，向那擺算命攤的卜者問道：「傷著了沒有？」

卜者笑了笑，道：「真正是虎落平陽，好在老筋老骨、頑健如昔，祇可惜了苦石老道長傳下來這幅相圖沾了些狗血，看來需費我一番手腳，得重新畫過了才能再開張了。你呢？」「不過是折損了幾條香菸。」赤臉漢子隨即轉身衝店內那五個東倒西歪的少年道：「有那麼些氣力沒處使喚，何不上前線殺他幾個朱毛奸匪去？要是連我這小小不言的一招『漫天花雨』都抵敵不過，還逞什麼狗熊？」

人家綢緞莊可是大買賣家，惟恐失了和氣，掌櫃的連忙搶上前來，掏出一厚疊五圓、拾圓的新台幣錢鈔，分別塞進赤臉漢子和卜者的衣袋之中，說是一干折損、俱由小號支應償付，這些孩子家不懂事，衝撞了孫爺、趙爺，還望孫爺、趙爺看在小號薄面，寬恕則個。那孫、趙二位爺聞言一笑，不約而同地將鈔票往店中一撒，扭身便走了。

倒是血盟和萬國一家的少年得了便宜，就地拾起鈔票，也不打架了，出門之後二一添作五，老實撈了一筆。此後中華路火車道以東、新公園以西、火車站前中正路以南、小南門愛國路以北，除了中樞所在的公家機關、法院、銀行和學校之外，這一方圈圍成的區域之內便由這兩個幫派負責「把握」——換言之：衡陽路那爿老字號的綢緞莊可謂商家交付給新興少年械鬥團體的第一筆保護費。也就從血盟幫和萬國一家這虎頭蛇尾的一役開始，新興少年械鬥團體被賦予了兩個代稱，一曰：「新幫」，一曰：「小太保」。新幫自然是相對於老漕幫、哥老會這一類隨國民政府播遷來台的老外省掛而言，雖然其成員中之絕大多數仍然是些一九四九年以後渡海移民的第二代子弟，然而其系統、組織、行動和宗旨與老幫會絕不相類，故稱之為新。至於「小太保」，則是一個帶有貶抑和嘲謔意味的詞兒。根據我們中文系學生讀閑書所得到的小知識：早在元代無名氏雜劇《黃花峪》（又名《宋江出陣》）裡就有以「太保」兩字尊稱江湖豪俠的例子；可是在老幫老會光棍口中的「小太保」，則不外有指之為「兔崽仔」、「小癟三」等用意。

徐老三還在混小太保的最後幾年裡——他自己已經不記得那是民國五十三、五十四還是五十五年了——在一次聯合另外幾個小幫派去同萬國一家拚地盤的時候認識了一個怪人。此人原非任何新幫份子，但是粗頭大臉、南人北相，雖不過十五、六歲年紀，卻頗有一身豪氣，祇緣著同學之誼，便答應前來助夥。那一日雙方人馬約在新公園網球場比鬥。才擺開陣式，這怪人大吼了一聲，便自行列中竄出，其聲如洪鐘，震得眾人耳鼓嗡然作響；正錯愕間，他驀地掀開書包蓋，雙手往裡一插，從裡頭夾出八個玻璃瓶子來，瓶中盛滿了粉紅色不知究竟是何物事的汁液。彼時敵我雙方皆不明其意，卻見他嘿嘿嗬嗬一連怪笑了片刻，忽然抬起一隻右腳，用鞋底朝那書包蓋上奮力一磨，登時磨出一陣火樹銀花，那書包便有如兜在他臂膀彎處的一枚大火球，不停地左搖右曳。這且不說，怪人的十根手指頭也一剎不曾閑著，三、兩秒鐘之間便好似特技團裡耍「大出手」的演員那般將八個玻璃瓶子扔入半空之中——說得慢了、瓶子便要落下地來；說得再快，也快不過當時的情景——八個玻璃瓶一一擲出，繞了個直徑約在五尺左右的圈子，一旦墮下，便讓怪人臂彎裡的書包火球承住、再彈起，這就在瓶口之上點燃了個三、兩寸長的小火苗，怪人順勢縮腰出腿，一踢恰將瓶子踢入敵陣之中，落在不論什麼人的身上，端的是一聲轟然爆響。那挨著的傢伙當下即應聲起火，從頭到腳燃起了熊熊烈燄。如此又是一、兩秒鐘不到的辰光，八瓶紛紛踴去，打中了四個萬國一家的殺手——自然也就焚掉了四條血肉之軀，另外四瓶落空，把網球場的鐵絲網燒出四個大洞。

如此哪裡還能再有什麼架可打？萬國一家方面倏忽散了，這邊幾個幫派的小太保也嚇得面色如土，牙關亂顫。那怪人卻彷彿絲毫不以為意，抖手扔了書包火球，回頭衝大夥道：「小試身手，可惜準頭祇一半，不算及格。反正我打出娘胎起，就沒有一門及格過。嘿嘿嗬嗬！」

從此這怪人便在小太保之間得了個「火霸天」的外號，「火霸天」則正是那老漕幫新任總舵主萬熙所亟力拉攏的哥老會世襲領袖洪達展的獨子洪子瞻。徐老三說到這裡的時候，在哥老會那一大串葡萄裡圈出一個小人兒來，這個小人兒的兩隻腳不偏不倚踩在先前那「哼哈二才」所踩的同一個「搞偵防」的老二單位的圓圈上。

「警備總部？」我指了指那圓圈，脫口叫道：「最恐怖的一個單位！」

「你懂什麼叫恐怖？」徐老三又白了我一眼，繼續說下去：「這個老二單位叫國防部情報局。在好幾十年以前是『軍事委員會調查統計局』，所以又叫『軍統局』，是一個叫戴笠的老特務搞出來的單位。戴笠死了以後，『軍統局』歸一個叫毛人鳳的接管。這老小子後來也死了，『軍統局』就改了名字，叫『國防部情報局』，叫歸叫，可是管卻歸國家安全局來管。你不懂就聽好，不要廢話！」

徐老三原先也不懂，之所以後來懂了，還是跟他開始搞軍火生意有關。這就要從他混小太保的最後一天說起了。

那天是週末，他奉血旗幫主之命和一個四四幫的掌法見面，目的是向對方討回一筆七、八百塊錢的欠款。那四四幫乃是四四東村的兄弟——之所以稱四四，又是因為四四東村乃四四兵工廠任職軍士官兵所居住的眷村；此村出身的小太保據傳都有改造槍械的本領，是以在台北縣市一帶頗具威望。徐老三同那掌法見了面、取了款，隨口聊了起來，居然十分投契——原來徐老三也是個軍事迷，對各型火器的構造、性能乃至材質款式可說是瞭若指掌、如數家珍，很令對方驚訝歎服。那掌法談得興起，提到一款國軍自行研發的大口徑手槍已經完成諸般測試，即將進入量產。此槍一匣可裝填十三發子彈，口徑有九釐米，裝彈後重量僅一千一百公克——在一九六〇年代的中期，這恐怕稱得上是全世界最先進的手槍之一了。那掌法偷偷告訴徐老三：這樣的槍不是拿來反攻大陸的，是要賣給阿拉伯人換石油配額的。而且——他手邊正好有一把。

兩人遂相約到吳興街底拇指山中試射了幾發，果然見識了這槍的威力，其興高采烈，自不在話下。可是徐老三同那掌法這一往還，非但耽延了向幫主覆命的時間，於往返拇指山途中，還與一名血旗弟兄不期而遇，給擺了一道——顯然，徐老三未經本幫長老許可，擅自出入他幫地盤，且狀似頗有私交的模樣，這是非同小可的過失，一旦追究下去，勢必沒完沒了。偏偏就在這天傍晚，徐老三在回家的公車上聽見兩個男子在交談，其中一個說起他去了重新開幕的新生戲院，片子演到一半，他剛抽完兩根菸，忽然前座的一人回過頭來說：「先生，借個火罷？」這人打火機往前遞了，磨輪「叱」的聲打著，火光抖處，祇見前座並無一人，而是一大綑子紮成人形的冥紙。這個故事登時嚇了徐老三一大跳——他認真相信公車上說這故事的男子的確遭遇過那冥紙的驚嚇；因為它太離奇、太可怕；也因之而不像一個任何人能編得出來的故事。於是他借用了這個故事，把自己裝扮成一個給嚇獃嚇傻嚇孬掉的癟三——祇有這樣，他那個年代的小太保們才會無風無浪地放過他。

「可是你知道我是怎麼想的嗎？」徐老三嘴裡這樣問著，卻並不表示我應該答他的話，他緊接著我一搖頭便冷冷笑了聲「哼哼」，說：「我是從那把槍上看出苗頭來的——當年在『新幫』裡四四排名第六，從老大到老么不過十七、八個人，這個幫很少出來和人拚地盤、動刀子，可是地位還在竹聯和南機場之上，為什麼？因為他媽的人家都是專業的，都有技術，而且都知道哪裡有大生意。我說的不是保護費那種小鼻子小眼的錢，是真正的大。生。意。你知道人家是怎麼搞的嗎？」

兵工廠的二代子弟平時不過是身揹書包、頭戴大盤帽的中學生，上彈子房敲兩下司諾克已經算是十分出軌的行徑了，其中有一大半連菸都不抽——為的是免得被少年組盯上，惹出無謂的麻煩來。可是這一票看來不像小太保的痞子人人都有「家學」；他們的父執輩——有的是兵器學者、有的是工程師、有的是工匠，唯一相同的是他們都有軍人身分，他們卻從來不知道，住在同一個村子裡的小傢伙們會悄悄聚集起來，把各自那一點點零碎的武器知識像堆積木一樣地拼湊起來。日子久了，就不祇是談天說地而已；他們開始計劃：如何以組裝零件的手法真地去「完成」一把槍。由於兵工廠就在旁邊，對外雖有嚴格的監控管制，對自己人卻常懈怠輕忽——尤其是小傢伙們。等到這批小傢伙長出喉結和微髭，說話變了聲調，話題經常涉及女人的時候，已經陸陸續續從兵工廠的庫房和垃圾桶裡運出來成噸的小零件。四四幫成立之後，謠傳他們埋在吳興街靶場和拇指山裡的小零件已經足以配備一個旅的兵力。真正的局面還不止於此——四四幫自掌法以上的五名主要成員還有能力設計款式更新、火力更強的小型武器——直到我和孫小六的大逃亡接近尾聲時，國防部才公開宣示：國軍自行研發製造的一種九〇手槍已「進入量產」，型號為「T七五」，意思是民國七十五年研發成功的。事實上，此槍早已祕密外銷多年，且果如四四那掌法所說：賣了不知多少萬把給阿拉伯國家的軍警配用，以之為中華民國爭取了不少原油配額。至於「T七五」和徐老三在民國五十六年左右所見到的那一把樣槍之間的差別則是：「T七五」一匣可裝填十五發子彈，而裝彈後的總重量祇有九百六十公克——改良此槍的工程師正是那個小太保掌法本人；也正因為此人的軍火生意作得太大，失風被捕，以專長特殊而為軍方所吸收運用，終於在近二十年後改良了那把樣槍。祇不過在徐老三為我上了有關黑社會種種的那一課之際，我們都還不知道「T七五」這玩意兒將在四年之後堂皇問世，也都還不知道它的子彈打在肉裡是個什麼滋味兒。

然而——在小五和孫小六來到村辦公室之前——我起碼搞清楚幾件事：徐老三裝孬退出幫派並不是出於膽怯恐懼，而是因為他發現了混黑道這件事的長遠性、經濟利益和掌握權力的物質基礎；此其一。另外，無論老幫或新幫都和負責偵防工作的國家安全局，以及歸屬此局督導或管轄的警備總部、國防部情報局、調查局等老二單位有一定程度的關聯；此其二。再有什麼的話，就是那些看似發生在多年以前、遙遠之處，發生在別人身上的一些事必定和我這個人有一點牽絲攀藤的關係；此其三——也是徐老三最想搞清楚的一點。

「除非你是搞到這個層次的人不爽，」徐老三把鋼筆從筆帽裡拔出來，再塞回去，拔出來，再塞回去，像打管一樣；一邊翹了個小拇指向圖中洪子瞻那縱火狂點了點：「否則剛才不該有那麼多人來堵你。」

「為什麼？」

「你以為竹聯孝堂是賣機車的嗎？他們哪裡能動員那麼多『狗鍊』，把路都圍起來了？這背後一定有更高層的人開過口——」說到這裡，他的鋼筆便在洪子瞻和「哼哈二才」之間游來移去，好像很難下決定似地說：「所以我一直懷疑你招惹了政府裡的什麼人。」

「怎麼可能——」

他抬起另隻手止住我，又思索了半晌才道：「並不一定要搞政治才會招惹到政府裡的人，這一點你一定要搞清楚。反過來講也一樣：政府裡的人搞的也不一定祇是政治而已。從我的角度來看，沒有生意作的地方什麼都沒有——連政治也沒有；有生意作的地方什麼都有，也才有政治。如果你那個什麼老大哥真是老漕幫光棍的話，倒是有可能害你捲進一筆什麼大生意裡去的——你剛才說什麼菩薩來？」

我把那闋艷詞唸了幾遍給徐老三聽。不成，他聽不懂，我又抓過筆來，在那張圖的背後默寫了一回，又一個字、一個字解給他聽。最後連謎底的「岳子鵬知情者也」也說了，祇差沒告訴他：彭師父就是岳子鵬。徐老三顯然既不知道彭師父就是岳子鵬，也不認為「岳子鵬知情者也」這七個字裡頭有什麼大生意；他奪回筆、翻過紙、點了支菸，皺眉撇嘴吸了幾口，有如自言自語地說：「你說你老大哥是搞電影道具的？不對啊，電影這一行已經沒有生意可作了，三、五年裡就要垮了，怎麼還會——」

「電影是個大生意，不是嗎？」

徐老三的三角眼又斜斜稜了我一下，道：「說你沒知識罷？如果你老大哥真是幹電影道具，又是老漕幫光棍的話，難道他沒跟你說過《新娘與我》和八十把槍的故事？」

我先是愣了一下，多年以前那個農曆新年的情景隨即回來了。不祇如此，連長串鞭炮爆響過後硝煙瀰漫的氣味和寒冬天鑽鼻抖骨的颯颯涼意也回來了——伴隨著這些的，當然還有老大哥的故事。《新娘與我》裡一枚反覆放映了四次的戒指、《婉君表妹》裡一隻應該叫做「玦」的手鐲，還有《破曉時分》縣太爺長案上的石印和古錢——在剎那之間都回來了。

徐老三在此刻為我重新布置了這世界的風景。用他的話，世界其實並不更複雜也不更簡單，祇是「招牌」和「生意」完全不同罷了。倘若我能瞭解《新娘與我》這部電影祇是八十把走私手槍「生意」的一塊「招牌」，倘若我能瞭解《婉君表妹》這部電影祇是那宗格殺「生意」的一塊「招牌」……諸如此類，我就應該瞭解整個電影工業——在民國四十到六十年代之間——其實通通都是黑道或祕密社會之間傳遞重大訊息的幌子，通通都是另一套大生意的工具而已；真正在背後支持這一整個工業的資金也都來自那些大生意。當這些大生意有了更方便或有效率的工具——也就是說當黑道或祕密社會不再需要利用電影傳遞重大訊息的時候；用徐老三的話說：「不出三、五年，眼見就要垮到底了。」

換了徐老三的一雙三角眼看去，所有其他的行業都和電影一樣，在本質上都是另外一宗祕密進行著的大生意的「招牌」。他舉的第二個例子是曾經和他有過一面之緣的「火霸天」洪子瞻。洪子瞻的老頭洪達展以前是抗戰勝利之後的接收大員，黨政關係「好得不能再好」，到了台灣買下一整條成都路，做寓公都可以活一百八十輩子吃用不完。可是生了個兒子愛玩火；今天放火燒鄰居、明天放火燒街坊。到後來還燒掉一家新生戲院、一座空軍的彈藥庫、一個上千坪的菜市場、一整排阿里山上的木造房屋和一所綜合醫院。為了能順便撈它一大票，「火霸天」還作起了消防器材的生意。相對於縱火這件事來說，進口甚至自產消防器材祇是塊「招牌」而已。可是換到另一個層面，消防器材當然也是一套大生意，這套大生意的「招牌」又是什麼呢？徐老三朝我猛擠了兩下眼睛，我沒吭氣，他似笑非笑地一歪嘴，道：「這才輪到政治了呢！」

原來洪達展也看出消防器材這一行前途看俏，於是便暗中花了一大筆鈔票，買通了幾個立法委員，提案制定一部消防法草案。在這個草案裡藏著個比什麼都厲害的死角：火災鑑定須委由專業消防技術人員擔任。表面上看起來，這是義正辭嚴且合情入理的，但是這樣的條文恰恰讓火災鑑定這項原本應該獨立專司的工作變成消防人員的附屬工作；換言之：台灣社會從此沒有專業的火災鑑識人員且永遠不可能再有。這就是更高段的「招牌」了——徐老三接著說：「真正高段的『招牌』就是你根本看不見、摸不著、聞不到它。它，似乎完全不存在。」

我聽出無比的趣味來，有一種像是忽然來到一個陌生的地方、看見一片全新的景物、遇上一群從來沒機會認識的人物，於是搶忙接著問道：「還有呢？還有呢？」

徐老三不慌不忙地還是用他那有如自言自語的腔調說：「我會給你一本冊子，你很快就用得上了，急什麼？我現在頭痛的是：明明電影就要玩兒完了，沒有真正的生意可作了；你老大哥怎麼還會把你捲進來呢？」

「不不不，你搞錯了，這張字謎已經是十七年前的東西了。」

「你說什麼？」徐老三的三角眼第一次瞪成圓的，且非常之圓：「十七年前？十七年前就是、就是民國五十四年。那——」他倏地摘了筆帽，把筆尖朝最初他畫的第二個身上打「×」的小人兒身上一戳，派克二十一透紙直愣愣杵進桌面一大截：「不就是老漕幫重整的那一年嗎？萬老爺子就死在那一年上。我肏！兄弟，你他媽吃不了兜著走了。」

徐老三看來努力想要讓自己不發抖，可是不成，嘴角上的菸頭也不知在什麼時候掉到地板上去了，他使勁兒用拖鞋底搓那菸頭、一副要把它搓進地獄裡去的模樣。好半天順過一口氣來，繞著辦公桌打轉，轉了五、六圈才又說：「那、那——這麼些年都沒有人找過你？」

我說字謎是才到手沒幾個月，可是我沒把紅蓮和那四個豬八戒的一段告訴他——也許是我不想讓任何人知道我和紅蓮之間的事，也許是我潛意識地不想面對徐老三所描述的這個詭異的世界——總之，就在我急著想躲開什麼的時候，孫小六和小五來了。

——下集待續

文學森林 LF0112

城邦暴力團（上）

作者
張大春

一九五七年出生。臺灣輔仁大學中文碩士。作品以小說為主，已陸續在臺灣、中國大陸、英國、美國、日本等地出版。

張大春的作品著力跳脫日常語言的陷阱，從而產生對各種意識形態的解構作用。在張大春的小說裡，充斥著虛構與現實交織的流動變化，具有魔幻寫實主義的光澤。八〇年代以來，評家、讀者們跟著張大春走過早期驚豔、融入時事、以文字顛覆政治的新聞寫作時期、經歷過風靡一時的「大頭春生活週記」暢銷現象、一路來到為現代武俠小說開創新局的長篇代表作《城邦暴力團》，以及開拓歷史小說寫法的「大唐李白」系列，張大春的創作姿態獨樹風骨。

《聆聽父親》入選中國「二〇〇八年度十大好書」，《認得幾個字》入選「二〇〇九年度十大好書」，成為唯一連續兩年獲此殊榮的作家。近作為《送給孩子的字》、《大唐李白：少年遊》、《大唐李白（二）：鳳凰臺》、《大唐李白（三）：將進酒》、《文章自在》、《見字如來》等。

封面及扉頁題字　張大春
封面插畫　張榕珊 JungShan
封面設計　日央設計
內頁設計　張添威
人物表協力　陳文楠
責任編輯　詹修蘋
行銷企劃　李倉緯
副總編輯　梁心愉
初版一刷　二〇一九年九月二日
定價　新台幣四二〇元

ThinKingDom 新經典文化
發行人　葉美瑤
出版　新經典圖文傳播有限公司
地址　臺北市中正區重慶南路一段五七號十一樓之四
電話　02-2331-1830　傳真　02-2331-1831
讀者服務信箱　thinkingdomtw@gmail.com
粉絲專頁　http://www.facebook.com/thinkingdom/

總經銷　高寶書版集團
地址　臺北市內湖區洲子街八八號三樓
電話　02-2799-2788　傳真　02-2799-0909
海外總經銷　時報文化出版企業股份有限公司
地址　桃園市龜山區萬壽路二段三五一號
電話　02-2306-6842　傳真　02-2304-9301

城邦暴力團 / 張大春作 -- 初版 -- 臺北市：新經典圖文傳播, 2019.09
2冊；14.8x21公分.--（文學森林；YY0212-YY0213）
ISBN 978-986-98015-0-8（上冊：平裝）
ISBN 978-986-98015-1-5（下冊：平裝）

863.57　　108011594